KB162412

을 유 세 계 문 학 전 집 · 3 2

고리오 영감

을유세계문학전집 · 32

고리오 영감

LE PÈRE GORIOT

오노레 드 발자크 지음 · 이동렬 옮김

❖ 을유문화사

옮긴이 **이동렬**

서울대와 동 대학원에서 불문학을 전공하고 프랑스 몽펠리에 대학교에서 문학박사 학위를 받았다. 서울대 불문과 교수를 역임하고, 현재 동 대학 명예 교수이다. 지은 책으로『스탕달 소설 연구』,『문학과 사회묘사』,『빛의 세기 이성의 문학』등이 있으며 옮긴 책으로『소설과 사회』, 『적과 흑』,『말도로르의 노래』,『좁은 문·전원 교향곡』등이 있다.

을유세계문학전집 32
고리오 영감

발행일·2010년 4월 25일 초판 1쇄 | 2024년 3월 25일 초판 8쇄
지은이·오노레 드 발자크 | 옮긴이·이동렬
펴낸이·정무영, 정상준 | 펴낸곳·(주)을유문화사
창립일·1945년 12월 1일 | 주소·서울시 마포구 서교동 469-48
전화·02-733-8153 | FAX·02-732-9154 | 홈페이지·www.eulyoo.co.kr
ISBN 978-89-324-0362-5 04860 978-89-324-0330-4(세트)

차례

고리오 영감 •9

위대하고 저명하신
조프루아 생틸레르*님께

그분의 업적과 천재성에 찬미를 드리면서

드 발자크

드 콩플랑 가문 출신인 보케르 부인은 파리의 라탱 구(區)와 포부르 생마르소 사이의 뇌브생트주느비에브 가(街)에 자리 잡은 하숙집을 40년 전부터 경영해 오고 있는 노파이다. 보케르 관(館)이라는 이름으로 알려진 이 하숙집은 남녀노소를 불문하고 다 받아들이지만, 이 존중할 만한 하숙집의 풍속이 험담에 오른 적은 결코 없었다. 그렇지만 30년 전부터 이 하숙집에 젊은 여자의 모습이 보인 적도 없었다. 젊은 남자가 그곳에 머무르려면, 가족은 그에게 아주 값싼 하숙비만 대주면 된다. 하지만 이 드라마가 시작되는 시기인 1819년에는, 거기에 가엾은 처녀 하나가 있었다. 드라마라는 말은 이 눈물 짜는 문학의 시대에 함부로 남용되고 마구 왜곡되어 쓰여서 신용이 추락했지만, 여기서는 그 말을 사용할 필요가 있겠다. 그것은 이 이야기가 그 단어의 진정한 의미에서 드라마틱하기 때문이 아니라, 이 작품을 다 읽고 나면, 어쩌면 사람들이 *intra muros et extra* (성[城] 내에서나 성 밖에서) 몇 방울의 눈물을 흘릴지도 모르기 때문이다. 이 이야기가 파리의 밖에서도 이해될 수 있을 것인가? 그것은 의심스럽다. 관찰과 지역적 색채로 가득 찬 이 연극의 특수성은 몽마르트르 언덕과 몽루주 고지(高地) 사이, 당장에라도 무너져 내릴 듯한 벽토와 진흙투성이의 시커먼 개천으로 이루어진 그 유명한 골짜기 안에서만 인정받을 수 있을 것이다. 그 골짜기는 생생한 고통과 거짓투성이의 기쁨으로 가득 차 있고, 너무나 끔찍스럽게 동요되어 있어서, 거기에 얼마간 지속될 감동을 불러일으키기 위해서는 터무니없는 어떤 것이 필요하다. 그렇지만 거기에서도 악덕과 미덕의 집적(集積)이 위대하고 엄숙하게 만들어 주는 고통을 여기저기서 만날 수 있다. 그런 모습을 보면, 이기주의와 이해관계도 잠시 정지되고 동정심을 느끼게 마련이다. 그러나 그런 고통에서 받는 인상이란 급히 삼켜 버린 맛있는 과일과도 같은 것이다. 문명의 마차는 자가나타*의 우상을 실은 마차처럼, 바퀴의 흐름을 방해하는, 다른 사람들보다 부수기 힘든 심성의 사람을 만나 진행이 지체되자마자, 곧 그를 짓이겨 버리고는 영광스런 자신의 행진을 계속하는 것이다. 하얀 손으로 이 책을 집어 들고서, '어쩌면 재미있을지도 모르겠는데'라고 생각하며 폭신한 안락의자에 파묻히는 독자 여러분도 그럴 것이다. 고리오 영감의 남모르는 불행의 이야기를 읽고 난 다음, 여러분은 자신의 무감각을 저자의 탓으로 돌리고, 저자의 과장됨을 공격하고, 시정(詩情)을 비난하면서, 맛있게 저녁 식사를 할 것이다. 아! 그렇지만 알아 두라. 이 드라마는 허구도 아니고, 공상도 아니다. *All is true* (모든 것이 사실이다).* 이 드라마는 너무나 진실된 것이어서, 여러분 각자는 자기 집에서, 어쩌면 자신의 마음속에서 이 드라마의 요소들을 인식할 수 있을 것이다.

하숙집으로 운영되는 건물은 보케르 부인의 소유이다. 그 집은 뇌브생트주느비에브 가의 아래쪽에 위치해 있는데, 그곳은 매우 가파르고 험한 경사에 의해 아르발레트 거리 쪽으로 지형이 내려앉아 있어서, 말들이 그 경사를 오르내리는 일은 아주 드물다. 이런 상황 때문에 발드그라스와 팡테옹의 둥근 지붕 사이에 밀집해 있는 거리들에는 정적이 깃들게 마련이었다. 이 두 기념물은 그 거리들에 누런 빛깔을 던지고, 둥근 지붕들이 투사하는 엄격한 색조로 모든 것을 음울하게 만들면서, 그곳의 분위기를 변화시킨다. 그곳에는 포도(鋪道)는 메말라 있고, 개천에는 진흙도 물도 없으며, 잡초가 담벼락을 따라 자라고 있다. 거기서는 더없이 무심한 사람일지라도 모든 통행인들과 마찬가지로 울적해지며, 마차 지나가는 소리만으로도 그곳에서는 하나의 사건이 되고, 그곳의 집들은 음침하고, 벽들은 감옥의 느낌을 자아낸다. 어쩌다 길을 잃고 그곳에 접어든 파리 사람이 있으면, 그는 거기에서 하숙집들과 학교들, 비참이나 권태, 죽어 가는 노년기와 즐거운 청춘이 공부의 속박에 시달리는 모습밖에는 보지 못할 것이다. 파리의 어떤 구역도 이보다 더 끔찍스럽고, 이보다 더 생소한 곳은 없으리라. 특히 뇌브생트주느비에브 가는 어두운 색깔들과 심각한 생각들을 동원해도 독자의 이해를 위한 준비에 충분하지 못할 이 이야기에 어울리는 유일한 청동의 그림틀과도 같은 곳이다. 마치 여행자가 지하 묘지를 구경하러 내려갈 때, 계단을 하나 하나 내려감에 따라, 햇빛은 점차로 줄어들고 안내자의 노래 소리는 굴속 밑으로 빨려 드는 것과도 같다. 이것은 진실된 비유이다! 말라붙은 심장과 텅 빈 두개골 가운데서 어느 것이 보기에 더 끔찍스러운지 누가 결정할 수 있을 것인가?

하숙집의 정면은 작은 정원을 면하고 있고, 건물이 뇌브생트주느비에브 가와 직각으로 만나고 있기 때문에, 거리에서 건물의 안쪽은 보이지 않았다. 그 집의 정면을 따라서, 건물과 작은 정원 사이에는 한 투아즈* 가량의 폭으로 물받이용 자갈이 깔려 있고, 그 앞으로는 모래를 덮은 산책로가 나 있는데, 산책로의 가장자리는 푸른색과 흰색의 큰 도기 화분에 심은 제라늄, 협죽도, 석류나무들이 장식하고 있었다. 그 산책로는 중간 문을 통해 들어가게 되어 있는데, 그 문 위에는 **보케르 관 ― 남녀노소를 다 받는 하숙집**이라고 쓰인 간판이 달려 있다. 낮 동안에는, 시끄러운 소리를 내는 초인종이 매달린 살문을 통해서, 작은 포도(鋪道)의 끝, 길 맞은편 담 위에, 동네 화가가 그린 녹색 대리석의 아케이드가 얼핏 보인다. 이 그림이 위장하고 있는 움푹 팬 벽 아래에는 사랑의 신 큐피드를 나타내는 동상이 하나 서 있다. 동상을 덮고 있는 군데군데 벗겨진 칠을 보면, 상징에 취미가 있는 애호가들이라면 그곳에서 몇 발짝 떨어진 곳*에서 치료하는 파리의 사랑의 신화를 아마 그 칠에서 발견할는지도 모른다. 동상의 초석(礎石) 밑에는 반쯤 지워진 다음과 같은 비명(碑銘)이 적혀 있는데, 거기에 표명된 1777년 파리로 돌아온 볼테르*에 대한 열광의 감정에 의해서, 이 장식물이 세워진 연대를 상기할 수 있다.

네가 누구이든 간에, 여기 너의 주인이 있노라,

그는 너의 주인이고, 주인이었고, 주인이어야 하느니라.

　어둠이 내리면, 살문은 온전한 문으로 대치된다. 건물 정면의 길이만 한 폭을 가진 작은 정원은 도로 쪽 벽과 이웃집과의 경계벽으로 둘러싸여 있는데, 이웃집을 따라서는 무성한 담쟁이덩굴이 그 집을 완전히 시야에서 가리며 뒤덮고 있어, 파리에서는 보기 드문 아름다운 효과를 내며 통행인들의 눈길을 끈다. 두 벽은 모두 과수장(果樹墻)과 포도나무로 덮여 있는데, 먼지투성이에 자디잔 포도의 결실은 해마다 보케르 부인의 걱정거리였고, 또 하숙인들과 그녀의 얘깃거리가 되기도 했다. 각각의 벽을 따라 보리수 그늘로 이어지는 좁은 길이 나 있는데, 그녀가 본래 드 콩플랑 가(家) 출신임에도 불구하고,* 또 그녀의 하숙인들이 문법적인 잘못을 지적해 주어도, 보케르 부인은 한사코 보리수를 **티외유**라고 발음하는 것이었다.* 측면의 두 좁은 길 사이에는 정방형의 아티초크 밭이 있는데, 그 옆으로는 방추형(紡錘形)으로 전지한 과일 나무들이 늘어서 있고, 밭 가장자리에는 승아, 상추, 또는 파슬리가 심겨 있다. 보리수 그늘 아래에는 초록색 칠을 한 둥근 테이블이 있고, 테이블 주위에는 의자들이 놓여 있다. 삼복 철이면, 커피를 즐길 만한 여유가 있는 회식자(會食者)들은 알을 부화시킬 만큼 심한 더위를 피해 그곳에 와서 커피를 든다. 4층과 그 위에 다락방이 달려 있는 건물 정면은 건축용 작은 돌들로 축조되었고, 파리의 거의 모든 건물에 천박한 인상을 주는 누런색으로 칠해져 있다. 각 층마다 뚫려 있는 다섯 개의 유리창에는 네모난 작은 유리들이 끼워 있고 덧문이 달려 있는데, 덧문은 제각각 들쑥날쑥으로 들어 올려져 있어서 선이 서로 어울리지 않았다. 이 건물의 안쪽에는 두 개의 유리창이 나 있는데, 1층의 유리창에는 철망을 씌운 쇠창살이 장식으로 붙어 있다. 건물 뒤편에는 폭이 20피트쯤 되는 마당이 있는데, 거기에서는 돼지, 닭, 토끼들이 사이좋게 살고 있고, 마당 구석에 장작 광이 서 있다. 이 광과 부엌의 창문 사이에 찬장이 매달려 있어서, 그 밑으로는 기름기 섞인 수챗물이 떨어져 내린다. 이 마당에는 뇌브생트주느비에브 가 쪽으로 좁은 문이 하나 나 있는데, 식모는 악취가 풍길까 봐 물을 많이 퍼부어 더러운 데를 쓸어 내면서 그 문을 통해 집안 쓰레기를 내버린다.

하숙집 경영에 안성맞춤인 이 집 1층의 첫 번째 방은 길 쪽으로 난 두 개의 유리창으로 채광이 되고, 창을 겸한 문을 통해 들어가게 되어 있었다. 이 살롱은 계단 곁에 의해 부엌과 분리되는 식당과 연결되어 있는데, 계단의 층계들은 채색되었으나 닳아빠진 타일과 나무로 만들어져 있었다. 광택 없는 줄무늬와 광택 있는 줄무늬가 교차하는 말총 천을 씌운 의자들과 안락의자들이 놓인 이 살롱을 보는 것보다 더 서글픈 일은 없으리라. 살롱 가운데에는 생탄 대리석* 상판의 둥근 탁자가 있는데, 그 탁자 위에는 반쯤 지워진 금빛 줄 장식이 박힌 흰색 자기 쟁반이 놓여 있다. 그런 자기 쟁반은 오늘날 도처에서 볼 수 있는 것이다. 마루가 고르게 깔리지 못한 이 방의 벽은 난간 높이까지 미장 널이 붙여져 있다. 벽의 나머지 윗부분은 『텔레마코스』*의 주요 장면들이 그려진 벽지로 도배되어 있는데, 그 작품의 고전적 인물들은 색이 칠해져 있다. 철망을 씌운 두 유리창 사이의 벽면은 칼립소가 율리시스의 아들에게 베푼 연회의 그림을 하숙인들에게 보여준다. 40년 전부터 이 그림은 젊은 하숙인들의 농담을 자아내게 하는데, 가난 때문에 어쩔 수 없이 먹는 식사를 조롱하면서 그들은 스스로가 자신들의 현재의 처지보다는 우월하다고 믿는 것이다. 언제나 깨끗한 화덕이 그곳에서는 특별한 경우에만 불을 피운다는 사실을 입증하고 있는 석제(石製) 벽난로 위에는 낡아빠진 조화를 가득 꽂은 두 개의 꽃병이 장식되어 있고, 꽃병 옆에는 형편없는 취향의 푸르스름한 대리석제 괘종시계가 걸려 있다. 이 첫 번째 방에서는 언어 속에는 명칭이 없는 냄새, **하숙집 냄새**라고나 불러야 마땅할 냄새가 발산되고 있다. 그것은 고리타분한 냄새, 곰팡이 냄새, 기름 썩는 냄새이다. 그것은 냉기를 느끼게 하며, 코에 축축한 느낌을 주고, 옷 속에 파고드는 냄새이다. 그것은 막 식사를 마친 방의 냄새를 풍긴다. 그것은 식기, 찬장, 병원의 악취를 풍기는 냄새이다. 젊거나 늙은 하숙인 *sui generis* (각자의 독특한) 카타르성의 분위기가 그곳에 투사하는 구역질나는 원소의 양을 측정할 방법을 찾아낸다면, 아마도 그 냄새를 묘사할 수 있을 것이다. 한데 이런 끔찍스런 모습에도 불구하고, 거기에 인접해 있는 식당과 비교한다면, 여러분은 이 살롱이 여인의 규방처럼 우아하고 향기롭다고 생각할 것이다. 벽면이 전부 나무판자로 되어 있는 이 식당은 지금은 구별이 안 되는 한 가지 색깔로 예전에는 채색되어 있었는데, 이 채색은 그 위에 겹겹이 때가 끼어 기괴한 형상들이 그려진 그림의 바탕을 이루고 있다. 식당에는 끈적끈적한 찬장들이 붙어 있고, 찬장에는 퇴색되고 가장자리가 들쑥날쑥으로 이지러진 물병들, 물결무늬가 새겨진 둥근 양철 그릇들, 투르네에서 제조된 둘레가 푸른색을 띤 두터운 도자기 접시 더미들이 들어 있다. 식당 모퉁이에는 번호가 매겨진 여러 개의 칸막이가 달린 상자 하나가 놓여 있는데, 그것은 얼룩지고 포도주 자국이 난 하숙인 각자의 냅킨들을 보관하는 상자이다. 그곳에서는 더 이상 부서질 수 없는 가구들, 문명의 잔해와 같은 인간들이 폐질자 구제원에 수용되듯, 도처에서 추방당했으나 그곳에 와 처박히게 된 그런 가구들을 만나게 된다. 비올 때면 튀어나오는 카푸친회 수도사의 형상이 달린 청우계, 금선 장식 테두리의 니스 칠을 한 목제(木製) 액자에 끼워진 입맛 떨어지게 만드는 흉측스러운 판화들, 구리 장식이 박힌 거북 등 껍질로 만든 괘종시계, 초록빛 난로, 먼지와 기름이 뒤범벅되어 있는 캥케식 양등(洋燈), 익살스런 외래 하숙인* 하나가 손가락을 첨필처럼 사용해서 거기에 제 이름을 새길 정도로 기름기가 덕지덕지 낀 밀랍 입힌 천으로 덮여 있는 긴 테이블, 불구가 된 의자들, 결코 찢어지는 일이 없이 항상 늘어나는 에스파르토 섬유로 만든 작고 초라한 신발 닦개들, 그리고 구멍은 깨지고, 접합점은 뜯겨 나가고, 목제(木製) 부분은 까맣게 탄화된 비참한 각로(脚爐)들, 여러분은 거기에서 그런 것들을 보게 될 것이다. 이 가구들이 얼마나 낡고, 금가고, 썩고, 흔들거리며, 좀먹었는가, 또 얼마나 수족이 잘려 나가고, 애꾸이며, 폐질에 걸려 숨이 넘어가고 있는가를 설명하려면 긴 묘사가 필요하겠는데, 그러자면 이 이야기의 흥미가 너무 지연될 것이고, 바쁜 사람들이 용서치 않을 것이다. 바닥의 붉은 타일은 마찰되어 닳고 또 색칠하고 하는 사이에 생겨난 굴곡으로 가득 차 있다. 요컨대 여기에는 시정(詩情)이라고는 없는 비참, 인색하고, 농축되고, 꾀죄죄한 비참이 도사리고 있는 것이다. 그 비참은 아직 진흙투성이는 아닐지라도 얼룩투성이이며, 아직은 구멍이 숭숭 뚫린 누더기가 아닐지라도, 그것은 곧 썩어 무너져 내릴 운명의 비참이다.

아침 7시경, 보케르 부인의 고양이가 제 여주인보다 먼저 나와, 찬장으로 뛰어 올라가서는, 접시로 덮여 있는 몇 개의 사발 속의 우유 냄새를 맡고, 아침마다 들리는 '가르릉' 소리를 낼 때면 이 식당은 모든 광채를 발한다. 뒤이어 곧 과부가 모습을 드러내는데, 얇은 명주 망사로 만든 보닛 아래로 헝클어진 가발 타래를 늘어뜨린 그녀는 구겨진 슬리퍼를 질질 끌면서 걷는다. 한가운데에 앵무새 주둥이 같은 코가 튀어나온 그녀의 늙수그레하고 통통한 얼굴, 통통하게 살찐 그녀의 작은 두 손, 교회의 쥐처럼 포동포동한 그녀의 몸, 펄럭이며 나부끼는 너무도 팽팽한 그녀의 코르사주는 불행이 스며 나오고, 투기가 웅크리고 있는 그 식당과 조화를 이루고 있다. 보케르 부인은 후끈한 악취가 풍기는 그 식당의 공기를 구역질도 느끼지 않고 들이마신다. 가을 첫서리처럼 냉랭한 그녀의 얼굴, 무희의 판에 박힌 미소로부터 어음 할인 중개인의 냉혹한 찌푸림으로 삽시간에 표정이 바뀌는 그녀의 주름진 두 눈, 요컨대 그녀의 모습 전체가, 하숙집이 그녀의 모습을 내포하는 것처럼, 그 하숙집을 설명해 준다. 간수 없는 감옥이 있을 수 없듯이, 여러분은 그 둘 중에서 하나를 빼고 다른 하나를 상상할 수는 없을 것이다. 마치 티푸스가 병원의 발산물의 결과이듯, 이 작은 부인의 희끄무레하게 살찐 모습은 그러한 생활의 산물이다. 낡은 드레스를 고쳐 만든 치마 아래로 늘어져 있으며, 터진 천의 틈새로는 솜이 삐죽이 나와 있는 털실로 짠 그녀의 속치마는 살롱과 식당과 작은 정원을 요약하며, 부엌을 예고하고, 하숙인들을 예감케 하는 것이다. 그녀가 거기에 있으면, 그곳의 풍경은 완성된다. 대략 쉰 살쯤 된 보케르 부인은 **불행을 겪은 모든 여인들**과 닮은 모습이다. 그녀는 흐릿한 눈과, 좀 더 비싼 값을 받아 내기 위해서는 싸움도 주저하지 않을 뚜쟁이 같은 태도를 지니고 있다. 그녀는 자신의 운명을 완화하기 위해서라면 무슨 짓이라도 할 태세가 되어 있어서, 만약 조르주*나 피슈그뤼*를 아직도 당국에 밀고할 수만 있다면, 서슴없이 그들을 밀고했을 것이다. 그렇지만 하숙인들은 그 여자가 자기들처럼 기침을 하고 우는 소리를 내는 것을 들으면서, 그녀에게도 재산이 없다고 생각하고는, 그녀도 **근본은 착한 여자**라고 얘기들을 한다. 보케르 씨는 어떤 사람이었던가? 그녀는 고인에 대해서는 전혀 얘기하려 들지 않았다. 그 사람은 어떻게 해서 자기 재산을 잃었던가? 불행 때문에, 라고 그녀는 대답했다. 그 남자는 그녀를 잘 대해 주지 않았고, 그녀에게 남겨 준 것이라고는 울기 위한 두 눈과 살아갈 이 집과, 그리고 어떠한 불행에도 동정하지 않을 권리뿐이었다. 자기는 인간이 겪을 수 있는 모든 고통을 다 겪었기 때문에 그런 권리를 누릴 수 있다는 것이 그녀의 말이었다. 여주인이 종종걸음 치는 소리를 들으면, 식모인 뚱보 실비가 서둘러 나와서 상주(常住) 하숙인들의 아침 식사를 차리는 것이었다.

일반적으로 외래 하숙인들은 월 30프랑씩 하는 저녁 식사에만 예약을 해두고 있었다. 이 이야기가 시작되는 시기에는, 내부 하숙인의 숫자가 일곱 명이었다. 2층에는 이 집에서 가장 좋은 두 개의 방이 있었다. 보케르 부인은 그중에서 헐한 쪽 방에 기거했고, 다른 방은 프랑스 공화국 시절 지불 명령관이었던 사람의 미망인인 쿠튀르 부인이 쓰고 있었다. 그 부인은 빅토린 타유페르라는 이름의 아주 젊은 여자를 데리고 있으면서, 그녀의 어머니 역할을 했다. 이 두 여인의 하숙비는 1천 8백 프랑이나 되었다. 3층의 두 방에도 모두 사람이 들어 있었는데, 한 방에는 푸아레라는 이름의 노인이 들어 있었고, 다른 방에는 약 40세 정도의 남자로서, 검은 가발을 쓰고, 구레나룻을 염색하고 다니며, 이전에 도매 상인 노릇을 했다고 말하는 보트랭 씨란 사람이 들어 있었다. 4층은 네 개의 침실로 이루어져 있는데, 그중 두 개의 방에 사람이 들어 있었다. 한 방은 미쇼노 양이라는 이름의 늙은 처녀가 쓰고 있었고, 다른 방은 이탈리아 식 국수와 전분(澱粉) 등을 만드는 옛 제면업자(製麵業者)로서 고리오 영감이라고 불리는 사람이 쓰고 있었다. 나머지 두 방은 고리오 영감이나 미쇼노 양처럼 그들의 숙식비로 월 45프랑밖에 낼 수 없는 철새와도 같은 불운한 학생들이 쓰도록 되어 있었다. 그러나 보케르 부인은 그런 학생들의 출현을 별로 바라지 않았고, 더 나은 하숙인을 찾을 수 없을 경우에만 그들을 받아들였다. 학생들은 빵을 너무 많이 먹기 때문이었다. 그런데 지금은 그 두 방 중 하나를 앙굴렘 인근에서 법학 공부를 하러 파리에 올라와 있는 청년이 쓰고 있었다. 그 청년의 다수 가족은 그에게 연간 1천 2백 프랑의 돈을 보내 주기 위하여 극도의 궁핍을 겪고 있었다. 외젠 드 라스티냐크라는 이름의 이 젊은 이는 부모들이 그들에게 거는 희망을 어린 시절부터 이해하는 청년들, 진작부터 그들의 학업의 가치를 계산하고, 사회를 쥐어짤 제1인자가 되기 위해 사회의 미래의 움직임에 미리부터 그 학업을 적응시키면서 자신의 멋진 운명을 준비해 가는, 불행 때문에 공부에 단련된 그런 청년들 가운데 하나였다. 호기심 넘치는 그의 관찰과 파리 사교계의 살롱들 속에 뚫고 들어갈 수 있었던 그의 재주가 없었더라면, 이 이야기는 진정한 색조로 채색되지 못했을 것이다. 그의 명민한 정신 덕분에, 그리고 상황을 만들어 낸 사람들이나 그것을 감내하는 사람이나 마찬가지로 조심스럽게 은폐하는 무서운 상황의 비밀을 꿰뚫어 보려는 그의 욕구 덕분에, 이 이야기의 진정한 색조는 살아나는 것이다.

4층 위에는 빨래를 너는 데 쓰는 헛간 하나와, 그리고 심부름꾼 아이인 크리스토프와 식모인 뚱보 실비가 잠을 자는 두 개의 지붕 밑 방이 있었다. 7명의 내부 하숙인들 이외에도, 보케르 부인은 매년 평균해서 8명 정도의 법과 대학생들이나 의과 대학생들, 그리고 그 구역에 살면서 저녁 식사만 하도록 예약한 두세 명의 단골손님을 가지고 있었다. 식당은 저녁때면 18명을 수용했는데, 20여 명까지는 받아들일 수 있었다. 그러나 아침에는 7명의 하숙인들만 거기 모였는데, 조반 동안의 그들의 모임은 가족의 식사와도 같은 모습을 보여주었다. 그들은 각자 슬리퍼 차림으로 내려와서는, 외래 하숙인들의 차림새나 모습에 대해서든 또는 지난밤의 사건들에 대해서든, 친밀한 신뢰감을 보이며 서로 은밀한 얘기들을 주고받는 것이었다. 이 7명의 하숙인들은 보케르 부인의 응석받이 아이들과도 같았는데, 그녀는 그들의 하숙비 액수에 따라서, 천문학자와 같은 정확성을 가지고 그들에게 정성과 존중을 배분했다. 그와 똑같은 고려가 우연히 모여든 이 사람들에게도 영향을 미쳤다. 3층의 두 하숙인들은 월 72프랑씩밖에는 지불하지 않았다. 자선 산원(産院)과 여자 양로원 사이의 생마르셀 교외에서만 볼 수 있는 이런 싼 하숙비 ― 쿠튀르 부인만이 거기에 예외였다 ― 는 이 하숙인들이 어느 정도 분명히 드러나는 불행의 무게에 짓눌려 있음을 알려주는 것이다. 따라서 이 집의 내부가 보여주는 한심한 풍경은 마찬가지로 황폐한 이 집 거주자들의 복장에도 되풀이되는 것이었다. 남자들은 퇴색해서 무슨 색인지 알아볼 수도 없는 프록코트를 입고 있었고, 좋은 동네에서라면 길모퉁이에 내던질 것 같은 구두를 신고 있었으며, 그들의 내의는 해지고, 그들의 겉옷은 옷의 형상만을 갖춘 것들이었다. 여자들은 재벌 염색을 했으나 또다시 색이 바래고 유행이 지난 드레스, 수선한 낡은 레이스, 오래 써서 반들반들한 장갑, 언제나 갈색이 도는 장식 깃, 해어져 올이 풀린 숄을 착용하고 있었다. 옷차림이 이런 꼴인 반면에, 그들 거의 모두는 강건한 체격과 인생의 폭풍우에 저항해 온 체질, 냉랭하고 무뚝뚝하며 유통 정지된 동전의 표면처럼 마모된 얼굴 모습을 보여주었다. 이지러진 입은 탐욕스런 이빨로 무장

되어 있었다. 이 하숙인들은 이미 끝나 버렸거나 아니면 아직도 진행 중인 드라마를 예감케 해주었다. 그것은 화폭의 장식 사이에서 각광을 받으며 상연되는 드라마가 아니라, 생생한 무언(無言)의 드라마, 가슴을 뜨겁게 뒤흔들어 놓는 소름 끼치는 드라마, 그칠 줄 모르고 계속되는 드라마인 것이다.

늙은 처녀 미쇼노는 동정(同情)의 천사라도 놀라게 할 만한 놋쇠 줄로 테를 두르고 초록색 호박단으로 만든 더러운 햇가리개를 그녀의 쇠약해진 두 눈 위에 두르고 있었다. 눈물에 젖은 초라한 술 장식이 달린 그녀의 숄은 해골을 감싸고 있는 듯이 보였다. 그만큼 그 숄이 가리고 있는 형체는 뼈만 앙상한 모습이었다. 어떤 산(酸)이 이 인간에게서 여성적 형체를 벗겨 가 버렸던가? 그 여자는 아마도 예쁘고 몸매가 멋졌을지도 모른다. 그것이 악덕이었던가, 슬픔이었던가, 탐욕이었던가? 그녀는 지나치게 사랑에 탐닉했던 것인가? 그녀는 장신구 상인이었던가, 아니면 단지 매춘부였던가? 그녀는 쾌락이 쇄도했던 오만한 청춘의 의기양양함을 행인도 피해 가는 이런 노년으로 속죄하고 있는 것인가? 희끄무레한 그녀의 시선은 냉기를 내뿜고, 오그라든 그녀의 얼굴은 위협을 느끼게 했다. 그녀의 목소리는 겨울이 닥쳐올 무렵 숲 속에서 우는 매미와도 같이 찢어지는 듯한 소리였다. 그녀는 돈이 없으리라고 믿고서 자식들이 내버린 방광 카타르에 걸린 한 노인을 자기가 돌보아 주었노라고 얘기하곤 했다. 그 노인이 그녀에게 1천 프랑의 종신 연금을 물려주었는데, 그것이 상속자들과 주기적으로 다툼 거리가 되어, 그녀는 그들의 중상모략의 대상이 되어 있다고

했다. 정열의 장난이 그녀의 얼굴을 파괴했음에도 불구하고, 거기에는 아직 하얀 살결과 피부 조직의 섬세성의 잔해가 약간 남아 있어서, 그녀의 몸이 얼마간 아름다움의 흔적을 간직하고 있으리란 추측을 가능하게 했다.

푸아레 씨는 일종의 기계 장치와 같은 인간이었다. 헐렁한 낡은 모자로 머리를 가리고, 손에는 누렇게 바랜 상아 손잡이가 달린 단장을 가까스로 그러쥐고, 거의 속이 비어 있는 듯한 짧은 바지와 술 취한 사람의 다리처럼 휘청거리는 파란 양말을 신은 다리를 잘 가려 주지 못하는 퇴색한 프록코트 자락을 펄럭거리며, 칠면조 모가지 같은 목둘레에 비끄러맨 넥타이와는 잘 어울리지 않는 쭈그러진 두터운 모슬린 천 가슴 장식과 더러운 하얀색 조끼를 내보이면서, 그가 식물원의 오솔길을 따라 잿빛 그림자처럼 늘어져 있는 모습을 보고서, 많은 사람들은 이 희미한 그림자 같은 사내도 이탈리아 대로를 나는 듯이 활보하는 자페*의 자손들의 그 대담한 종족에 과연 속하는 것인가 하고 의아해하는 것이었다. 어떤 일이 이 사람을 그처럼 오그라들게 할 수 있었던가? 어떤 정열이 그의 동그란 얼굴을 흑갈색으로 변색케 했기에, 만화로 그려 놓는다면 현실의 인간 같아 보이지 않게 만들었단 말인가? 그는 어떤 사람이었었던가? 어쩌면 그는 법무성 서기로서, 친부모 살해범 처형에 쓰는 검은 베일이라든지, 잘린 머리를 담는 바구니용 톱밥이라든지, 칼의 끈 같은 것의 공급에 든 비용 계산서를 사형집행인들로부터 발송받는 부서에서 근무했는지도 모른다. 어쩌면 그는 도살장의 문간에서 세금을 걷는 자였는지도 모르며, 또는 위생국의 부검사관이었는지도 모른다. 요컨대 그 사내는 사회라는 우리의 거대한 방앗간의 당나귀들 가운데 한 마리였고, 저를 속여먹은 베르트랑을 알지도 못하는 파리의 라통* 가운데 한 마리였던 것 같다. 그는 공적(公的) 불운이나 불결이 그 위에서 돌아갔던 축(軸)과 같은 존재로서, 그런 자들을 보면 "어쨌든 이런 인간도 필요하기는 하지"라고 우리가 말하게 되는 그런 사람들 가운데 하나였다. 아름다운 파리는 정신적 또는 육체적 고통으로 창백해진 이런 얼굴들을 알지 못한다. 그러나 파리는 정말로 대양과도 같다. 거기에 수심 측정기를 던져 보아도, 당신은 결코 그 대양의 깊이를 알지 못할 것이다. 이 대양을 답사하고, 묘사하겠다고! 그것을 답사하고 묘사하는 데 당신이 아무리 정성을 기울인다 할지라도, 이 바다의 탐험가들이 아무리 숫자가 많고 관심이 크다 할지라도, 거기에는 언제나 처녀지와 미지의 동굴이 있고, 꽃들, 진주들, 괴물들이 있으며, 문학적 잠수부들이 망각한 엄청난 어떤 것이 있을 것이다. 보케르 관도 그런 흥미로운 기괴한 괴물 가운데 하나이다.

이 하숙집에서는 두 사람의 얼굴이 하숙인들 및 식사 손님들의 무리와 뚜렷한 대조를 이루고 있었다. 빅토린 타유페르 양은 빈혈에 걸린 처녀들과 흡사한 병적인 창백함을 지니고 있었고, 습관적인 슬픈 모습과 부자연스러운 태도, 빈약하고 가냘픈 모습으로 인하여 이 풍경의 배경을 이루고 있는 일반적인 고통과 결부되어 있기는 했지만, 어쨌든 그녀의 얼굴은 늙지 않았고, 그녀의 동작과 그녀의 목소리는 민첩했다. 이 불행한 처녀는 맞지 않는 토양에 최근에 옮겨 심어져 잎이 노랗게 변한 관목과도 같았다. 그녀의 다갈색을 띤 얼굴, 엷은 황갈색이 도는 그녀의 블론드 머리, 너무 호리호리한 그녀의 몸매는 현대 시인들이 중세의 작은 조상(彫像)들에서 발견하는 것과 같은 매력을 나타내고 있었다. 검은색이 섞인 그녀의 잿빛 눈은 기독교적인 부드러움과 인종(忍從)을 나타내 보였다. 단순하고 값싼 옷차림임에도 불구하고 그녀의 젊은 형체는 드러나 보였다. 그녀는 다른 사람들과의 대조에 의해서 예뻐 보였다. 행복했더라면 그녀는 매혹적인 모습이었을 것이다. 화장이 여자들의 치장인 것처럼, 행복은 여자들의 시(詩)인 것이다. 만약 무도회의 기쁨이 이 창백한 얼굴을 장밋빛으로 물들였더라면, 우아한 생활의 달콤함이 이미 가볍게 파인 그녀의 뺨을 가득 채우고 주홍빛으로 채색했더라면, 사랑이 그녀의 슬픈 두 눈에 생기를 불어넣어 주었더라면, 빅토린은 가장 아름다운 처녀들과 아름다움을 다툴 수도 있었을 것이다. 그녀에게는 여성을 재창조하는 물건인 옷치장과 연애편지가 결여되어 있었다. 그녀의 내력은 책 한 권의 주제가 될 만한 것이었다. 그녀의 아버지는 그녀를 자식으로 인정하지 못할 이유가 있다고 생각하고서, 그녀를 자기 곁에 두기를 거부하고, 연간 6백 프랑씩밖에는 그녀에게 주지 않았으며, 재산을 모두 아들에게만 물려주기 위해서 자기 재산의 법적 상태를 변경해 두고 있었다. 빅토린의 어머니 ─ 그녀는 이전에 쿠튀르 부인 집에 와 있다가 절망 끝에 죽었다 ─ 의 먼 친척뻘인 쿠튀르 부인이 이 고아를 거두어 친자식처럼 돌보아 주었다. 그러나 불행하게도 공화국 군대 지불 명령관의 미망인인 쿠튀르 부인은 그녀의 과부 재산과 연금 외에는 아무 것도 가진 것이 없었다. 그래서 그녀는 경험도 재산도 없는 이 가엾은 처녀를 어느 날엔가는 세파에 그대로 내맡기게 되는지도 모를 처지였다. 이 착한 부인은 어찌 됐든 빅토린을 신앙심 깊은 여자로 만들기 위해, 일요일마다 그녀를 미사에 데리고 갔으며, 2주일마다 고해성사에 데리고 다녔다. 부인의 생각이 옳았다. 종교적 감정이 인정받지 못한 이 아이에게 미래에 대한 희망을 주어서, 그녀는 자기 아버지를 사랑했고, 어머니의 용서를 구하려고 매년 아버지 집으로 향하는 것이었다. 그러나 그녀는 매년 막무가내로 걸어 잠긴 아버지 집의 문에 부딪혀야 했다. 그녀의 유일한 중재자인 오빠는 4년 동안 한 번도 여동생을 보러 온 적이 없었으며, 그녀에게 어떤 도움도 보내오지 않았다. 그녀는 아버지의 눈을 뜨게 하고, 오빠의 마음을 녹여 달라고 하느님께 애원했으며, 그들을 비난하지 않고 그들을 위해 기도했다. 쿠튀르 부인과 보케르 부인은 그런 야만적인 행위를 규정할 단어들을 욕설 사전에서도 다 찾아내지 못할 지경이었다. 이 부인들이 그 비열한 백만장자를 저주할 때면, 빅토린은 상처받은 비둘기의 노래 소리와도 같은 부드러운 말로 달래곤 했는데, 그 고통에 찬 울음소리에는 아직도 사랑이 배어 있는 것이었다.

외젠 드 라스티냐크는 전적으로 남불인(南佛人)다운 얼굴 모습으로서, 피부는 희고, 머리칼은 까맣고, 눈은 파란색이었다. 그의 풍모와 그의 태도, 그리고 그의 습관적인 몸가짐은 귀족 가문의 자제임을 나타내 주는 것으로서, 어린 시절에 가문에서 받은 교육이 훌륭한 취미의 전통으로 이루어져 있음을 말해 주고 있었다.

그가 옷을 아끼고, 보통 때는 지난해에 입었던 옷을 다 닳도록 입는다 할지라도, 어쨌든 그는 때로는 멋쟁이 청년과 같은 옷차림으로 외출할 수도 있었다. 대개 그는 낡은 프록코트와 형편없는 조끼를 입고 다녔고, 학생들이 매는 퇴색한 검은 넥타이를 되는대로 매고 다녔으며, 바지도 비슷한 차림이었고, 장화는 밑창을 갈아 댄 것이었다.

이 두 인물과 다른 하숙인들 사이에서, 구레나룻을 염색한 40대의 남자 보트랭은 중간적인 사람이었다. 그는 사람들이 "참 대단히 호탕한 남자야!"라고 얘기할 만한 그런 사람들 중의 하나였다. 그의 어깨는 넓었고, 가슴은 잘 발달되어 있었으며, 근육이 울퉁불퉁했고, 두툼하고 네모진 손의 지골(指骨)에는 짙은 적갈색의 털이 무성하게 솟아나 있었다. 때 이르게 주름살이 깊이 팬 그의 얼굴은 유연하고 상냥한 그의 태도와는 대조되는 엄격함의 표정을 띠고 있었다. 그의 거친 쾌활함과 조화를 이루는 중간 저음의 그의 목소리는 듣기에 불쾌하지 않았다. 그는 친절했고 웃기를 좋아했다. 어떤 자물쇠가 말을 잘 안 들으면, 그는 "이런 건 내가 잘 알지"라고 말하면서, 곧 자물쇠를 분해해서, 수선하고, 기름칠을 하고, 줄질을 하고는 다시 뜯어 맞추는 것이었다. 그뿐만 아니라 그는 배, 바다, 프랑스, 외국, 사업, 사람들, 사건들, 법률, 관청들과 감옥들까지 모르는 것이 없었다. 만약 어떤 사람이 심하게 한탄을 하면, 그는 곧 그 사람에게 원조의 손길을 뻗쳤다. 그는 보케르 부인과 몇몇 하숙인들에게도 여러 차례 돈을 꾸어 준 적이 있었다. 그러나 그의 채무자들은 그에게 돈을 갚지 않느니 차라리 죽는 편을 택할 것이다. 그의 호인다운 태도에도 불구하고, 그는 심오하고도 결단에 가득 찬 어떤 시선으로 그만큼 두려움을 불러일으키는 것이었다. 그가 침을 뱉는 태도를 보면, 그는 좋지 않은 처지에서 벗어나기 위해서라면 주저하지 않고 범죄라도 저지를 것 같은 태연한 냉정성을 엿보게 해주었다. 준엄한 재판관처럼, 그의 눈길은 모든 문제, 모든 의식, 모든 감정의 밑바닥까지 꿰뚫어 보는 듯했다. 아침 식사 후에 외출했다가, 저녁을 먹으러 돌아오고, 또 밤 시간 내내 밖에 나가 있다가, 자정 무렵 해서 보케르 부인이 그에게 맡긴 만능 열쇠를 이용해 문을 따고 집으로 돌아오는 것이 그의 생활 습관이었다. 오직 그 사람만이 그런 특권을 누리고 있었다. 그는 또 주인 여자와 아주 사이가 좋아서, 그녀를 엄마라고 불렀으며, 가벼운 아양 삼아 그녀의 허리를 껴안곤 했다. 보트랭만이 그녀의 육중한 허리를 껴안을 만큼 긴 팔을 지니고 있는 터이기도 해서, 주인 여자는 그의 행동을 그저 대수롭지 않은 일로 여기고 있었다. 디저트 때 그가 마시는 브랜디를 탄 커피 값으로 매월 15프랑씩을 선뜻 치르는 것도 그의 성격의 한 단면을 보여주는 것이었다. 파리 생활의 소용돌이에 휩쓸린 젊은이들이나, 자기들과 직접 관계되지 않는 것에는 무관심한 노인네들보다는 신중한 사람들일지라도 보트랭이 자기들에게 야기하는 수상쩍은 인상에 별로 주의를 기울이지는 않았을 것이다. 그는 자기 주위 사람들의 일을 알고 있거나 짐작하고 있는 반면에, 그의 생각이나 하는 일을 꿰뚫어 볼 수 있는 사람은 아무도 없었다. 그는 눈에 띄는 호의와 한결같은 친절과 쾌활함을 자기와 타인들 사이에 울타리처럼 치고 있었음에도 불구하고, 종종 그의 성격의 무시무시한 심연을 드러내 보이는 일이 있었다. 그는 때때로 유베날리스*에게나 어울릴 듯한 경구(警句)를 발하며, 법률을 조롱하고, 상류 사회를 공격하고, 상류 사회의 자체 모순을 고발하기를 좋아했는데, 이런 점으로 미루어 그가 사회의 현상에 원한을 품고 있고, 그의 생애의 밑바닥에는 조심스럽게 숨겨 둔 비밀이 도사리고 있으리라는 추측을 가능하게 했다.

자신도 모르는 사이에, 보트랭의 힘과 라스티냐크의 미에 이끌린 타유페르 양은 이 40대의 남자와 젊은 대학생 사이에 자신의 은밀한 눈길과 남모를 생각을 분배하고 있었다. 그러나 어느 날엔가는 우연이 그녀의 처지를 바꿔 놓아 그녀를 부유한 결혼 상대자로 만들 수도 있을 것이련만, 그들 중 누구도 그녀의 생각을 하는 것으로는 보이지 않았다. 게다가 하숙인들 가운데 아무도 그들 중 한 사람이 내세우는 불행이 거짓인지 아니면 사실인지를 애써 확인해 보려 들지 않았다. 그들 모두는 각자의 처지에서 비롯되는 불신이 섞인 무관심을 상호간에 품고 있었다. 그들은 서로의 고통을 덜어 주기에는 자신들이 무력하다는 것을 알고 있었고, 그들 모두가 고통의 얘기를 주고받음으로써 이미 애도의 술잔을 다 비워 버린 셈이었다. 늙은 부부와도 같이, 그들은 더 이상 주고받을 얘기 거리가 없었다. 그들 사이에 남아 있는 것이라고는 기계적 생활의 관계, 기름기 없는 톱니바퀴의 작동뿐이었다. 그들 모두는 길에서 눈 먼 거지를 보아도 똑바로 지나쳐 갈 것이고, 불행의 얘기를 아무 감동 없이 들을 것이며, 더없이 무서운 단말마의 고통에 대해서도 그들을 냉정하게 만든 그 비참의 문제의 해결책은 죽음밖에 없다고 생각할 것이다. 이 황폐한 영혼들 가운데서 그래도 가장 행복한 사람은 이 자유로운 양로원에 군림하는 보케르 부인이었다. 적막함과 추위, 메마름과 축축함이 스텝 지대처럼 광막하게 만들어 놓고 있는 그 작은 정원이 그녀에게만은 쾌적한 작은 숲이었다. 카운터의 녹청 냄새를 풍기는 이 누렇고 우중충한 집이 그녀에게만은 지극한 즐거움을 지니고 있었다. 감옥의 독방과도 같은 방들은 그녀의 소유였다. 그녀는 존중받는 권위를 행사하면서 종신형에 처해진 이 죄수 같은 하숙인들을 부양하고 있었다. 이 불쌍한 존재들은 청결하고 충분한 식사와, 우아하고 안락하지는 못할지언정 적어도 깨끗하고 위생적으로 유지할 수는 있는 방을, 그녀가 제공하는 값으로 파리의 어디에서 찾아낼 수 있을 것인가? 그녀가 명백하게 부당한 처사를 한다 해도, 그 희생자는 불평 없이 그것을 감내했을 것이다.

이와 같은 모임은 사회 전체의 요소들을 소규모로 제시하게 마련인 바, 실제로 그것을 제시해 보이고 있었다. 18명의 회식자(會食者)들 가운데는, 학교나 사교계에서와 마찬가지로, 그에게로 조롱이 비 오듯 쏟아지는 한 명의 가엾은 혐오의 존재, 한 명의 천덕꾸러기가 있었다. 외젠 드 라스티냐크의 하숙 생활 두 해째 초에, 그에게는 이 가엾은 사람의 얼굴이 아직도 2년간이나 더불어 살게 되어 있는 모든 사람들의 얼굴 가운데서 가장 두드러진 것이 되었다. 이 *Patiras* (놀림감)란 옛 제면업자인 고리오 영감이었는데, 이야기꾼도 그렇게 하겠지만, 화가라면 자기 그림의 모든 빛을 그의 머리 위로 집중시킬 것이다. 어떤 우연이 작용해서, 반쯤은 증오심이 담긴 이런 멸시, 동정이 섞인 이런 학대, 불행을 아랑곳하지 않는 이런 태도가 최고참 하숙인을 후려치게 되었을까? 사람들이 악덕만큼도 잘 용서하지 않는 우스꽝스러움이나 기괴함의 어떤 면모가 그것의 원인이었던가? 이런 문제는 많은 사회적 불공정성과 긴밀한 연관이 있다. 어쩌면 진정한 겸손이나 나약함, 또는 무관심 때문에 모든 것을 참고 견디는 사람에게 모든 시련을 가하려는 근성이 인간성 속에 있는지도 모른다. 우리 모두는 어떤 사람이나 어떤 사물을 희생물로 삼아 우리의 힘을 증명해 보이기를 좋아하지 않는가? 가장 허약한 존재인 어린애도 얼어붙는 추운 날씨에 집집마다 초인종을 눌러 대거나, 제 이름을 써넣으려고 새 기념물 위로 기어오르는 것이다.

약 69세의 노인인 고리오 영감은 사업에서 손을 뗀 후, 1813년에 보케르 부인 집으로 물러앉았다. 처음에 그는 현재 쿠튀르 부인이 쓰고 있는 거처에 들었으며, 그때는 5루이*쯤 더 내고 덜 내는 것을 하찮게 여기는 사람으로서, 1천 2백 프랑의 하숙비를 지불했다. 보케르 부인은 그가 거처할 방 세 개를 수리하는 데 드는 비용을 선금으로 받아서는, 노란 캘리코천 커튼, 유트레히트 산(産) 비로드를 씌운 니스 칠을 한 목제 안락의자들, 몇 장의 데트랑프 화(畵), 교외의 선술집에서도 쓰지 않았을 것 같은 벽지 등으로 이루어진 형편없는 실내 장식의 비용으로 충당했다고 말했다. 그 시기에는 정중하게 고리오 씨라고 불리었던 고리오 영감이 무심한 관대성을 보이며 쉽게 속아 넘어가자, 보케르 부인은 그를 세상 물정을 모르는 바보로 여기게 되었다. 고리오는 사업에서 은퇴하면서 대상인답게 돈을 전혀 아끼지 않고 마련한 훌륭한 옷들로 가득 찬 옷장을 하나 가지고 왔다. 보케르 부인은 드미올랑드 천*으로 만든 열여덟 벌의 셔츠를 보고 감탄을 금치 못했다. 제면 업자는 그의 고정된 가슴 장식 위에 사슬로 연결되어 있고 각각 굵은 다이아몬드가 박혀 있는 두 개의 장식 핀을 매달고 있었으므로, 셔츠의 정결함은 더욱 두드러져 보였다. 보통 연푸른 색 복장 차림이었던 그는 매일같이 흰색의 누빈 천으로 만든 조끼를 입었는데, 조끼 밑으로는 배[梨] 모양으로 튀어나온 그의 배가 출렁거렸고, 그러면 패물이 장식된 무거운 금 시곗줄이 튀어 오르는 것이었다. 마찬가지로 금제품인 그의 코담배 갑에는 머리칼이 가득 든 메달 하나가 달려 있어서, 보기에 따라서는 그가 여자 관계가 많았던 사람이라고 생각할 수 있게 했다. 여주인이 그를 **한량**이라고 공박할 때면, 그는 말을 쓰다듬어 주는 듯한 중산층 남자의 쾌활한 미소를 그저 입술에 떠올릴 뿐이었다. 그의 **오르무아르***(그는 서민 투로 그 단어를 그렇게 발음했다)는 그의 가정의 많은 은그릇으로 가득 차 있었다. 국자들, 스튜용 숟가락들, 식기들, 기름 그릇들, 소스 그릇들, 여러 개의 접시들, 도금한 은제품인 아침 식사용 식기 세트들을 풀어 정돈하는 일을 친절하게 도와주면서, 주인 과부의 눈은 휘둥그레졌다. 그것들은 고리오 영감이 버리고 싶어하지 않는, 여러 마르크*의 무게가 나가는 상당히 아름다운 그릇들이었다. 이 선물들은 그에게 자기 가정생활의 존엄성을 상기시켜 주는 것이었다. 그는 접시 하나와, 뚜껑에 서로 입을 맞추고 있는 멧비둘기 두 마리가 그려 있는 작은 대접 하나를 손에 꼭 쥐고서 보케르 부인에게 이렇게 말했다. "이건 아내가 우리 결혼기념일에 내게 준 첫 선물이지요. 가엾은 여자 같으니라고! 아내는 이걸 마련하느라고 처녀 때의 저축을 모두 썼었죠. 아시겠어요, 부인? 이것과 떨어지느니 차라리 나는 내 손톱으로 땅을 긁는 편을 택할 거요. 그러나 다행스럽게도, 나는 여생 동안 매일 아침 이 대접으로 커피를 들 수 있겠지요. 나는 한탄할 처지는 아니고, 오랫동안 편안히 먹고살 만하오." 마지막으로 보케르 부인은 까치 같은 밝은 눈으로 공채 등록 대장에서 몇 장의 등기 증서를 보았는데, 그것은 대략 어림 계산으로도, 이 뛰어난 고리오란 사람에게 약 8천 내지 1만 프랑의 소득을 가져다 줄 만한 액수였다. 바로 그날부터, 당시의 실제 나이는 48세였지만 39세 정도의 나이로 자처했던, 드 콩플랑 가문 출신의 보케르 부인은 모종의 생각을 품게 되었다. 고리오의 눈 가장자리는 뒤집히고, 부풀고, 늘어져 있어, 자주 눈을 닦아 내지 않으면 안 되었지만, 보케르 부인은 그에게서 유쾌하고 그럴듯한 모습을 발견했다. 그런데다가 네모난 그의 긴 코와 함께 그의 살찌고 불룩 튀어나온 장딴지는 이 과부가 특히 집착하는 듯한 도덕적 품성을 예감케 해주었으며, 그 호인의 둥글고 바보같이 순박한 얼굴은 그런 품성을 확실히 믿게 해주었다. 그는 자신의 모든 정신을 감정에 쏟을 수 있는, 강건한 체구의 어수룩한 사람임에 틀림없었다. 매일 아침 이공과 대학의 이발사가 와서 분을 발라 주는 비둘기 날개 모양의 그의 머리털은 그의 아래 이마에 다섯 갈래의 뾰족한 선을 그리면서 그의 얼굴 전체를 잘 꾸며 주었다. 약간 촌스럽기는 했지만, 그는 아주 멋을 내어 몸치장을 했고, 아주 풍부하게 코담배를 집어 들어서는, 언제나 자기 담배 갑에 마쿠바 담배가 가득 찬 것을 확신하는 사람답게 그것을 들이마셨기 때문에, 고리오 씨가 자기 집에 자리 잡은 날 밤 자리에 누운 보케르 부인은 마치 라드에 싸여 불에 구워지는 자고새처럼, 보케르의 상복을 벗어버리고 고리오 부인으로 다시 태어나고 싶은 욕망의 불길에 사로잡혀 몸이 달았다. 결혼해서, 하숙집을 팔고, 부르주아 계급의 정수(精髓)와 같은 이 사람과 팔짱을 끼고 다니며, 동네의 명사 부인이 되어, 극빈자들을 위한 의연금 모금을 하고, 일요일마다 슈아지나 수아시나 장티에서 작은 파티를 연다. 7월이면 그녀의 하숙인 가운데 누군가가 그녀에게 가져다주던 극작가 초대권을 기다릴 필요 없이, 자기 마음대로 칸막이 좌석으로 연극 구경을 간다. 그녀는 이렇게 파리 소시민 가정의 모든 엘도라도를 꿈꾸었다. 그녀는 한 푼 한 푼 모은 돈 4만 프랑을 소유하고 있다는 사실을 아무에게도 고백한 적이 없었다. 그녀는 재산 관계로 보더라도 분명히 자기가 어울리는 결혼 상대라고 생각했다. "그 나머지 것에 있어서도 나는 그 사람에게 뒤질게 없어!"라고 중얼거리면서, 그녀는 아침마다 뚱보 실비가 판에 박은 듯이 칭찬을 늘어놓는 그녀의 매력을 스스로 확인하려는 듯 침대에서 몸을 뒤척였다. 그날부터 약 3개월 동안, 하숙집에 출입하는 존중할 만한 인사들에게 어울리는 어떤 예절을 자기 집에 부여할 필요성이 있다는 구실을 내세워, 과부 보케르는 고리오 씨의 이발사를 이용하면서 얼마간의 몸치장 비용을 썼다. 이제부터는 모든 면에서 가장 훌륭한 사람들만 받아들이겠다는 주장을 내세우면서, 그녀는 자기 하숙인들의 면면을 바꿔 보려고 많은 책략을 부렸다. 처음 보는 사람이 나타나기만 하면, 그녀는 파리의 가장 유력하고 존경할 만한 실업가들 중 한 분인 고리오 씨가 자기 집을 선택했다고 자랑을 늘어놓는 것이었다. 그녀는 선전 팸플릿을 배포했는데, 팸플릿 첫머리에는 **보케르 관**이라고 대문자로 적혀 있고, 그 아래에는 다음과 같이 씌어 있었다. "이 집은 라탱 구역에서 가장 오래되고 가장 평판 높은 하숙집들 가운데 하나이다. 이 집에는 고블랭 골짜기를 향한 더없이 쾌적한 전망(4층에서는 골짜기가 보이기는 했다)과 **예쁜** 정원이 있고, 정원 끝에는 보리수가 우거진 **산책로**가 펼쳐져 있다." 그녀는 그 팸플릿에서 좋은 공기와 조용함에 대해서도 얘기했다. 그 팸플릿이 그녀에게 드랑베르메닐 백작 부인을 이끌어 오게 했다. 백작 부인은 36세의 여인이었는데, 전쟁터에서 죽은 장군의 미망인 자격으로 받게 되어 있는 연금의 청산과 지불을 기다리고 있는 중이라고 했다. 보케르 부인은 식사 준비에 정성을 기울였고, 살롱에는 1년에 6개월 가까이나 불을 피웠으며, 자신의 선전 팸플릿에서 한 약속을 잘 지켜 **온갖 성의를 다하였다**. 그러자 백작 부인은 보케르 부인을 **소중한 친구**라고 부르면서, 보케르 관보다 값이 비싼 마레의 한 하숙집에서 계약 기간이 다 끝나 가는 자기의 두 친구 드 보메를랑 남작 부인과 대령이었던 피쿠아조 백작의 미망인을 그녀의 하숙집으로 데려오겠다고 약속했다. 이 두 부인은 국방성의 해당 부서가 업무를 끝냈더라면 아주 넉넉한 처지일 것이라는 얘기였다. "그러나 관공서는 일을 질질 끌어요." 백작 부인은 말했다. 두 미망인은 저녁 식사 후에 함께 보케르 부인의 방으로 올라가서, 여주인이 먹으려고 마련해 둔 과자를 나눠 먹고 까막까치밥 술을 마시면서 잡담을 나누곤 했다. 드 랑베르메닐 부인은 고리오에 대한 여주인의 생각에 적극 찬동을 표했고, 자기는 첫날부터 그 뛰어난 생각을 짐작했었다고 말하면서, 자기도 고리오를 훌륭한 사람으로 여긴다고 했다.

"아! 이봐요, 그 사람은 내 눈처럼 싱싱하고, 아직도 여자에게 많은 즐거움을 줄 수 있는 아주 젊어 보이는 남자예요." 미망인은 보케르 부인에게 이렇게 말하는 것이었다.

자신의 포부와는 잘 어울리지 않는 보케르 부인의 차림새에 대해 백작 부인은 너그럽게 충고를 해주었다. "당신은 전쟁 준비의 차림을 할 필요가 있어요." 그녀는 보케르 부인에게 말했다. 많은 계산 끝에, 두 미망인은 함께 팔레루아얄에 가서, 〈갈르리 드 부아〉 상점에서 깃털 장식이 달린 모자 하나와 보닛 하나를 샀다. 백작 부인은 그녀의 친구를 〈라 프티트 자네트〉 상점으로 이끌고 갔고, 거기서 그녀들은 옷 한 벌과 목도리 하나도 골랐다. 이런 보급이 행해지고 성장(盛裝)을 하자, 보케르 부인은 〈뵈프 아 라 모드〉 식당 간판 그림과 아주 흡사해 보였다.* 어쨌든 그녀는 자기가 몰라보게 변했음을 알게 되어, 백작 부인에게 많은 신세를 졌다고 생각하고는, 남에게 잘 베푸는 편이 아니었음에도 불구하고, 20프랑짜리 모자 하나를 받아 달라고 백작 부인에게 청했다. 실상 그녀는 고리오의 심중을 타진하고, 또 그에게 자기를 추켜세우는 일을 백작 부인에게 부탁할 심산이었던 것이다. 드 랑베르메닐 부인은 이런 술책에 아주 다정하게 응해서, 늙은 제면업자를 공략해 그 사람과의 면담을 얻어내는 데 성공했다. 그러나 그녀는 자기 자신을 위해 그를 유혹해 보려는 욕망을 품고서 은근한 시도를 해본 끝에, 고리오가 그런 유혹에는 막무가내이거나 지나치게 수줍은 사람임을 알고는, 그의 무례함에 격분해서 자리를 나와 버렸다.

"이보세요, 당신은 그 남자에게서는 아무 것도 끌어낼 수 없을 거예요! 그는 가소롭게도 의심이 많아요. 그자는 구두쇠에다가, 바보이고 어리석어서 당신에게 불쾌감밖에는 주지 못할 거예요." 백작 부인은 자기 친구에게 이렇게 말했다.

고리오 씨와 드 랑베르메닐 부인 사이에 그런 일이 벌어져서, 백작 부인은 그와는 더 이상 한 집에 머물기도 원하지 않았다. 다음날 그녀는 6개월 치의 하숙비를 지불하는 것을 잊고, 5프랑밖에는 안 나갈 헌옷 한 벌만 남겨 둔 채로 자취를 감춰 버렸다. 그녀를 찾는 데 보케르 부인이 아무리 극성을 부렸어도, 드 랑베르메닐 백작 부인에 관해서는 파리에서 아무런 정보도 얻을 수 없었다. 보케르 부인은 암고양이보다도 의심이 많은 여자였음에도 불구하고, 자기가 사람을 너무 믿는다고 한탄하면서, 이 통탄할 사건 얘기를 자주 했다. 그러나 그녀는 자기들과 가까운 사람들은 불신하면서 처음 보는 사람에게는 마음을 터놓는 그런 많은 사람들과 비슷한 경우였다. 이것은 기이하지만 실재하는 정신 현상으로서, 그런 현상의 근원을 사람의 마음속에서 찾아보기는 쉽다. 어떤 사람들은 가까이에 함께 사는 사람들로부터는 얻을 것이 아무 것도 없는 것인지도 모른다. 그들은 가까운 사람들에게 자기들 마음의 허점을 보인 다음에는, 자기들이 그에 상응하는 엄격한 기준으로 그들로부터 심판을 받는다고 은밀히 느끼는 것이다. 그러나 자기들에게 결핍되어 있는 아첨에 대한 억제할 수 없는 필요성을 느끼거나, 자기들이 갖고 있지 못한 장점을 가지고 있는 듯이 내보이고 싶은 욕망에 사로잡힌 나머지, 그들은 언젠가는 그것을 잃을 위험을 무릅쓰고, 낯선 사람들의 존경이나 애정을 불시에 차지하기를 바라는 것이다. 요컨대 친구나 가까운 사람들에게는 당연한 선행을 전혀 베풀지 않는 태어날 때부터 욕심 사나운 개인들이 있다. 반면에 그들은 낯모를 사람들에게는 도움을 베풂으로써, 그 사람들로부터 자존심의 이득을 얻는 것이다. 그들의 애정의 원주가 그들과 가까우면 가까울수록 그들은 덜 사랑하고, 그것이 멀어질수록 그들은 더 친절해지는 것이다. 아마도 보케르 부인은 본질적으로 비열하고, 거짓되고, 가증스런 이런 두 가지 성질을 다 지니고 있는 것 같았다.

"내가 여기 있었더라면, 그런 불행한 일은 일어나지 않았겠지요! 내가 그 어릿광대 계집의 낯가죽을 멋지게 벗겨 보였을 텐데. 나는 그런 인간들의 **상판대기**를 잘 알거든요." 얘기를 들은 보트랭은 여주인에게 이렇게 말하는 것이었다.

옹졸한 사람들이 모두 그렇듯이, 보케르 부인은 사건의 범주에서 벗어나지 못하고, 사건의 원인을 제대로 판단하지 않는 습성을 지니고 있었다. 그녀는 자기 자신의 잘못을 타인에게 전가하기를 좋아했다. 그런 손실이 발생하자, 그녀는 정직한 제면업자를 자기

불운의 원인으로 간주하여, 그때부터 그 사람에 대한 미망에서 깨어나기 시작했다고 얘기했다. 자신의 아양과 몸치장 비용이 다 허사임을 알게 되자마자, 그녀는 곧 그 이유를 짐작해 내게 되었다. 그녀는 자기의 하숙인이, 그녀 자신의 표현에 따르자면, 벌써부터 수상쩍은 태도를 보여 왔음을 알아차렸다고 했다. 그처럼 달콤하게 품어 왔던 그녀의 희망이 망상적 기반에 근거해 있었다는 것과, 사람을 잘 알아보는 여자처럼 보였던 백작 부인의 단호한 말마따나, 그 남자로부터는 아무것도 끌어낼 수 없으리라는 것이 마침내 그녀에게 증명되었던 것이다. 그녀는 그에게 품었던 우호적 감정보다 훨씬 정도가 심한 반감을 필연적으로 그에게 품게 되었다. 그녀의 증오심은 고리오에게 품었던 애정에 비례하는 것이 아니라, 자신의 깨어진 희망에 비례하는 것이었다. 인간의 마음은 애정의 고지를 오를 때에는 휴식을 취하는 일도 있지만, 증오의 감정의 가파른 비탈을 내려올 때는 멈추는 일이 드물다. 그러나 어쨌든 고리오 씨는 그녀의 하숙인이었으므로, 과부는 그녀의 상처받은 자존심의 폭발을 억제하고, 그 실망이 그녀에게 야기한 한숨을 숨기고, 수도원장에게 박해받는 수도승처럼 자신의 복수욕을 삼키지 않으면 안 되었다. 왜소한 인간들이란 좋건 나쁘건 간에 그들의 감정을 끊임없는 비루한 짓거리들로 만족시키는 법이다. 과부는 자신의 희생물에 대한 은밀한 학대를 찾아내는 데 여자로서의 앙큼함을 다 사용했다. 그녀는 자기 하숙집에 끌어들였던 사치스러운 것들을 제거하는 일로부터 시작했다. "이제부터 오이 절임도 멸치도 놓지 마라. 그런 건 다 쓸데없는 짓이야!" 예전의 식단으로 되돌아간 날 아침 그녀는 실비에게 이렇게 말했다. 고리오 씨는 자수성가한 사람들에게 필요한 절약이 습관으로 변한 아주 검소한 사람이었다. 수프, 삶은 고기 몇 점, 야채 한 접시 정도가 그가 좋아하는 저녁 메뉴였고, 또 앞으로도 언제나 그럴 것 같았다. 그래서 보케르 부인에게는 이 하숙인을 괴롭히기가 대단히 어려웠다. 그녀는 어떻게 해서도 그의 입맛을 상하게 할 수 없었던 것이다. 공격할 수 없는 사람을 만난 데 절망을 느낀 보케르 부인은 그의 평판을 떨어뜨리기 시작했으며, 그렇게 함으로써 재미 삼아 자기의 복수를 도와주는 다른 하숙인들로 하여금 고리오에 대한 자신의 반감을 공유하게 했다. 첫 1년이 끝나 갈 무렵, 이 과부의 불신감은 극도에 달해 있어서, 7, 8천 프랑이나 되는 금리를 받고, 훌륭한 은그릇들과 정부 노릇 하는 여자의 보석만큼이나 아름다운 보석들을 소유한 이 부유한 상인이 무엇 때문에 자기 재산에 비해 그처럼 보잘것없는 하숙비를 지불하며 자기 집에 머무는지 그녀는 의아하게 생각했다. 첫해의 대부분의 기간 동안, 고리오는 1주일에 한두 번쯤은 밖에서 저녁 식사를 했다. 그러더니 한 달에 두 번으로 외식의 횟수가 슬그머니 줄어들게 되었다. 고리오 씨와 나들이 식사는 보케르 부인의 이익에 잘 부합하는 것이어서, 이 하숙인이 점점 더 정확하게 하숙집에서 식사를 하게 된 것에 대해 그녀는 불만을 품지 않을 수 없었다. 그녀는 이러한 변화를 고리오의 재산의 점차적 감소와 함께 여주인을 괴롭히려는 그의 욕망의 탓으로 돌렸다. 소인배들의 가장 가증스런 습성의 하나는 자기들의 비루함을 다른 사람들도 가지고 있으리라고 가정하는 것이다. 불행하게도 두 번째 해가 끝날 무렵, 고리오 씨는 3층으로 자기 하숙방을 옮기고 하숙비를 9백 프랑으로 내려 줄 것을 보케르 부인에게 부탁함으로써, 자기를 둘러싼 사람들의 입방아가 틀리지 않았음을 보여주었다. 그는 극도의 절약이 필요해져서 겨울 동안에도 자기 방에 불을 피우지 않았다. 보케르 미망인은 선금을 지불하라고 요구했고, 고리오 씨는 그 요구에 동의했다. 그때부터 그녀는 그를 고리오 영감이라고 불렀다. 모두들 앞다투어 이 영락(零落)의 원인을 알아내려고 했다. 그것은 힘든 탐색이었다. 가짜 백작 부인이 말했듯이, 고리오 영감은 엉큼하고 말없는 사람이었다. 쓸데없는 것밖에는 할 얘기가 없기 때문에 모두가 경솔하게 마련인 머리가 텅 빈 사람들의 논리에 따르자면, 자기들의 일에 대해 말하지 않는 사람들은 나쁜 일을 하고 있음에 틀림없는 것이다. 그런 논리에 따라서 이 뛰어난 사업가는 사기꾼이 되었고, 이 한량은 괴짜 늙은이가 되었다. 이 무렵에 보케르 관에 와서 살게 된 보트랭의 견해에 따르면, 고리오 영감은 증권 시장에 출입하다 파산한 후로는, 금융계 용어의 심한 표현에 의하자면, 공채에 **푼돈 투기를 해먹는** 사람이었다. 때로는 그는 매일 저녁 도박에 10프랑씩 내기를 걸어 따먹는 졸때기 노름꾼이 되기도 했다. 또 때로는 그가 고위 경찰에 붙어 있는 밀정으로 의심받기도 했으나, 보트랭은 그 사람이 **그럴** 정도로 약삭빠르지는 못하다고 주장했다. 고리오 영감은 또 주(週) 단위로 이자 놀이를 하는 수전노가 되기도 했고, 복권 추첨 때마다 매번 동일 번호에 금액을 올려 거는 사람이 되기도 했다. 이처럼 사람들은 악덕과 수치와 무능이 야기할 수 있는 가장 수상쩍은 모든 것을 그에게 갖다 붙이는 것이었다. 다만 그의 행동이나 그의 악덕이 아무리 비천하다 할지라도, 그가 불러일으키는 혐오감 때문에 그가 하숙에서 추방당하는 처지에까지는 이르지 않았다. 그는 어쨌든 자기 하숙비를 내고 있었던 것이다. 그런데다가 하숙인 각자는 농담이나 폭언을 퍼부음으로써 자기의 좋고 나쁜 기분을 그에게 풀 수 있었으므로, 그는 유용한 존재이기도 했다. 가장 그럴듯하고 또 일반적으로 받아들여지는 견해는 보케르 부인의 견해였다. 그녀의 말을 들으면, 몸이 아주 건강하고 싱싱해서 아직도 여자들에게 많은 즐거움을 줄 수 있는 그 남자는 변태적 취미를 가진 탓이라는 것이었다. 보케르 미망인의 험구를 뒷받침해 주는 사건은 다음과 같다. 여섯 달 동안이나 보케르 부인을 등쳐먹고 살았던 그 끔찍스런 백작 부인이 떠난 몇 개월 후의 어느 날 아침, 잠자리에서 일어나기도 전에, 보케르 부인은 층계에서 비단옷이 살랑거리는 소리와 고리오의 방으로 미끄러지듯 올라가는 젊고 날렵한 여자의 귀여운 발자국 소리를 들었다. 한데 고리오의 방 문은 때마침 살짝 열려 있었다. 즉시 뚱보 실비가 나타나서는 **마치 여신처럼 차려 입고**, 흙이 묻지 않은 모직 편상화를 신고, 너무나 예뻐서 정직한 보통 여자로는 볼 수 없는 한 젊은 여자가 길에서 부엌으로 뱀장어처럼 미끄러져 들어와서는 고리오 씨의 방이 어디냐고 묻더라고 여주인에게 얘기했다. 보케르 부인과 식모는 엿듣기 시작했고, 얼마 동안 계속된 방문 동안에 그들이 정답게 주고받는 몇 마디 말을 알아들을 수 있었다. 고리오 씨가 **그의 귀부인**을 배웅하려고 나가

자마자, 뚱보 실비는 이 사랑하는 한 쌍을 뒤쫓아 가보려고, 장보러 가는 척하고 바구니를 들고 나섰다.

"아주머니, 그들의 사는 품을 보니, 고리오 씨는 엄청난 부자가 틀림없어요. 글쎄, 에스트라파드 광장 모퉁이에 호화찬란한 마차 한 대가 서 있었는데, **그 여자**가 거기 올라타더라니까요." 집으로 돌아오자 실비는 여주인에게 이렇게 말했다.

식사하는 동안, 햇빛 한 줄기가 고리오의 눈에 내려 비치자, 그의 불편을 막으려고 보케르 부인은 커튼을 잡아당겨 쳤다. 그러고는 아침에 고리오가 받았던 방문을 암시하면서 그녀는 이렇게 말했다.

"고리오 씨, 당신은 미인들의 사랑을 받나 보죠, 햇빛까지도 당신을 찾아다니고. 아이참! 당신은 취미도 고상해서, 그 여자 아주 예쁘더군요!"

"그 애는 내 딸이었소." 그는 일종의 자랑스러움을 내보이며 말했는데, 하숙인들은 그 태도에서 체면을 지키려는 늙은이의 거드름을 보고자 했다.

그 방문이 있은 지 한 달 후, 고리오 씨는 또 다른 방문을 받았다. 처음에는 아침 화장 차림으로 왔던 그의 딸이 이번에는 저녁 식사 후에 사교계에 나가려는 듯한 옷차림을 하고 왔다. 살롱에서 잡담에 열중하고 있던 하숙인들은 그 여자에게서 날씬한 몸매에 우아한 금발 미녀의 모습을 볼 수 있었는데, 그 모습은 고리오 영감 같은 사람의 딸이라기에는 너무나 뛰어난 자태였다.

"두 번째 여자야!" 그 여자를 알아보지 못한 뚱보 실비가 이렇게 말했다.

며칠 후에는, 키가 크고 몸매가 멋지며, 갈색 피부에, 검은 머리칼과 생기 있는 눈매를 한 또 다른 여자가 고리오 씨를 만나기를 청했다.

"세 번째 여자야!" 실비가 말했다.

처음에는 역시 아침에 자기 아버지를 만나러 왔었던 이 두 번째 여자가 며칠 후에는, 저녁에 무도복 차림으로 마차를 타고 왔다.

"네 번째 여자군!" 보케르 부인과 뚱보 실비가 말했다. 그 여자들은 이 귀부인의 모습에서 첫 방문 때의 아침에 간편한 차림이었던 여자의 흔적을 전혀 알아보지 못했던 것이다.

고리오가 아직 1천 2백 프랑의 하숙비를 지불하고 있던 시절이었다. 보케르 부인은 부유한 남자가 네댓 명의 정부를 거느리는 것은 아주 자연스러운 일이라고 생각했고, 정부들을 자기 딸이라고 둘러대는 고리오가 몹시 능란한 사람이라고까지 생각했다. 그녀는 고리오가 여자들을 보케르 관으로 불러들이는 것에 대해서는 전혀 기분 나빠하지 않았다. 다만 그 방문들은 자기에 대한 그 하숙인의 무관심을 설명해 주는 것이었기 때문에, 두 번째 해가 시작될 무렵부터 그녀는 그를 **늙은 수고양이**라고 불렀다. 마침내 이 하숙인이 9백 프랑의 하숙비밖에는 못 내는 처지로 전락하자, 어느 날 그 여인들 중의 하나가 고리오의 방에서 내려오는 것을 보고는, 보케르 부인은 도대체 자기 집을 뭐로 만들 작정이냐고 그에게 아주 불손하게 물었다. 고리오 영감은 그 부인이 자기 큰딸이라고 그녀에게 대답했다.

"그러면 당신에겐 딸이 서른여섯 명은 있는가 보죠?" 보케르 부인은 신랄하게 말했다.

"내게는 딸이 둘뿐이랍니다." 빈궁에 순순히 따르게 된 파산자의 온순한 태도로 하숙인이 대답했다.

세 번째 해가 끝나 갈 무렵, 고리오 영감은 4층으로 방을 옮기고, 하숙비를 월 45프랑씩만 내게 됨으로써, 지출을 더욱더 줄였다. 그는 담배를 끊었고, 그의 이발사를 오지 않게 했고, 머리에 분을 바르지 않았다. 고리오 영감이 머리에 분을 바르지 않은 채 처음으로 모습을 드러냈을 때, 여주인은 그의 머리 색깔을 보고는 놀라서 소리를 질렀다. 그의 머리털은 초록빛이 도는 더러운 회색이었던 것이다. 남모르는 슬픔이 매일 매일 조금씩 더 황량하게 만들어 놓은 그의 얼굴 모습은 식탁을 채우고 있는 모든 얼굴 가운데 가장 처량해 보였다. 이제는 더 이상 의심의 여지가 없었다. 고리오 영감은 늙은 난봉꾼이어서, 그의 병 때문에 필요했던 약의 유해한 영향으로부터 그나마 그의 눈이 보존될 수 있었던 것도 다 의사의 기술 덕분이라고들 얘기했다. 구역질나는 그의 머리 색깔도 그의 방탕과 또 방탕을 계속하기 위해 그가 복용한 약에 기인하는 것이라고들 했다. 이 사람의 육체적 정신적 상태는 그런 수다를 정당화시켜 주었다. 그의 옷가지가 다 떨어지자, 그는 1온*에 14수씩 하는 무명을 사서 그의 멋지던 리넨 속옷을 대신했다. 그의 다이아몬드들, 그의 금 담배 갑, 그의 시계 줄, 그의 보석들은 하나씩 하나씩 사라졌다. 그는 연푸른색 야회복과 화려한 양복 대신, 여름이건 겨울이건 가리지 않고, 거친 밤색 천으로 만든 프록코트와 염소 털로 짠 조끼와 잿빛 양가죽 바지를 걸쳤다. 그는 점점 몸이 말라 갔다. 그의 장딴지는 늘어졌고, 부르주아적 행복의 만족감으로 부풀었던 그의 얼굴에는 터무니없이 주름살이 잡혔으며, 그의 이마에도 주름이 졌고, 그의 턱은 뼈가 앙상하게 드러났다. 뇌브생트주느비에브 가에 그가 자리 잡은 지 4년째 되는 해에는, 그는 더 이상 처음의 그의 모습과는 닮지 않아 보였다. 채 40도 안 돼 보였던 62세의 이 선량한 제면업자, 쾌활한 거동이 행인들에게 즐거움을 주었고, 젊은 면모가 배어 있는 미소를 머금었던, 통통하고, 기름지고, 우둔함으로 활기가 있었던 이 부르주아가 이제는 얼빠지고, 휘청거리며, 희끄무레한 70대 노인으로 보였다. 그처럼 생기가 넘쳤던 그의 푸른 눈은 희미한 철회색을 띠었고, 창백해졌고, 더 이상 눈물을 흘리지 않았으며, 붉은 눈 가장자리는 피눈물을 흘리는 것처럼 보였다. 그는 어떤 사람들에게는 공포심을 불러일으켰고, 또 다른 사람들에게는 동정심을 불러일으켰다. 젊은 의대생들은 그의 아래 입술이 밑으로 쳐진 것에 주목하고 그의 안면각 정점을 측정해 보고 나서, 그를 한참 동안 윽박질러 보았으나 아무 대답도 끌어내지 못한 연후에, 그가 크레틴병에 걸렸다고 선언했다. 어느 날 저녁, 식사 후에, 보케르 부인이 그의 아버지 자격을 의심하면서, "한데, 당신 딸들은 이제 당신을 보러 오지 않나요?" 하고 농담조로 그에게 말을 건네자, 고리오 영감은 마치 여주인이 자기를 쇠꼬챙이로 찌르기라도 한 듯이 몸을 부르르 떨었다.

"그 애들은 때때로 옵니다." 그는 흥분된 목소리로 대답했다.

"아! 아! 당신은 아직도 때때로 그 여자들을 보는군요! 브라보, 고리오 영감!" 대학생들이 떠들어댔다.

　그러나 노인은 그의 대답이 야기한 농담은 듣지도 않고, 깊은 명상에 빠져 버렸는데, 그를 피상적으로 관찰한 사람들은 그의 태도를 지능의 결핍에 기인한 노년기의 마비 상태로 생각했다. 만약 사람들이 그를 잘 알고 있었더라면, 아마도 그들은 그의 육체적 정신적 상태가 제시하는 문제에 강한 관심을 가질 수도 있었을 것이다. 그러나 그보다 더 어려운 일은 없었다. 고리오가 정말로 제면업자였는지, 그의 재산 액수가 얼마나 되는지를 알아보는 것은 쉬운 일이었음에도 불구하고, 그에 관해서 호기심을 가진 나이 많은 사람들은 그들이 사는 구역을 벗어나는 적이 없이 바위에 붙어 사는 굴처럼 그저 하숙집에 눌러 붙어 살고 있었다. 다른 사람들로 말하자면, 뇌브생트주느비에브 가를 벗어나기만 하면, 파리 생활의 독특한 유혹에 이끌려서, 자기들이 조롱하는 가련한 늙은이를 곧 잊어버리는 것이었다. 마음이 좁은 이런 늙은이들이나 무심한 젊은이들이나 마찬가지로, 고리오 영감의 적나라한 비참함이나 그의 우둔한 태도로 미루어 보아, 그 사람이 재산이 있었다거나 어떤 능력이 있었다는 것은 도저히 믿을 수가 없었다. 그가 자기 딸이라고 얘기하는 여자들에 관해서는, 모두들 보케르 부인과 의견을 같이했는데, 그녀는 밤마다 수다를 떠는 데 열심인 늙은 여자들이 갖게 마련인 모든 것을 억측해 대는 습관의 엄격한 논리를 동원해서 이렇게 말하는 것이었다. "만일 고리오 영감에게 그를 만나러 왔던 귀부인들처럼 그렇게 부자인 딸들이 있다면, 그 영감은 매달 45프랑씩을 내고 내 집 4층에 살지도 않을 것이며, 가난뱅이 같은 옷차림을 하지도 않을 거예요." 이런 추론을 부인할 수 있는 것은 아무 것도 없었다. 따라서 이 드라마가 돌발한 시기인 1819년 11월 말경에는, 이 하숙집의 모든 사람들이 그 불쌍한 늙은이에 대해서 확정된 견해를 갖고 있었다. 그 사람에게는 딸도 아내도 있은 적이 없다는 것이었다. 그는 젊은 시절의 지나친 쾌락 때문에 달팽이 같은 인간, 인간의 형체를 띤 연체동물 같은 것이 되었으며, 식권을 내고 이 하숙집에 식사하러 다니는 단골손님인 한 박물관 직원의 표현에 의하면, 굳이 모각류(帽殼類)라고나 분류할 수 있을 것이라고 했다. 고리오에 비하면 푸아레는 독수리 같은 사람이고, 신사였다. 어찌 됐든 푸아레는 얘기를 하고, 이치를 따지고, 말대꾸를 했다. 그는 다른 사람들이 하는 말을 단어를 바꾸어 되풀이하는 습관을 가지고 있었기 때문에, 얘기를 하고, 이치를 따지고, 말대꾸를 하면서 푸아레가 의미 있는 말을 하는 것은 실상 아무 것도 없었다. 그러나 그는 대화에 끼어들고, 생기가 있고, 민감해 보였다. 반면에 고리오 영감은, 또다시 박물관 직원의 표현을 빌자면, 끊임없이 레오뮈르* 온도계의 0도 상태에 머물러 있는 사람이었다.

외젠 드 라스티냐크는 뛰어난 젊은이들이나 또는 역경 때문에 일시적으로 엘리트의 자질을 갖게 된 사람들이 경험했을 것 같은 정신 상태 속에서 방학 후 파리로 귀환했다. 그가 파리에 머문 첫 해 동안은, 대학의 초보 과정에서 요구하는 공부가 많지 않기 때문에, 그는 자유롭게 물질적 파리의 눈에 띄는 즐거움들을 맛볼 수 있었다. 각 극장의 상연 목록을 알고, 파리라는 미로의 출구들을 연구하고, 관습을 알고, 언어를 배우고, 수도의 독특한 환락에 익숙해지고, 좋고 나쁜 장소들을 샅샅이 뒤지고, 재미있는 강의들을 듣고, 박물관들의 보물들을 다 둘러보기를 원한다면, 학생은 시간이 부족하게 마련이다. 그때 학생은 어리석은 짓들에 열중하면서 그것을 무슨 장엄한 일로 생각하게 된다. 그는 자신의 위인을 갖게 되는데, 예를 들어 청중의 지적 수준에 머물면서 보수를 받아먹는 콜레주 드 프랑스의 교수 같은 인물이다. 그는 오페라코미크의 1등 관람석에서 예쁜 여자를 보면 넥타이를 고쳐 매고 자세를 바로 잡는다. 이런 연속적인 입문 과정 속에서 그는 어린 티를 벗고, 인생의 지평선을 넓히며, 마침내 사회를 구성하는 겹겹이 쌓인 인간의 층들을 이해하게 되는 것이다. 그가 아름다운 날씨에 샹젤리제에서 행렬을 지어 가는 마차들을 감탄하기 시작하면, 그는 곧 그런 마차들을 부러워하기에 이른다. 문과 대학과 법과 대학 입학 자격을 얻은 후 방학을 맞아 시골로 떠났을 때는, 외젠은 자신도 모르는 사이에 이런 수련을 다 겪고 난 후였다. 그의 유년기의 환상이며 그의 시골뜨기 같은 생각은 다 사라지고 없었다. 그의 변화된 지성과 고양된 야심이 그에게 아버지의 장원과 가족 가운데에서 사태를 정확히 보도록 해주었다. 그의 아버지와 어머니, 그의 두 남동생과 두 여동생, 그리고 연금이 재산의 전부인 아주머니 한 분이 작은 라스티냐크 영지에서 살고 있었다. 약 3천 프랑의 연소득을 올리는 이 영지는 포도밭의 상업적 산출물에 소득이 좌우되는 만큼 불안정했음에도 불구하고, 매년 그를 위해서 1천 2백 프랑씩을 빼어 내야만 했다. 그에게는 너그럽게 숨기고 있던 그 계속적인 궁핍상, 그의 어린 시절에는 그처럼 예뻐 보였던 제 누이들과 그리고 그가 꿈꾸어 왔던 아름다움의 전형을 현실화한 듯한 파리의 여인들 사이의 어쩔 수 없는 비교, 자기에게 기대를 걸고 있는 그 다수 가족의 불안한 미래, 보잘것없는 소출이라도 움켜쥐려는 눈에 띄는 절약의 노력, 압착기의 포도 찌꺼기로 만든 가족용 음료, 그리고 여기에 일일이 기록할 필요가 없을 많은 사정들이 그의 출세의 욕망을 한없이 증가시켰고, 그에게 영달의 갈망을 불러일으켰다. 위대한 영혼들에게서 볼 수 있는 바와 같이, 그는 오직 자신의 능력에만 기대기를 원했다. 그러나 그의 정신은 현저하게 남불적(南佛的) 특징을 지니고 있어서, 어떤 일을 실행할 때에는, 그의 결심은 망설임에 강한 영향을 받았는데, 그것은 어느 쪽으로 배를 저어야 할지, 어떤 각도로 돛을 올려야 할지를 모른 채 바다 한가운데에 떠 있는 젊은이들을 사로잡는 그런 망설임이었다. 처음에는 맹렬하게 공부에 매진하려 하다가도, 곧 연줄을 만들어야 할 필요성에 유혹받아서, 그는 사회생활에서 여자들의 영향력이 얼마나 큰가를 주목하고, 문득 여성 후견인들을 정복하기 위해서 사교계에 투신할 생각을 해냈다. 열정적이고 재기발랄한 자기 같은 젊은이에게 어찌 여성 후견인들이 없을 수 있겠는가? 그의 기지와 열정은 우아한 태도와 또 여자들이 기꺼이 사로잡히는 일종의 정력적인 미모로 인하여 더욱 돋보이지 않는가? 이런 생각이 산책하는 동안 밭 가운데에서 그를 사로잡았다. 전에는 자기들과 쾌활하게 산책을 하던 오빠가 이제 매우 변했다고 누이들은 생각했다. 그의 아주머니인 드 마르시야크 부인은 예전에 궁정에 출입한 적이 있어서, 고위 귀족들을 알고 있었다. 아주머니가 그에게 자주 들려주었던 추억담 속에서, 이 젊은 야심가는 불현듯 여러 가지 사회적 정복의 요소들을 알아보았는데, 그런 정복은 적어도 그가 법과 대학에서 시도하는 정복만큼 중요한 것이었다. 그는 아직도 다시 이어질 가능성이 있는 친척 관계에 대해 아주머니에게 물어보았다. 족보 계통수(系統樹)의 가지들을 뒤흔들어 보고 난 다음, 노부인은 이기적인 부유한 혈족들 가운데 자기 조카에게 도움을 줄 수 있는 모든 사람들 중 그래도 드 보세앙 자작 부인이 가장 호의적일 것이라고 생각했다. 드 마르시야크 부인은 그 젊은 부인에게 옛날 투의 편지 한 통을 써서 외젠에게 주면서, 만약 그가 자작 부인에게 접근하는 데 성공한다면, 자작 부인이 그에게 다른 친척들도 만나게 해줄 것이라고 말했다. 파리에 도착한 며칠 후, 라스티냐크는 아주머니의 편지를 드 보세앙 부인에게 보냈다. 자작 부인은 그 다음날의 무도회에 외젠을 초대하는 것으로 답했다.

1819년 11월말에 하숙집의 전반적 상황은 이와 같았다. 며칠 후, 외젠은 드 보세앙 부인의 무도회에 갔다가 새벽 2시경에 하숙집으로 돌아왔다. 춤을 추면서 이 용감한 대학생은 잃어버린 시간을 보충하기 위해 아침까지 공부하겠다고 결심했었다. 그는 사교계의 찬란함을 보고서 거짓 활기의 매력에 빠져 있었기 때문에, 이 고요한 구역의 한가운데에서 처음으로 밤을 지새우려 하고 있었던 것이다. 그는 그날 저녁 식사를 보케르 부인 집에서 하지 않았다. 그래서 하숙인들은 그가 다음날 아침 동틀녘에나 무도회에서 돌아올 것이라고 믿고 있었다. 그는 때때로 프라도 극장의 축제나 오데옹 극장의 무도회에 갔다가, 비단 양말은 흙투성이가 되고 무도화는 구겨진 채로 그렇게 늦게 돌아온 적이 있었던 것이다. 문에 빗장을 걸기 전에, 크리스토프는 거리를 살펴보기 위해 문을 열었다. 바로 그 순간에 라스티냐크가 나타나서, 그는 아무 소리도 내지 않고 자기 방으로 올라갈 수 있었는데, 그의 뒤를 크리스토프가 시끄러운 소리를 내며 따라 올라갔다. 외젠은 옷을 벗고, 슬리퍼를 신고, 초라한 프록코트를 걸치고, 토탄 불을 피우고, 재빨리 공부할 준비를 했는데, 크리스토프가 여전히 그의 두터운 신발 끄는 소리를 요란하게 냈기 때문에 청년이 공부할 준비를 하는 작은 소리는 밖에 들리지 않게 되었다. 외젠은 그의 법률 책에 몰두하기 전에 잠시 동안 생각에 잠겼다. 그는 드 보세앙 자작 부인이 파리의 유행의 여왕 가운데 한 사람이라는 것을 확인하고 온 길이었다. 그녀의 집은 포부르 생제르맹에서 가장 기분 좋은 집으로 알려져 있었다. 그녀는 더구나 그녀의 가문과 재산으로 인하여 귀족 사교계의 정상의 인물 가운데 하나였다. 드 마르시야크 아주머니 덕분에, 이 가련한 대학생은 그런 혜택이 얼마나 엄청난 것인가도 알지 못한 채, 그 저택에 받아들여졌다. 이런 황금빛 살롱에 받아들여진다는 것은 상류 귀족 계급의 인가증을 받는 것과도 같았다. 가장 배타적인 이 사교계에 얼굴을 내밂으로써, 그는 어디에나 갈 수 있는 권리를 획득한 셈이었다. 그 찬란한 모임에 황홀해진 외젠은 자작 부인과 겨우 몇 마디 말을 나눈 후에, 이 향연에 밀려드는 파리의 여신들의 무리 가운데서, 청년이 우선적으로 사랑해야 할 그런 여인 하나를 분명히 알아보고는 대단히 만족해했었다. 키가 크고 몸매가 멋있는 아나스타지 드 레스토 백작 부인은 파리에서 가장 아름다운 여인 가운데 하나로 꼽히고 있었다. 커다란 검은 눈, 기막힌 손, 아름다운 모양의 발, 열정적인 동작을 지녀서, 드 롱크롤 후작이 순종 말[馬]이라고 명명했던 여인을 상상해 보시라. 그녀의 예민한 신경도 그녀의 장점을 조금도 훼손시키지 않았다. 그녀는 둥글고 풍만한 모습이었으나, 너무 비만하다는 비난을 살 만하지는 않았다. **순종 말, 순종 여자** 같은 표현이 유포되기 시작하여, 하늘의 천사, 오시안풍의 얼굴 등, 댄디즘으로부터 배척받은 옛 사랑의 신화에 나오는 말들을 대치해 가고 있었다. 어쨌든 라스티냐크에게는, 아나스타지 드 레스토 부인이 탐나는 여인이었다. 그는 그녀의 부채에 쓰인 파트너 명단에 두 차례나 자기 이름이 끼이게 했고, 첫 카드릴을 추는 동안 그녀에게 이렇게 말할 수 있었다. "다음부터는 어디서 만날 수 있을까요, 부인?" 그는 여자들이 몹시 좋아하는 힘찬 열정을 가지고 그녀에게 불쑥 말했다. "불로뉴 숲이나, 부퐁 극장이나, 우리 집이나, 어디에서든지요." 그녀가 이렇게 대답했다. 이 대담한 남불 청년은 카드릴과 왈츠를 추는 동안에 한 청년과 한 여인이 맺을 수 있는 최대한의 밀접한 관계를 그 매혹적인 백작 부인과 맺으려고 열성을 보였다. 자기는 드 보세앙 부인의 친척이라고 말함으로써, 그는 귀부인으로 생각되는 이 여자에게 초대를 받았고, 그녀의 집에 드나들 수 있는 권리를 얻게 된 것이다. 그녀가 그에게 던진 마지막 미소를 보고, 라스티냐크는 자신의 방문이 꼭 필요하다고 믿었다. 그는 다행스럽게도 세상 물정을 모르는 그의 무지를 조롱하지 않는 한 남자를 만날 수 있었는데, 그런 무지는 그 시대의 오만불손한 저명인사들 사이에서는 치명적인 결점으로 취급되는 것이었다. 그런 인사들이란 몰랭쿠르, 롱크롤, 막심 드 트라유, 드 마르세, 다주다-핀투, 방드네스 같은 사람들로서, 그들은 자만심의 영광에 싸여, 가장 우아한 여인들인 레이디 브랜던, 드 랑제 공작 부인, 드 케르가루에 백작 부인, 드 세리지 부인, 카리글리아노 공작 부인, 페로 백작 부인, 드 랑티 부인, 데글몽 후작 부인, 피르미아니 부인, 리스토메르 후작 부인, 데스파르 후작 부인, 드 모프리뇌즈 공작 부인, 그랑리외 가문의 부인들과 그 무도회에서 어울리고 있었다. 그런데 다행히 이 순진한 대학생은 드 랑제 공작 부인의 애인이며, 어린애처럼 단순한 면이 있는 장군인 드 몽리보 후작과 마주치게 되었고, 이 장군이 그에게 드 레스토 백작 부인은 뒤 엘데르 가(街)에 산다고 가르쳐 주었다. 젊고, 사교계에 대한 갈증과 여자에 대한 갈망을 갖고 있는 그에게, 자신을 위해 두 집의 문이 열리는 것을 보게 되다니! 포부르 생제르맹의 드 보세앙 자작 부인 집에 발을 들여놓고, 쇼세당탱의 드 레스토 백작 부인 집에 무릎을 밀어 넣는다! 일련의 파리의 살롱들을 눈길로 탐색하고, 그곳의 여인의 마음속에서 도움과 보호를 찾아낼 만큼 자신이 충분히 아름다운 청년이라고 믿는다! 절대로 떨어지지 않으리라는 줄타기 곡예사의 확신을 가지고서 그 위를 걸어가야 할 팽팽한 줄에서 멋진 발걸음을 내디딜 만큼 스스로 야심만만하다고 느끼는데,

매력적인 여인에게서 최상의 균형 잡는 장대를 발견하지 않았던가! 법전(法典)과 비참에 시달리는 처지에서, 토탄 불 곁에 숭고하게 우뚝 솟아오르는 여인의 영상 앞에서 이런 생각을 하고 있노라면, 누군들 외젠처럼 미래를 점쳐 보고, 그 미래를 성공으로 치장해 보지 않겠는가? 그의 방황하는 생각이 너무도 강렬하게 미래의 환희를 미리 맛보게 해주어서 그는 자신이 마치 드 레스토 부인 곁에 있는 것처럼 생각되었다. 그때 성(聖) 요셉이 지르는 앗 소리와 흡사한 한숨 소리가 들리며 밤의 정적을 깼고, 그 소리는 죽어 가는 사람의 단말마처럼 청년의 가슴에 울렸다. 그가 조용히 방문을 열고 복도로 나오자, 그는 고리오 영감의 방문 밑으로 한 줄기 빛이 새어 나오는 것을 얼핏 보았다. 외젠은 옆 방 노인이 몸이 불편하지나 않은가 염려되어, 열쇠 구멍에 눈을 대고 방안을 들여다보았는데, 그 노인은 지극히 범죄적인 것으로 보이는 작업에 몰두하고 있어서, 이 자칭 제면업자가 한밤중에 획책하는 것을 잘 관찰하는 것이 사회에 도움이 될 것이라고 청년은 생각했다. 고리오 영감은 뒤집힌 탁자의 가로 막대에 도금한 은으로 만든 접시 하나와 수프 그릇 하나를 매달아 놓고서, 화려하게 조각된 그 물건들 둘레로 로프 같은 것을 감아 돌리고 있었는데, 엄청난 힘으로 그 물건들을 조여 비틀어서 정말로 그것을 은괴(銀塊)로 바꾸는 것처럼 보였다. '제기랄! 뭐 저런 사람이 다 있나!' 밧줄을 써서, 소리도 내지 않고 도금한 은을 밀가루 반죽처럼 이기는 노인의 힘센 팔을 보면서 라스티냐크는 생각했다. '저 사람은 도둑 아니면 장물아비일 텐데, 장사를 더 안전하게 하기 위해서, 우둔함과 무능을 위장하고, 거지처럼 사는 것일까?' 외젠은 잠깐 몸을 일으키면서 이렇게 생각했다. 학생은 또다시 열쇠 구멍에 눈을 갖다 댔다. 고리오 영감은 밧줄을 풀고, 은 덩어리를 집어 들더니, 테이블에 테이블보를 펼친 다음 그 위에 은 덩어리를 올려놓고는, 그것을 막대기 모양으로 둥글게 만들기 위해 굴리는 것이었다. 그는 놀랄 만큼 손쉽게 그 일을 해치웠다. '저 사람은 폴란드 왕 아우구스트만큼이나 힘이 센 것일까?' 둥근 은 막대기 모양이 거의 다 만들어진 것을 보고 외젠은 이렇게 생각했다. 고리오 영감은 자기가 만들어 놓은 것을 슬픈 모습으로 바라보았고, 그의 두 눈에서는 눈물이 흘러내렸다. 이윽고 그는 은그릇 비트는 일을 할 때 켜두었던 실 양초를 불어 껐고, 외젠은 그가 한숨을 내쉬며 자리에 눕는 소리를 들었다. '저 사람 정신이 나갔나 보군.' 학생은 생각했다.

"가엾은 아이!" 고리오 영감 큰 소리로 이렇게 뇌까렸다.

이 말을 듣고서, 라스티냐크는 이 사건에 대해서는 침묵을 지키고, 이웃 방 사람을 함부로 죄인으로 몰지 않는 편이 신중할 것이라고 판단했다. 그가 자기 방으로 돌아가려 할 때, 갑자기 뭐라고 표현하기 힘든 어떤 소리가 들려 왔는데, 그것은 천 조각으로 만든 슬리퍼를 신은 사람들이 계단을 올라가는 소리 같았다. 외젠이 귀를 기울이자, 두 사람이 번갈아 숨 쉬는 소리가 정말로 들려 왔다. 문 여는 소리나 발걸음 소리도 듣지 못했는데, 그는 갑자기 3층의 보트랭 씨 방에서 희미한 불빛이 새어나오는 것을 보았다. '하숙집에 참 이상한 일도 많구나!' 그는 생각했다. 그가 계단을 몇 개 내려가서 귀를 기울이기 시작하자, 금화 부딪히는 소리가 그의 귀에 울렸다. 곧 불빛이 꺼졌고, 문 여는 소리는 나지 않았는데 또다시 두 사람의 숨소리가 들려 왔다. 그러고 나서, 두 사람이 내려감에 따라, 소리가 점점 약해졌다.

"거기 가는 사람이 누구요?" 자기 방 창문을 열면서 보케르 부인이 소리쳤다.

"내가 돌아오는 거예요, 보케르 엄마." 보트랭이 그의 굵은 목소리로 말했다.

'그거 참 이상하군! 크리스토프가 빗장을 걸었었는데. 파리에서는 자기 주위에서 일어나는 일을 잘 알려면 잠을 자지 말아야겠군.' 제 방으로 돌아가면서 외젠은 이렇게 생각했다. 이런 사소한 사건들로 인하여 야심적인 사랑의 명상에서 벗어난 그는 공부를 하기 시작했다. 그러나 고리오 영감에 대하여 일어난 의심으로 마음이 산란해졌고, 때때로 찬란한 운명의 사자처럼 그의 눈앞에 떠오르는 드 레스토 부인의 얼굴 때문에 더욱더 마음이 산란해진 그는 마침내 잠자리에 누워 깊은 잠에 빠지고 말았다. 젊은 사람들은 공부를 하겠다고 다짐한 열 밤 가운데 일곱 밤은 잠을 자고 마는 것이다. 밤을 새우기 위해서는 스무 살은 넘어야만 한다.

다음날 아침 파리에는 짙은 안개가 끼어 도시를 휩싸고 몹시 어둡게 만들어서 더없이 정확한 사람들도 시간의 혼동을 일으켰다. 사업상의 약속들도 지켜지지 않았다. 정오를 알리는 종이 울렸는데도 모두들 8시밖에 안 된 것으로 생각했다. 9시 반이 되었는데도, 보케르 부인은 아직 침대에서 움직이지 않고 있었다. 역시 늦잠을 잔 크리스토프와 뚱보 실비는 하숙인들이 마실 우유의 표면에서 조금씩 덜어 낸 우유를 탄 그들의 아침 커피를 조용히 들고 있었다. 하숙인들의 우유를 불법적으로 10분의 1 정도 떼어 먹는 것을 보케르 부인이 알아채지 못하도록, 실비는 그 우유를 오랫동안 끓였다.

"실비," 크리스토프는 그의 첫 번째 구운 빵을 커피에 적시면서 말했다. "보트랭 씨는 어쨌든 좋은 사람이긴 한데, 어젯밤에도 또 두 사람을 만났어. 주인 아주머니가 알려고 해도, 아주머니한테는 아무 말 말아야 할 거야."

"그 사람이 너에게 뭔가 주었어?"

"그 사람은 입 다물라는 식으로, 이달 치로 1백 수를 내게 줬어."

"노랑이가 아닌 건 그 사람하고 쿠튀르 부인밖에 없지. 다른 사람들은 설날에 오른손으로 우리한테 준 것을 왼손으로 도로 빼앗아 가고 싶어하거든." 실비가 이렇게 말했다.

"그자들이 주기는 뭘 주나!" 크리스토프가 말했다. "1백 수짜리 동전 한 닢이 고작이지. 고리오 영감은 2년 전부터 구두를 자기가 닦아 신고 있어. 저 **구두쇠** 푸아레는 구두약 칠도 안 하고 지내지. 그는 헌 구두에 약칠하느니 그 돈으로 한잔 마실 거야. 꾀죄죄한 대학생은 나한테 40수밖에는 안 줘. 40수로는 내 구둣솔 값도 안 되지. 그런데다가 그는 제 헌 옷가지까지 팔아먹는 거야. 참 거지 같은 집구석이야!"

"흥!" 실비가 커피를 홀짝홀짝 마시면서 말했다. "우리 일자리가 그래도 이 동네선 제일 낫지. 그럭저럭 지내지 않니. 그런데 크리스토프야, 뚱보 보트랭 아저씨에 대해서 누가 너한테 무슨 말을 하지 않았어?"

"그랬어. 며칠 전 길에서 어떤 남자를 만났는데, '구레나룻에 염색하는 뚱뚱한 남자가 너의 집에 살지 않니?' 하고 묻는 거야. 그래서 '아뇨, 그이는 염색을 하지 않아요. 그이처럼 호탕한 남자가 염색할 시간이 어디 있어요' 라고 대답했지. 내가 그 얘기를 보트랭 씨에게 했더니, '너 참 잘 했다, 얘야! 늘 그렇게 대답해라. 우리의 약점을 노출하는 것보다 더 불쾌한 일은 없는 거야. 그건 혼담도 망치게 할 수 있거든' 하고 나에게 말했어."

"그런데, 나한테는 말이야, 시장에서 어떤 사람이, 그이가 셔츠 갈아입는 것을 보았느냐고 내게 말을 시키려고 하면서 나를 바보 취급하려고 드는 거야. 참 우스운 일이야!" 그녀는 잠시 중단했다가 말했다. "이런, 발드그라스에서 10시 15분 전 종이 울리는데, 아무도 움직이질 않네."

"아, 무슨 소리! 모두들 나갔단 말이야. 쿠튀르 부인과 젊은 아가씨는 8시부터 생테티엔 성당에 성체(聖體)를 먹으러 갔어. 고리오 영감은 꾸러미 하나를 들고 나갔고. 대학생은 수업이 끝나고 10시에나 돌아올 거야. 나는 계단 청소를 하면서 그들이 나가는 것을 보았어. 고리오 영감은 들고 있던 쇠처럼 단단한 것으로 내 몸을 부딪쳤어. 그 영감은 도대체 무슨 일이 있는지? 다른 사람들은 그를 맘대로 놀려먹지만, 그래도 영감은 훌륭한 사람이야. 그들 모두보다 낫지. 그는 많은 돈을 못 주지만, 때때로 그이 심부름으로 가는 집의 부인들은 팁을 듬뿍 주고, 참 예쁘게도 차려입고 있지."

"그 사람이 자기 딸이라고 하는 여자들 말이지? 열두어 명은 될 거다."

"나는 두 여자 집에밖에 간 적 없어. 바로 여기 왔던 여자들 말이야."

"아, 아주머니가 움직이는 모양이다. 또 야단법석하실 테니 난 가봐야겠다. 크리스토프야, 우유 좀 잘 살펴보고, 고양이 조심해."

실비는 여주인의 방으로 올라갔다.

"아니, 실비야, 벌써 10시 15분 전인데, 늘어지게 자도록 날 내 버려뒀단 말이냐! 이런 일은 없었는데."

"칼로 끊어 내야 할 만큼 안개가 엄청나게 끼어서 그래요."

"그런데 아침은 어찌 됐어?"

"괜찮아요! 하숙인들 모두가 몸에 악마라도 붙었는지, 꼭대기 새벽부터 줄행랑을 쳤어요."

"말을 똑똑히 해, 실비야, 꼭대새벽*이라고 하는 거야." 보케르 부인이 덧붙였다.

"아! 아주머니, 이제부턴 그렇게 말할게요. 하여튼 아주머닌 10시에 아침을 드실 수 있어요. 미쇼네트와 푸아로*는 꼼짝 안 했어요. 집에 있는 건 그 사람들뿐인데, 그들은 나무 둥치처럼 정신없이 자고 있어요."

"그런데, 실비야, 너는 그 둘 모두를 함께 취급해서 말하는구나, 마치……"

"마치, 뭐요?" 실비는 바보 같은 너털웃음을 흘리며 덧붙였다. "그 둘은 한 쌍이죠."

"한데 이상하구나, 실비야. 어젯밤 크리스토프가 빗장을 내린 후인데 보트랭 씨가 어떻게 집에 들어왔지?"

"그 반대예요, 아주머니. 크리스토프는 보트랭 씨가 오는 소리를 듣고서, 내려가 문을 열어 줬던 거예요. 그런데 아주머니가 생각하신 건……"

"내 윗도리를 이리 주고, 빨리 가서 아침상을 봐라. 양고기 남은 것에 감자를 넣어 요리하고, 한 개에 2리아르*씩 하는 배를 삶아 내놓도록 해라."

잠시 후에 보케르 부인이 내려왔는데, 그때 그녀의 고양이는 우유 사발을 덮은 접시를 발로 차서 뒤엎고서 급히 우유를 핥아먹고 있는 중이었다.

"이놈의 고양이가!" 그녀가 소리쳤다. 고양이는 달아나더니, 다시 돌아와 그녀의 다리에 제 몸을 비벼 댔다. "그래, 그래, 아양을 떠는구나, 이놈의 겁쟁이 같으니라고!" 그녀가 식모를 불렀다. "실비야! 실비야!"

"예, 왜 그러세요, 아주머니?"

"고양이가 먹어 버린 걸 좀 보려무나."

"이건 못된 크리스토프 녀석 잘못이에요. 식탁을 차리라고 기껏 일러두었었는데. 그 녀석 어디 갔지? 하지만, 아주머니, 걱정 마세요. 이걸 고리오 영감 커피에 넣을 테니까요. 물을 좀 타 두겠어요. 그 사람은 알아채지 못할 거예요. 그는 아무 것에도 신경을 안

써요, 자기가 먹는 것에조차."

"한데 그 영감탱이 어딜 갔지?" 접시를 식탁에 놓으면서 보케르 부인이 말했다.

"누가 알겠어요? 악마 패거리들과 거래나 하겠지요."

"내가 너무 잤나 보다." 보케르 부인이 말했다.

"그래도 아주머니는 장미꽃처럼 싱싱하신 걸요……"

이 순간 초인종 소리가 울리더니, 보트랭이 그의 굵직한 목소리로 노래를 부르면서 살롱에 들어섰다.

　　나는 오래도록 세상을 편력했네,
　　사람들은 어디서나 나를 보았지……

"오! 오! 안녕, 보케르 엄마." 여주인을 보자 상냥하게 두 팔로 껴안으면서 그가 말했다.

"자, 그만 해요."

"**버릇없는 놈**이라고 말하시죠! 자, 그렇게 말해요. 그렇게 말하고 싶죠? 자, 나도 함께 식탁을 차릴게요. 아! 나 참 친절하죠, 안 그래요?" 보트랭이 이렇게 말했다.

　　갈색 머리 여자 금발 여자를 따라다니며,
　　사랑하고, 한숨짓고……

"나는 참 야릇한 걸 보고 오는 길이에요." 그는 이렇게 말하더니,

62

……닥치는 대로

하고 노래 가사를 흥얼거렸다.

"뭐라고요?" 과부가 물었다.

"고리오 영감이 8시 반에 낡은 식기류나 금은 장식 끈을 사들이는 도편 거리의 금은 세공 상점에 가 있던데요. 그 영감은 기술자가 아닌 사람치고는 꽤 묘하게 비틀어 놓은 도금한 은으로 만든 살림 기구를 상당한 금액을 받고 거기서 팔았어요."

"설마! 정말이에요?"

"그럼요. 나는 왕립 역마차 편으로 외국으로 나가는 친구 하나를 전송하고 이리로 돌아오는 길이었어요. 우스운 얘기지만, 나는 무슨 짓을 하는지 보려고 고리오 영감을 기다려 봤죠. 그는 이 구역 쪽으로 거슬러 오더니, 데 그레 가(街)에서 곱세크라고 불리는 유명한 고리대금업자의 집으로 들어갑디다. 그자는 제 아비의 뼈로 도미노 놀이 패라도 만들 수 있을 지독한 녀석으로, 수전노, 노랑이, 사기꾼, 부랑자여서, 아무도 놈에게선 한 푼도 빼앗아 낼 수 없으리라는 거예요. 그자는 제 돈을 은행에 맡겨 둔다고 해요."

"도대체 고리오 영감은 뭘 하는 거죠?"

"그는 아무 것도 안 해요." 보트랭이 말했다. "그는 파산한 거죠. 그는 여자들에게 미쳐서 망할 만큼 어리석은 바보로……"

"그가 와요!" 실비가 말했다.

"크리스토프야, 나하고 같이 좀 올라가자." 고리오 영감이 소리쳤다.

크리스토프는 고리오 영감을 따라갔다가, 곧 다시 내려왔다.

"너 어디 가니?" 보케르 부인이 자기 하인에게 물었다.

"고리오 씨 심부름 가요."

"이건 뭐지?" 보트랭이 크리스토프의 손에서 편지 한 통을 빼앗아 들고서 물었는데, 봉투에는 **아나스타지 드 레스토 백작 부인 귀하**라고 씌어 있었다. "네가 가는 데는?" 보트랭은 크리스토프에게 편지를 돌려주면서 물었다.

"뒤 엘데르 가(街)요. 이것을 꼭 백작 부인에게만 전하라는 지시를 받았어요."

"그 안에 뭐가 들어 있을까?" 보트랭은 편지를 햇빛에 비춰 보면서 말했다. "지폐일까? 아니군." 그는 봉투를 살짝 펴보더니, 소리쳤다. "지불 증서로구나. 제기랄! 영감은 난봉꾼에 늙은 색골이야. 가봐라, 이 녀석아. 너는 팁을 톡톡히 받겠구나." 그는 널찍한 손으로 크리스토프의 머리를 감싸고서, 주사위처럼 그를 빙그르르 돌리면서 말했다.

식탁이 차려졌고, 실비는 우유를 끓이고 있었다. 보케르 부인은 난로에 불을 피웠고, 보트랭은 그녀를 도우면서 여전히 노래를 흥얼거렸다.

나는 오래도록 세상을 편력했네,
사람들은 어디서나 나를 보았지……

모든 준비가 끝났을 때, 쿠튀르 부인과 타유페르 양이 돌아왔다.

"대체 이른 아침에 어딜 다녀오세요, 부인?" 보케르 부인이 쿠튀르 부인에게 물었다.

"생테티엔뒤몽 성당에서 기도를 드리고 오는 길이에요. 오늘이 타유페르 씨 댁에 가야 하는 날이잖아요? 가엾은 것, 저 애는 사시나무처럼 떨고 있어요." 쿠튀르 부인은 난로 앞에 앉으면서 말했다. 그녀가 난로 구멍 앞에 구두를 내밀자 구두에서 김이 솟아올랐다.

"빅토린, 불을 좀 쬐어요." 보케르 부인이 말했다.

"아가씨, 아버지의 마음을 녹여 달라고 하느님께 기도하는 건 좋은 일이지요. 그러나 그거로는 충분치가 않아요. 당신에게는 그 추잡한 사람에게 사정을 얘기해 줄 친구가 필요할 거요. 3백만 프랑이나 갖고 있다는 소문인데, 당신에게는 지참금을 주지 않으니 야만적인 사람이죠. 요즈음은 아름다운 아가씨도 지참금이 필요하답니다." 보트랭이 고아 처녀에게 의자를 내밀어 주면서 말했다.

"가엾어라. 귀여운 아가씨, 괴물 같은 당신 아버지는 자청해서 불행을 사고 있는 거예요." 보케르 부인이 이렇게 말했다.

이 말을 듣고, 빅토린의 눈에는 눈물이 글썽거렸으므로, 쿠튀르 부인이 눈짓을 하자 과부댁은 말을 멈췄다.

"우리가 그 사람을 만날 수만 있고, 내가 그에게 얘기를 하고, 부인의 마지막 편지를 그에게 전할 수만 있으면 좋겠는데." 지불명령관의 미망인이 말했다. "나는 그 편지를 우편으로 보내는 모험을 할 수가 없었어요. 그 사람이 내 필적을 알고 있고……"

보트랭이 말을 중단시키고 소리쳤다. "**오 불행하고 학대받는 죄 없는 여인들이여**, 당신들은 이런 형편에 처했군요! 지금부터 며칠 내에 내가 당신들 일에 개입하겠소. 그러면 모든 일이 잘될 거요."

"오! 선생님, 제 아버지에게 다가가는 방법을 아신다면, 그분에게 말씀해 주세요. 아버지의 사랑과 제 어머니의 명예가 저에게는 이 세상의 모든 재산보다 더 소중하다고요. 아버지의 냉정함을 조금이라도 누그러뜨려 주신다면, 저는 선생님을 위해 하느님께 기도드리겠어요. 은혜에 꼭 감사드리겠어요……." 빅토린은 눈물에 젖은 열렬한 시선을 보트랭에게 던지며 말했으나, 그는 무감동한 표정이었다.

"**나는 오래도록 세상을 편력했네.**" 보트랭이 냉소적인 목소리로 노래했다.

바로 이 순간, 고리오와 미쇼노 양과 푸아레가 마치 양고기 남은 것을 조리하느라고 실비가 만든 브라운 소스의 냄새에 이끌리기라도 한 듯 한꺼번에 내려왔다. 7명의 회식자가 아침 인사를 나누면서 식탁에 둘러앉았을 때 10시가 울렸는데, 그때 길에서 학생의 발자국 소리가 들려 왔다.

"아! 외젠 씨, 오늘은 모든 분들과 함께 아침을 드시겠군요." 실비가 말했다.

학생은 하숙인들에게 인사를 하고, 고리오 영감의 곁에 앉았다.

"저에게는 아주 특이한 사건이 일어났습니다." 그는 양고기를 듬뿍 덜어 놓고 빵 한 조각을 자르면서 말했는데, 보케르 부인은 언제나 그러듯이 눈길로 빵의 크기를 저울질하고 있었다.

"사건이라!" 푸아레가 말했다.

"어 참! 당신 그 얘기에 왜 그리 놀라시오, 노인장? 저 학생은 연애 사건을 일으키기에 안성맞춤인데." 보트랭이 푸아레에게 말했다.

타유페르 양은 수줍은 듯이 젊은 대학생에게 눈길을 돌렸다.

"우리에게 당신 연애 사건 얘기를 해봐요." 보케르 부인이 요청했다.

"어제 저는 저의 사촌뻘 되는 드 보세앙 자작 부인 댁의 무도회에 갔었어요. 자작 부인은 으리으리한 저택과 비단으로 도배한 방들을 가지고 있는 분으로, 우리에게 호화판 연회를 베풀었죠. 저는 거기서 왕처럼 즐겼죠……."

"굴뚝새라." 보트랭이 말을 자르며 끼어들었다.

"아니 무슨 말씀을 하시는 거죠?" 외젠이 격렬하게 물었다.

"**굴뚝새**라고 했소, 왜냐하면 굴뚝새 같은 소국왕(小國王)들이 진짜 왕들보다 훨씬 더 재미를 볼 수 있으니까."

"맞는 말이오. 나는 왕보다 차라리 근심 걱정 없는 그 작은 새가 되었으면 좋겠소. 왜 그러냐 하면……" **남의 말을 따라하기만 하는** 푸아레가 말했다.

대학생이 푸아레의 말을 가로막으며 다시 얘기했다. "요컨대, 저는 무도회에서 가장 아름다운 여자들 중의 하나와 춤을 추었습니다. 황홀한 백작 부인으로, 일찍이 제가 본 여자들 중 가장 매혹적인 여자였어요. 그녀는 복숭아꽃으로 머리를 장식하고, 옆구리에는 향기로운 생화로 만든 더없이 아름다운 꽃다발 장식을 하고 있었지요. 아아! 그 여자를 직접 보셨어야지, 춤으로 달아오른 여인을 묘사하기란 불가능하군요. 그런데, 오늘 아침 9시경 저는 데그레 가(街)에서 걸어가고 있는 그 여신 같은 백작 부인을 만났습니다. 오! 제 가슴은 두방망이질을 쳤고, 저는 생각하기를⋯⋯"

"그 여자가 이리로 오고 있다고 생각했겠지." 보트랭이 대학생에게 의미심장한 눈길을 던지며 말했다. "그 여자는 아마 고리대금업자인 곱세크의 집에 가고 있었을 거요. 당신이 파리 여인들의 가슴 속을 헤집어 본다면, 당신은 거기서 애인에 앞서 고리대금업자를 발견할 거요. 당신의 그 백작 부인은 이름이 아나스타지 드 레스토이고, 뒤 엘데르 가에 살고 있소."

그 이름이 튀어나오자, 대학생은 보트랭을 뚫어지게 쳐다보았다. 고리오 영감은 갑자기 얼굴을 쳐들더니, 불안에 가득 찬 빛나는 눈길로 두 대화자들을 쳐다보았고, 하숙인들은 그 모습에 놀라움을 금치 못했다.

"크리스토프가 너무 늦게 도착한 거구나. 그 애가 이미 거기 간 걸 보니." 고리오가 고통스럽게 부르짖었다.

"내가 짐작한 대로군요." 보트랭이 보케르 부인의 귀에 대고 말했다.

고리오는 자기가 무엇을 먹는지도 모른 채 기계적으로 입을 움직이고 있었다. 그가 이때만큼 얼빠지고 골똘해 보인 적은 없었다.

"보트랭 씨, 도대체 누가 당신에게 그녀의 이름을 말해 주었나요?" 외젠이 물었다.

"아! 아! 고리오 영감도 그 이름은 잘 알고 있소! 그런데 왜 내가 그걸 모르겠소?" 보트랭이 이렇게 대답했다.

"고리오 씨!" 대학생이 소리쳤다.

"왜 그러오! 그 애는 어제 아주 예쁩디까?" 가련한 노인이 물었다.

"누구 말이에요?"

"드 레스토 부인 말이오."

"저 늙은 구두쇠 좀 봐요. 두 눈에 불이 붙는 것 같군요." 보케르 부인이 보트랭에게 말했다.

"그렇다면 저 영감이 그 여자를 부양하는 것인가요?" 미쇼노 양이 나지막한 목소리로 대학생에게 말했다.

"오! 그래요, 그 여자는 굉장히 아름다웠습니다." 외젠이 다시 말했고, 고리오 영감은 그를 뚫어지게 쳐다보았다. "드 보세앙 부인이 거기 없었더라면, 나의 여신 같은 백작 부인이 무도회의 여왕이었을 것입니다. 청년들은 그녀에게만 시선을 집중했지요. 저는 그녀의 파트너 명단에 열두 번째로 기입되었는데, 그녀는 카드릴 춤을 빼지 않고 다 추었어요. 다른 여자들은 질투로 미칠 지경이었지요. 어제 행복한 여자가 있었다면, 그것은 바로 그녀였습니다. 돛을 올린 쾌속선, 달리는 말, 그리고 춤추는 여자보다 더 아름다운 것은 없다는 얘기는 정말로 옳은 말입니다."

"어제는 공작 부인 댁에서 의기양양했다가, 오늘 아침은 어음 할인 중개인 집에서 코가 납작해지는 것이 바로 파리 여자들이죠. 남편들이 그런 여자들의 미친 듯한 사치를 지탱할 수 없으면, 그 여자들은 몸을 팔죠. 몸을 팔 수가 없으면, 그 여자들은 번쩍이는 돈을 찾기 위해서 제 어미의 배를 가르기라도 할 거야. 여하튼 그 여자들은 갖은 난봉을 다 피우죠. 다 아는 얘기요, 다 아는 얘기!" 보트랭이 말했다.

대학생의 말을 들을 때는 화창한 날의 태양처럼 밝게 불타올랐던 고리오 영감의 얼굴이 보트랭의 이런 잔인한 고찰을 듣고 어두워졌다.

"그런데, 당신의 연애 사건은 대체 어떻게 됐어요? 그 여자에게 말을 했나요? 법률 공부를 하러 오겠느냐고 그 여자에게 물어보았어요?" 보케르 부인이 물었다.

"그 여자는 나를 보지 못했어요. 그렇지만 파리에서 가장 아름다운 여자, 새벽 2시에나 무도회에서 집으로 돌아갔을 여자를 아침 9시에 데 그레 가(街)에서 만난다는 것은 이상하지 않아요? 이런 사건들이란 파리에만 있겠죠." 외젠이 이렇게 말했다.

"무슨 소리! 더 괴상한 사건들도 많다오." 보트랭이 소리쳤다.

타유페르 양은 이제부터 자기가 할 일을 골똘히 생각하느라고 얘기에 거의 귀를 기울이고 있지 않았다. 쿠튀르 부인이 일어나서 옷을 입으러 가자고 그녀에게 손짓을 했다. 두 여인이 나가자, 고리오 영감도 따라 나갔다.

"한데 그 영감을 보았지요? 그 여자들 때문에 영감이 파산한 게 틀림없어요." 보케르 부인이 보트랭과 다른 하숙인들에게 이렇게 말했다.

"아름다운 드 레스토 백작 부인이 고리오 영감의 소유라는 것을 나는 절대 믿지 못할 거예요." 대학생이 부르짖었다.

"우리가 뭐 당신에게 그걸 꼭 믿으라는 건 아니오." 보트랭이 그의 말을 가로막으며 말했다. "당신은 파리를 잘 알기에는 아직 너무 젊어요. 파리에는 우리가 **정열의 인간**이라고 부르는 사람들이 있다는 사실을 당신은 나중에 알게 될 거요……." (이 말에 미쇼노 양은 알겠다는 태도로 보트랭을 쳐다보았다. 그녀는 마치 나팔 소리를 들은 군대의 말과도 같은 태도였다.) "아! 아! 우리 역시 우리의 조그만 정열이야 갖고 있지 않겠는가?" 보트랭은 그녀에게 깊숙한 눈길을 던지며 잠시 말을 중단했다가 계속했다. (늙은 처녀는 마치 나체의 동상을 쳐다보는 수녀처럼 눈길을 내리깔았다.) "그런데, 그 사람들은 한 가지 생각에 빠져서는 거기서 벗어날 줄을 몰라요. 그들은 특정의 우물에서 길은 특정의 물에만 목말라 하지, 그것이 흔히 썩은 물임에도 불구하고 말이오. 그 물을 마시기 위해서라면, 그들은 마누라와 자식도 팔고, 제 영혼도 악마에게 팔아 버릴 거요. 어떤 사람들에게는 그 우물이 도박이거나, 증권이거나, 그림이나 곤충의 수집, 또는 음악이기도 하지. 또 어떤 사람들에게는, 그것이 그들의 비위를 맞춰 주는 여자인 거요. 그런 자들에게는, 이 세상 여자를 몽땅 준다 해도 거들떠보지도 않을 거요. 그들은 자기들의 정열을 만족시켜 주는 오직 하나의 여자만을 원하죠. 흔히 그 여자는 그들을 전혀 사랑하지도 않고, 그들을 학대하면서, 조그만 만족을 그들에게 아주 비싸게 팔아먹는단 말이야. 그런데 말이오, 이 난봉꾼 녀석들은 지칠 줄도 모르고, 마지막 한 푼까지 그 여자에게 바치려고 자신에게 남은 마지막 이불이라도 전당포에 맡기려 들 거요. 고리오 영감은 그런 인간들 중의 하나요. 그 백작 부인은 고리오 영감을 등쳐 먹고 있소. 영감은 비밀을 지켜 주는 사람이거든. 이것이 소위 사교계라는 거요! 가엾은 영감은 그 여자만을 생각하겠지. 그 정열을 빼놓으면, 당신도 알다시피, 그 영감은 짐승이나 다름없소. 한데 그 여자 얘기만 떠오르면, 그의 얼굴은 다이아몬드처럼 빛나거든. 그 비밀을 추측하기란 어렵지 않소. 영감은 오늘 아침 은그릇 녹인 것을 들고 나갔소. 나는 그가 데 그레 가의 곱세크 집으로 들어가는 것을 보았단 말이오. 잘 들어보시오! 집으로 돌아오더니, 그 영감은 드 레스토 백작 부인 댁에 바보 같은 크리스토프를 보냈소. 크리스토프 녀석은 안에 지불 증서가 들어 있는 편지의 주소를 우리에게 보여줬지. 백작 부인도 늙은 어음 할인 중개인 집에 갔다면, 뭔가 급한 일이 있음이 분명하오. 고리오 영감이 환심을 사려고 그 여자를 위해 돈을 대준 거요. 굳이 두 가지 생각을 꿰맞추지 않더라도 사정은 명백하지. 여보, 젊은 친구, 당신의 백작 부인이 웃고, 춤추고, 교태를 부리고, 복숭아꽃을 흔들며 주름을 잡아 옷을 거머쥐고 있는 동안, 그 여자는 지불 거절당한 자기의 환어음이나 또는 애인의 환어음을 생각하면서, 이른바 진퇴양난에 빠져 있었다는 사실을 이 사태는 당신에게 증명해 보이고 있소."

"당신의 얘기를 들으니 나는 진상을 알고 싶어 못 견디겠습니다. 내일 드 레스토 부인 집에 가보겠어요." 외젠이 이렇게 소리쳤다.

"그래요, 내일 드 레스토 부인 집에 가봐야 해요." 푸아레가 말했다.

"당신은 친절의 대가를 받으려고 가 있는 고리오 영감을 거기서 만날지도 모르겠군."

"당신네의 파리는 도대체가 진흙탕이군요." 외젠이 역겹다는 듯이 말했다.

"아주 기묘한 진흙탕이지." 보트랭이 말했다. "거기에서는 마차를 타고 진흙에 더럽혀지는 사람들은 신사들이고, 걸어 다니며 진흙에 더럽혀지는 사람들은 사기꾼들이지. 불행한 일이겠지만, 거기에서 뭐든지 하나를 훔쳐 보시오. 그러면 당신은 재판소 마당에 구경거리로 내놓이게 될 것이오. 백만금을 훔쳐 보시오, 그러면 당신은 살롱에서 덕망 높은 사람으로 주목받을 것이오. 이런 도덕을 유지하기 위해서, 당신들은 경찰과 법원에 3천만 프랑을 지불하는 것이라오. 참 재미있는 일이지!"

"뭐라고요, 고리오 영감이 자기 아침 식사용 은그릇을 녹였을 거라고요?" 보케르 부인이 소리쳤다.

"뚜껑에 멧비둘기 두 마리가 그려져 있는 것 아닌가요?" 외젠이 물었다.

"바로 그거예요."

"그는 그것을 대단히 소중히 여겼어요. 대접과 접시를 우그리고 나서 그는 울었어요. 저는 우연히 그것을 봤습니다." 외젠이 말했다.

"그는 그걸 자기 생명처럼 소중히 여겼는데." 과부댁이 이렇게 대꾸했다.

"영감이 얼마나 열정에 빠져 있는지 알 만하죠. 그 여자는 영감의 마음을 살살 어를 줄 아는 거죠." 보트랭이 이렇게 소리쳤다.

대학생은 자기 방으로 올라갔다. 보트랭은 외출했다. 잠시 후, 쿠튀르 부인과 빅토린은 실비가 불러 온 삯마차에 올라탔다. 푸아레는 미쇼노 양과 팔짱을 끼었고, 그 두 사람은 한낮의 두 시간 동안 식물원에 산책을 하러 갔다.

"어머나! 저이들은 꼭 결혼이라도 한 것 같네요. 저이들은 오늘 처음으로 함께 외출하는군요. 두 사람 모두 너무 메말라서, 서로 부딪히면 부싯돌처럼 불이 붙겠어요." 뚱보 실비가 이렇게 말했다.

"미쇼노 양의 숄을 조심해. 그건 부싯깃처럼 쉽게 불이 붙을 테니까." 보케르 부인이 웃으면서 말했다.

오후 4시에 집으로 돌아온 고리오는 연기가 나는 두 개의 램프 불빛 아래 두 눈이 빨개진 빅토린을 보았다. 보케르 부인은 오전 동안 타유페르 씨를 찾아갔다 헛걸음한 얘기를 듣고 있었다. 자기 딸과 노부인의 방문을 받는 데 진력이 난 타유페르는 얘기나 들어보자고 마침내 그 두 여인을 자기에게까지 오도록 내버려두었다는 것이었다.

쿠튀르 부인이 보케르 부인에게 얘기하고 있었다. "이보세요 부인, 그 사람은 글쎄 빅토린을 앉게 하지도 않았어요. 그래서 저 애는 계속 서 있었지 뭐예요. 그리고 나한테, 화도 내지 않고, 아주 냉정하게 이렇게 말하는 거예요. 우리가 자기 집에 찾아오는 수고를 할 필요가 없다고. 그리고 자기 딸이라고 말하지도 않고, 이 아가씨는 계속 자기를 귀찮게 함으로써 (1년에 한 번 찾아가는 것인데, 짐승 같은 사람!) 오히려 손해를 보고 있다는 거예요. 빅토린의 어머니는 재산이 없이 결혼했기 때문에, 아무 것도 주장할 권리가 없다고도 말했죠. 또 더없이 가혹한 말들을 해서, 저 가엾은 어린것은 눈물을 쏟고 말았어요. 그러자 저 애는 제 아버지의 발아래 몸을 던지고는, 자기가 그처럼 고집하는 것은 오직 어머니를 위해서일 뿐이며, 자기는 아무 불평 없이 아버지의 뜻에 순종하겠지만, 불쌍한 돌아가신 어머니의 유서만은 꼭 읽어 주기를 간청 드린다고 용기 있게 그 사람에게 말했어요. 저 아이는 편지를 꺼내더니, 더할 나위 없이 진정이 스며 있는, 세상에서 가장 아름다운 말을 하면서, 편지를 그 사람에게 내밀었어요. 저 아이가 어디서 그런 말들을 들었는지, 아마 하느님이 가르쳐 주셨나 봐요. 가엾은 어린 것이 너무도 영감에 사로잡힌 듯이 얘기해서, 나는 저 애 말을 들으면서 바보같이 그만 울어 버렸답니다. 그 끔찍한 사람이 대체 어쨌는지 아세요. 그 인간은 손톱을 깎고 있었어요. 그리고 불쌍한 타유페르 부인이 눈물로 적신 편지를 집어 들더니, 좋아! 하고 내뱉고는 난로에 던져 버리는 거예요. 그 작자는 입 맞추려고 자기의 손을 잡고 있는 딸아이를 일으켜 세우더니, 그 손을 빼 버립디다. 얼마나 악랄한 인간이에요? 그 작자의 얼간이 같은 아들 녀석이 들어오더니, 누이동생에게는 인사도 하지 않습디다."

"도대체 그들은 괴물인가요?" 고리오 영감이 이렇게 말했다.

쿠튀르 부인은 고리오 영감의 외침에는 주의를 기울이지 않고 얘기를 계속했다. "그러더니, 아비와 아들은 바쁜 일이 있어 실례한다고 말하고는 내게 꾸뻑 인사하고 나가 버립디다. 우리의 방문 결과는 이랬어요. 하지만 적어도 그 사람이 자기 딸을 보기는 했지요. 어떻게 그 사람이 자기 딸을 부인하는지 알 수가 없어요. 저 아이는 그이와 영락없이 닮았던데 말이죠."

상주(常住) 하숙인들과 식사만 하는 사람들이 서로 인사를 나누며 차례차례 도착했다. 그들은 파리의 어떤 계층 사람들에게는 익살스런 재치로 통하는 시시한 얘기들을 주고받았는데, 그런 재치의 주요 요소는 어리석음이며, 그것의 본령은 특히 제스처나 발음으로 이루어져 있다. 이런 종류의 은어(隱語)는 끊임없이 변하게 마련이다. 그런 은어의 원리라 할 수 있는 농담은 한 달 이상 지속되는 법이 없다. 라켓으로 깃털공을 쳐서 서로 주고받듯, 관념과 단어들로 치고받는 이런 재치 놀음을 유지시키는 데에는 정치적 사건, 중죄 재판소의 소송, 거리의 유행가, 배우의 익살 등 모든 것이 이용된다. 파노라마보다 더 정도가 심하게 착시(錯視) 현상을 일으키는 디오라마가 최근에 발명되자, 몇몇 화실(畵室)에는 단어 끝에 '라마'라는 말을 붙이는 농담이 도입되었는데, 보케르 하숙집에서 식사를 하는 한 젊은 화가는 그런 농담법을 그 하숙집에도 감염시켰다.

"그런데 푸아레 씨, 상테라마*(건강)가 어떠신지요?" 박물관 직원은 이렇게 말하더니, 푸아레의 대답을 기다리지도 않고, 이어서 쿠튀르 부인과 빅토린에게 말했다. "한데 부인들께서는 무슨 걱정이 있는 것 같군요."

"**저녁밥**을 안 먹을 건가요? 내 위장이 *usque ad talones* (발뒤축까지) 내려갔는데." 라스티냐크의 친구인 의과 대학생 오라스 비앙송이 소리쳤다.

"지독한 프루아토라마(추위)로군. 좀 비키시오, 고리오 영감! 제기랄! 당신 발이 난로 구멍을 다 막고 있지 않소." 보트랭이 말했다.

"저명하신 보트랭 선생님, 왜 프루아토라마라고 하시죠? 그건 틀렸어요, 프루아도라마죠." 비앙숑이 말했다.

"아뇨, 문법 규칙에 의하면 프루아토라마가 맞아요. 프루아토피에(발이 춥다)라고 하니까." 박물관 직원이 말했다.

"아! 아!"

"여기 오류법(誤謬法) 박사 드 라스티냐크 후작 각하가 오십니다. 오오! 다른 분들도 어서 오십시오." 비앙숑은 외젠의 목을 잡고 질식시키려는 듯 누르면서 소리쳤다.

미쇼노 양이 조용히 들어와서, 말없이 모인 사람들에게 인사하더니, 세 여자들 옆에 가서 앉았다.

"저 늙은 박쥐 같은 여자만 보면 소름이 끼쳐요." 미쇼노 양을 가리키며 비앙숑이 나지막한 목소리로 보트랭에게 말했다. "갈*의 체계를 공부하고 있는 저는 저 여자에게서 유다의 혹을 볼 수 있습니다."

"당신이 유다 같은 배반자를 경험한 적이 있나요?" 보트랭이 물었다.

"배반자를 만나지 않았던 사람이 누가 있겠어요!" 비앙숑이 대답했다. "맹세코 말씀 드립니다만, 저 허연 늙은 여자는 대들보를 갉아먹고 마는 길쭉한 벌레들 같은 인상입니다."

"맞는 말일세, 젊은이." 40대 남자는 구레나룻을 빗질하며 이렇게 말하고는, 노래를 흥얼거렸다.

장미꽃 같은 그녀는 장미꽃처럼,

하루아침을 살았다네.

"아! 아! 유명한 수포라마가 들어오는군." 크리스토프가 공손하게 수프를 들고 들어오는 것을 보고 푸아레가 말했다.

"죄송합니다만, 이건 양배추 수프예요." 보케르 부인이 대꾸했다.

젊은이들이 모두 웃음을 터뜨렸다.

"망했군요, 푸아레!"

"푸아르르르르레트 망했군요!"

"보케르 엄마가 2점 득점." 보트랭이 말했다.

"오늘 아침 안개를 누구 주의해 본 사람 있습니까?" 박물관 직원이 물었다.

"그건 광란적이고 유례가 없는 안개, 음산하고 우울하며 초록빛의 숨 가쁜 안개, 요컨대 고리오 안개였어요." 비앙숑이 이렇게 대꾸했다.

"고리오라마죠, 전혀 앞을 볼 수 없었으니까요." 화가가 말했다.

"여보, 가오리오트* 경(卿), 당신에 관한 문제입니다."

음식을 들여오는 문 가까이의 식탁 맨 끝자리에 앉아 있던 고리오 영감은 자기 냅킨 밑에 넣어 두고 있던 빵 조각의 냄새를 맡으면서 머리를 쳐들었다. 그처럼 빵 냄새를 맡아 보는 것은 때때로 나타나곤 하는 장사하던 시절의 옛 습관이었다.

"이보세요! 빵이 나쁘다고 생각하는 거예요?" 수저와 접시 부딪히는 소리며 사람들의 얘기 소리를 압도할 만한 큰 목소리로 보케르 부인이 날카롭게 고리오 영감에게 소리쳤다.

"그 반대입니다, 부인. 이 빵은 1등품 에탕프 산 밀가루로 만들었군요." 고리오 영감의 대답이었다.

"그걸 어떻게 아시죠?" 외젠이 그에게 물었다.

"냄새를 맡아 보았으니까, 코의 입맛으로 알겠죠. 당신은 지독한 수전노가 되어서, 부엌의 공기만 들이마시고도 배를 불리는 방법을 찾아내고 말겠군요." 보케르 부인이 말했다.

"그러면 특허권을 받으세요, 큰돈을 버실 테니까." 박물관 직원이 소리쳤다.

"내버려두세요. 저 양반은 자기가 제면업자였다는 것을 우리에게 설득하려고 그러는 거니까요." 화가가 말했다.

"당신의 코는 그럼 코르뉘(증류기)인가요?" 박물관 직원이 또다시 물었다.

"코르 무어라구요?" 비앙숑이 물었다.

"코르-누유(산수유 열매)."

"코르-느뮈즈(퉁소)."

"코르-날린(홍옥수)."

"코르-니슈(코니스*)."

"코르-니숑(작은 오이)."

"코르-보(까마귀)."

"코르-낙(코끼리 부리는 사람)."

"코르-노라마."

이 여덟 개의 대답이 연속 사격처럼 빠른 속도로 식당의 사방에서 터져 나왔는데, 가련한 고리오 영감이 마치 외국어를 이해하려고 애쓰는 사람처럼 멍한 모습으로 회식자들을 쳐다보아서 모두들 폭소를 터뜨렸다.

"코르라니요?" 고리오 영감이 옆자리에 앉은 보트랭에게 물었다.

"코르오피에(발에 박힌 티눈)란 말이오, 노인장!" 보트랭은 이렇게 말하면서, 고리오 영감 머리 위의 모자를 손으로 탁 쳐서 눈 위에까지 내려오게 했다.

가없은 노인은 이 불시의 공격에 어리둥절해서 잠시 동안 꼼짝 않고 앉아 있었다. 크리스토프는 고리오 영감이 수프를 다 먹은 줄 알고 그의 그릇을 가져갔다. 그래서 고리오가 모자를 들어 올리고 나서 숟가락질을 하자, 그는 식탁을 두들길 수밖에 없었다. 모든 회식자가 웃음을 터뜨렸다.

"이보세요." 노인이 말했다. "당신은 나쁜 장난꾼이구려. 또다시 이런 식으로 내 모자를 누르면……"

"그러면, 뭐요, 아빠?" 보트랭이 그의 말을 막으며 대꾸했다.

"그러면, 어느 날엔가 당신은 대가를 톡톡히 치를 거요……"

"지옥에서 말입니까? 못된 녀석들을 처넣는 그 캄캄한 작은 구석에서!" 화가가 말했다.

"어허! 아가씨, 음식을 먹지 않는군. 그러니까 아빠가 고집스럽게 나왔나요?" 보트랭이 빅토린에게 말했다.

"끔찍한 일예요." 쿠튀르 부인이 말했다.

"그런 사람은 이치를 깨닫게 해주어야 합니다." 보트랭이 말했다.

"그런데 아가씨는 식비 문제로 소송을 제기할 수도 있겠네요. 음식을 들지 않으니 말이에요." 비앙숑의 옆에 앉아 있던 라스티냐크가 말했다. "어! 어! 고리오 영감이 빅토린 양을 유심히 쳐다보는 것을 좀 보게." 그가 덧붙여 말했다.

노인은 음식을 먹는 것도 잊은 채 처녀를 넋놓고 바라보고 있었다. 그녀의 모습에는 사랑하는 아버지에게서 인정받지 못한 자식의 고통, 진정한 고통이 배어 나오고 있었다.

"이보게, 우리는 고리오 영감에 대해 잘못 생각하고 있었어." 외젠이 나지막한 목소리로 비앙숑에게 말했다. "저 사람은 바보도 아니고 기력이 없는 사람도 아냐. 저 사람에게 자네의 그 갈 박사의 체계를 적용해 보고, 자네의 생각을 내게 말해 주게. 어제 밤에 나는 저 사람이 은그릇을 마치 밀랍처럼 비트는 것을 보았어. 그때 그의 얼굴 표정은 기이한 감정을 드러내 보였어. 저 사람의 생활은 너무나 수상해 보여서 연구할 가치가 있다고 생각돼. 그래, 비앙숑, 자네는 웃지만, 나는 농담하고 있는 게 아니네."

"그래, 저 사람은 의학적 케이스야. 그가 원한다면, 나는 해부를 해보겠어." 비앙숑이 말했다.

"아니, 그의 머리를 타진해 보게."

"아! 그래, 그의 우둔함은 전염성일지도 모르지."

다음날 오후 3시경에 라스티냐크는 대단히 품위 있게 옷을 차려 입고 드 레스토 부인 집에 갔는데, 길을 가는 동안 내내 그는 젊은 사람들의 삶을 감동으로 아름답게 치장해 주는 그런 턱없이 무분별한 희망에 몸을 내맡기고 있었다. 그럴 때 젊은이들은 장애도 위험도 계산하지 않고, 모든 것에서 성공을 예상하며, 상상력의 유희만으로 자신들의 삶을 시적으로 미화하지만, 그들의 무절제한 욕망 속에만 존재하던 계획이 뒤틀림으로 인해서 그들은 불행해지거나 슬픔에 빠지는 것이다. 만약 젊은이들이 무지하지도 않고 소심하지도 않다면, 사회적 세계는 가능할 수 없을 것이다. 외젠은 흙이 튀지 않게 하려고 무한히 조심을 하면서도, 드 레스토 부인에게 할 말을 생각하면서 걸었다. 그는 기지(機智)를 채비했고, 상상적 대화의 대꾸를 찾아내었으며, 자신의 미래가 달려 있는 사랑의 고백에 유리한 자질구레한 상황들을 상정하면서 재치 있는 말들과 탈레랑* 식의 문장들을 준비했다. 그러나 이 대학생은 흙이 튀었기 때문에, 팔레루아얄에서 구두를 닦고 바지에 솔질을 하지 않으면 안 되었다. '내가 부자라면, 나는 마차를 타고 가면서 생각도 마음대로 할 수 있을 텐데' 하고 그는 **위급한 경우**를 위해 준비해 두었던 30수짜리 돈을 바꾸면서 생각했다. 마침내 그는 뒤 엘데르 가에 도착하여 드 레스토 백작 부인의 면담을 청했다. 문간에 마차 소리도 들리지 않은 채, 걸어서 마당을 건너오는 그의 모습을 본 하인들의 경멸 어린 눈초리를 그는 미래의 성공을 확신하는 사람의 냉정한 분노로 맞았다. 그 집 마당에 들어서면서 이미 자신의 열등함을 깨닫고 있었으므로, 그는 그 경멸의 눈초리를 더욱더 민감하게 느꼈다. 그 마당에는 낭비적인 생활의 사치를 과시하며, 파리의 모든 환락의 습관을 암시하는 맵시 있는 이륜마차에 호화롭게 매인 아름다운 말 한 필이 앞발로 땅을 걷어 차고 있었던 것이다. 그는 저절로 기분이 나빠졌다. 기지로 가득 차 있으리라고 기대했던 그의 머릿속의 열려 있던 서랍들은 닫혀 버렸고, 그는 갑자기 바보가 된 것 같았다. 방문자의 이름을 알리러 간 하인이 백작 부인의 대답을 가져오기를 기다리면서, 외젠은 응접실 창문 앞에 한 발을 디디고 서서, 스페인 식 창문 고리에 팔꿈치를 기대고, 무의식적으로 마당을 쳐다보았다. 그는 시간이 지루하게 생각되었다. 일직선으로 돌진할 때면 기적을 발생시키는 그 남불적(南佛的)인 집요성을 타고나지 않았더라면, 그는 나와 버리고 말았을 것이다.

"선생님, 부인께서는 내실에 계신데 지금 매우 바쁘셔서, 대답이 없으셨습니다. 그렇지만 원하신다면 살롱에 가 계시지요. 이미 어떤 분이 기다리고 계십니다만." 하인이 말했다.

단 한 마디로 자기 주인들의 의중을 드러내거나 판단하는 하인들의 놀라운 능력에 감탄하면서, 라스티냐크는 하인이 나간 문을 단호하게 열어 젖혔다. 이 행동은 그가 이 집 주인들과 잘 알고 지낸다는 것을 건방진 하인들에게 믿게 하기 위해서였다. 그러나 그가 황망하게 들어선 곳은 램프, 식기, 목욕용 수건들을 데우는 기구 같은 것들이 놓여 있는 방으로서, 어두운 복도와 비밀 계단으로 통하고 있었다. 대기실에서 들리는 숨죽여 웃는 소리에 그는 당황해 어쩔 줄 몰랐다.

"선생님, 살롱은 이쪽입니다." 비웃음을 더하는 것 같은 공손함을 가장한 태도로 하인이 그에게 말했다.

외젠은 너무 서둘러 되돌아서는 바람에 목욕통에 부딪혔지만, 다행히 모자를 잘 붙잡아서 그것이 욕조에 떨어지는 것은 막을 수 있었다. 이때, 작은 램프 불빛이 비추는 긴 복도 끝의 문이 열렸고, 라스티냐크에게 드 레스토 부인의 목소리와 고리오 영감의 목소리, 그리고 키스하는 소리가 동시에 들려 왔다. 그는 식당으로 들어가 그것을 가로지른 다음 하인을 따라서 첫 살롱으로 들어갔다. 그는 살롱의 창문이 마당을 향해 있는 것을 알아보고, 그 창문 앞에 가서 섰다. 그는 그 고리오 영감이 정말로 자기 하숙집의 고리오 영감인지 보고 싶었다. 그의 가슴이 이상하게 뛰었고, 보트랭의 무서운 생각이 떠올랐다. 하인은 살롱의 문간에서 외젠을 기다리고 있었는데, 갑자기 그 문에서 한 멋쟁이 청년이 나오더니 못 참겠다는 듯이 말했다. "모리스, 나는 가겠네. 반 시간 이상 내가 기다렸다고 백작 부인께 전해 주게." 이 무례한 청년은 그럴 권리를 갖고 있기라도 한 듯이, 이탈리아 노래의 한 소절을 흥얼거리면서 외젠이 서 있는 창문 쪽으로 왔다. 그는 마당을 바라보는 것만큼이나 학생의 얼굴을 보고 싶은 눈치였다.

"하지만 백작님, 잠시만 더 기다리시는 것이 좋겠습니다. 부인께서는 일이 끝나셨습니다." 모리스가 대기실로 돌아가면서 이렇게 말했다.

이 순간, 고리오 영감은 작은 계단의 출구를 통해서 정문 근처로 나오고 있었다. 이륜마차를 몰고 있는 훈장을 단 젊은이가 통과하도록 대문이 열려 있다는 사실에 주의하지 않고, 노인은 자기 우산을 꺼내 막 펼치려 하고 있었다. 고리오 영감은 가까스로 뒷

걸음질을 쳐서 마차에 깔리는 것을 피할 수 있었다. 우산의 호박단 천에 놀란 말은 층계 쪽으로 서둘러 달려들면서 방향을 약간 비켜섰다. 그 젊은이는 화난 표정으로 고개를 돌려 고리오 영감을 쳐다보았고, 영감이 밖으로 나가기 전에 그에게 인사를 했는데, 그것은 필요로 하는 고리대금업자에게 마지못해 하는 배려이거나, 평판 나쁜 사람에게 불가피하게 표하는 존경의 표시로서, 후에 가서는 창피해서 얼굴을 붉히는 그런 식의 인사였다. 고리오 영감은 호의에 넘친 다정한 인사로 그에게 답례했다. 이런 사건들은 번개처럼 재빠르게 일어났다. 너무 신경을 쓴 나머지 자기가 혼자 있지 않다는 것을 알아차리지 못하고 있던 외젠은 갑작스럽게 백작 부인의 목소리를 들었다.

"아! 막심, 가려고 했군요." 그녀는 약간의 원망이 섞인 비난조로 말했다.

백작 부인은 이륜마차가 들어온 것에 주의를 기울이고 있지 않았다. 라스티냐크는 급히 고개를 돌려 백작 부인을 보았는데, 그녀는 장밋빛 매듭이 달린 하얀 캐시미어 천의 실내복을 맵시 있게 입고 있었고, 아침나절에 파리 여자들이 그렇듯이 머리 손질은 대충 하고 있었다. 아마도 목욕을 한 모양으로 그녀의 몸에서는 향내가 풍겼고, 부드럽다고 말할 수 있을 그녀의 아름다움은 더욱더 관능적으로 보였다. 그녀의 두 눈은 촉촉이 물기에 젖어 있었다. 청년들의 눈은 모든 것을 볼 줄 안다. 마치 식물이 공기 중에서 알맞은 자양을 흡입하듯이, 그들의 정신은 여자가 발산하는 매력에 결합되는 것이다. 그래서 외젠은 그 여인의 손에 피어 오른 싱싱함을 만져 볼 필요도 없이 느낄 수 있었다. 그는 캐시미어 천을 통해, 가볍게 벌어진 실내복이 때때로 드러내 보이는 분홍빛 속옷을 보았고, 그의 시선은 거기에 머물렀다. 백작 부인에게는 코르셋의 가슴 살대를 댈 필요도 없었다. 허리띠만으로도 그녀의 나긋나긋한 허리가 두드러져 보였고, 그녀의 목은 사랑을 유혹하는 듯했으며, 실내화를 신은 그녀의 두 발은 예뻤다. 막심이 키스하려고 그녀의 손을 잡았을 때에야, 외젠은 막심을 얼핏 보았고, 백작 부인은 외젠을 알아보았다.

"아! 당신이군요, 드 라스티냐크 씨. 뵙게 되어 반가워요." 그녀는 재치 있는 사람들이 나타내 보일 수 있는 태도로 말했다.

막심은 틈입자를 내쫓을 만한 의미심장한 태도로 외젠과 백작 부인을 번갈아 쳐다보았다. "아 참! 이봐요, 저 귀찮은 녀석을 문밖으로 쫓아내시오!" 아나스타지 백작 부인이 막심이라고 부른 건방지고 오만한 청년의 시선에 드러난 분명하게 알아볼 수 있는 표정은 바로 이 말이었다. 그녀는 부지불식간에 여자의 모든 비밀을 드러내는 그런 순종적인 태도로 그 청년의 얼굴을 살피고 있었다. 라스티냐크는 그 청년에 대해 격렬한 증오심을 느꼈다. 우선 막심의 곱슬곱슬하게 잘 다듬은 아름다운 금발이 그에게 자신의 머리칼이 얼마나 추한가를 깨닫게 해주었다. 다음으로 막심은 세련되고 깨끗한 장화를 신고 있는 반면에, 그의 장화는 걸으면서 조심을 했음에도 불구하고 진흙이 튄 흔적이 남아 있었다. 마지막으로 막심은 그의 허리를 우아하게 죄어 주어 그를 아름다운 여자처럼 보이게 하는 프록코트를 입고 있었는데, 외젠은 오후 2시 반에도 검은 정장 차림이었던 것이다. 샤랑트* 현 출신의 영리한 아이인 라스티냐크는 옷차림이 이 멋쟁이에게 부여해 주는 우월성을 느꼈다. 그 청년은 날씬하고 키가 컸으며, 밝은 눈에 창백한 얼굴빛이었고, 고아들이라도 파산시킬 수 있는 그런 남자들 중의 하나였다. 외젠의 대답을 기다리지도 않은 채, 드 레스토 부인은 마치 나비와 같은 모습으로 말렸다 펼쳐졌다 하는 실내복 자락을 펄럭이며 쏜살같이 다른 살롱으로 달아났다. 막심은 그녀를 따라갔다. 화가 치민 외젠은 막심과 백작 부인을 뒤쫓아 갔다. 이 세 사람은 큰 살롱의 한가운데 벽난로 옆에서 서로 마주 보고 서 있게 되었다. 학생은 그 밉살스런 막심에게 자기가 방해가 된다는 것을 잘 알고 있었다. 그러나 드 레스토 부인의 기분을 상하게 할 위험을 무릅쓰고라도 그는 그 멋쟁이를 괴롭혀 주고 싶었다. 드 보세앙 부인의 무도회에서 그 청년을 보았던 것을 갑자기 기억해 내고, 그는 막심이 드 레스토 부인과 어떤 관계인지를 추측해 보았다. 그러고는 큰 실수를 저지르게 하거나 또는 큰 성공을 거두게 하는 그런 젊은이다운 대담성을 발휘해서, 그는 '저자는 내 경쟁자로구나, 나는 저자에게 승리를 거두겠다'고 생각했다. 경솔한 사람 같으니라고! 그는 막심 드 트라유 백작이 모욕을 당하면 먼저 총을 뽑아 자기를 모욕한 사람을 죽인다는 사실을 모르고 있었다. 외젠도 솜씨 좋은 사냥꾼이기는 했지만, 그는 아직 사격에서 스물두 발을 쏘아 스무 개의 표적을 쓰러뜨릴 정도는 되지 못했다. 젊은 백작이 난롯불 가의 안락의자에 몸을 던지고는 부젓가락을 집어 들어 시무룩한 얼굴로 몹시 난폭하게 난롯불을 휘저었기 때문에, 아나스타지의 아름다운 얼굴에는 갑자기 슬픈 표정이 떠올랐다. 젊은 여인은 외젠 쪽으로 고개를 돌리더니, 그에게 싸늘하게 묻는 듯한 시선을 던졌다. 그 시선은 '당신은 왜 가지 않는 거요?'라는 뜻을 명백히 담고 있는 것으로서, 축출의 말이라고나 명명해야 할 이런 말 앞에서 예의 바른 사람들이라면 곧 처신할 바를 알게 될 것이다.

외젠은 상냥한 태도를 띠고 말했다. "부인, 저는 급히 뵐 일이 있어서……"

그는 갑자기 말을 멈췄다. 문이 열렸던 것이다. 이륜마차를 몰던 신사가 모자를 쓰지 않은 모습으로 갑자기 나타나더니 백작 부인에게는 인사도 하지 않고, 외젠을 불안스럽게 바라보더니, 막심에게 손을 내밀고는 "안녕하시오"라고 말했다. 외젠은 우정 어린 그 인사 말투에 몹시 놀랐다. 시골에서 온 젊은이들은 삼각관계의 생활이 얼마나 다정한지를 모르는 것이다.

"드 레스토 씨예요." 백작 부인은 학생에게 자기 남편을 가리키며 이렇게 말했다.

외젠은 깊이 고개를 숙여 인사했다.

그녀는 드 레스토 백작에게 외젠을 소개하며 계속해서 말했다. "이분은 드 라스티냐크 씨인데, 마르시야크 집안 쪽으로 해서 드 보세앙 자작 부인과 친척이 되시고, 지난번 자작 부인의 무도회에서 만나 뵙게 됐어요."

마르시야크 집안 쪽으로 해서 드 보세앙 자작 부인과 친척간!이라는 백작 부인이 좀 강조해서 한 이 말은 자기 집에는 명사들만 드

나든다는 것을 증명해 보이려는 여주인의 일종의 자존심에서 나온 것이었는데, 그 말이 마술적인 효과를 발휘했다. 백작은 쌀쌀 맞게 의례적이기만 하던 태도를 버리고 학생에게 다음과 같이 인사를 한 것이다.

"뵙게 되어 반갑습니다."

막심 드 트라유 백작 자신도 외젠에게 불안스런 시선을 던지더니 즉시 무례한 태도를 고쳤다. 한 집안 이름의 강력한 개입에 기인된 이 마술 지팡이는 남불인의 머릿속에 들어 있는 많은 서랍들을 열어 젖혀 주어서, 그가 준비해 두었던 재치를 그에게 되돌려 주었다. 갑작스러운 광명이 아직껏 그에게는 캄캄하던 파리 상류 사회의 분위기를 밝게 볼 수 있도록 해주었다. 보케르 관이라든지 고리오 영감 같은 것은 그때 그의 생각에서 천리만리 떨어져 있었다.

"마르시야크 가문은 단절되었다고 생각했는데요?" 드 레스토 백작이 외젠에게 말했다.

"그렇습니다. 저의 종조부인 드 라스티냐크 기사(騎士)께서는 드 마르시야크 가문의 상속녀와 결혼하셨습니다. 그분은 따님 하나만을 두셨는데, 그 따님이 드 보세앙 부인의 외조부이신 드 클라랭보 원수(元帥)와 결혼하셨지요. 저희 집안은 분가(分家)인데, 해군 중장이었던 저의 종조부께서 국왕께 봉사하는 데 모든 것을 다 쓰셨기 때문에 더욱더 가난한 집안이 되었습니다. 혁명 정부는 동인도 회사를 청산했을 때 우리 집안의 채권을 인정하려고 하지 않았습니다." 외젠이 대답했다.

"당신의 종조부께서는 1789년 이전에 **방죄르** 호의 함장이 아니셨나요?"

"바로 그렇습니다."

"그렇다면 그분은 **바르비크** 호의 함장이셨던 나의 조부를 알고 계셨을 겁니다."

막심은 드 레스토 부인을 쳐다보며 가볍게 어깨를 으쓱하고는, "백작이 저 사람과 해군 얘기를 시작하면, 우리는 참 이제 끝장이오"라는 뜻을 전하려는 듯한 표정을 지었다. 아나스타지는 드 트라유 씨의 시선에 담긴 뜻을 이해했다. 여자들이 지니고 있는 놀라운 힘을 발휘해서 그녀는 웃음을 지으며 다음과 같이 말했다. "이리 오세요, 막심, 당신에게 부탁할 게 있어요. 두 분께서는 **바르비크** 호와 **방죄르** 호를 타고 함께 항해하십시오." 그녀가 일어나서 막심에게 음흉하고 조롱기가 섞인 눈길을 보내자, 막심은 그녀와 함께 규방 쪽으로 향해 갔다. 프랑스어에는 그와 동등한 독일식 멋진 표현이 없지만, **신분이 어울리지 않는** 이 한 쌍이 방 문에 이르자마자, 백작은 외젠과의 대화를 중단하고, 화가 난 듯이 소리쳤다.

"여보, 아나스타지! 가지 말고 여기 있구려. 당신 알지 않소……."

"곧 올게요, 곧 와요, 잠깐이면 막심에게 부탁할 얘기를 할 수 있어요." 그녀는 남편의 말을 가로막으면서 이렇게 말했다.

그녀는 재빨리 되돌아왔다. 자기들 마음대로 행동할 수 있기 위해서는 남편의 성격을 유심히 살펴서 소중한 신뢰를 잃지 않도록 자기들이 나아갈 수 있는 정도를 인식할 줄 알고, 그래서 일상생활의 사소한 일에서는 결코 남편의 기분을 상하게 하지 않는 모든 여자들과 마찬가지로, 백작 부인은 백작의 어조로 미루어 보아 규방에 오래 머물러 있는 것은 안전하지 않다는 것을 알아챘던 것이다. 이런 난처한 상황은 외젠 때문에 비롯된 것이었다. 그래서 백작 부인은 울화가 치미는 듯한 태도로 막심에게 학생을 눈짓해 보였고, 막심은 백작과 그의 부인과 외젠을 향하여 아주 신랄한 어조로 말했다. "바쁘신 것들 같은데, 방해하고 싶지 않군요. 안녕히 계십시오." 그러고서 그는 나갔다.

"가지 말고 있어요, 막심!" 백작이 외쳤다.

"저녁 식사하러 오세요." 백작 부인은 이렇게 말하고는 또다시 외젠과 백작을 남겨둔 채 살롱으로 막심을 뒤따라갔다. 그들은 드 레스토 씨가 외젠을 되돌려 보낼 수 있으리라고 생각하고서 꽤 오랫동안 살롱에 함께 머물러 있었다.

라스티냐크는 그 남녀가 웃음을 터뜨리며, 얘기를 나누다가, 또 잠자코 조용히 머무는 소리를 번갈아 들었다. 그러나 깜찍스런 대학생은 백작 부인을 다시 보고 싶었고 또 고리오 영감과 그녀의 관계를 알아내기 위해서, 재치를 발휘하면서 드 레스토 백작의 비위를 맞추기도 하고 그와 토론을 벌이기도 하며 시간을 끌었다. 분명히 막심과 사랑에 빠져 있으며, 자기 남편을 좌지우지하는 이 여인이 늙은 제면업자와 은밀한 관계를 맺고 있다는 것이 그에게는 불가사의한 일로 보였다. 그는 이 불가사의의 비밀을 꿰뚫어 보고 싶었고, 그렇게 함으로써 이 뛰어난 파리 여인 위에 절대자로서 군림하기를 희망했다.

"아나스타지." 백작이 또다시 자기 아내를 불렀다.

"자, 나의 가엾은 막심, 할 수 없군요. 그럼 오늘 저녁에……"
그녀가 청년에게 이렇게 말했다.

"**나지**, 당신이 저 어린 녀석을 다시는 드나들지 못하게 하길 바라요. 당신의 실내복이 조금 벌어졌을 때 그 녀석 눈길은 숯불덩이처럼 달아오릅디다. 그자는 당신에게 사랑을 고백해서 당신 체면을 위태롭게 할 거요. 그러면 나는 그를 죽여야만 할 테고." 막심이 그녀의 귀에 대고 속삭였다.

"미쳤어요, 막심? 오히려 저런 어린 대학생들은 좋은 피뢰침 구실을 하는 것 아니겠어요? 나는 레스토가 꼭 그를 미워하게 만들겠어요." 그녀가 이렇게 말했다.

막심은 웃음을 터뜨리고 나갔는데, 백작 부인은 그를 뒤따라가서는 창가에 서서 그가 마차에 올라 말에게 앞발로 땅을 걷어차게 하고 채찍을 휘두르는 모습을 바라보았다. 그녀는 대문이 닫혔을 때에야 되돌아왔다.

"여보, 이분의 가족이 사는 영지는 샤랑트 강(江)가의 베르퇴유에서 멀지 않은 곳이라오. 이분의 종조부와 우리 조부께서는 서로 아는 사이셨고." 아내가 돌아오자 백작은 그녀에게 큰 소리로 말했다.

"잘 아는 고장에 사신다니 반갑군요." 백작 부인은 무심하게 말했다.

"생각하시는 이상입니다." 외젠이 낮은 목소리로 말했다.

"뭐라고요?" 그녀가 열 띤 기세로 물었다.

"한데 저는 같은 하숙집에서 저와 문을 마주하고 살고 있는 사람이 댁에서 나가는 것을 조금 전에 보았습니다. 고리오 영감이라고 하죠." 학생이 다시 말했다.

영감이라는 명칭으로 장식된 그 이름을 듣자, 불을 뒤적이고 있던 백작은 부젓가락에 손을 데기라고 한 듯이 부젓가락을 불 속에 내던지고 일어섰다.

"이보시오, 당신은 고리오 씨라고 말하셔야 했을 것이오." 그가 부르짖었다.

백작 부인은 남편의 화난 표정을 보고서 처음에는 얼굴이 창백해지더니, 뒤이어 빨개졌다. 그녀는 분명히 당황하고 있었다. 그녀는 자연스럽게 보이려고 애쓰는 목소리와 억지로 꾸민 거리낌 없는 태도로 대꾸했다. "우리가 그분보다 더 사랑하는 사람은 있을 수 없는데……" 그녀는 말을 중단하더니, 무슨 변덕스런 생각이 일기라도 하는 듯 피아노를 쳐다보며 말했다. "음악을 좋아하세요?"

"매우 좋아합니다." 대단히 어리석은 실수를 저질렀다는 창피스런 생각에 얼굴이 달아오르고 정신이 멍해져서 외젠이 대답했다.

"노래도 부르세요?" 그녀는 피아노로 다가가서 저음부 **도**에서부터 고음부 **파**까지의 모든 건반을 세차게 두드려 대며 부르짖듯 물었다.

"못 부릅니다, 부인."

드 레스토 백작은 실내를 이리 저리 거닐고 있었다.

"그거 유감이군요. 당신에게는 성공의 큰 수단 하나가 없는 셈이군요. ― '카아로, 카아로, 카아아로, 논두비타레'"* 백작 부인은 노래를 불렀다.

고리오 영감의 이름을 발설함으로써 외젠은 마술 지팡이를 휘둘렀지만, 그 결과는 드 보세앙 부인의 친척이라는 말이 야기한 결과와는 정반대였다. 그는 골동품 애호가의 집에 호의로 초대받아 갔다가, 조상(彫像)으로 가득 찬 진열장을 실수로 건드려서, 단단히 붙어 있지 않은 조상의 머리 서너 개를 떨어뜨린 사람과 같은 처지에 빠져 있었다. 그는 구렁텅이에 몸을 내던지고 싶은 심정이었다. 드 레스토 부인의 얼굴은 퉁명스럽고 쌀쌀했으며, 무관심해진 그녀의 눈은 그 불운한 학생의 눈을 피하고 있었다.

"부인, 드 레스토 백작님과 하실 말씀도 있으실 테고, 이만 인사 드리고 실례하도록……"

백작 부인은 손짓으로 외젠의 말을 가로막으며 급히 대꾸했다. "언제든지 오신다면, 저나 드 레스토 씨나 대단히 기쁘겠습니다."

외젠은 그 부부에게 깊이 머리 숙여 인사하고 방을 나섰다. 드 레스토 씨는 만류했음에도 불구하고 응접실까지 그를 따라 나왔다.

"이분이 오면 언제든지 나도 부인도 없다고 전해라." 백작이 하인 모리스에게 이렇게 말했다.

외젠이 현관 앞 층계에 발을 내디뎠을 때, 그는 비가 내리고 있는 것을 알았다. 그는 혼자 생각했다. '자, 나는 원인이나 중요성도 알지 못하는 실수를 저지르러 왔구나. 엎친 데 덮친 격으로 내 옷과 모자까지도 망치게 됐구나. 나는 방구석에 들어 박혀 법률

책이나 파면서 딱딱한 법관이나 될 생각을 했어야 할 것을. 사교계를 적절히 요리하려면, 마차, 잘 닦은 장화, 필수 불가결한 장신구들, 금 시곗줄, 아침에는 값이 6프랑이나 하는 흰 사슴 가죽 장갑, 저녁에는 언제나 노란 장갑 등속이 무더기로 필요한데 내가 과연 사교계에 나갈 수 있을 것인가? 묘한 늙은이 고리오 영감 같으니라고, 제기랄!'

그가 길 쪽의 대문 아래로 나왔을 때, 아마도 신혼부부를 태워다 주고 오는 길인 듯한 삯마차와 마주쳤는데, 주인 몰래 부정 운행의 수입을 올릴 생각을 하고 있던 그 마차의 마부는 검은 양복에 흰 조끼를 입고 노란 장갑을 끼고 약칠한 장화를 신고 있으나 우산이 없이 서 있는 외젠의 모습을 보고서 마차에 타라는 신호를 했다. 외젠은 암울한 분노에 잠겨 있었다. 그것은 행운의 출구를 발견하려고 허우적거리는 심연에 빠진 청년을 점점 더 심연 속으로 깊이 빠져들게 만드는 그런 종류의 분노였다. 그는 머리를 끄덕여 마부의 요청에 동의했다. 그는 주머니에 22수밖에 없는데도 마차에 올라탔는데, 그 마차에는 몇 개의 오렌지 꽃잎과 금실 부스러기가 떨어져 있어 신혼부부가 탔다는 것을 알려 주고 있었다.

"어디로 모실까요?" 이미 흰 장갑을 벗어버린 마부가 물었다.

'아무렴! 이왕지사 빠져들었으니, 적어도 뭔가 득을 봐야겠다.' 외젠은 속으로 이렇게 생각하고서, "드 보세앙 저택으로 갑시다" 하고 큰 소리로 덧붙여 말했다.

"어느 보세앙 저택 말입니까?" 마부가 물었다.

이 야릇한 물음에 외젠은 당황했다. 세상 물정 모르는 이 멋쟁이는 드 보세앙 저택이 두 개 있다는 사실을 알지 못했고, 자기 같은 사람은 염두에도 없는 친척들이 얼마나 많은지도 모르고 있었다.

"드 보세앙 자작 댁……"

"드 그르넬 가(街)의 저택 말씀이군요." 마부가 그의 말을 가로막고 고개를 끄덕이며 말했다. "아시겠지만, 생도미니크 가에도 드 보세앙 백작과 후작의 저택이 있지요." 마부는 발판을 들어 올리면서 덧붙여 말했다.

"잘 알고 있소." 외젠은 무뚝뚝하게 대꾸했다. '도대체 오늘은 모든 사람들이 나를 조롱하고 있구나!' 그는 모자를 앞자리의 방석 위에 내던지며 생각했다. '괜한 나들이로 나는 왕의 몸값만 한 돈을 쓰게 됐구나. 하지만 적어도 나는 소위 나의 사촌을 상당히 귀족적인 방식으로 방문하게 되었구나. 고리오 영감이 이미 나에게 최소한 10프랑을 낭비하게 했다. 늙은 악당 같으니라고! 드 보세앙 부인에게 내가 겪은 사건을 얘기해 봐야겠다. 아마 부인은 웃겠지. 꼬리 없는 쥐 같은 늙은이와 그 아름다운 여자 사이의 범죄적 관계의 비밀을 부인은 알고 있을지도 몰라. 아주 값비싼 듯이 보이는 그 부도덕한 여자와 부딪치는 것보다는 나의 사촌의 비위를 맞추는 편이 차라리 낫겠다. 아름다운 자작 부인의 이름이 그처럼 강력한 효과를 발휘한다면, 부인 자신의 영향은 얼마나 대단할 것인가? 높은 곳에 호소하자. 하늘에 있는 어떤 것을 공략할 때는, 하느님을 겨냥해야 한다!'

이 말은 그를 망설임에 사로잡히게 한 수많은 생각을 간결하게 요약한 공식이었다. 그는 비가 내리는 것을 바라보면서 약간의 평정과 자신감을 회복했다. 그에게 남아 있는 소중한 1백 수짜리 동전 두 개를 쓰게 된다면, 그건 그의 옷과 장화와 모자를 보존하는데 써야 할 것이라고 그는 생각했다. 그는 마부가 **문을 여시오!**라고 외치는 소리를 쾌활한 기분으로 들었다. 붉고 금빛이 도는 옷을 입은 문지기가 돌쩌귀에 삐걱거리는 소리를 내며 저택의 문을 열었고, 라스티냐크는 그의 마차가 현관 밑을 지나 마당을 돌아서 층계의 유리 지붕 아래 멈추는 것을 달콤한 만족감을 느끼며 바라보았다. 가장자리에 붉은 실로 수를 놓은 두터운 푸른색 외투를 걸친 마부가 발판을 펼쳤다. 마차에서 내리면서, 외젠은 복도로부터 억지로 참는 웃음이 터져 나오는 소리를 들었다. 서너 명의 하인이 벌써 이 천박한 신혼 마차를 조롱하고 있었다. 학생은 자기가 타고 온 마차를 거기에 서 있는 파리에서도 가장 멋진 사륜마차 한 대와 비교해 보는 순간 하인들의 비웃음을 깨달을 수 있었다. 그 사륜마차에는 귀에 장미꽃을 달고 재갈을 꽉 물고 있는 힘찬 말 두 필이 매달려 있었는데, 머리에 분칠을 하고 넥타이를 단정히 맨 마부가 마치 말들이 달아나기라도 하려는 듯 고삐를 틀어쥐고 있었다. 쇼세당탱의 드 레스토 부인 댁 마당에는 스물여섯 살의 청년이 모는 날렵한 이륜마차가 있었다. 이곳 포부르 생제르맹에서는 대영주의 호사를 보여 주는, 3만 프랑을 주고도 살 수 없을 마차가 대기하고 있었던 것이다.

'도대체 누가 와 있을까?' 파리는 남자들이 차지하지 않은 여자들이란 별로 없으며, 그런 여왕 같은 여자들 중 하나를 정복하는 것은 몸의 피보다도 비싼 대가가 든다는 것을 뒤늦게야 깨달은 외

젠은 혼자 생각했다. '제기랄! 내 사촌도 자신의 막심 같은 남자를 갖고 있는지 모르겠구나.'

그는 죽도록 고통스런 심정으로 층계를 올라갔다. 그의 모습이 보이자 유리창 달린 문이 열렸다. 거기엔 글경이로 빗겨 줄 때의 당나귀들처럼 엄숙한 모습의 하인들이 있었다. 그가 참석했던 축제는 드 보세앙 저택의 1층에 위치한 대 접견실들에서 열렸었다. 초대장을 받고 무도회가 열릴 때까지 사촌을 방문할 시간이 없었기 때문에, 그는 아직 드 보세앙 부인이 거처하는 방들에는 들어가 볼 기회가 없었다. 그러므로 그는 탁월한 여인의 마음과 습성을 드러내 주는 개인적 우아함의 경이를 이제 처음으로 들여다보려 하는 길이었다. 드 레스토 부인의 살롱이 그에게 비교의 기준을 제공해 준 만큼 그것은 더욱더 흥미로운 연구 거리였다. 4시 반에 자작 부인을 만나 볼 수 있었다. 5분만 빨랐어도 부인은 그녀의 친척을 받아들일 수 없었을 것이다. 파리의 다양한 에티켓을 알지 못하는 외젠은 꽃이 가득하고, 난간이 금빛이며, 붉은 융단이 깔려 있는 흰 색조의 큰 계단을 통하여 드 보세앙 부인의 방으로 안내되었다. 그는 부인의 구두 전기(口頭傳記)를 알지 못하고 있었는데, 그것은 파리의 여러 살롱에서 매일 저녁 귀에서 귀로 전달되는 그런 변덕스런 이야기들 중의 하나였다.

자작 부인은 3년 전부터 포르투갈의 부유하고 유명한 대영주인 다주다핀투 후작과 친교를 맺고 있었다. 그것은 당사자들에게 너무나 매력이 풍부해서 제3자를 용납할 수 없는 그런 종류의 순수한 결합이었다. 그래서 드 보세앙 자작도 좋든 싫든 간에 그 은밀한 결합을 존중하면서 자신을 대중에게 본보기로 제시하고 있었다. 그 친교가 맺어졌던 초기에, 자작 부인을 만나러 2시에 찾아온 사람들은 늘 그녀의 집에서 다주다-핀투 후작을 발견하게 되었다. 드 보세앙 부인은 매우 예법에 어긋나는 것이기 때문에 면회 사절을 할 수는 없었지만, 사람들을 아주 냉랭하게 맞았고 자기 방의 코니스만 열심히 쳐다보고 있어서, 모두들 자기가 얼마나 부인에게 방해가 되는가를 이해하게 되었다. 2시에서 4시 사이에 드 보세앙 부인을 만나러 가면 그녀에게 방해가 된다는 것을 파리의 모든 사람들이 알게 되자, 그녀는 그 시간 동안 완전한 고독을 누릴 수 있었다. 그녀는 드 보세앙 씨와 다주다-핀투 씨와 함께 부퐁 극장이나 오페라 극장에 가곤 했는데, 드 보세앙 씨는 처세를 아는 사람답게 그들이 자리를 잡은 다음에는 항상 자기 아내와 포르투갈 사람 곁을 떠나는 것이었다. 다주다 씨는 결혼을 하게 되어 있었다. 그는 드 로슈피드 집안의 아가씨와 결혼할 예정이었다. 상류 사교계 전체에서 단 한 사람만이 아직 이 결혼 얘기를 모르고 있었는데, 그 사람이 바로 드 보세앙 부인이었다. 부인의 친구 몇몇이 그 결혼 얘기를 암시하면, 그녀는 친구들이 자신의 행복을 시기하여 방해하려는 것이라고 생각하고서 그런 얘기를 웃어 넘겼다. 그렇지만 결혼은 곧 공표될 예정이었다. 그 포르투갈의 미남은 자작 부인에게 자신의 결혼을 통고해 주려고 왔지만, 아직 감히 단 한 마디 말도 꺼내지 못하고 있었다. 왜 못했을까? 아마도 여자에게 그런 **최후통첩**을 전하는 것보다 더 어려운 일은 없으리라. 어떤 남자들은 두 시간 동안이나 자신의 비탄을 늘어놓은 다음 초죽음이 되어 각성제를 청하는 여자 앞에 있는 것보다는, 결투장에서 칼을 들고 자신의 심장을 노리는 남자 앞에 서는 것을 더 편하게 느끼는 것이다. 그래서 이 순간 바늘방석에 앉아 있는 것 같던 다주다핀투 씨는 어서 자리를 뜨고 싶어했다. 그는 드 보세앙 부인이 결국 그 소식을 알게 될 것이라고 생각했고, 그 애정의 살해를 취급하는 것은 생생한 목소리보다는 서신이 더 편리할 것이므로, 나중에 그녀에게 편지를 쓰겠다고 마음먹었다. 자작 부인의 하인이 외젠 드 라스티냐크 씨의 방문을 알렸을 때, 다주다핀투 후작은 기뻐서 몸을 부르르 떨었다. 사랑에 빠진 여인은 즐거움을 다양하게 맛보는 데 능한 것보다도 의혹을 품는 데 더욱더 재주가 있다는 사실을 알아야 한다. 그녀가 막 버림받으려는 순간, 그녀는 베르길리우스*의 준마(駿馬)가 사랑을 예고해 주는 멀리 떨어진 미립자를 냄새 맡는 것보다도 더 재빨리 애인이 짓는 몸짓의 의미를 알아차렸다. 무의식적이고 경미하지만, 그러나 꾸밈없이 드러나는 그 끔찍스런 애인의 전율을 드 보세앙 부인은 놓치지 않았던 것이다. 파리에서는 누구의 집을 방문하든지 간에, 그 집 사정을 잘 아는 사람들로부터 그 집의 남편 얘기, 아내와 자녀들 얘기를 미리 들어 두지 않으면 안 된다는 사실을 외젠은 모르고 있었다. 그것은 어리석은 실수를 저지르지 않기 위해서인데, 그런 어리석은 실수를 저지른 사람을 궁지에서 끌어내기 위해서 폴란드에서는 **당신 마차에 소 다섯 마리를 매시오!**라는 재미있는 표현이 있다. 그런 불행한 대화의 표현이 아직 프랑스에는 없는데, 그것은 아마도 프랑스에서는 실수 끝의 험구가 하도

엄청나게 퍼지는 까닭에 그런 말이 생길 가능성이 없기 때문일 것이다. 드 레스토 부인 집에서 궁지에 빠져, 제 마차에 다섯 마리의 소를 맬 여유도 없이 쫓겨났던 외젠 같은 인물만이 드 보세앙 부인 집을 방문해서 또다시 촌놈 노릇을 되풀이할 수 있었다. 그러나 그는 드 레스토 부인과 드 트라유 씨를 끔찍하게 방해했던 반면에, 이번에는 다주다 씨를 곤경에서 벗어나게 해준 셈이었다.

"잘 있어요." 외젠이 아담한 작은 살롱에 들어서자, 그 포르투갈 남자는 서둘러 문으로 다가가며 말했다. 잿빛과 장밋빛이 도는 그 살롱의 호화로움은 우아함만을 나타내 보이는 것처럼 보였다.

"하지만 오늘 저녁에 만나요. 부퐁 극장에 가지 않을 거예요?" 드 보세앙 부인은 고개를 돌려 후작에게 눈길을 던지며 말했다.

"갈 수 없겠어요." 그가 문고리를 잡으며 말했다.

드 보세앙 부인은 일어나서, 외젠은 거들떠보지도 않은 채, 후작을 자기 곁으로 불렀다. 경이로운 호화로움의 섬광에 얼이 빠진 외젠은 아라비아의 전설을 현실로 보는 듯했고, 자기에게는 눈길도 주지 않는 이 여인의 면전에서 몸 둘 바를 몰라 하며 서 있었다. 자작 부인은 오른손 집게손가락을 쳐들어 예쁜 동작으로 후작에게 자기 앞의 자리를 가리켰다. 이 동작에는 너무나 강렬한 정열의 압제가 깃들여 있어서 후작은 문고리를 놓고 다가갔다. 외젠은 부러움을 느끼며 그를 쳐다보았다.

'바로 이 사람이 사륜마차를 타고 온 사람이구나! 도대체 파리 여인의 시선을 끌려면, 힘센 말[馬]들, 하인들, 그리고 물 쓰듯 하는 돈이 있어야 한단 말인가?' 그는 혼자 생각에 잠겼다. 사치의 악마가 그의 가슴을 물어뜯었고, 돈벌이의 열기가 그를 사로잡았으며, 황금에의 갈증이 그의 목을 말라붙게 했다. 그는 3개월에 1백 30프랑밖에 만질 수 없었다. 그의 아버지, 어머니, 남동생들, 여동생들, 아주머니, 가족 모두 합쳐서 월 2백 프랑도 채 쓰지 못했다. 자신의 현재의 처지와 그가 도달해야 할 목표 사이의 재빠른 비교가 그를 아연하게 만들었다.

"왜 당신은 이탈리아 극장에 **가실 수 없는** 거죠?" 자작 부인이 웃으면서 물었다.

"일이 있어요! 영국 대사관에서 저녁 식사를 해야 해요."

"일은 내버려두세요."

남자가 속일 때에는, 어쩔 수 없이 계속해서 거짓말을 늘어놓을 수밖에 없는 것이다. 그래서 다주다 씨는 웃음을 지으며 덧붙였다. "그것이 당신의 요구예요?"

"예. 물론."

"그것이 바로 내가 듣고 싶던 말이었소." 그는 다른 여자라면 누구든 안심시킬 것 같은 예민한 시선을 던지면서 이렇게 대답했다. 그는 자작 부인의 손을 잡아 키스하고 밖으로 나갔다.

외젠은 이제 드 보세앙 부인이 자기에게 관심을 기울일 것으로 생각하고서, 손을 머리로 가져가 머리칼을 매만지면서 인사할 채비를 차렸다. 그런데 그녀는 갑자기 복도로 내닫더니 창가로 달려가서는 다주다 씨가 마차에 오르는 동안 그를 쳐다보는 것이었다. 그녀는 그가 하인에게 내리는 명령에 귀를 기울였고, 하인이 "드 로슈피드 씨 댁으로"라고 마부에게 명령을 반복하는 소리를 들었다. 이 명령과 다주다가 자기 마차 속으로 들어가는 태도는 이 여인에게 뇌성벽력과 같은 충격이어서, 그녀는 끔찍한 공포에 사로잡혀 방으로 되돌아왔다. 상류 사회에서 가장 무서운 재난이란 이런 종류의 일이다. 자작 부인은 자기 침실로 들어가서 책상 앞에 앉아 예쁜 종이를 꺼내서 다음과 같이 썼다.

영국 대사관이 아니라 로슈피드 댁에서 저녁 식사를 하시는 경우에는 저에게 해명이 있으셔야 합니다. 기다리겠습니다.

손이 경련을 일으키며 떨려서 잘못 쓰인 글자 몇 개를 고쳐 쓴 다음, 그녀는 클레르 드 부르고뉴를 뜻하는 C자를 써넣고 벨을 울렸다.

즉시 달려온 하인에게 그녀는 말했다. "자크, 7시 반에 드 로슈피드 씨 댁에 가서 다주다 후작을 찾아라. 후작님이 거기 계시거든, 답장은 요구하지 말고 이 쪽지를 그분에게 전달하도록 해라. 그분이 거기 안 계시면, 이 편지를 그대로 가지고 돌아오너라."

"자작 부인님, 살롱에서 손님이 기다리고 계십니다."

"아! 그렇지." 그녀는 문을 밀면서 말했다.

몹시 거북스러움을 느끼기 시작한 외젠은 마침내 자작 부인의 모습이 나타나는 것을 보았다. 부인은 그의 심금을 울리는 감동적인 어조로 말했다. "미안해요, 몇 자 쓸 것이 있었어요. 이제는 아주 한가롭게 당신을 만날 수 있군요." 그녀는 자기가 무슨 말을 하고 있는지도 몰랐다. 왜냐하면 그녀는 속으로 이런 생각을 하고 있었기 때문이다. '아! 그 사람이 드 로슈피드 양과 결혼하려고 하는구나. 하지만 마음대로 될까? 오늘 저녁 그 결혼이 깨어질 거야. 아니면 나는…… 어쨌든 내일이면 그것이 결말이 나겠지.'

"사촌 누님……." 외젠이 대꾸했다.

"뭐라고요?" 자작 부인은 이 학생을 얼어붙게 만드는 오만한 시선을 던지며 말했다.

외젠은 '뭐라고요'라는 그 말의 뜻을 이해했다. 그는 세 시간 전부터 하도 많은 것을 배우고 난 길이어서, 잔뜩 경계심을 품고 있었다.

"부인……." 그는 얼굴을 붉히며 다시 말하였다. 그는 머뭇거리다가 계속해서 말했다. "용서해 주십시오. 저는 많은 후견이 필요해서 친척 관계의 조그만 실마리라도 붙잡아야 할 처지입니다."

드 보세앙 부인은 미소를 지었지만, 그것은 쓸쓸한 미소였다. 그녀는 벌써 자기 주위에 밀어닥치는 불행을 느끼고 있었던 것이다.

"부인께서 저의 집안이 처해 있는 상황을 아신다면, 자기 대자(代子)의 주위에서 기꺼이 장애물을 제거해 주는 그런 전설의 요정 역할을 해주실 것으로 믿습니다." 그는 계속해서 이렇게 말했다.

"그런데, 사촌, 내가 무슨 일에 도움을 줄 수 있을까요?" 그녀가 웃으면서 말했다.

"제가 그것을 어찌 알겠습니까? 어렴풋한 친척 관계로 부인과 연결된다는 사실만으로도 벌써 저에게는 큰 재산입니다. 부인께서 저를 당황하게 하셔서, 제가 무슨 말씀을 드리러 왔는지도 모르겠습니다. 부인께서는 제가 파리에서 알고 있는 유일한 분입니다. 아! 부인의 치마 끝에 매달리고자 하며, 부인을 위해서는 죽음도 무릅쓸 가련한 어린애처럼 저를 받아들여 주십사고 간청 드리면서 부인께 의논 드리고 싶었습니다."

"나를 위해 누군가를 죽일 수도 있겠어요?"

"두 사람이라도 죽이겠습니다." 외젠이 대답했다.

"어린애같이! 그래요, 당신은 어린애예요." 그녀는 눈물을 참으며 말했다. "당신은 성실하게 사랑할 수 있겠군요."

"그렇죠!" 그는 머리를 끄덕이며 대답했다.

그의 야심가다운 답변 때문에 자작 부인은 이 대학생에게 강한 관심을 느꼈다. 이 남불(南佛) 청년의 애초의 예상이 맞아떨어졌던 것이다. 드 레스토 부인의 푸른색 규방과 드 보세앙 부인의 장밋빛 살롱 사이에서, 그는 **파리의 법률**을 3년간은 공부한 셈이었다. 그것은 사회의 고급 판례를 구성하는 것으로서, 잘 습득하고 잘 실행하면 모든 것에 이를 수 있는 것임에도 불구하고, 아무도 말로 가르쳐 주지는 않는 법률이었다.

"아! 그런데 말씀이죠, 저는 부인의 무도회에서 드 레스토 부인을 눈여겨보았었는데, 오늘 오전에 그 부인 집에 갔었습니다." 외젠이 말했다.

"당신은 그 여자를 몹시 방해했겠군요." 드 보세앙 부인이 미소를 지으며 대꾸했다.

"네, 그렇습니다. 저는 세상 물정을 모르기 때문에, 부인께서 저를 도와주시지 않는다면, 모든 사람을 저의 적으로 만들고 말 것입니다. 젊고, 아름답고, 부유하며, 우아한 여인으로서 아무에게도 소속되어 있지 않은 그런 여인을 파리에서 만나기는 대단히 어려운 일로 생각되는데, 저에게는 인생살이를 저에게 가르쳐 줄 여인 하나가 꼭 필요합니다. 여자들만이 인생살이를 잘 설명할 줄 아니까요. 저는 어디에서나 드 트라유 씨 같은 인물을 만나게 될 것입니다. 그래서 저는 수수께끼 같은 말을 여쭈어 보고, 제가 그 집에서 범한 어리석음의 성격이 어떤 것인지를 말씀해 주십사고 부인께로 왔습니다. 저는 어떤 영감에 대해서 얘기했는데……"

"드 랑제 공작 부인님께서 오셨습니다." 자크가 이 대학생의 말을 중단시키며 방문을 알렸다. 외젠은 몹시 화가 난 사람의 동작을 취했다.

"성공하기를 원하면, 우선 그처럼 감정을 노골적으로 드러내지 마세요." 자작 부인이 나지막한 소리로 말했다.

"아! 안녕하세요." 그녀는 일어서서 공작 부인 앞으로 가더니, 마치 친자매에게 하듯이 다정스런 감정을 나타내어 두 손을 잡으면서 말했고, 공작 부인은 더없이 귀염성 있는 교태로 거기에 화답했다.

'두 사람이 아주 좋은 친구 사이로구나. 이제부터 나는 두 명의 후견인을 갖게 되겠다. 이 두 여인은 똑같은 감정을 갖고 있을 테니까, 이 공작 부인도 나에게 관심을 갖겠지.' 라스티냐크는 속으로 이렇게 생각했다.

"사랑하는 앙투아네트, 당신을 만나게 되니 정말로 행복한 느낌이에요." 드 보세앙 부인이 말했다.

"한데 나는 다주다-핀투 씨가 드 로슈피드 씨 댁으로 들어가는 것을 보고서, 당신이 혼자 있을 거라고 생각했어요."

공작 부인이 이 치명적인 말을 발설하는 동안, 드 보세앙 부인은 입술을 깨물지도 않았고, 얼굴을 붉히지도 않았으며, 그녀의 시선은 여전했고, 그녀의 이마는 밝아지는 것처럼 보였다.

"손님이 계신 줄 알았더라면……." 공작 부인은 외젠 쪽으로 고개를 돌리며 덧붙여 말했다.

"이분은 외젠 드 라스티냐크 씨로 나오는 친척 간이에요. 그런데 당신은 몽리보 장군의 소식을 들었나요? 세리지가 어제 나에게 그분을 통 볼 수 없다고 말하더군요. 그분이 오늘 당신 댁에 오셨었나요?" 자작 부인이 이렇게 말했다.

드 몽리보 씨에게 정신없이 빠져 있으나 그로부터 버림받은 것으로 알려져 있는 공작 부인은 가슴을 찌르는 이 질문의 날카로움을 느끼고는, "그이는 어제 엘리제 궁에 있었대요"라고 대답하면서 얼굴을 붉혔다.

"근무였겠죠." 드 보세앙 부인이 말했다.

"클라라, 내일 다주다-핀투 씨와 드 로슈피드 양의 결혼 공시가 있다는 것을 당신은 알고 있죠?" 심술궂음이 흘러넘치는 시선을 던지며 공작 부인이 다시 말했다.

이 일격은 너무나 격렬한 것이어서, 자작 부인의 얼굴이 해쓱해졌으나, 그녀는 웃으면서 대답했다. "어리석은 자들이 즐기는 뜬소문일 뿐이죠. 무엇 때문에 다주다 씨가 포르투갈의 가장 뛰어난 가문의 이름을 로슈피드 집안으로 끌고 가겠어요? 로슈피드 가문은 기껏 엊그제서야 귀족이 된 사람들인데."

"그렇지만 베르트는 20만 프랑의 연수(年收)를 가져갈 거라더군요."

"다주다 씨는 그런 계산을 하기에는 너무 부자지요."

"하지만, 이보세요, 드 로슈피드 양은 매력적이에요."

"아!"

"요는 그이가 오늘 그 집에서 저녁 식사를 한다는 거예요. 결혼 조건이 모두 정해졌답디다. 당신이 그렇게 모르는 것이 나에게는 정말로 놀라운 일이에요."

"그런데 당신은 어떤 실수를 했지요?" 드 보세앙 부인이 외젠에게 물었다. "앙투아네트, 이 가엾은 청년은 사교계에 갓 들어왔기 때문에, 우리가 하는 얘기를 전혀 이해하지 못해요. 그에게 잘 대해 주세요. 그리고 아까 얘기는 내일로 미룹시다. 내일이면 알다시피 모든 것이 공식적으로 될 테니까, 당신의 말은 분명히 비공식적인 것이 될 수 있겠죠."

공작 부인은 외젠에게 거만한 눈길을 돌렸는데, 그것은 이 청년을 발끝부터 머리끝까지 휩싸서 그를 납작하게 만들어 무(無)의 상태로 만들어 놓는 그런 눈길이었다.

"부인, 저는 연유도 모르고서 드 레스토 부인의 가슴에 비수를 꽂았습니다. 연유도 몰랐다는 것이 바로 저의 실수였습니다." 두 여인의 애정 어린 말 속에 감춰진 신랄한 야유를 알아챘던 이 학생은 재치를 십분 발휘하며 말했다. "사람들은 비밀을 알면서 자기들에게 악행을 가해 오는 자들을 두려워하면서도 계속해서 만납니다. 반면에 자신이 가한 상처의 깊이도 모르면서 상처를 입히는 자는 바보로 취급됩니다. 그런 사람은 아무 것도 이용할 줄 모르는 서툰 인간으로서 모든 사람들의 경멸을 받게 됩니다."

드 보세앙 부인은 이 학생에게 다정함이 흘러넘치는 듯한 시선을 던졌는데, 그 시선에는 관대한 마음을 지닌 사람의 감사와 위엄이 동시에 깃들여 있었다. 이 시선은 진정제와도 같아서, 조금 전에 공작 부인이 그를 훑어보았던 경매 집달리와 같은 눈길로부터 받았던 이 학생의 마음의 상처를 어느 정도 진정시켜 주었다.

외젠은 계속해서 얘기했다. "제가 드 레스토 백작의 호의를 얻고 난 후였음을 생각해 보십시오." 그는 겸손하면서도 짓궂은 태도로 공작 부인 쪽을 돌아보며 말했다. "왜냐하면, 이 점을 부인께 꼭 말씀드려야겠는데, 저는 아직 외롭고 가난한 보잘것없는 학생에 불과하니까요……"

"그런 얘기 하지 마세요, 드 라스티냐크 씨. 우리네 여자들도 아무도 원하지 않는 것은 결코 원하지 않는 법이니까요."

"설마! 저는 스물두 살*에 불과합니다만, 제 나이에 닥치는 불행은 감내할 줄 알아야 합니다. 그런데 저는 참회를 하러 왔습니다. 그리고 이보다 더 아름다운 고해실에서 무릎을 꿇을 수는 없을 것입니다. 사람들은 한 곳에서 죄를 짓고 다른 곳에서는 참회를 하는 것이지요."

공작 부인은 그의 반종교적인 언사에 냉랭한 태도를 취했고, 그런 나쁜 취미를 금지시키려는 듯 자작 부인에게 말했다. "이분은 지금……"

드 보세앙 부인은 자기 친척과 공작 부인에 대해 허심탄회하게 웃음을 터뜨리며 말했다.

"그래요, 저 사람은 지금 막 왔고, 자기에게 좋은 취미를 가르쳐 줄 여교사를 찾는 거라오."

외젠이 다시 말했다. "공작 부인님, 우리들을 매혹시키는 것의 비밀을 알고자 하는 것은 자연스러운 일이 아닙니까?"(자, 그런데 나는 지금 저 여자들에게 꼭 동네 이발쟁이 같은 말을 하고 있구나 하고 외젠은 속으로 생각했다.)

"그런데 내가 알기로는 드 레스토 부인은 드 트라유 씨의 수하인데." 공작 부인이 이렇게 말했다.

"부인, 저는 그 사실을 전혀 모르고 있었습니다. 그래서 경솔하게도 저는 그들 사이로 뛰어들었습니다. 결국 저는 남편과는 꽤 무난하게 얘기를 나눴고, 아내도 한동안은 저를 묵인했습니다. 그런데 저는 그들 부부에게 제가 어떤 남자를 알고 있다는 사실을 얘기할 생각을 했습니다. 저는 그 남자가 그 집의 비밀 계단으로 내려와서, 복도 끝에서 백작 부인을 포옹하는 모습을 조금 전에 보았던 길이거든요."

"그 남자가 누구인데요?" 두 부인이 동시에 물었다.

"가난한 학생인 저와 마찬가지로, 포부르 생마르소 구석에서 한 달에 2루이로 살아가는 노인네입니다. 모든 사람이 놀려 대는 정말로 불행한 사람으로서, 우리는 그를 고리오 영감이라고 부르죠."

"그런데 당신은 정말 어린애 같군요. 드 레스토 부인은 고리오의 딸이에요." 자작 부인이 소리쳤다.

"제면업자의 딸이죠. 그 여자는 제과업자의 딸과 같은 날에 궁정에 소개를 받았었죠. 클라라, 그 일 기억나세요? 그때 국왕께서는 웃음을 지으시더니, 밀가루에 대해 라틴어로 농담을 하셨었죠. 어떤 사람들이라고 하셨더라? 사람들……" 공작 부인이 말했다.

"*Ejusdem farinae* (같은 밀가루의 사람들)." 외젠이 대답했다.

"바로 그거예요." 공작 부인이 말했다.

"아! 그이가 그녀의 아버지군요." 학생이 끔찍하다는 표정을 지으며 다시 말했다.

"물론예요. 그 사람에게는 딸이 둘 있는데, 둘 다 아버지를 부인하다시피 하고 있음에도 불구하고, 그는 딸들을 미친 듯이 사랑한답니다."

"둘째 딸은 드 뉘싱겐 남작이라는 독일 이름의 은행가와 결혼하지 않았나요? 그 여자 이름이 델핀 아니던가요? 오페라 극장에 측면 간막이 좌석을 갖고 있고, 부퐁 극장에도 오는 금발 여자로, 다른 사람들 눈에 띄려고 큰 소리로 웃는 여자 맞지요?" 자작 부인이 드 랑제 부인을 쳐다보며 말했다.

공작 부인이 미소를 지으며 대꾸했다. "한데, 이봐요, 나는 당신이 놀랍군요. 도대체 당신은 그 많은 사람들에게 왜 그렇게 신경을 쓰죠? 아나스타지 양의 밀가루를 뒤집어쓰려면, 레스토가 그랬던 것처럼 미친 듯이 사랑에 빠져야 했을 거예요. 오! 레스토는 좋은 장사꾼은 못 될 거야. 그 여자는 드 트라유 씨의 손아귀에 잡혀 있어서, 신세를 망치고 말 거야."

"그 여자들이 자기 아버지를 부인했다니!" 외젠이 되풀이 말했다.

자작 부인이 대꾸했다. "그래요, 물론이에요. 자기들의 아버지,

부친, 한 아버지, 착한 아버지를 부인한 것이죠. 소문에 의하면 그 아버지는 딸들을 결혼시키면서 행복하게 해주려고 각자에게 5, 60만 프랑씩을 주었고, 자신을 위해서는 8천 내지 1만 프랑의 연금만을 남겼다고 합니다. 딸들이 항상 자기 딸로 남아 있으리라고, 그래서 자기는 두 딸의 집에 두 개의 생활과 두 개의 집을 지니게 될 것이고, 거기에서 애지중지 사랑받을 줄 믿었던 거죠. 그런데 2년 만에 그의 사위들은 그를 가장 비천한 인간처럼 자기들의 사회에서 추방해 버렸어요……."

최근에 느꼈던 순수하고도 성스러운 가족적 감정으로 마음이 깨끗해졌고, 아직도 젊은이다운 신념의 매력 하에 있으며, 파리 문명의 전쟁터에서 겨우 첫날을 맞았을 뿐인 외젠의 두 눈에서 눈물이 흘러내렸다. 진정한 감동은 쉽게 전파되는 것이어서, 잠시 동안 세 사람은 말없이 서로 바라보기만 했다.

이윽고 드 랑제 부인이 말했다. "아! 그래요! 그건 정말 끔찍한 일이죠. 하지만 우리는 그런 일을 매일같이 보게 되죠. 그런 일에는 하나의 원인이 있지 않은가요? 여보, 당신은 사위가 어떤 존재인지 생각해 본 적이 있어요? 당신이든 나든, 우리는 소중한 어린 딸을 사위라는 남자를 위해 키우는 것이지요. 딸은 수많은 애정의 끈으로 우리와 연결되어, 17년간이나 가정의 즐거움이 되고, 라마르틴*의 말마따나 가정의 순백(純白)의 영혼이지만, 어느 날엔가는 가정의 재앙이 되는 것입니다. 사위라는 남자가 우리에게서 딸을 빼앗아 가면, 그는 그 천사의 심장과 폐부에서 가족과 연결되어 있는 모든 감정을 잘라 내기 위해, 딸의 사랑을 도끼처럼 움켜쥐는 일부터 시작합니다. 어제까지는 우리의 딸은 우리의 모든 것이었고, 우리는 딸의 모든 것이었지만, 다음날은 딸이 우리의 적이 되어 버립니다. 우리는 이런 비극이 매일같이 일어나는 것을 보지 않나요? 아들을 위해 모든 것을 희생한 시아버지에게 형편없이 무례하게 구는 며느리가 있는가 하면, 사위가 장모를 쫓아내는 일도 벌어지지요. 오늘날의 사회에 드라마틱한 것이 어디 있느냐고 묻는 소리도 들리지만, 아주 어리석은 짓이 되어 버린 우리의 결혼을 계산에 넣지 않더라도, 사위의 드라마란 참으로 무서운 것이지요. 나는 그 늙은 제면업자에게 일어난 일을 완벽하게 이해할 수 있어요. 내 생각으로는 그 포리오가……"

"고리오입니다, 부인."

"그래요, 그 모리오는 혁명 때 제 지구의 위원장이었는데, 그 유명한 기근의 비밀을 알아내어, 당시에 종전 가격보다 열 배 값으로 밀가루를 팔아 재산을 모으기 시작했다는 거예요. 그 사람은 원하는 만큼 밀가루를 확보할 수 있었어요. 내 할머니의 집사도 엄청난 값을 받고 그에게 밀가루를 팔았다니까요. 당시의 모든 그런 부류의 인간들과 마찬가지로, 그 고리오는 아마 공안위원회*와 이익을 나눠 먹었을 거예요. 할머니의 밀이 훌륭한 공민증 구실을 하기 때문에, 그랑빌리에 안전하게 머물러 계실 수 있다고 집사가 할머니에게 얘기하던 기억이 납니다. 그런데 혁명기의 살인자들에게 밀을 팔아먹던 그 로리오에게는 단 하나의 정열밖에는 없었답니다. 그는 자기 딸들을 열렬히 사랑한다는 소문이에요. 그는 큰딸을 드 레스토 가문에 들여앉혔고, 작은딸은 왕당파 노릇을 하는 부유한 은행가 드 뉘싱겐 남작에게 시집보냈지요. 제정(帝政) 하에서는 93년*대의 인사인 노인네가 자기들 집에 있는 것을 두 사위가 그렇게 기분 상해하지 않았음을 이해할 만하지요. 93년과 부오나파르테*는 아직 어울릴 수 있었으니까요. 그러나 부르봉 왕 조가 복귀하자, 그 노인네는 드 레스토 씨에게 거북스러운 존재가 되었고, 은행가에게는 더욱 더 그랬죠. 아마도 여전히 자기들 아 버지를 사랑하고 있던 딸들은 마치 염소와 양배추처럼 아버지와 남편을 동시에 조심스럽게 대하고자 했죠. 그래서 집에 아무도 없 을 때면 딸들은 고리오를 맞아들였고, '아빠, 어서 오세요, 우리끼 리만 있으니까 더 즐겁게 지낼 수 있어요!' 어쩌고 하면서, 애정 의 구실을 꾸며 대었던 거죠. 한데, 여보, 내가 알기로는, 진정한 감정에는 눈이 있고 지혜가 있는 법이에요. 그래서 그 가련한 93 년도 인사의 가슴은 피눈물을 흘렸겠죠. 그는 딸들이 자기를 부끄 럽게 여긴다는 것을 알았고, 딸들이 저희들 남편을 사랑한다면, 자기는 사위들에게 해를 입히고 있다는 사실을 알았던 것입니다. 그래서 그는 자기를 희생해야만 했어요. 그는 자기희생을 했죠, 왜냐하면 그는 아버지였으니까요. 그는 스스로 떠나 버린 것입니 다. 딸들이 만족해하는 것을 보고서, 그는 자신이 잘했음을 깨달 았죠. 아버지와 자식들이 이 작은 범죄의 공모자들이었던 셈이죠. 우리는 이런 일을 도처에서 볼 수 있습니다. 이 도리오 영감은 자 기 딸들의 살롱에서 더러운 기름얼룩 같은 존재가 아니었겠어요? 거기에서 그는 거북스럽고 지루했겠지요. 이 영감에게 일어난 일 은 더없이 아름다운 여자와 그녀가 가장 사랑하는 남자 사이에서도 일어날 수 있는 일이에요. 만약 여자가 지나친 사랑으로 남자를 귀찮게 굴면, 남자는 달아나 버리고, 그 여자를 피하기 위해 어떤 비열한 짓이라도 저지르는 법이니까요. 모든 감정이란 이런 것이에요. 우리의 마음은 보물과 같아서, 단번에 그것을 비워 버리면 우리는 파멸이에요. 우리는 감정을 온통 드러내 보인 사람을 돈 한 푼 없는 사람보다 더 용서하지 않는 법입니다. 그 아버지는 모든 것을 주어 버렸어요. 그는 20년 동안 자신의 오장육부와 자신의 사랑을 다 주었고, 하루아침에 자신의 재산을 주어 버렸어요. 그의 딸들은 레몬을 잘 쥐어짠 다음 그 겉껍질을 길모퉁이에 내버린 셈이죠."

"세상은 야비해요." 자작 부인이 숄의 실을 잡아 뜯으며 눈길도 쳐들지 않은 채 말했다. 드 랑제 부인이 이 얘기를 하면서 한 말이 꼭 자기를 겨냥한 듯해서 그녀는 심하게 충격을 받았던 것이다.

"야비하다고! 천만에, 세상은 제 갈 길을 가고 있는 것뿐이죠. 내가 당신에게 이렇게 말하는 것은 나는 세상에 속지 않는다는 것을 보여 주기 위해서예요. 실은 나도 당신처럼 생각하는데," 공작 부인은 자작 부인의 손을 꼭 잡으면서 덧붙여 말했다. "세상은 진흙탕이에요. 그러니 높은 곳에 머물러 있도록 애씁시다." 그녀는 일어서서, 드 보세앙 부인의 이마에 키스하며 말했다. "여보, 당신은 지금 아주 아름다워요. 당신은 여태껏 내가 보아 온 것보다도 훨씬 더 예쁜 혈색을 띠고 있어요." 그러고서 그녀는 외젠을 쳐다보며 가볍게 고개를 숙여 보이고 밖으로 나갔다.

"고리오 영감은 숭고하구나!" 외젠은 노인이 밤중에 그의 은그룻을 비틀던 모습을 상기하면서 말했다.

드 보세앙 부인은 듣고 있지 않았다. 그녀는 깊은 상념에 빠져 있었던 것이다. 잠시 침묵이 흘렀다. 가련한 학생은 일종의 부끄러운 마비 상태에 빠져서, 떠날 생각도 머물 생각도 감히 하지 못했고, 말을 꺼내지도 못했다.

"세상은 야비하고 사악해." 마침내 자작 부인이 말문을 열었다. "불행이 우리에게 닥치자마자, 언제나 우리에게 그 얘기를 할 친구가 나타나게 마련이거든. 친구란 사람은 단도 자루에 감탄하게 만들면서 그 단도로 우리의 심장을 후비는 거야. 벌써 풍자가 튀어나오고, 벌써 야유가 쏟아지누나! 아! 나는 나 자신을 방어해야지." 그녀는 대귀족 부인답게 머리를 쳐들었다. 오연한 그녀의 두 눈에서 번갯불 같은 빛이 튀어나왔다. "아! 당신이 거기 있군요!" 그녀는 외젠을 알아보고서 말했다.

"예, 아직 있습니다." 그가 민망스럽게 대답했다.

"저어, 드 라스티냐크 씨, 이 세상을 있는 그대로 다루세요. 당신은 출세하기를 원하죠. 내가 당신을 도와주겠어요. 당신은 여성의 타락의 정도가 얼마나 깊은지를 재어 보고, 남자들의 비천한 허영심의 폭을 측정해 보도록 하세요. 나는 세상이라는 책을 열심히 읽어 보았지만, 거기에는 내가 알 수 없는 페이지들이 있었어요. 이제야 나는 모든 것을 알겠어요. 당신이 냉정하게 계산하면 할수록, 당신은 앞으로 더 멀리 나아가게 될 것입니다. 사정없이 후려치세요. 그러면 사람들은 당신을 두려워하게 될 것입니다. 각각의 역에 내버리는 역마(驛馬)처럼만 남자와 여자들을 취급하세요, 그러면 당신은 욕망의 정점에 다다를 것입니다. 알다시피, 당신에게 관심을 기울이는 여자가 아무도 없다면, 당신은 여기서 무가치한 존재가 될 것입니다. 당신에게는 젊고, 부유하고, 우아한 여인이 필요해요. 그러나 당신에게 진정한 감정이 생기거든, 그것을 보물처럼 감추세요. 결코 그 감정이 노출되어서는 안 돼요. 그러면 당신은 파멸입니다. 당신은 사형 집행인이 아니라, 희생물이 될 것입니다. 만약 당신이 누군가를 사랑하게 된다면, 당신의 비밀을 잘 간직하세요. 당신의 마음속을 열어 보일 상대방을 잘 알기 전에는 그 비밀을 발설하지 마세요. 아직은 존재하지 않는 그 사랑을 미리부터 보호하기 위해서, 이 세상을 경계하는 법을 배우세요. 내 말을 잘 들어요, 미겔……(그녀는 자기도 모르는 사이에 천진스럽게 이름을 혼동했다) 두 딸이 아버지를 내버리고, 아버지가 죽기를 바라는 것보다도 더 무서운 것이 있어요. 그것은 두 자매 사이의 경쟁심이에요. 레스토는 귀족 출신이어서, 그의 아내는 상류 사회에 받아들여졌고, 궁정에도 소개를 받았지요. 그러나 그녀의 동생, 그녀의 부자 동생, 금융가의 아내인 아름다운 델핀 드 뉘싱겐 부인은 슬픔으로 죽을 지경이지요. 질투심에 사로잡혀 그녀는 언니와는 사이가 천리만리 멀어졌어요. 언니는 더 이상 그녀의 언니가 아니죠. 이 두 여인은 자기들 아버지를 부인하듯이 서로를 부인한답니다. 따라서 드 뉘싱겐 부인은 내 살롱에 출입하기 위해서라면 생라자르 가와 드 그르넬 가 사이의 모든 진흙이라도 다 핥을 수 있을 거예요. 그녀는 드 마르세가 자신의 목적을 달성케 해주리라고 믿고서, 드 마르세의 노예가 되어 그에게 졸라

대고 있지요. 그러나 드 마르세는 그녀에게 별로 관심이 없어요. 만약 당신이 그녀를 나에게 소개해 준다면, 당신은 그녀의 귀염둥이가 될 것이고, 그녀는 당신을 열렬히 사랑할 거예요. 나중에 가능하면 그녀를 사랑해도 좋겠죠. 그렇지 않으면 그녀를 이용하세요. 성대한 야회에서, 많은 사람이 모일 때, 나는 한두 번 그녀를 만나 주겠어요. 그러나 나는 아침에는 절대로 그녀의 면회를 받지 않겠어요. 내가 그녀를 아는 체하면, 그걸로 충분할 거예요. 당신은 고리오 영감의 이름을 발설함으로써 스스로 백작 부인의 문을 걸어 잠그게 만들었어요. 그래요, 당신이 수십 번 레스토 부인 집에 찾아간다 할지라도, 그때마다 당신은 그녀를 만날 수 없을 거예요. 당신은 금족령을 받은 거지요. 그런데 고리오 영감이 당신을 델핀 드 뉘싱겐 부인 곁으로 인도하게 되겠군요. 아름다운 드 뉘싱겐 부인은 당신에게 간판 역할을 할 것입니다. 그녀가 특별하게 대하는 남자가 되도록 하세요. 그러면 다른 여자들이 당신에게 열중하게 될 거예요. 그녀의 경쟁자들, 그녀의 친구들, 그녀의 절친한 친구들이 그녀에게서 당신을 빼앗고 싶어할 거예요. 우리가 쓰는 모자를 쓰고서 우리의 예의범절까지 갖추기를 바라는 가련한 부르주아 여인네들이 있는 것처럼, 다른 여자가 이미 선택한 남자를 좋아하는 여자들이 있게 마련이지요. 당신은 성공할 거예요. 파리에서는 성공이 모든 것이죠, 그것은 바로 권력의 열쇠입니다. 여자들이 당신이 재치 있고 재능 있는 사람이라고 생각한다면, 남자들도 그렇게 믿을 거예요. 당신이 그들의 생각을 바꿔 놓지 않는다면 말이죠. 그렇게 되면, 당신은 무엇이나 바랄 수 있고,

어디에나 발을 내디딜 수 있을 것입니다. 그때에는 속는 자들과 속이는 자들의 집합인 이 세상을 당신은 알게 될 거예요. 당신은 그 양자 중 어디에도 속하지 않도록 하세요. 나는 이 미궁에 들어갈 수 있는 아리아드네*의 실처럼 나의 이름을 당신에게 주겠어요. 그 이름을 더럽히지 말고, 깨끗하게 되돌려 주세요." 그녀는 목을 구부리고 여왕과 같은 시선을 학생에게 던지며 말했다. "자 이제 나를 혼자 있게 해주세요. 우리네 여자들도 벌여야 할 우리의 전투가 있으니까요."

"갱도에 불을 지르러 갈 충성스런 남자 하나가 부인께 필요하시다면?" 외젠이 그녀의 말을 가로막으면서 말했다.

"그러면?" 그녀가 물었다.

그는 손으로 자기 가슴을 두드리고, 친척 누님의 미소에 미소로 답하고는 밖으로 나왔다. 오후 5시였다. 외젠은 배가 고팠고, 저녁 식사 시간에 맞추어 하숙집에 도착하지 못할까 봐 걱정이 되었다. 이 걱정 때문에 그는 파리 시내를 마차를 타고 빠르게 질주하는 행복을 느낄 수 있었다. 순전히 기계적인 이 즐거움이 엄습해 오는 상념들에 그를 골몰할 수 있게 해주었다. 그와 같은 연령의 젊은이가 경멸로 타격을 입게 되면, 그는 흥분하고 분격하여, 주먹을 쥐고 사회 전체를 위협하고, 복수를 원하며, 또 자기 자신을 의심하게 되는 것이다. 라스티냐크는 **당신은 스스로 백작 부인의 문을 걸어 잠그게 만들었어요**라는 말에 그 순간 심한 괴로움을 느끼고 있었다. 그는 혼자 중얼거렸다. "나는 가겠다! 드 보세앙 부인의 말이 옳고, 내가 금족령을 당했다 할지라도…… 나는……

드 레스토 부인은 그녀가 출입하는 모든 살롱에서 나의 모습을 보게 될 것이다. 나는 검술을 배우고, 권총 사격술을 배우겠다. 나는 그녀의 막심을 죽여 버리고 말겠다! 그런데 돈 말이야! 도대체 어디서 너는 돈을 구할 테냐?" 그의 의식이 부르짖었다. 갑자기 드 레스토 백작 부인 집에 진열된 사치품들이 그의 두 눈 앞에서 번쩍거렸다. 그는 거기에서 고리오의 딸이 틀림없이 탐닉할 사치, 금박 제품들, 분명히 값비싼 물건들, 벼락부자의 우둔한 사치, 첩의 낭비 같은 것을 보았던 것이다. 이 매혹적인 영상은 웅장한 드 보세앙 저택에 부딪히자 순식간에 이지러졌다. 파리 사교계의 고지대로 이끌려 갔던 그의 상상력은 그의 이성과 양심을 이완시키면서, 그의 마음에 많은 사악한 상념을 불어넣었다. 그는 세상을 있는 그대로 보았다. 부자들에게는 법률과 도덕이 무력함을 알았고, 출세가 *ultima ratio mundi* (이 세상 최후의 논거)임을 깨달았다. '보트랭의 말이 옳다, 출세가 미덕이다!' 하고 그는 생각했다.

뇌브생트주느비에브 가에 도착한 그는 급히 자기 방으로 올라갔다가 내려와서 마부에게 10프랑을 주었다. 그리고 그는 열여덟 명의 회식자들이 마치 꼴시렁 앞의 짐승들처럼 음식을 먹고 있는 중인 역겨운 냄새가 풍기는 식당으로 갔다. 이 비참의 광경과 이 식당의 모습이 그에게는 끔찍스러웠다. 변화가 너무도 급격하고, 대조가 너무도 완벽하여, 그에게 야망의 감정이 극심하게 일어나지 않을 수 없었다. 한편에는 가장 우아한 사회적 성격의 싱싱하고 매력적인 영상들, 기교와 사치의 경이로움으로 둘러싸인 젊고 발랄한 형상들, 시정(詩情)으로 가득 찬 정열적인 얼굴들이 있었다. 그런데 다른 한편에는, 진흙으로 가장자리가 둘러싸인 음산한 그림들, 정열의 앙상한 형해(形骸)만이 남아 있는 얼굴들이 있는 것이다. 버림받은 여인의 분노 때문에 드 보세앙 부인에게서 터져 나왔던 교훈과 그녀의 궤변적인 제안이 그의 기억에 되살아났고, 이 비참한 광경이 거기에 주석을 가한 셈이었다. 라스티냐크는 출세에 이르기 위해 평행하는 두 개의 참호를 뚫기로 결심하였다. 즉 학식과 연애에 의지하는 것으로서, 박식한 학자가 되는 동시에 사교계의 총아가 되기로 한 것이다. 그는 아직 어리기 짝이 없었다! 이 두 개의 선은 결코 서로 만날 수 없는 점근선(漸近線)인 것이다.

"당신은 몹시 우울하군요, 후작님." 보트랭이 외젠에게 이렇게 말하면서, 마음속 가장 깊이 숨긴 비밀이라도 꿰뚫어 보는 듯한 시선을 그에게 던졌다.

"나는 지금 나를 후작님이라고 부르는 사람들의 농담을 참으며 들을 기분이 아닙니다. 여기에서 진짜 후작이 되기 위해서는, 연 10만 프랑의 수입이 있어야 합니다. 보케르 관에 살면서 행운의 여신의 총아가 될 수는 없는 일이죠." 그가 이렇게 대답했다.

보트랭은 어버이같이 인자한 동시에, 마치 '어린애 같은 놈! 내 한입 거리밖에 안 되는 놈이!' 라는 뜻이 담긴 듯한 경멸적인 태도로 라스티냐크를 쳐다보더니, 잠시 후 대답했다. "당신은 기분이 안 좋구려. 아름다운 드 레스토 백작 부인 곁에서 별로 성공적이지 못했나 보죠."

"그 여자는 자기 아버지가 우리와 같은 식탁에서 식사한다는 사실을 자기한테 말했다고 해서 내게 자기 집 문을 닫아 버렸어요."

라스티냐크가 소리쳤다.

모든 회식자들이 서로를 쳐다보았다. 고리오 영감은 눈길을 내리깔더니, 고개를 돌려 두 눈을 닦았다.

"당신이 내 눈에 담배 재를 뿌렸소." 그가 옆 사람에게 이렇게 말했다.

"이제부터는 고리오 영감을 괴롭히는 사람은 누구든 나에게 도전하는 것입니다." 외젠은 옛 제면업자의 옆 사람을 쳐다보며 말했다. "그분은 우리 모두보다 훌륭한 분입니다. 부인네들에 대해 하는 말은 아닙니다만." 그는 타유페르 양 쪽으로 고개를 돌리며 덧붙여 말했다.

이 얘기가 하나의 결말을 이룬 셈이었다. 외젠은 회식자 모두에게 침묵을 강요할 만한 태도로 얘기했던 것이다. 보트랭만이 빈정거리면서 그에게 대꾸했다. "당신이 고리오 영감을 떠맡아서, 그의 책임 있는 편집자 노릇을 하려면, 칼을 잘 쓸 줄 알고 총을 잘 쏠 수 있어야 할 거요."

"나는 그렇게 하겠어요." 외젠이 대꾸했다.

"그러면 당신은 오늘부터 전투 개시란 말이오?"

"그럴지도 모르죠. 하지만 나는 내 일을 아무에게도 보고할 의무가 없습니다. 다른 사람들이 밤중에 무슨 일을 하고 다니는지 알아내려고 애쓰지도 않고 있으니까요." 라스티냐크가 대답했다.

보트랭이 라스티냐크를 흘겨보았다.

"이봐요, 인형극에 속아 넘어가지 않으려면, 무대 뒤에까지 들어가 보아야지, 벽걸이 구멍을 통해 훔쳐보는 것으로 만족해서는 안 되는 법이오." 그는 외젠이 화를 내려 하는 것을 보고 얼른 덧붙여 말했다. "이제 그만 얘기하지. 나중에 언제고 당신이 원할 때 함께 좀 얘기해 봅시다."

저녁 식사의 분위기는 우울하고 냉랭해졌다. 학생의 얘기로 야기된 깊은 괴로움에 빠져 있는 고리오 영감은 자기에 대한 사람들의 태도가 달라졌다는 것과, 학대를 잠재울 만한 역량을 지닌 젊은이가 자기를 방어하고 나섰다는 것을 깨닫지 못했다.

"그럼 고리오 씨가 이제 백작 부인의 아버지란 말이에요?" 보케르 부인이 낮은 목소리로 물었다.

"남작 부인의 아버지이기도 하죠."

"그는 그럴 수밖에 없어. 내가 그의 머리를 만져 봤더니, 부성애를 나타내는 두개골 하나밖에 없던데. 그는 **영원한** 아버지가 될 거야." 비앙숑이 라스티냐크에게 말했다.

비앙숑의 농담에 웃음을 짓기에는 외젠은 너무나 심각했다. 그는 드 보세앙 부인의 충고를 이용하고 싶었고, 어디에서 어떻게 돈을 구할지를 궁리하고 있었다. 그는 자기 눈앞에 펼쳐지는 텅 빈 동시에 가득 찬 것 같기도 한 세상이라는 대초원을 보면서 근심에 사로잡혔다. 저녁 식사가 끝나자 그만을 식당에 남겨둔 채 모두들 자리를 떴다.

"그러니까 당신이 내 딸을 보았소?" 고리오가 감동한 목소리로 그에게 물었다.

노인의 말에 깊은 상념에서 깨어난 외젠은 그의 손을 잡고, 측은한 심정으로 그를 바라보면서 대답했다. "영감님은 훌륭하고 존경할 만한 분입니다. 따님들 얘기는 나중에 나누도록 하죠." 그는 고리오 영감의 얘기를 듣고 싶지 않아 자리에서 일어섰다. 그는 자기 방으로 돌아가서, 어머니에게 다음과 같은 편지를 썼다.

　사랑하는 어머니, 저를 위해 열어 보이실 세 번째 젖을 갖고 계시지 않은지 살펴보십시오. 저는 신속히 출세해야 할 상황에 놓여 있습니다. 저는 지금 1천 2백 프랑의 돈이 필요한데, 어떤 대가를 치르더라도 그것이 있어야만 하겠습니다. 저의 요청에 대해 아버지께는 아무 말씀도 드리지 마세요. 아버지께서는 아마 반대하실 테니까요. 만약 제가 그 돈을 구하지 못하면, 저는 절망에 사로잡혀 권총으로 머리를 쏘아 버릴지도 모르겠습니다. 제가 돈을 부탁드리는 이유는 뵙는 대로 곧 설명 드리겠습니다. 제가 놓여 있는 상황을 어머니께 이해시켜 드리려면 여러 권의 편지를 써야만 할 테니까요. 착하신 어머니, 저는 노름을 한 것도 아니고, 빚을 지지도 않았습니다. 그러나 어머니께서 제게 주신 생명을 어머니가 꼭 보존하고 싶어하신다면, 어떻게든 그 금액을 마련해 주셔야만 합니다. 결국 저는 드 보세앙 자작 부인 댁에 출입하게 되었는데, 그분이 저를 후견해 주시기로 했습니다. 저는 사교계에 나가야만 하는데, 깨끗한 장갑을 살 돈 한 푼 없습니다. 저는 빵만 먹고, 물만 마실 수도 있으며, 필요하다면 굶기라도 하겠어요. 그러나 저는 이 고장에서 포도밭을 파는 데 필요한 도구가 없이는 지낼 수가 없습니다. 저에게는 제 길을 개척하느냐 아니면 진흙 속에 파묻혀 있느냐의 문제입니다. 저는 가족들이 저에게 걸고 있는 모든 희망을 잘 알고 있으며, 그 희망을 신속하게 실현하고 싶습니다. 어머니, 어머니의 옛 패물 몇 개를 파세요. 제가 곧 다른 걸로 사드리겠어요. 저는 이러한 희생의 가치를 알 만큼 우리 가족의 상황을 충분히 인식하고 있습니다. 제가 어머니께 이 희생을 헛되이 청하는 것이 아님을 믿어 주세요. 만약 제 요청이 분별없는 것이라면 저는 인간도 아니겠지요. 저의 간청을 긴박한 필요성의 외침이라고만 보아주십시오. 우리의 미래는 전적으로 이 원조에 달려 있습니다. 이곳 파리의 생활은 끊임없는 전투이기 때문에, 그 원조금으로 저는 전투를 개시해야만 합니다. 금액을 보충하기 위해서 숙모님의 레이스 제품을 파는 것 이외에 다른 도리가 없다면, 제가 나중에 더 아름다운 것들로 보내 드리겠다고 그분께 전해 주세요. 운운.

그는 누이들 각자에게도 저축한 돈을 보내 달라고 요청하는 편지를 썼다. 누이들이 기꺼이 행할 희생을 가족에게 얘기하지 않은 채 이끌어 내기 위해서, 그는 젊은이들의 가슴속에서는 그처럼 팽팽하게 조율되어 있으며 그처럼 강하게 울리는 명예심의 선을 공략하여 그녀들의 섬세성에 호소했다. 그 편지를 다 쓰고 나자, 그는 어쩔 수 없이 격심한 동요를 느껴, 가슴이 두근거리고 몸이 떨렸다. 이 젊은 야심가는 고독 속에 파묻혀 지내는 누이들의 영혼의 순결한 고귀성을 잘 알고 있었다. 그는 자신이 두 누이에게 얼마나 큰 고통과 또 아울러 얼마나 큰 즐거움을 일으킬 것인가도 알고 있었다. 누이들은 포도밭 구석에 숨어 지극히 사랑하는 오빠에 대해 얼마나 즐겁게 은밀한 얘기들을 나눌 것인가. 그의 양심이 또렷해져서, 적은 저축금을 남몰래 헤아리고 있는 누이들의 모습을 그에게 보여 주었다. 그는 *incognito* (남모르게) 그 돈을 자기에게 보내기 위해 소녀의 깜찍한 재치를 발휘하고, 갸륵한 정성으로 처음으로 속임수를 쓰는 누이들의 모습이 보이는 듯했다. '누이의 마음은 순수한 다이아몬드이고, 애정의 심연이다!' 하고 그는 생각했다. 그는 편지를 쓴 것이 부끄러웠다. 누이들의 기원은 얼마나 강력할 것이며, 하늘을 향한 누이들의 영혼의 비약은 얼마나 순결할 것이랴! 얼마나 큰 기쁨을 느끼며 그녀들은 자기희생을 치를 것인가? 요구한 금액 모두를 보내지 못하실 경우, 어머니의 괴로움은 또 얼마나 크랴! 가족들의 이 아름다운 감정, 이 무시무시한 희생이 그에게 델핀 드 뉘싱겐에 이르는 사다리 역할을 할 것이다. 가족의 신성한 제단 위에 던지는 마지막 몇 알의 향(香)과도 같은 눈물 몇 방울이 그의 두 눈에서 흘러내렸다. 그는 절망감에 가득 차서 심한 동요를 느끼며 방안을 오락가락했다. 비스듬히 열려 있던 문을 통해 그의 이런 모습을 본 고리오 영감이 방으로 들어와서 그에게 말했다. "이보세요, 무슨 일이오?"

"아! 영감님, 영감님이 아버지이신 것처럼, 저는 아직 부모님의 아들이고 또 누이들의 오빠입니다. 영감님이 아나스타지 백작 부인 때문에 걱정하고 계신 것은 당연합니다. 부인은 그녀를 파멸시킬 막심 드 트라유 씨에게 빠져 있습니다."

고리오 영감은 외젠이 알아듣지 못할 몇 마디 말을 중얼거리더니 방을 나갔다. 다음날 라스티냐크는 그가 쓴 편지들을 우체통에 집어넣었다. 그는 마지막 순간까지 망설였으나, "나는 성공할 테다!"라고 말하면서 편지를 우체통에 던졌다. 그것은 도박꾼의 말, 위대한 장수의 말로서, 많은 사람들을 구하기보다 파멸시키는 운명적인 말인 것이다. 며칠 후 외젠은 드 레스토 부인 집에 갔으나 받아들여지지 않았다. 세 번이나 그는 거기에 다시 갔지만, 막심 드 트라유 백작이 없을 시간에 갔음에도 불구하고, 세 번 다 문은 닫혀 있었다. 자작 부인의 말이 옳았던 것이다. 이 학생은 더 이상 공부를 하지 않았다. 그는 출석 부르는 데 대답하기 위해 강의에 나갔지만, 출석 확인이 끝나면 도망쳐 나왔다. 그는 대부분의 대학생들과 같은 핑계를 찾아냈다. 그는 시험을 치를 순간으로 공부를 미뤄 두었다. 그는 2학년과 3학년의 수강 등록표를 쌓아 두었다가, 마지막 순간에 가서 단번에 진지하게 법학 공부를 하겠다고 작심했던 것이다. 그리하여 그는 파리라는 대양을 항해하면서, 거기에서 여자 무역에 몰두하거나 아니면 행운을 낚기 위한 15개월의 여가를 누리게 되었다. 그 주간 동안 그는 드 보세앙 부인을 두 차례 만났다. 그는 다주다 후작의 마차가 나온 후에야 부인의 집에 갔다. 포부르 생제르맹에서 가장 시적인 여인인 이 저명한 부인은 아직 며칠 동안은 승리를 거두어, 다주다-핀투 후작과 드 로슈피드 양의 결혼을 중지시킬 수 있었다. 그러나 자신의 행복을 잃을지도 모른다는 두려움 때문에 더없이 격렬했던 마지막 이 며칠이 파국을 재촉했다. 로슈피드 가(家)와 공모한 다주다 후작은 그녀와의 이런 불화와 화해를 다행스런 상황으로 간주하고 있었다. 그들은 드 보세앙 부인이 이 결혼에 대한 생각에 익숙해져서, 마침내는 인생사에서 예정된 미래를 위해 자신의 오전 시간을 바칠 것이라고 기대했다. 매일같이 더없이 신성한 약속을 새롭게 했음에도 불구하고, 다주다 씨는 연극을 하고 있었고, 자작 부인은 자신이 속아 넘어가는 것을 즐기고 있었다. "고귀하게 창문으로 뛰어내리는 대신, 그녀는 계단을 굴러 떨어지도록 몸을 맡겼어." 그녀의 가장 친한 친구 드 랑제 공작 부인은 이렇게 말하곤 했다. 그렇지만 이 마지막 미광은 꽤 오랫동안 빛나서 자작 부인은 파리에 머물러 있으면서 그녀의 젊은 친척을 보살펴 주었다. 그녀는 그에게 일종의 미신적인 애정을 기울였다. 여자들이 아무의 시선에서도 동정과 진정한 위안을 발견할 수 없는 그런 상황에서, 외젠은 그녀에 대해 헌신과 다정함이 가득 찬 태도를 보여주었던 것이다. 이런 경우 한 남자가 여자들에게 달콤한 말을 한다면, 그는 타산에 의해 그러는 것인데 말이다.

드 뉘싱겐 집에 대한 접근을 시도하기 전에 자신의 장기판을 완전하게 알아두려는 욕망에서, 라스티냐크는 고리오 영감의 전력을 알고자 확실한 정보를 수집했는데, 그것은 다음과 같이 요약될 수 있다.

장-조아생 고리오는 혁명 전에는 기술이 능하고 돈을 아끼는 단순한 제면 직공이었는데, 1789년의 첫 봉기 때 우연히 희생당한 자기 주인의 자산을 사들일 만큼 꽤 과감한 편이었다. 그는 소맥 시장 가까이의 드 라 쥐시엔 가(街)에 자리 잡았는데, 그 위험한 시대의 가장 영향력 있는 인사들로부터 자신의 사업을 보호받기 위해, 그 지구의 위원장직을 받아들이는 대단한 수완을 발휘했다. 이 현명함이 그의 부(富)의 기원이 되었으며, 그의 재산 축적은 파리에서 곡물 값이 엄청나게 뛰었던 기근 (그것이 진짜 기근이었든 조작된 기근이었든 간에) 때에 시작되었다. 그때 민중은 빵집 문간에서 아귀다툼을 벌였던 반면에, 어떤 사람들은 식료품 상점으로 조용히 이탈리아 국수를 사러 다녔다. 그 한 해 동안 시민 고리오는 자본을 축적하여, 나중에는 거액의 돈을 가진 사람만이 누리는 우월성을 가지고 그의 사업을 하게 되었다. 그에게는 평범한 능력밖에는 없는 사람들에게 일어나는 일이 일어났던 것이다. 그의 평범성이 그를 구해 주었다. 더구나 부자인 것이 더 이상 위험스럽지 않은 때에 이르러서야 그의 재산이 남들에게 알려졌기 때문에, 그는 누구에게도 시기심을 불러일으키지 않았다. 곡물 매매가 그의 지능 전체를 삼켜 버린 듯이 보였다. 밀, 밀가루, 곡식 부스러기에 관해서, 곡물의 품질이나 생산지를 알아보는 문제에 관해서, 곡물의 보존을 보살피고, 유통을 예측하며, 풍작과 흉작을 예견하고, 곡물을 값싸게 사들이는 문제에 관해서, 그리고 시칠리아나 우크라이나에서 곡물을 구입하는 문제에 관해서는 고리오를 당할 만한 자가 없었다. 그가 자기 사업을 이끌어 나가는 방식, 곡물의 수출과 수입에 관한 법규를 설명하고, 그 법규의 정신을 연구하여 약점을 파악하는 모습을 보면, 그는 국무대신이라도 될 만한 역량을 지녔다고 생각할 수 있을 것이다. 참을성 있고, 적극적이고, 정력적이고, 끈기 있으며, 사업에 기민했던 그는 독수리 같은 눈길을 갖추고서 모든 것을 앞질렀고, 모든 것을 예측했고, 모든 것을 알았으며, 또 모든 것을 은폐했다. 그는 계책을 구상하는 데는 외교관 같고, 전진하는 데는 군인 같은 사람이었다. 그러나 그의 전문 분야에서 벗어나, 한가할 때면 문기둥에 어깨를 기대고 무료하게 시간을 보내는 단조롭고 어두컴컴한 상점의 문지방을 떠나기만 하면, 그는 다시 우둔하고 거친 노동자가 되었다. 그는 이치를 이해하지 못하며, 일체의 정신적 쾌락에는 무감각한 사람, 극장에서는 잠이 들고, 어리석음만이 두드러지는 파리의 돌리방* 같은 사람이 되어 버리는 것이었다. 이런 성격의 사람들은 거의 모두가 닮아 있다. 이런 사람들 거의 모두의 마음속에서, 우리는 숭고한 감정을 발견할 수 있는 것이다. 곡물 사업이 그의 머리의 지능 전체를 차지하고 있는 것처럼, 두 개의 배타적인 감정이 이 제면업자의 가슴을 가득 채우고서, 가슴의 습기를 빨아들이고 있었다. 브리 지방 부농(富農)의 외딸이었던 그의 아내가 그에게는 종교적 찬미의 대상이자, 끝없는 사랑의 대상이었다. 고리오는 아내에게서 자기의 성격과는 강한 대조를 이루는 연약하면서도 강인하고, 민감하며 귀염성 있는 성격을 찬미했다. 남자의 마음속에 하나의 선천적인 감정이 있다면, 그것은 연약한 존재를 위하여 항상 보호를 행하는 자존심이 아니겠는가? 거기에다가 사랑, 즉 모든 솔직한 영혼의 즐거움의 원리라 할 생생한 감사의 마음을 덧붙여 보라. 그러면 많은 정신적 기행(奇行)이 이해될 것이다. 아무 걱정 없는 행복한 7년을 보낸 후, 불행하게도 고리오는 자기 아내를 잃었다. 아내가 감정적 영역 밖에서도 그에게 지배력을 행사하기 시작하려는 때였다. 어쩌면 그녀는 남편의 무기력한 천성을 계발하고, 세상과 인생사에 대한 예지를 그 천성에 심어 주었을지도 모른다. 이런 상황에서, 고리오에게는 부성애의 감정이 무분별하게까지 확대되었다. 아내의 죽음으로 배반당한 그의 애정이 두 딸에게로 옮겨갔는데, 처음에는 딸들이 그의 모든 감정을 충족시켜 주었다. 앞 다투어 그에게 자기들 딸을 주고 싶어하는 상인이나 농부들이 해오는 결혼 제안이 아무리 눈부신 것이었다 해도, 그는 홀아비로 남아 있고자 했다. 그가 애정을 갖고 있던 유일한 남자인 그의 장인은, 비록 아내가 죽었지만 아내에게 불성실을 범하지 않겠다고 고리오가 맹세한 사실을 자기는 잘 알고 있다고 주장했다. 이러한 숭고한 광기를 이해할 수 없었던 시장 사람들은 고리오를 놀려댔고, 그에게 괴상한 별명을 붙여 주었다. 시장의 싸구려 술을 함께 마시다가 맨 처음 그 별명을 발설한 상인은 제면업자에게 주먹으로 어깨를 두들겨 맞고 오블랭 가(街)의 경계석에 머리를 처박고 나뒹굴었다. 고리오가 자기 딸들에게 기울이는 무분별한 헌신과 경계심 많고 세심한 사랑은 너무도 잘 알려져 있어서, 하루는 그의 경쟁자 한 사람이 곡물 유통을 독점하려고 그를 시장에서 떠나도록 하기 위해, 델핀이 마차에 치었다고 그에게 말했다. 이 제면업자는 얼굴이 하얗게 질려서 즉시 시장을 떠났다. 이 허위 경고 때문에 받은 상충되는 감정의 충격으로 그는 며칠 동안을 앓아누웠다. 그는 그 작자의 어깨를 죽도록 내리치지는 않았지만, 위기의 상황에서 그를 파산케 하여 결국 시장에서 축출해 버렸다. 그의 두 딸의 교육은 자연히 도를 지나친 것이었다. 연간 6만 프랑 이상의 수입이 있는 부자인 데다가, 자신을 위해서는 1

천 2백 프랑밖에 쓰지 않는 고리오의 행복은 오직 자기 딸들의 기분을 만족시켜 주는 데 있었다. 가장 뛰어난 교사들이 그녀들의 재능을 개발하여 훌륭한 교육의 흔적을 부여할 책임을 맡았다. 또한 그녀들에게는 시중드는 여자가 딸려 있었는데, 다행스럽게도 그 여자는 재치 있고 취미가 고상한 사람이었다. 고리오의 딸들은 승마를 했고, 마차를 소유하고 있었으며, 돈 많은 늙은 영주의 정부들처럼 생활했다. 아무리 돈이 많이 드는 것이라도 딸들이 말하기만 하면, 고리오는 딸들의 욕구를 서둘러 충족시켜 주었다. 그는 자기가 제공한 것들의 대가로 그저 한 번의 애무를 원할 뿐이었다. 고리오는 자기 딸들을 필연적으로 자기보다 우월한 존재인 천사의 반열로 떠받들었다. 불쌍한 사람! 그는 딸들이 자기에게 가하는 고통까지도 사랑하였다. 그의 딸들이 결혼할 나이가 되었을 때, 그녀들은 자기들의 취향대로 남편감을 선택할 수 있었다. 그녀들 각자는 아버지 재산의 절반씩을 지참금으로 갖게 되어 있었다. 그녀의 아름다움 때문에 드 레스토 백작의 구애를 받은 아나스타지는 귀족적 성향을 지니고 있어서 아버지의 집을 떠나 상류 사회로 들어가게 되었다. 델핀은 돈을 좋아했다. 그녀는 신성 로마 제국의 남작이 된 독일 태생의 은행가 뉘싱겐과 결혼했다. 고리오는 제면업자로 남아 있었다. 그 사업이 고리오의 삶 전체였음에도 불구하고, 그의 딸들과 사위들은 그가 장사를 계속하는 것을 곧 불쾌하게 여기게 되었다. 5년 동안 그들의 간청을 겪은 끝에, 그는 자기 자본의 수익과 마지막 몇 해 동안의 이익금을 가지고 은퇴하는 데 동의했다. 그것은 그가 보케르 부인 집에 하숙을 정했을 때, 보케르 부인의 추산으로 8천 내지 1만 프랑의 연소득을 가져올 만한 재산이었다. 그는 딸들이 남편들의 강요로 그를 자기들 집에 받아들이기를 거부했을 뿐만 아니라, 나아가 공공연히 방문하는 것조차 마다하는 것을 보고 절망에 빠진 나머지 그 하숙집에 몸을 맡기게 되었던 것이다.

이상의 정보는 고리오 영감의 자산을 구입했던 뮈레 씨란 사람이 그에 대해서 알고 있는 사실의 전부였다. 라스티냐크가 드 랑제 공작 부인의 얘기를 통해서 들었던 추측은 이렇게 확인되었다. 이 모호하지만 끔찍스런 파리의 비극에 대한 설명은 여기에서 끝이 난다.*

12월의 첫 번째 주 끝 무렵 라스티냐크는 두 통의 편지를 받았는데, 하나는 어머니의 편지였고, 다른 하나는 큰 누이동생의 편지였다. 너무나 잘 알고 있는 그 필적들을 보고 그는 기쁨으로 가슴이 뛰는 것과 동시에 두려움으로 몸을 떨었다. 이 얇은 두 개의 종잇장이 그의 희망에 대한 생사의 선고를 담고 있었던 것이다. 그는 부모의 궁핍을 상기하며 얼마간의 공포심을 품었지만, 한편 자기에 대한 그들의 편애를 너무나 잘 느끼고 있어서, 자신이 그들의 마지막 핏방울까지 빨아 마셨음을 두려워하지 않을 수 없었다. 어머니의 편지는 다음과 같았다.

사랑하는 아들아, 네가 요청한 것을 너에게 보낸다. 이 돈을 잘 쓰도록 해라. 설사 너의 생명을 구하는 문제라 하더라도, 이처럼 막대한 액수를 너의 아버지 모르시게 나는 두 번 다시 마련할 수 없을 것이다. 그런 일은 우리 가정의 균형을 흔들 것이다. 그만한 돈을 만들려면, 우리는 땅을 저당 잡히지 않을 수 없을 테니까. 나로서는 내가 알지도 못하는 계획의 가치를 판단하는 것은 불가능하다. 그러나 도대체 어떤 성격의 계획이기에 나에게 얘기하기가 두려운 것이냐? 그런 설명은 만리장서가 필요한 것이 아니란다. 우리 어미들에게는 그저 한 마디 말로 족한 것이어서, 그 한 마디 말이 내게 불안과 걱정을 모면케 해주었을 것이다. 네 편지를 받고 괴로운 느낌이었다는 것은 숨길 수가 없구나. 사랑하는 아들아, 대체 어떤 감정 때문에 너는 어미 가슴에 그런 두려움을 일으켰단 말이냐? 네 편지를 읽으며 내가 몹시 괴로웠으니, 너도 편지를 쓰면서 몹시 괴로웠을 줄 안다. 도대체 너는 어떤 길로 들어서려 하는 것이냐? 너의 본 모습과는 다르게 외양을 꾸미고, 공부해야 할 소중한 시간을 낭비하면서, 네가 감당할 수 없는 돈의 소비가 없이는 출입할 수 없는 사교계에 너의 생활과 너의 행복이 매여 있는 것은 아니냐? 나의 착한 외젠아, 네 어미의 마음을 믿어 다오. 비뚤어진 길로는 결코 훌륭한 것에 이를 수 없는 법이다. 인내와 인종(忍從)이 너와 같은 처지의 젊은이들의 미덕인 것이다. 나는 너를 꾸짖는 것이 아니며, 우리가 보내는 이 돈을 어떠한 슬픔과 연결 짓고 싶지도 않다. 내 말은 아들을 믿는 만큼 또 앞날을 내다보는 어미의 얘기인 것이다. 네가 너의 의무가 무엇인지를 알고 있는 것처럼, 이 어미는 너의 마음이 얼마나 깨끗하며, 네 의도가 얼마나 뛰어난 것인지를 알고 있다. 그래서 나는 "나가라, 사랑하는 아들아, 전진하라!"라고 아무 두려움 없이 너에게 말할 수 있다. 내가 두려워하는 것은 내가 어미이기 때문이다. 그러나 네가 내딛는 한 걸음 한 걸음마다 우리의 기원과 우리의 축복이 정답게 동반할 것이다. 신중해라, 사랑하는 아들아. 너는 어른처럼 현명해야만 한다. 네가 사랑하는 다섯 사람의 운명이 네 어깨에 달려 있는 것이다. 그렇다, 너의 행복이 곧 우리의 행복이듯이, 우리의 모든 운명은 너에게 달려 있다. 너의 계획을 도와주십사고 우리 모두 하느님께 기도 드리고 있다. 너의 마르시야크 아주머니께서도 이번 일에 엄청난 호의를 보여주셨다. 그분은 네가 얘기한 장갑 일까지 궁리하셨단다. 당신께서는 큰조카를 편애하시는 것이 단점이라고 웃으며 말씀하셨지. 나의 외젠아, 아주머니를 사랑해야 한다. 그분이 너를 위해 해주신 일은 네가 성공한 다음에나 얘기해 주겠다. 안 그러면, 그분께서 마련해 주신 돈이 네 손가락을 태울지도 모를 테니까. 너희 같은 어린애들은 기념품을 희생하는 것이 어떤 것인지 결코 알 수 없을 것이다! 그러나 우리는 너희를 위해 무엇인들 희생하지 못할 것이랴? 아주머니께서는 너의 이마에 키스를 보내시며, 이 키스를 통해 너에게 행복해지는 힘을 전달하고자 하신다는 말씀을 나보고 전하라고 하셨다. 이 착하고 훌륭하신 분은 손가락에 신경통만 없었다면 네게 직접 편지를 쓰셨을 것이다. 너의 아버지께서는 잘 지내신다. 1819년의 수확은 우리가 기대했던 것 이상이다. 잘 있어라, 사랑하는 아들아. 네 누이들에 대해서는 아무 얘기 않겠다. 로르가 너에게 편지를 쓰니까. 가족의 자질구레한 일들에 대해 재잘거리는 즐거움은 그 애의 몫으로 남겨 놓겠다. 네가 성공하도록 하늘의 가호가 있기를! 오! 그래, 성공해라, 나의 외젠아. 내가 두 번 다시 견디기에는 너무 힘들 고통을 너는 나에게 겪게 했다. 나의 자식에게 주기 위해 재산을 갈구하면서, 나는 가난하다는 것이 무엇인지를 알았다. 그럼 잘 있어라. 소식 없이 지내지 않도록 하고, 끝으로 어미가 너에게 보내는 키스를 받아라.

편지를 다 읽고 났을 때, 외젠은 눈물에 젖어 있었다. 그는 딸의 환어음을 갚아 주려고 자기 은그릇을 비틀어 판 고리오 영감을 생각했다. "너의 어머니는 패물을 비트셨다! 너의 아주머니는 유물 몇 가지를 팔면서 눈물을 흘리셨을 것이다. 너는 어떤 권리로 아나스타지를 저주할 것이랴? 그 여자가 자기 애인을 위해 한 짓을 너는 네 장래에 대한 이기심을 위해서 모방한 것이다! 그 여자와 너 중에서 누가 더 나으냐?" 그는 이렇게 중얼거렸다. 이 학생은 견딜 수 없는 불같은 감정으로 오장육부가 타 들어가는 느낌이었다. 그는 사교계를 포기하고 싶었고, 그 돈을 갖고 싶지 않았다. 그는 고귀하고 아름다운 남모를 회한을 느꼈는데, 인간이 인간을 재판할 때에는 이런 회한의 가치가 잘 평가받지 못하지만, 지상의 재판관에게 벌을 받은 죄인을 하늘의 천사는 이런 회한 때문에 흔히 용서해 주는 법이다. 라스티냐크는 누이의 편지를 펴보았는데, 순결하고 우아한 누이의 글이 그의 마음을 시원하게 해주었다.

사랑하는 오빠, 오빠의 편지는 아주 때맞춰 도착했어요. 아가트와 나는 우리들의 돈을 너무 다른 방식으로 쓰고 싶어해서, 우리는 무엇을 사야 할지 결정을 내릴 수 없는 참이었으니까요. 주인의 시계들을 뒤엎은 스페인 왕의 하인과 같은 역할을 오빠가 해주어서,* 우리는 의견일치를 보았거든요. 외젠 오빠, 정말로 우리는 우리의 욕망 중 어느 것을 우선해야 할지 끊임없이 다투고 있었기 때문에, 우리 둘 모두의 욕망을 포괄하는 돈의 사용처를 찾아내지 못하고 있었어요. 그래서 아가트는 기쁨으로 펄쩍펄쩍 뛰었어요. 결국 우리는 둘 다 하루 종일 미친 것처럼 들떠 있었지요. (아주머니 식으로 말하자면) **그 증거로서** 어머니께서 우리에게 "너희들 도대체 무슨 일이냐?" 하고 엄격한 태도로 말씀하기까지 하셨어요. 꾸중이라도 좀 들었다면, 우리는 더욱더 만족했으리라고 생각해요. 여자는 자기가 사랑하는 사람을 위해 괴로움을 겪는 데서 많은 즐거움을 발견하는 법이죠! 하지만 나만은 기쁨 가운데서도 생각에 잠겼고 슬픔을 느꼈어요. 나는 아마 나쁜 여자가 될 거예요. 너무 낭비하는 버릇이 있어서요. 나는 허리띠를 두 개나 샀고, 코르셋의 끈 구멍을 뚫을 예쁜 송곳 하나를 사는 바보짓을 해서, 돈을 아끼고 까치처럼 제 돈을 한 푼 한 푼 쌓아 두는 뚱뚱보 아가트보다 돈이 적어요. 그 애는 2백 프랑이나 갖고 있었어요! 그런데 오빠, 나는 겨우 50에퀴밖에 없는 거예요. 나는 단단히 벌을 받은 셈이죠, 내 허리띠를 우물 속에 집어던지고 싶어요. 그것을 두르고 다니기가 항상 괴로울 테니까요. 내가 오빠 돈을 훔친 거나 마찬가지죠. 아가트는 정말 귀엽게 굴었어요. "우리 둘이서 3백 50프랑을 보내자!" 하고 그 애는 말했어요. 일이 어떻게 진행되었는지 오빠에게 다 얘기하고 싶군요. 우리가 오빠의 명령에 복종하기 위해 어떻게 했는지 아세요? 우리는 우리의 영광스런 돈을 들고, 둘이서 산보하듯 나갔어요. 일단 큰길에 다다르자, 우리는 뤼페크로 달려가서, 왕립 운송 회사의 사무소를 운영하는 그랭베르 씨에게 그냥 그 돈을 주었어요. 우리들은 돌아올 때는 제비처럼 몸이 가뿐했지요. "행복은 우리 몸을 가볍게 해주나봐?"라고 아가트가 나에게 말했어요. 우리는 수천 가지 얘기를 주고받았지만, 여기서 되풀이하지는 않겠어요. 파리 신사님, 모두 당신의 얘기였지요. 아! 오빠, 우리는 오빠를 정말로 사랑해요. 이 말 속에 모든 것이 담겨 있어요. 비밀에 관한 문제는, 우리 아주머니 말씀에 따르자면, 우리 같은 깜찍한 계집애들은 입을 다무는 것을 포함해서 무엇이든 할 수 있대요. 어머니는 아주머니와 함께 은밀하게 앙굴렘에 다녀오셨는데, 두 분 다 당신들 여행의 고등 정책에 대해서는 침묵을 지키셨어요. 여행 전 두 분은 오랜 회담을 거쳤는데, 그 회담에는 남작님과 마찬가지로 우리들도 배제되었지요. 지금 라스티냐크 왕국에서는 커다란 억측들이 사람들 정신을 사로잡고 있어요. 공주들이 왕비 폐하를 위해 수놓고 있는 투명한 꽃무늬 장식의 모슬린 드레스도 깊은 비밀 속에서 진행되고 있어요. 이제 두 폭만 더 만들면 돼요. 베르퇴유 쪽으로는 담을 쌓지 않기로 결정되어서, 울타리만 치게 될 거예요. 그래서 이곳 백성은 과일과 과수장(果樹墻)을 잃게 되겠지만, 외래인들에게는 멋진 전망을 제공하게 되겠지요. 추정 상속인께서 손수건을 필요로 하신다면, 드 마르시야크 미망인께서는 각각 폼페이아와 헤르쿨라눔이란 명칭으로 지칭되는 그분의 보물 상자와 가방을 뒤지셔서, 자신도 알지 못하던 아름다운 네덜란드제 천 조각을 찾아내실 것이 뻔합니다. 아가트와 로르 두 공주는 그분의 명령에 따라 실과 바늘, 그리고 언제나 붉은 색이 도는 두 손을 대령할 것이고요. 어린 두 왕자 동 앙리와 동 가브리엘은 흉측한 버릇을 버리지 못해서, 과일 잼을 다 먹어 버리고, 누이들을 못살게 굴고, 공부는 통 하려 들지 않으며, 새 둥지를 뒤지는 등 소란을 떨며, 국법(國法)이 지엄함에도 불구하고 버드나무 가지를 잘라 막대기를 만들어서 설치고 다닌답니다. 속되게 신부님이라고 불리는 교황의 특사께서는 만약 그들이 계속해서 딱총 싸움의 규범을 위해 신성한 문법 공부의 규범을 소홀히 하면 그들을 파문시켜 버리겠다고 위협한답니다. 안녕, 사랑하는 오빠, 오빠의 행복을 위한 기원과 충만한 사랑을 이처럼 많이 담고 있는 편지는 없었을 거예요. 오빠가 돌아오실 때는 우리에게 해줄 많은 얘기 거리가 있겠죠! 나는 큰 누이동생이니까, 나에게는 모두 다 얘기해 줘야 해요. 아주머니의 눈치로 보아 우리는 오빠가 사교계에서 성공을 거두고 있다고 추측해요.

귀부인 얘기를 할 때는 다른 얘기는 하지 않는 법.

오빠와 나는 서로 뜻이 통하죠! 우리들은 손수건 없이도 지낼 수 있으니까, 오빠가 원한다면 우리가 오빠에게 셔츠를 만들어 드릴게요. 이 문제에 대해서는 빨리 답해 주세요. 바느질이 잘 된 멋진 셔츠들이 급히 필요하다면, 우리가 즉시 만들도록 하겠어요. 파리에서는 우리가 모르는 모양의 셔츠를 입는다면, 본을 하나 보내 주세요. 특히 소매 모양 말이에요. 안녕, 안녕! 오빠의 이마 왼쪽, 오직 나에게만 속하는 관자놀이에 키스를 보내요. 이 편지 뒤쪽은 아가트 몫으로 남겨 놓는데, 그 애는 내가 오빠에게 쓴 내용은 읽지 않겠다고 약속했어요. 그렇지만 더 확실히 하기 위해서, 그 애가 편지 쓰는 동안 나는 그 애 곁에 머물러 있겠어요. 오빠를 사랑하는 동생.

로르 드 라스티냐크

외젠은 혼자 중얼거렸다. "오! 그렇다, 어떻게 해서라도 성공해야 한다! 이런 헌신은 보물로도 갚을 수 없을 것이다. 나는 가족 모두에게 행복을 가져다주고 싶다. 1천 5백 50프랑이라!" 잠시 사이를 두었다가 그는 또다시 중얼거렸다. "이 돈 한 닢 한 닢이 가슴을 찌르는구나! 로르의 말이 맞다. 빌어먹을! 나에게는 거친 천으로 만든 셔츠밖에는 없다. 다른 사람의 행복을 위해서, 젊은 처녀는 도둑놈만큼이나 교활해지는가 보다. 자신을 위해서는 순진무구하고 나를 위해서는 용의주도한 로르는 지상의 과오들을 이해하지도 못하면서 용서해 주는 하늘의 천사와도 같구나."

사교계는 벌써 그의 것이었다! 재단사가 이미 불려 와서 몸의 치수를 재고 갔다. 드 트라유 씨를 보았을 때, 라스티냐크는 재단사가 청년들의 생활에 행사하는 영향을 이해할 수 있었다. 재단사는 솜씨 여하에 따라 친구 아니면 치명적 적(敵) 양단간의 하나이지, 그 중간적 존재일 수는 없는 것이다. 외젠이 만난 재단사는 자기 사업의 부성적(父性的) 성격을 잘 이해하고 있는 사람으로서, 자신을 청년들의 현재와 미래를 이어주는 연결선으로 생각하고 있었다. 그래서 감사함을 느낀 라스티냐크는 후에 "그 사람이 만든 두 벌의 바지는 연수입 2만 프랑 지참금의 결혼을 성사시켰음을 알고 있지"라는 유명한 말을 하여 그 재단사의 성공을 도와주었다.

　1천 5백 프랑과 마음대로 입을 수 있는 옷이라! 이 순간 가난한 남불(南佛) 청년은 더 이상 아무 것도 두려울 것이 없었다. 그는 상당한 액수를 손에 넣은 청년이 지니는 그 불가사의한 태도로 식사를 하러 내려갔다. 학생의 주머니 속으로 돈이 굴러드는 순간, 그의 내부에는 자신이 기댈 수 있는 환상적인 기둥 하나가 솟아오르는 것이다. 그의 걸음걸이는 전보다 더 당당하고, 그의 지렛대에 받침점이 생긴 것을 느끼듯, 그의 눈길은 충만하고 사려 깊어지며, 그의 동작은 경쾌해지는 것이다. 전날에는 겸손하고 소심해서 맥없이 주먹질을 당할 것 같던 사람이, 다음날에는 총리대신이라도 때려눕힐 것처럼 변하는 것이다. 그의 내부에 엄청난 현상이 일어나는 것이다. 그는 모든 것을 원하고 모든 것을 할 수 있으며, 닥치는 대로 욕망을 품고, 쾌활하고, 관대하고, 외향적이 되는 것이다. 요컨대 여태껏 날개가 없던 새가 온전히 날개를 되찾은 격이 되는 것이다. 수많은 위험을 무릅쓰고 뼈 한 쪼가리를 훔쳐서 깨뜨려 골수를 빨아먹고 또 내달리는 개처럼, 돈이 없는 학생은 조그만 쾌락이라도 덥석 물어 버린다. 그러나 호주머니 속에서 덧없이 사라질 금화 몇 닢을 만지작거려 볼 수 있는 젊은이는 자신의 즐거움을 천천히 음미하고, 그 즐거움을 하나하나 헤아려 보고, 그 즐거움에 만족감을 느끼고, 하늘로 떠오르는 느낌을 가지며, 더 이상 **비참**이란 단어의 뜻을 알지 못하게 된다. 파리 전체가 그의 소유가 되는 것이다. 모든 것이 빛나고, 모든 것이 반짝이며 불타오르는 나이! 남자든 여자든 젊지 않고서는 아무도 누릴 수 없는 기쁨의 힘이 솟는 나이! 빚을 져도 심한 걱정에 사로잡혀도 모든 즐거움이 열 배로 커지는 나이! 센 강 좌안(左岸)의 생자크 가(街)와 생페르 가 사이를 출입해 보지 않은 사람은 인생살이에 대해 아무 것도 모르는 것이리라! '아! 파리의 여성들이 알고 있다면, 사랑해 달라고 이리로 몰려올 텐데!' 라스티냐크는 보케르 부인이 개당 1리아르씩에 준비한 삶은 배를 씹으며 이렇게 생각했다. 이때 왕립 운송 회사의 배달부가 살문에 달린 초인종을 울린 다음 식당에 나타났다. 그는 외젠 드 라스티냐크 씨를 찾더니, 그에게 두 개의 자루와 서명할 서류를 내밀었다. 그때 라스티냐크는 보트랭이 그에게 던진 의미심장한 눈길에 마치 심한 채찍질을 당하는 느낌이 들었다.

"당신은 검술 수업료와 사격 훈련비를 낼 수 있게 되겠군." 그 사람이 그에게 말했다.

"보물선들이 도착했군요." 자루들을 쳐다보며 보케르 부인이 그에게 말했다.

미쇼노 양은 자신의 탐욕을 내보일까 봐서, 돈에 눈길을 던지기를 두려워했다.

"좋은 어머니를 두셨군요." 쿠튀르 부인이 말했다.

"선생은 좋은 어머니를 두셨어." 푸아레가 되풀이해서 말했다.

"그렇지, 엄마가 피를 짜내셨지. 당신은 이제 광대놀음을 할 수 있게 되었군. 사교계에 나가서, 지참금을 낚고, 머리에 복숭아꽃을 꽂은 백작 부인들과 춤을 출 수도 있겠지. 그러나 젊은이, 사격장에 다니는 걸 잊지 마시오." 보트랭이 말했다.

보트랭은 적수에게 총을 겨누는 사람의 시늉을 했다. 라스티냐크는 배달부에게 팁을 주고자 했으나, 그의 주머니에는 돈이 한 푼도 없었다. 보트랭이 자기 주머니를 뒤지더니, 20수를 배달부에게 던져 주었다.

"당신은 신용이 좋아." 학생을 쳐다보며 그가 다시 말했다.

라스티냐크는 드 보세앙 부인 댁에 다녀왔던 날 심한 말을 주고받은 이후로는 그 사람이 견딜 수 없었음에도 불구하고, 그에게 고맙다는 말을 하지 않을 수 없었다. 그 1주일 동안 외젠과 보트랭은 마주쳐도 침묵을 지켰고, 서로를 지켜보기만 하며 지냈던 것이다. 학생은 왜 그랬는지 자문해 보았지만 이유를 알 수 없었다. 생각은 그것이 착상되는 힘과 정비례로 투사되어, 박격포에서 발사된 포탄이 움직이는 것과 비견될 만한 수학적 법칙에 따라, 뇌가 겨냥하는 곳을 때리는 것인지도 모른다. 그 결과는 다양한 것이다. 생각들이 들러붙어서 참화를 입히는 유약한 성격의 사람들이 있는 반면에, 또한 튼튼하게 방비를 갖춘 성격의 사람들, 타인들의 의지가 거기에 부딪히면 성벽 앞에 떨어지는 포탄처럼 납작해져 버리고 마는 청동의 요새와 같은 두개골을 가진 사람들도 있다. 또한 각면보루(角面堡壘)의 부드러운 흙 속에 맥을 못 쓰고 묻혀 버리는 포탄처럼 타인의 생각이 부딪혀도 소멸되고 마는 물렁물렁하고 푹신푹신한 성격을 가진 사람들도 있다. 라스티냐크는 조그만 충격에도 폭발하고 마는 화약으로 가득 찬 머리를 지닌 사람들 중의 하나였다. 생각의 투사나 감정의 전염은 알지 못하는 사이에 수많은 기이한 현상으로 우리에게 다가오는 법인데, 라스티냐크는 너무도 젊고 활기차서 그런 생각의 투사나 감정의 전염에 영향을 받지 않을 수 없었다. 그의 정신적 관점은 삵 같은 그의 눈처럼 명석했다. 이중의 의미를 갖는 그의 말 하나하나는 신비스런 폭을 지니고, 전진과 후퇴의 유연성을 지니고 있어서, 모든 갑옷의 허점을 간파해 내는 능숙한 검객 같은 탁월한 사람들을 볼 때처럼 경탄을 자아내게 했다. 한 달 전부터 외젠에게는 단점만큼이나 장점도 발전을 이루고 있었다. 그의 단점은 사교계와 확장되어 가는 욕망의 실현 때문에 그에게 요구되는 것이었다. 그의 장점들 가운데는 난관을 해결하기 위해서 곧장 난관으로 돌진하는 남불적(南佛的)인 활력이 있었는데, 그것은 어떤 불확실한 상태에 머물러 있는 것을 참지 못하는 루아르 강 너머에 사는 사람의 성격으로서, 북부 사람들은 단점으로 여기는 성격이다. 북부 사람들이 보기에 이런 성격은 뮈라*의 출세의 기원이었던 동시에 그의 죽음의 원인이기도 했다. 그 때문에 남불인이 루아르 강 너머의 대담성에 북부의 교활성을 결합시킬 줄 알면, 그 사람은 완벽해지고 스웨덴 왕*으로 머물 수 있다는 결론이 나올 것이다. 그래서 라스티냐크는 그 사람이 자기의 친구인지 적인지 알지 못한 채 오랫동안 보트랭의 포화 아래 머물 수가 없었다. 때때로 그에게는 이 기이한 인물이 자기의 열정을 꿰뚫어 보고, 자기의 마음을 훤히 읽어 내는 것처럼 보였다. 반면에 그 사람에게는 모든 것이 너무도 잘 밀폐되어 있어서, 그 사람은 모든 것을 다 알고 다 보면서도, 아무 말도 하지 않는 스핑크스의 부동의 깊이를 간직하고 있는 것처럼 보였다. 주머니가 가득 찬 것을 느끼자, 외젠은 반발심이 일었다.

"좀 기다려 주십시오." 그는 커피의 마지막 몇 모금을 마신 후 밖으로 나가려고 일어서는 보트랭에게 말했다.

"왜 그러오?" 이 40대 남자는 차양이 넓은 모자를 쓰고 쇠 단장을 집어 들면서 물었다. 그는 네 명의 도둑으로부터 공격을 받아도 조금도 두려워하지 않을 듯한 사람답게 종종 그 쇠 단장을 휘둘러 댔다.

"돈을 돌려 드리겠어요." 라스티냐크는 급히 자루 하나를 풀어 1백 40프랑을 보케르 부인에게 셈해 주면서 대답했다. 그리고 그는 주인 과부에게 말했다. "셈이 정확해야 좋은 친구죠. 섣달 그믐날까지 우리 계산은 끝났습니다. 그리고 이 1백 수를 좀 바꿔 주세요."

"좋은 친구가 셈이 정확하다." 푸아레가 보트랭을 쳐다보며 반복했다.

"20수 여기 있습니다." 라스티냐크가 가발을 쓴 스핑크스에게 돈을 내밀며 말했다.

"당신은 내게 뭔가 빚지는 것이 겁나는 것 같군?" 보트랭은 청년의 마음속을 꿰뚫어 보는 듯한 눈길을 던지면서 소리쳤다. 그는 외젠에게 야유와 조롱 어린 미소를 지어 보였는데, 외젠은 그런 미소에 여러 번 분노를 터뜨릴 뻔했었다.

"예, 그렇지요." 자기 방으로 올라가려고 일어서서 손에 두 개의 자루를 들고 있던 학생이 이렇게 대답했다.

보트랭은 살롱 쪽으로 난 문을 통해 나갔고, 학생은 층계참으로 통하는 문으로 막 나가려 하고 있었다.

"드 라스티냐코라마 후작님, 당신이 내게 하신 말씀은 꼭 예의바른 것이 아님을 아시겠지." 보트랭은 살롱의 문을 후려치면서, 그를 냉랭하게 쳐다보는 학생에게로 다가오며 말했다.

라스티냐크는 계단 아래 쪽, 식당과 부엌 사이의 층계참으로 보트랭을 이끌면서, 식당의 문을 닫았다. 그곳에는 정원 쪽으로 나 있는 문이 있었고, 그 문 위에는 쇠창살을 댄 긴 유리가 달려 있었다. 실비가 부엌으로부터 거기로 나왔는데, 학생은 그녀 앞에서 이렇게 말했다. "보트랭 **선생**, 나는 후작이 아닙니다. 그리고 내 이름은 라스티냐코라마가 아닙니다."

"저 사람들 싸우겠어요." 미쇼노 양이 무심한 태도로 말했다.

"싸운다!" 푸아레가 반복했다.

"아녜요." 보케르 부인이 돈 무더기를 쓰다듬으며 대꾸했다.

"그런데 저이들 보리수 밑으로 가는데요. 저 가엾은 청년이 어쨌든 좋아요." 정원을 쳐다보려고 일어서면서 빅토린 양이 외쳤다.

"방으로 올라가자, 애야. 우리하고는 상관없는 일이야." 쿠튀르 부인이 말했다.

쿠튀르 부인과 빅토린이 일어섰을 때, 뚱보 실비가 문간에 나타나 그녀들의 통행로를 막았다.

"도대체 무슨 일이죠? 보트랭 씨가 우리 얘기 좀 해보자고 말하더니, 외젠 씨의 팔을 잡고, 두 사람은 아티초크 밭으로 걸어갔어요." 실비가 말했다.

이때 보트랭이 나타나더니, 미소를 지으며 말했다. "보케르 엄마, 아무 걱정 마세요. 보리수 아래서 권총 시험을 해볼 테니까요."

"오! 왜 외젠 씨를 죽이려는 거예요?" 빅토린이 두 손을 모아 쥐며 말했다.

보트랭은 뒤로 두 걸음 물러서더니 빅토린을 물끄러미 바라보았다. "엉뚱한 얘기로군." 그가 빈정거리는 목소리로 소리쳐서, 가련한 소녀는 얼굴이 빨개졌다. 그가 계속해서 말했다. "저 젊은 이는 아주 매력적이지 않아요? 당신이 내게 한 가지 생각을 떠오르게 하는군. 아름다운 아가씨, 내가 당신네 두 사람의 행복을 만들어 주겠소."

쿠튀르 부인이 자기 피후견인의 팔을 잡아 이끌면서 그녀의 귀에 대고 말했다. "그런데, 빅토린, 너 오늘 아침에 좀 이상하구나."

"나는 내 집에서 총을 쏘는 것은 싫어요. 이웃 사람들을 놀라게 하고, 이 시간에 경찰을 끌어들일 작정이에요!" 보케르 부인이 말했다.

"자, 진정하세요, 보케르 엄마. 조용히 해요, 우리는 사격하러 갑니다." 보트랭이 대답했다. 그는 다시 라스티냐크에게로 가더니, 그의 팔을 정답게 잡고 말했다. "35보 거리에서 내가 연속 다섯 발을 스페이드 에이스에 명중시키는 것을 당신에게 증명해 보인다 할지라도, 당신의 용기는 꺾이지 않겠지. 당신은 내게 좀 화가 나 있는 것 같은데, 그러다가 바보처럼 죽게 돼요."

"물러서는 거군요." 외젠이 말했다.

"내 화를 돋우지 마오. 오늘 아침은 춥지 않군. 우리 저기 가서 앉읍시다." 보트랭은 초록색 칠을 한 의자를 가리키며 말했다. "저기서는 아무도 우리 말을 듣지 못할 거요. 나는 당신과 할 얘기가 있소. 당신은 좋은 청년이고, 나는 당신에게 해를 끼치고 싶지 않소. 나는 당신을 좋아하오. '불사'의 이름…… (아, 아니지!) 보트랭의 이름을 걸고 말이지만. 내가 왜 당신을 좋아하는지, 이제부터 당신에게 얘기하겠소. 우선, 나는 내가 낳은 자식처럼 당신을 잘 아는데, 그 사실을 증명해 보이겠소. 당신의 꾸러미를 저기 놓으시오." 그는 둥근 탁자를 가리키며 말했다.

라스티냐크는 돈 꾸러미를 탁자 위에 놓고 앉았다. 그는 자기를 죽이겠다고 얘기하더니 이제 마치 보호자처럼 구는 그 사람의 갑작스런 태도 변화에 호기심이 고조되는 것을 느꼈다.

"당신은 내가 누구이고, 과거에 무슨 일을 했으며, 또 지금은 무슨 일을 하고 있는지 몹시 알고 싶을 거요. 이보게 젊은이, 당신은 지나치게 호기심이 많아. 자, 서두르지 말지. 당신은 많은 얘기를 듣게 될 거요! 나는 불행했었소. 우선 내 얘기를 듣고, 대답은 나중에 하시오. 내 과거 생활은 불행했다는 그 몇 마디 말로 요약되지. 나는 누구인가? 보트랭이지. 나는 무슨 일을 하는가? 내 마음에 드는 일. 이쯤 해 둡시다. 당신은 내 성격을 알고 싶은가? 나는 나에게 잘 대해 주는 사람들이나 서로 마음이 통하는 사람들과는 사이좋게 지내지. 그런 사람들에게는 모든 것이 허용되어, 설사 그들이 내 정강이뼈를 걷어찬다 할지라도, 나는 **조심해!**라고 말하지조차 않을 거요. 그렇지만, 제기랄! 나를 성가시게 굴거나 내 마음에 들지 않는 사람들에게는 나는 악마처럼 심술궂은 사람이오. 나는 사람 하나 죽이는 것을 이 정도 일로밖에 여기지 않는다는 것을 당신에게 일러두는 것이 좋겠지." 그는 침을 탁 뱉으며 말했다. "다만 꼭 그럴 필요가 있을 때에는, 나는 그자를 적절하게 죽이려고 애쓰지. 나는 당신들이 예술가라고 부르는 그런 사람이오. 나는 벤베누토 첼리니*의 회고록을 읽었소. 당신도 보았듯이 이탈리아어로 말이오. 오만한 쾌남아였던 그 사람에게서 나는 아무렇게나 인간들을 죽이는 신의 섭리를 모방하는 법과, 아름다움이 있는 곳에서는 어디에서나 아름다움을 사랑하는 법을 배웠소. 모든 사람에 맞서 혼자서 싸우며 행운을 그러잡는다는 것은 해볼 만한 멋진 게임이 아니겠소? 나는 현재의 사회적 무질서의 구조에 대해 깊이 생각해 보았소. 젊은이, 결투란 어린애 장난이고 어리석은 짓이오. 살아 있는 두 사람 가운데 하나가 사라져야 할 경우에, 그것을 우연에 내맡긴다는 것은 바보짓에 틀림없지. 결투가 무엇인가? 그건 동전의 앞이냐 뒤냐의 문제일 뿐이오. 나는 다섯 발을 계속해서 스페이드 에이스에 겹쳐서 맞출 수 있는 사람이오, 그것도 35보의 거리에서 말이야! 이런 보잘것없는 재주를 타고났을 때는, 사람들은 자기의 적수를 틀림없이 쓰러뜨릴 수 있다고 믿게 마련이오. 그런데, 나는 20보 거리에서 한 사람을 쏘았는데, 그만 총알이 빗나가고 말았소. 상대방은 평생 권총을 만져 보지도 못한 작자였소. 이것 좀 보오!" 이 기이한 남자는 조끼를 풀어헤치더니, 곰의 등처럼 털이 무성한 자기 가슴을 내보이며 말했다. 그 황갈색의 털은 외젠에게 공포가 뒤섞인 일종의 혐오감을 불러 일으켰다. "그 풋내기가 글쎄 내 가슴 털을 태웠다오." 그는 라스티냐크의 손가락을 자기 가슴에 남아 있는 상처에 갖다 대며 덧붙여 말했다. "그때 나는 어린애였소. 당신 나이인 스물한 살이었지. 그때에는 아직 무언가를, 여자의 사랑이라든지, 당신이 앞으로 경황 모르고 빠져들게 될 수많은 어리석음 같은 것들을 나도 믿고 있었소. 우리는 결투를 할 뻔하지 않았소? 당신이 나를 죽일 수도 있었겠지. 내가 땅에 쓰러졌다고 가정해 보오. 그럼 당신 처지는 어찌 되겠소? 도망쳐서 스위스에라도 가야 할 거고, 별로 가진 것도 없는 아버지의 돈을 축내야 할 거요. 현재 당신이 처해 있는 입장을 내가 당신에게 설명해 주겠소. 한데 나는 이 세상사를 검토해 본 끝에, 택해야 할 두 개의 방편은 어리석은 복종 아니면 반항뿐이라는 것을 알게 된 사람의 우월함을 가지고 그 설명을 할 것이오. 나는 그 어떤 것에도 복종하지 않소, 잘 알겠소? 당신의 지금 형편에서 무엇이 당신에게 필요한지 알고 있소? 백만 프랑이오, 그것도 시급히. 그 돈이 없으면, 우리 같은 보잘것없는 사람들은 정말로 신(神)이 있는지를 알아보기 위해서, 생클루의 그물망* 속에서 버둥거리게 될지도 모를 일이오. 백만 프랑, 그것을 내가 당신에게 주겠소." 그는 외젠을 쳐다보며 잠시 말을 멈췄다. "아! 아! 보트랭 아빠를 대하는 당신의 얼굴 표정이 좀 나아지는군. 백만 프랑 얘기를 듣더니, 당신은 '오늘 저녁에 만나요'라는 말을 듣고서, 우유를 마시는 고양이처럼 혓바닥으로 입술을 핥으며 몸치장을 하는 처녀애와도 같군. 좋아요. 자! 우리 둘만의 얘기를 나눕시다! 젊은이, 당신의 형편은 다음과 같소. 우리 시골에는 아빠, 엄마, 대고모, 누이 둘(열여덟 살과 열일곱 살), 남동생 둘(열다섯살과 열 살)이 있소. 그것이 승무원의 명단이오. 아주머니가 누이들을 키우고, 신부가 두 남동생에게 라틴어를 가르치러 오지. 가족은 흰 빵보다 밤을 넣은 죽을 더 많이 먹고, 아빠는 바지를 아껴 입으시고, 엄마는 겨울 옷 한 벌과 여름 옷 한 벌을 겨우 갖고 계시고, 우리 누이들도 그저 가능한 대로 꾸려 가는 형편이오. 나는 남불 지방에 있어 봐서 모든 것을 알고 있소. 매년 당신에게 1천 2백 프랑씩을 보내며, 당신네 단지만 한 땅뙈기에서는 3천 프랑의 소득밖에는 못 올릴 경우, 당신 집의 사정은 그처럼 뻔한 것이오. 우리에게는 식모 하나에 하인 하나가 있으며, 아빠는 남작이시니 체면도 차려야 하지. 우리의 경우를 말하자면, 우리에겐 야심이 있지. 우리는 보세앙 가문을 친척으로 가지고 있으나 걸어 다녀야 하고, 재산을 원하지만 동전 한 푼 없으며, 보케르 엄마의 **엉터리 스튜**를 먹으면서 포부르 생제르맹의 멋진 만찬을 좋아하고, 초라한 침대 위에 누워 자면서 저택을 꿈꾸고 있소! 나는 당신의 욕망을 비난하는 것이 아니오. 이보게, 젊은이, 야심을 갖는다는 것은 누구나 할 수 있는 일이 아니라오. 어떤 남자들을 찾느냐고 여자들에게 물어보면, 야심가를 찾는다고 말할 거요. 야심가들은 다른 남자들보다 더 강한 허리와 철분이 더 풍부한 피와 더 뜨거운 심장을 갖고 있는 법이오. 한데 여자는 자신이 강한 순간에 자신이 행복하고 아름답다고 느끼게 마련이어서, 힘이 거대한 남자를 누구보다도 좋아하는 것이라오. 비록 그런 남자에게 꺾일 위험이 있다 할지라도 말이오. 내가 당신의 욕망의 목록을 만든 것은 당신에게 질문을 제기하기 위함이오. 그 질문은 다음과 같소. 우리는 늑대처럼 굶주렸고, 우리의 이빨은 날카로운데, 먹이를 마련하기 위해 우리는 어떻게 처신할 것인가? 우선 법률 책을 씹어 먹을 수 있겠지만, 그건 재미있지도 않으며, 가르쳐주는 것도 없소. 그렇지만 해야겠지. 좋소. 변호사가 되고 또 후에는 중죄 재판소장이 되어, 우리보다 가치 있는 불쌍한 작자들을 어깨에 도형수(徒刑囚)의 낙인을 찍어 감옥에 보내겠지. 부자들이 안심하고 잠들 수 있음을 증명해 보이기 위해서 말이오. 그건 뭐 대단한 것이 아닐 뿐더러, 아주 먼 길이지. 우선, 파리에서 2년간을 기다려야 하는 일이오. 우리가 탐내는 **까까**를 만져 보지도 못한 채 쳐다보기만 하면서 말이오. 결코 만족하지 못하면서 항상 욕망한다는 것은 피곤한 일이오. 만약 당신이 생기 없고 연체동물 같은 성격의 소유자라면, 전혀 걱정할 것이 없소. 그러나 우리는 사자같이 뜨거운 피와 하루에도 수십 번 바보짓을 저지를 만한 욕망을 갖고 있거든. 그래서 당신은 그 고통, 신이 만든 지옥에서 볼 수 있는 가장 끔찍한 그 고통으로 쓰러지고 말 거요. 당신이 얌전한 사람으로서, 우유만 마시면서 슬픔을 감내할 사람이라고 가정해 봅시다.

당신이 그렇게 고결하다 해도, 개라도 미쳐 버리게 만들 만한 많은 권태와 궁핍을 겪은 연후에야, 어떤 괴짜 녀석의 검사 대리로 출발할 것이고, 도시의 한 귀퉁이에 파묻혀, 마치 푸줏간의 개에게 수프를 던져 주듯 정부가 던져 주는 1천 프랑의 봉급으로 살아가야 할 거요. 도둑들을 뒤쫓으며 짖어 대고, 부자를 위해 변호하고, 선량한 사람들을 교수형에 처하라. 어쩔 수 없는 일이지! 당신에게 후견자가 없으면, 당신은 시골 재판소에서 썩어 갈 거요. 서른 살경에, 당신이 아직도 법복을 벗어 던지지 않는다면, 당신은 연봉 1천 2백 프랑의 판사가 되겠지. 40여 세에 다다르면, 당신은 연수 약 6천 프랑을 가진 어떤 방앗간 집 딸과 결혼하게 될 테지. 한심한 일이오. 그러나 후견자를 갖게 되면, 당신은 30세에 연봉 1천 에퀴의 초심 법원 검사가 되고, 시장의 딸과 결혼하게 될 거요. 만약 당신이 마뉘엘* 대신에 빌렐*의 판례집을 읽는 식으로 (그건 운〔韻〕이 잘 맞고, 양심을 편안하게 해주지) 정치적으로 비열한 짓을 얼마간 하면, 당신은 40세에는 검사장이 되고, 국회의원이 될 수도 있을 거요. 젊은이, 잘 들어 두시오, 우리는 우리의 보잘것없는 양심에 상처를 입고, 20년 동안 권태와 남모를 비참을 겪고, 우리의 누이들은 시집도 못 가고 늙을지도 모를 일이오. 나는 또 프랑스에는 검사장 자리가 스무 개밖에는 없는데, 그 자리에 대한 지망자는 2만 명이나 되며, 그들 가운데는 한 계급 올라가기 위해서라면 가족도 팔아먹을 악당들도 있다는 사실을 당신에게 알려주는 영광을 갖고 싶소. 그 직업이 싫다면, 다른 것을 알아봅시다. 드 라스티냐크 남작은 변호사가 되고 싶으신가? 오! 좋지. 10년 동안 가난에 시달리며, 매달 1천 프랑을 써야 하고, 서재와 사무실을 가져야 하고, 사교계에 출입하면서, 소송을 맡기 위해 소송 대리인의 옷자락에 입을 맞춰야 하고, 법정을 혓바닥으로 쓸어야 하는 것이지. 이 직업이 당신을 성공으로 이끈다면, 나는 두말 않겠소. 그러나 나이 50에 연간 5만 프랑 이상을 버는 변호사를 파리에서 다섯 명만 찾아보시오. 어림없는 소리지! 그처럼 영혼을 더럽히느니, 나는 차라리 해적이 되는 편을 택하겠소. 그런데다가 어디서 돈을 구하겠소? 그 모든 것이 유쾌한 일이 못되오. 우리는 여자의 지참금에서 방책을 찾을 수는 있소. 당신은 결혼하기를 원하오? 그건 당신의 목에 돌을 매다는 짓이지. 그리고 만약 당신이 돈 때문에 결혼한다면, 우리의 명예감, 우리의 고결성은 어찌 되겠는가! 오늘 당장 인간의 관습에 맞서 반기를 드는 편이 낫겠지. 만약 당신이 행복을 발견할 수만 있다면, 아내 앞에 뱀처럼 눕고, 장모의 발을 핥고, 제기랄, 암퇘지라도 진저리를 칠 만한 비열한 짓을 하는 것쯤 아무렇지 않을 수도 있겠지. 그러나 그런 식으로 결혼한 여자와 산다면 당신은 하수구의 돌멩이처럼 불행해질 거요. 자기 마누라와 싸우는 것보다는 남자들과 전쟁을 벌이는 편이 차라리 낫소. 젊은이, 여기에 인생의 십자로가 있으니, 선택하시오. 당신은 벌써 선택을 했지. 당신은 우리의 드 보세앙 사촌 댁에 가서, 사치의 냄새를 맡았소. 그리고 고리오 영감의 딸인 드 레스토 부인 집에 가서 파리 여인의 냄새를 맡았소. 그날 당신은 이마에 글씨를 새겨 가지고 돌아왔는데, 나는 그 글씨를 읽을 수 있었소. **출세하겠다!** 무슨 일이 있어도 출세하겠다라는 글씌였지. 나는 혼자 생각했다오. 브라보! 이 사람은 내게 어울리는 쾌남아구나 하고 말이오. 당신에게는 돈이 필요했소. 그 돈을 어디서 구할 것인가? 당신은 당신 누이들의 피를 짜냈소. 오빠들은 누구나 할 것 없이 자기 누이들의 돈을 다소간 **사취하게** 마련이오. 1백 수짜리 동전보다 밤이 더 많은 고장에서 뽑아낸 당신의 1천 5백 프랑이 어떻게 마련되었는지는 하느님만이 아시겠지만, 그 돈은 농작물 약탈에 나선 병사들처럼 곧 사라지고 말겠지. 그 다음엔 어떻게 하겠소? 일을 할 거요? 당신이 지금 이해하고 있는 식의 일이라는 것은 푸아레 같은 종류의 사람들에게 노년기에 이르러 보케르 엄마의 하숙집에 방 하나를 얻게 하는 것이 고작이오. 급속한 출세가 당신과 같은 처지에 있는 5만 명의 청년들이 해결해야 할 당면 문제인 것이오. 당신은 그 숫자의 한 단위요. 당신이 해야 할 노력과 전투의 치열함을 잘 생각해 보시오. 5만 개의 좋은 자리가 없기 때문에, 당신들은 항아리 속의 거미들처럼 서로서로를 잡아먹어야 할 것이오. 이곳 파리에서 어떻게 자기의 길을 개척하는지 알고 있소? 천재의 광채 아니면 타락의 능란함에 의해서이지. 사람들의 떼거리 속으로 대포알처럼 뚫고 들어가거나, 아니면 페스트균처럼 스며들어 가야만 하오. 정직이란 아무짝에도 쓸모없소. 사람들은 천재의 위세에는 굴복하면서, 천재를 미워하고, 또 중상 모략하려고 애쓰지. 천재란 나누지 않고 독점하니까 말이오. 그러나 천재가 버티면 사람들은 굴복하게 마련이오. 요컨대 천재를 진흙 속에 묻어 버릴 수 없을 때는 사람들은 무릎 꿇고 천재를 경배하는 것이죠. 타락은 비일비재하고, 재능은 희귀한 법이오. 이렇듯 타락은 흔해 빠진 평범성의 무기여서, 당신은 그 타락의 극치를 도처에서 느낄 수 있을 것이오. 통틀어서 6천 프랑의 봉급밖에 못 받는 남편을 가진 여자들이 자기들 화장 비용으로 1만 프랑 이상을 소비하는 것을 당신은 보게 될 거요. 당신은 봉급 1천 2백 프랑짜리 사무원들이 토지를 사들이는 것도 보게 될 거요. 또 당신은 롱샹의 차도(車道) 중앙을 달릴 수 있는 프랑스 귀족원 의원 아들의 마차에 타기 위해서 여자들이 몸을 파는 모습도 보게 될 거요. 당신은 가엾은 바보 고리오 영감이 자기 딸이 배서한 어음을 갚아 주어야 하는 것을 보았소, 그 여자 남편의 연 수입이 5만 프랑이나 되는데 말이오. 당신은 파리에서 흉측한 음모와 부딪히지 않고서는 한 걸음도 내디딜 수 없을 것이오. 이 채소 한 포기에 내 목을 걸고 단언하건대, 당신의 마음을 끄는 돈 많고, 아름답고, 젊은 여자라면 어느 여자의 집에라도 발을 들여놓는 순간 당신은 함정에 걸려들 것이 틀림없소. 모든 여자들은 법률에 얽매여 있고, 모든 문제에 있어 남편들과 싸움을 벌이는 법이라오. 여자들이 애인, 의상, 자녀, 살림, 또는 허영을 위해 행하는 거래를 당신에게 다 설명하자면 끝이 없을 거요. 미덕에 의해 이루어지는 거래는 틀림없이 아주 드물지. 따라서 정직한 사람은 공통의 적이 되는 거요. 그런데 정직한 사람이란 어떤 사람이라고 생각하시오? 파리에서는 정직한 사람이란 침묵을 지키면서 공유하기를 거부하는 사람이오. 자기들 노동에 대한 대가도 받지 못하면서 도처에서 일만 하는 그 가엾은 노예들 얘기는 하지 않겠소. 나는 그들을 신이 만든 둔재들의 집단이라고 부르지. 분명히 그 어리석음의 꽃에는 미덕이 있지만, 거기에는 비참이 따르는 법이오. 하느님이 최후의 심판에 결석하는 나쁜 장난을 우리에게 하는 것이라면, 나는 벌써부터 그 충직한 사람들의 찌푸린 얼굴이 보이는 것 같소. 그러니 당신이 신속히 출세하기를 원한다면, 이미 부자가 되어 있거나, 부자처럼 보이기라도 해야 하는 것이오. 부자가 되기 위해서는, 이곳에서는 큰 도박을 해야 하오. 안된 말이지만, 그렇지 못하면 쩨쩨한 속임수를 쓰게 되지. 당신이 뛰어들 수 있는 백 가지 직업에서, 신속하게 성공하는 사람은 열 명쯤 있을 거요. 대중은 그들을 도둑놈들이라고 부르지. 이제 당신의 결론을 끌어내 보시오. 지금까지 얘기한 것이 인생의 모습이오. 그건 부엌보다 더 아름다울 것이 없고, 부엌과 똑같이 악취를 풍기는 것이오. 맛있는 음식을 먹고자 하면 손을 더럽혀야 하는 것이오. 다만 손을 깨끗이 씻는 법을 알아두시오. 우리 시대의 모든 윤리는 거기에 있으니까. 내가 당신에게 이처럼 세상 얘기를 하는 것은 세상이 나에게 그런 권리를 주었기 때문이오, 나는 세상을 알고 있거든. 내가 세상을 비난한다고 생각하오? 천만의 말씀이지. 세상은 항상 이와 같았소. 도덕군자들도 세상을 결코 변화시킬 수 없을 거요. 인간은 불완전한 존재지. 때로는 다소간 위선자이기도 하고. 바보들은 인간이 품행이 바르니 그르니 하고 떠벌리는 것이오. 나는 민중을 위해서 부자들을 비난하는 것이 아니오. 인간은 상류층이건 하류층이건 중류층이건 다 마찬가지니까. 인간이란 이 고등 동물의 백만 명 단위마다 열 명쯤의 대단한 인물들이 있는데, 그들은 모든 것을, 심지어 법률도 넘어서 있소. 나는 그런 부류에 속하오. 당신도 탁월한 인간이라면, 머리를 높이 쳐들고 일직선으로 돌진하시오. 그러나 선망, 비방, 범용성과 맞서 싸워야 할 것이고, 모든 사람에 대항해 싸워야 할 것이오. 나폴레옹도 오브리라고 불리는 국방대신을 만나서 식민지로 쫓겨날 뻔했었소. 깊이 생각하시오. 매일 아침 전날보다 더 강한 의지를 가지고 일어날 수 있을지를 살피시오. 그럴 경우에는, 내가 당신에게 아무도 거절 못할 제안 하나를 하겠소. 내 얘기를 잘 들으시오. 나는 한 가지 생각이 있소. 내 생각이란 예를 들어 미국 남부 같은 곳에 가서 10만 에이커쯤의 대영지 가운데서 족장 같은 생활을 하는 것이오. 나는 대농원주가 되어, 노예들을 거느리고, 소 떼며 담배며 목재를 팔아 수백만 금을 벌고, 내 의지를 펼치며, 석고로 만든 굴속에 웅크리고 사는 것 같은 이곳에서는 꿈도 못 꿀 생활을 영위하면서 군주처럼 살고 싶소. 나는 대시인이오. 나의 시, 나는 그것을 글씨로 쓰지 않소. 나의 시는 행동과 감정으로 성립되는 것이오. 지금 나는 겨우 40명의 흑인 노예를 가질 만한 5만 프랑을 소유하고 있소. 한데 나는 20만 프랑이 필요하오. 왜냐하면 족장 같은 생활에 대한 나의 취향을 만족시키기 위해서 나는 2백 명의 흑인 노예를 원하니까. 흑인 노예들이 어떤 자들인지 아오? 그들은 몸만 다 자란 어린애들 같아서 마음대로 다룰 수 있고, 호기심 많은 검사라 할지라도 그들에 대해서는 보고를 요구하지 않소. 이 검은 자본을 가지고, 나는 10년이면 3, 4백만 프랑을 벌게 될 거요. 내가 성공을 거두면, 아무도 나에게 너는 누구냐고 묻지 않을 것이오. 나는 4백만 프랑의 신사이고 미국 시민일 것이오. 나는 50세가 될 것이고, 나는 아직 쇠약하지 않을 것이고, 내 방식대로 인생을 즐길 것이오. 간단히 말해서, 내가 당신에게 백만 프랑의 지참금을 구해 주면, 나에게 20만 프랑을 주겠소? 20퍼센트의 커미션, 응, 그게 너무 비싼가? 당신은 귀여운 아내에게 사랑을 받도록 하오. 일단 결혼한 후, 두 주일 동안은 불안과 회한을 나타내 보이고, 슬픈 모습을 해보이시오. 그러다가 어느 날 밤, 연극을 좀 한 후에, '내 사랑!' 하고 말하면서, 키스와 키스 사이에 20만 프랑의 빚을 졌다고 아내에게 선언하는 거요. 가장 품위 있다는 청년들이 매일같이 이런 희극을 연기하는 것이오. 젊은 여인은 자기 마음을 사로잡고 있는 남자에게는 돈지갑 여는 것을 거절할 수 없는 법이오. 당신은 그 돈을 잃는다고 생각하시오? 그렇지 않소. 당신은 사업에서 그 20만 프랑을 되찾을 수단을 발견할 것이오. 당신의 돈과 재능을 가지고, 당신은 원하는 만큼 막대한 재산을 모을 수 있을 거요. *Ergo* (그러니) 당신은 6개월 만에 자신의 행복, 사랑하는 여인의 행복, 그리고 또 보트랭 아빠의 행복을 이뤄낼 수 있을 거요. 나무가 없어서 겨울에 입김으로 손을 녹이는 당신 가족의 행복은 말할 것도 없고 말이오. 내가 당신에게 제안하는 것이나 당신에게 요구하는 것에 대해 놀라지 마시오! 파리에서 이루어지는 60건의 멋진 결혼 가운데 47건은 이와 유사한 거래로 성사된다오. 공증인회(公證人會)는 강요하기를……"

"내가 어떻게 해야 하나요?" 라스티냐크는 보트랭의 말을 가로막으며 탐욕스럽게 물었다.

"할 일은 거의 없소." 이 사람은 낚시 끝에 물고기가 걸려든 것을 느끼면서 낚시꾼이 짓는 말없는 미소와도 흡사한 기쁨의 표정을 내보이며 대답했다. "내 얘기를 잘 들으시오! 불행하고 비참한 가엾은 아가씨의 마음은 사랑으로 채워지기를 갈망하는 스펀지와 같소. 감정의 물방울이 한 방울만 떨어져도 곧 팽창하는 마른 스펀지 말이오. 다가올 행운은 생각하지도 못한 채 고독과 절망과 가난의 상황에 처해 있는 젊은 여자의 환심을 사는 일, 그건 손에 트럼프의 최고 패를 들고 있는 것과 같고, 복권의 당첨 번호를 미리 아는 것과 같으며, 확실한 뉴스를 알고서 공채에 투자하는 것과도 같소. 당신은 기둥 위에 깨어질 수 없는 결혼을 구축하는 셈이오. 그 아가씨에게 수백만 금이 굴러 들어오면, 그녀는 그 돈을 마치 돌멩이처럼 당신 발밑에 던질 거요. '이 돈을 가져요, 아돌프! 알프레드! 돈을 가지라니까요, 외젠!' 아돌프건, 알프레드건, 외젠이건 간에, 그녀를 위해서 희생할 재치를 부릴 수만 있었다면, 그녀는 이렇게 말할 거요. 내가 말하는 희생이란 헌 옷을 팔아 카드랑블뢰 식당에 가서 함께 버섯을 넣은 빵을 사먹고, 저녁에는 앙비귀코미크 극장에 가고, 그녀에게 숄을 사주기 위해 자기 시계를 전당포에 잡히는 것 정도를 뜻하는 거요. 예를 들어 여자와 멀리 떨어져 있을 때 눈물을 가장하려고 편지지 위에 물방울을 뿌리는 식의 경박한 연애편지나, 많은 여자들이 집착하는 가벼운 사랑의 언사 같은 것은 얘기하지 않겠소. 당신은 애정의 은어(隱語)를 완벽하게 알고 있는 듯이 보이니까. 알다시피 파리는 신세계의 밀림 같아서, 일리노이 족, 휴론 족 등 수십 종의 야만족들이 활동하면서 갖가지 사회적 사냥의 산물을 먹고사는 곳이오. 당신은 수백만 금의 사냥꾼인 셈이지. 그것을 얻기 위해서, 당신은 올가미, 끈끈이, 미끼새 등을 써야 하오. 여러 가지 사냥법이 있지. 어떤 사람들은 지참금을 사냥하고, 또 어떤 사람들은 투기 사냥을 하오. 어떤 사람들은 양심을 낚고, 또 어떤 사람들은 자기 신문 구독자들을 손발을 묶어 팔아먹는다오. 자기 사냥 망태기를 가득 채워 돌아오는 자는 갈채받고, 환대받고, 상류 사회에 받아들여지는 것이오. 환대하는 이 풍토를 인정합시다. 당신은 세계에서 가장 친절한 도시와 상대하고 있는 것이오. 유럽의 모든 수도의 오만한 귀족 사회들이 야비한 백만장자를 자기들의 반열에 받아들이지 않는 데 반해, 파리는 그에게 두 팔을 벌리고, 그의 연회에 달려가고, 그의 만찬에서 식사를 하며, 그의 야비함에 건배를 하는 것이오."

"하지만 어디에서 그런 아가씨를 찾죠?" 외젠이 물었다.

"바로 당신 앞에 있소!"

"빅토린 양 말입니까?"

"맞았소!"

"아! 어떻게요?"

"그녀는 벌써 당신을 사랑하고 있소. 당신의 귀여운 드 라스티냐크 남작 부인이!"

"그 여자는 동전 한 푼 없어요." 외젠이 놀라서 말했다.

"아! 바로 그 점이오. 두어 마디만 더 얘기하면 모든 사정이 밝혀질 거요. 아버지 타유페르는 혁명기에 자기 친구 한 사람을 죽인 것으로 알려져 있는 늙은 악당이오. 그는 평판 같은 것은 아랑곳하지 않는 호탕한 사람이지. 그는 은행가로서, 프레데리크 타유페르 회사의 주요 출자자라오. 그 사람에게는 아들 하나가 있는데, 그는 빅토린을 희생시키고 아들에게 자기 재산을 물려주려 하고 있소. 나는 이런 불공정을 좋아하지 않소. 나는 돈키호테와 같소. 나는 강자에 맞서 약자를 보호하기를 좋아하거든. 만약 신의 뜻이 그에게서 아들을 제거하는 것이라면, 타유페르는 자기 딸을 다시 받아들일 거요. 그는 본능적인 어리석음으로 누가 되었든 한 명의 상속자를 원하는데, 더 이상 애를 낳을 수는 없는 사람이라오. 내가 그 사실을 알고 있지. 빅토린은 부드럽고 상냥한 아가씨요. 그녀는 곧 감정의 채찍으로 자기 아버지를 감싸서, 독일 팽이처럼 그를 돌리게 될 거요. 그녀는 당신의 사랑에 너무도 민감해서 당신을 잊지 못할 것이고, 당신은 그녀와 결혼하게 될 거요. 나는 섭리의 역할을 맡아서, 신의 뜻을 조종할 거요. 나에게는 내가 희생적으로 돌본 친구가 한 사람 있는데, 루아르 군(軍)의 대령으로서 최근에 근위대에 복무하게 된 사람이오. 그는 내 충고를 들어서 과격 왕당파가 되었소. 그는 자기 견해를 고집하는 바보가 아니거든. 내가 당신에게 하고 싶은 충고가 또 있다면, 그건 당신의 언약이나 견해에 고집을 부리지 말라는 것이오. 사람들이 당신에게 변함없는 견해를 요구할 때는, 그걸 팔아 버리시오. 자기의 견해를 결코 바꾸지 않는다고 자랑하는 사람은 항상 외곬으로 나가는 사람이고, 무류성(無謬性)을 믿는 바보인 것이오. 원칙이란 없고, 사건들만 존재하는 것이오. 법이란 없고, 상황만이 존재하는 것이오. 뛰어난 인간은 사건과 상황에 결합해서 그것들을 이끄는 것이지. 고정된 원칙과 법이 존재한다면, 국민들은 우리가 셔츠를 갈아입듯이 원칙과 법을 바꿀 수는 없을 거요. 한 인간이 국민 전체보다 반드시 더 현명해야 할 의무가 있는 것은 아니오. 프랑스에 최소한의 봉사밖에 안 한 사람이 항상 공화주의자였다는 이유로 해서 존경받는 숭배의 대상이 되는 것을 볼 수 있는데, 그 사람은 라 파예트*라는 표찰을 붙여서 박물관의 기계들 사이에나 처박아 두는 것이 좋을 인물이오. 반면에 인간들이 요구하는 서약을 면전에서 무시할 만큼 인간들을 경멸하였다고 하여 모두들 그에게 돌을 던지게 된 공작*은 빈 회의에서 프랑스의 분할을 저지했소. 그에게는 영예의 관을 씌워 줘야 마땅할 텐데, 사람들은 그에게 진흙을 던지고 있소. 오! 나로 말하면, 나는 사건들을 잘 알고 있소! 나는 많은 사람들의 비밀을 쥐고 있지! 그것으로 충분해. 하나의 원칙을 적용하는 데 있어 의견일치를 볼 수 있는 세 사람을 만나 보게 되는 날에는 나도 확고부동한 견해를 가질 수 있을 거요. 하지만 오래 기다려야겠지. 법정에서 하나의 법조문에 대해 의견을 같이하는 세 사람의 판사를 찾아보기도 힘드오. 좀 전의 내 친구 얘기로 돌아갑시다. 내가 말만 하면 그는 예수 그리스도를 다시 십자가에 매달 수도 있을 사람이오. 이 보트랭 아범이 말 한 마디만 하면, 그는 가엾은 제 누이에게 1백 수도 보내 주지 않는 그 못된 오라비에게 싸움을 걸 테고……" 여기서 보트랭은 자리에서 일어나, 방어 자세를 취하더니, 오른쪽 다리를 앞으로 내밀고 돌진하는 검술 교사의 동작을 해보이며 덧붙여 말했다. "그리고 어둠 속에 묻어 버리는 것이지!"

"끔찍한 얘기로군요! 농담하자는 겁니까, 보트랭 씨?" 외젠이 말했다.

"자, 자, 자, 좀 진정하시오." 보트랭이 다시 말했다. "어린애 같은 소리는 하지 마시오. 하지만, 그러고 싶으면, 분개하고 격분해 보시오! 내가 파렴치한이고, 악당이고, 불량배고, 강도라고 말해도 좋소. 그러나 나를 사기꾼이나 스파이라고 부르지는 마시오. 자, 욕설을 퍼부어 보오! 나는 당신을 용서하겠소. 당신 나이에는 아주 자연스러운 일이니까! 나 역시 그랬었소. 다만 깊이 생각해 보시오. 당신은 언젠가는 더 나쁜 짓을 할 거요. 당신은 어떤 예쁜 여자에게 아양을 떨고 돈을 받게 될 거요. 당신은 벌써 그런 생각을 했지 않소. 사랑을 이용하지 않고서야 당신이 어찌 성공할 수 있겠소? 이보시오, 나의 친애하는 학생, 덕성은 분할되는 것이 아니오. 그것은 있거나 없거나 둘 중 하나인 것이지. 사람들은 우리의 허물을 속죄한다는 얘기들을 하오. 회개의 행위로 죄를 면한다는 이론은 그저 멋진 하나의 이론에 불과한 것이오! 사회적 사다리의 어느 단계에 도달하기 위하여 여자를 유혹하고, 가정의 자녀들 사이에 불화의 씨를 뿌리는 짓, 요컨대 쾌락이나 개인적 이해관계의 목적에서 은밀하게 행해지는 모든 파렴치한 행위들이 믿음과 희망과 자비의 행위들이라고 당신은 생각할 수 있소? 하룻밤 사이에 어린애에게서 재산의 반을 빼앗는 댄디는 어째서 두 달간의 감옥살이만 하고, 가중 정상(加重情狀)의 상황에서 1천 프랑짜리 지폐 한 장을 훔치는 가련한 녀석은 어째서 도형장에 끌려가야 하는 것이오? 이것이 당신네의 법률이라는 것이지. 부조리하지 않은 법조문이란 하나도 없소. 장갑을 끼고 간사한 언사를 농하는 인간은 피를 흘리는 것이 아니라 피를 주는 살인을 범하오. 살인범은 쇠지레를 가지고 대문을 여오. 밤에 일어나는 두 가지 일들이지! 내가 당신에게 제안하는 일과 당신이 언젠가 행하게 될 일 사이에는 피를 좀 더 흘리느냐 덜 흘리느냐의 차이밖에는 없소. 당신은 이 세상에 고정된 어떤 것이 있다고 믿고 있소! 인간 들을 경멸하고, 법망을 빠져나갈 구멍을 보아 두시오. 명백한 근 거가 없는 큰 성공의 비밀은 망각된 범죄인 것이오. 왜냐하면 그 범죄는 깨끗하게 이루어졌기 때문이지."

"그만 하십시오, 나는 더 이상 듣고 싶지 않습니다. 당신은 나 자신까지도 의심스럽게 만드는군요. 이 순간에는 감정만이 나의 모든 지식입니다."

"편할 대로 생각하오. 애송이 같으니라고. 나는 당신이 좀 더 강 하리라고 생각했소만, 이제 더 이상 얘기하지 않겠소. 하지만 마 지막 한 마디만 하지." 보트랭은 학생을 뚫어지게 쳐다보며 말했 다. "당신은 나의 비밀을 알고 있소."

"당신의 제안을 거절하는 청년이라면 그 비밀을 잊을 줄도 알 것입니다."

"그 말 참 잘했소, 내 마음에 드오. 알다시피 다른 사람이라면 당신보다 덜 세심할 거요. 당신을 위해 내가 하고자 하는 바를 기 억해 두시오. 당신에게 2주간의 시간을 주겠소. 받아들이든지 말 든지 하시오."

'참 무쇠 같은 머리를 가진 사람이로군!' 팔 밑에 지팡이를 끼 고 태연하게 사라져 가는 보트랭의 모습을 지켜보면서 라스티냐크는 혼자서 생각했다. "드 보세앙 부인이 완곡한 표현으로 내게 말해 준 것을 저 사람은 노골적으로 얘기했어. 그는 강철 발톱으로 내 가슴을 갈가리 찢어 놓는구나. 나는 왜 드 뉘싱겐 부인 집에 가고자 하는 것인가? 저 사람은 내가 동기를 갖게 되자마자 그것을 알아챈 거야. 요컨대 저 날강도 같은 자는 사람들과 책들이 여태껏 미덕에 대해서 나에게 말해 주었던 것보다 더 많은 것을 나에게 얘기해 주었단 말이야. 미덕은 타협을 용납하지 않는 것이라면, 나는 내 누이들의 돈을 도둑질한 것이 아닌가?" 그는 테이블 위에 돈 꾸러미를 내던지며 말했다. 그는 자리에 앉아 어지러운 상념에 빠져 있었다. '미덕에 충실하고, 숭고한 순교를 한다! 허튼 소리지! 모든 사람이 미덕을 믿지만, 그러나 누가 덕성스러운 사람인가? 국민들은 자유를 숭배하지만, 그러나 이 지상에 자유로운 국민이 어디 있는가? 나의 청춘은 아직은 구름 한 점 없는 하늘처럼 푸르다. 높고 부유해지기를 원하는 것은 거짓말하고, 굴복하고, 굽실거리고, 다시 일어서서 아첨하고 속이겠다고 결심하는 것이 아닌가? 그것은 이미 거짓말했고, 굴복했고, 굽실거린 사람들의 하인이 되는 데 동의하는 것이 아닌가? 그들의 공범자가 되기 전에 먼저 그들을 섬겨야만 한다. 안 되지. 나는 고귀하고 성스럽게 공부하기를 원한다. 나는 밤낮으로 공부하고, 나의 노고의 대가로서만 성공을 얻고 싶다. 그것은 가장 더딘 성공의 길이겠지만, 그러나 매일같이 나의 머리는 아무런 꺼림칙한 생각 없이 베개 위에서 편히 쉬게 될 것이다. 자신의 생활을 바라보며 그것이 백합꽃처럼 순결함을 발견하는 것보다 더 아름다운 것이 무엇이 있겠는가? 나와 나의 생활, 우리는 청년과 그의 약혼녀와도 같다. 보트랭은 나에게 결혼 10년 후에 일어날 일을 보여주었다. 제기랄! 내 머리가 도는 것 같다. 아무 것도 생각하고 싶지 않구나, 마음이 최선의 안내자이지.'

외젠은 재단사가 찾아왔다고 알려 주는 뚱보 실비의 목소리를 듣고 몽상에서 깨어났다. 그는 돈 뭉치 두 개를 들고 재단사 앞에 나타났는데, 그런 상황이 불쾌하지 않았다. 그는 야회복들을 입어 본 다음, 다시 새로 만든 아침 옷을 입어 보았는데, 그 옷차림은 그의 모습을 완전히 달라 보이게 만들었다. '나는 이제 드 트라유 씨에 못지않다. 마침내 나는 신사의 모습이 되었구나!' 하고 그는 생각했다.

고리오 영감이 외젠의 방에 들어오며 말했다. "이보세요, 드 뉘싱겐 부인이 출입하는 집들을 아느냐고 나에게 물었었죠?"

"예!"

"그런데 그 애는 다음 월요일에 드 카리글리아노 원수(元帥)의 무도회에 간다오. 만약 당신이 그곳에 갈 수 있으면, 내 두 딸들이 즐겁게 지냈는지, 옷을 어떻게 입었는지, 요컨대 모든 사실을 나한테 말해 주시오."

"고리오 영감님, 어떻게 그런 사실을 아셨지요?" 외젠은 고리오 영감을 난롯불 곁에 앉게 하면서 물었다.

"그 애의 하녀가 나에게 말해 주었죠. 나는 테레즈와 콩스탕스를 통해서 그 애들이 하는 모든 일을 알고 있죠." 그는 기쁜 모습으로 대답했다. 이 노인은 애인이 눈치 채지 못하게 애인의 소식을 전해 듣는 계략에 행복해할 만큼 아주 어린 연인과 흡사해 보였다. "당신, 당신은 그 애들을 보겠죠!" 그는 고통스러운 부러움을 순진하게 드러내 보이며 말했다.

"잘 모르겠습니다. 저는 드 보세앙 부인 댁에 가서 원수 부인에게 저를 소개해 줄 수 있는지 물어보아야 하겠습니다." 외젠이 이렇게 대답했다.

외젠은 이제부터는 옷을 잘 차려입고 자작 부인 댁에 나타날 수 있는 것을 생각하며 마음속으로 기쁨을 느꼈다. 도덕주의자들이 인간의 마음의 심연이라고 부르는 것은 단지 기만적인 생각이나 개인적 이해관계의 무의식적인 움직임을 뜻하는 것이다. 이러한 마음의 우여곡절, 수많은 웅변적 수사의 주제, 이러한 급격한 마음의 변화들은 우리의 쾌락을 위해 행해지는 계산인 것이다. 옷을 잘 차려입고, 멋진 장갑을 끼고, 멋진 장화를 신은 자신의 모습을 보자 라스티냐크는 자신의 덕성스러운 결심을 망각했다. 젊은 시절에는 양심이 불의의 편으로 기울어질 때면 양심의 거울에 자신을 감히 비춰 보지 못한다. 반면에 장년기에는 양심의 거울에 자신의 모습이 보인다. 여기에 인생의 두 국면 사이의 모든 차이가 있는 것이다. 며칠 전부터 이웃 간인 외젠과 고리오 영감 두 사람은 좋은 친구가 되어 있었다. 그들의 은밀한 우정은 보트랭과 학생 사이의 대립적 감정이 야기한 심리적 이유에 기인하는 것이었다. 우리의 감정의 결과를 물리적 세계에서 확인하고자 하는 대담한 철학자가 있다면, 그는 아마도 우리의 감정이 우리와 동물 사이에 만들어 내는 관계에서 감정의 유효한 물질성의 여러 증거를 발견할 수 있을 것이다. 낯선 사람이 저를 좋아하는지 싫어하는지를 알아내는 개보다 더 빨리 사람의 성격을 알아맞힐 수 있는 관상가가 어디 있겠는가? **갈고리가 달린 원자**란 말은 누구나 사용하는 속담적인 표현인데, 원시적인 말들의 찌꺼기를 제거하기 좋아하는 사람들이 골몰하는 철학적인 어리석음을 부인하기 위해서 언어 속에 남아 있는 실례(實例)들 가운데 하나라고 할 수 있다. 사람은 자기가 사랑받는 것을 느낀다. 감정은 모든 사물에 새겨지며, 공간을 꿰뚫고 지나간다. 편지는 하나의 영혼이며, 말하는 사람의 목소리의 너무도 충실한 반향이어서 섬세한 정신을 지닌 사람들은 편지를 사랑의 가장 풍성한 보물로 여긴다. 그의 본능적인 감정으로 인하여 숭고한 개의 본성에까지 이르게 된 고리오 영감은 학생의 마음속에 일어난 자기에 대한 동정심, 감탄할 만한 호의, 젊은이다운 공감을 냄새 맡았다. 그렇지만 싹트기 시작한 이 마음의 결합이 아직 터놓고 속내 이야기를 나눌 정도에까지는 이르지 못하고 있었다. 외젠이 드 뉘싱겐 부인을 만나고자 하는 욕망을 표명했다 할지라도, 그녀의 집에 소개받아 들어가는 것을 그가 영감에게 기대했던 것은 아니었다. 그러나 그는 하나의 경솔한 실수가 그에게 도움이 될 수 있기를 은근히 희망했다. 고리오 영감이 그에게 자기 딸들에 관한 얘기를 했던 것은, 라스티냐크가 두 번의 방문을 했던 날 공개적으로 고리오의 딸들 얘기를 꺼냈을 때뿐이었다. 그 다음 날 고리오 영감이 외젠에게 말했다. "이보세요, 내 이름을 발설했다고 해서 드 레스토 부인이 당신을 원망한다고 어떻게 당신은 믿을 수 있지요? 나의 두 딸은 나를 아주 사랑하고 있어요. 나는 행복한 아버지요. 다만 내 두 사위가 나에 대해 잘못 처신했지요. 나와 제 남편들과의 불화로 인해 그 소중한 것들이 괴로움을 겪기를 바라지 않아서, 나는 그 애들을 은밀히 만나는 편을 택한 것이라오. 이 비밀스런 만남은 원할 때면 언제나 자기 딸들을 볼 수 있는 다른 아버지들로서는 이해 못할 많은 즐거움을 나에게 주고 있소. 아시겠어요, 나는 딸들을 만나고 싶을 때마다 만날 수 없지요. 그래서 내 딸들이 외출하는지를 하녀들에게 물어본 다음, 날씨가 좋을 때면 나는 샹젤리제에 갑니다. 나는 지나는 길목에서 딸들을 기다리는데, 마차가 도착할 때면 내 가슴이 뛰지요. 나는 성장을 한 딸들의 모습에 감탄하고, 그 애들은 지나가면서 나에게 가벼운 미소를 던져 주는데, 그 미소는 아름다운 햇살이 떨어지듯 내 마음을 금빛으로 물들여 주지요. 그리고 나는 거기 머물러 있지요, 그 애들이 돌아올 테니까요. 나는 그 애들을 또다시 보는 겁니다! 대기를 쏘인 그 애들은 장밋빛으로 물들어 있지요. 나는 '참 아름다운 여자구나!' 라는 속삭임을 내 주위에서 듣게 되죠. 그런 말은 내 마음을 기쁘게 합니다. 그 애들은 내 핏줄이 아니던가요? 나는 딸들을 태우고 가는 말들을 사랑하며, 나는 그 애들 무릎 위에 있는 강아지가 되고 싶다오. 나는 딸들의 즐거움으로 살아가고 있소. 각자 자신의 사랑하는 방식이 있는 법이죠, 나의 방식은 아무에게도 해를 끼치지 않는데, 왜 세상 사람들이 나에 대해 말이 많은지 모르겠소. 나는 나의 방식으로 행복을 느끼오. 저녁에, 무도회에 가려고 집을 나오는 내 딸들을 보러 가는 것이 법에 위반되나요? 내가 늦게 도착해서 '부인은 나가셨습니다' 라는 말을 들을 때면 얼마나 슬픈지 모릅니다. 하룻밤은 이틀 전부터 내가 보지 못했던 나지를 보려고 새벽 3시까지 기다렸답니다. 그 애를 보자 나는 기뻐서 죽을 뻔했지요! 제발 부탁이지만, 나에 관해서는 내 딸들이 얼마나 착한지 하는 얘기만 하세요. 그 애들은 갖가지 선물을 내게 주고 싶어하죠. 내가 그것을 막아요. 나는 그 애들에게 말하죠. '너희들 돈을 아껴라! 내가 돈을 무엇에 쓰겠느냐? 나는 아무 것도 필요 없다.' 이보세요, 실상 내가 뭐란 말이오? 내 딸들이 있는 곳이면 어디나 영혼이 따라다니는 보잘것없는 시체나 다름없지 않소. 드 뉘싱겐 부인을 보고 나면, 내 두 딸 중 누구를 당신이 더 좋아하는지 나에게 말해 주시오." 드 보세앙 부인 댁에 갈 시간을 기다리기 위해서 튈르리 공원을 산책하러 나갈 차비를 하는 외젠을 보면서 노인은 잠시 뜸을 들였다가 이렇게 말했다.

이 산책이 학생에게는 운명적인 것이었다. 몇몇 여자들이 그를 주목해서 쳐다보았다. 그는 너무나 멋지고, 젊은 데다가, 고상한 취향의 우아함을 드러내고 있었던 것이다! 자신이 거의 경탄에 가까운 주시의 대상이 되어 있는 것을 알자, 그는 더 이상 헐벗은 누이들이나 아주머니 생각도 하지 않았고, 조금 전의 덕성스러운 반감도 잊었다. 천사로 오인하기 십상인 악마, 홍옥을 흩뿌리고, 궁전의 정면에 황금 화살을 쏘며, 여인들을 붉게 물들이고, 애초에는 소박하기 짝이 없던 왕좌를 어리석은 광채로 치장하는 사탄, 알록달록한 날개가 달린 그 사탄이 자신의 머리 위로 지나가는 것을 그는 보았던 것이다. 그 조잡스런 장식이 우리에게는 권력의 상징인 양 보이는 요란스런 허영의 신의 소리에 그는 귀를 기울였던 것이다. "황금과 사랑이 넘쳐흐른다!"고 뇌까린 화장품 파는 노파의 천박한 인상이 처녀의 기억 속에 아로새겨지듯, 아무리 파렴치한 것이었다 할지라도, 보트랭의 얘기가 이미 그의 마음속에 자리 잡았다. 무료하게 여기저기를 거닌 다음, 오후 5시경 외젠은 드 보세앙 부인 댁에 나타났는데, 그는 그 집에서 젊은이들이 아무 방비 없이 마주치는 무서운 타격을 받았다. 그때까지 그는 귀족적 교육이 부여해 준 예의바른 친절함과 달콤한 우아함으로 가득 찬 자작 부인의 모습을 보아 왔던 것인데, 그런 면모는 마음으로부터 우러나올 때에만 완전한 것이다.

그가 들어서자, 드 보세앙 부인은 쌀쌀한 태도를 짓고 퉁명스런 어조로 말했다. "드 라스티냐크 씨, 지금으로선 당신을 만날 수가 없어요! 일이 있어서……."

관찰자(라스티냐크는 그 즉시 관찰자가 되었다)에게는, 이 말과 몸짓이며 시선이며 억양이 계급 특유의 성격과 관습의 내력을 말해 주는 것이었다. 그는 비로드 장갑 속에 감춰진 강철 같은 손과 예절 이면의 개성과 이기주의, 그리고 니스 칠 밑의 목재를 알아보았다. 그는 왕좌의 깃털 장식 밑에서부터 시작해서 말단 귀족의 투구 꼭대기 장식 밑에서 끝나는 "나는 왕이다"라는 선언을 들은 것 같았다. 외젠은 먼젓번에는 자작 부인의 말을 듣고 여인의 고귀성을 너무 쉽게 믿어 버리고 말았던 것이다. 불행한 사람들이 모두 그렇듯이, 그는 은혜를 베푸는 사람과 은혜를 입는 사람을 연결시켜 주는 감미로운 계약을 선의로 체결했던 셈이다. 그런데 그 계약의 첫 번째 조항은 너그러운 마음을 가진 당사자들 사이에 완전한 평등을 인정하는 것이다. 두 존재를 한 존재로 결합시켜 주는 시혜(施惠)라는 것은 진정한 사랑만큼이나 이해하기 어렵고 희귀한 신성한 정열이다. 진정한 사랑과 시혜는 아름다운 영혼을 지닌 사람들이 아낌없이 주는 것이다. 라스티냐크는 드 카리글리아노 공작 부인의 무도회에 가기를 원했기 때문에, 이 변덕스러운 응대를 꾹 참고 삼켰다.

"부인, 중요한 일이 아니라면, 부인께 와서 폐를 끼치지 않을 것입니다. 나중에라도 만나 뵐 수 있도록 친절을 베풀어 주십시오. 기다리고 있겠습니다." 그는 흥분한 목소리로 말했다.

"그러면 저녁 식사나 함께 하게 오세요." 그녀는 자기의 말이 퉁명스러웠던 것을 미안해하며 대답했다. 이 여인은 정말로 너그럽고 선량한 품성의 소유자였던 것이다.

이처럼 그녀의 태도가 바뀐 것에 대해 감동을 느꼈음에도 불구하고, 외젠은 되돌아 나가면서 속으로 생각했다. '굽실거리고, 모든 것을 참아라. 최상의 여인이 한순간에 자신의 우정의 약속을 저버리고, 헌신짝처럼 너를 내던졌는데, 다른 사람들이라면 어떻게 했겠는가? 누구나 자기를 위해 사는 것이 아니냐? 사실 그녀의 집이 무슨 가게 방도 아니고, 내가 그녀를 필요로 하는 것이 잘못이지. 보트랭의 말처럼 대포의 포탄이 되어야만 하겠다.' 이 학생의 쓸쓸한 상념은 자작 부인 댁에서의 저녁 식사에서 기대되는 즐거움으로 인하여 곧 사라졌다. 이렇듯 일종의 운명에 의해서, 그의 생활의 자질구레한 사건들이 보케르 관의 무시무시한 스핑크스가 말했던 바의 그 인생의 행로 속으로 그를 밀어 넣는 데 공모하고 있었다. 그것은 전쟁터에서처럼 죽지 않기 위해서는 죽여야 하고, 속지 않기 위해서 속여야 하며, 양심과 감정은 울타리 밖으로 내던지고, 가면을 쓰고, 사람들을 가차 없이 이용하며, 스파르타에서처럼 왕관을 차지하기 위해서는 남의 눈에 띄지 않고 자신의 행운을 붙잡아야만 하는 인생의 행로인 것이다. 자작 부인댁으로 되돌아왔을 때, 그는 언제나 그에게 보여주었던 대로 우아한 호의로 가득 찬 자작 부인의 모습을 발견했다. 두 사람은 식당으로 갔는데, 식당에는 자작이 부인을 기다리고 있었고, 누구나 알고 있는 바와 같이 왕정복고 시대에 최고도에 달했던 식탁의 사치가 빛나고 있었다. 환락에 지친 많은 사람들과 마찬가지로, 드 보세앙 씨는 미식(美食)의 즐거움 외에 별로 다른 즐거움을 갖고 있지 않았다. 실제로 그는 루이 18세와 데스카르 공작 유파의 식도락가였다. 그의 식탁은 그릇과 요리의 이중의 사치를 보여주고 있었다. 사회적인 영화(榮華)가 세습되는 이런 저택에서 처음으로 식사를 하는 외젠으로서는 그런 광경을 한 번도 목격한 적이 없었다. 이전의 제정 시대에 무도회가 끝나고 들던 야식의 유행은 이제 없어졌다. 그 시절에는 국내외에서 그들을 기다리고 있던 모든 전투에 대비하기 위해서 군인들이 힘을 비축해 둘 필요가 있었던 것이다. 외젠은 아직까지는 무도회밖에는 참석해 보지 못했었다. 훗날 그를 뛰어나게 두드러지게 해주었고, 그때 이미 나타나기 시작한 침착성이 바보같이 놀란 표정을 짓는 것을 막아 주었다. 그러나 조각된 은식기들이며 호사스런 식탁의 수많은 산해진미를 보면서, 그리고 소리도 안 내고 행해지는 식사 서비스를 처음으로 대하면서, 강렬한 상상력의 소유자인 이 청년은 아침나절에 택하겠다고 결심했던 내핍 생활보다 한결같이 우아한 이런 생활을 더 선호하지 않을 수 없었다. 잠시 동안 그의 생각은 자기 하숙집으로 되돌아갔다. 그는 그 하숙집에 너무도 심한 혐오감을 느꼈기 때문에 1월에는 그 집을 떠나겠다고 결심했다. 그것은 깨끗한 집에 살기 위한 것만큼이나, 자기 어깨 위에 그 커다란 손의 위력이 느껴지는 보트랭을 피하기 위한 것이기도 했다. 명백한 것이건 은밀한 것이건 간에 파리에서 횡행하는 수많은 타락의 형태에 생각이 미치게 되면, 양식 있는 사람이라면 국가가 어떤 착각으로 이곳에 학교들을 세워 젊은이들을 끌어 모으는지, 어떻게 해서 이곳에서는 예쁜 여자들이 존중되는지, 어째서 화폐 교환 상인들이 진열해 놓는 금화가 나무 그릇들로부터 교묘하게 사라지지 않는지 의아하게 생각할 것이다. 그러나 파리에서는 젊은이들이 저지르는 경범죄까지 포함해서 범죄 건수가 매우 적다는 사실에 생각이 미치면, 자기 자신과 투쟁하면서 거의 언제나 승리를 거두는 이 참을성 있는 탄탈로스들에 대해서 경의를 표하지 않을 수 없을 것이다. 파리와 투쟁하는 가난한 학생의 모습이 잘 그려진다면, 그것은 우리의 현대 문명의 가장 극적인 주제들 중 하나가 될 것이다. 드 보세앙 부인은 입을 열게 하려고 외젠을 쳐다보았으나 허사였다. 그는 자작이 있는 앞에서는 아무 말도 하려고 하지 않았다.

"오늘 저녁에 이탈리아 극장에 데려다 주시겠어요?" 자작 부인이 남편에게 물었다.

"기꺼이 당신 뜻에 따르고 싶지만, 바리에테 극장에서 누구와 만나기로 되어 있어요." 자작은 정중하지만 빈정거림이 섞인 어조로 대답했는데, 학생은 그런 태도를 이해하지 못했다.

'자기 정부와 만나는 모양이군.' 자작 부인은 생각했다.

"오늘 저녁엔 다주다가 없소?" 자작이 물었다.

"그래요." 그녀가 언짢은 기색으로 대답했다.

"그럼 같이 갈 사람이 꼭 필요하다면, 드 라스티냐크 씨를 데려 가구려."

자작 부인은 미소를 띠고 외젠을 쳐다보았다.

"당신의 평판에 아주 위험할 거예요." 부인이 말했다.

"**프랑스인은 위험을 사랑한다, 왜냐하면 거기에서 영광을 발견하니 까**라고 드 샤토브리앙 씨는 말했습니다." 라스티냐크가 머리를 숙이며 대답했다.

잠시 후 그는 드 보세앙 부인과 나란히 앉아 경쾌한 마차를 타고 인기 있는 극장에 갔는데, 정면의 칸막이 좌석에 들어서자, 모든 오페라 글라스가 앞 다투어 매력적인 몸치장을 한 자작 부인과 자기에게로 향하는 것을 보고 마치 어떤 요정의 나라에 온 느낌이 들었다. 그는 황홀감에 사로잡혀 걸음을 옮겨 놓았다.

"나에게 할 말이 있죠. 아! 저길 봐요, 우리 좌석에서 세 번째 좌석에 드 뉘싱겐 부인이 있군요. 그녀의 언니와 드 트라유 씨는 반대편에 있고요." 드 보세앙 부인이 그에게 말했다.

이 말을 하면서, 자작 부인은 드 로슈피드 양이 있을 좌석을 바라보았는데, 거기에 다주다 씨의 모습이 보이지 않자 부인의 얼굴에는 야릇한 광채가 떠올랐다.

"저 여자 매력적인데요." 외젠은 드 뉘싱겐 부인을 쳐다본 다음 이렇게 말했다.

"속눈썹이 하얗군요."

"예, 하지만 몸매가 날씬하고 예쁘네요!"

"저 여자는 손이 커요."

"눈이 아름답습니다!"

"얼굴이 길어요."

"그렇지만 긴 모습이 품위가 있습니다."

"그렇다면 저 여자에게는 다행이군요. 저 여자가 어떻게 코안경을 끼었다 벗었다 하는지 좀 보세요! 저 여자의 모든 동작에 고리오의 모습이 배어 있어요." 자작 부인이 이렇게 말해서 외젠은 몹시 놀랐다.

실제로 드 보세앙 부인은 오페라 글라스로 극장 안을 훑어보면서 드 뉘싱겐 부인의 동작을 하나도 놓치지 않고 있었지만, 그녀에게는 주의를 기울이지 않는 것처럼 보였다. 모여든 관중은 기막히게 아름다웠다. 델핀 드 뉘싱겐은 드 보세앙 부인의 젊고 아름답고 우아한 사촌의 관심을 독점하고 있는 데 대해 꽤 기분 좋아하고 있었다. 그는 그 여자만을 쳐다보고 있었던 것이다.

"당신이 계속해서 저 여자를 뚫어져라 쳐다보면, 당신은 사람들 입길에 오르내리게 될 거예요, 라스티냐크 씨. 그런 식으로 사람들에게 접근한다면, 당신은 어떤 일에도 성공할 수가 없어요."

"사촌 누님, 누님께서는 이미 저를 많이 보호해 주셨습니다. 지금까지 해주신 일을 끝내시고자 한다면, 저에게는 아주 중요하지만 누님께는 그리 힘들지 않을 한 가지 일을 해주시기를 부탁드립니다. 저는 벌써 반했습니다." 외젠이 말했다.

"벌써?"

"예."

"저 여자에게 말이죠?"

"제 뜻이 어디 다른 데 있겠습니까?" 그는 친척 누이에게 호소하는 눈길을 던지며 말했다. 그리고 잠시 사이를 두었다가 계속해서 말했다. "드 카리글리아노 공작 부인은 드 베리 공작 부인과 친밀한 사이입니다. 드 카릴리아노 공작 부인과 만나실 텐데, 저를 그분께 소개해 주시고, 월요일에 그분이 여는 무도회에 저를 데려가 주십시오. 거기서 저는 드 뉘싱겐 부인을 만나게 될 것이고, 저의 첫 공격을 개시하겠습니다."

"기꺼이 그렇게 하죠. 벌써 저 여자가 마음에 든다니, 당신의 연애 사업은 아주 잘돼 가는군요. 저기 갈라티온 공작 부인 좌석에 드 마르세가 있군요. 드 뉘싱겐 부인은 괴로워하고, 화가 나 있어요. 여자에게, 특히 은행가의 아내에게 접근하는 데는 이보다 더 좋은 때가 없어요. 쇼세당탱에 사는 여인네들은 모두들 복수를 좋아하죠."

"그런 경우에 부인이시라면 어떻게 하시겠습니까?"

"나라면 말없이 참을 거예요."

이때 다주다 후작이 드 보세앙 부인의 좌석에 나타났다.

"당신을 만나러 오려고 내 일을 망쳤어요. 이 말을 하는 것은 보상을 하라는 뜻이죠." 그가 이렇게 말했다.

자작 부인의 얼굴에 떠오른 환한 표정에서 외젠은 진정한 사랑의 표현을 알아보았다. 그것은 파리 식 교태의 아양 떠는 태도와는 전혀 다른 모습이었다. 그는 친척 누님의 모습에 감탄해서 말을 잃고, 한숨을 지으며 다주다 씨에게 자기 자리를 양보했다. '이처럼 사랑을 하는 여인이란 얼마나 고귀하고 얼마나 숭고한 존재인가! 그런데 저 남자는 경박한 여자 때문에 부인을 배반하려 들다니! 어떻게 이런 부인을 배반할 수 있을까?' 그는 혼자 이런 생각을 했다. 그는 마음속으로 어린애 같은 분노를 느꼈다. 그는 드 보세앙 부인의 발밑에서 뒹굴기라도 하고 싶었다. 그는 마치 독수리가 아직 젖을 빠는 하얀 새끼 염소를 벌판에서 채어 제 둥지로 끌고 가듯, 부인을 품에 품고 날아가기 위해 자기가 악마와 같은 힘을 갖기를 바랐다. 그는 이 거대한 미(美)의 박물관에 자신의 그림, 즉 자기의 애인이 없는 것에 굴욕감을 느꼈다. '애인을 갖는다는 것은 거의 제왕과 같은 위치를 뜻한다. 그것은 권력의 표시이다!'라고 그는 생각했다. 그리고 그는 모욕당한 사람이 자기의 적수를 쳐다보듯 드 뉘싱겐 부인을 쳐다보았다. 자작 부인은 그에게로 고개를 돌려 그의 분별 있는 처신에 심심한 감사의 뜻을 전하기 위해 그에게 윙크를 보냈다. 첫 막이 끝났다.

"당신은 드 뉘싱겐 부인을 잘 알고 있으니 드 라스티냐크 씨를 부인에게 소개할 수 있겠죠?" 자작 부인이 다주다 후작에게 말했다.

"선생을 만나면 그녀는 아주 기뻐할 겁니다." 후작이 말했다.

이 포르투갈 미남은 자리에서 일어서더니 학생의 팔을 잡고 눈 깜짝할 사이에 드 뉘싱겐 부인 곁으로 그를 데려갔다.

"남작 부인, 드 보세앙 자작 부인의 친척인 외젠 드 라스티냐크 기사를 소개하게 되어 영광스럽습니다. 부인께서 이분에게 너무나 강한 인상을 주셔서, 저는 이분을 우상 곁에 모셔다 드려 행복감을 더하게 해주고 싶었습니다." 후작이 이렇게 말했다.

약간 노골적이었지만, 결코 여자의 기분이 상하지 않게 교묘하게 꾸며진 생각이 스며 있는 이 얘기를 후작은 빈정거림이 섞인 어조로 말했다. 드 뉘싱겐 부인은 미소를 짓고, 방금 밖으로 나간 자기 남편의 자리를 외젠에게 권했다.

"제 옆에 머무르시라고 감히 제안할 수가 없군요. 드 보세앙 부인 곁에 있는 행복을 누릴 때는, 거기 그대로 머무는 게 좋은데." 그녀가 외젠에게 말했다.

"그렇지만, 제 누님을 즐겁게 해 드리려면, 제가 부인 곁에 머무는 게 좋을 것 같습니다." 외젠은 낮은 목소리로 그녀에게 말했다. "후작님이 오시기 전에 우리는 부인과 부인의 기품에 대한 얘기를 나누었습니다." 그가 큰 소리로 말했다.

다주다 씨는 자리를 떴다.

"정말로 여기 계시겠습니까? 그러면 우리는 서로를 알게 되겠죠. 드 레스토 부인의 얘기를 듣고 벌써부터 꼭 만나 뵙고 싶었습니다." 남작 부인이 말했다.

"그렇다면 그분의 얘기가 틀렸군요. 드 레스토 부인은 저에게 면회를 사절하셨는데."

"어떻게요?"

"부인, 저는 그 이유를 숨김없이 말씀드리겠습니다. 그런데 이런 비밀을 부인께 털어놓으면서 저는 부인의 관용을 먼저 부탁드려야겠습니다. 저는 부인의 아버님과 옆에 살고 있습니다. 그런데 드 레스토 부인이 그분의 따님이신 줄을 몰랐습니다. 그래서 저는 아주 순진하게 그분 얘기를 꺼내는 실수를 저질렀고, 부인의 언니와 그 부군을 화나게 했습니다. 드 랑제 공작 부인과 저의 누님은 자식의 그런 배신을 얼마나 나쁘게 생각했는지 부인께서는 믿으실 수 없을 것입니다. 저는 그 부인들에게 제가 겪은 장면을 얘기했는데, 그 얘기를 듣고 그분들은 미친 듯이 웃으시더군요. 그때 드 보세앙 부인은 부인과 부인의 언니를 비교하면서, 부인께 대해서는 아주 좋게 말씀하시며, 저의 이웃인 고리오 씨에게 부인이 얼마나 훌륭하게 대하시는지를 얘기하셨어요. 사실 부인께서 그분을 어찌 사랑하지 않으실 수 있겠습니까? 그분은 부인을 너무나 열렬히 사랑하셔서 저는 벌써 질투를 느낍니다. 우리는 오늘 아침에 두 시간 동안이나 부인 얘기를 나누었습니다. 그러고서 부인의 부친께서 제게 들려주신 얘기에 온통 사로잡혀서, 오늘 저녁 저의 누님과 식사를 하면서, 저는 누님께 부인이 마음씨가 고운 만큼 아름다울 수는 없을 것이라고 말했습니다. 아마도 그처럼 열렬한 찬미를 격려해 주시고자, 드 보세앙 부인은 저를 이리로 데리고 오셨습니다. 여기 오면 부인을 보게 될 것이라고 누님은 한결같은 후의로 제게 말씀하셨습니다."

"어떻게 제가 벌써 당신께 감사함을 느끼지요? 조금만 더하면,

우리는 오랜 친구가 되겠네요." 은행가의 부인이 말했다.

"부인 곁에서는 우정이 평범하지 않은 감정이라 할지라도, 저는 부인의 친구로만 머물기는 결코 원하지 않습니다." 라스티냐크가 말했다.

풋내기들이 쓰는 이런 판에 박힌 어리석은 말투는 여자들에게는 언제나 매력적으로 보이는 것이고, 냉정하게 읽을 때에만 빈약해 보이는 것이다. 청년의 몸짓과 어조와 시선은 여자들에게 헤아릴 수 없는 가치를 부여해 준다. 드 뉘싱겐 부인은 라스티냐크가 매력적이라고 생각했다. 그러나 여자들이란 이 학생이 제기한 것과 같은 노골적인 문제에 대해서는 아무 말도 할 수 없는 것이어서, 그녀는 다른 대답을 했다.

"그래요, 제 언니는 우리에게는 정말로 하느님과 같으신 가엾은 아빠에게 잘못 처신하고 있어요. 드 뉘싱겐 씨가 저의 아버지를 오전 중에만 만나도록 단호하게 명령해서, 저는 그 점에 있어서는 할 수 없이 양보하고 있어요. 그러나 저는 오랫동안 그 때문에 몹시 괴로웠어요. 울기도 했지요. 갑작스러운 결혼 뒤에 찾아온 그런 난폭함이 나의 가정을 뒤흔들어 놓은 원인의 하나예요. 분명히 저는 세상 사람들이 보기에는 가장 행복한 파리 여자이겠지만, 실상은 가장 불행한 여자랍니다. 당신께 이런 얘기를 하다니 저를 미쳤다고 생각하시겠죠. 그러나 당신은 제 아버지를 알고 계시니, 그 사실만으로도 저에게 무관한 사람일 수가 없어요."

"당신께 속하고 싶은 열망을 저보다 더 강하게 갖고 있는 사람을 부인은 결코 만나지 못하실 것입니다." 외젠이 그녀에게 말했다. "여성들은 모두 무엇을 찾고 있습니까? 행복이겠지요." 그는 심금을 울리는 듯한 목소리로 계속해서 말했다. "한데, 여성에게 행복이란 사랑받고, 존경받으며, 자신의 욕망과 공상과 슬픔과 기쁨을 털어놓을 수 있는 남자 친구를 갖는 것이며, 배반당할 두려움 없이 자신의 귀여운 결점과 아름다운 장점을 포함해 마음속을 모두 적나라하게 열어 보일 수 있는 것입니다. 제 말을 믿으십시오. 항상 열렬한 이런 헌신적인 마음은 꿈으로 가득 찬 청년에게서만 찾아볼 수 있는 것입니다. 그는 당신의 손짓 하나만으로도 죽을 수 있으며, 그에게는 당신이 전 세계이기 때문에, 그는 세상에 대해 아무 것도 알지 못하며 또 알고 싶어하지도 않습니다. 부인께서는 저의 순진함에 웃으시겠지요. 보시다시피, 저는 시골구석에서 막 올라와서, 아름다운 마음씨를 가진 사람들밖에는 알지 못하는 완전한 풋내기입니다. 저는 사랑에는 빠지지 않을 것으로 생각했습니다. 그런데 저는 사촌 누님을 만나게 되었고, 그분은 저에게 그분의 마음속을 아주 가까이에서 볼 수 있게 해주셨습니다. 그분은 저에게 정열의 수많은 보물이 있음을 알게 해주셨습니다. 저는 한 여성을 만나 몸을 바칠 수 있게 될 때까지는, 셰뤼뱅*과 마찬가지로 모든 여성의 애인이라고 할 수 있습니다. 극장에 들어서서 부인을 보는 순간, 저는 마치 조류(潮流)에 이끌리듯 제가 부인을 향해 이끌려 가는 것을 느꼈습니다. 저는 벌써 당신에 대해 많은 생각을 했었지요! 그러나 당신이 실제로 아름다운 만큼 그렇게 아름다우리라고는 꿈에도 생각지 못했었습니다. 드 보세앙 부인은 당신을 그렇게 지나치게 쳐다보지 말라고 제게 말씀

184

하셨습니다. 당신의 아름다운 붉은 입술, 새하얀 피부, 그처럼 부드러운 눈을 보는 것이 얼마나 매력적인지를 드 보세앙 부인은 모르시나 봅니다. 제가 부인께 철없는 소리를 하고 있지요, 그렇지만 그런 얘기를 하도록 허락해 주십시오."

이런 달콤한 얘기가 쏟아지는 것을 듣는 것보다 여자들에게 더 즐거운 것은 없다. 더없이 엄격하고 독실한 여자라도, 이런 얘기에 대꾸는 하지 않을지언정, 귀 기울여 듣기는 하는 것이다. 이런 식으로 말을 꺼낸 다음, 라스티냐크는 교태를 부리는 은은한 목소리로 계속해서 얘기를 풀어 갔다. 드 뉘싱겐 부인은 갈라티온 공작 부인의 좌석을 떠나지 않고 있는 드 마르세를 이따금 쳐다보면서 미소를 지으며 외젠을 부추겼다. 그녀를 데려가기 위해 남편이 찾으러 왔을 때까지 라스티냐크는 드 뉘싱겐 부인의 곁에 머물러 있었다.

"부인, 드 카리글리아노 공작 부인의 무도회 전에 찾아가 뵙는 기쁨을 갖겠습니다." 외젠이 그녀에게 말했다.

"집사람은 당신을 좋아하니까, 당신은 틀림없이 환영받을 거요." 알자스 사람인 뚱뚱한 남작이 강한 알자스식 발음으로 이렇게 말했는데, 그의 둥그스름한 얼굴에는 위험스러운 교활함이 스며 있었다.

"'나를 사랑해 주시겠지요?'라고 말하는 소리를 듣고도 그녀는 몹시 놀라지 않았으니, 나의 연애 사업은 잘 되어 나가는군. 재갈이 내 말[馬]에 물렸으니, 그 위에 뛰어올라 그것을 조종하자.' 일어서서 다주다와 함께 자리를 뜨는 드 보세앙 부인에게 인사하러 가면서 외젠은 이렇게 생각했다. 가련한 학생은 남작 부인이 정신이 딴 데 팔려 있고, 드 마르세로부터 마음을 찢어 놓는 결정적인 편지가 오기를 기다리고 있는 중이라는 사실을 모르고 있었다. 자신의 헛된 성공에 더할 나위 없는 기쁨을 느끼며, 외젠은 각자 자신의 마차를 기다리는 회랑까지 자작 부인을 배웅했다.

"당신의 사촌은 딴 사람같이 보이는군요." 외젠이 떠나자 포르투갈인은 웃으면서 자작 부인에게 말했다. "그 사람, 은행을 파산시키겠어요. 그는 뱀장어처럼 유연해서, 크게 성공할 것으로 믿어요. 위로해 줘야 할 순간에 처한 여자를 그에게 용케도 골라 주셨군요."

"그렇지만 자기를 버린 남자를 그 여자가 아직도 사랑하는지 알아야만 해요." 드 보세앙 부인이 말했다.

학생은 더없이 달콤한 계획을 세우며, 이탈리아 극장에서부터 뇌브생트주느비에브 가(街)까지 걸어서 돌아갔다. 그는 자작 부인의 좌석에 있을 때나 드 뉘싱겐 부인의 좌석에 있을 때나 드 레스토 부인이 자기를 주의 깊게 바라보는 것을 눈여겨보았고, 그래서 백작 부인 집의 문이 더 이상 자기에게 닫히지 않을 것이라고 추측했다. 그는 원수 부인의 마음에 들 것을 기대했기 때문에, 그렇게 되면 파리 상류 사회의 핵심에 벌써 네 개의 중요한 관계를 획득하게 될 참이었다. 방법을 잘 알지 못하는 채로, 그는 그 상류 사회의 복잡한 이해관계의 게임 속에서 자신이 기계 장치의 상층부에 위치하기 위해서는 톱니바퀴에 매달려야 할 것이라고 미리 짐작했으며, 또 그 기계 장치의 바퀴를 정지시킬 힘이 자신에게 있다고 느꼈다. '드 뉘싱겐 부인이 나에게 관심을 갖는다면, 나는 그녀에게 자기 남편을 조종하는 방법을 가르쳐주겠다. 그 남편은 금융 사업을 하고 있으니, 그는 단번에 재산을 모으도록 나를 도와줄 수 있을 것이다.' 그는 이런 생각을 노골적으로 하지는 않았다. 그는 아직 상황을 산정하고, 평가하고 계산할 만큼 충분히 책략에 능하지는 못했던 것이다. 그래서 그런 생각이 지평선에 떠도는 가벼운 구름과 같아서, 보트랭의 생각과 같은 악착스러움을 띠고 있지는 않았다 할지라도, 그것을 양심의 용광로에 넣어 검증해 보았더라면 순수한 면모는 전혀 아니었을 것이다. 이런 종류의 일련의 타협에 의해서 사람들은 현대가 표명하는 바의 느슨한 도덕률에 도달하게 된다. 다른 어느 시대에 비해서도 현대에는 강직한 사람들, 즉 결코 악에 굴복하지 않으며, 직선에서 조금만 벗어나도 그것을 죄악으로 여기는 고귀한 의지의 인간들을 만나기가 힘들다. 올바름의 장엄한 영상은 우리에게 두 개의 걸작을 남겨 주었는데, 그것은 몰리에르의 알세스트*와 또 최근에 나온 월터 스콧의 작품 속의 제니 딘스와 그녀의 아버지*의 모습이다. 이런 작품들과는 대조되는 작품, 즉 사교계의 야심가가 허울을 유지하면서 목적에 도달하기 위하여 악과 나란히 걸어가려고 애쓰면서 양심을 속이는 우여곡절을 그린 작품도 어쩌면 마찬가지로 아름답고 극적일는지도 모르겠다. 자기 하숙집 문간에 당도했을 때, 라스티냐크는 이미 드 뉘싱겐 부인에 반해 있었다. 그에게는 그녀가 제비처럼 날렵하고 섬세해 보였다. 그녀의 눈의 황홀한 부드러움, 밑으로 피가 흐르는 것이 보이는 듯한 비단결 같은 절묘한 살결,

매혹적인 그녀의 목소리, 그녀의 블론드 머릿결, 그는 그 모든 것을 상기했다. 그가 걸어왔기 때문에 혈액순환이 활발히 이루어진 것이 그러한 매혹을 조장했는지도 모른다. 학생은 고리오 영감의 방문을 힘차게 두드렸다.

"영감님, 저는 델핀 부인을 만났습니다." 그가 말했다.

"어디에서요?"

"이탈리아 극장에서입니다."

"그 애가 즐거워하던가요? 어쨌든 들어오시구려." 내의 바람으로 자리에서 일어났던 노인은 방문을 열고는 재빨리 다시 자리에 누웠다. "그 애 얘기를 좀 해주시구려." 노인은 이렇게 부탁했다.

고리오 영감의 방에 처음으로 들어온 외젠은 그의 딸의 몸치장에 감탄하고 난 후여서, 영감이 살고 있는 방의 누추함을 보고서 아연실색하지 않을 수 없었다. 창문에는 커튼도 없었다. 벽에 바른 벽지는 습기의 작용 때문에 군데군데가 떨어져 나가 있었고 또 오그라들어서 연기로 노랗게 변한 벽토가 드러나 보였다. 노인은 초라한 침대 위에 누워 있었는데, 얄팍한 이불 하나와 보케르 부인의 낡은 옷 조각들로 만든 솜을 넣은 발덮개 하나밖에는 없었다. 바닥의 타일은 축축하고 먼지가 잔뜩 끼어 있었다. 유리창 맞은편에는 장미나무로 만든 앞이 불룩 튀어나온 낡은 옷장 하나가 놓여 있었는데, 그 옷장에는 잎과 꽃 장식을 넣어 포도덩굴 모양으로 비틀어 놓은 구리 손잡이들이 달려 있었다. 나무 선반에 있는 낡은 가구 위에는 물 단지가 들어 있는 대야와 면도에 필요한 모든 도구가 놓여 있었다. 방구석에는 구두가 놓여 있었고, 침대 머리맡에는 문짝도 대리석판도 없는 야간용 탁자가 있었다. 불을 피운 흔적이 없는 벽난로 모퉁이에는 호두나무로 만든 네모난 테이블이 있었는데, 그 테이블의 가로막대를 고리오 영감은 전에 그의 은식기를 우그러뜨리는 데 썼었다. 노인의 모자가 위에 놓여 있는 형편없는 사무용 책상 하나, 짚 바닥을 댄 안락의자 하나, 그리고 두 개의 의자가 비참한 가구를 보충하고 있었다. 누더기 조각으로 천장에 매달려 있는 침대의 커튼 고리에는 붉은색과 흰색의 네모 무늬가 든 초라한 헝겊이 달려 있었다. 다락방에 사는 가장 가난한 심부름꾼이라도 보케르 부인 집의 고리오 영감보다는 분명히 나은 가구를 갖추고 있을 것이다. 그 방의 모습은 냉기가 돌아 가슴이 메이게 했으며, 그 방은 감옥의 가장 음울한 감방과도 흡사했다. 외젠이 야간용 탁자 위에 촛대를 올려놓았을 때 그의 얼굴에 나타난 표정을 고리오 영감은 다행히 보지 못했다. 노인은 턱까지 이불을 뒤집어쓴 채로 외젠 쪽으로 고개를 돌렸다.

"그런데 드 레스토 부인과 드 뉘싱겐 부인 중에서 당신은 누가 더 좋아요?"

"저는 델핀 부인이 더 좋습니다. 그녀가 당신을 더 사랑하니까요." 학생이 대답했다.

이렇게 열성적으로 말하는 소리를 듣더니 노인은 침대에서 팔을 꺼내 외젠의 손을 꼭 잡았다.

"고맙소, 고마워요. 그 애가 나에 관해 뭐라고 말합디까?" 노인은 감격해서 말했다.

학생은 남작 부인의 말을 더 미화해서 되풀이해 주었고, 노인은 마치 하느님의 말씀을 듣듯이 그의 얘기에 귀를 기울였다.

"사랑스런 아이지! 그렇고말고, 그 애는 나를 아주 사랑해요. 그렇지만 그 애가 아나스타지에 대해 당신에게 한 말은 믿지 마오. 그 두 자매 아이들은 알다시피 서로 질투하고 있어요. 그것도 그 애들의 애정의 증거지. 드 레스토 부인 역시 나를 아주 사랑한다오. 나는 그걸 알고 있소. 아비와 자식의 관계는 하느님과 우리의 관계와 같아서, 아비는 자식의 마음속까지 꿰뚫어 보고, 의도를 판단할 수 있는 거요. 그 애들은 둘 다 마찬가지로 애정이 지극해요. 오! 좋은 사위들만 얻을 수 있었다면, 나는 몹시 행복했을 텐데. 이 세상에는 완전한 행복이란 없는 모양이오. 내가 그 애들 집에 살 수 있었다면 좋았으련만. 아니 내 집에 데리고 있을 때처럼, 그 애들의 목소리를 듣고, 그 애들이 거기 있다는 사실을 알고, 그 애들이 들고 나는 것을 보기만 할 수 있다면, 내 가슴은 기쁨으로 뛸 텐데. 그 애들이 옷을 잘 입었습디까?"

"예. 그런데 고리오 영감님, 그처럼 부자로 사는 따님들을 두고 계신데 어떻게 이런 누추한 곳에 머무실 수 있습니까?" 외젠이 물었다.

"더 잘 사는 것이 정말로 내게 무슨 소용이 있겠소?" 그는 겉보기에는 무심한 태도로 이렇게 말했다. "나는 그런 것을 당신에게 설명할 수가 없어요. 적당한 말을 찾아낼 수 없어요. 모든 것은 여기 들어 있소." 그는 가슴을 두드리며 이렇게 덧붙였다. "나에게 속한 삶이란 내 두 딸 안에 있소. 그 애들이 즐거워하고, 행복하고, 멋지게 차려 입고, 양탄자 위를 걷는다면, 내가 어떤 천의 옷을 입건, 내가 어떤 곳에서 잠자건 그게 무슨 상관이겠소? 그 애들이 따뜻하면 나는 춥지 않고, 그 애들이 웃는다면 나는 지루하지 않소. 나의 슬픔이란 그 애들의 슬픔밖에는 없소. 당신이 아버지가 되어, 당신의 아이들이 재잘거리는 소리를 들으면서, '저 애들은 나에게서 나왔다!'고 생각할 때, 당신은 그 어린것들이 당신의 피 한 방울 한 방울과 연결되어 있음을 느끼게 될 것이오. 그 애들은 당신의 피에서 피어난 순수한 꽃인 것이오. 당신은 어린애들의 피부에 당신이 연결되어 있다고 생각할 것이고, 그 애들의 걸음걸이에서 당신 자신이 움직이고 있음을 믿게 될 것이오. 그 애들의 목소리가 도처에서 나에게 울려오오. 그 애들의 시선이 슬퍼 보이면, 내 몸의 피가 얼어붙소. 사람은 자기 자신의 행복보다 자식들의 행복으로 더 기쁨을 느낀다는 사실을 당신도 언젠가는 알게 될 것이오. 나는 그런 것을 당신에게 설명할 수가 없어요. 도처에 기쁨을 뿌리는 것은 내면적 움직임이지요. 결국 나는 세 배의 삶을 사는 셈이오. 이상한 얘기를 하나 할 테니 들어보겠소? 그렇소! 아버지가 되었을 때, 나는 하느님을 이해하였소. 창조가 그분으로부터 비롯되었으니까, 하느님은 도처에 전체적으로 존재하는 것이오. 이보시오, 나와 내 딸들의 관계는 그와 같은 것이오. 다만 하느님이 세상을 사랑하는 것보다 나는 내 딸들을 더 사랑할 뿐이지. 왜 그러냐 하면 세상은 하느님만큼 아름답지 못한데, 내 딸들은 나보다 더 아름다우니까. 그 애들은 나의 영혼과 너무나 밀착되어 있어서, 오늘 저녁 당신이 그 애들을 보리라는 것을 나는 알고 있었소. 아! 나의 귀여운 델핀에게 사랑받는 여인의 행복

을 안겨 주는 남자가 있다면, 나는 그의 구두도 닦아주고, 그의 심
부름도 해줄 텐데. 나는 그 애의 하녀를 통해서 드 마르세라는 작
자가 못된 녀석이란 사실을 알았소. 나는 그자의 목을 비틀어 주
고 싶은 충동을 느꼈소. 꾀꼬리 같은 목소리에 모델 같은 몸매를
지닌 보석 같은 여자를 사랑하지 않는다니! 그 애는 눈이 어떻게
돼서 그 야비한 알자스 사내와 결혼하게 되었는지? 그 애들 둘 모
두에게 상냥하고 아름다운 청년들이 필요했었는데. 결국 그 애들
은 저희들 멋대로 해버렸소."

고리오 영감은 숭고했다. 외젠은 부성애의 열정으로 그처럼 얼
굴이 환하게 빛나는 그의 모습을 아직껏 본 적이 없었다. 감정이
지니고 있는 강한 전파의 힘은 주목할 만한 것이었다. 아무리 비
속한 인간이라 할지라도, 강렬하고 진정한 애정을 표명하게 되자
마자, 그 사람은 특수한 정기를 발산하여 얼굴 모습이 변하고, 태
도가 활기를 띠며, 목소리가 채색되는 것이다. 흔히 더없이 우둔
한 인간도 정열의 작용에 의해서 언어의 측면에서는 아닐지라도
생각의 측면에서 최고도의 웅변에 도달하며, 빛의 영역 속에서 움
직이는 듯이 보이는 것이다. 이 순간 노인의 목소리와 태도에는
위대한 배우를 연상시키는 전파의 힘이 있었다. 우리의 아름다운
감정은 의지의 시(詩)가 아니겠는가?

"그런데 따님이 그 드 마르세란 사람과 헤어지게 되리라는 사실
을 아셔도 섭섭하게 여기시지는 않겠지요. 그 멋쟁이는 갈라티온
공작 부인에게 접근하려고 따님 곁을 떠났답니다. 그런데 저로 말
할 것 같으면, 오늘 밤 델핀 부인에게 반해 버렸습니다." 외젠이

노인에게 말했다.

"설마!" 고리오 영감이 말했다.

"정말입니다. 저도 따님의 마음에 안 든 것은 아닙니다. 우리는 한 시간 동안이나 사랑에 관한 얘기를 나누었고, 또 저는 모레 토요일에 따님을 만나러 갈 것입니다."

"오! 이보시오, 당신이 그 애의 마음에 든다면, 나는 당신을 아주 좋아할 거요. 당신은 착하니까, 그 애를 결코 괴롭히지 않겠지요. 만약 당신이 내 딸을 배반한다면, 나는 먼저 당신의 목을 자를 거요. 여자란 이중의 사랑을 하지 않는 법이오, 아시겠소? 아 이런! 내가 어리석은 말을 하고 있군, 외젠 씨. 이 방이 당신에게는 춥겠소. 아아! 그러니까 당신은 그 애의 말을 들었군요. 그 애가 나에 대해서 어떻게 얘기합디까?"

'아무 말도 안 했지.' 외젠은 혼자 속으로 생각했다. 그러고 나서 그는 큰 소리로 대답했다. "딸의 키스를 당신께 보내드린다고 말했습니다."

"잘 가시오, 잘 자고, 좋은 꿈을 꾸시오. 나의 꿈은 그 말 속에 들어 있소. 하느님이 당신의 모든 소망을 보살펴 주시기를! 오늘 밤 당신은 나에게 착한 천사와도 같았소. 당신은 나에게 내 딸의 대기를 가져다주었소."

"불쌍한 사람, 대리석처럼 무딘 마음이라도 감동시키겠구나. 그의 딸은 터키 황제를 생각하는 것 이상으로도 자기 아버지 생각을 하지 않았는데." 외젠은 잠자리에 들면서 이렇게 중얼거렸다.

이런 대화를 나눈 다음부터, 고리오 영감은 외젠에게서 비밀 애기를 나눌 수 있는 예상 밖의 상대, 즉 친구의 모습을 보게 되었다. 그들 두 사람 사이에 성립된 관계는 이 노인이 타인과 맺을 수 있는 유일한 관계였다. 정열이 틀린 계산을 하는 법은 결코 없다. 만약 외젠이 남작 부인에게 소중해지면, 고리오 영감은 자기가 딸 델핀과 좀 더 가까워지고, 딸에게 좀 더 대접을 받을 것을 알고 있었던 것이다. 게다가 외젠에게 그는 자기의 괴로움 하나를 털어놓은 처지였다. 그가 하루에도 수천 번 행복을 빌고 있는 드 뉘싱겐 부인은 사랑의 즐거움을 경험하지 못했다는 사실이었다. 고리오 영감의 표현에 따르자면, 외젠이야말로 그가 아직까지 본 적이 없었던 가장 친절한 청년으로서, 자기 딸이 가져 보지 못했던 모든 쾌락을 그녀에게 맛보게 해줄 것 같은 예감이 들었다. 그래서 노인은 이 이웃 방의 청년에 대해 점점 커가는 우정을 품게 되었는데, 그 우정이 없었더라면 아마도 이 이야기의 전말을 아는 것이 불가능했을 것이다.

　다음날 아침 식사 때, 고리오 영감은 외젠 곁에 자리를 잡고 앉아 그에게 몇 마디 말을 건넸는데, 그가 외젠을 바라보는 애정 어린 태도며, 평소에는 석고로 만든 가면 같던 그의 얼굴 표정이 변한 것에 하숙인들은 놀랐다. 회담이 있은 이후에 처음으로 학생을 다시 보게 된 보트랭은 그의 마음속을 들여다보고 싶어하는 듯이 보였다. 보트랭의 계획을 상기하면서, 잠들기 전의 밤 시간 동안 자신의 눈앞에 열리는 광활한 영역을 측정해 본 바 있었던 외젠은 어쩔 수 없이 타유페르 양의 지참금 생각을 했고, 가장 덕성스러운 청년이 부유한 상속녀를 바라보듯이 빅토린을 바라보는 것을 억제할 수 없었다. 우연히 두 젊은이의 눈이 마주쳤다. 가엾은 소녀는 새 옷을 차려입은 외젠이 매력적이라고 생각하지 않을 수 없었다. 그들이 주고받은 눈길은 아주 의미심장해서, 외젠은 그 여자에게 자신이 모든 처녀들이 갖게 마련인 막연한 욕망의 대상이 되었음을 의심할 수 없었다. 그것은 마음을 사로잡는 최초의 남자에게 처녀들이 기울이는 그런 막연한 욕망인 것이다. "80만 프랑이야!" 하나의 목소리가 그에게 이렇게 외치는 것 같았다. 그러나 그는 곧 다시 지난밤의 추억에 잠겼고, 드 뉘싱겐 부인에 대한 자신의 확실한 열정이 무의식적인 불순한 생각에 대한 해독제라고 생각했다.

"어제 이탈리아 극장에서는 로시니의 『세빌리아의 이발사』가 상연되었습니다. 나는 지금까지 그처럼 감미로운 음악은 들어 본 적이 없습니다." 외젠이 말했다. "아! 이탈리아 극장에 지정 좌석을 하나 갖고 있으면 참 행복할 거야."

개가 제 주인의 움직임을 파악하듯 고리오 영감은 재빨리 이 말의 뜻을 파악했다.

"당신은 호강하며 지냈군요. 당신네 남자들은 뭐든지 하고 싶은 대로 할 수 있죠." 보케르 부인이 말했다.

"당신은 어떻게 돌아왔소?" 보트랭이 물었다.

"걸어서 왔습니다." 외젠이 대답했다.

"나라면 어중간한 쾌락은 좋아하지 않겠소. 나는 내 마차를 타고 가서, 내 좌석에 앉아 구경하고, 편안하게 돌아오고 싶소. 전부 아니면 전무(全無)! 이것이 내 좌우명이지." 유혹자가 이렇게 대꾸했다.

"좋은 좌우명이군요." 보케르 부인이 말했다.

"드 뉘싱겐 부인을 만나러 가시겠죠?" 외젠이 낮은 목소리로 고리오에게 말했다. "부인은 분명히 영감님을 쌍수를 들어 환영할 것입니다. 부인은 영감님을 통해서 저에 대해 많은 세부적인 일들을 알고 싶어할 것입니다. 부인이 제 사촌인 드 보세앙 자작 부인 댁에 출입하기 위해서라면 무슨 일이든지 마다하지 않을 것임을 저는 알고 있습니다. 부인에게 그런 만족을 얻어 줄 생각을 할 만큼 저는 부인을 매우 사랑한다는 말을 잊지 말고 부인께 전해 주십시오."

라스티냐크는 서둘러 법과대학으로 갔다. 그는 이 추악한 하숙집에 가능한 한 오래 머물고 싶지 않았던 것이다. 지나치게 강렬한 희망에 감염된 청년들이 경험하는 정신의 열병에 사로잡혀, 그는 거의 하루 종일을 빈둥거리며 돌아다녔다. 보트랭의 논법 때문에 사회생활에 대한 깊은 상념에 빠져 있을 때, 그는 뤽상부르 공원에서 친구 비앙숑을 만났다.

"왜 그렇게 심각한 얼굴을 하고 있는 거야?" 그의 팔을 잡고 궁전 앞을 거닐면서 의과 대학생이 이렇게 물었다.

"나쁜 공상 때문에 고민하고 있어."

"어떤 종류의 공상인데? 공상이란 낫게 돼 있어."

"어떻게 말이야?"

"공상에 굴복하는 거지."

"무슨 문제인지도 모르면서 농담을 하는군. 자네 루소를 읽어

보았나?"

"읽었지."

"파리에서 이동하지 않고서, 오직 자신의 의사만으로 중국에 있는 늙은 고관을 죽임으로써 부자가 될 수 있을 경우에 어떻게 하겠는가 하고 루소가 독자에게 묻는 대목이 생각나나?"*

"그래."

"그러면 어떻게 하겠어?"

"흥! 나는 벌써 서른세 번째 중국 고관을 죽였는걸."

"농담하지 말고. 자, 일이 분명히 가능하고, 머리만 끄덕이는 것으로 충분하다면, 자네는 어떻게 할 테야?"

"그 중국 고관이 아주 늙었나? 체! 젊었든 늙었든, 중풍에 걸렸든 건강하든, 제기랄! 나는 싫어."

"비앙숑, 자네는 정직한 사내야. 그러나 자네가 넋이 뒤집힐 정도로 한 여자를 사랑하고, 그 여자의 옷치장과 마차, 요컨대 그 여자의 모든 욕망을 위해서 돈이, 많은 돈이 꼭 필요하다면?"

"그런데 자네는 내게서 이성을 빼앗고는, 이치를 따져서 말하라고 하는군."

"이봐 비앙숑, 나는 미칠 것 같아, 나를 좀 낫게 해주게. 나에게는 천사같이 아름답고 천진스러운 누이동생이 둘 있는데, 나는 그 애들이 행복하기를 바라. 그 애들의 지참금 20만 프랑을 지금부터 5년 안에 어디서 구하지? 알다시피 인생에는 푼돈을 버는 데 자신의 행복을 소모하지 않고 큰 도박을 해야 하는 상황들이 있는 거야."

"그런데 자네는 모든 사람이 인생의 초입에서 부딪히는 문제를 제기하면서, 그 고르디오스의 매듭을 칼로 끊기를 바라는군. 이봐, 그렇게 행동하려면, 알렉산드로스 대왕이 되어야 하는 거야. 그렇지 못하면 감옥에 가는 거지. 나는 평범하게 내 아버지의 뒤를 이어갈 시골에서 꾸미게 될 보잘것없는 생활에 만족할 거네. 인간의 감정이란 가장 조그만 범위에서나 거대한 범주에서나 마찬가지로 충족될 수 있는 거야. 나폴레옹도 저녁을 두 번 먹지 않았고, 성 프란체스코 수도회 병원에서 인턴 노릇 하는 의과 대학생보다 더 많은 애인을 거느릴 수도 없었어. 이봐, 우리의 행복은 언제나 우리의 발바닥에서 뒤통수 사이에 있는 거야. 1년에 백만 루이를 쓰건 백 루이를 쓰건, 그것의 본질적인 지각은 우리의 내부에서 똑같은 거야. 중국인의 생명 문제는 이것으로 결론이 났네."

"고맙네, 자네 얘기가 나에게 도움이 됐어, 비앙숑! 우리는 언제나 친구일 것이네."

"그런데 말이야," 의과 대학생이 얘기를 계속했다. "식물원에서 퀴비에의 강의를 듣고 나오는 길에, 나는 미쇼노와 푸아레가 벤치에 앉아 어떤 남자와 얘기하고 있는 것을 얼핏 봤어. 그 남자는 작년의 소요 때 국회의사당 근처에서 본 적이 있는데, 왠지 연금 생활을 하는 보통 시민으로 가장한 경찰 계통 사람인 것 같은 생각이 든단 말이야. 그 두 남녀를 조사해 보세. 이유는 나중에 얘기할게. 잘 가게, 나는 4시의 출석 점호에 가야겠어."

외젠이 하숙집에 돌아왔을 때, 고리오 영감이 그를 기다리고 있었다.

"자, 그 애의 편지를 받구려. 어때, 참 예쁜 글씨죠!" 노인이 말했다.

외젠은 편지를 뜯어서 읽었다.

라스티냐크 씨, 당신이 이탈리아 음악을 좋아하신다고 아버지가 저에게 말씀하셨어요. 제 좌석에 오셔서 자리를 함께하신다면 저는 기쁘겠습니다. 토요일에 포도르와 펠레그리니의 음악 연주가 있으니, 제 초대를 거절하시지 않으리라고 믿습니다. 저와 함께 드 뉘싱겐 씨는 저희 집에 격식 없이 저녁 식사를 하러 오시도록 당신을 청합니다. 당신이 수락하신다면, 남편은 저를 극장에 동반해야 하는 부부간의 고역을 면제받게 되어 기뻐할 것입니다. 답장하실 필요는 없으니, 그냥 오시기 바랍니다. 경의를 표하면서.

델핀 드 뉘싱겐

"나에게 편지를 보여주오." 편지를 읽고 나자 노인이 외젠에게 말했다. "그 애 집에 가겠지요?" 편지지의 냄새를 맡아 본 다음 그가 덧붙였다. "냄새가 참 좋군. 그 아이의 손가락이 이 종이를 만졌겠지!"

학생은 혼자서 생각했다. '여자가 이처럼 남자에게 매달리는 법이 아닌데. 그 여자는 드 마르세를 되돌아오게 하려고 나를 이용하려는가 보다. 이런 짓을 하게 만드는 것은 원한밖에 없는데.'

"그런데 무슨 생각을 그리 하시오?" 고리오 영감이 물었다.

외젠은 당시의 일부 여자들을 사로잡고 있는 극도의 허영심을 알지 못했고, 포부르 생제르맹의 살롱에 출입하기 위해서라면 은행가의 부인은 어떠한 희생이라도 감수할 수 있다는 사실을 모르고 있었다. 소궁정의 부인들이라고 일컬어지는 포부르 생제르맹 귀부인들의 사교계에 받아들여진 여자들을 모든 여자들 가운데 최고로 치는 것이 당시의 유행이었는데, 그 소궁정의 부인들 가운데에서도 드 보세앙 부인과 그녀의 친구인 드 랑제 공작 부인, 그리고 드 모프리뇌즈 공작 부인이 최상의 위치를 차지하고 있었다. 여성들의 성좌(星座)가 찬란히 빛나는 그 최고의 서클에 들어가기 위해서 쇼세당탱에 사는 여자들이 얼마나 광란에 사로잡혀 있는가를 모르는 사람은 라스티냐크뿐이었다. 그러나 그의 의심이 그에게 많은 도움이 되어서, 조건을 받아들이는 대신 조건을 제시하는 음울한 힘과 아울러 냉정함을 그에게 부여해 주었다.

"예, 저는 가겠습니다." 그가 대답했다.

이처럼 호기심에 이끌려 그는 드 뉘싱겐 부인의 집에 가게 되었지만, 만약 그 여자가 그를 무시했다 할지라도, 그는 아마 정열에 이끌려 거기에 갔을 것이다. 그럼에도 불구하고 그는 다음날의 출발 시간을 기다리면서 일종의 조바심을 느끼지 않을 수 없었다. 청년에게는, 그의 첫 음모에도 첫사랑에서 맛보는 만큼의 매력이 존재하는 것인지도 모른다. 성공하리라는 확신에서 생겨나는 수많은 즐거움을 남자들은 고백하지 않는데, 어떤 여자들에는 그 즐거움이 매력의 전부를 이룬다. 욕망은 승리의 용이함에 못지않게 승리의 어려움으로부터도 태어난다. 인간의 모든 정열은 사랑의 제국을 양분하는 이 두 가지 원인 가운데 어느 하나에 의해 유발되거나 유지되는 것이다. 누가 무어라 하든, 사회를 지배하는 여러 기질이라는 큰 문제의 결과로서 그러한 구분이 이루어지는 것 같다. 우울질은 교태라는 강장제를 필요로 한다면, 신경질적이거나 다혈질적인 사람들은 저항이 지나치게 지속되면 아마도 물러서고 말 것이다. 다른 말로 하면, 격정적 서사시가 담즙질적인 것만큼이나 애가(哀歌)는 본질적으로 임파질적이다. 몸단장을 하면서, 외젠은 비웃음을 살까 봐 젊은이들이 드러내 놓고 감히 말하지는 못하지만, 자존심에 쾌감을 안겨 주는 그런 모든 작은 행복감을 맛보았다. 예쁜 여자의 눈길이 그의 검은 머리털을 훑어볼 것이라고 생각하면서 그는 머리 손질을 했다. 그는 처녀가 무도회에 나가기 위해 옷을 차려입으면서 그러듯이 어린애 같은 얼굴 표정을 지어 보았다. 그는 옷의 주름살을 펴면서 기분 좋게 자신의 날씬한 몸매를 쳐다보았다. 그리고 그는 '훨씬 더 못생긴 자들이 분명히 많이 있지!' 하고 생각했다. 하숙집 사람들 모두가 식탁에 둘러앉아 있을 때 그는 밑으로 내려가서, 그의 우아한 옷차림이 불러일으킨 어리석은 환성을 기분 좋게 맞았다. 하숙집 특유의 풍속의 한 특징은 정성을 기울인 옷치장이 야기하는 경탄이다. 거기서는 누구든 새 옷을 입고 나오면 모두들 한 마디씩 하는 것이다.

"쯧, 쯧, 쯧, 쯧" 비앙숑은 말[馬]을 모는 것처럼 혀를 입천장에 부딪쳐 소리를 냈다.

"귀족원 의원에 공작님의 차림새네요!" 보케르 부인이 말했다.

"애인을 낚으러 가시는군요!" 미쇼노 양이 끼어들었다.

"꼬끼오!" 화가가 소리쳤다.

"사모님께 내 안부를 전해 주시오." 박물관 직원이 말했다.

"저분에게 부인이 계신가?" 푸아레가 물었다.

"방수가 되고, 색이 바래지 않으며, 가격은 25수에서 40수 사이이고, 최신 유행의 체크무늬 디자인에, 물빨래를 할 수 있고, 입으면 맵시 있고, 마(麻)와 면과 양모를 섞어 짰고, 치통이며 왕립 의학 한림원에서 인정한 다른 질병들을 다 낫게 하는 칸막이가 달린 부인이라오! 게다가 아이들에게 효과가 좋소! 두통, 비만, 식도와 눈과 귀의 모든 병에 효과 만점인 약이오." 보트랭이 약장수의 어조와 희극적 달변으로 소리쳤다. "그런데 여러분, 이 묘약의 값이 얼마일까요? 2수! 아니, 어림없소. 이건 무갈 황제에게 바치고 남은 것으로서, 바드의 대공을 포함하여 유럽의 모든 군주들이 보고 싶어하신 물건이오. 곧장 들어오시오! 그리고 작은 책상 앞으로 가시오. 어이, 악대! 부릉, 부릉! 붕 붕! 자 시작해! 저기 클라리넷 주자, 박자가 틀리잖아, 손가락을 튕겨 줄까." 그는 목쉰 소리로 이렇게 계속 떠들었다.

"어쩜! 저 사람 참 재미있어요, 저 양반하고 같이 있으면 지루한 줄을 모르겠어요." 보케르 부인이 쿠튀르 부인에게 말했다.

희극적으로 쏟아 낸 보트랭의 연설이 신호탄이 되어 모두들 웃고 농담하는 가운데, 외젠은 타유페르 양의 은밀한 시선을 감지할 수 있었다. 그녀는 쿠튀르 부인 쪽으로 몸을 숙이고 뭔가 귓속말을 하고 있었다.

"마차가 왔어요." 실비가 알렸다.

"저 사람 도대체 어디서 저녁을 먹는 거죠?" 비앙숑이 물었다.

"드 뉘싱겐 남작 부인 댁에서요."

"고리오 씨의 따님이네." 학생이 대답했다.

이 이름을 듣자, 모두의 시선이 옛 제면업자에게로 향했다. 고리오 영감은 선망 어린 태도로 외젠을 바라보고 있었다.

라스티냐크는 생라자르 가에 도착했다. 그녀의 집은 파리의 **미관**을 이룬다고 하는 가는 기둥들과 천박한 현관들이 딸린 가벼운 느낌의 저택들 가운데 하나였다. 은행가의 저택답게 화장 회반죽으로 칠해진 그 집의 내부는 값비싼 치장들로 가득했고, 층계참은 대리석 모자이크로 되어 있었다. 그는 이탈리아 풍의 그림 몇 점이 걸려 있는 작은 살롱에 앉아 있는 드 뉘싱겐 부인을 발견했다. 그 살롱의 장식은 카페의 장식을 연상시켰다. 남작 부인은 침울한 모습이었다. 슬픔을 감추려는 그녀의 노력에는 아무런 가식의 흔적이 없었기 때문에, 외젠은 더욱 더 강한 관심을 느꼈다. 그는 자신의 출현이 여자를 기쁘게 할 것으로 믿고 있었는데, 절망에 빠져 있는 그녀의 모습을 발견했다. 이런 실망스러운 상황이 그의 자존심을 자극했다.

그는 상념에 빠져 있는 그녀에게 짓궂게 굴며 말했다. "부인, 저는 부인의 신뢰를 요구할 권리는 없습니다. 하지만 부인의 솔직함을 기대하고 말씀드리는데, 제가 방해가 된다면, 숨김없이 그렇다고 말씀해 주십시오."

"머물러 주세요. 당신이 가버리시면 저는 혼자 남게 될 테니까요. 뉘싱겐은 시내에서 저녁을 드는데, 저는 혼자 있고 싶지 않아요. 저는 기분 전환이 필요해요." 그녀가 말했다.

"그런데 무슨 일이십니까?"

"당신에게만은 그걸 말씀 드리고 싶지 않아요." 그녀가 소리쳤다.

"저는 알고 싶습니다, 그러면 저도 그 비밀에 무언가 역할을 할 수도 있겠죠."

"그럴 수도 있겠죠! 하지만 아니에요. 이건 마음속에 묻어 두어야 할 가정 내의 다툼이니까요. 그저께 제가 말씀드리지 않았던가요? 저는 전혀 행복하지 못해요. 금사슬이 사슬 중에서 가장 무거운 법이죠."

한 여자가 한 청년에게 자기는 불행하다고 말할 경우, 만약 그 청년이 재치가 있고, 옷차림이 근사하고, 주머니에 1천 5백 프랑의 여윳돈을 가지고 있다면, 그는 외젠이 속으로 생각하고 있는 것처럼 생각할 것이고, 괜히 우쭐해질 것이다.

"무엇을 더 바라실 수 있습니까? 부인은 아름답고, 젊고, 사랑받고 있으며, 부자이신데요." 외젠이 대꾸했다.

"제 얘기는 하지 마시죠." 그녀는 침울하게 머리를 흔들며 말했다. "마주 앉아 함께 저녁 식사를 하고, 더없이 감미로운 음악을 들으러 가요. 어때요, 제가 당신 취미에 맞나요?" 그녀는 일어서서 페르시아 무늬가 수놓인 우아하고 사치스러운 흰 캐시미어 드레스를 보이며 말했다.

"당신이 전적으로 제게 속해 있다면 더 바랄 나위가 없겠습니다. 당신은 참으로 매혹적이십니다." 외젠이 말했다.

"당신은 슬픈 소유물을 갖게 되겠지요." 그녀는 쓸쓸한 미소를 띠고 말했다. "이곳에는 어느 것 하나 불행해 보이는 것은 없지만, 그런 겉모습에도 불구하고, 저는 절망에 빠져 있어요. 고민으로 밤에는 잠도 이루지 못하고, 저는 얼굴도 미워지고 말 거예요."

"오! 그럴 리가. 헌신적인 사랑으로도 지울 수 없는 그런 고통이 무엇인지 꼭 알고 싶습니다." 학생이 이렇게 말했다.

"아! 그걸 당신에게 얘기한다면, 당신은 저에게서 도망치고 말 거예요. 당신이 저를 사랑하신다는 것은 그저 여자의 환심을 사려는 남자들의 습성에 불과한 것이겠죠. 혹시 당신이 저를 정말로 사랑하신다 해도, 당신은 끔찍한 절망에 빠지고 말 거예요. 제가 입을 다물어야 하는 까닭을 잘 아시겠죠. 제발 우리 다른 얘기를 해요. 이리 와서 제 방 구경이나 하세요."

"아닙니다, 여기 있기로 하죠." 외젠은 이렇게 대답하고서 난로 앞 작은 소파의 드 뉘싱겐 부인 곁에 앉아 대담하게 그녀의 손을 잡았다.

그녀는 손을 잡도록 내버려두고는 강렬한 감정을 드러내는 격한 동작으로 청년의 손을 힘껏 눌렀다.

"부인, 걱정거리가 있으시면, 저에게 그걸 말씀해 주셔야만 합니다. 제가 당신을 사랑하는 것은 당신을 위해서임을 증명하고 싶습니다. 비록 여섯 사내를 죽여야 할 일일지라도, 제가 다 해결할 수 있도록 고민거리를 털어놓고 말씀하세요. 안 그러면 저는 이 길로 나가서 다시는 돌아오지 않겠습니다." 라스티냐크가 그녀에게 말했다.

"어마! 그러시다면" 그녀는 절망적인 생각에 사로잡혀 자신의 이마를 손으로 두드리며 소리쳤다. "지금 당장 당신을 시험해 보도록 하겠어요." '그렇다, 이 방법밖에는 없겠구나' 하고 그녀는 속으로 생각했다. 그녀가 벨을 눌렀다.

"주인 나리 마차에 말이 매여 있나?" 그녀가 하인에게 물었다.

"예, 마님."

"내가 그 마차를 쓰겠어. 주인께는 내 말과 마차를 보내 드리도록 해. 저녁은 7시에 들도록 준비하고."

"자, 가요." 그녀가 외젠에게 말했다. 드 뉘싱겐 씨의 사륜마차에 부인과 나란히 앉은 외젠은 꿈을 꾸는 것만 같았다.

"테아트르 프랑세 근처의 팔레루아얄로 가도록." 그녀가 마부에게 말했다.

도중에 그녀는 동요된 모습이었고, 외젠의 수많은 질문에 대답을 거절했다. 그는 입을 꽉 다문 이런 고집스런 무언의 저항을 어찌 생각해야 좋을지 몰랐다.

'한순간에 이 여자는 나에게서 달아날 거야.' 그는 생각했다.

마차가 멈췄을 때, 남작 부인은 무분별한 말을 토하려는 학생에게 침묵을 명하는 듯한 위압적인 태도로 그를 쳐다보았다. 이 학생은 몹시 흥분해 있었던 것이다.

"당신은 정말로 저를 사랑하세요?" 그녀가 물었다.

"그럼요." 그는 자신을 사로잡는 불안을 감추면서 대답했다.

"무슨 일을 부탁해도, 저를 조금도 나쁘게 생각하지 않으시겠어요?"

"예."

"제 말에 따를 준비가 돼 있으세요?"

"무조건 따르겠습니다."

"이따금 도박장에 가보신 적이 있으세요?" 그녀가 떨리는 목소리로 말했다.

"한 번도 없습니다."

"아! 안심이 되는군요. 당신에게 행운이 있을 거예요. 여기 내 지갑을 가지고 가세요! 안에 1백 프랑이 들어 있어요. 이것이 그렇게 행복하다는 이 여자가 소유한 전 재산이랍니다. 도박장으로 올라가세요. 도박장이 어디인지는 모르지만, 팔레루아얄에 있다는 것은 알고 있어요. 룰렛이라고 하는 노름에 이 돈 1백 프랑을 거세요. 모두 잃든지, 아니면 6천 프랑을 따 가지고 오세요. 제 걱정거리는 돌아오시면 말씀 드리죠."

"무엇을 어떻게 해야 할지 도저히 이해할 수 없지만, 어쨌든 당신 뜻에 따르겠습니다." 그는 이렇게 대꾸하면서, '이 여자는 나와 위험한 불장난을 벌이고 있으니, 앞으로는 나에게 아무 것도 거절하지 못하리라' 라는 생각에 내심 기쁨이 이는 것을 느꼈다.

외젠은 예쁜 지갑을 받아 들고, 의복 상인에게 가장 가까운 도박장을 물어본 다음 9번지로 달려갔다. 그는 그곳으로 올라가서 모자를 맡기고 들어가서 룰렛을 하는 장소를 물었다. 노름꾼들이 놀라서 쳐다보는 가운데, 그는 종업원의 안내를 받아 긴 테이블 앞으로 갔다. 구경꾼들이 우르르 그를 뒤따르는 중에, 외젠은 다짜고짜로 어디에 내기 돈을 걸어야 하느냐고 물었다.

"이 서른여섯 개의 번호 가운데 어느 하나에 1루이를 걸고, 그 번호가 나오면, 36루이를 따게 되는 거요." 백발의 의젓한 노인이 그에게 이렇게 알려 주었다.

외젠은 제 나이인 21의 숫자에 1백 프랑을 던졌다. 그가 미처 알아볼 사이도 없이 놀라움의 함성이 터져 나왔다. 그는 자신도 모르게 돈을 딴 것이었다.

"당신 돈을 거두시오. 이 노름에서 두 번 따는 법은 없다오." 노인이 그에게 말했다.

외젠은 노인이 그에게 내민 갈퀴를 집어 3천 6백 프랑을 자기 앞으로 끌어온 다음, 여전히 도박을 전혀 이해하지 못한 채로, 그 돈을 붉은색 자리에 갖다 댔다. 그가 계속 노름을 하는 것을 보고, 구경꾼들은 부러운 듯이 그를 쳐다보았다. 바퀴가 돌아갔고, 그는 또다시 땄다. 출납계원이 그에게 또 3천 6백 프랑을 던져 주었다.

노신사가 그의 귀에 속삭였다. "당신은 7천 2백 프랑을 챙기게 되었소. 내 말을 믿으면, 이제 돌아가시오. 붉은 색이 여덟 번이나 연달아 나왔소. 당신에게 자비심이 있다면, 극도의 궁핍에 빠진 옛 나폴레옹 시대 지사(知事)의 비참을 덜어 줌으로써 이 좋은 충고에 보답하시오."

어리둥절한 라스티냐크는 그 백발의 사내가 멋대로 2백 프랑을 집어 가도록 내버려두고, 7천 프랑을 들고 밑으로 내려왔다. 그는 아직도 도박을 전혀 이해하지 못한 채, 자신의 행운에 그저 어안이 벙벙할 뿐이었다.

"자, 이제 저를 어디로 데려가시겠습니까?" 마차 문이 닫히자 그는 드 뉘싱겐 부인에게 7천 프랑을 내보이며 말했다.

델핀은 그를 미친 듯이 끌어안고 힘차게 키스를 퍼부었다. 그러나 그것은 정열이 없는 키스였다. "당신이 나를 구해 주었어요!" 기쁨의 눈물이 그녀의 두 뺨을 흥건히 적셨다. "이제 당신에게 다말씀 드리겠어요, 내 친구. 당신은 내 친구가 돼 주시겠죠. 안 그래요? 당신에게는 내가 부유하고 사치스럽게 보이겠죠. 어느 것 하나 부족할 것 없이 말이에요. 그런데 실상 드 뉘싱겐 씨는 나에게 한 푼도 마음대로 쓰지 못하게 한답니다. 그 사람이 집안 경비, 제 마차 비용, 극장 좌석 비용을 다 지불하지요. 그 사람은 의상 비용도 충분히 내주지 않고, 계산에 의해 나를 남모를 궁핍 상태로 몰아넣고 있어요. 그런 사람에게 애원하기에는 나는 자존심이 너무 강해요. 그가 팔려는 값을 치르고, 그의 돈을 산다면, 나는 쓰레기 같은 인간밖에 못 될 거예요. 70만 프랑이나 되는 지참금을 가진 내가 어떻게 빈털터리가 되었느냐고요? 자존심 때문이죠. 또 격분 때문이고요. 우리가 부부 생활을 시작하는 것은 너무도 젊고 순진할 때이죠! 남편에게 돈을 요구하는 말을 하느니 차라리 입을 찢고 싶었어요. 나는 차마 그럴 수가 없어서, 저축해 두었던 돈과 가엾으신 아버지가 주시는 돈으로 그럭저럭 견뎌 오다가 빚을 지게 되었어요. 나에게는 결혼이 더할 나위 없이 끔찍스런 환멸이었답니다. 당신에게 그런 얘기를 세세히 다 할 수는 없어요. 각자 다른 방을 쓰지 않고 뉘싱겐과 함께 산다면 나는 창문으로 떨어져 죽고 말 것이라는 사실을 알아 두시는 것으로 충분하겠죠. 보석이나 자질구레한 물건들을 사느라고 (가엾으신 저의 아버지는 우리에게 아무 것도 아끼지 않는 버릇을 들여놓으셨죠) 진 젊은 여자의 빚을 남편에게 고백해야 했을 때, 나는 정말로 고통스러웠어요. 그렇지만 결국 저는 용기를 내어 말했어요. 나에게 속한 내 재산이 있었으니까요. 그런데 뉘싱겐은 벌컥 화를 내고, 나 때문에 파산하고 말 거라고 말했어요. 참 끔찍했지요! 나는 천 길 땅 속으로라도 들어가고 싶었어요. 그가 내 지참금을 갖고 있었으므로, 결국 지불을 하기는 했죠. 그러나 이때부터 내 개인 비용은 일정액을 정해 놓고 쓰게 했는데, 나는 가정의 평화를 위해 그것을 할 수 없이 받아들였어요. 그 후부터 나는 당신도 알고 계시는 어떤 사람의 이기심에 부응하고자 애썼습니다. 내가 그 사람에게 속았다 할지라도, 그의 성격의 고귀함을 인정하지 않는다면 내가 잘못하는 처사겠죠. 그러나 그 사람은 결국 비열하게 나를 떠났습니다! 곤궁에 처한 여자에게 한 무더기의 돈을 던져 주고 그 여자를 내버려서는 안 됩니다! 그 여자를 항상 사랑해야 합니다! 스물한 살의 아름다운 마음을 가진 당신, 젊고 순수한 당신은 어떻게 여자가 남자로부터 돈을 받아들일 수 있을까 하고 나에게 물으시겠죠? 그렇지만 우리의 행복을 맡기고 있는 상대방과는 무엇이든 공유하는 것이 자연스러운 일이 아닐까요? 사람이 자신의 모든 것을 주고 나서, 누가 그 전체의 일부분에 신경을 쓰겠습니까? 애정이 식었을 때에만 금전은 중요성을 갖는 것이죠. 사람이 관계를 맺는 것은 평생 동안을 위해서가 아닐까요? 서로 사랑받는다고 믿으면서 누가 결별을 예상하겠습니까? 영원한 사랑을 맹세하면서, 어찌 개별적 이해관계를 가질 수 있겠습니까? 오늘 뉘싱겐이 나에게 6천 프랑 주는 것을 단호하게 거절했을 때, 내가 얼마나 괴로웠는지 당신은 모르실 거예요. 오페라 극장의 여배우인 자기 정부에게는 매달 그만큼의 돈을 주는 사람이 말이에요! 저는 죽어 버리고 싶었어요. 미치광이 같은 생각들이 머리를 스쳤어요. 식모나 내 하녀의 운명이 부러울 때도 종종 있었어요. 아버지를 만나러 가는 것도 분별없는 짓이고! 아나스타지와 내가 그분을 거덜 내 버렸으니까요. 가엾으신 아버지는 당신의 몸값이 6천 프랑이 나간다면 몸을 팔기라도 하실 분이죠. 나는 공연히 그분에게 절망만 안겨 드릴 거예요. 나는 괴로움으로 어쩔 줄 모르고 있었는데, 당신이 수치와 죽음으로부터 나를 구해 주셨어요. 아! 나는 당신에게 이런 설명을 하지 않을 수가 없군요. 당신에게 너무 분별없이 굴어서 죄송해요. 당신이 나에게서 떠나 보이지 않게 되자, 나는 걸어서 도망치고 싶었어요…… 어디로? 그건 나도 모르죠. 이런 것이 파리 여자들 태반의 삶의 모습이랍니다. 겉으로는 사치스러워도, 마음속은 가혹한 근심으로 차 있는 것이죠. 나보다 훨씬 더 불행한 가련한 여자들도 나는 알고 있어요. 단골 상인들에게 가짜 계산서를 만들게 하지 않으면 안 되는 여자들도 있죠. 또 어떤 여자들은 남편에게서 돈을 훔치지 않을 수 없죠. 그래서 남편들 중에는 2천 프랑짜리 캐시미어직(織) 숄을 5백 프랑짜리로 믿는 사람도 있고, 5백 프랑짜리 캐시미어직 숄을 2천 프랑짜리로 믿는 사람도 있지요. 어린애들의 배를 곯리면서 돈을 긁어모아 옷을 한 벌 사려는 가련한 여인네들도 있어요. 그러나 나는 그런 가증스런 속임수로부터는 깨끗해요. 나의 극도의 괴로움은 거기에서 나오는 거예요. 어떤 여자들은 남편을 조종하기 위해서 남편에게 몸을 팔기도 하지만, 적어도 나는 자유롭습니다! 뉘싱겐으로 하여금 황금으로 내 몸을 감싸게 할 수도 있겠지만, 나는 존경할 수 있는 남자의 품에 얼굴을 파묻고 우는 편을 더 좋아합니다. 아! 오늘 저녁에는 드 마르세 씨도 자기가 돈을 지불한 여자를 쳐다보듯이 나를 쳐다볼 권리를 갖지 못하겠지." 그녀는 외젠에게 눈물을 보이지 않으려고 두 손으로 얼굴을 감쌌다. 그는 손을 치우고 그녀의 얼굴을 바라보았다. 그 얼굴은 숭고해 보였다. "감정에 금전 문제를 끌어들이다니, 끔찍스럽지 않아요? 당신은 저를 사랑할 수 없을 거예요." 그녀가 이렇게 말했다.

여자들을 그처럼 위대하게 만드는 선의의 감정과 현대 사회의 구조 때문에 여자들이 어쩔 수 없이 저지르는 과오의 이러한 뒤섞임에 외젠의 마음은 혼란스러워졌다. 그는 고통에 절규하면서 그처럼 순진하게 경솔함을 보인 이 아름다운 여인에게 감탄을 느끼면서 다정한 말로 그녀를 위로했다.

"이번 일을 저에 대한 무기로 쓰시면 안 돼요. 그것을 약속해 주세요." 그녀가 말했다.

"아, 부인! 어찌 그럴 수가 있겠어요." 그가 이렇게 대답했다.

그녀는 그의 손을 잡아 감사함과 상냥함에 넘친 태도로 그 손을 자기 가슴에 갖다 댔다.

"당신 덕택에 나는 자유와 기쁨을 되찾았어요. 나는 무쇠 같은 손에 짓눌려 살아 왔거든요. 이제부터는 단순하게, 아무런 낭비 없이 살고 싶어요. 앞으로 제가 어떻게 변하는지 지켜보아 주세요. 그리고 이것 간직해 두세요." 그녀는 여섯 장의 지폐만을 자기가 가지면서 말했다. "솔직히 말하자면 나는 당신에게 1천 에퀴의 빚을 지는 거예요. 나는 의당 당신과 반씩 나누어야 한다고 생각했으니까요." 외젠은 숫처녀처럼 부끄러워하며 사양했다. 그러나 남작 부인이 "당신이 내 공범자가 되어 주지 않는다면, 나는 당신을 원수처럼 생각할 거예요"라고 말하자, 그는 그 돈을 받고는 "만약의 경우에 도박 밑천으로 삼기로 하지요"라고 말했다.

"참 두려운 말씀을 하시는군요." 얼굴이 해쓱해지며 그녀가 소리쳤다. "만일 제가 당신에게 무언가가 되기를 바란다면, 맹세해 주세요, 다시는 도박장에 가지 않겠다고요. 어머나! 제가 당신을 타락시키다니! 그러면 저는 괴로움으로 죽어 버리고 말 거예요."

그들은 집에 도착했다. 궁핍과 사치의 이런 대조에 얼떨떨해 있는 학생의 귓전에 보트랭의 음산한 말들이 울려 왔다.

남작 부인은 자기 방으로 들어가면서 난로 곁의 작은 소파를 가리키며 말했다. "저기에 앉으세요. 나는 이제 아주 힘든 편지를 쓰렵니다! 조언해 주세요."

"편지 쓸 필요 뭐 있습니까, 돈을 봉투에 넣고, 주소를 적어 하녀를 시켜 보내시죠." 외젠이 그녀에게 말했다.

"당신은 정말 머리 회전이 빠른 분이에요. 아! 이런 것이 바로 고결한 신분을 말해 주는 것이죠. 순수한 드 보세앙 식이로군요." 그녀가 미소를 지으며 말했다.

외젠은 점점 더 그녀에게 빠져드는 자신을 느끼며, '참 매력적인 여자야' 하고 생각했다. 그는 부유한 고급 창녀의 관능적인 우아함이 감도는 듯한 그 방을 훑어보았다.

"이 방이 마음에 드세요?" 그녀가 초인종을 울려 하녀를 부르면서 물었다.

"테레즈, 이걸 드 마르세 씨에게 가지고 가서 그분에게 직접 드리도록 해. 만약 그분이 없으면, 편지를 나한테 도로 가져오고."

테레즈는 외젠에게 깜찍스러운 눈길을 던지더니 방을 나갔다. 저녁 식사가 준비되어 있었다. 드 뉘싱겐 부인이 라스타냐크의 팔짱을 끼고 그를 쾌적한 식당으로 안내했다. 그는 사촌누이 집에서 감탄을 느꼈던 호화로운 식탁을 다시 발견했다.

"이탈리아 극장의 상연이 있는 날에는 저희 집에 와서 함께 식사하고, 극장에 같이 가도록 해요." 그녀가 이렇게 말했다.

"이런 달콤한 생활이 계속된다면, 저는 그만 거기에 습관이 들고 말게요. 하지만 저는 행운을 일궈야 할 가난한 학생이랍니다."

"이루어지겠지요. 보세요, 모든 일은 다 잘되게 돼 있어요. 나는 이처럼 행복해지리라고는 예기치 못했어요." 그녀가 웃으면서 대꾸했다.

여자들의 본성에는 가능성만으로 불가능을 입증하고 예감에 의해서 사실을 파괴하는 경향이 있다. 드 뉘싱겐 부인과 라스타냐크가 부퐁 극장의 칸막이 좌석에 들어섰을 때, 그녀는 자신을 너무도 아름답게 만드는 만족스런 태도를 짓고 있어서, 모두들 그녀를 중상하는 입방아를 찧었다. 때로는 일부러 꾸며낸 터무니없는 얘기도 그럴듯하게 유포시키는 그런 유의 중상에 대해 여자들은 자신을 방어할 길이 없는 것이다. 파리를 알고 있는 사람이라면, 거기에서 이야기되는 것은 아무 것도 믿지 않으며, 거기에서 일어나는 일은 아무 것도 입에 담지 않는다. 외젠은 남작 부인의 손을 잡았고, 두 사람은 가만히 또는 세게 손을 누르면서 음악이 그들에게 전해 주는 감흥을 주고받았다. 그들에게는 그 밤이 황홀한 밤이었다. 그들은 함께 극장을 나왔다. 드 뉘싱겐 부인은 퐁뇌프까지 외젠을 배웅해 주고자 했는데, 길을 가는 동안 그녀는 팔레루아얄에서 그렇게 열렬하게 퍼부었던 키스를 그에게 허락하지 않고 뿌리쳤다. 외젠은 그녀의 그런 변덕을 질책했다.

"아까는 기대하지 않았던 헌신에 대한 감사였어요. 지금은 약속이 될 텐데." 그녀가 이렇게 대답했다.

"그런데 당신은 어떤 약속도 안 해주시려 하는군요. 무정한 사람 같으니." 그가 화를 냈다. 애인을 황홀에 빠트리는 그런 초조한 몸짓을 하며, 그녀가 자기 손을 키스하도록 내밀었다. 그는 마지못해 그 손을 잡았는데, 부인에게는 그 모습이 매력적으로 보였다.

"그럼 월요일 무도회에서 만나요." 그녀가 말했다.

아름다운 달빛 아래 걸어서 하숙집으로 돌아가면서, 외젠은 심각한 생각에 빠졌다. 그는 행복함과 불만스러움을 동시에 느꼈다. 행복감은 그가 욕망의 대상으로 삼았던 가장 아름답고 가장 우아한 파리 여성 한 명이 자기 품에 안길 것 같은 연애의 전망으로부터 나오는 것이었다. 불만스러움은 행운을 잡으려던 그의 계획이 무산됨을 보게 된 때문이었다. 그저께 빠져 있던 모호한 상념의 현실을 그가 구체적으로 느낀 것은 그때였다. 실패가 항상 우리의 자부심의 힘을 우리에게 드러내 보이게 마련이다. 파리 생활을 향유하면 할수록, 외젠은 미천하고 가난하게 머무는 것을 더욱 더 원하지 않게 되었다. 그는 주머니 속에서 1천 프랑짜리 지폐를 움켜쥐고서, 그것을 제 것으로 삼기 위한 갖가지 교묘한 이유를 궁리했다. 그는 마침내 뇌브생트주느비에브 가에 도착했다. 그가 층계 위에 이르자 불빛이 보였다. 고리오 영감의 표현에 의하면 **자기 딸 얘기를 해주는 것**을 학생이 잊지 않도록 하기 위해, 고리오 영감은 자기 방문을 열어 놓고 촛불을 켜놓고 있었던 것이다. 외젠은 아무 것도 숨기지 않고 그에게 다 얘기해 주었다.

고리오 영감은 질투심에서 오는 격렬한 절망감에 빠져 소리쳤다. "뭐라고, 그 애들이 내가 파산한 것으로 알고 있다니, 나는 아직도 1천 3백 프랑의 연금을 갖고 있는데! 저런! 가엾은 것, 그 애는 어찌 이리로 오지 않았단 말인가! 내 연금을 팔아 필요한 액수를 마련하고, 나머지로 내 종신 연금을 만들 수 있었을 텐데. 훌륭한 이웃인 당신은 또 어찌하여 그 애의 곤경을 나한테 와서 알려 주지 않았소? 그 애의 보잘것없는 1백 프랑을 도박에 걸러 갈 용기가 났단 말이오? 마음을 갈가리 찢는 것 같군. 사위란 그런 인간들이라니까! 오! 내가 그놈들을 붙들기만 해봐라, 모가지를 비틀 테니까. 뭐라고! 울다니, 그 아이가 울었소?"

"제 조끼에 얼굴을 파묻고 울었지요." 외젠이 말했다.

"오! 나에게 그걸 주시오. 뭐라! 내 딸, 어려서는 운 적이라고는 없는 내 사랑스런 델핀의 눈물이 거기 묻어 있다고! 오! 내가 당신에게 다른 걸 한 벌 사주리다. 그것은 더 입지 말고, 나한테 주구려. 결혼 계약에 의하면, 그 애는 제 재산은 마음대로 써야 하오. 아! 나는 내일 당장 소송 대리인 데르빌을 만나러 가야겠소. 나는 그 애 재산의 매각을 요구하겠소. 나는 법률을 안단 말이야. 나는 늙은 늑대야, 나는 내 이빨을 되찾겠어."

"자, 영감님, 여기 1천 프랑을 받으세요. 도박에서 딴 금액 중 따님이 저에게 주려고 한 것입니다. 그 조끼 속에 간직해 두세요."

고리오는 외젠을 쳐다보더니, 그의 손을 잡으려고 자기 손을 내밀었다. 외젠의 손위에 눈물 한 방울이 떨어졌다.

노인이 그에게 말했다. "당신은 인생에서 성공을 거둘 거요. 하느님은 공정하시거든, 아시겠소? 나는 정직성이 무엇인지 잘 알고 있소. 그리고 단언하거니와 당신 같은 사람은 아주 드물다오. 당신도 역시 나의 소중한 자식이 되지 않겠소? 자, 가서 주무시오. 당신은 쉽게 잠들 수 있을 거요, 아직 아버지가 아니니까. 그 애가 울었다고, 내가 그 사실을 알게 되다니. 그 애가 괴로워하는 동안 나는 여기서 바보처럼 태연하게 밥을 먹고 있었으니. 그 두 아이가 눈물을 흘리지 않도록 하기 위해서라면 성부와 성자와 성신도 팔 수 있을 나, 내가 말이야!"

'맹세코 나는 평생 동안 정직한 사람이 되겠다. 자기 양심의 계시를 따르는 것은 즐거운 일이다.' 외젠은 잠자리에 들면서 생각했다.

아마도 하느님을 믿는 사람들만이 남몰래 선행을 행할 수 있을 것인데, 외젠은 하느님을 믿고 있었다. 다음날 무도회 시간에 대어 라스티냐크는 드 보세앙 부인 댁으로 갔고, 부인은 드 카리글리아노 공작 부인에게 소개하기 위하여 그를 데리고 갔다. 그는 원수 부인의 아주 정중한 환대를 받았고, 그 집에서 드 뉘싱겐 부인을 다시 만났다. 델핀은 외젠의 마음을 더 잘 끌기 위해 그 자리에 모인 모든 사람들의 호감을 사려는 의도에서 화려한 몸치장을 하고 있었다. 그녀는 외젠의 시선을 초조하게 기다리면서도 그 초조함을 감추고 있다고 믿고 있었다. 여자의 감정을 알아볼 줄 아는 사람에게는 이런 순간이야말로 감미로움이 넘치는 순간인 것이다. 자신의 의중을 여자에게 기다리게 만들고, 자신의 기쁨을 멋지게 위장하고, 자신이 야기한 불안감 속에서 여자의 사랑의 고백을 찾고, 여자의 두려움을 즐기면서 미소를 지어 해소시켜 주는 데에서 종종 재미를 느껴 보지 않은 남자가 누가 있겠는가? 이 축제가 진행되는 동안, 외젠은 자신의 위치의 중요성을 문득 헤아리고, 드 보세앙 부인의 친척으로 공공연히 인정받음으로써 자기가 사교계에서 확고한 자리를 차지하게 되었다는 사실을 깨달았다. 그가 드 뉘싱겐 남작 부인을 정복한 것으로 이미 알려져 있는 것이 그를 매우 두드러져 보이게 해서, 모든 젊은이들이 그에게 선망의 눈길을 던지고 있었다. 그런 눈길 몇몇과 마주치면서, 그는 자만심의 최초의 쾌감을 맛보았다. 이 살롱에서 저 살롱으로 옮겨 다니며 사람들의 무리를 지나가는 동안, 그는 자신의 행운을 찬양하는 소리를 들었다. 여자들은 모두 그에게 성공을 예언했다. 그를 놓칠까 봐 두려워진 델핀은 그저께는 허락하기를 한사코 마다했던 키스를 그날 밤에는 받아들이겠다고 그에게 약속했다. 그 무도회에서 라스티냐크는 여러 건의 초대를 받았다. 그는 사촌누이를 통해서 몇몇 여인에게 소개를 받았는데, 그녀들은 모두 멋진 저택을 지니고 있고, 우아함에 대한 자부심이 유별난 여인들이었다. 그는 자기가 파리의 가장 아름다운 최상층 사교계에 투신했음을 알게 되었다. 이 날의 야회가 그에게는 빛나는 데뷔의 매력을 갖고 있었다. 자신이 성공을 거둔 무도회를 처녀가 평생 기억하듯이, 그는 이 야회를 노후까지 틀림없이 기억할 것이다. 다음날 아침 식사를 하면서 그가 하숙인들 앞에서 고리오 영감에게 자신의 성공담을 얘기하자, 보트랭은 악마적인 미소를 짓더니, 가혹한 논리학자답게 외치는 것이었다.

"그래 당신은 인기 있는 청년이 뇌브생트주느비에브 가의 보케르 관에 머물 수 있다고 생각하오? 이곳은 모든 점으로 보아 분명히 아주 점잖은 하숙집이긴 하지만, 전혀 유행에 맞지는 않지. 이 하숙은 호화스럽고 아주 풍족하고 멋지며, 라스티냐크 같은 인물의 임시 저택임을 자랑스러워할 수 있겠지만, 결국 뇌브생트주느비에브 가에 있으며, 순전히 **족장제적** 분위기여서 사치와는 인연이 없지." 보트랭은 온정 어린 조소의 태도로 계속해서 말했다. "여보 젊은이, 파리에서 행세를 하고 싶으면, 세 필의 말과 오전용의 이륜마차 한 대, 저녁용의 사륜마차 한 대가 필요하오. 마차 비용으로 모두 9천 프랑이 드는 것이지. 게다가 의복비로 3천 프랑, 화장품 비로 6백 프랑, 구두 값으로 1백 에퀴, 모자 값으로 1백 에퀴를 지출하지 못하면, 당신은 당신의 운명에 걸맞지 못할 거요. 세탁 비용도 1천 프랑이 들 거요. 유행을 쫓는 젊은이들이라면 속옷 종류도 아주 단정히 차리지 않을 수 없지. 그들에게서 가장 눈여겨보는 것이 속옷이라지 않소? 사랑과 교회는 그 제단 위에 아름다운 보자기를 씌워 주기를 원하는 법이오. 지금까지의 셈만으로도 1만 4천 프랑에 이르오. 당신이 도박에서 잃는 돈, 내기나 선물에 드는 비용은 얘기하지도 않았소. 또 용돈으로 아무래도 2천 프랑은 있어야 할 거요. 나는 전에 그런 생활을 해봐서 지출 내역을 훤히 알고 있소. 이 1차적인 필수 비용에 말 사료 값으로 3백 루이, 말 우리 비용으로 1천 프랑을 보태 보시오. 자 이보오, 옆구리에 매년 2만 5천 프랑은 꿰차고 있어야 한단 말이오. 안 그러면 진창에 떨어져, 남의 손가락질이나 받고, 장래도 성공도 정부(情婦)들도 다 물거품이 되어 버린단 말이오. 나는 또 하인과 마부를 잊고 있었군. 크리스토프가 당신 연애편지를 나르겠소? 당신이 지금 쓰고 있는 종이에 연애편지를 쓰겠소? 그건 자살 행위와도 같지. 경험 많은 늙은이 말을 믿으시오!" 그는 저음의 목소리를 *rinforzando* (점점 세게) 하며 계속해서 말했다. "아니면 다락방으로 물러나 덕성스럽게 공부와 씨름을 하거나, 그도 아니면 또 다른 길을 택하시오."

이렇게 말하더니 보트랭은 타유페르 양을 곁눈질하며, 타락시키기 위해 학생의 마음속에 뿌려 두었던 유혹의 이론을 그 시선으로 상기시키고 요약하려는 듯 한쪽 눈을 찡긋해 보였다. 여러 날이 흘러갔다. 그동안 라스티냐크는 더없이 방탕한 생활을 보냈다. 그는 거의 매일 드 뉘싱겐 부인과 같이 저녁 식사를 하고, 그녀를 동반해서 사교계에 나갔다. 그는 새벽 서너 시에 집으로 돌아와서, 한낮에 일어나 몸단장을 하고, 날이 좋을 때면 델핀과 함께 숲을 산책했다. 그는 이처럼 시간의 귀함을 모른 채 제 시간을 낭비하면서, 대추 야자의 암술이 수술의 꽃가루를 초조하게 기다리는 열성을 가지고 사치의 모든 가르침과 모든 유혹을 빨아들였다. 그는 노름을 크게 해서 많이 잃기도 하고 따기도 했으며, 마침내 파리 청년들의 상궤를 벗어난 생활이 몸에 배고 말았다. 처음에 딴 돈 가운데에서, 그는 1천 5백 프랑을 예쁜 선물들을 곁들여 어머니와 누이들에게 돌려보냈다. 그는 보케르 관을 떠나고자 한다고 사람들에게 예고해 놓았으나, 1월 말경에도 아직 거기에 머무르고 있었으며, 그곳을 벗어날 방법을 모르고 있었다. 젊은이들은 거의 모두가 겉보기로는 불가사의한 하나의 법칙에 따르고 있는데, 실상 그 법칙의 이유란 젊음 자체로부터 나오는 것이며, 또한 쾌락으로 돌진해 나가는 일종의 격정으로부터 나오는 것이다. 부유하건 가난하건 간에, 그들은 변덕스런 기분을 위해서라면 언제나 돈을 쓰면서도, 삶의 필수품을 위해서는 결코 돈을 쓸 줄 모르는 것이다. 그들은 외상으로 얻어지는 모든 것은 헤프게 쓰면서도, 즉석에서 현금으로 지불해야 하는 것에는 무엇에나 인색하며, 손에 들어올 수 있는 모든 것을 낭비함으로써 손에 넣지 못하는 것에 복수하고 있는 듯이 보인다. 이 문제를 좀 더 분명히 제기해 보면, 학생은 자기 의복보다 모자에 훨씬 더 신경을 쓰는 식이다. 벌이가 많은 양복점은 본래 외상 거래를 해주게 마련인 반면에, 모자점은 적은 액수를 취급하기 때문에 학생이 담판해야 할 상대들 가운데 가장 까다로운 존재가 되는 것이다. 극장의 2층 정면 관람석에 자리 잡은 청년이 아름다운 여인들의 오페라 글라스에 현란한 조끼를 내보인다 할지라도, 그가 양말을 신고 있는지는 의심스럽다. 양품상 또한 청년의 돈주머니를 갉아먹는 바구미의 하나인 것이다. 라스티냐크의 당시의 처지가 바로 그러했다. 보케르 부인에 대해서는 항상 텅 비어 있고, 허영심의 요구에 대해서는 항상 가득 차 있는 그의 돈지갑은 당연히 지불해야 할 것과는 부조화를 이루며 변덕스러운 성쇠를 거듭했다. 그의 자부심이 주기적으로 수모를 겪는 악취 풍기는 비천한 하숙집을 떠나기 위해서는 여주인에게 한 달 치 하숙비를 치르고, 멋쟁이의 거처에 어울리는 가구들을 사들여야만 하지 않았던가? 그것이 항상 불가능한 일로 남아 있었다. 노름에 필요한 돈을 마련하기 위해서라면, 한몫 잡았을 때 보석상에서 비싼 값으로 사들였던 시계와 금사슬을 청춘의 음흉하고도 입이 무거운 친구인 전당포에 들고 나가는 것쯤 라스티냐크도 알고 있었으나, 밥값이나 방세를 치른다거나, 우아한 생활의 시작에 필수 불가결한 살림 도구를 사들이는 일이 문제될 때면, 그는 생각이 막히고 대담성도 사라지는 것이었다. 일상적인 필요한 경비나 어쩔 수 없이 진 자질구레한 빚에 대해서는 그에게 별 묘책이 떠오르지 않았다. 요행을 바라는 그런 삶을 경험한 대부분의 사람들처럼 그는 부르주아들의 눈에는 신성불가침으로 여겨지는 부채의 지불을 최후의 순간까지 연기하는 것이었다. 마치 미라보*가 어음의 치명적 형태로 제시될 경우가 아니면 빵 값을 결코 지불하지 않았던 것과도 같았다. 이 무렵 라스티냐크는 돈을 잃고 빚을 지고 있었다. 고정 수입이 없이는 그런 생활을 계속하는 것이 불가능하다는 사실을 그는 이해하기 시작했다. 그러나 자신의 불안정한 상황에서 비롯되는 혹심한 타격으로 신음하면서도, 그는 그런 생활에 따르는 극도의 향락을 포기할 수 없다고 느꼈고, 어떻게 해서든지 그 생활을 계속하고 싶었다. 행운을 기대했던 요행수도 점점 가망 없는 것이 되어 갔고, 현실적 장애가 늘어만 갔다. 뉘싱겐 부부의 가족적 비밀을 알아 가게 되면서, 그는 사랑을 출세의 도구로 바꾸기 위해서는 어떠한 치욕이든 달게 받고, 젊음의 과오를 속죄한다는 고상한 관념은 포기해야 할 것임을 알아차렸다. 겉으로는 화려하지만 회한이라는 *taenias* (촌충)에 뜯어 먹히며, 그 덧없는 쾌락도 끊임없는 고뇌로 비싼 대가를 치러야 하는 그런 생활, 라스티냐크는 그런 생활이 몸에 배어, 라 브뤼예르*의 **방심한 사람**처럼 도랑의 진창 속에 잠자리를 만들고 그 속에서 뒹구는 셈이었다. 그러나 **방심한 사람**처럼, 그는 아직은 의복만을 더럽히고 있었다.

어느 날 비앙숑은 식탁을 떠나면서 라스티냐크에게 물었다. "그래 중국 고관을 해치웠는가?"

"아직 못했어. 하지만 그는 숨을 헐떡이고 있어." 그가 대답했다.

의과 대학생은 그 말을 농담으로 받아들였으나, 실상 그것은 농담이 아니었다. 오랜만에 하숙집에서 저녁 식사를 한 외젠은 식사하는 동안 생각에 잠긴 모습이었다. 디저트 시간에도 자리를 뜨는 대신 그는 식당의 타유페르 양 곁에 머물면서, 그녀에게 이따금 뜻 깊은 눈길을 던졌다. 몇몇 하숙인들은 아직 식탁에 앉아 호두를 먹고 있었고, 또 몇 사람은 시작된 이야기를 계속하면서 이리저리 거닐고 있었다. 거의 어느 저녁이나 마찬가지로, 대화에서 느끼는 흥미의 정도에 따라서, 또는 식후 소화의 답답함의 정도에 따라서, 하숙인 각자는 자기들 기분대로 행동하고 있었던 것이다. 겨울에는 8시 이전에 식당이 완전히 비는 일은 드물었다. 그 무렵이 되면 여자들 넷만이 남아, 남자들 모임 가운데에서 입을 다물고 있어야 했던 그녀들이 떠들 차례였다. 외젠이 사로잡혀 있는 골똘한 모습에 놀란 보트랭은 처음에는 서둘러 자리를 뜰 기색이더니 식당에 그대로 눌러앉아, 외젠의 눈에 띄지 않게 계속 머물러 있었다. 그래서 외젠은 그가 이미 떠난 줄로 알고 있었다. 뒤이어 보트랭은 마지막으로 떠난 하숙인들과 함께 나가는 대신, 음흉하게 살롱에 자리 잡고 앉았다. 그는 학생의 심중을 읽고는 결정적인 징후를 예감하고 있었다. 실상 라스티냐크는 많은 젊은이들이 경험했을 법한 난처한 지경에 놓여 있었다. 사랑으로서든 아니면 교태로서든 간에, 드 뉘싱겐 부인은 파리에서 통용되는 여성의 외교적 수완을 그에게 한껏 펼쳐 보임으로써, 라스티냐크에게 진정한 정열의 모든 고뇌를 맛보게 해왔다. 드 보세앙 부인의 사촌을 자기 곁에 붙들어 두기 위해서 세간의 눈에 자신의 평판을 위험에 빠뜨린 연후에도, 그녀는 라스티냐크가 누리고 있는 듯이 보이는 권리를 실제로 그에게 주기를 망설이고 있었다. 한 달 전부터 외젠의 관능을 너무나 자극해 온 나머지, 그녀는 마침내 그의 마음을 공략하기에 이르렀다. 그들이 맺어졌던 초기에는 외젠이 자기가 지배자라고 생각할 수 있었지만, 실상은 드 뉘싱겐 부인이 더 우세한 존재가 되었다. 그것은 파리의 청년 속에 자리 잡고 있는 두세 가지 인간 모습의 모든 선악의 감정을 외젠에게서 작동케 한 술책의 덕분이었다. 그녀는 계산적으로 그렇게 했던 것인가?

그렇지는 않다. 여자들이란 어떤 자연스런 감정에 이끌리기 때문에, 더할 나위 없는 허위 가운데에서조차 언제나 진실된 측면이 있는 것이다. 아마도 델핀은 이 청년이 갑자기 자기에게 많은 지배력을 행사하도록 방임하고, 또 그에게 지나친 애정을 보인 연후에, 자존심에 이끌리게 된 것이었다. 그 자존심이 그녀로 하여금 양보를 번복하게 하거나, 양보했던 것을 중단하는 데서 즐거움을 느끼게 했다. 정열에 이끌려 드는 순간에조차, 타락의 와중에서 주저하고, 자신의 미래를 맡길 남자의 마음을 시험해 보는 것은 파리 여성에게는 지극히 당연한 일인 것이다. 드 뉘싱겐 부인의 모든 희망은 처음 번에 배반을 당했었고, 젊은 에고이스트에 대한 그녀의 충실성은 무시를 당하고 난 직후였다. 그러니 그녀는 의당 의혹을 품을 만했다. 빠른 성공 때문에 자만심을 품게 된 외젠의 태도에서 그녀는 그들의 야릇한 상황에서 기인된 그녀에 대한 일종의 경멸감을 알아보았는지도 모른다. 어쩌면 그녀는 외젠 같은 나이의 남자에게는 위엄 있게 보이기를 바랐고, 또 자기를 버리고 떠난 남자 앞에서 오랫동안 꼼짝 못하고 지냈던 터여서 그의 앞에서는 당당해 보이기를 원했던 것이다. 게다가 그녀가 드 마르세에게 속해 있었다는 사실을 외젠이 알고 있었기 때문에, 그에게 자기를 정복하기 쉬운 여자로 생각하게 하고 싶지 않았다. 요컨대 짐승 같은 남자의 추악한 쾌락과 젊은 탕아를 겪고 난 후에, 그녀는 사랑의 화원을 거니는 데에 너무나도 달콤함을 느껴서, 그 화원의 모든 경치를 감상하고, 그곳의 살랑거리는 바람 소리에 오랫동안 귀를 기울이며, 순결한 미풍에 오래도록 몸을 맡기는 것이 그녀에게는 상쾌한 매력이었던 것이다. 진정한 사랑이 잘못된 사랑에 대한 대가를 치르고 있었다. 젊은 여인의 영혼 속에서는 처음에 당했던 기만의 충격에 얼마나 많은 꽃이 꺾여 나가는가를 남자들이 알지 못하는 한, 그러한 오해는 불행하게도 빈번히 일어날 것이다. 이유가 어떠했든 간에, 델핀은 라스티냐크를 농락하고 있었으며, 또 그 농락을 즐기고 있었다. 그것은 그녀가 사랑받고 있다는 사실을 알고 있었고, 또 자기가 갖고 있는 틀림없는 여성적 매력에 의해 애인의 시름쯤은 중지시킬 수 있다는 확신이 있었기 때문이었다. 외젠 편에서도 자존심 때문에 자신의 첫 전투가 패배로 끝나기를 원하지 않아서, 추적을 집요하게 계속해 나갔다. 그것은 마치 자신의 첫 성(聖) 위베르 축제에서 자고새 한 마리를 꼭 잡고자 하는 사냥꾼의 태도와도 같았다. 그의 불안감, 그의 상처받은 자존심, 거짓이든 진실이든 간에 그의 절망감이 점점 더 그 여자에 대한 그의 집착을 키워 나갔다. 파리 전체가 드 뉘싱겐 부인을 그의 것으로 알고 있었지만, 그는 그녀 곁에서 처음 만났던 날 이상으로는 한 걸음도 더 나아가지 못하고 있었다. 여인의 교태가 때로는 사랑의 즐거움보다 더 많은 것을 준다는 사실을 아직 모르고 있던 그는 어리석은 분노에 빠져들었다. 여자가 사랑싸움을 벌이는 계절 동안에 라스티냐크에게 풋과일의 수확이 제공되었다면, 그 풋과일은 설익고, 신 맛이 돌며, 풍취가 상쾌한 만큼이나 비싼 대가가 들었을 것이다. 돈 한 푼 없고, 장래도 막힌 처지에 빠지면, 때때로 그는 양심의 소리에 귀를 막고, 타유페르 양과의 결혼에서 보트랭이 가능성을 보여주었던 행운의 기회를 생각했다. 그런데 이때가 마침 그의 궁핍이 극도에 달해 있을 때여서, 그를 호렸던 눈길의 그 무서운 스핑크스의 계교에 그는 거의 무의식적으로 굴복했다. 푸아레와 미쇼노 양이 그들의 방으로 올라가자, 보케르 부인과 난로 옆에서 꾸벅꾸벅 졸면서 털실로 소매를 짜고 있는 쿠튀르 부인 이외에는 아무도 없다고 생각한 라스티냐크는 아주 다정한 태도로 타유페르 양을 쳐다보았다. 타유페르 양은 눈길을 내리깔았다.

"외젠 씨, 무슨 걱정거리가 있으세요?" 잠시 침묵이 흐른 후에 빅토린이 그에게 물었다.

"걱정거리 없는 사람이 누가 있겠어요!" 라스티냐크가 대답했다. "우리 젊은 사람들은 우리가 언제나 할 용의가 있는 희생을 보상해 줄 만큼 헌신적으로 사랑받는다고 확신할 수만 있다면, 아마 걱정 같은 것은 없겠지요."

타유페르 양이 대답 대신 그에게 던진 눈길에는 솔직함이 배어 있었다.

"아가씨, 당신은 오늘 당신의 마음에 확신을 갖고 계시군요. 그런데 결코 변함이 없으리라고 대답하실 수 있습니까?"

가엾은 처녀의 입가에 그녀의 영혼으로부터 솟아난 한줄기 빛과도 같은 미소가 떠올랐다. 그 미소가 그녀의 얼굴을 너무도 빛나게 해서, 외젠은 그처럼 강렬한 감정의 폭발을 야기한 것이 두렵기까지 했다.

"어떠세요! 만약 당신이 내일 부자가 되고 행복해지더라도, 엄청난 재산이 하늘에서 당신에게 떨어져 내려도, 불운했던 시절에 당신 마음에 들었던 가난한 청년을 여전히 사랑하시겠습니까?"

그녀는 귀엽게 고개를 끄덕였다.

"아주 불행한 청년인데도 말이죠?"

그녀가 또다시 고개를 끄덕였다.

"무슨 어리석은 소리를 하고 있는 거예요?" 보케르 부인이 소리 쳤다.

"가만히 계세요, 우리는 서로 뜻이 통합니다." 외젠이 대답했다.

"그렇다면 외젠 드 라스티냐크 기사님과 빅토린 타유페르 양 사이에 결혼 약속이 이루어졌습니까?" 보트랭이 갑자기 식당의 문간에 모습을 드러내며 그의 굵은 목소리로 말했다.

"아유 깜짝이야!" 쿠튀르 부인과 보케르 부인이 동시에 소리쳤다.

"저는 더 나쁜 선택을 할 수도 있을 것입니다." 외젠은 웃으면서 대답했지만, 보트랭의 목소리를 듣고 일찍이 느껴 보지 못했던 더없이 고통스런 마음의 동요를 느꼈다.

"나쁜 농담은 그만두세요, 여러분! 자 애야, 방으로 올라가자." 쿠튀르 부인이 말했다.

보케르 부인도 저녁 시간을 그녀들의 방에서 보내며 양초와 불을 절약하기 위해, 두 하숙인을 따라갔다. 외젠만 혼자 남아 보트랭과 마주하게 되었다.

"나는 당신이 이 상태에 이를 줄 잘 알고 있었소." 요동 않는 침착성을 유지하며 그 남자가 외젠에게 말했다. "그런데 들어보오! 나도 남들만큼이나 섬세한 마음을 갖고 있소. 지금 당장 결정지으라는 것은 아니오. 당신은 지금 평소의 상태가 아니니까. 당신은 빛을 지고 있지. 나에게로 오는 결정은 정열이나 절망에서가 아니라, 이성에 의한 것이기를 바라오. 아마 당신은 몇 천 에퀴의 돈이 필요하겠지. 자, 이걸 원하시오?"

이 악마는 주머니에서 지갑을 꺼내더니 거기서 지폐 석 장을 빼어 학생의 눈앞에서 펄럭였다. 외젠은 더없이 괴로운 처지에 빠져 있었다. 그는 다주다 후작과 드 트라유 백작에게 도박에서 잃은 돈 1백 루이를 구두로 빚지고 있었던 것이다. 그는 그 돈이 없어서 약속이 되어 있는 드 레스토 부인 집에 저녁 시간을 보내러 가지 못하고 있었다. 그것은 과자를 들거나 차를 마시는 격식 없는 야회의 모임이었지만, 거기에서는 휘스트 게임으로 6천 프랑을 잃을 수도 있었다.

외젠이 경련적인 떨림을 가까스로 숨기며 그에게 말했다. "보트랭 씨, 그런 말씀을 하셨어도 내가 당신께 채무를 짊어질 수는 없다는 것을 이해해 주셔야 하겠습니다."

유혹자가 계속해서 말했다. "한데 당신은 다른 식으로 말하도록 나를 귀찮게 구는군. 당신은 섬세한 데다가, 사자처럼 오만하고 처녀처럼 부드러운 아름다운 청년이오. 당신은 악마에게 좋은 먹이가 될 거요. 나도 젊은이들의 그런 자질이 좋소. 그러나 고등 정략에 대해 두세 번만 깊이 생각해 본다면, 당신은 세상을 있는 그대로 보게 될 거요. 이 세상에서는 덕성의 작은 연기만 해보여도, 뛰어난 인간은 땅바닥에 앉아 구경하는 바보들의 박수갈채를 받으면서 자기의 모든 욕망을 만족시킬 수 있소. 며칠 안 돼서 당신은 우리 편이 될 것이오. 정말 당신이 내 제자가 되고자만 한다면,

나는 당신에게 모든 일을 이뤄 줄 수 있으련만. 무엇을 원하든 간에 즉시 욕구가 충족될 것이오, 명예든, 재산이든, 여자든 무엇이든지 말이오. 문명 전체를 맛난 음식으로 당신에게 바칠 수도 있소. 당신은 우리의 귀염둥이 막내가 될 것이고, 우리 모두는 당신을 위해 기꺼이 목숨이라도 바칠 것이오. 당신에게 장애가 되는 것은 무엇이나 싹 쓸어버리겠소. 당신이 아직도 주저하는 것은 나를 악당으로 여기기 때문이겠지? 그런데 말이오, 당신이 아직도 지니고 있다고 믿는 만큼의 청렴성을 가지고 있던 드 튀렌* 씨 같은 사람도 산적들과 손을 잡으면서도 자신의 평판을 더럽혔다고는 생각하지 않았소. 당신은 나에게 신세를 지고 싶지 않은 거지, 응? 그런 건 아무래도 괜찮소." 보트랭은 미소를 흘리며 계속해서 말했다. "이 종이쪽을 받으오. 그리고 거기에다가 가로로 써주시오." 그는 증서를 꺼내 들면서 말했다. **차용 기간 1년으로 일금 3천 5백 프랑을 정히 영수함**이라고 말이오. 그리고 날짜도 쓰시오! 당신에게 일체의 양심의 거리낌을 덜어 주기 위해 이자는 아주 비싸오. 나를 고리대금업자라고 부르고, 내게는 조금도 감사를 느끼지 않아도 좋소. 후일 당신이 나를 좋아할 것이라고 확신하기 때문에, 오늘은 당신이 나를 경멸해도 상관없소. 당신은 나에게서 무한한 심연, 바보들이 악덕이라고 부르는 응집된 거대한 감정을 발견하게 될 거요. 그렇지만 당신은 나에게서 비겁하거나 배은망덕한 모습은 결코 보지 못할 거요. 요컨대 나는 장기의 폰이나 비숍이 아니라 룩이란 말이오, 젊은 친구."

"도대체 당신은 어떤 사람이죠? 당신은 나를 괴롭히려고 세상에 태어난 것입니까?" 외젠이 소리쳤다.

"천만에. 나는 진흙탕을 마다하지 않으며 당신을 평생 동안 진흙탕으로부터 보호해 주려고 하는 선량한 사람이지. 어째서 이런 헌신을 보이는지 당신은 의아해하겠지? 좋소! 언젠가 당신 귓속에 대고 조용히 얘기해 주겠소. 우선 사회 질서의 울림과 그 기구의 작동을 당신에게 보여줌으로써 나는 당신을 놀라게 한 바 있소. 그러나 당신의 처음의 공포심은 전쟁터에서의 신병의 공포심처럼 사라질 테고, 스스로 왕을 자처하는 자들을 위해 죽기로 결심한 병사들처럼 인간들을 간주하는 관념에 당신은 익숙하게 될 거요. 세월이 참 많이 변했단 말이야. 예전에는 자객에게 '여기 1백 에퀴 있으니, 모씨(某氏)를 죽여 주게'라고 말하면 되었지. 별것 아닌 일로 한 인간을 저 세상으로 보내 놓고도 태연하게 저녁상을 받을 수 있었건만. 그런데 오늘날은 전혀 위험에 연루되지도 않는 고갯짓 하나로 얻을 막대한 행운을 당신에게 제안하는데도, 당신은 주저하고 있단 말이오. 참 무기력한 시대야."

외젠은 어음에 서명을 하고, 그것을 지폐와 바꾸었다.

"자 그럼 우리 진지하게 얘기합시다." 보트랭이 계속해서 말했다. "나는 지금부터 몇 달 안에 담배 재배를 하러 아메리카로 떠나고 싶소. 내가 우정의 표시로 시가를 당신에게 보내 주도록 하지. 내가 부자가 되면, 당신을 도와주겠소. 나에게 자식이 없으면(필경 그럴 거요, 꺾꽂이를 해서 이 세상에 나를 이식해 볼 호기심 같은 것은 나한테 없으니까), 내 재산을 당신에게 물려주겠소. 이런 것이 남자의 우정 아니겠소? 나는 당신을 좋아한단 말이오. 나는 다른 사람을 위해 헌신하는 열정을 갖고 있소. 나는 이미 그런 경험이 있소. 이보오, 젊은이, 나는 다른 인간들보다 더 높은 영역에 살고 있소. 나는 행동을 수단으로 생각하며, 목적만을 보는 사람이오. 나에게는 인간이 무슨 의미를 갖는지 아시오? 이런 찌꺼기 같은 거지!" 그는 엄지손가락의 손톱으로 이를 쑤시면서 말했다. "인간은 전부 아니면 무(無)이지. 푸아레 같은 인간은 무일 뿐이오. 그런 인간은 빈대처럼 뭉개 버릴 수 있소, 납작해져서 악취를 풍기겠지. 그러나 당신 같은 사람과 닮아 있을 때는 인간은 신(神)인 것이오. 그럴 경우 인간은 더 이상 가죽으로 덮인 하나의 기계가 아니라, 가장 아름다운 감정들이 약동하는 하나의 무대인데, 나는 오직 감정으로만 사는 사람이오. 감정이란 생각 속의 세계가 아니겠소? 고리오 영감을 보시오. 그에게는 두 딸이 전(全) 우주라고 할 수 있소. 딸들이 그 사람을 창조와 연결해 주는 끈이 되고 있는 것이오. 그런데 인생을 깊이 탐구해 본 나에게는, 실재하는 감정이란 오직 하나뿐으로서, 그것은 남자와 남자 사이의 우정이오. 피에르와 자피에*의 우정, 그것이 나의 정열이오. 나는 『구원받은 베네치아』를 외우고 있소. 친구가 '사람 하나 해치워 버리세!'라고 말하면, 도덕적 설교 같은 것을 늘어놓지 않고 군소리 한 마디 없이 따라나설 만큼 용감한 사람을 많이 본 적 있소? 나는 그런 일을 했소. 나는 누구한테나 이런 얘기를 하지는 않소. 그러나 당신은 탁월한 남자이니, 당신에게는 무슨 얘기든 할 수 있고, 당신은 무엇이든 이해할 수 있겠지. 당신은 여기 우리를 둘러싸고 있는 못난 작자들이 살고 있는 늪지 속에서 오래 허우적거리지는 않을 것이오. 자, 얘기는 이 정도로 마칩시다. 당신은 결혼할 거요. 우리 각자 칼날을 세웁시다! 내 것은 철제니까 무디어지는 법이 없겠지, 허 허!"

보트랭은 학생의 부정적인 대답을 들으려고 하지 않고 나가 버렸다. 그를 편하게 내버려두려는 속셈에서였다. 사람들이 스스로를 치장하고, 자신들의 비난받을 만한 행동을 정당화하기 위해 사용하는 그런 사소한 저항과 갈등의 비밀을 보트랭은 알고 있는 듯이 보였다.

"그 작자 하고 싶은 대로 하라지, 나는 분명히 타유페르 양과 결혼하지는 않을 테니까!" 외젠은 혼자 중얼거렸다.

외젠이 혐오하는 사람이었지만, 그가 품고 있는 파렴치한 관념과 사회를 질타하는 그의 대담성 때문에 점점 더 존재가 크게 부각되어 오는 보트랭과 계약을 맺었다는 생각에 내면에서 달아오르는 불안감으로 시달린 이후에, 라스티냐크는 외출복을 차려입고 마차를 불러 드 레스토 부인 집으로 갔다. 한 걸음씩 내디딜 때마다 상류사회의 중심부로 전진해 나가서, 언젠가는 무서운 영향력을 발휘할 것처럼 보이는 이 젊은이에 대해 레스토 부인은 며칠 전부터 한결 정성을 기울이고 있었다. 라스티냐크는 드 트라유 씨와 다주다 씨에게 진 빚을 갚고, 밤 한때를 휘스트 게임을 해서, 먼젓번에 잃었던 돈을 되찾았다. 다소간 운명론자이게 마련인 앞길을 개척해야 할 사람들 대부분과 마찬가지로 미신적 경향을 띤 라스티냐크는 자신의 행운이 올바른 길에 머물고자 한 자신의 고집에 대한 하늘의 보상이라고 생각했다. 다음날 아침 그는 서둘러 보트랭에게 아직 그의 어음을 가지고 있느냐고 물었다. 그렇다는 대답을 듣자, 그는 꾸밈없는 기쁨을 나타내며 보트랭에게 3천 프랑을 돌려주었다.

"다 잘되어 가는군." 보트랭이 그에게 말했다.

"그렇지만 나는 당신의 공범자가 아닙니다." 외젠이 말했다.

"알고 있소, 알고 있어." 그의 말을 가로막으며 보트랭이 대답했다. "당신은 아직도 유치하게 굴고 있소. 당신은 사소한 일로 머뭇거리고 있구려."

그로부터 이틀 후에 푸아레와 미쇼노 양은 식물원의 호젓한 길가에 있는 양지바른 벤치에 앉아, 의과 대학생에게 의심스러워 보일 만한 이유가 있었던 남자와 얘기를 나누고 있었다.

"이보세요, 아가씨," 공뒤로 씨가 말했다. "당신이 망설이는 이유가 무엇인지 모르겠군요. 왕국의 경찰 대신(大臣) 각하께서는……"

"그래요! 왕국의 경찰 대신 각하께서……" 푸아레가 반복해서 말했다.

"그렇습니다, 각하께서 이 사건에 관심을 갖고 계십니다." 공뒤로가 말했다.

뷔퐁 가(街)에 사는 연금 생활자라고 자칭하는 자가 정직한 사람의 가면 뒤에서 이처럼 예루살렘 가(街)의 밀정의 모습을 내보이면서 경찰이란 말을 입에 담는 순간, 비록 머릿속은 텅 비었을 망정 그래도 옛날에는 관리였고, 아마도 부르주아적 덕성을 갖고 있을 푸아레 같은 사람이 그런 자의 말에 계속 귀 기울인다는 것은 누구에게나 있을 법하지 않은 일로 보일 것이다. 그렇지만 이보다 더 자연스러운 일도 없었다. 지금까지 공표된 적은 없지만, 몇몇 관찰자들이 이미 행한 바 있는 고찰에 따르면, 푸아레 같은 사람이 속해 있는 특수한 종족은 바보들의 대집단이란 개념으로 더 잘 이해될 수 있을 것이다. 국가 예산의 위도(緯度) 제1도에서 제3도 사이에 끼여 있는 펜대를 쥔 월급쟁이 족속이란 것이 존재하는 바, 위도 제1도는 행정의 그린란드 지대 같은 것으로서 연봉 1천 2백 프랑을 받는 곳이고, 제3도는 연봉이 3천 내지 6천 프랑의 좀 따뜻한 온대 지역으로서, 상여금이 뿌리를 내려, 결실을 맺기는 어려워도 꽃을 피울 수 있는 곳인 것이다. 이 하급 족속의 병적인 편협성을 가장 잘 드러내는 특징의 하나는 읽을 수도 없는 서명(署名)을 통해서 **대신 각하님**이라는 명칭으로만 하급 직원에게 알려져 있는 부서의 최고 거물에 대한 무의식적이고 기계적이며 본능적인 일종의 존경심이다. **대신 각하님**이란 다섯 글자는 『바그다드의 칼리프』의 *Il Bondo Cani**와 같은 것으로서, 이 왜소한 부류의 눈에는 결정적인 신성한 권력을 표상하는 것이다. 가톨릭교도에게 교황이 그런 것처럼, 하급 관리에게 각하는 행정적으로 무류(無謬)를 의미한다. 대신이 발하는 광휘는 그의 행동, 그의 말, 또 그의 이름으로 말해지는 것에 전파되어, 모든 것을 그의 장식으로 뒤덮고, 그가 명하는 행위들을 합법화한다. 각하란 명칭은 그의 의도의 순수성과 그의 의지의 신성함을 증명하는 것으로서, 전혀 받아들일 수 없는 관념도 통과시키는 구실을 하는 것이다. 이 가련한 부류의 인간들은 자기들의 개인적 이해 때문에는 하지 않을 일도 각하라는 말이 발설되자마자 부리나케 행하는 것이다. 군대에서 그런 것처럼 관청에도 맹종(盲從)이 있어서, 그런 체제는 양심을 질식시키고, 인간을 무력화시켜, 시간이 지남에 따라 마침내 인간을 정부라는 기계 장치에 나사처럼 적응시키기에 이른다. 인간을 잘 분별할 줄 아는 듯한 공뒤로 씨는 푸아레에게서 그런 바보 관료층의 모습을 재빨리 알아채고서, 자신의 술책을 드러내면서 푸아레를 현혹해야 할 순간에 이르자, 각하라는 부적 같은 말을 *Deus ex machina* (기적의 구원자)처럼 끄집어냈던 것이다. 그에게는 미쇼노나 푸아레 같은 남녀는 서로 암수가 뒤바뀐 동류의 인간들로밖에는 보이지 않았다.

"각하께서 친히, 대신(大臣) 각하께서 그러신다! 아! 그럼 얘기가 아주 다르죠." 푸아레가 말했다.

"당신은 이분의 판단을 신뢰하는 것 같은데, 지금 이분의 얘기를 알아들으셨겠죠." 가짜 연금 생활자는 미쇼노 양을 향해 말을 계속했다. "그런데 지금 각하께서는 보케르 관에 하숙하는 자칭 보트랭이란 자가 툴롱의 도형장에서 **불사신(不死身)**이란 이름으로 알려져 있던 탈옥수라는 확신을 갖고 계십니다."

"아! 불사신이라! 불사신이란 이름에 어울린다면, 그 사람은 정말로 행복하겠군요." 푸아레가 말했다.

형사가 계속해서 얘기했다. "그렇지요, 그 별명은 그자가 극도로 대담한 일들을 행하고서도 다행히 목숨을 잃지 않은 까닭에 얻은 것입니다. 아시겠어요, 그 사람 아주 위험합니다. 그자는 비범해 보이는 자질들도 갖고 있어요. 그가 받은 형(刑) 선고는 그의 패거리들 사이에서는 그자를 대단히 명예로운 인물로 만들기까지 해서……"

"그러면 그는 명예로운 사람이겠군요?" 푸아레가 물었다.

"그 사람 나름으로는 그렇다고 할 수 있죠. 그는 다른 사람이 저지른 죄를 스스로 뒤집어썼어요. 그가 매우 사랑했던 미남 청년이 저지른 위조죄였죠. 도박을 좋아했던 이탈리아 청년이었는데, 그 후에 군대에 들어가서 행실이 반듯해졌다고 하더군요."

"그런데 경찰 대신(大臣) 각하께서 보트랭 씨가 불사신이라고 확신하신다면, 도대체 왜 나 같은 사람이 필요하겠어요?" 미쇼노 양이 말했다.

"아! 그래요." 푸아레가 끼어들었다. "당신이 우리에게 말씀해 주신 대로, 정작 대신이 어떤 확신을 갖고 계시다면……."

"확신이란 꼭 맞는 말이 아닙니다. 의심을 품고 있는 것이죠. 당신들은 곧 문제의 핵심을 이해하게 될 겁니다. 불사신이란 별명을 가진 자크 콜랭은 세 개의 도형장 죄수들의 전적인 신임을 받고 있어서, 그는 그들의 대리인 겸 재산 관리인으로 선출되어 있습니다. 뛰어난 사람을 필요로 하게 마련인 그런 종류의 일을 챙기면서 그는 많은 돈을 벌고 있어요."

"아! 아! 말장난을 이해하시겠어요, 아가씨? 이 양반이 그를 **뛰어난** 사람이라고 부르는 까닭은 그자에게 낙인이 찍혀 있다는 뜻이죠."* 푸아레가 이렇게 말했다.

형사가 계속해서 말했다. "가짜 보트랭은 도형수들의 돈을 받아 투자하고 보관했다가, 탈옥한 자들이나, 또는 죄수들이 유언으로 지정한 가족들이 쓰도록 한다든지, 또는 죄수들이 그들의 정부(情婦)들을 위해 인출하고자 하면 그 여자들에게 보내 주지요."

"정부라니요! 아내를 말하는 것이겠죠." 푸아레가 참견하고 나섰다.

"아닙니다, 도형수는 대체로 비합법적인 부인만을 갖고 있습니다. 우리가 내연의 처라고 일컫는 여자 말이죠."

"그들은 모두 내연 관계로 살고 있단 말씀인가요?"

"결과적으로 그런 셈이죠."

"허허 참! 대신이 그런 끔찍스런 일을 묵인하시다니. 당신은 각하를 뵙는 영예를 갖고 있고, 박애적인 관념의 소유자이신 것 같아 드리는 말씀인데, 그런 자들의 부도덕한 행위에 대해 각하께 귀띔을 하셔야 합니다. 그자들이 사회의 나머지 부분에 아주 나쁜 예가 되지 않겠어요." 푸아레가 말했다.

"그렇지만 정부에서 그자들을 모든 덕행의 표본으로 삼으려고 거기에 가두는 것은 아니니까요."

"참 그렇군요. 하지만, 선생, 말씀 드리자면……"

"이보세요, 이분 얘기를 더 들어보기로 하죠." 미쇼노 양이 푸아레의 말을 가로막았다.

"아가씨가 잘 아시는군요." 공뒤로가 말을 이었다. "막대한 금액에 달한다는 소문인 그 불법적 금고를 압류하는 데 정부는 큰 관심을 갖고 있어요. 불사신은 그의 동료들 중 일부가 소유한 금액뿐만 아니라 나아가 1만의 조합에서 나오는 돈도 은닉해서 거대한 액수를 집어 넣고 있어서……"

"1만 명의 도둑들이라고요!" 푸아레가 질겁해서 소리쳤다.

"아닙니다. 1만의 조합이란 1만 프랑의 벌이도 되지 않을 일에는 아예 손을 대지 않고 큰 일만 벌인다는 통 큰 도둑놈들의 결사체를 말합니다. 그 조합은 곧장 중죄 재판소로 직행할 도둑놈들 가운데서도 가장 두드러진 자들로 구성되어 있죠. 그자들은 법률을 잘 알고 있어서, 체포되어도 사형이 적용될 위험은 결코 없습니다. 콜랭은 그들의 신뢰를 받는 인물로서, 그들의 고문격입니다. 엄청난 자금의 도움으로, 그 사람은 자기 나름의 경찰 조직을 만들어서는, 침투할 수 없는 비밀로 둘러싸인 아주 광범위한 연결망을 구축해 놓았지요. 1년 전부터 우리가 그의 주위에 스파이들을 풀어놓고 있음에도 불구하고, 우리는 아직도 그자의 셈속을 알아볼 수가 없습니다. 그러니 그의 금고와 그의 재주가 끊임없이 악을 퍼뜨리고 범죄에 밑천을 대는 데 쓰이며, 사회와 항구적인 전쟁 상태에 있는 악당들의 군대를 유지하게 하는 셈이죠. 불사신을 체포하고 그자의 은행을 압류하는 것은 악을 뿌리에서부터 근절하는 일이 될 것입니다. 그러니 이 일의 처리는 고위 정치에 속하는 국사(國事)로서, 이 일의 성사에 협력하는 사람들은 표창을 받을 만합니다. 선생, 당신도 다시 한 번 행정 관리가 되어, 경감의 비서 같은 일을 하실 수 있을 것입니다. 당신의 퇴직 연금을 타는 데는 아무 지장이 없는 그런 직책 말이에요."

"그런데 왜 불사신은 금고를 가지고 도망치지 않는 거죠?" 미쇼노 양이 물었다.

"오! 도형수들의 돈을 훔친다면, 그자는 가는 곳마다 그를 죽일

임무를 맡은 자객에게 추적당할 것입니다. 그런데다가 금고는 여염집 아가씨 하나를 유괴하는 것만큼 수월하게 탈취되지는 않습니다. 그리고 콜랭은 그런 일은 저지를 수 없는 사나이죠. 그는 명예를 잃는다고 생각할 것입니다." 형사가 이렇게 대답했다.

"선생 말씀이 맞습니다, 그는 완전히 명예를 잃을 거예요." 푸아레가 말했다.

"그런 모든 얘기들이 당신이 직접 와서 그를 체포하지 않는 이유를 설명하지는 못해요." 미쇼노 양이 말했다.

"그렇다면, 아가씨, 제가 답변해 드리지요…… 그런데 말씀이죠." 형사는 그녀의 귀에 대고 속삭였다. "옆의 남자 분이 말을 막지 않도록 좀 해주세요. 이러다가는 좀처럼 얘기를 끝내지 못하겠어요. 저 노인네 얘기를 듣자면 많은 참을성이 필요하겠군요. 불사신은 밖으로 나오면서 정직한 사람으로 위장해서, 파리의 선량한 부르주아 행세를 했고, 아무 수상한 점이 없는 하숙집에 자리 잡았습니다. 그런데다가 그자는 교활해서, 결코 불시에 기습할 수가 없습니다. 그러니 보트랭 씨는 중요한 사업을 하는 존경받는 인사인 셈이죠."

"당연하지." 푸아레가 혼잣말을 했다.

"진짜 보트랭 같은 인물을 착오로 체포함으로써, 파리의 상업계나 여론의 원성을 사게 되는 일을 대신께서는 원하시지 않습니다. 경찰청장님은 자리가 불안정하고, 또 적들을 갖고 있습니다. 만약 착오를 범했다가는, 그분의 자리를 노리는 사람들이 험담과 자유주의파의 불평을 이용해서 그분의 자리를 잃게 만들 수도 있습니다. 이 일에 있어선 가짜 드 생텔렌 백작이었던 쿠아냐르 사건에서처럼 처신해야 합니다. 만약 그자가 진짜 드 생텔렌 백작이었다면, 우리는 무사하지 못했을 것입니다. 그러니 증거를 확인해야 하는 것이죠!"

"그렇겠지요, 하지만 당신은 예쁜 여자 하나가 필요하겠군요." 미쇼노 양이 발끈해서 말했다.

"불사신은 여자에게 접근을 허용하지 않을 것입니다. 이건 비밀인데, 그자는 여자들을 좋아하지 않습니다." 형사가 대꾸했다.

"그렇다면 2천 프랑을 받고 내가 그 일을 한다고 가정하더라도, 그런 확인 작업에 내가 무슨 소용이 있을지 모르겠군요."

"그보다 더 쉬운 일이 없습니다." 정체불명의 사내가 말했다. "뇌일혈처럼 보이게 할 뿐 위험성은 조금도 없는 졸도를 일으키도록 처방된 물약이 들어 있는 병 하나를 당신에게 드리겠습니다. 그 약은 포도주나 커피에 탈 수 있도록 되어 있습니다. 당신은 즉시 그 남자를 침대로 옮기고, 그가 죽어 가는 것은 아닌지 살피는 척하면서 그의 옷을 벗기세요. 다른 사람이 보지 않는 순간에, 그의 어깨를 찰싹 때려 보세요. 그러면 당신은 글자가 나타나는 것을 보게 될 것입니다."

"그렇다면 뭐 아주 쉬운 일이군." 푸아레가 말했다.

"그럼 동의하시는 거죠?" 공뒤로가 노처녀에게 말했다.

"하지만 이보세요, 낙인의 글자가 안 나타날 경우에도 2천 프랑을 받게 되나요?" 미쇼노 양이 물었다.

"아닙니다."

"그러면 보상금이 얼마예요?"

"5백 프랑입니다."

"그 하찮은 금액으로 그런 일을 하다니. 양심에 거리껴요. 나는 양심을 달래야 한단 말이에요."

"그렇고말고요. 내가 단언하지만, 이 아가씨는 아주 친절하고 능란한 사람인 데다가, 양심이 바르죠." 푸아레가 말했다.

"자 그럼, 그자가 불사신이면 나한테 3천 프랑을 주세요, 그렇지 않다면 한 푼도 안 받을 테니까." 미쇼노 양이 덧붙여 말했다.

"좋습니다. 단 내일 중으로 해치운다는 조건입니다." 공뒤로가 말했다.

"아직은 아녜요. 나는 고해신부님과 의논할 필요가 있거든요."

"참 빈틈없는 분이군!" 형사가 자리에서 일어서며 말했다. "그럼 내일 만납시다. 나한테 급히 말할 일이 생기면, 생트샤펠 마당 끝의 생탄 골목으로 오세요. 둥근 천장 아래에 문이 하나밖에 없습니다. 거기서 공뒤로 씨를 찾으세요."

퀴비에의 강의를 듣고 돌아오는 중이던 비앙숑의 귓전에 불사신이라는 아주 특이한 말이 울렸다. 그리고 그는 유명한 보안 경찰 부장의 "좋습니다"라는 말도 어렴풋이 들었다.

"왜 얘기를 매듭짓지 않는 거죠? 3백 프랑의 종신 연금에 해당되는 일인데." 푸아레가 미쇼노 양에게 말했다.

"왜냐고요? 생각해 볼 문제지요. 만약 보트랭 씨가 그 불사신이라면, 그 사람과 타협을 보는 것이 더 이로울지 몰라요. 그렇지만 그 사람에게 돈을 요구하는 것은 그에게 예고해 주는 것과 같고,

그는 **한 푼도 안 내고** 도망칠지도 모를 사람이니, 그렇게 되면 **헛물**만 켜는 꼴이죠." 미쇼노 양이 말했다.

"그 사람이 미리 귀띔을 받는다 하더라도, 그 사람은 감시당하고 있다고 아까 그 양반이 말하지 않던가요? 그러면 당신은 다 잃고 마는 거예요." 푸아레가 다시 말했다.

'그런데다가 나는 그 작자가 통 맘에 들지 않는단 말이야! 그자는 나에게 불쾌한 소리만 늘어놓거든.' 미쇼노 양은 속으로 생각했다.

푸아레가 계속 지껄였다. "이쪽 편을 드는 게 득이에요. 옷차림도 아주 깔끔하고, 사람도 좋아 보이는 그 신사의 말마따나, 사회로부터 범죄자를 제거하는 것은 준법 행위이지요. 그 범죄자가 아무리 덕성스럽다 해도 마찬가지죠. 제 버릇 개 못 주는 법이죠. 그자에게 우리 모두를 몰살해 버릴 생각이라도 들면 어쩌겠어요? 제기랄! 우리가 맨 먼저 희생당하는 것은 고사하고라도, 우리는 그런 살인 행위에 대해서도 책임이 있는 거죠."

미쇼노 양은 골똘히 생각에 빠져 있어서, 잘 잠기지 않은 수도꼭지를 통해서 흘러나오는 물방울처럼 푸아레의 입에서 떨어지는 한 마디 한 마디의 말에 귀를 기울일 여가가 없었다. 이 노인네가 일단 말을 쏟아 내기 시작하면, 미쇼노 양이 가로막지 않는 한, 그는 조립된 기계 장치처럼 그칠 줄 모르고 지껄여 대는 것이었다. 한 가지 주제를 꺼냈다가, 그는 여담으로 빠져서 결론이고 뭐고 없이 전혀 반대되는 주제로 옮겨가는 식이었다. 보케르 관에 이르렀을 때, 그는 일련의 중간 대목과 인용을 끝없이 늘어놓은 끝에,

자기가 변호사 측 증인 자격으로 출두했던 라굴로 씨와 모랭 부인 사건에서의 자신의 공술 내용을 떠벌리는 데까지 이르러 있었다. 하숙집에 들어서면서, 미쇼노 양은 타유페르 양과 속삭이고 있는 외젠 드 라스티냐크의 모습을 놓치지 않고 보았다. 얘기가 어지간히 재미있는 듯 이 한 쌍의 남녀는 두 늙은 하숙인이 식당을 가로질러 가는 동안에도 전혀 관심을 기울이지 않았다.

"이렇게 될 줄 알았다니까요. 그들은 1주일 전부터 혼을 빼앗을 듯한 눈길을 서로 주고받았으니까요." 미쇼노 양이 푸아레에게 말했다.

"그래요. 그래서 그 여자는 유죄 선고를 받았죠." 푸아레가 대꾸했다.

"누가 말이에요?"

"모랭 부인이죠."

"나는 빅토린 양 얘기를 하고 있는 거예요. 그런데 당신은 모랭 부인의 일로 대답하는군요. 그 여자가 대체 누구죠?" 미쇼노는 무심코 푸아레의 방으로 들어가면서 말했다.

"빅토린 양에게 도대체 무슨 죄가 있소?" 푸아레가 물었다.

"외젠 드 라스티냐크 씨를 사랑하는 죄죠. 어찌 될지도 모르고 깊이 빠져들고 있어요, 천진난만한 아이가, 가엾게도!"

그날 오전 외젠은 드 뉘싱겐 부인 때문에 절망에 빠져 있었다. 그는 내심으로 보트랭에게 완전히 몸을 내맡겨 버려, 그 기이한 사람이 자기에게 기울이는 우정의 동기나 또 그러한 결합의 미래도 헤아려 보려 하지 않았다. 타유페르 양과 더없이 감미로운 약속을 주고받으면서 한 시간 전부터 그가 이미 발을 들여놓았던 심연으로부터 그를 끌어내자면 기적 같은 일이 필요했다. 빅토린은 천사의 음성을 듣는 듯했고, 자기를 위해 하늘이 열리는 것 같았고, 장식가들이 호화로운 극장을 꾸밀 때와 같은 환상적인 색조로 보케르 관이 치장되는 것만 같았다. 그녀는 사랑했고, 또 사랑 받고 있었다. 적어도 그녀는 그렇게 믿고 있었다. 집안의 모든 감시의 눈길을 벗어나 한동안 라스티냐크의 모습을 보고, 또 그의 속삭임을 듣는다면, 어떤 여자인들 그녀처럼 믿지 않을 수 있을 것인가? 라스티냐크는 자신의 양심과 싸움을 벌이면서, 자기는 나쁜 짓을 하고 있고 또 나쁜 짓을 하려고 한다는 사실을 자각했으나, 한 여인을 행복하게 해줌으로써 이 가벼운 죄를 보상하겠다고 생각하고 있었다. 그는 절망감 때문에 아름답게 보였고, 가슴 속지옥의 모든 불길로 찬란하게 빛나고 있었다. 그에게는 다행스럽게도, 기적이 일어났다. 보트랭이 쾌활하게 뛰어 들어왔던 것이다. 사악한 천재의 수단을 동원해 자신이 결합시킨 두 젊은이의 마음속을 꿰뚫어 본 보트랭은 빈정거리는 투의 그의 거친 목소리로 노래를 불러서 그들의 즐거움을 갑자기 뒤흔들어 놓았다.

　　나의 팡셰트는 아리따워라
　　단순하고 솔직하지만……

빅토린은 그때까지 자신의 생애에서 겪었던 불행을 상쇄할 만한 행복감을 느끼며 도망쳤다. 가엾은 처녀! 라스티냐크가 손을

246

잡아 주고, 그의 머리칼로 그녀의 뺨을 스치고, 그의 입술의 열기를 느낄 정도로 그녀의 귀 가까이에 대고 다정한 말을 속삭여 주고, 떨리는 팔로 허리를 껴안고 목에 키스를 해 준 것이 그녀에게는 정열적인 약혼식의 표시와도 같았다. 뚱보 실비가 근처에 있어서 이 눈부신 식당에 언제 불쑥 들어올지도 모를 위험이 이 장면을 유명한 연애 이야기에 등장하는 가장 아름다운 헌신의 증거보다도 더 강렬하고, 생생하고, 매력적으로 만들어 주었다. 우리 선조들의 아름다운 표현에 따르자면 **사소한 동의**라고 할 수 있는 그 장면이 2주일마다 고해를 하는 신앙심 깊은 처녀에게는 죄악과 같이 보이기도 했다. 이 순간에 그녀가 아낌없이 준 마음의 보물은 후에 부유하고 행복해진 상태에서 그녀가 온몸을 내바쳐서 줄 것보다도 더 많은 것이었다.

"일이 성사되었소." 보트랭이 외젠에게 말했다. "우리의 두 멋쟁이가 맞붙게 되었지. 만사는 원만히 진행되었소. 견해 차이 문제로 귀착되었단 말이야. 우리의 비둘기가 나의 매를 모욕했거든. 내일 클리냥쿠르 요새에서 결투가 벌어질 거요. 8시 반, 타유페르 양은 이곳에서 버터 바른 긴 빵을 조용히 자기 커피에 적시고 있는 동안, 부친의 애정과 재산을 물려받게 될 거요. 생각해 보면 우스운 일이 아니오? 타유페르는 검술에 아주 능한 녀석이오, 그는 카드놀이에서 최고 패를 잡은 것처럼 자신만만하지. 그렇지만 그자는 내가 창안한 일격으로 피를 흘리고 죽을 거요. 칼을 높이 쳐들고 이마를 찌르는 방식이지. 불원간 내가 그 공격법을 당신에게 가르쳐 주리다. 엄청나게 유리한 방법이니까."

멍청한 태도로 듣고 있던 라스티냐크는 아무 대답도 할 수 없었다. 이때 고리오 영감과 비앙숑과 몇몇 다른 하숙인들이 도착했다.

"당신은 내가 원하는 대로 되었소. 당신은 해야 할 일을 잘 알고 있소. 좋아요, 나의 어린 독수리! 당신은 사람들을 지배해야 하오. 당신은 강하고, 단호하고, 용감하오. 당신은 나의 존경심을 얻었소."

이렇게 말하며 보트랭은 그의 손을 잡으려고 했다. 라스티냐크는 세차게 손을 뿌리치며, 파랗게 질려서 의자에 주저앉았다. 그의 눈앞에 피의 늪이 보이는 듯했다.

"아! 우리에게 아직 덕성의 때가 묻은 기저귀 조각이 몇 개 남아 있는 모양이군." 보트랭이 낮은 목소리로 말했다. "돌리방* 아범은 3백만 프랑을 갖고 있단 말이야. 내가 그의 재산을 알지. 지참금이 당신을 신부(新婦)의 옷처럼 새하얗게 만들어 줄 거요. 당신 자신의 눈에도 말이오."

라스티냐크는 더 이상 주저하지 않았다. 그는 그날 밤에 타유페르 부자에게 알려주러 가겠다고 결심했다. 그 순간 보트랭이 그의 곁을 떠나자, 고리오 영감이 다가와 그에게 귓속말을 했다.

"이 사람, 울적한 기색이군! 내가 즐겁게 해주겠소. 따라오시오!" 그러더니 늙은 제면업자는 그의 가는 양초에 램프 불을 옮겨 붙였다. 외젠은 호기심에 마음이 움직여 그를 따라갔다.

"당신 방으로 들어갑시다." 노인이 말했다. 그는 실비에게 말해서 이미 학생의 방 열쇠를 받아 놓고 있었다. "당신은 오늘 아침에 그 애가 당신을 사랑하지 않는다고 생각했겠지, 안 그래요! 그 애가 당신을 억지로 돌려보내는 바람에, 당신은 절망하고 화가 나서 돌아왔겠지. 바보같이! 그 애는 나를 기다리고 있었던 거라오. 아시겠소? 우리는 지금부터 사흘 안에 당신이 가서 살게 될 멋진 아파트의 정돈을 마무리하러 갈 예정이었다오. 나한테 들었다고는 말하지 마시오. 그 애는 당신을 놀래 주고 싶어하니까. 그런데 나는 더 이상 당신에게 비밀을 숨길 수가 없구려. 생라자르 가의 지척에 있는 아르투아 가에서 당신은 왕자처럼 지내게 될 거요. 우리는 당신을 위해 신부 방처럼 가구를 꾸며 놓았소. 당신에게는 아무 말도 않은 채, 우리는 한 달 전부터 많은 일을 했던 거요. 나의 소송 대리인이 활동을 개시해서, 내 딸은 지참금의 이자로 매년 3만 6천 프랑을 받게 될 거요. 그리고 나는 그 애의 80만 프랑을 확실한 부동산에 투자하도록 요구할 참이요."

외젠은 말없이 팔짱을 끼고 어질러진 그의 초라한 방안을 이리저리 거닐었다. 고리오 영감은 학생이 등을 돌린 틈을 타서 벽난로 위에 붉은 모로코 가죽 상자를 올려놓았다. 그 상자 위에는 라스티냐크 가문의 문장(紋章)이 금박으로 찍혀 있었다.

가엾은 노인이 말했다. "이보시게, 나는 이번 일에 온 힘을 다 기울였다오. 하지만, 그게 아주 이기적인 일이기도 했소. 당신이 집을 옮기는 것이 내게도 상관이 있는 일이거든. 내가 뭘 좀 청할 게 있는데, 거절하시지는 않겠지?"

"뭘 원하시는데요?"

"당신의 아파트 위 6층에 딸린 방이 하나 있는데, 내가 거기에 머물면 안 되겠소? 나는 늙어 가면서 딸들과 너무 떨어져 있어서 말이오. 당신을 귀찮게 하지는 않겠소. 그저 거기에 있겠다는 것뿐이지. 매일 저녁 나한테 그 애 얘기를 들려주시오. 그게 당신에게 크게 방해가 되지는 않겠죠? 당신이 돌아올 때면, 나는 침대에 누워 당신의 발소리를 들으면서 생각할 거요. 내 귀여운 델핀을 만나고 오는 길이겠지. 무도회에 데리고 갔었겠지, 그 애도 덕분에 행복할 거야 하고 말이오. 내가 병들더라도, 당신이 돌아오고, 움직이고, 나가는 소리를 들으면, 마음에 위로가 될 것이오. 당신에게는 내 딸의 모습이 배어 있을 테니까! 또 그 애들이 매일같이 지나다니는 샹젤리제도 지척에 있으니, 나는 그 애들을 언제나 볼 수 있겠지. 여기서는 때때로 거기 도착하는 것이 늦는단 말이야. 게다가 그 애가 당신 방에 찾아오기도 하겠지! 그러면 나는 그 애의 소리를 듣고, 아침의 실내복 차림으로 새끼 고양이처럼 귀엽게 종종걸음 치는 모습도 볼 수 있겠지. 그 애는 요 한 달 전부터 다시 쾌활하고 발랄한 예전 모습을 되찾았어요. 그 애의 마음은 회복돼 가고 있어요. 당신 덕분에 행복을 얻은 거죠. 오! 당신을 위해서라면 나는 무슨 일이라도 하겠어요. 조금 전에도 돌아가면서, '아빠, 저는 참 행복해요!' 라고 그 애가 말하더군요. 딸들이 의례적으로 **아버지**라고 말할 때면 마음이 얼어붙는 것 같지만, **아빠**라고 부르면, 아직도 어린 모습을 보는 듯해서, 나의 모든 추억이 되살아난답니다. 나는 한결 더 그 애들의 아비인 느낌이 드는 거죠. 그 애들이 아직도 아무에게도 속하지 않은 듯한 생각이 들어요!"

노인은 눈을 닦았다. 그는 울고 있었다. "내가 그 말을 들어보지 못한 지 참 오래되었소. 그 애와 팔짱을 끼어 보지 못한 지도 오래

되었지. 오! 그래요, 딸들과 나란히 걸어 보지 못한 지가 자그마치 10년이 되었다오. 딸의 옷깃을 스치며, 보조를 맞춰 걸으면서, 그 애의 온기를 느끼는 것은 얼마나 좋은 일인가! 마침내 오늘 아침, 나는 델핀을 이리 저리 데리고 다녔소. 나는 델핀과 함께 여러 가게에 들어갔었소. 그리고 나는 그 애를 집까지 바래다주었지. 오! 세발 나를 당신 가까이 두어 주시오. 때때로 당신은 심부름할 사람이 필요할 거요. 내가 맡으리다. 오! 그 뚱뚱한 토박이 알자스 녀석이 죽어 버린다면, 그 녀석의 신경통이 위장까지 뚫고 올라간다면, 그러면 내 가없은 딸은 참 행복할 텐데! 당신은 내 사위가 되고, 이보란 듯이 그 애의 남편 노릇을 할 수 있을 텐데. 허 참! 그 애는 세상 사는 즐거움을 하나도 모를 정도로 불행하니, 나는 그 애의 모든 것을 용서해 줄 수밖에. 하느님은 자식을 사랑하는 아비들의 편을 들어줄 거요. 그 애는 당신을 몹시 사랑하오!" 그는 잠시 틈을 두었다가 머리를 설레설레 흔들며 말을 이었다. "걸으면서 그 애는 줄곧 당신 얘기를 합디다. '아빠, 그 사람 좋지요! 마음씨도 착하고! 제 얘기 안 해요?' 라고 말이죠. 아르투아 가(街)에서부터 파노라마 소로(小路)에 이르기까지 온통 그 얘기뿐이었소! 마침내 그 애가 내 마음속에 제 마음을 모두 털어놓은 거지. 이 좋은 아침나절 내내, 나는 늙지 않은 느낌이었소. 마치 날 듯한 기분이었지. 당신이 1천 프랑짜리 지폐를 나한테 주었다고 말했더니, 오! 사랑스런 것, 그 애는 눈물을 흘리며 감동합디다. 그런데 당신 벽난로 위에 있는 것이 무엇이오?" 라스티냐크가 꼼짝 않고 있는 것을 보고 초조해 어쩔 줄 몰라 하던 고리오 영감이 마침내 이렇게 물었다.

외젠은 완전히 정신이 나간 태도로 고리오 영감을 멍하니 쳐다보고 있었다. 보트랭이 다음날이라고 예고한 결투와 자신의 가장 소중한 희망이 실현된 것이 너무나 격심한 대조를 이루어서, 그는 악몽을 꾸고 있는 듯한 느낌이 들었던 것이다. 그는 벽난로 쪽으로 고개를 돌렸고, 거기에서 작은 네모난 상자를 보았다. 그가 상자를 열자, 브레게 제(製) 시계를 싼 종이가 나타났다. 종이 위에는 다음과 같은 말이 씌어 있었다. "언제나 저를 생각해 주시기 바랍니다. **왜냐하면**…… 델핀."

마지막 말은 두 사람 사이에 있었던 어떤 장면을 암시하고 있는 듯, 외젠은 감동을 느꼈다. 상자 안의 금박에도 그의 문장이 에나멜로 찍혀 있었다. 오래전부터 탐냈던 그 보석 시계는 사슬, 열쇠, 모양, 디자인 모두가 바라던 그대로였다. 고리오 영감은 얼굴이 환해졌다. 그는 이 선물이 외젠에게 일으킬 놀라움을 세세한 모습까지 딸에게 전해 주기로 약속한 모양이었다. 그는 제3자의 입장이었음에도 이 젊은이들의 감동에 그들 못지않게 행복한 모습이었다. 그는 딸을 위해서, 또 자기 자신을 위해서 벌써 라스티냐크를 사랑하고 있었다.

"오늘 저녁 그 애를 만나러 가시겠지. 그 애도 당신을 기다리고 있을 게요. 그 야비한 알자스 녀석은 제 무희의 집에서 저녁을 먹을 테니까. 아! 아! 내 소송대리인이 진상을 지적했을 때의 그 작자의 바보 같은 꼴이라니. 내 딸을 열렬히 사랑한다고 주장하지 않겠소. 그놈이 딸에게 손만 대면 내가 죽여 버리고 말겠소. 나의 델핀이 그랬다는…… (그는 한숨을 쉬었다) 생각만 해도 나는 죄를 저지를 것 같소. 그러나 그것은 살인죄가 아닐 거요, 그놈은 돼지 몸뚱이에 송아지 대가리를 얹어놓은 놈이니까. 나를 함께 데려가시겠지. 안 그렇소?"

"그럼요, 고리오 영감님, 제가 당신을 좋아한다는 것을 잘 아시지 않습니까……."

"알지, 당신, 당신은 나를 수치로 여기지 않아! 당신을 포용하게 해주시오." 그는 학생을 품안에 꽉 껴안았다. "그 애를 꼭 행복하게 해주시오, 나에게 그걸 약속하시오! 오늘 저녁 만나러 가시겠지?"

"오, 그래요! 한데 저는 미룰 수 없는 일 때문에 나가야만 합니다."

"내가 무슨 일이든 도움이 될 수 있겠소?"

"아 참, 그래요! 제가 드 뉘싱겐 부인 댁에 가는 동안, 타유페르 부친 댁에 가서서, 대단히 중대한 일로 할 얘기가 있으니, 저녁에 한 시간만 저에게 면회를 하게 해달라고 말씀해 주십시오."

그러자 고리오 영감은 안색을 바꾸며 말했다. "그렇다면 그게 사실이었단 말이오, 젊은이? 아래층의 바보들이 지껄이는 대로, 당신은 그 사람의 딸에게 구애를 하는 거요? 원 참 기가 막혀서! 당신은 고리오 식의 일격이 어떤 건지 모르는군. 만약 당신이 우리를 속인다면, 그건 주먹다짐을 벌일 일이 될 거요. 오! 이럴 수가 없지."

"저는 이 세상에서 한 여자만을 사랑한다고 맹세할 수 있습니다. 저는 조금 전에야 그걸 깨달았습니다." 외젠이 말했다.

"아, 참 다행이로군!" 고리오 영감이 이렇게 말했다.

"그런데 타유페르의 아들이 내일 결투를 하는데, 그가 죽게 될 것이라고 들었습니다." 학생이 다시 말했다.

"그게 당신과 무슨 상관이오?" 고리오가 말했다.

"하지만 그의 아들이 거기 가지 못하도록 그에게 말해 줘야만 합니다⋯⋯." 외젠이 소리쳤다.

그 순간 보트랭의 목소리에 그는 말이 막혔다. 보트랭은 자기 방문 앞에서 노래를 부르고 있었다.

　　오 리샤르, 오 나의 왕이시어!
　　세상이 당신을 버렸으니⋯⋯

"부릉! 부릉! 부릉! 부릉!"

　　나는 오랫동안 세상을 편력했네,
　　사람들은 내 모습을 보았지⋯⋯

"트라 라, 라, 라⋯⋯."

"여러분, 수프가 여러분을 기다립니다, 모두들 식탁에 모여 있어요." 크리스토프가 이렇게 소리쳤다.

"자, 가서 내 보르도 포도주나 한 병 마시도록 합시다." 보트랭이 말했다.

"시계가 참 예쁘지요? 고상한 취미지, 안 그렇소!" 고리오 영감이 말했다.

보트랭, 고리오 영감, 라스티냐크는 함께 식당으로 내려갔고, 늦었기 때문에 나란히 식탁에 자리 잡고 앉았다. 보케르 부인이 보기에는 매우 상냥한 남자인 보트랭이 평소보다도 더 재치를 발휘했음에도 불구하고, 저녁 식사를 하는 동안 외젠은 그에게 더없이 냉랭한 태도를 나타내 보였다. 보트랭은 반짝이는 재담을 늘어놓았고, 모든 회식자들을 흥겹게 했다. 그의 그런 자신감과 냉정함에 외젠은 아연실색했다.

"도대체 오늘 어디를 갔다 오신 겁니까? 아주 즐거워 보이시네요." 보케르 부인이 그에게 말했다.

"좋은 거래를 하고 나면 나는 언제나 즐겁지요."

"거래라니요?" 외젠이 물었다.

"암, 그렇고말고. 나는 상품의 일부를 넘겨주어서, 구전을 받을 정당한 권리가 생겼단 말이야. 미쇼노 양," 그는 노처녀가 자기를 유심히 쳐다보는 것을 알아차리고 말했다. "내 얼굴에 당신 마음에 안 드는 점이라도 있소, 왜 그렇게 나를 **빤히** 쳐다보시오? 말을 해보시지! 당신 마음에 들도록 그걸 바꿀 테니까 말이오."

"푸아레, 우리는 이런 일 때문에 사이가 틀어지지는 않겠죠, 안 그렇소?" 그는 그 늙은 사무원을 곁눈질하며 말했다.

"제기랄! 당신은 익살꾼 헤라클레스의 모델을 서야 하겠군요." 젊은 화가가 보트랭에게 말했다.

"그거 좋지! 미쇼노 양이 페르라셰즈 묘지의 비너스 상 모델이 되고자 한다면 말이오." 보트랭이 이렇게 대답했다.

"그럼 푸아레는요?" 비앙숑이 말했다.

"오! 푸아레는 푸아레의 모델이 되어야지. 그는 뜰의 신(神)이야! 푸아레는 푸아르*에서 나오니까……." 보트랭이 소리쳤다.

"물렁물렁한 배로다! 그러면 당신은 배와 치즈의 중간이겠군요." 비앙숑이 이렇게 말을 받았다.

"다 실없는 소리만 하는군요. 그보다 당신의 보르도 포도주나 내시는 게 좋겠어요. 술병이 코빼기를 내밀고 있는 게 보이는데! **위장**에도 좋고, 또 우리를 즐겁게 해줄 텐데 말이에요." 보케르 부인이 말했다.

"자 여러분, 여의장님께서 우리에게 질서를 명하십니다. 쿠튀르 부인과 빅토린 양은 여러분의 농담에 언짢아하시지 않겠지만, 고리오 영감의 순진성을 존중해 드려야 하겠습니다. 제가 여러분에게 보르도 포도주를 한 잔 내도록 하지요. 정치적 암시를 하지 않더라도, 라피트*란 이름 때문에 이중으로 유명해진 술이죠. 자, 이 녀석아!" 그는 꼼짝 않고 있는 크리스토프를 쳐다보며 말했다. "이리 와, 크리스토프야! 네 이름 부르는 소리가 안 들리니? 이 맹추야, 술을 가져와라."

"여기 대령했습니다." 크리스토프가 그에게 술병을 내밀면서 말했다.

외젠과 고리오 영감의 술잔에 술을 가득 부은 다음, 그는 옆자리의 그 두 사람이 술을 마시는 동안 자기 잔에 몇 방울의 술을 천

천히 따라 맛을 보더니 갑자기 얼굴을 찌푸렸다.

"제기랄! 제기랄! 병마개 냄새가 나는구나. 크리스토프야, 이건 너나 마시거나 하고, 우리한테는 다른 술을 가져다 다오. 오른편에 있는 것이다, 알겠니? 우리가 열여섯 명이니까, 여덟 병을 내려와라."

"당신이 크게 한턱내시니, 나도 밤 백 개를 내겠소." 화가가 말했다.

"오! 오!"

"부우우!"

"푸우!"

모두들 불꽃놀이의 불꽃처럼 터져 나오는 탄성을 발했다.

"자, 보케르 엄마, 샴페인 두 병만 내시죠." 보트랭이 그녀에게 소리쳤다.

"허, 그래요! 왜 이 집을 통째로 내놓으라고는 안 하죠? 샴페인 두 병이라! 그건 12프랑이나 하는데! 나는 그만한 돈을 벌지 못해요, 어림없죠! 그렇지만 외젠 씨가 돈을 낸다면, 카시스 술을 내놓죠."

"이 댁의 카시스 술은 만나처럼 뱃속을 깨끗이 소제해 주거든." 의과 대학생이 낮은 목소리로 말했다.

"입 좀 닥치게, 비앙숑. 만나 얘기만 들으면 나는 가슴이……." 라스티냐크가 소리쳤다. "좋습니다, 샴페인으로 하지요, 내가 돈을 내겠어요." 학생이 덧붙여 말했다.

"실비야, 비스킷과 작은 과자들을 내오너라." 보케르 부인이 말했다.

"당신의 작은 과자들은 너무 커요, 게다가 곰팡이가 슬었고. 그러나 비스킷이라면 내놔요." 보트랭이 말했다.

순식간에 보르도 포도주가 돌려졌고, 회식자들은 흥이 났으며, 즐거움에 떠드는 소리가 커져 갔다. 맹렬한 웃음소리가 터져 나오는 가운데, 사람들은 여러 가지 동물의 울음소리를 흉내 냈다. 박물관 직원이 암내 난 고양이 울음소리를 닮은 파리 시내의 장사꾼 외치는 소리를 흉내 낼 생각을 해내자, 곧 여덟 명의 목소리가 다음과 같은 말들을 일제히 외쳐 댔다. "칼 가시오!" "작은 새들에게 줄 모이요!" "아주머니들 좋아하는 맛있는 과자요!" "사기 그릇 땜질하시오!" "생선이요, 생선!" "양복 먼지떨이요, 마누라나 양복 두드려 패시오!" "헌 옷이나 헌 장식줄이나 헌 모자 삽시다!" "버찌요, 달콤한 버찌!" 코맹맹이 소리로 "우산 사려, 우산!" 하고 외친 비앙숑의 연기가 일품이었다. 얼마 동안 머리가 터질 듯한 법석이 일고, 횡설수설로 가득 찬 대화가 오갔다. 그것은 보트랭이 오케스트라의 지휘자로서 이끄는 오페라와도 같았다. 보트랭은 벌써 취한 듯이 보이는 외젠과 고리오 영감에게서 감시의 눈길을 떼지 않았다. 이 두 사람은 술은 거의 안 마시고 의자에 등을 기댄 채 엄숙한 태도로 이 이례적인 소동을 바라보고 있었다. 두 사람 모두 그날 저녁에 해야 할 일에 정신이 팔려 있었으나, 자리에서 일어서는 것이 불가능한 느낌이 들었다. 곁눈질로 그들의 표정이 바뀌어 가는 것을 지켜보고 있던 보트랭은 그들의 눈이 가물거리며 감기려 할 순간을 포착해서 라스티냐크에게로 몸을 기울여 귀에 대고 다음과 같이 얘기했다. "젊은 친구, 이 보트랭 아범과 싸울 만큼 영리할 수는 없지. 나는 당신을 너무 사랑해서 어리석은 짓을 하도록 그냥 내버려둘 수는 없단 말이야. 내가 어떤 일을 하기로 결심하면, 오직 하느님만이 내 길을 막을 수 있겠지. 허참! 타유페르 아버지에게 예고해 주러 가겠다니, 그런 어린애 같은 짓을 저지르려 들다니! 화덕은 이미 달궈졌고, 밀가루는 반죽되었고, 빵은 빵삽 위에 놓여 있지. 내일이면 그 빵을 깨물면서 우리 머리 위로 빵 부스러기가 튈 텐데. 그런데 화덕에 빵 넣는 일을 방해하겠다고? 안 되지 안 돼, 모든 것이 구워질 거야! 혹시 작은 양심의 가책이 생기더라도, 소화 과정이 그런 것은 다 일소하겠지. 우리가 잠깐 눈을 붙이는 동안, 대령 프랑케시니 백작이 그의 칼끝으로 미셸 타유페르의 상속권을 당신에게 열어 주게 될 거요. 자기 오빠의 몫을 상속받으면, 빅토린은 1만 5천 프랑의 연수(年收)를 누리게 될 테고. 나는 이미 정보를 수집해서, 어머니의 유산도 30만 이상이 된다는 것을 알고 있지……."

외젠은 이 얘기를 들으면서 아무런 대답도 할 수 없었다. 그는 혀가 입천장에 달라붙어 있는 느낌이었고, 억제할 수 없는 졸음에 사로잡혀 있었다. 식탁이며 회식자들의 얼굴이 그저 빛나는 안개를 통해서만 보이는 것 같았다. 이윽고 시끄러운 소리가 가라앉고, 하숙인들이 하나씩 하나씩 자리를 떴다. 그리고 보케르 부인, 쿠튀르 부인, 빅토린 양, 보트랭, 고리오 영감만이 남게 되었을 때, 라스티냐크는 마치 꿈속에서 보듯, 보케르 부인이 술병들에 남은 술을 비워 다른 술병에 채우고 있는 모습을 어렴풋이 보았다.

"아! 미친 사람들 같으니라고, 젊기도 하구나!" 과부댁이 이렇게 말했다.

이것이 외젠이 알아들을 수 있었던 마지막 말이었다.

"이런 난장판을 벌일 수 있는 사람은 보트랭 씨밖에는 없죠. 저런, 크리스토프가 코를 드르렁 드르렁 골고 있군요." 실비가 말했다.

"안녕, 엄마." 보트랭이 말했다. "나는 『고독한 사람』에서 따온 멋진 연극 『황량한 산』*에서 열연하는 마르티* 씨를 구경하러 시내에 나가겠어요. 원하신다면, 저 부인들과 함께 당신을 모시고 가겠습니다."

"고맙습니다만 사양하겠어요." 쿠튀르 부인이 말했다.

"이보세요, 뭐라고요!" 보케르 부인이 소리쳤다. "샤토브리앙의 『아탈라』를 본뜬 작품 『고독한 사람』을 각색한 연극 구경을 거절하다니요? 우리가 즐겨 읽었고, 너무나 아름다워서 지난여름 **보리수** 아래서 우리가 엘로디*의 운명에 펑펑 울었던 작품이 아닌가요. 그리고 그건 당신의 아가씨를 교육시킬 수 있는 교훈적인 작품이기도 한데요."

"저희는 연극 구경 가는 것이 금지되어 있어요." 빅토린이 이렇게 대답했다.

"이런, 이 사람들은 꿈나라로 가버렸군." 고리오 영감과 외젠의 머리를 익살스럽게 흔들면서 보트랭이 말했다.

편안하게 잘잘 수 있도록 학생의 머리를 의자 위에 기대 주고서, 그의 이마에 다정하게 키스한 다음 보트랭은 노래를 흥얼거렸다.

잘 자라, 내 소중한 사랑이여!

너를 위해 나는 밤을 새우겠노라.

"이분이 아프지나 않은지 걱정이군요." 빅토린이 말했다.

"그럼 남아서 그를 돌봐 주세요." 보트랭이 대꾸했다. 그리고 그는 빅토린의 귀에 대고 속삭였다. "그것은 순종하는 아내로서의 의무죠. 이 청년은 당신을 열렬히 사랑해요. 그리고 내가 예언하는 바이지만, 당신은 그의 귀여운 아내가 될 거요." 그리고 그는 큰 소리로 말했다. "결국 **그들은 전국에서 존경을 받았고, 행복하게 살았으며, 많은 자녀들을 낳았노라.** 연애 소설들의 결말은 다 이렇게 되어 있죠. 자, 엄마" 그는 보케르 부인 쪽으로 고개를 돌리더니, 그녀를 껴안고서 말했다. "모자를 쓰시고, 아름다운 꽃무늬 옷을 입으시고, 백작 부인이 사게 한 스카프를 두르세요. 저는 몸소 삯마차를 부르러 가겠습니다." 그러고서 그는 노래를 부르며 밖으로 나갔다.

태양이여, 태양이여, 신성한 태양이여,

호박을 익게 만드는 너······

"쿠튀르 부인, 참말로 저 사람이야말로 지붕 위에서도 나를 행복하게 살게 해줄 거예요." 여주인은 이렇게 말하면서 제면업자 쪽으로 고개를 돌렸다. "이런, 고리오 영감이 아주 곯아떨어졌군. 이 구두쇠 영감탱이는 나를 **어딘가** 데려갈 생각이라곤 해본 적도 없지. 저런, 땅바닥에 쓰러지겠네! 저 나이에 정신을 잃다니 망령이지 뭐예요! 하긴 원래 정신이 없었으니 잃는 것도 아니겠지만. 실비야, 영감을 자기 방까지 부축해 줘라."

실비는 노인의 팔 아래를 잡아 걸음을 옮기게 해서, 마치 짐 꾸러미처럼 그의 침대 위에 옷을 입은 채로 내동댕이쳤다.

"가엾은 젊은이, 마치 소녀 같군. 이 사람은 과음이 뭔지도 모르나 봐." 쿠튀르 부인은 눈까지 내려온 외젠의 머리칼을 쓸어 올려 주면서 말했다.

보케르 부인이 대꾸했다. "내가 하숙을 친 지 31년 동안 수많은 젊은이들이 내 손을 거쳐 갔지만, 외젠 씨처럼 저렇게 점잖고 뛰어난 사람은 본 적이 결코 없다고 말할 수 있어요. 잠자는 모습이 참 아름답지요? 쿠튀르 부인, 당신의 어깨에 그의 머리를 기대게 하세요. 저런, 빅토린 양의 어깨 위로 쓰러지네. 어린 사람들에게는 하느님이 있는 법이지. 자칫하다가는 의자 모서리에 머리가 부딪힐 뻔했지 않아. 저 두 사람은 아주 예쁜 한 쌍을 이루겠지요."

"이보세요, 그만두세요, 당신은 이상한 소리를……." 쿠튀르 부인이 소리쳤다.

"어때요! 그는 못 듣는데. 자, 실비야, 내 옷을 입혀 다오. 나는 큰 코르셋을 하겠다." 보케르 부인이 말했다.

"아이고머니나! 저녁을 자시고 나서 큰 코르셋을 하시다니, 아주머니. 안 돼요, 아주머니 허리를 쬘 다른 사람을 찾아보세요. 제가 아주머니의 살해자가 되고 싶지는 않으니까요. 목숨을 잃을 경솔한 짓을 하려고 그러세요." 실비가 말했다.

262

"어차피 마찬가지야, 보트랭 씨의 체면을 살려 줘야지."

"아주머니는 그럼 아주머니의 상속인들을 사랑하시는 거겠죠?"

"자, 실비야, 고만 좀 따지고." 과부댁은 자리를 뜨면서 말했다.

"저 나이에!" 식모는 빅토린에게 자기 여주인을 가리키면서 말했다.

쿠튀르 부인과 그녀의 피후견인 아가씨만이 식당에 남았는데, 외젠은 여전히 그 아가씨의 어깨에 기대어 잠을 자고 있었다. 조용한 집안에 울려 퍼지고 있는 크리스토프의 코고는 소리는 어린 애처럼 우아하게 자는 외젠의 평화로운 잠을 더욱 두드러져 보이게 했다. 여성의 모든 감정을 흘러넘치게 하며, 청년의 심장이 자신의 심장 위에 고동치는 것을 아무 죄의식 없이 느끼게 해주는 자비로운 행위에 몸을 맡길 수 있어 행복감에 젖은 빅토린의 표정에는 그녀에게 자랑스러움을 느끼게 하는 모성애적 보호의 면모가 어려 있었다. 그녀의 마음속에 일어난 수많은 생각을 뚫고, 젊고 순수한 체온의 교환이 야기한 관능적 쾌감의 혼란스런 충동이 침투했다.

"가엾은 귀여운 아이!" 쿠튀르 부인이 빅토린의 손을 꼭 잡으면서 말했다.

노부인은 행복의 후광이 어려 있는 이 순진하고 고통받는 얼굴에 감탄을 느꼈다. 빅토린의 모습은 화가가 모든 부차적인 부분을 무시하고서, 하늘의 황금빛을 반사하고 있는 듯이 보이는 노란 색조의 얼굴을 그리기 위하여, 평온하고도 대담한 화필의 마술을 휘두른 중세의 천진한 그림 한 폭과도 흡사했다.

"이분은 술을 두 잔 이상도 마시지 않았는데 이래요, 엄마." 손가락으로 외젠의 머리칼을 쓰다듬으면서 빅토린이 말했다.

"주정뱅이였다면, 그 사람도 다른 사람들처럼 술을 견뎌 냈을 거야. 취한 것은 그 사람에 대한 칭찬인 셈이구나 애야."

길에서 마차 소리가 울렸다.

"엄마, 보트랭 씨가 와요. 그러니 외젠 씨를 어서 받으세요. 저는 그 사람에게 이런 모습을 보이고 싶지 않아요. 그 사람은 영혼을 더럽히는 말투에다가, 마치 옷을 벗기듯이 여자를 쳐다보는 거북스런 눈초리를 갖고 있으니까요." 젊은 아가씨가 말했다.

"그렇지 않아, 네가 잘못 생각하는 거야! 보트랭 씨는 정직한 사람이야. 고인이 된 쿠튀르 씨와 비슷해서, 거칠지만 착하고, 퉁명스럽지만 친절한 사람이지." 쿠튀르 부인이 말했다.

이때 보트랭이 조용히 들어와서, 램프 불빛이 애무해 주고 있는 듯이 보이는 이 두 젊은이가 빚어내고 있는 광경을 바라보았다.

"아이고! 『폴과 비르지니』의 작가인 선량한 베르나르댕 드 생피에르*에게 아름다운 장면을 쓰도록 영감을 주었을 듯한 광경이로군." 그가 팔짱을 끼면서 말했다. "청춘은 정말 아름답군요, 쿠튀르 부인. 가엾은 애야, 잘 자거라, 행운은 때때로 잠자는 동안에 찾아오지." 그는 외젠을 물끄러미 바라보면서 말했다. "부인, 제가 이 청년에게 애착을 느끼고, 마음이 움직이는 것은 그의 얼굴의 아름다움과 조화를 이루고 있는 영혼의 아름다움을 알고 있기 때문입니다." 그는 미망인을 향해서 계속 얘기했다. "보십시오, 천사의 어깨에 기댄 기독교도의 모습이 아닙니까? 저 사람, 정말로 사랑받을 자격이 있지요! 만약 내가 여자라면 저 사람을 위해서 죽고(아니, 그렇게 어리석어서는 안 되지!) 살고 싶을 겁니다." 그는 고개를 숙여 미망인의 귀에 대고 낮은 소리로 속삭였다. "부인, 두 사람의 저런 모습을 보니, 서로 짝이 되라고 하느님이 그들을 창조하셨다고 생각하지 않을 수 없습니다. 섭리는 잘 숨겨진 길을 갖고 있어서, 허리와 가슴속도 측정하죠." 그가 큰 목소리로 이렇게 말했다. "두 사람이 결합되어 있는 모습을 보니, 똑같은 순수함과 모든 인간적 감정에 의해 결합된 모습을 보니, 미래에 결코 두 사람이 헤어질 수 없으리라고 생각되오. 하느님은 공정하시거든. 그런데," 그가 빅토린에게 말했다. "아가씨에게서 행운의 손금을 보았던 것 같은데. 빅토린 양, 나한테 손을 좀 보여주겠소? 나는 수상(手相)에 정통하다오. 나는 종종 행운을 예언했었소. 자, 겁내지 마시고. 오! 이거 뭐가 보이나? 내 맹세코 단언하지만, 당신은 머지않아 파리에서 가장 부유한 상속녀 중 한 사람이 될 거요. 당신은 당신을 사랑하는 남자를 행복으로 채워 줄 거요. 아버지가 당신을 곁으로 부르게 될 거요. 당신은 당신을 열렬히 사랑하는 작위를 지닌 젊고, 아름다운 남자와 결혼하게 될 거고."

이때 잔뜩 멋 부리고 내려오는 여주인의 육중한 발걸음 소리가 보트랭의 예언을 중단시켰다.

"벼어얼처럼 아름다운 보케르르 엄마가 당근처럼 차려 입고 나타나시도다. 조금 숨이 막히지는 않나요?" 그가 여주인의 코르셋 가슴 살대 위에 손을 대며 말했다. "가슴팍이 꽉 죄어졌네요, 엄마. 만약 울음이 나오면, 폭발하겠군요. 그렇지만 내가 고고학자와 같은 정성을 기울여서 파편들을 그러모으죠."

"저 사람은 여자의 환심을 사는 프랑스식 말투를 잘 알아요!" 과부댁은 몸을 기울여 쿠튀르 부인의 귀에 대고 이렇게 말했다.

"잘 있어요, 어린 친구들." 보트랭이 외젠과 빅토린 쪽을 향하며 말했다. "너희를 축복하노라." 그는 두 손을 그들의 머리 위에 놓으며 말했다. "내 말을 믿어요 아가씨. 성실한 사람의 기원에는 무언가가 있어서, 행복을 가져다준답니다. 하느님이 들어주시거든."

"다녀오겠어요, 사랑하는 친구." 보케르 부인이 자기 하숙인에게 이렇게 말했다. 그리고 그녀는 낮은 목소리로 덧붙여 물었다. "보트랭 씨가 나 개인에게 무슨 의도가 있는 것 같아요?"

"호! 호!"

둘만이 남게 되자, 빅토린은 제 손을 들여다보면서 한숨을 쉬며 말했다. "아! 어머니, 보트랭 씨가 얘기한 것이 사실이라면!"

"그러기 위해서는 꼭 한 가지가 필요하다. 너의 흉악한 오빠가 말에서 떨어지기만 하면 되는 거야." 늙은 부인이 대답했다.

"아이고! 엄마는 참."

"그래, 어쩌면 자기 원수가 불행해지기를 비는 것이 죄가 될지도 모르지." 미망인이 대꾸했다. "그렇다면 내가 속죄를 하마. 정말 나는 그자의 무덤에 기쁜 마음으로 꽃을 갖다 바치겠다. 못된 녀석! 그 녀석은 제 어머니를 변호할 용기도 없고, 흉계를 꾸며 너를 희생시키고서 어머니 유산을 차지하는 놈이다. 내 친척인 너의 어머니는 상당한 재산을 가지고 있었다. 너에게는 불행하게도, 결혼 계약에 네 어머니의 지참금에 대한 조항을 넣지 않았단다."

"누군가의 생명을 대가로 한다면, 저의 행복은 견디기가 고통스러울 거예요. 행복해지기 위해서 제 오빠가 사라져야 한다면, 저는 차라리 여기 남아 있는 편이 좋아요." 빅토린이 말했다.

"저런, 네가 보았다시피 신앙심이 깊은 저 훌륭한 보트랭 씨의 말마따나⋯⋯" 쿠튀르 부인이 계속해서 말했다. "악마보다도 덜한 존경심을 가지고 하느님 얘기를 떠벌리는 다른 사람들처럼 그가 불신앙자가 아니라는 사실을 알고 나는 기뻤다. 그렇지, 신의 섭리가 우리를 어느 길로 인도하실지 누가 알겠느냐?"

실비의 도움을 얻어서, 두 여인은 마침내 외젠을 그의 방으로 옮겨 침대 위에 눕혔고, 식모는 그의 옷을 풀어 그를 편하게 해주었다. 방을 나오기 전, 그녀의 후견인이 등을 돌렸을 때, 빅토린은 외젠의 이마에 키스를 하면서, 이 죄스러운 도둑 키스에 큰 행복감을 느꼈다. 그녀는 외젠의 방을 바라보면서, 그날 하루의 수많은 기쁨을 단 하나의 생각으로 모아서 한 폭의 그림으로 만들어 오랫동안 응시한 후, 파리에서 가장 행복한 여인이 되어 잠들었다.

보트랭이 외젠과 고리오 영감에게 마취제를 탄 포도주를 마시게 했던 주연(酒宴)은 그의 파멸을 결정지었다. 반쯤 취했던 비앙송이 미쇼노 양에게 불사신에 대해 물어보는 것을 잊어버렸던 것이다. 만약 그가 불사신이란 명칭을 발설했더라면, 비앙송은 틀림없이 보트랭의, 아니 그의 본명을 써서 말하자면, 도형장에서 가장 유명한 인물의 하나인 자크 콜랭의 조심성을 불러일으켰을 것이니 말이다. 그리고 자기에게 페르라셰즈 묘지의 비너스 상이라는 별명을 붙이는 바람에 미쇼노 양은 도형수를 경찰에 넘겨주기로 결정했다. 그런 결정을 하기 직전까지 그녀는 콜랭의 후한 인심을 믿고서, 그에게 예고해 주어 밤 동안에 도망치도록 하는 것이 더 유리하지 않을까 하고 저울질을 하고 있었던 것이다. 그녀는 푸아레를 대동하고서 생탄 골목으로 그 유명한 보안 경찰 부장을 만나러 갔는데, 그때까지도 그녀는 자신이 상대하는 사람이 공뒤로라는 이름의 고위직 인사로만 알고 있었다. 이 사법 경찰 부장은 그녀를 친절하게 맞이했다. 모든 것을 상세하게 약정한 대화가 이루어진 다음, 미쇼노 양은 죄수의 낙인을 확인하는 데 필요한 물약을 요구했다. 자기 책상 서랍에서 약병을 찾으면서 생탄 골목의 이 거물이 지어 보이는 만족해하는 몸짓을 보고, 미쇼노 양은 이 체포 계획이 단순한 도형수의 체포 이상으로 중요한 일임을 짐작했다. 머리를 쥐어짠 끝에, 그녀는 경찰이 도형장의 배반자들에게서 얻은 정보에 따라, 막대한 금액을 손에 넣기 위해 때맞춰 도착하기를 바라고 있다는 의심을 품었다. 그녀가 이런 자신의 추측을 그 여우 같은 남자에게 얘기하자, 그는 미소를 지으며, 노처녀의 의심을 다른 곳으로 돌리려고 했다.

"잘못 생각하고 계신 겁니다. 콜랭은 일찍이 도둑놈들 가운데서는 볼 수 없었던 가장 위험한 **소르본**입니다. 그것이 전부죠. 악당들은 그 사실을 잘 알고 있습니다. 그자는 그들의 깃발이고 기둥으로서, 요컨대 그들의 보나파르트인 셈이죠. 그들 모두가 그자를 좋아합니다. 그 괴물은 결코 그레브 광장에서 우리에게 제 **트롱슈**를 내놓지는 않을 것입니다." 그가 이렇게 대꾸했다.

미쇼노 양이 이해하지 못하자, 공뒤로는 자기가 사용한 두 가지

은어(隱語)를 그녀에게 설명해 주었다. **소르본**과 **트롱슈**는 인간의 머리를 두 측면에서 고찰할 필요성을 맨 먼저 느낀 도둑놈들 언어의 강렬한 두 가지 표현이라는 것이었다. **소르본**은 살아 있는 인간의 머리로서, 그의 견해와 그의 사고를 뜻하며, **트롱슈**는 잘려 나갔을 때는 머리가 얼마나 보잘것없는 것인가를 표현하기 위한 경멸적인 말이라는 것이었다.

"콜랭은 우리를 농락하고 있습니다." 그가 계속해서 말했다. "우리가 영국식으로 담금질한 쇠몽둥이로 무장하고 그런 놈들과 대치할 때, 체포 과정에서 그들이 조금이라도 저항할 생각을 하면, 우리는 그놈들을 죽여 버릴 수단을 갖고 있습니다. 우리는 내일 아침 콜랭을 죽여 버릴 방책을 강구하고 있습니다. 그렇게 함으로써 소송, 감시 비용, 식비를 피할 수 있고, 사회의 짐을 덜게 되는 것이죠. 소송 절차, 증인 소환, 증인에 대한 배상, 형 집행 등 그런 악당들을 제거하는 데 법적으로 필요한 모든 일에는 당신이 받게 될 1천 에퀴 이상의 비용이 들게 됩니다. 불사신의 배를 총검으로 멋지게 한 번 찌름으로써, 우리는 백여 건의 범죄를 막게 되고, 경범 재판소 부근을 어정거리게 될 불량배 50명의 타락을 막을 수 있을 것입니다. 이것이 잘 조직된 경찰이 하는 일입니다. 진정한 박애주의자들의 의견에 따르면, 이렇게 하는 것이 범죄를 예방하는 길입니다."

"그것은 자기 나라에 봉사하는 일이죠." 푸아레가 말했다.

"그렇습니다, 오늘 저녁 당신은 지각 있는 말씀을 하시는군요." 경찰 부장이 대답했다. "그래요, 우리는 분명히 국가에 봉사하고 있습니다. 그런데 사람들은 우리들에 대해서 아주 불공평합니다. 우리는 알려지지 않는 큰 봉사를 사회에 하고 있습니다. 요컨대 그것은 편견을 뛰어넘는 탁월한 인간의 봉사이고, 기성관념에 따라 이루어지지 않을 경우에는 선행 후에 자기에게 초래되게 마련인 불행을 그대로 수용하는 기독교인의 봉사입니다. 아시다시피, 파리는 파리입니다. 그 말이 나의 생활을 설명해 줍니다. 이만 실례하겠습니다, 아가씨. 내일 나는 부하들과 함께 자르댕 뒤 루아에 가 있겠습니다. 전에 우리가 만났던 뷔퐁 가(街)의 공뒤로 씨 집으로 크리스토프를 보내십시오. 푸아레 씨, 안녕히 가십시오. 혹시 뭔가 도둑맞은 물건이라도 있으면, 찾아 드릴 테니 나를 이용하세요, 도와드리겠습니다."

"그런데 경찰이라는 말만 들어도 정신이 나가는 바보들이 있지요. 저 양반은 아주 친절하고, 저 양반이 당신에게 부탁하는 일이란 아침 인사하는 것만큼이나 간단한 일이네요." 푸아레가 미쇼노 양에게 말했다.

다음날은 보케르 관의 역사에서 가장 특이한 날이 되었다. 그때까지는 드 랑베르메닐 가짜 백작 부인의 혜성 같은 출현이 이 평화스러운 삶에 돌출한 가장 두드러진 사건이었다. 그러나 차후로 보케르 부인의 대화에 끊임없이 출현할 이 특별한 날의 우여곡절 앞에서는 모든 것이 퇴색하고 말 것이다. 우선 고리오와 외젠 드 라스티냐크는 11시까지 잠을 잤다. 게테 극장에서 자정에야 돌아온 보케르 부인은 10시 반까지 침대에 누워 있었다. 보트랭이 건네 준 포도주를 다 마셔 버렸던 크리스토프의 늦잠 때문에 하숙집의 아침 식사가 늦어지게 되었다. 푸아레와 미쇼노 양은 아침 식사가 늦어지는 것에 대해 불평하지 않았다. 빅토린과 쿠튀르 부인의 경우에도 늦게까지 잠을 잤다. 보트랭은 8시 전에 외출했다가, 아침상이 차려졌을 때 돌아왔다. 그래서 11시 15분경, 실비와 크리스토프가 아침상이 차려졌다고 얘기하며 방마다 노크를 하고 다녔을 때, 아무도 불평을 하는 사람은 없었다. 실비와 심부름꾼 아이가 잠시 자리를 비운 사이에, 미쇼노 양이 제일 먼저 내려와서 보트랭이 사용하는 은컵에 물약을 부었다. 이 은컵 속에는 그가 마실 커피에 넣을 우유가 다른 사람들 것과 마찬가지로 중탕기에 덥혀지고 있었다. 노처녀는 자기의 계획을 행하기 위해 하숙집의 이런 특성에 기대를 걸고 있었던 것이다. 일곱 명의 하숙인이 다 모이는 데는 얼마간 어려움이 없지 않았다. 외젠이 기지개를 켜며 맨 마지막으로 내려왔을 때, 심부름꾼 한 사람이 나타나 그에게 드 뉘싱겐 부인의 편지를 전했다. 그 편지에는 다음과 같은 내용이 적혀 있었다.

친구여, 나는 당신에게 잘못된 허영심도 노여움도 품고 있지 않습니다. 나는 자정 넘어 2시까지 당신을 기다렸어요. 사랑하는 사람을 기다리는 일이라니! 그 고통을 경험한 사람이라면 아무에게도 그것을 부과하지 않을 거예요. 당신이 처음으로 사랑한다는 사실을 나는 잘 알겠어요. 대체 무슨 일이 일어났나요? 불안해서 죽겠어요. 내 마음의 비밀을 드러내는 것이 두렵지만 않았더라면, 나는 행불행간에 당신에게 무슨 일이 일어났는지 알아보러 달려갔을 거예요. 그러나 걸어서든 마차를 타고서든 간에 그 시간에 외출한다는 것은 파멸을 뜻하는 것이 아니겠어요? 여자로 태어난 것이 불행하다고 나는 느꼈어요. 나를 안심시켜 주세요. 아버지가 당신에게 말을 전했는데, 오시지 않은 이유를 설명해 주세요. 나는 화가 치밀지만, 당신을 용서할 거예요. 어디 아프셨나요? 왜 그렇게 멀리 사시는 거죠? 제발, 한마디만 하세요. 곧 만나게 되겠죠? 바쁘시다면 한 마디만 하면 충분할 거예요. 달려가겠노라든지, 아프다든지 말이에요. 그러나 당신이 편찮다면, 아버지께서 알려주러 오셨을 텐데! 대체 무슨 일이 일어났나요?

"그래, 무슨 일이 일어난 거지?" 끝까지 읽지도 않은 편지를 구겨 쥐고 식당으로 달려가면서 외젠이 소리쳤다. "지금 몇 시입니까?"

"11시 반이오." 보트랭이 커피에 설탕을 넣으면서 말했다.

탈옥수는 사람의 마음을 호리는 듯한 싸늘한 시선을 외젠에게 던졌다. 그것은 뛰어나게 자력(磁力)을 지닌 어떤 사람들만이 던질 수 있는 시선으로서, 정신병원에서 심한 정신병자들을 진정시킬 수 있다고 하는 그런 시선이었다. 외젠은 사지가 떨렸다. 그때 길에서 마차 소리가 들리더니, 쿠튀르 부인이 누구인지 즉시 알아본 타유페르 씨의 제복을 입은 하인 하나가 당황한 태도로 급히 들어왔다.

하인이 외쳤다. "아가씨, 아버님께서 부르십니다. 큰 불행이 일어났습니다. 프레데리크 씨가 결투를 해서 이마를 칼로 찔리셨는데, 의사들은 목숨을 건질 수 없으리라고 합니다. 아가씨께서 마지막 인사를 할 시간밖에는 없을 것 같습니다. 그분은 이미 의식이 없습니다."

"가엾은 젊은이로군!" 보트랭이 외쳤다. "연수입이 3만 프랑이나 되는데 어찌 싸움을 한단 말인가? 정말로 젊은 사람들은 처신할 줄을 모른단 말이야."

"이보세요!" 외젠이 그에게 소리쳤다.

"그래, 왜 그러오, 젊은이?" 보트랭은 태연하게 그의 커피를 다 마시고 나서 말했다. 미쇼노 양은 보트랭의 동작을 너무도 주의 깊은 눈길로 뒤쫓고 있었기 때문에, 모든 사람들을 어리둥절하게 한 그 특별한 사건에 대해서는 마음의 동요를 느끼지 않았다. "파리에서는 매일 아침 결투가 벌어지지 않소?" 보트랭이 말했다.

"빅토린, 내가 함께 가겠다." 쿠튀르 부인이 말했다.

두 여인은 숄도 모자도 걸치지 않고 달려 나갔다. 떠나기 전에 빅토린은 눈물이 가득한 눈으로 외젠을 바라보았는데, 그 시선에는 "우리의 행복이 나에게서 눈물을 자아내게 할 줄은 몰랐어요!"라는 뜻이 담겨 있는 것 같았다.

"기가 막혀! 보트랭 씨, 당신은 예언가인가요?" 보케르 부인이 말했다.

"나는 모든 것이오." 자크 콜랭이 말했다.

"참 이상한 일이야!" 보케르 부인이 이 사건에 대해 무의미한 일련의 얘기들을 늘어놓으며 계속 말했다. "죽음은 우리에게 상의도 없이 들이닥치죠. 젊은이들이 늙은이들보다 먼저 죽는 일도 종종 생기고. 우리 여자들은 결투할 일이 없어서 다행이에요. 하지만 우리는 남자들에게는 없는 다른 병들이 있죠. 우리는 아이를 낳아야 하고, 또 어머니의 고통은 오래 계속되죠! 빅토린에게는 이 무슨 횡재야! 그녀의 아버지는 딸을 받아들이지 않을 수 없게 되었군."

"그래요! 어제까지만 해도 그녀는 일전한푼 없었지만, 오늘 아침에는 수백만금의 부자가 됐어요." 보트랭이 외젠을 쳐다보며 말했다.

"정말로 외젠 씨, 당신은 좋은 곳에 손을 뻗쳤군요." 보케르 부인이 소리쳤다.

이 말을 듣고, 고리오 영감은 학생을 쳐다보았고, 그의 손에 구겨진 편지가 쥐어 있는 것을 보았다.

"당신은 편지를 다 안 읽었군요! 그게 무엇을 뜻하오? 당신도 다른 사람들과 마찬가지인 거요?" 그가 외젠에게 물었다.

"아주머니, 나는 결코 빅토린 양과 결혼하지 않을 것입니다." 외젠은 모여 있는 사람들에게 놀라움을 일으키는 혐오와 불쾌감을 나타내며 보케르 부인에게 이렇게 말했다.

고리오 영감은 학생의 손을 잡고 꼭 죄었다. 그는 그 손에 입을 맞추고 싶었을 것이다.

"오! 오! 이탈리아인들에게는 *col tempo* (매사는 시간과 더불어)라는 재담이 있지." 보트랭이 말했다.

"저는 회답을 기다리고 있습니다." 드 뉘싱겐 부인의 심부름꾼이 라스티냐크에게 말했다.

"내가 가겠다고 전하시오."

심부름꾼이 갔다. 외젠은 격렬한 흥분 상태에 빠져서 신중할 수가 없었다. "어떻게 한담? 증거가 전혀 없으니!" 그는 큰 소리로 혼잣말을 했다.

보트랭은 미소를 지었다. 이 순간 위(胃)에 흡수된 물약의 효과가 나타나기 시작했다. 그러나 도형수는 너무나 강건했기 때문에 자리에서 일어났고, 라스티냐크를 쳐다보더니 힘없는 목소리로 그에게 말했다. "젊은이, 행운은 잠든 사이에 오는 법이오."

그러더니 그는 털썩 쓰러져 버렸다.

"하늘의 정의가 있구나." 외젠이 중얼거렸다.

"저런! 도대체 저 가엾은 보트랭 씨에게 무슨 일이 일어난 거야?"

"뇌일혈이에요." 미쇼노 양이 외쳤다.

"얘, 실비야, 어서 가서 의사를 데려오너라." 과부댁이 말했다. "그리고 라스티냐크 씨, 빨리 비앙숑 씨에게 달려가세요. 실비가 우리의 의사인 그랭프렐 선생을 못 만날 수도 있으니까."

이 끔찍스런 소굴을 벗어날 구실이 생긴 것을 기뻐하며, 라스티냐크는 달음질쳐 그곳에서 도망쳐 나왔다.

"크리스토프야, 약국에 뛰어가서 뭐든 뇌일혈 약이 있으면 달라고 해라."

크리스토프가 나갔다.

"그리고 고리오 영감, 우리를 도와서 이 사람을 위층 자기 방으로 옮깁시다."

그들은 보트랭을 붙들어 계단으로 끌어 올려 가서 그의 침대 위에 눕혔다.

"나는 아무 도움도 안 되니, 딸이나 만나러 가겠소." 고리오 씨가 말했다.

"이기주의자 늙은이 같으니! 가라고, 개처럼 죽어 버리기를 빌테니까." 보케르 부인이 부르짖었다.

"에테르가 있는지 가보세요." 푸아레의 도움을 받아 보트랭의 옷을 벗기면서 미쇼노 양이 보케르 부인에게 말했다.

보케르 부인이 자기 방으로 내려가서, 미쇼노 양이 이 전쟁터를 마음대로 좌지우지할 수 있게 되었다.

"자, 셔츠를 벗기고 빨리 좀 돌려 눕혀요! 내가 알몸을 보지 않도록 재치 있게 하세요. 거기 그렇게 멍청하게 서 있으면 어떡해요." 그녀가 푸아레에게 말했다.

보트랭이 돌려 눕혀지자, 미쇼노 양은 환자의 어깨를 손바닥으로 세게 때렸다. 그러자 붉은 자국 가운데에 치명적인 두 글자가 하얗게 드러났다.

"이런, 당신은 아주 재빨리 3천 프랑의 보상금을 벌었군요." 푸아레가 보트랭을 일으켜 세우며 말했다. 그 동안 미쇼노 양은 그의 셔츠를 다시 입혔다. "휴우! 이 사람 무겁기도 하다." 푸아레가 그를 눕히면서 말했다.

"입 좀 닥치세요. 어디 금고가 없을까?" 노처녀가 급하게 말하면서 벽이라도 꿰뚫을 듯이 보이는 눈길로 방안의 조그만 가구들까지 탐욕스럽게 훑어보았다. "무슨 구실을 붙여서든 저 책상을 열어볼 수는 없을까?" 그녀가 계속해서 말했다.

"그건 나쁜 짓일걸." 푸아레가 대답했다.

"천만에, 도둑질한 돈은 모든 사람의 돈이었지만, 이제는 아무의 것도 아니죠. 하지만 시간이 없군요. 보케르 어멈이 오는 소리가 들리니." 그녀가 대꾸했다.

"에테르 여기 있어요." 보케르 부인이 말했다. "오늘은 참 이상한 사건들이 벌어지는 날이군. 제기! 저 사람은 아플 수 없는 사람인데, 병아리처럼 하얗게 질렸네."

"병아리처럼요?" 푸아레가 반복했다.

"심장은 규칙적으로 뛰네요." 보트랭의 가슴 위에 손을 대고 과부댁이 말했다.

"규칙적으로요?" 푸아레가 놀라서 물었다.

"이 사람 아주 멀쩡해요."

"그래요?" 푸아레가 물었다.

"이런! 꼭 잠자는 것 같군. 실비가 의사를 데리러 갔어요. 이봐요, 미쇼노 양, 이 사람 에테르 냄새를 맡았어요. 어! 경련이 일어나네. 맥박은 좋군요. 이 사람은 아주 강해요. 미쇼노 양, 배 위에 털이 얼마나 무성한가 좀 보세요. 이 사람 백 년은 살 거예요! 그래도 가발은 잘 붙어 있군요. 저런, 풀로 붙였군, 색이 붉은 것을 보니까 가짜 머리칼이네. 붉은 머리칼을 가진 사람들은 아주 좋거나 아니면 아주 나쁜 사람들이라고 하던데! 이 사람은 좋은 사람이겠죠?"

"목매달기에 좋겠죠." 푸아레가 말했다.

"당신의 말은 예쁜 여자의 목에 매단다는 뜻이겠죠." 미쇼노 양이 크게 소리쳤다. "가보세요, 푸아레 씨. 당신들이 아플 때 간호하는 것은 우리네 여자들의 일이에요. 그러니 당신을 필요로 하는 일을 찾아 산책이나 하세요." 그녀가 덧붙여 말했다. "보케르 부인과 내가 보트랭 씨를 잘 지킬 테니까요."

푸아레는 주인에게 발길질을 당한 개처럼 아무 불평 없이 조용히 떠났다. 라스티냐크가 밖으로 나갔던 것은 걸으면서 바람을 쐬기 위해서였다. 그는 숨이 막혔던 것이다. 정해진 시간에 이루어진 그 범죄를 그는 전날 밤에 막고자 했었다. 그런데 무슨 일이 일어났던가? 그가 어떻게 해야만 했을까? 그는 자신이 공범자인 듯 몸이 떨렸다. 보트랭의 냉정함이 아직도 그에게 두려움을 일으키고 있었다.

'그렇지만 만약 보트랭이 말없이 죽어 버린다면?' 라스티냐크는 혼자 생각했다.

마치 사냥개 떼에게 쫓기기라도 하듯이 뤽상부르 공원의 가로수 길을 가로질러 걷는 그에게 사냥개들이 짖는 소리가 들려오는 것만 같았다.

"어이! 자네 『르 필로트』지 읽어보았나?" 비앙숑이 그에게 소리쳤다.

『르 필로트』지는 티소 씨가 운영하는 급진파 신문인데, 조간신문이 나온 몇 시간 후에 그날의 뉴스가 실린 판(版)을 지방으로 발송하고 있었다. 그 판에 실린 뉴스는 지방에서 다른 신문들보다

24시간이나 빠른 것이었다.

"굉장한 기사가 실렸어." 코생 병원의 인턴이 말했다. "타유페르의 아들이 옛 근위대 출신의 프랑케시니 백작과 결투를 벌였는데, 칼로 이마에 두 치나 상처를 입었다는 거야. 이제 빅토린은 파리에서 가장 부유한 규숫감의 하나가 되었네. 흥! 이런 일을 사람들이 미리 알았더라면? 도박판 운수 같은 죽음이라니! 빅토린이 자네를 호의적으로 쳐다본다는 것이 정말 사실인가?"

"닥치게, 비앙숑, 나는 그 여자와는 절대로 결혼 안 해. 나는 지금 기막힌 여자를 사랑하고 있고, 또 그 여자에게서 사랑받고 있으니까, 나는……."

"자네는 마치 불성실을 범하지 않으려고 몹시 애쓰는 사람처럼 그 말을 하네 그려. 도대체 타유페르 가문의 재산을 희생할 만한 가치가 있는 여자가 누구인지 좀 보여주게."

"악마들이 모두 내 뒤를 쫓고 있는 것인가?" 라스티냐크가 외쳤다.

"대체 누구를 탓하는 거야? 자네 미쳤나? 내게 손을 주어 보게, 맥을 좀 짚어 보지. 자네 열이 있군." 비앙숑이 말했다.

"보케르 어멈 집에나 가보게, 악당 보트랭이 방금 죽은 듯이 쓰러졌어." 외젠이 그에게 말했다.

"아! 자네 말을 들으니 내가 확인해 보려던 의혹이 확실해지는군." 비앙숑은 이렇게 말하며 라스티냐크를 혼자 남겨 두고 떠났다.

법과 대학생의 긴 산책은 엄숙한 것이었다. 그는 일종의 양심의 순례를 한 셈이었다. 그는 자신을 반성해 보며 마음의 동요를 느끼고, 망설임을 겪기도 했지만, 어쨌든 가혹하고 무서운 내심의 토론으로부터 모든 시험을 견뎌 낸 쇠막대기처럼 자신의 성실성이 솟아나는 것을 느꼈다. 그는 지난밤에 고리오 영감이 자기에게 한 속내 얘기를 회상했고, 아르투아 가의 델핀 집 가까이에 자기를 위해서 얻어 놓은 아파트를 생각했다. 그는 그녀의 편지를 꺼내어 다시 읽고 거기에 키스했다. 그는 혼자 속으로 생각했다. '이런 사랑은 나의 구원의 닻이다. 가련한 노인은 마음이 몹시 괴로웠을 것이다. 그는 자기의 슬픔에 대해 아무 말도 안 하지만, 누군들 그 슬픔을 짐작하지 못하겠는가! 그래, 내가 그를 아버지처럼 돌보고, 그에게 수많은 즐거움을 주겠다. 그녀가 나를 사랑한다면, 그녀는 자주 나의 집에 와서 종일토록 아버지 곁에서 지내게 될 것이다. 드 레스토 백작 부인이란 여자는 파렴치한이야, 그 여자는 제 아버지를 문지기라도 시킬 여자야. 사랑스런 델핀! 그녀가 노인에게 훨씬 낫지, 그녀는 사랑받을 자격이 있어. 아! 오늘 저녁에 나는 행복을 얻겠지!' 그는 시계를 꺼내서 감탄의 눈길로 쳐다보았다. '나에게는 모든 것이 성공적이었다! 우리가 영원히 서로 사랑할 경우에는 서로 도울 수 있는 것이니까, 나는 이 시계를 받을 수 있어. 그런데다가 나는 결단코 출세할 테니까, 모든 것을 백 배로 갚아 줄 수 있을 거야. 우리의 관계에는 범죄도 없고, 아무리 엄격한 덕성에 비춰 봐도 눈살을 찌푸리게 할 일이라고는 아무 것도 없다. 얼마나 많은 신사들이 이러한 관계를 맺고 있는가! 우리는 아무도 속이지 않는다. 우리를 타락시키는 요소는 거짓말이다. 거짓말하는 것은 자기를 포기하는 행위가 아닌가? 그녀는 오래전부터 자기 남편과는 소원한 관계다. 그리고 나는 그 알자스 남자에게 말하고 말겠다. 자기가 행복하게 해줄 수 없는 여자를 나에게 양보하라고.'

라스티냐크의 내심의 싸움은 오랫동안 계속되었다. 승리는 젊음의 덕성 편으로 기울어졌음에도 불구하고, 어둠이 내리는 오후 4시 반경, 그는 억제할 수 없는 호기심 때문에 영원히 떠나겠다고 맹세했던 보케르 관 쪽으로 되돌아갔다. 그는 보트랭이 죽었는지 알고 싶었던 것이다. 비앙숑은 보트랭에게 구토제를 복용시킬 생각을 한 다음, 화학적 분석을 해보기 위해 그가 토해 낸 것을 병원으로 옮기게 했다. 미쇼노 양이 토사물을 내버리라고 고집하는 것을 보고, 그의 의혹은 더 강해졌다. 그런데다가 보트랭이 너무나 빨리 회복되었기 때문에, 비앙숑은 하숙집의 이 쾌활한 좌장(座長)에 대해 무슨 음모가 있지 않았나 하고 의심하지 않을 수 없었다. 라스티냐크가 되돌아왔을 때, 보트랭은 식당의 난로 곁에 서 있었다. 타유페르 아들의 결투 소식 때문에 평소보다 일찍 돌아온 하숙인들은 그 사건의 자세한 내용과 그것이 빅토린의 운명에 미칠 영향을 궁금해하면서, 고리오 영감만을 빼고는 모두 모여서, 사건에 대해 한담을 나누고 있었다. 외젠이 들어왔을 때, 그의 눈은 태연자약한 보트랭의 눈과 마주쳤다. 보트랭의 시선은 그의 마음속을 너무나 깊이 뚫어 보며 너무도 강하게 그의 사념(邪念)들을 뒤흔들어 놓았기 때문에, 그는 전율을 느꼈다.

"어이! 젊은이, 죽음은 오랫동안 나한테 질 거야. 이 부인들 말씀에 의하면, 나는 소라도 죽일 만한 뇌일혈을 당당히 견뎌 냈다는 거요." 탈옥수가 그에게 말했다.

"아! 황소라고 말해도 돼요." 보케르 부인이 외쳤다.

"당신은 내가 살아 있는 것을 보니 불쾌하겠지?" 보트랭은 라스티냐크의 생각을 짐작하듯 그의 귀에 대고 이렇게 속삭이더니, 덧붙였다. "엄청나게 강한 사람이라고 해야겠지!"

"아, 정말 그래요! 미쇼노 양이 그저께 **불사신**이란 별명을 가진 어떤 남자 얘기를 했는데, 그 명칭이 당신에게 잘 어울리겠네요." 비앙숑이 말했다.

이 말은 보트랭에게 벼락과도 같은 효과를 자아냈다. 그는 얼굴이 하얗게 질리더니 비틀거렸고, 자력을 지닌 듯한 그의 시선이 태양 광선처럼 미쇼노 양에게로 쏟아졌다. 이런 강한 의지의 분출은 그녀의 오금을 저리게 했다. 노처녀는 의자 위에 무너지듯 주저앉았다. 그녀가 위험에 처해 있다는 것을 깨닫고 푸아레가 그녀와 보트랭 사이로 뛰어들었다. 그의 본성을 감추고 있던 너그러운 사람의 가면을 벗어 던지자, 도형수의 얼굴은 의미심장한 사나운 빛을 드러냈던 것이다. 아직 이 드라마의 의미를 전혀 이해하지 못한 하숙인들은 모두 어안이 벙벙한 채 서 있었다. 이 순간, 몇 사람의 부산한 발자국 소리와 길의 포도(鋪道)에 울리는 군인들의 총검 소리가 들려 왔다. 콜랭이 창문과 벽을 쳐다보며 기계적으로 탈출구를 찾는 순간, 네 명의 남자가 살롱의 문 앞에 모습을 드러냈다. 맨 앞의 남자는 보안 경찰 부장이었고, 다른 세 명은 보안 경찰관들이었다.

"법과 국왕의 이름으로!" 경찰관 한 사람이 외쳤는데, 그의 다음 말은 모두들 놀라 웅성거리는 소리에 휩싸여 버렸다.

식당에는 곧 침묵이 흘렀고, 하숙인들은 세 명의 경찰관에게 길을 내주느라고 양편으로 갈라섰다. 경찰관들은 모두 옆 주머니에 손을 넣고 장전된 권총을 잡고 있었다. 경관들을 뒤따라온 두 명의 헌병이 살롱의 문간을 차지했고, 또 다른 두 명이 계단으로 통하는 문에 나타났다. 현관을 따라 나 있는 자갈이 깔린 길에서는 군인 여러 명의 발자국 소리와 총검 소리가 울렸다. 불사신에게는 일체의 탈주의 희망이 사라졌고, 모든 사람들의 시선이 얼어붙은 듯이 그에게 집중되었다. 부장은 곧장 그에게로 다가가더니, 먼저 그의 머리를 세차게 때려서 가발이 떨어져 나가게 했다. 그러자 콜랭의 머리가 흉측스러운 모습을 드러냈다. 힘과 교활함이 뒤섞인 무시무시한 성격을 보여 주는 붉은 벽돌 색의 짧은 머리털이 달린 그의 머리와 얼굴은 그의 상체와 조화를 이루면서 마치 지옥의 불길에 비추이듯 교묘하게 빛났다. 모두들 보트랭의 전모를 이해할 수 있었다. 즉 그의 과거, 현재, 미래, 그의 냉혹한 신조, 자신의 쾌락에 대한 신념, 그의 생각과 행동의 냉소주의가 그에게 부여해 주는 당당함, 그리고 무슨 일이든 해낼 수 있는 튼튼한 체질 등을 알 수 있었던 것이다. 그의 얼굴은 벌겋게 달아올랐고, 그의 두 눈은 야생 고양이의 눈처럼 반짝였다. 그는 너무도 난폭한 정력이 스며 있는 동작으로 제자리에서 펄쩍 뛰어오르며, 세차게 부르짖었기 때문에, 하숙인들 모두는 공포의 비명을 지르지 않을 수 없었다. 이런 사자와 같은 동작과 사람들의 아우성 소리에 경관들은 권총을 빼어 들었다. 각각의 권총의 공이치기가 번쩍이는 것을 보고 자신의 위험을 깨달은 콜랭은 단번에 최고의 인간 능력의 증거를 보여주었다. 무시무시하고도 장엄한 광경이었다! 그의 모습은 산이라도 들어 올릴 만한 기세로 수증기가 가득 끓어오르다가 한 방울의 냉수로 눈 깜짝할 사이에 그 수증기가 다 없어져버리는 가마솥의 현상에나 비교될 수 있을 그런 현상을 나타내 보였다. 그의 격노를 냉각시킨 물방울은 번개처럼 빠른 성찰이었다. 그는 미소를 짓더니 자기의 가발을 쳐다보았다.

"당신은 평소의 예절을 잊었군." 그는 보안 경찰 부장에게 이렇게 말했다. 그리고 그는 고갯짓으로 헌병들을 부르면서 그들에게 자신의 두 손을 내밀었다. "헌병 여러분, 나에게 수갑을 채우든지 아니면 양 엄지손가락을 쇠사슬로 조이든지 하시오. 이 자리에 있는 사람들이 내가 저항하지 않는다는 사실의 증인이오." 이 인간 화산에서 용암과 불길이 솟아 나오더니 다시 되돌아 들어가는 신속함에 놀라 터져 나온 감탄의 웅성거림이 방안에 울려 퍼졌다. "어때, 어이가 없지, 허풍쟁이 양반." 도형수는 사법 경찰의 유명한 부장을 쳐다보며 말했다.

"자, 옷을 벗도록 해." 생탄 골목의 사나이가 경멸에 가득 찬 태도로 말했다.

"무엇 때문에? 여기엔 부인들도 있소. 나는 아무 것도 부인하지 않고, 항복하오." 콜랭이 말했다.

그는 잠시 멈췄다가, 놀라운 사실을 말하려는 연설가처럼 사람들을 쳐다보았다.

"기록하시오, 라샤펠 영감." 그는 서류 가방에서 체포 조서를 꺼내 들고 식탁 끝에 앉아 있던 백발의 작은 노인을 향해서 말했다. "나는 20년형을 선고받은 불사신이라고 지칭되는 자크 콜랭임을 인정한다. 그리고 나는 나의 별명을 욕되게 하지 않았음을 방금 증명해 보였다." 그리고 그는 하숙인들에게 말했다. "만약 내가 손이라도 조금 처들었다면, 저 세 명의 경찰 놈들이 보케르 엄마네 마룻바닥에 온통 내 피를 흘리게 했을 것이구면. 저 작자들은 함정을 파려고 공모하고 있단 말이오!"

이 말을 듣자 보케르 부인은 기분이 좋지 않았다. 그녀는 실비에게 말했다. "어머나! 몸서리가 쳐지네. 저이하고 같이 어제 게테 극장엘 갔으니."

"진정하세요, 엄마." 콜랭이 말을 이었다. "어제 게테 극장의 내 좌석에 갔던 것이 불행이란 말이오?" 그가 부르짖었다. "당신들이 우리보다 훌륭하오? 썩은 사회의 무기력한 분자들인 당신네들 마음속의 치욕은 우리네 어깨에 찍힌 치욕보다 더 심한 것이오. 당신들 중 최상의 인간도 나의 이 말을 반박하지는 못할 거요."

그의 눈길이 라스티냐크에게 멎었고, 그는 험한 얼굴 표정과 야릇하게 대조되는 상냥한 미소를 라스티냐크에게 던졌다. "귀여운 청년, 우리의 작은 계약은 당신이 수락하는 한 여전히 유효하오! 알겠소?" 그는 노래를 불렀다.

　　나의 팡셰트는 아리따워라

　　단순하고 솔직하지만.

"당황할 것 없소, 나는 회수하는 방법을 알고 있소. 사람들은 나를 너무 두려워해서 나를 등쳐먹지는 못하지, 이 나를!" 그가 계속해서 말했다.

그 풍습과 언어, 익살로부터 무시무시함으로의 그 급격한 전환, 공포를 자아내는 그 거대성, 그 허물없는 태도, 그 비열성과 더불어 도형장이 이 사나이에 의해 그리고 그의 소리치는 얘기 속에 갑작스럽게 표현되었다. 그는 더 이상 하나의 인간이 아니라, 타락한 한 국민 전체의, 야만적이고도 논리적이며, 난폭하면서도 유연한 한 백성의 전형이었다. 한순간에 콜랭은 뉘우침이라는 단 하나의 감정을 제외한 모든 인간 감정이 그려진 지옥의 시(詩)가 되었다. 그의 시선은 항상 전투를 원하는 대악마의 시선이었다. 라스티냐크는 자신의 사념(邪念)에 대해 속죄하듯이 그 사람의 범죄성을 받아들이면서 눈길을 내리깔았다.

"누가 나를 배반했지?" 무서운 눈길을 사람들에게 이리저리 굴리며 콜랭이 말했다. 그러더니 미쇼노 양에게 눈길을 멈추고 그녀에게 말했다. "너로구나, 늙은 밀정 년, 네가 나에게 가짜 뇌일혈을 일으켰지, 앙큼한 년! 두어 마디만 하면, 나는 1주일 내로 네년의 목을 도려낼 수 있어. 하지만 나는 너를 용서한다, 나는 크리스천이거든. 그리고 나를 팔아먹은 것은 네가 아닐 거야. 그럼 누구지?" 그는 사법 경찰관들이 자기의 장을 열고 물건들을 압수하는 소리를 듣고서 외쳤다. "아! 아! 너희들 위층에서 뒤지는구나. 둥지를 뒤져 봤자 새들은 어제 날아가 버렸지. 너희들은 아무 것도 모를 거야. 내 치부책은 이 속에 있거든." 그는 자기 이마를 두드리며 말했다. "누가 나를 팔았는지 이제 알겠다. 필경 비단실이란 악당 놈일 거야. 안 그래요, 순사 영감?" 그가 경찰 부장에게 말했다. "저 위에 우리의 지폐가 있었던 것과 너무나 잘 일치해. 뻔한 얘기야, 순사 나리들. 비단실 놈은 당신네 헌병대 전체가 지킨다 할지라도, 2주일 안에 **처치**될 거야." 그리고 그는 경관들에게 물었다. "저 미쇼노 년에게 얼마를 주었소, 1천 에퀴 쯤? 나는 그것보다는 값이 더 나갔는데. 카리에스에 걸린 니농, 누더기를 걸친 퐁파두르,* 페르라셰즈 묘지의 비너스 상 같은 년. 만약 나에게 미리 알려 주었더라면, 너는 6천 프랑은 받았을 텐데. 아! 너는 그 생각을 못했지, 늙은 창녀 같은 년. 이렇게만 안 되었으면 나는 더 좋은 방도를 취했을 것이다. 그래, 나는 나를 귀찮게 하고 돈이 많이 허비되는 여행을 피하기 위해 너한테 6천 프랑을 주어 버렸을 거야." 경관들이 그에게 수갑을 채우는 동안 그는 계속해서 얘기했다. "녀석들은 나를 **괴롭히려고** 시간을 질질 끌면서 즐기겠지. 녀석들이 도형장으로 즉시 나를 보내 주기만 한다면, 오르페브르 선창의 간수 놈들이 아무리 설쳐 대도, 나는 곧 내 업무로 복귀할 텐데. 거기서라면, 모두들 자기들의 대장인 이 훌륭한 불사신을 탈주시키기 위해 혼신의 힘을 다할 거다. 당신들 중 누구 하나라도 나와 같이 자기를 위해서는 무슨 짓이라도 할 태세가 되어 있는 1만 명 이상의 동지를 거느린 사람이 있는가?" 그는 자랑스럽게 물었다. "이 속에는 좋은 것이 들어 있거든." 그는 자신의 가슴을 두드리며 말했다. "나는 결코 아무도 배반하지 않았단 말이야! 자, 밀정 년아, 저들을 봐라." 그는 노처녀를 향해 말했다. "저 사람들은 두려움을 느끼며 나를 쳐다보지만, 너는 그들에게 구역질을 일으킬 뿐이다. 네 몫이나 챙겨라." 그는 하숙인들을 바라보며 잠시 멈췄다가 말했다. "당신들은 바보요 뭐요, 전에 도형수를 본 적이 없소? 여기 있는 콜랭 같은 유형의 도형수는 다른 인간들보다 덜 비겁한 인간이오. 나는 장-자크*가 말한 바의 사회 계약의 뿌리 깊은 기만에 항의하는 사람이오. 나는 장-자크의 제자임을 영광으로 여기지. 요컨대 나는 재판소, 헌병, 예산을 무더기로 거느린 정부와 홀로 맞서서, 그것들을 우롱하고 있소."

"제기랄! 저 사람 그림으로 그리면 참으로 멋지겠구나." 화가가 말했다.

"사형 집행인 각하의 시종, 뵈브(도형수들이 단두대를 지칭하는 공포의 시정[詩情]이 넘치는 명칭이지)의 총독이여, 나한테 말하시지. 좀 착하게 굴란 말이야. 나를 팔아먹은 놈이 비단실인지 말하라고! 나는 그놈이 남의 죄 값을 대신하는 것을 바라지 않아. 그건 옳은 짓이 아닐 테니까." 콜랭은 보안 경찰 부장 쪽으로 고개를 돌리며 덧붙여 말했다.

그때 그의 방을 모두 조사하고 목록을 작성한 경관들이 돌아와서 파견 대장에게 낮은 목소리로 무슨 얘기를 했다. 조서의 작성은 이제 끝난 것이다.

"여러분, 이 사람들이 이제 나를 연행할 것입니다." 콜랭이 하숙인들을 향해서 말했다. "여러분 모두는 내가 이곳에 머무는 동안 나에게 아주 친절하게 대해 주셨습니다. 그 점에 대해 감사하게 생각하겠습니다. 내 작별 인사를 받으십시오. 여러분에게 프로

방스 지방의 무화과를 보내드리겠습니다." 그는 몇 걸음 내딛다가 고개를 돌려 라스티냐크를 바라보았다. "잘 있게, 외젠." 그는 조금 전의 퉁명스런 연설의 어조와는 이상스럽게 대조적인 부드럽고 쓸쓸한 목소리로 말했다. "자네가 곤경에 처한다면, 나는 자네에게 헌신적인 친구 하나를 남겨 두었네." 수갑을 차고 있음에도 불구하고, 그는 검술의 방어 자세를 취하고서, 검술 사범처럼 '하나, 둘!' 하고 구령을 붙이며, 오른쪽 다리를 앞으로 내밀고 행진했다. "재난이 생기거든, 거기에 말하게. 사람이든 돈이든, 자네는 무엇이나 마음대로 쓸 수 있네."

이 기이한 인물은 그 마지막 얘기를 아주 익살스럽게 했는데 그 얘기는 라스티냐크와 자기만이 이해할 수 있는 것이었다. 헌병, 군인, 경찰관들이 이윽고 이 집에서 철수하자, 여주인의 관자놀이를 식초로 문지르고 있던 실비는 놀란 표정의 하숙인들을 쳐다보았다.

"어쨌든 그 사람은 좋은 사람이었는데." 실비가 말했다.

벌어진 광경 때문에 야기된 잡다하고 혼란스런 감정이 모든 사람들에게 일으킨 마술에 빠진 듯한 상태가 실비의 말로 깨졌다. 이 순간, 하숙인들은 서로의 얼굴을 살핀 다음, 미라처럼 메마르고 수척하고 싸늘한 미쇼노 양을 동시에 쳐다보았다. 그녀는 마치 자기 눈가리개의 그늘이 자기 눈초리의 표정을 감출 만큼 충분히 강하지 못함을 두려워하기라도 하듯, 눈을 내리깔고 난로 옆에 웅크리고 앉아 있었다. 오래전부터 그들에게 반감을 일으켜 온 그녀 얼굴의 진상이 갑자기 드러났던 것이다. 이구동성으로 공통의 혐오감을 드러내는 중얼거림이 희미하게 울려 퍼졌다. 미쇼노 양은 그 소리를 들었으나 그대로 눌러앉아 있었다. 비앙숑이 맨 먼저 옆 사람에게 몸을 기울이고 낮은 소리로 말했다.

"만약 이 여자가 계속해서 우리와 함께 식사를 한다면 나는 이 집을 떠나겠소."

순식간에 푸아레를 제외한 전원이 의과 대학생의 제안에 동의했고, 모두의 지지에 힘을 얻은 비앙숑은 늙은 하숙인을 향해 나아갔다.

"당신은 미쇼노 양과 특별한 관계이니, 그녀에게 말하시오. 그녀가 지금 즉시 떠나야 한다는 것을 알려주시오." 비앙숑이 푸아레에게 말했다.

"지금 즉시?" 놀란 푸아레가 되풀이 말했다.

그러더니 그는 노처녀 곁으로 가서, 그녀의 귀에 대고 몇 마디 얘기를 했다.

"하지만 하숙비를 낸 기간이 남았어요. 다른 사람들과 마찬가지로 나도 돈을 내고 여기 있는 거예요." 그녀는 하숙인들을 독사 같은 눈길로 쏘아보며 말했다.

"그건 상관없습니다. 우리가 돈을 걷어 남은 하숙비를 돌려주죠." 라스티냐크가 말했다.

"당신은 콜랭을 두둔하는군요. 왜 그러는지 알기란 어렵지 않지." 그녀는 학생에게 의심을 품은 독살스러운 시선을 던지며 대답했다.

이 말을 듣자, 외젠은 노처녀에게 달려들어 목을 조르려는 듯

펄쩍 뛰었다. 그 여자의 눈초리는 그의 마음속에 소름끼치는 빛을 던져 주었는데, 그 눈초리를 통해 그는 그녀의 배신을 이해할 수 있었다.

"내버려두시오." 하숙인들이 소리쳤다.

라스티냐크는 팔짱을 끼고 입을 다물었다.

"유다 양의 일을 끝냅시다." 화가가 보케르 부인을 향해서 말했다. "아주머니, 만약 저 미쇼노를 내쫓지 않는다면, 우리는 모두 당신의 집구석을 떠날 테고, 이 집에는 스파이와 도형수들만 득실거린다고 사방에 불고 다니겠소. 내쫓으면, 우리 모두 이번 사건에 대해선 입을 다물지요. 결국 이런 사건은 도형수들의 이마에 낙인을 찍어서, 그자들이 파리의 어엿한 시민으로 위장하는 것을 막고, 또 그자들 모두가 그렇듯이 어리석게 허풍쟁이 노릇 하는 것을 막지 않는 한 상류 사회에서도 일어날 수 있는 일이지요."

이 얘기를 듣더니, 보케르 부인은 기적적으로 원기를 회복하고, 일어서서, 팔짱을 끼고는, 눈물의 흔적도 없이 두 눈을 말똥말똥하게 떴다.

"이보세요, 정말 내 하숙집이 망하는 꼴을 보고 싶으세요? 벌써 보트랭 씨가…… 오! 맙소사" 그녀는 말을 중단하고 혼자 중얼거렸다. "나는 그 사람을 평소의 이름으로 부를 수밖에 없구나!" 그리고 그녀는 계속해서 얘기했다. "벌써 방 하나가 비었어요. 그런데 모든 사람이 하숙을 다 정한 이 계절에 방 두 개를 더 내놓으란 말이로군요."

"여러분, 모자를 쓰고, 소르본 광장의 플리코토네 집으로 식사하러 갑시다." 비앙숑이 말했다.

보케르 부인은 눈 깜짝할 사이에 유리한 방향을 계산해 내고는 미쇼노 양에게로 달려갔다.

"이봐요 아가씨, 내 하숙집이 죽는 꼴을 보고 싶지는 않겠죠? 저 남자 분들이 얼마나 나를 궁지로 몰고 있는지 보고 있죠. 당신 방에 올라가 있다가 오늘밤에 나가세요."

"천만에, 천만에, 우리는 저 여자가 당장 나가기를 바라오." 하숙인들이 외쳤다.

"하지만 저 가엾은 아가씨는 저녁도 안 먹었는데." 푸아레가 가련한 어조로 말했다.

"어디든지 맘대로 나가서 먹으라지." 몇몇 목소리가 소리쳤다.

"밀정 년은 나가라!"

"밀정 연놈은 나가라!"

"여러분, 여성을 존중하세요." 푸아레가 갑자기 일어서더니 암내를 맡은 수놈 양과도 같은 용기를 내어 외쳤다.

"밀정에게는 성(性)이 없소." 화가가 말했다.

"유명한 성(性)이라마!"

"문(門)라마로 쫓아내!"

"여러분, 이건 무례한 짓이오. 하인을 내보낼 때에도, 갖춰야 할 형식이 있소. 우리는 하숙비를 지불했으니 머무르겠소." 푸아레가 모자를 쓰고 미쇼노 양 곁의 의자에 앉으면서 말했다. 보케르 부인은 미쇼노 양을 설득하고 있었다.

"악당, 작은 악당은 가거라!" 화가가 희극적인 태도로 말했다.

"자, 당신들이 안 나가면, 우리들이 나가겠소." 비앙숑이 말했다.

그리고 하숙인들은 떼를 지어 살롱 쪽으로 움직였다.

"아가씨, 대체 어떻게 하겠어요? 나는 망했어요. 당신이 그대로 있을 수는 없어요. 저 사람들은 폭력 행위라도 하고 말 거예요." 보케르 부인이 소리쳤다.

미쇼노 양이 일어섰다.

"저 여자 갈 거야!" "안 갈 거야!" "갈 거야!" "안 갈 거야!" 번갈아 터져 나온 이 말들과 그녀에 대해 일기 시작한 적대적인 대화들 때문에 미쇼노 양은 여주인과 낮은 소리로 무언가 약속을 한 다음 마침내 떠나지 않을 수 없었다.

"나는 뷔노 부인 하숙으로 가겠어요." 그녀가 위협적인 태도로 말했다.

"가고 싶은 데로 가시지." 자기와 경쟁 관계에 있어서 밉살스럽기 짝이 없는 하숙집을 미쇼노 양이 선택한 것에 심한 모욕감을 느낀 보케르 부인이 말했다. "뷔노 집으로 가구려, 염소가 마시면 미쳐 날뛸 포도주와 구멍가게에서 산 싸구려 음식을 먹게 될 테지."

하숙인들은 무거운 침묵을 지키며 두 줄로 나뉘어 섰다. 푸아레가 미쇼노 양을 너무도 정답게 쳐다보며, 그녀를 따라가야 할지 남아 있어야 할지 몰라 천진스럽게 주저하는 모습을 보이자, 미쇼노 양이 떠나게 된 것이 기쁜 하숙인들은 서로를 쳐다보며 웃기 시작했다.

"쯧, 쯧, 쯧, 푸아레, 자, 어서, 어서!" 화가가 그에게 소리쳤다.

박물관 직원은 잘 알려진 연가의 첫 소절을 우스꽝스럽게 노래하기 시작했다.

시리아로 떠나면서,
젊고 아리따운 뒤누아는……

"가보시지, 그러고 싶어 죽겠지, *trahit sua quemque voluptas*(사람은 누구나 자기 즐거움에 이끌린다)." 비앙숑이 말했다.

"베르길리우스의 그 말을 자유롭게 번역해 보면, 각자 자기 여자를 따른다는 뜻이렷다." 복습 교사가 말했다.

미쇼노 양이 푸아레를 쳐다보며 그의 팔을 잡으려는 몸짓을 하자, 푸아레는 그 부름에 거역할 수 없어, 노처녀에게 가서 그녀를 부축했다. 박수갈채가 일었고, 폭소가 터져 나왔다. "브라보, 푸아레!" "저 늙은 푸아레가!" "아폴로 신 푸아레." "마르스 신 푸아레." "용감한 푸아레!"

이때 심부름꾼 하나가 들어와 보케르 부인에게 편지 한 통을 내밀었다. 그녀는 편지를 읽고 나자 의자에 무너지듯 주저앉았다.

"이제 내 집이 타버리는 일만 남았구나, 벼락이 떨어졌어. 타유페르의 아들이 3시에 죽었다는군요. 그 가엾은 젊은이의 희생으로 두 여자가 행복해지기를 빌었던 내가 벌을 받은 거지. 쿠튀르 부인과 빅토린이 자기들 짐을 가져간다는군요. 빅토린의 아버지 집에 가서 산대요. 타유페르 씨는 쿠튀르 미망인이 자기 딸의 후견인으로 남도록 허락했대요. 방 네 개가 비었고, 하숙인 다섯 명이 줄어 버렸어!" 그녀는 자리에 주저앉아 곧 울음을 터뜨릴 것 같아 보였다. "집에 액운이 들어왔어." 그녀가 소리쳤다.

달리던 마차가 멈추는 소리가 갑자기 길에서 울렸다.

"또 무슨 사건이 터지나 봐." 실비가 말했다.

고리오가 갑자기 모습을 드러냈는데, 그는 행복으로 상기된 빛나는 얼굴이어서 다시 젊어진 듯이 보였다.

"고리오가 삯마차를 타다니, 세상의 종말이 닥친 모양이군." 하숙인들이 말했다.

노인은 한쪽 구석에서 생각에 잠겨 있던 외젠에게로 곧장 다가가더니 그의 팔을 잡았다. "갑시다." 그는 기쁜 표정으로 외젠에게 말했다.

"무슨 일이 일어났는지 모르세요? 보트랭은 도형수였는데 방금 체포되었고, 타유페르의 아들이 죽었습니다." 외젠이 그에게 말했다.

"그래, 그게 우리와 무슨 상관이오?" 고리오 영감이 대꾸했다. "나는 딸과 함께 당신 집에서 저녁을 들기로 했소, 아시겠소? 그 애가 기다리고 있으니, 갑시다!"

그는 라스티냐크의 팔을 너무도 격렬하게 끌어당겨 억지로 걷게 했기 때문에, 마치 자기 애인이라도 끌고 가는 것처럼 보였다.

"저녁 먹읍시다." 화가가 소리쳤다.

그러자 모두들 의자에 자리 잡고 식탁에 둘러앉았다.

"이럴 수가, 오늘은 모든 것이 낭패로군요, 양고기 스튜가 타버렸어요. 제기랄! 탄 것을 먹어야겠네요, 할 수 없지!" 뚱보 실비가 말했다.

　보케르 부인은 식탁 주위에 열여덟 명이 앉아 있는 대신 열 사람만이 있는 것을 보자 한 마디도 꺼낼 용기가 나지 않았다. 그래도 각자 여주인을 위로하고 즐겁게 해주려고 애썼다. 식사만 하고 다니는 사람들이 처음에는 보트랭과 그날 있었던 사건들에 관한 얘기를 주고받았으나, 곧 그들은 대화의 구불구불한 흐름에 이끌려서, 결투, 도형장, 재판, 개정해야 할 법률, 감옥 등에 대해 얘기를 나누기 시작했다. 그러자 그들의 생각은 자크 콜랭, 빅토린, 그녀의 오빠는 천 리나 떨어지게 되었다. 그들은 열 명밖에 되지 않았지만, 스무 명이나 되는 듯이 소란을 떨었기 때문에, 평소보다도 더 숫자가 많은 것처럼 보였다. 이것이 이 저녁 식사와 전날의 저녁 식사 사이에 있는 차이점의 전부였다. 파리의 일상적인 사건들의 와중에서 다음날이면 먹어 치워야 할 또 다른 희생물을 만나게 마련인 이 이기적인 세상에 길든 무관심이 결국 되살아나서, 보케르 부인조차 뚱보 실비의 목소리를 듣고 희망을 느끼며 마음을 가라앉히게 되었다.

　외젠에게는 저녁까지의 그날 하루가 마술의 환등을 보는 것만 같았다. 강한 성격과 명석한 머리를 지녔음에도 불구하고, 그는 고리오 영감과 나란히 마차에 올랐을 때, 자신의 생각을 어떻게 정리해야 좋을지 몰랐다. 이례적인 즐거움을 드러내고 있는 고리오 영감의 얘기는 수많은 충격을 겪은 후의 그의 귓전에 마치 꿈속에서 듣는 말처럼 울려 왔다.

　"오늘 아침에야 끝냈소. 우리는 셋이서 함께 저녁을 먹는 거요,

함께 말이오! 아시겠소? 나의 델핀, 나의 귀여운 델핀과 함께 저녁을 먹는 것은 4년 만의 일이오. 나는 하루 저녁 내내 그 애와 함께 지내게 되는 거요. 우리는 오늘 아침부터 당신 집에 가 있었다오. 나는 옷을 벗어부치고 일꾼처럼 일을 했소. 나는 가구를 옮기는 것을 도왔지. 아! 아! 그 애가 식탁에서 얼마나 상냥한지 당신은 모를 거요. '자, 아빠, 이것 잡수세요, 맛있어요' 하면서 그 애는 나에게 신경을 쓸 거란 말이오. 그러면 나는 너무 좋아서 먹을 수가 없지. 오! 그 애와 오붓하게 지내 본 지 참으로 오래됐는데, 마침내 그렇게 지내게 되었어."

"그렇지만 오늘 세상이 뒤집혔는데요?" 외젠이 그에게 말했다.

"뒤집히다니?" 고리오 영감이 말했다. "그 어떤 시대에도 세상이 이처럼 똑바로 서 있던 적이 없었는데. 길에는 서로 손을 맞잡고 포용하는 사람들의 즐거운 얼굴들만 보이는데. 모두들 마치 딸네 집에 가서, 딸이 카페 앙글레의 요리장에게 주문해 차려 놓은 맛있는 저녁을 먹으려는 것처럼 행복한 사람들 말이오. 그러나 아무래도 좋지! 그 애 곁에서라면 알로에 즙이라도 꿀처럼 달콤할 테니까."

"이제야 정신이 돌아오는 느낌입니다." 외젠이 말했다.

"자 어서 달리게, 마부." 고리오 영감이 앞의 유리창을 열고 소리쳤다. "더 빨리 가란 말이야. 자네가 알고 있는 그 집에 10분 내에 나를 데려다 주면 팁을 1백 수 주겠네." 이 약속을 듣자, 마부는 파리 시내를 번개같이 질주했다.

"이 마부는 굼벵이 같군." 고리오 영감은 되뇌었다.

"그런데 저를 어디로 데려 가시는 겁니까?" 라스티냐크가 그에게 물었다.

"당신 집에." 고리오 영감이 말했다.

마차가 아르투아 가에 멎었다. 노인이 먼저 내리더니, 기쁨의 절정에서 아무 것도 개의치 않는 홀아비가 돈을 마구 뿌리듯 마부에게 10프랑을 던져 주었다.

"자, 올라갑시다." 이렇게 말하고서 그는 마당을 가로질러 아름다운 외관의 새집 뒤쪽 4층에 위치한 방의 문 앞으로 라스티냐크를 안내했다. 고리오 영감은 초인종을 누를 필요도 없었다. 드 뉘싱겐 부인의 하녀인 테레즈가 그들에게 문을 열어 주었다. 외젠은 응접실, 작은 살롱, 침실, 그리고 정원이 내다보이는 서재로 이루어진, 잘 꾸며진 독신자 아파트를 발견했다. 최고로 아름답고 우아한 살롱에 비추어 보아도 손색이 없을 가구와 장식이 갖추어진 작은 살롱에서, 그는 촛불 빛에 비치는 델핀의 모습을 알아보았다. 그녀는 난롯가의 2인용 안락의자에서 일어나서 벽난로에 열 완충용 가리개를 두르고는 애정이 가득한 어조로 그에게 말했다. "당신을 모시러 가야만 했으니, 참 알 수 없는 분이네요."

테레즈는 밖으로 나갔다. 학생은 델핀을 품안에 힘차게 끌어안고 기쁨의 눈물을 흘렸다. 수많은 자극이 그의 마음과 머리를 피곤하게 만든 하루 동안, 그가 보았던 광경과 지금 보고 있는 광경 사이의 이 마지막 대조가 라스티냐크에게 신경 감각의 발작을 유발했던 것이다.

기진맥진한 외젠이 한 마디 말도 못하고 또 최후의 마술 지팡이가 휘둘러진 방식을 이해하지도 못한 채, 2인용 안락의자 위에 누워 있는 동안, 고리오 영감이 나지막한 소리로 딸에게 말했다. "나는 저 사람이 너를 사랑하는 것을 잘 알고 있었다."

"자 와서 좀 보세요." 드 뉘싱겐 부인이 그의 팔을 잡아 침실로 이끌면서 외젠에게 말했다. 그 방의 양탄자며 가구들이며 작은 비품들은 규모가 좀 작기는 했지만 그에게 델핀의 방을 연상시켰다.

"침대 하나가 부족하군요." 라스티냐크가 말했다.

"그래요." 그녀가 그의 손을 꼭 누르고 얼굴을 붉히며 말했다.

외젠은 그녀를 쳐다보았고, 그는 아직 어린 나이였지만, 사랑하고 있는 여인의 마음속에는 진정한 부끄러움이 있다는 것을 깨달았다.

"당신은 언제나 숭배해야 할 여인입니다." 그가 그녀의 귀에 대고 속삭였다. "그래요, 내가 감히 이런 얘기를 하는 것은, 우리가 서로를 너무나 잘 이해하기 때문입니다. 사랑이 열렬하고 진실할수록, 사랑은 더욱더 가려지고 신비로워야만 합니다. 우리의 비밀을 아무에게도 누설하지 맙시다."

"오! 나는 말이야, 나는 아무나가 아냐." 고리오 영감이 투덜거리며 말했다.

"아버지는 **우리**에 속한다는 것을 잘 아시면서, 아버지는……."

"아! 그것이 바로 내가 듣고 싶던 말이다. 너희는 나에게는 신경을 쓰지 마, 알겠지? 나는 어디에나 있을 수 있고, 보이지는 않지만 있는 것을 알 수 있는 정령(精靈)처럼 오고 갈 테니까! 그런데, 델피네트, 니네트, 데델! '아르투아 가에 예쁜 아파트가 하나 있으니, 그 사람을 위해서 방을 꾸미자!'고 내가 너한테 얘기한 것이 옳지 않았니? 너는 내 말을 따르지 않으려고 했지. 아! 나야 말로 너를 낳아 준 아비인 것처럼 너의 기쁨을 만들어 준 사람이다. 아버지들은 행복하기 위해서는 항상 주어야만 해. 항상 주는 것, 그것이 아버지로서 할 일이야."

"뭐라고 하셨어요?" 외젠이 말했다.

"그래요, 저 애는 내 말을 따르지 않으려 했어요, 사람들이 무슨 소리를 지껄일지 두려웠던 거지. 마치 세상이 행복만 한 가치가 있기라도 하듯이 말이야! 그러나 모든 여자들은 저 애처럼 하고 싶어 안달일 거요……."

드 뉘싱겐 부인이 라스티냐크를 서재로 데리고 갔기 때문에, 고리오 영감은 혼자서 얘기하고 있었다. 비록 가벼운 키스였지만, 서재에서 키스하는 소리가 들려 왔다. 서재는 무엇 하나 빠진 것 없이 갖춰져 있는 아파트 전체의 우아함과 잘 어우러져 있었다.

"당신이 바라는 것을 우리가 잘 알아맞혀 꾸몄는지 모르겠네요?" 식탁에 앉기 위해 살롱으로 되돌아오면서 그녀가 물었다.

"예, 너무 좋습니다. 아아! 너무도 완벽한 이 사치, 실현된 이 아름다운 꿈들, 젊고 우아한 삶의 이 모든 시(詩), 나는 그것들을 너무도 잘 느끼고 있어서 탐나지 않는 바 아니지만, 그러나 당신에게서 그것들을 받을 수는 없습니다. 나는 아직 너무나 가난해서……."

"아! 아! 당신은 벌써 나에게 반항하는군요." 상대방의 꺼리는 마음을 최대한 지워 버리기 위해서 그것을 비웃고자 할 때 여자들이 짓는 샐쭉한 예쁜 표정을 지으며, 그녀가 조롱 섞인 위엄 있는 귀여운 태도로 말했다.

외젠은 그날 하루 동안 너무도 준엄하게 자문(自問)을 거듭했고, 하마터면 자신이 굴러 떨어질 뻔했던 심연의 깊이를 그에게 보여준 보트랭의 체포 사건이 그의 고귀한 감정과 섬세성을 단단하게 강화시켜 준 길이었기 때문에, 그는 자신의 고결한 생각에 대한 이 다정한 반박에 굴복할 수 없었다. 깊은 비애가 그의 마음을 사로잡았다.

"뭐라고요! 거절하시겠다고요?" 드 뉘싱겐 부인이 말했다. "그런 거절이 무엇을 의미하는지 아세요? 당신은 미래를 의심해서, 나와 연결되기를 바라지 않는 거예요. 그러니까 당신은 나의 애정을 배반하게 될까 봐 두려워하고 있는 것이죠? 당신이 나를 사랑하고, 또 내가…… 당신을 사랑한다면, 무엇 때문에 이런 사소한 호의 앞에서 물러서는 거예요? 내가 이 독신 아파트의 모든 것을 꾸미면서 느꼈던 즐거움을 당신이 아신다면, 당신은 망설이지 않을 것이고, 나한테 사과할 거예요. 나에게는 당신 몫의 돈이 있었고, 그것을 잘 썼을 뿐이에요. 당신은 스스로 크다고 생각하면서, 실상은 작아요. 당신은 그 이상의 것도 요구하시면서…… (외젠에게서 정열적인 시선을 느끼면서, 그녀는 속으로 아! 하고 소리쳤다) 아무 것도 아닌 일에 점잔을 빼세요. 당신이 나를 조금도 사랑하지 않는다면, 오! 좋아요, 받지 마세요. 내 운명은 한 마디 말에 달렸어요. 말씀해 보세요."

그녀는 잠시 짬을 두었다가 자기 아버지 쪽으로 고개를 돌리며 덧붙여 말했다. "그런데 아버지, 저이가 알아듣게 말씀 좀 하세요. 우리의 체면에 대해서 나도 자기 못지않게 신경을 쓰고 있다는 것을 알기나 하나요?"

고리오 영감은 이 사랑 싸움을 보고 들으면서 아편을 빤 사람처럼 줄곧 미소를 띠고 있었다.

"어린애같이! 당신은 지금 인생의 입구에 서 있어요. 많은 사람들이 넘을 수 없는 장벽을 마주하고 있는 거예요. 여자의 손이 당신에게 그 장벽을 열어 주는데, 당신은 물러서요!" 그녀는 외젠의 손을 움켜쥐고 계속해서 얘기했다. "그러나 당신은 성공할 거예요. 당신은 찬란한 운명을 개척할 거예요. 성공이 당신의 아름다운 이마 위에 씌어 있어요. 그때에는 내가 오늘 당신에게 빌려주는 것을 나에게 되돌려 줄 수 있지 않겠어요? 옛날에는 귀부인들이 자기들의 기사들에게 갑주, 칼, 투구, 쇠사슬 갑옷, 말을 주어, 기마 시합에 나가서 자기들의 이름으로 싸우게 하지 않았던가요? 그런데, 외젠, 내가 당신에게 제공하는 것은 이 시대의 무기이고, 성공을 거두고자 하는 사람에게 필요한 도구들이에요. 지금 당신이 거주하는 다락방은 아빠의 방과 닮았다면 볼만하겠죠. 자, 저녁을 먹어야 하지 않겠어요? 나를 슬프게 만들겠어요? 대답 좀 하세요." 그녀는 그의 손을 흔들면서 말했다. "아이 참, 아빠, 저이가 결심하게 해주세요. 안 그러면 나는 나가서 다시는 안 보겠어요."

"내가 결심하도록 만들지." 고리오 영감이 황홀경에서 벗어나며 말했다. "사랑하는 외젠 씨, 당신은 고리대금업자들에게 돈을 빌리러 다니죠, 안 그렇소?"

"그럴 수밖에 없습니다." 외젠이 말했다.

"좋소, 당신은 내 수중에 있소." 노인이 다 해진 더러운 가죽 지갑을 꺼내면서 말했다. "나도 고리대금업자가 되었소, 내가 계산서를 모두 지불했거든, 자 여기 계산서가 있소. 여기 있는 모든 것에 대해 당신은 한 푼의 빚도 없는 거요. 뭐 큰 금액도 아니더군, 기껏 5천 프랑이야. 내가 그 돈을 당신에게 빌려주지, 내가 말이오! 나는 여자가 아니니까, 당신은 나한테는 거절하지 못할 거요. 나에게 종이쪽에 차용증서나 써주고, 나중에 갚도록 하시지."

놀라서 서로를 쳐다보던 외젠과 델핀의 눈에서 동시에 눈물이 흘러내렸다. 라스티냐크는 노인에게 손을 내밀고 그의 손을 꼭 잡았다.

"이런! 왜 그래! 너희는 내 자식들이 아닌가?" 고리오가 말했다.

"그런데, 가엾으신 아버지, 어떻게 돈을 마련하셨어요?" 드 뉘싱겐 부인이 말했다.

"아! 그 얘기를 하지." 고리오 영감이 대답했다. "저 사람을 네 곁에 있게 하도록 너의 마음을 작정시킨 후, 네가 신부처럼 물건들을 사러 다니는 것을 보았을 때, 나는 '저 애가 곧 돈이 떨어질 텐데!' 하고 속으로 생각했다. 소송대리인 말에 의하면, 너의 재산을 되찾기 위해 네 남편에게 제기하는 소송은 6개월 이상 걸릴 거라는 거였어. 그래서 나는 1천 3백 50프랑짜리 내 영속 연금 증서를 팔았다. 그리고 그 대금 1만 5천 프랑으로, 저당 잡힌 1천 2백 프랑짜리 종신 연금 증서를 사고서, 나머지 돈으로 너의 상인들에게 대금을 지불했다. 나는 저 위에 1년에 50에퀴짜리 방을 하나 얻고, 하루에 40수씩으로 왕자처럼 살아갈 수 있다. 그러고도 돈이 남을 거야. 옷도 거의 필요 없고, 나는 아무 것도 쓸 일이 없어. 나는 2주일 전부터 '저 애들은 행복할 거야!' 하고 생각하면서, 혼자 웃으면서 지내 왔다. 그래, 너희들은 행복하지 않니?"

"오! 아빠, 아빠!" 드 뉘싱겐 부인이 아버지에게 달려가며 외쳤고, 아버지는 그녀를 무릎 위에 앉혔다. 그녀는 아버지에게 키스를 퍼부었고, 그녀의 금발 머리칼로 아버지의 뺨을 부볐으며, 환하게 밝아진 늙은 얼굴에 눈물을 흘렸다.

"사랑하는 아버지, 아버지야말로 진정한 아버지세요! 아니, 이 하늘 아래 우리 아버지 같은 아버지는 둘도 없을 거예요. 외젠은 진작부터 아버지를 사랑하고 있었는데, 이제는 어떻겠어요?"

"그런데, 얘들아," 10년 전부터 딸의 심장이 자신의 심장 위에서 고동치는 것을 느껴 보지 못했던 고리오 영감이 말했다. "그런데, 델피네트야, 너는 나를 기쁨으로 죽게 만들려고 하는구나! 내 허약한 심장이 터질 것만 같다. 자, 외젠 씨, 우리는 이미 셈이 끝난 거요!" 그리고 노인은 너무도 거칠고 광란적으로 딸을 껴안았기 때문에 델핀이 소리쳤다. "아! 아파요." "내가 너를 아프게 했다고!" 노인은 얼굴이 창백해지면서 말했다. 그는 딸을 지극한 고통의 표정으로 바라보았다. 이 부성애의 그리스도의 모습을 잘 그리기 위해서는, 구세주가 인간들을 위해서 겪은 수난을 그리기 위해 미술의 대가들이 창안해 낸 그림들에서 비교를 찾아보아야만 할 것이다. 고리오 영감은 자기의 손가락으로 너무 세게 눌렀던 딸의 허리띠에 부드럽게 키스를 했다. "아냐, 아냐, 내가 너를 아프게 한 것이 아냐. 소리를 지르는 바람에 네가 나를 고통스럽게 했다." 그는 미소를 띠고 딸에게 묻듯이 말했다. "그런데 더 중요한 것은 저 사람을 꼭 붙잡는 거야. 안 그러면 저 사람 화낼걸." 노인은 딸의 귀에 조심스럽게 키스하며 속삭였다.

외젠은 이 노인의 무진장한 헌신에 어리둥절해서, 청년기의 신뢰를 뜻하는 순진한 감탄을 나타내 보이며 노인을 쳐다보고 있었다.

"저는 이 모든 것에 어울리는 사람이 되겠습니다." 외젠이 소리쳤다.

"오 나의 외젠, 당신이 한 말은 정말 훌륭해요." 드 뉘싱겐 부인은 학생의 이마에 키스를 했다.

"저 사람은 너를 위해서 타유페르 양과 그녀의 수백만 프랑을 거절했단다." 고리오 영감이 말했다. "정말로 그 아가씨는 당신을 사랑했지. 그리고 자기 오빠가 죽자, 크레수스*처럼 부자가 되었고."

"오! 왜 그런 얘기를 하세요?" 라스티냐크가 소리쳤다.

"외젠, 지금 나는 오늘 밤 헤어지는 것이 유감이에요. 아! 나는 당신을 열렬히 그리고 영원히 사랑할 거예요." 델핀이 그의 귀에 대고 속삭였다.

"네가 결혼한 이후로 나에게 가장 좋은 날이구나." 고리오 영감이 외쳤다. "너에 의한 것이 아니라면, 나는 하느님이 원하시는 만큼 괴로움을 겪어도 좋다. 금년 2월에 나는 다른 사람들이 일생 동안에 맛볼 수 있는 행복보다 더 큰 행복을 맛보았다고 생각할 것이다. 피핀, 나를 좀 쳐다봐!" 그가 딸에게 말했다. "저 애 참 예쁘지, 안 그렇소? 저 애처럼 아름다운 혈색과 예쁜 보조개를 가진 여자들을 많이 본 적이 있는지 좀 말해 보오. 천만에, 아닐 거요. 저 사랑스런 여자를 태어나게 한 것이 바로 나란 말이오. 이제부터 당신에 의해 행복해지면, 저 애는 천 배는 더 예뻐질 거요. 이보시오, 내가 들어갈 천당 자리가 당신에게 필요하다면, 나는 당신에게 그 자리를 내주고 지옥에라도 갈 수 있소. 자 저녁을 먹읍시다, 저녁을 먹어, 모든 것이 우리 것이야." 그는 무슨 말을 하고 있는지도 모른 채 말을 이어 갔다.

"가엾은 아버지!"

노인은 일어서더니 딸에게로 가서, 그녀의 머리를 잡고 땋아 늘인 머리 가운데에 키스를 하며 말했다. "얘야, 네가 얼마나 손쉽게 나를 행복하게 해줄 수 있는지를 안다면! 가끔 나를 보러 와라. 나는 저 위층에 있을 거야, 너는 한 걸음만 옮기면 돼. 자, 나한테 약속해라!"

"그럴게요, 사랑하는 아버지."

"다시 말해 봐."

"그래요, 우리 아버지."

"그만 해. 내 마음 같으면 너에게 백 번은 되풀이 말하라고 할 테니까. 자 저녁을 먹자."

그날 저녁 시간은 내내 어린애 장난 같은 짓들로 채워졌는데, 고리오 영감이 세 사람 가운데에서 가장 분별 있는 편은 아니었다. 그는 딸의 발에 키스하려고 그녀의 발밑에 엎드렸고, 그녀의 두 눈을 오랫동안 쳐다보았으며, 그녀의 옷자락에 머리를 부벼 댔다. 그는 더없이 어리고 다정한 애인이 할 법한 온갖 광기를 다 부린 것이었다.

"아시겠죠? 아버지가 우리와 함께 계실 때면, 온통 아버지에게 정신을 쏟아야 해요. 그래서 때로는 아주 난처할 거예요." 델핀이 외젠에게 말했다.

벌써 몇 차례 질투심의 충동을 느꼈던 외젠은 배은망덕의 싹을 담고 있는 이 말을 비난할 수가 없었다.

"한데 언제 이 아파트의 손질이 끝날까?" 외젠이 방을 둘러보며 말했다. "오늘 밤은 우리가 헤어져야 하나요?"

"그래요. 하지만 내일은 저와 함께 저녁을 들러 오셔야 해요. 내일은 이탈리아 극장에 가는 날이에요." 델핀이 재치 있게 말했다.

"나는 아래층 뒷좌석에 가 있겠다." 고리오 영감이 말했다.

자정이 되었다. 드 뉘싱겐 부인의 마차가 기다리고 있었다. 고리오 영감과 학생은 보케르 관으로 돌아갔는데, 가는 도중 그들은 서로의 강렬한 열정 사이에 기묘한 말다툼을 야기한 점점 커지는 열광을 가지고 델핀에 관한 얘기를 주고받았다. 어떠한 개인적 이해관계로도 얼룩지지 않은 아버지의 사랑이 그 끈질김과 폭넓음으로 자기의 사랑을 압도한다는 사실을 외젠은 부인할 수 없었다. 아버지에게는 우상이 언제나 순결하고 아름다운 것이었으며, 그 우상에 대한 숭배는 과거에서나 미래에서나 점점 더 커가는 것이었다. 그들은 보케르 부인이 실비와 크리스토프 사이에서 난롯가에 혼자 앉아 있는 것을 보았다. 늙은 여주인은 카르타고 폐허 위의 마리우스*처럼 그곳에 앉아 있었다. 그녀는 실비와 함께 비탄에 잠겨서 자기에게 남아 있는 단 두 명의 하숙인을 기다리고 있었던 것이다. 바이런 경이 타소의 입을 빌려 아주 아름다운 탄식을 하게 했지만, 그 탄식도 보케르 부인에게서 흘러나온 탄식의 심오한 진실과는 상당히 거리가 먼 것이리라.

"실비야, 내일 아침에는 커피를 석 잔만 준비하면 된단 말이냐. 흥! 내 집이 텅 비었구나. 가슴이 터질 일이 아니냐? 내 하숙인들이 없는 인생이란 무엇인가? 그건 아무 것도 아니다. 내 집에서 사람들이란 가구가 다 빠져나가 버렸구나. 삶이라는 것은 가구들 속에 있는 것인데. 이런 모든 재난이 나에게 닥치다니 내가 하늘에 무슨 죄를 지었는가? 우리는 20명 몫의 강낭콩과 감자를 준비해 두었는데. 내 집에 경찰이 다 들이닥치고! 우리는 이제 감자만 먹고 살아야 되겠구나! 크리스토프를 내보내야 할 판이구나!"

잠들어 있던 사부아 지방 출신의 이 아이는 갑자기 잠에서 깨어나서 말했다. "아주머니, 무슨 일이세요?"

"불쌍한 녀석! 꼭 집 지키는 개 같구나." 실비가 말했다.

"모두들 집을 정해 놓은 한산한 계절이니, 어디서 나에게 하숙인들이 굴러 떨어진단 말인가? 그 생각만 하면 머리가 어지럽구나. 그 무당 같은 미쇼노란 계집이 푸아레까지 빼내 가다니! 그 계집은 무슨 짓을 해서 잡아 두었기에, 그 사내가 강아지처럼 계집 뒤를 졸졸 따라갔을까?"

"아! 제기랄! 늙은 처녀들이란 온갖 술책을 다 부리나 봐요." 실비가 고개를 흔들며 말했다.

"그 불쌍한 보트랭 씨를 도형수로 만들다니." 과부댁이 말을 이었다. "그런데, 실비야, 그건 나로서는 어쩔 수 없는 일이지만, 나는 아직도 믿어지지가 않는구나. 매달 15프랑씩이나 내고 브랜디를 탄 커피를 들었고, 어김없이 셈을 치르던 그처럼 쾌활한 남자가!"

"그리고 마음 씀씀이가 후했지요!" 크리스토프가 말했다.

"뭔가 잘못됐을 거예요." 실비가 말했다.

"천만에, 그 사람 자신이 자백했어." 보케르 부인이 계속해서 말했다. "그런데 괭이 새끼 한 마리 지나다니지 않는 거리에 있는 내 집에서 그런 모든 일이 일어나다니 말이 되나! 참말로 내가 꿈을 꾸고 있는 것 같구나. 너도 알겠지만, 우리는 루이 16세에게 사건이 닥치는 것도 보았고, 나폴레옹 황제가 무너지는 것도 보았으며, 황제가 되돌아왔다가 다시 무너지는 것도 보았지. 그런 모든 일들은 다 가능성이 있는 일들이겠지. 하지만 하숙집에서는 절대로 사건이 벌어질 기회란 없는 법이야. 사람들은 왕이 없이는 지낼 수 있지만, 항상 먹기는 해야 하거든. 드 콩플랑 가문 태생의 정직한 여자인 내가 온갖 좋은 것으로 밥을 먹여 주었는데, 세상의 종말이 닥치지 않고서야…… 그런데 이거야말로 세상의 종말인가 보다."

"그리고 아주머니에게 이 모든 손해를 끼친 미쇼노 양이 1천 에퀴의 연금을 받게 된다는 얘기던데, 그 생각을 하면……" 실비가 외쳤다.

"나한테 그 얘기는 하지 마라. 악랄한 계집년이다! 그런데다가 그 계집은 뷔노의 집으로 갔다! 그년은 무슨 짓이든 다 할 여자야, 아마 끔찍한 짓들을 저질렀을 거야, 전에는 살인도 하고, 도둑질도 했을 게다. 그 가엾은 남자 대신에 그 계집이 도형장으로 끌려갔어야만 하는데……." 보케르 부인이 말했다.

바로 이때 외젠과 고리오 영감이 초인종을 울렸다.

"아! 나의 변함없는 두 하숙인이 왔구나." 과부댁이 한숨을 내쉬며 말했다.

하숙집에서 일어났던 재난을 별로 마음에 두고 있지 않던 이 변함없는 두 하숙인은 쇼세당탱으로 이사 가서 살겠다고 여주인에게 단도직입적으로 통고했다.

"아, 실비야! 이건 마지막 일격이구나. 당신들은 나에게 죽음의 타격을 가했어요! 내 복부를 가격한 거예요. 배가 뒤틀리는군요. 오늘 하루가 나를 10년 이상은 감수시킨 것 같아요. 정말로 나는 미쳐 버리고 말 거예요! 강낭콩으로는 무얼 하지? 아! 내가 여기 혼자 남게 되면 너는 내일 떠나라, 크리스토프야. 여러분, 안녕, 잘들 주무세요." 과부댁이 말했다.

"대체 아주머니가 왜 저래?" 외젠이 실비에게 물었다.

"어 참! 사건이 일어난 후 모두들 떠나 버렸어요. 그래서 아주머니의 머리가 돈 거죠. 저런, 아주머니 우는 소리가 들리네요. 울고 나면 마음이 좀 풀리겠죠. 내가 여기서 일하기 시작한 후로 아주머니가 눈물을 쏟는 것은 처음이네요."

다음날 보케르 부인은 그녀 자신의 표현에 따르면 **이성을 되찾**

았다. 그녀는 자기의 하숙인들을 모두 잃고 생활이 뒤죽박죽된 여인의 비탄에 잠긴 모습을 보였지만, 어쨌든 그녀는 정신을 되찾아서, 부서진 이익과 깨어진 생활 습관에 의해 야기된 고통, 진정한 고통, 깊은 고통이 무엇인지를 잘 보여주었다. 연인이 살던 장소를 떠나면서 그곳에 던지는 사랑하는 남자의 시선도 분명히 텅 빈 식탁을 바라보는 보케르 부인의 시선보다 더 슬퍼 보이지는 않을 것이다. 외젠은 며칠 후면 인턴 과정이 끝나는 비앙숑이 아마도 자기 대신 들어올 것이고, 박물관 직원도 쿠튀르 부인이 쓰던 방에 들고 싶다는 희망을 자주 말한 바 있어, 며칠 가지 않아 사람들이 다시 찰 것이라고 말하면서 여주인을 위로했다.

"당신 말대로만 되면 오죽 좋겠어요! 그러나 이 집에는 액운이 꼈어요. 열흘도 안 돼서 죽음의 신이 찾아오고 말 거예요. 죽음의 신이 이번에는 또 누구를 데려갈까?" 그녀는 침통한 눈길로 식당을 쳐다보며 말했다.

"이사하는 것이 좋겠군요." 외젠은 아주 낮은 소리로 고리오 영감에게 말했다.

"아주머니, 사흘 전부터 미스티그리가 안 보여요." 실비가 질겁해서 달려오며 말했다.

"아! 내 고양이가 죽었거나, 집을 나갔다면, 나는……."

불쌍한 과부는 말을 다 끝내지 못하고, 두려운 예감에 짓눌려 두 손을 모아 쥐고 의자 등받이에 벌렁 나자빠졌다.

우편배달부가 팡테옹 구역에 도착하는 시간인 정오경에 외젠은 우아한 봉투에 넣어 드 보세앙 가문의 문장(紋章)으로 봉인된 편지 한 통을 받았다. 그 편지 속에는 한 달 전부터 예고된 바 있는 자작 부인 댁에서 열리게 될 대무도회에 드 뉘싱겐 부처를 초대하는 초대장이 들어 있었다. 이 초대장에 곁들여 외젠에게 보내는 짤막한 전언도 들어 있었다.

드 뉘싱겐 부인에 대한 나의 감정을 전달하는 역할을 당신이 기꺼이 맡아 주리라고 나는 생각했어요. 당신이 나에게 부탁했던 초대장을 보내 드리는 바, 드 레스토 부인의 동생을 알게 되는 것은 기쁜 일입니다. 그러니 그 예쁜 여인을 나에게 데려오세요. 그러나 그 여인이 당신의 애정을 모두 차지하게 해서는 안 돼요. 당신은 내가 당신에게 기울인 애정에 대해 보답할 것이 많으니까요.

드 보세앙 자작 부인

'그런데 드 보세앙 부인은 드 뉘싱겐 남작의 참석은 원하지 않는다는 사실을 꽤 분명하게 나한테 알리고 있구나.' 쪽지를 되풀이 읽으면서 외젠은 생각했다. 그는 아마도 자기가 보답을 받게 될 기쁜 일을 그녀에게 얻어 준 것에 행복감을 느끼며 급히 델핀의 집으로 갔다. 드 뉘싱겐 부인은 목욕 중이었다. 2년간 가져 보기를 원했던 애인을 마침내 소유하게 된 열렬하고 성급한 청년처럼 당연히 초조함에 사로잡혀, 라스티냐크는 규방 안에서 기다렸다. 이런 것은 청년들의 생애에서 두 번 다시 일어나지 않는 감동인 것이다. 한 남자가 집착하는 정말로 여자다운 최초의 여자, 다시 말해 파리의 사교계가 요구하는 화려한 요건을 갖추고 남자에게 출현하는 그런 여자에게는 결코 연적이 있을 수 없다. 파리의 연애는 다른 유형의 사랑과는 전혀 닮은 점이 없다. 파리에서는 소위 이해관계를 초월했다는 자신의 애정에 대해 각자가 점잖게 늘어놓는 진부함으로 장식된 외관에는 남자든 여자든 속아 넘어가지 않는다. 이 고장에서는, 여자가 마음과 감각만을 만족시키는 것으로는 안 된다. 인생을 구성하는 수많은 허영심에 대해 수행해야 할 더 큰 의무들을 갖고 있음을 여자 자신이 완벽하게 알고 있는 것이다. 특히 이곳의 연애는 본질적으로 허풍을 떨고, 뻔뻔스럽고, 낭비적이고, 위선적이며, 사치스러운 것이다. 루이 14세가 드 베르망두아 공작의 사교계 등장에 편의를 주기 위해 자신의 소맷자락을 찢었을 때, 그 소맷자락 하나가 1천 에퀴의 값이 나간다는 것을 잊게 할 만큼 대왕의 열정을 불러 일으켰던 드 라 발리에르 양을 루이 14세 궁정의 모든 여인들이 부러워했는데, 하물며 나머지 사람들이야 말해 무엇 하겠는가? 젊고, 부유하고, 작위를 가져야 하며, 가능하다면 그 이상의 것을 갖춰야 한다. 당신에게 우상이 있다면, 우상 앞에서 태울 향이 많을수록 그 우상은 당신에게 호의적일 것이다. 사랑은 하나의 종교인데, 이 종교의 의식은 다른 모든 종교의 의식보다도 비용이 더 많이 드는 것이다. 사랑은 신속하게 지나가며, 황폐함을 자취로 남기는 부랑아처럼 지나간다. 감정의 사치는 곳간의 시(詩)이다. 부유함이 없다면, 곳간에서 사랑은 어찌 되겠는가? 파리 법전의 이 준엄한 법률에 예외가 있을 수 있다면, 그런 예외는 고독 속에 사는 영혼에게서나 만나 볼 수 있다. 사회적 원리에 이끌려 드는 법 없이, 은밀하지만 끊임없이 흘러나오는 맑은 샘물 곁에 사는 영혼, 자신의 푸른 그늘에 충실하며, 모든 사물 속에 씌어 있고 또 자기 자신 속에서 되찾게 되는 무한의 언어에 귀 기울임을 행복으로 여기는 영혼, 지상의 인간들을 불쌍히 여기면서 자신의 날개가 펴지기를 끈기 있게 기다리는 영혼 말이다. 그러나 라스티냐크는 앞서서 영화를 맛본 대부분의 젊은이들처럼, 완전히 무장을 갖춘 채 세상의 투기장에 나서기를 원하고 있었다. 그는 세상에 대한 열망을 갖고 있었고, 또 세상을 지배할 힘이 자신에게 있다고 느끼기도 했으나, 그런 야망의 수단도 목적도 알고 있지 못했다. 삶을 가득 채워 주는 순수하고 신성한 사랑 대신에, 이런 권력에의 갈구가 아름다운 것이 될 수도 있다. 일체의 개인적 이해관계를 내던지고 한 나라의 영광을 목적으로 삼는 것으로 충분한 것이다. 그러나 이 학생은 인생의 흐름을 관조하고 판단할 수 있는 어른의 경지에 아직 도달해 있지 못했다. 시골에서 자라난 어린애들의 청년기를 나뭇잎처럼 감싸고 있는 신선하고도 그윽한 관념의 매력을 그는 아직까지도 완전히 흔들어 떨치지 못했던 것이다. 그는 파리의 루비콘 강을 건너는 것을 계속 주저하고 있었다. 열렬한 호기심을 지녔음에도 불구하고, 그는 진정한 귀족이 자신의 성(城)에서 영위하는 행복한 생활에 대한 얼마간의 미련을 여전히 간직하고 있었다. 그렇지만 지난밤 자신의 아파트에 있었을 때, 그의 마지막 양심의 섬세성은 사라지고 말았다. 출생이 부여해 주는 정신적 이점을 오래전부터 누려 왔듯이, 재산의 물질적 이점을 누리게 되면서, 그는 시골 사람의 껍질을 벗어 버리고, 멋진 미래를 굽어볼 위치에 서서히 자리 잡게 되었던 것이다. 따라서 얼마간은 자기의 것이 되어 가고 있는 그 아름다운 규방에 포근하게 자리 잡고 앉아 델핀을 기다리면서, 지난해 파리에 올라왔을 때의 라스티냐크와 현재의 자신의 모습은 너무나도 동떨어져 보였기 때문에, 도덕적 관점의 결과로 자신을 저울질해 보면서, 그는 이 순간의 자신의 모습이 정말로 자기 자신과 닮은 것인지 자문해 보았다.

"부인께서 방에 가 계십니다." 테레즈가 갑자기 와서 말하는 바람에 그는 소스라치게 놀랐다.

그는 델핀이 난롯가의 2인용 소파 위에 생기 넘치고 편안한 모습으로 비스듬히 누워 있는 것을 보았다. 물결치는 듯한 모슬린 천 옷자락 위에 이렇게 몸을 눕히고 있는 그녀의 모습을 보자, 꽃 속에서 열매가 나오는 아름다운 인도산 식물에 그녀를 비유해 보지 않을 수 없었다.

"자! 우리가 만났군요." 그녀가 흥분해서 말했다.

"내가 무엇을 가져왔는지 알아맞혀 보세요." 그녀 곁에 앉아 손에 키스하려고 그녀의 팔을 잡으며 외젠이 말했다.

드 뉘싱겐 부인은 초대장을 읽으며 기쁨의 동요를 보였다. 그녀는 축축하게 젖은 두 눈을 외젠 쪽으로 돌리고, 두 팔로 그의 목을 잡고 열광적인 허영심의 만족을 나타내 보이며 그를 끌어당겼다.

"당신(아니 그대지 하고 그녀는 그의 귀에 대고 속삭였다. 하지만 테레즈가 내 화장실에 있으니 조심합시다!), 당신 덕택에 내가 이 행복을 얻게 되었나요? 그래요, 나는 이것을 행복이라고 부를 수밖에 없어요. 당신을 통해서 얻었으니, 이것은 자존심의 승리 이상이 아니겠어요? 아무도 나를 그 사교계에 소개하려고 하지 않았어요. 아마도 지금 당신은 내가 보통의 파리 여자처럼 왜소하고, 경박하고, 가볍다고 생각하실 거예요. 그렇지만, 생각해 보세요, 나는 당신에게 모든 것을 희생할 준비가 되어 있다는 것을 말이죠. 그리고 그 어느 때보다도 더 열렬하게 내가 포부르 생제르맹에 가기를 원하는 것은, 당신이 그 세계에 속하기 때문이라는 것을."

"드 보세앙 부인은 자기 무도회에 드 뉘싱겐 남작이 오는 것을 바라지 않는다고 우리에게 암시하는 것 같지 않아요?" 외젠이 말했다.

"물론 그래요." 남작 부인은 편지를 외젠에게 돌려주면서 말했다. "그 부인들은 무례함의 재능을 지니고 있어요. 그러나 아무려면 어때요. 나는 가겠어요. 내 언니도 거기에 갈 거예요. 나는 언니가 멋진 의상을 준비하고 있다는 것을 알고 있어요." 그녀는 낮은 목소리로 말을 이었다. "외젠, 언니는 끔찍한 의혹을 없애려고 거기에 가는 거예요. 언니에 대해 떠도는 소문을 당신은 모르세요? 뉘싱겐이 오늘 아침에 나에게 말했는데, 어제는 클럽에서도 사람들이 거리낌 없이 그 얘기를 하더래요. 끔찍해라! 여자의 명예와 가문의 명예가 달려 있는 문제예요! 불쌍한 언니 때문에 내가 비난받고 상처 입은 느낌이 들어요. 어떤 사람들 얘기에 의하면, 드 트라유 씨가 10만 프랑에 달하는 어음을 발행했는데, 거의 모두 부도가 나서, 그 일 때문에 기소당할 거라고 해요. 이런 궁지에 처하자, 언니는 자기 다이아몬드들을 고리대금업자에게 팔았을 거라고 해요. 당신도 언니가 달고 다니던 그 아름다운 다이아몬드들을 보셨겠지만, 그건 드 레스토 씨 어머니에게서 받은 거예요. 어쨌든 이틀 전부터 온통 그 얘기들뿐이에요. 그래서 아나스타지는 금박 의상을 만들어 입고, 그 다이아몬드들을 달고 화려하게 드 보세앙 부인 댁에 나타나서 모든 사람들의 시선을 끌려고 할 거예요. 그렇지만 나도 언니에게 뒤지고 싶지는 않아요. 언니는 항상 나를 짓누르려고만 해요. 나는 언니에게 많은 도움을 주었고, 필요할 때는 언제나 돈을 마련해 주었는데도, 언니는 나에게 좋게 대해 준 적이 없어요. 그렇지만 나는 세상일 다 팽개치고 오늘은 그저 행복해지고 싶어요."

라스티냐크는 새벽 1시까지 드 뉘싱겐 부인 집에 머물러 있었다. 그녀는 애인 간의 작별, 기대되는 기쁨으로 가득 찬 작별의 포옹을 그에게 아낌없이 퍼부으면서 우수 어린 표정으로 말했다. "나는 두려움이 많고, 너무나 미신적이에요. 나의 예감을 당신이 어떻게 불러도 좋지만, 나는 나의 행복이 어떤 끔찍한 재난으로 끝날까 봐서 몹시 두려워요."

"어린애 같기는." 외젠이 말했다.

"아! 오늘 밤은 내가 어린애예요." 그녀가 웃으면서 말했다.

외젠은 다음날이면 그 집을 떠나게 되리라는 확신을 가지고 보케르 관으로 돌아갔다. 그래서 그는 그곳으로 돌아가는 동안, 행복의 맛이 아직 입술에 남아 있을 때 모든 젊은이들이 그러듯 아름다운 꿈에 빠져 있었다.

"그래 어찌 됐소?" 라스티냐크가 그의 방문 앞을 지날 때 고리오 영감이 물었다.

"내일 모두 말씀 드리지요." 외젠이 대답했다.

"모두 말해 주겠지? 주무시오. 내일은 우리의 행복한 생활이 시작될 거요." 노인이 소리쳤다.

다음날, 고리오와 라스티냐크는 하숙집을 떠나려고 심부름꾼이 오기만을 기다리고 있는데, 정오경 마차 소리가 뇌브생트주느비에브 가에 울리더니 바로 보케르 관 문 앞에서 멎었다. 드 뉘싱겐 부인이 마차에서 내려서 자기 아버지가 아직도 하숙집에 있는지를 물었다. 실비가 그렇다고 대답하자, 그녀는 재빨리 층계를 올라갔다. 외젠은 자기 방에 있었는데 고리오 영감은 그 사실을 모르고 있었다. 외젠은 아침 식사를 하면서, 오후 4시에 아르투아 가에서 만나기로 하고, 자기 짐을 옮겨 주도록 고리오 영감에게 부탁해 두었었다. 그러나 노인이 짐꾼들을 부르러 간 동안, 외젠은 학교의 출석 점호에 재빨리 대답한 후, 보케르 부인과 셈을 마치려고 하숙으로 되돌아왔는데, 그때 그의 모습은 누구의 눈에도 띄지 않았다. 그는 흥분에 들뜬 고리오 영감이 자기의 셈을 대신 치르도록 내버려두고 싶지 않았던 것이다. 여주인은 외출 중이었다. 외젠은 혹시 잊은 물건이 없나 보려고 자기 방으로 올라갔는

데, 보트랭에게 떼어 주었던 백지 어음을 책상 서랍에서 발견하고
는 방에 올라와 볼 생각을 한 것을 다행으로 여겼다. 그 어음은 그
가 채무를 지불했던 날 무심히 서랍에 던져두었던 것이다. 난로
불이 피워 있지 않아서, 그는 그 어음을 잘게 찢으려고 했는데, 그
때 델핀의 목소리가 들려서, 그는 소리를 내지 않으려고 찢는 것
을 멈췄다. 델핀은 이제 자기에게 숨길 비밀이 있을 수 없다고 생
각하고서 그는 그녀의 말소리를 무심코 들었다. 그러나 부녀 사이
의 대화가 첫 마디에서부터 너무나 그의 관심을 끄는 것이어서 그
는 이내 귀를 기울이지 않을 수 없었다.

"아! 아버지, 제가 파산하지 않게 때맞춰 제 재산의 회계 보고
를 요구하라는 생각을 아버지가 해내신 것은 천만다행이에요! 누
구 듣는 사람 없죠?" 그녀가 말했다.

"그래, 집안이 비어 있다." 고리오 영감이 변한 목소리로 말했다.

"그런데 아버지, 무슨 일이세요?" 드 뉘싱겐 부인이 물었다.

"너는 내 머리를 도끼로 내리치는 것 같구나. 내 자식아, 하느님
이 너를 용서하시기를! 너는 내가 얼마나 너를 사랑하는지 모른
다. 네가 그것을 안다면, 너는 갑작스럽게 그런 얘기를 나한테 하
지 못할 거야. 특히 절망적인 상황이 아니라면 말이야. 잠시 후면
아르투아 가로 이사가려고 하는 이때에 네가 이곳으로 나를 찾아
오다니 도대체 무슨 화급한 일이 일어난 거냐?" 노인이 대꾸했다.

"아 참! 아버지, 재난 속에서 충동적 행동을 억제할 수 있나요?
저는 미쳐 버리겠어요! 아버지의 소송 대리인은 필경 나중에 터
지고 말 불행을 약간 일찍 발견해 주었어요. 아버지의 오랜 장사

경험이 우리에게 필요하게 될 거예요. 물에 빠졌을 때 지푸라기라도 잡는 격으로 저는 아버지를 찾아 달려왔어요. 뉘싱겐이 자꾸 억지를 부리자, 데르빌 씨는 재판소장의 허락이 곧 떨어질 거라고 말하면서 소송을 하겠다고 그 사람을 위협했어요. 오늘 아침엔 뉘싱겐이 제 방에 와서 자기와 내가 다 파산하기를 바라느냐고 저에게 묻더군요. 나로서는 그런 일은 전혀 모른다고, 나에게 재산이 있으니 나는 당연히 내 재산을 소유해야 한다고 대답했어요. 그리고 이런 분쟁에 관계되는 모든 일은 나의 소송 대리인의 소관이니까, 나로서는 전혀 모르며, 그 문제에 대해서는 아무 것도 이해할 수 없다고 대답했지요. 아버지가 그렇게 말하라고 권하시지 않았어요?"

"그랬지." 고리오 영감이 대답했다.

"그러자 그 사람은 저에게 자기 사업에 대한 설명을 했어요." 델핀이 계속해서 말했다. "그는 자기의 모든 재산과 제 재산을 이제 막 시작한 사업에 투자했는데, 그 사업에는 막대한 금액을 쏟아 넣어야 했다는 거예요. 만약 제가 제 지참금의 제시를 강요하면, 그는 파산의 대차 대조표를 제출할 수밖에 없을 거라고 해요. 반면에 제가 1년을 기다려 주면, 제 재산을 토지 거래에 투자해서 제 재산의 두세 배를 돌려줄 것이고, 마침내는 제가 모든 재산의 주인이 될 것을 명예를 걸고 약속한다는 거예요. 아버지, 그 사람은 진지했고, 저를 겁나게 했어요. 그는 자기 행동에 대해 저에게 용서를 청했고, 제 명의의 사업을 관리하도록 그에게 전적으로 일임한다면, 저에게 자유를 주어, 제 마음대로 행동하도록 해준다고 했어요. 그는 자기의 성실성을 증명하기 위하여, 제가 원할 때면 언제든지 데르빌 씨를 불러서 제가 소유자로 되어 있는 증서들이 합당하게 작성되어 있는지 확인해 보아도 좋다고 저에게 약속했어요. 결국 그 사람은 손발을 묶고 제 수중으로 투항한 셈이에요. 그는 또 앞으로 2년간 가계(家計)의 관리를 맡겠다고 하면서, 자기가 허용하는 이상의 돈은 한 푼도 쓰지 말도록 저에게 간청했어요. 자기가 할 수 있는 일은 체면을 유지하는 정도의 돈을 쓰는 것으로서, 자기는 무희 애인도 돌려보냈고, 신용을 손상당하지 않으면서 투기가 끝나는 기한까지 다다르기 위해서는 남의 눈에 띄지 않으면서도 더없이 엄격한 절약을 할 수밖에 없다는 것이었어요. 저는 그를 거칠게 다루었고, 그를 끝까지 밀어붙여 더 많은 사실들을 알아내기 위해서 모든 것에 의심을 제기했어요. 그 사람은 자기 장부들을 보여주었고, 마침내는 울음을 터뜨렸어요. 저는 남자가 그런 꼴을 보이는 것을 본 적이 없어요. 그는 정신이 나갔는지, 죽겠다고 말하면서, 헛소리를 다 했어요. 불쌍한 생각이 들더라고요."

"너는 그런 허튼 수작을 믿는구나." 고리오 영감이 소리쳤다. "그자는 연극쟁이다! 나는 사업상 독일인들을 만난 적이 있다. 그 사람들은 거의 모두가 성실하고 순진한 편이다. 그러나 솔직함과 호의를 가장하고서 그들이 간사하게 협잡을 부리기 시작하면, 그들은 아무도 당할 자가 없다. 네 남편은 너를 농락하고 있어. 그자는 바짝 조여 오는 것을 느끼자, 죽은 체하면서, 제 명의보다 네 명의를 써서 오히려 더 멋대로 좌지우지하려는 거야. 그자는 이

상황을 이용해서 제 사업의 운명에 피난처를 찾으려는 거야. 그놈은 간사하고도 위험한 놈이야, 그놈은 악당이다. 안 된다, 안 돼, 나는 내 딸들을 동전 한 푼 없이 남겨 두고 페르라셰즈 묘지로 갈 수는 없다. 나는 아직도 사업을 얼마간 안다. 그놈이 재산을 사업에 투자했다고 말했다지. 그럼 좋다! 그것이 유가 증권이나 증서나 계약서에 나타나 있는지 내보이고 너와 청산을 하라고 해. 우리도 가장 좋은 투자 대상을 선택해서 행운을 잡을 거야. 그리고 **재산상 드 뉘싱겐 남작과는 분리되어 있는 아내 델핀 고리오**라는 이름으로 등기된 증서를 가질 거야. 도대체 그놈이 우리를 바보로 알고 있나? 재산도 먹을 것도 없이 너를 남겨 둔다는 생각을 내가 단 이틀 동안이라도 참을 수 있으리라고 그놈은 생각하는 것인가? 나는 단 하루도, 단 한 밤도, 아니 단 두 시간도 참지 않겠다! 만약 그런 일이 사실이라면, 나는 살아남지 못할 것이다. 뭐라고! 나는 내 평생 40년 동안 일하면서, 등에 짐을 지고 다녔고, 땀을 비 오듯 흘렸고, 일생 동안 내핍 생활을 하면서도, 천사 같은 너희들을 위해서 모든 일과 모든 무거운 짐을 가볍게 여겨 왔는데, 오늘에 와서 내 재산과 내 생애가 연기처럼 사라진다고! 이건 미쳐 죽을 일이 아니냐. 천지신명께 걸고, 우리는 이 일을 명백히 밝히겠다, 장부든 금고든 사업이든 다 조사하겠다! 너의 재산이 온전하게 남아 있다는 것이 나에게 증명되지 않는 한, 나는 자지도 않고, 눕지도 않고, 먹지도 않겠다. 천만다행히도 너는 재산상 분리되어 있다. 그리고 정직한 인물인 데르빌 씨가 너의 소송 대리인이 될 것이다. 너는 너의 마지막 날까지 백만 프랑에 달하는 너의 재산과 너의 5만 프랑의 연금을 간직할 것이다. 그렇지 않으면 나는 파리에 소동을 일으키겠다. 아! 아! 재판소가 우리를 속인다면, 나는 의회에라도 호소하겠다. 금전 문제에서 네가 편안하고 행복하다는 생각이 나의 모든 불행을 경감시키고, 나의 슬픔을 진정시켜 주었다. 돈은 바로 생명이다. 돈이면 무엇이든 할 수 있다. 그런데 그 못된 알자스 놈이 뭐라고 지껄인다고? 델핀, 너를 쇠사슬에 묶어 불행하게 만든 그 짐승 같은 놈에게는 동전 한 푼도 양보해서는 안 된다. 그놈이 너를 필요로 한다면, 그놈을 꼼짝달싹 못하게 해서, 똑바로 행동하도록 해야 한다. 아이고, 내 머리가 불덩이 같구나. 두개골 속에서 무언가가 타는 것만 같다. 내 델핀이 가난뱅이라니! 오! 나의 피핀, 네가! 제기랄! 내 장갑이 어디 있느냐? 자, 나가자, 나는 모든 것을 보아야겠다. 장부, 사업, 금고, 서신 왕래, 모든 것을 당장에 말이야. 네 재산이 위험에 빠지지 않았다는 것을 내 두 눈으로 똑똑히 보기 전까지는 나는 안심할 수 없다."

"사랑하는 아버지! 조심스럽게 하셔야 해요. 이 일에 있어서 조금이라도 복수의 의사를 내비치거나, 지나치게 적대적인 의도를 보이시면, 저는 파멸이에요. 그 사람은 아버지를 잘 알고 있어요. 제가 재산에 불안감을 갖는 것은 당연히 아버지가 부추기신 결과라고 그는 생각하고 있어요. 그러나 단언하지만, 그 사람은 제 재산을 자기 손아귀에 쥐고 있고, 또 그것을 계속 쥐고 있으려고 해요. 그자는 우리를 놔둔 채 모든 재산을 가지고 도망칠 만한 인간이에요. 악당 같으니라고! 그는 제가 자기를 고소해서 제 자신의 이름을 불명예스럽게 만들지 않을 것이라는 사실도 잘 알고 있어요. 그는 강점과 약점을 동시에 갖고 있는 것이죠. 저는 모든 것을 잘 검토해 보았어요. 만약 우리가 그를 궁지로 몰면, 저는 파멸이에요."

"그렇다면 그놈은 사기꾼이 아니냐?"

"물론 그래요, 아버지." 그녀는 이렇게 말하고 울면서 의자에 몸을 던졌다. "그런 인간과 저를 결혼시켰다는 아버지의 슬픔을 덜어 드리려고 저는 그 사실을 아버지께 고백하고 싶지 않았어요! 감춰진 품행이나 의식, 영혼과 육체, 모두가 그자에게 어울려요! 정말 소름이 끼쳐요. 저는 그자를 증오하고 경멸해요. 그래요, 그자가 제게 모두 털어놓은 후론 저는 그 야비한 뉘싱겐을 더 이상 존중할 수 없어요. 그자가 저에게 들려준 그런 상업적 책략에 투신할 수 있는 인간은 조그만큼의 도덕적 감성도 있을 수 없어요. 저의 두려움은 그자의 영혼을 완전히 읽어 알게 되었다는 사실에서 오는 거예요. 만약의 경우에 제가 자기 수중의 도구가 되어 준다면, 요컨대 제가 자기의 차명인(借名人) 역할을 해준다면, 그자는 저에게 자유를 주겠다고 분명하게 제안했어요. 제 남편이란 자가 말이에요. 그것이 무엇을 뜻하는지 아버지는 아시죠?"

"그러나 법률이라는 것이 있다! 그따위 사위 놈들 때문에 그레브 광장의 사형장이 있는 거야. 사형 집행인이 없다면 나 스스로 그놈을 기요틴에 매달겠다." 고리오 영감이 소리쳤다.

"안 돼요, 아버지, 그자에게는 법률도 없어요. 그자가 교묘하게 꾸며 대는 말을 요약하면 이런 거예요. '나는 당신 이외의 다른 사람을 공범자로 선택할 수는 없으니, 만사가 빗나가서 당신이 한 푼도 없이 파산하거나, 아니면 내 사업을 잘 운영하도록 나를 내버려 두시오.' 뻔하지 않아요? 그자는 아직도 저에게 집착하고 있어요. 저의 여자다운 성실성이 그를 안심시키는 거죠. 그는 제가 그의 재산은 손대지 않고 제 재산에 만족하리라는 것을 알고 있어요. 그것은 부정직하고 강도 같은 동업인데, 파산의 위험을 무릅쓰고 저더러 동의하라는 것이죠. 그자는 저의 양심을 사서, 제가 마음대로 외젠의 정부가 되도록 방임하는 것으로써 그 값을 치르려는 거예요. '나는 당신이 과오를 범하도록 허용하겠소, 그러니 내가 가난한 사람들을 파산시키는 범죄를 행하도록 내버려두오!' 이 말뜻이 아주 분명하지 않아요? 그가 한다고 하는 투기라는 것이 어떤 것인지 아세요? 그는 자기 이름으로 나대지(裸垈地)를 사들인 후, 거기에 앞잡이들을 시켜 집을 짓게 만든대요. 그 앞잡이들은 모든 건축업자들과 건물에 대한 계약을 체결하고, 장기 어음으로 건축업자들에게 대금을 지불하는 한편, 적은 금액으로 제 남편에게 가옥을 양도하는 데 동의한다는 거예요. 그러면 남편이 그 가옥들의 소유자가 되는 거죠. 그리고 앞잡이들은 파산함으로써 속아 넘어간 건축업자들이 돈을 받을 수 없게 되는 거예요. 뉘싱겐 상사라는 명칭이 불쌍한 건축업자들을 현혹시키는 것이죠. 저는 그런 사실을 알게 되었어요. 그리고 또 필요할 경우에는 막대한 금액을 지불한 듯이 보이기 위하여, 뉘싱겐은 암스테르담, 런던, 나폴리, 빈 등지에 거대한 액수의 유가 증권을 보내 두었다는 사실도 저는 알게 되었어요. 그러니 우리가 어떻게 그 돈을 압류하겠어요?"

외젠은 고리오 영감이 방바닥에 쓰러진 듯 두 무릎이 둔탁하게 울리는 소리를 들었다.

"하느님, 내가 무슨 짓을 했단 말입니까? 내 딸을 그런 못된 놈에게 맡기고, 그놈은 저 하고 싶은 대로 딸에게서 모든 것을 요구하고 있다니. 얘야, 용서해라!" 노인이 외쳤다.

"그래요, 제가 구렁텅이에 빠진 데에는 아버지의 잘못이 있는지도 몰라요." 델핀이 말했다. "결혼할 때에는 여자들은 너무나 분별이 없어요! 우리가 세상을, 사업을, 남자들을, 풍습을 알 수 있나요? 아버지들이 우리를 위해서 생각을 하셔야 할 거예요. 사랑하는 아버지, 제가 아버지를 비난하는 것은 아니에요. 제 말을 용서해 주세요. 이 일에 있어서 잘못은 모두 저에게 있어요. 안 돼요, 울지 말아요, 아빠." 그녀는 자기 아버지의 이마에 키스하며 말했다.

"귀여운 델핀아, 너도 울지 마라. 네 눈을 보여 다오. 내가 키스로 닦아 주겠다. 자! 나도 정신을 좀 차리고, 네 남편이 흩어 놓은 사업의 실타래를 풀어야겠다."

"아녜요, 제가 하도록 내버려두세요. 저는 그 사람을 조종할 수 있을 거예요. 그 사람은 저를 사랑하고 있어요. 그러니 얼마간의 토지 재산을 속히 제 몫으로 해놓도록 그에 대한 제 영향력을 사용하겠어요. 어쩌면 알자스 지방의 뉘싱겐 명의의 토지를 제 명의로 되사게 만들 수 있을지도 모르고. 다만 내일 오셔서 그의 장부와 사업을 살펴봐 주세요. 데르빌 씨는 상업적인 것은 아무 것도 몰라요. 아니, 내일은 오지 마세요. 정신이 혼란해지면 안 되니까요. 드 보세앙 부인의 무도회가 모레 열리거든요. 거기서 아름답고 발랄하게 보이도록, 또 사랑하는 외젠의 명예를 생각해서, 저는 몸을 돌보고 싶어요. 자 이제 그의 방을 보러 가요."

이때 마차 한 대가 뇌브생트주느비에브 가에 멎었고, "우리 아버지 계시지?" 하고 실비에게 묻는 드 레스토 부인의 목소리가 층계에서 들려 왔다. 외젠은 벌써부터 침대 속으로 들어가서 자는 척해야겠다고 생각하고 있었는데, 이 상황이 다행히 그를 구해 주었다.

"아! 아버지, 아나스타지에 대한 소문을 들으셨어요? 언니 집에도 무슨 이상한 일이 일어났나 봐요." 자기 언니의 목소리를 알아들은 델핀이 이렇게 말했다.

"대체 뭐라고! 그렇다면 나는 끝장이다. 내 불쌍한 머리는 이중의 불행을 견뎌 내지 못할 거다." 고리오 영감이 말했다.

"안녕하세요, 아버지. 아! 네가 와 있구나, 델핀." 백작 부인이 들어오면서 말했다.

드 레스토 부인은 동생을 만나게 된 것이 난처한 듯이 보였다.

"안녕, 나지. 내가 있는 것이 이상하게 보여? 나는 아버지를 매일 뵙는데." 남작 부인이 말했다.

"언제부터?"

"언니가 여기 와보면, 알 수 있었을 텐데."

"나를 약 올리지 마라, 델핀." 백작 부인이 비통한 목소리로 말했다. "저는 불행에 빠졌어요. 저는 파멸이에요, 가엾으신 아버지! 오! 이번에는 정말 파멸이에요."

"무슨 일이냐, 나지야?" 고리오 영감이 소리쳤다. "우리한테 모두 얘기해라, 얘야. 쟤가 얼굴이 창백해지는구나. 자, 델핀, 언니를 좀 부축해 줘라, 그리고 언니한테 잘 대해 줘. 할 수 있는 한, 나는 너를 더욱더사랑할 테니까."

"가엾은 나지, 얘기해 봐." 드 뉘싱겐 부인이 언니를 자리에 앉히면서 말했다. "언니의 모든 것을 용서할 만큼 항상 언니를 사랑하는 것은 우리 두 사람뿐이라는 것을 언니도 알지 않아. 알다시피, 가족의 애정이 가장 확실한 것이잖아." 그녀는 언니에게 소금 냄새를 맡게 해서, 백작 부인은 제정신이 돌아왔다.

"나는 죽을 것 같구나." 고리오 영감이 말했다. 그리고 그는 토탄 불을 휘저으며 계속해서 말했다. "자, 둘 다 가까이 오너라. 나는 몸이 떨리는구나. 무슨 일이냐, 나지? 빨리 말해라, 나는 죽겠구나……."

"글쎄, 남편이 다 알고 있어요. 아버지, 얼마 전의 일을 생각해 보세요. 막심의 어음을 기억하고 계시죠? 그런데 그것이 처음이 아니었어요. 저는 벌써 여러 번 어음을 갚아 주었어요. 정월 초순에 드 트라유 씨는 아주 우울해 보였어요. 그는 저에게 아무 말도 안 했지만, 사랑하는 사람의 마음속을 들여다보는 것은 아주 쉬운 일이어서, 조그만 단서로도 충분해요. 그리고 또 예감이라는 것이 있죠. 어쨌든 그는 전보다도 더 정답고 사랑스럽게 대해 주었으며, 저는 더없이 행복했어요. 가엾은 막심! 그는 마음속으로 저에게 작별을 고하고 있었던 거죠. 나중에 그가 그렇게 말했어요. 그는 권총으로 머리를 쏘아 자살하려고 했던 거예요. 결국 저는 그의 무릎에 두 시간 동안이나 매달려서 수없이 추궁하고 애원했지요. 그는 10만 프랑의 빚이 있다고 마침내 저에게 털어놓았어요! 오! 아빠, 10만 프랑이에요! 저는 미칠 것만 같아요. 아버지는 그만한 돈이 없을 거예요. 제가 다 갚아먹었으니……"

"아니, 도둑질을 하지 않는 한, 나는 그 돈을 만들 수 없다. 그러나 나는 도둑질이라도 하겠다. 나지야! 나는 가겠다." 고리오 영감이 말했다.

죽어 가는 사람의 헐떡거리는 소리처럼 음산하게 내던져진 그 말, 무력감에 처한 부성애의 단말마의 고통을 드러내는 그 말에, 두 자매는 잠시 입을 다물었다. 심연 속에 던져져서 그 깊이를 드러내는 돌멩이처럼 터져 나온 그 절망의 외침에 어떤 이기심인들 냉담할 수 있을 것인가?

"제 것이 아닌 물건을 처분해서 저는 그 돈을 마련했어요, 아버지." 백작 부인이 울음을 터뜨리며 말했다.

델핀은 마음이 아파서 언니의 목에 얼굴을 기대고 울었다.

"소문이 모두 사실이었군." 그녀가 언니에게 말했다.

아나스타지는 고개를 떨어뜨렸고, 드 뉘싱겐 부인은 그녀의 온몸을 그러잡고 다정하게 키스하며, 자기 품에 꼭 껴안았다. "여기서는 언니가 심판받지 않고 언제나 사랑받을 수 있어." 그녀가 언니에게 말했다.

"내 천사들아, 너희들의 결혼은 왜 그렇게 불행하단 말이냐?" 고리오가 힘없는 목소리로 말했다.

따뜻하고 감동적인 그런 애정의 표시에 용기를 얻은 백작 부인이 다시 말했다.

"막심의 생명을 구하기 위해서, 요컨대 저의 모든 행복을 구하기 위해서, 저는 아버지도 아시는 그 고리대금업자, 그 어떤 것에도 마음이 움직이는 법이 없는, 지옥에 의해 빚어진 인간인 그 곱세크란 사람에게 드 레스토 씨가 그처럼 집착하는 가족의 다이아몬드들, 남편 것과 제 것 모두를 가지고 가서 팔아 버렸어요. 팔았다고요! 아시겠어요? 막심은 살아났죠! 그러나, 저는 파멸이에요. 레스토가 모두 알아 버렸어요."

"누구에게서? 어떻게? 내가 그놈을 죽여 버리겠다!" 고리오 영감이 소리쳤다.

"어제, 남편이 자기 방으로 저를 부르더군요. 저는 그리로 갔죠……. '아나스타지, 당신 다이아몬드가 어디에 있소?' 그가 저에게 물었어요. (오! 그의 목소리, 그것으로 충분했어요. 저는 다 짐작할 수 있었어요.) 제 방에 있다고 대답했죠. '아냐, 여기, 내 서랍장에 있소.' 그는 저를 빤히 쳐다보며 말했어요. 그러고서 자기 손수건으로 싸놓은 보석 상자를 저에게 보여주더군요. '이것이 어디에서 나왔는지 당신은 알고 있겠지?' 하고 그는 저에게 말했어요. 저는 그의 무릎 아래로 몸을 던졌어요…… 저는 울면서, 제가 어떤 방식으로 죽기를 바라느냐고 그에게 물었어요."

"네가 그런 말을 했다고!" 고리오 영감이 부르짖었다. "빌어먹을, 누구든 너희들에게 해를 끼치는 자는, 내가 살아 있는 한, 내가 불에 지져 죽이고 말겠다! 그렇고말고, 내가 그놈을 갈기갈기 찢어 죽일 거야, 마치……"

고리오 영감은 말을 멈췄다. 말이 그의 목구멍 속에서 잦아들었기 때문이다.

"글쎄, 델핀, 그 사람은 나에게 죽는 것보다 더 힘든 일을 요구하더라. 내가 들은 얘기를 어떤 여자든지 제발 듣지 않게 되기를 빈다!"

"내가 그 작자를 죽여 버리겠다." 고리오 영감은 조용하게 말했다. 그리고 그는 아나스타지를 쳐다보며 계속해서 얘기했다. "그자의 생명은 하나뿐이지만, 나에게는 두 생명이 달린 문제다. 그래, 무슨 얘기더냐?"

백작 부인이 잠시 쉬었다가 계속해서 말했다. "그 사람은 저를 쳐다보더니 이렇게 말하더군요. '아나스타지, 나는 모든 것을 침묵 속에 묻어 버리겠소. 우리는 함께 지낼 것이오. 우리에게는 자식들이 있으니까. 나는 결투를 해서 드 트라유 씨를 죽이지는 않겠소. 내가 실수할 수도 있을 테니까 말이오. 달리 그를 제거하려 해도, 나는 인간적 정의와 충돌할 수 있을 것이오. 당신의 품안에서 그를 죽인다면, 아이들에게 불명예를 안겨 줄 것이오. 그래서 당신의 아이들이나 그 애들의 아비나 내가 파멸하는 것을 보지 않기 위해서, 나는 두 가지 조건을 당신에게 부과하오. 대답하오. 나의 자식이 있소?' 저는 그렇다고 말했지요. '어느 아이요?' 하고 그가 묻더군요. 장남인 에르네스트라고 저는 대답했어요. '좋소. 이제는 앞으로 단 한 가지 점에 있어서 나에게 복종하겠다고 맹세하시오' 라고 그가 말해서, 저는 맹세했어요. '그럼 내가 요구할 때에는 당신의 재산을 매도하겠다고 서명하시오' 하고 그가 말하더군요."

"서명하지 마라. 절대로 거기 서명해선 안 돼." 고리오 영감이 소리쳤다. "아! 아! 드 레스토 군, 너는 여자를 행복하게 해주는 것이 무엇인지 모른다. 여자는 행복이 있는 곳에서 그것을 찾으려 하건만, 너는 너의 어리석은 무능으로 여자를 벌하려 하느냐?…… 내가 여기 있다, 내가. 중지하라! 그자는 나아가는 길에서 나를 보게 될 것이다. 나지야, 안심해라. 아, 그자가 제 후계자에게 집착한다고! 좋다, 좋아. 내가 그놈의 아들을 납치하겠다, 제기랄, 그 애는 내 손자이기도 하구나. 내가 그 어린애를 만나 볼 수 있겠니? 나는 그 애를 나의 시골 마을로 데려가서, 내가 돌보아 주겠다. 그러니 걱정 마라. 나는 그놈이 항복하게 만들겠다, 악마 같은 놈. 그놈에게 말하겠다. 우리 둘이서 담판 짓자! 네가 네 아들을 갖고 싶으면, 내 딸에게 재산을 돌려주고, 마음대로 행동하도록 내버려 두라고 말이야."

"아버지!"

"그래, 네 아비다! 아! 나는 진짜 아비다. 그 이상한 귀족 녀석이 내 딸을 학대해서는 안 되는데. 제기랄! 내 혈관 속에 무엇이 들어 있는지 모르겠구나. 호랑이 피가 흐르는 모양이다, 나는 그 두 인간을 삼켜 버리고 싶구나. 오 내 자식들아! 도대체 이것이 너희들의 삶이란 말이냐? 이거야말로 나를 죽이는 노릇이다. 내가 더 이상 살아 있지 않으면, 너희들은 대체 어찌 되겠느냐? 아비들이 자식들만큼 오래 살아남아야 하겠구나. 하느님, 당신의 세계는 어째서 이렇게 잘못 꾸며져 있습니까! 그런데 당신께도 아들이

한 분 있다고 하더군요. 당신은 우리가 우리 자식들 때문에 고통받는 것을 막아 주셔야 할 것입니다. 내 사랑하는 천사들아, 이게 어찌 된 일이냐! 너희들이 괴로울 때에만 너희들을 볼 수 있으니. 너희들은 나에게 눈물만을 보게 만드는구나. 그래! 물론 너희들은 나를 사랑하지, 나는 알고 있다. 오너라, 여기 와서 하소연해라! 내 가슴은 크다, 내 가슴은 모든 것을 받아들일 수 있다. 그래, 너희들이 그 가슴을 찢어도 소용없을 것이다. 찢어진 조각들이 다시 아비의 가슴을 만들 테니까. 나는 너희들의 고통을 받아들여, 너희들 대신 괴로움을 겪고 싶다. 아! 너희가 어렸을 때는, 너희들은 참 행복했었는데……"

"우리에게 좋은 시절은 그때뿐이었어요. 넓은 곳간의 밀가루 포대 꼭대기에서 우리가 미끄럼 타고 놀던 때는 어디로 갔는지." 델핀이 말했다.

"아버지! 그 얘기가 전부가 아녜요." 아나스타지가 고리오의 귀에 대고 말하자, 그는 펄쩍 뛰었다. "다이아몬드는 10만 프랑에 팔린 것이 아녜요. 막심은 고소를 당했어요. 우리는 이제 1만 2천 프랑만 갚아 주면 돼요. 그는 분별 있게 처신하고, 더 이상 도박을 않겠다고 저에게 약속했어요. 이제 세상에서 저에게 남아 있는 것은 그의 사랑뿐인데, 저는 그것에 너무 비싼 대가를 치러서, 그것이 사라지면 죽을 도리밖에 없어요. 저는 그것에 재산, 명예, 안식, 자식들, 모든 것을 희생했어요. 오! 적어도 막심이 자유로운 몸으로 체면을 유지하고, 사교계에 남아서 출세의 발판을 다질 수 있도록 해주세요. 지금은 그에게 저의 행복만이 달려 있는 것이 아니라, 우리에게는 재산 한 푼 없게 될 자식들이 있어요. 그가 생트펠라지 감옥에 들어가면 모든 것이 파멸이에요."

"나는 그만한 돈이 없다, 나지야. 더 이상, 더 이상, 아무 것도 없어! 세상 끝장이구나. 오! 분명코 세상이 무너질 것이다. 도망쳐라, 너희들 먼저 피해! 아! 나에게는 아직 은제 버클과, 내가 세상에 나와 맨 처음에 산 여섯 벌의 식기가 남아 있지. 결국 내가 가진 것이라고는 1천 2백 프랑의 종신 연금뿐이군……."

"아버지의 영속 연금은 어떻게 하셨어요?"

"내 생계를 위해 이 작은 수입만 남겨 두고 그걸 팔았다. 피핀에게 아파트를 마련해 주기 위해 1만 2천 프랑이 필요했었지."

"델핀, 너한테 말이야?" 드 레스토 부인이 동생에게 말했다.

"오! 그게 무슨 상관이냐! 1만 2천 프랑은 이미 써버렸다." 고리오 영감이 대꾸했다.

"짐작 간다. 드 라스티냐크 씨를 위해서지. 아! 불쌍한 델핀, 그만두어라. 내 꼴을 보려무나." 백작 부인이 말했다.

"언니, 드 라스티냐크 씨는 자기 애인을 파멸시킬 청년이 아냐."

"그거 잘됐구나, 델핀. 내가 빠져 있는 이 위기 상황에서, 나는 너에게 좀 더 나은 것을 기대했는데. 그러나 너는 나를 사랑한 적이 없지."

"아니다, 저 애는 너를 사랑한다. 나지, 저 애는 조금 전에도 나에게 그런 말을 했어." 고리오 영감이 소리쳤다. "우리는 네 얘기를 하고 있었어. 저 애는 너는 아름다운데 저는 그저 예쁠 뿐이라고 나한테 말하더라, 저 애는!"

"저 애는!" 백작 부인이 아버지의 말을 반복했다. "저 애는 차디찬 미인이죠."

델핀이 얼굴이 빨개져서 대꾸했다. "그건 그렇다 치고, 언니는 나한테 어떻게 대했지? 언니는 내가 동생인 것을 부인했고, 내가 가고 싶어하는 모든 집의 문을 나에게 닫아걸게 만들었어. 요컨대 언니는 나를 괴롭힐 기회라면 하나도 놓치지 않았던 거야. 그리고 내가 언니처럼, 가엾으신 아버지를 찾아다니며, 1천 프랑 1천 프랑씩 아버지 재산을 우려내어, 오늘날 아버지의 처지를 이렇게 만들었느냐고? 내 언니가 해놓은 일이 바로 이런 거야. 나는 할 수 있는 한 내 아버지를 만나 뵈었고, 아버지를 문밖으로 내쫓지는 않았어. 그리고 필요할 때만 찾아와서 아버지의 손을 핥지도 않았고. 나는 아버지가 그 1만 2천 프랑을 나를 위해 쓰신 것도 모르고 있었다고. 언니도 알겠지만, 나는 깨끗하단 말이야, 나는! 그런데다가 아빠가 나한테 선물을 해주셨을 때에도, 내가 청한 적은 한 번도 없었어."

"너는 나보다 처지가 좋았지. 드 마르세 씨는 부자였고, 너는 그걸 이용했고. 너는 언제나 황금처럼 천박했었다. 잘 있어라, 내게는 동생도 없고, 또……"

"닥쳐라, 나지야!" 고리오 영감이 소리쳤다.

"세상 사람들이 더 이상 믿지 않는 소리를 되뇔 수 있는 자매란 언니 같은 사람밖에 없을 거야. 정말 악질이군." 델핀이 말했다.

"애들아, 애들아, 입 좀 다물어라, 안 그러면 내가 너희들 앞에서 죽겠다."

"자, 아나스타지, 내가 용서하지, 언니는 불행하니까." 드 뉘싱 겐 부인이 계속해서 얘기했다. "내가 언니보다는 처지가 낫겠지. 그런데 내가 언니를 돕기 위해 무슨 짓이라도 할 수 있으리라고 느낄 때, 심지어는 나 자신을 위해서든 누구를 위해서든 하지 못할 일인데도 불구하고, 내 남편의 침실에라도 들어갈 수 있으리라고 느낄 때에, 나한테 그런 말을 하다니…… 이건 바로 9년 전부터 언니가 나에게 온갖 해를 끼쳤던 것과 어울리는 행위야."

"애들아, 애들아, 서로 포옹해라! 너희들은 두 천사야." 아버지가 말했다.

"싫어요, 내버려두세요." 백작 부인은 고리오 영감이 팔을 잡고 포옹하려는 것을 뿌리치면서 소리쳤다. "저 애는 내 남편보다도 더 몰인정하군요. 사람들은 저 애가 모든 덕성의 화신이라고 수군거리지 않을까!"

"나라면 드 트라유 씨에게 20만 프랑 이상을 바쳤다고 고백하는 편보다는 드 마르세 씨에게 돈을 빚졌다고 소문나는 편이 차라리 더 낫겠어." 드 뉘싱겐 부인이 이렇게 대꾸했다.

"델핀!" 백작 부인이 동생에게로 한 발 다가서며 부르짖었다.

"언니가 나를 중상 모략하는데, 내가 진실을 말하는 것이 뭐가 어때서." 남작 부인이 냉랭하게 대꾸했다.

"델핀! 너는……"

고리오 영감이 내달려서, 백작 부인을 붙잡고, 손으로 그녀의 입을 막아 말을 못하게 했다.

"아이고! 아버지, 오늘 아침에 손으로 뭘 만지셨어요?" 아나스타지가 그에게 말했다.

"아! 그렇구나, 내가 잘못했다." 불쌍한 아버지는 두 손을 자기 바짓가랑이에 문지르며 말했다. "나는 너희들이 올 줄은 모르고, 이사 준비를 했었다."

그는 딸의 비난을 자기 쪽으로 이끌어 그녀의 분노의 방향을 자기에게로 향하게 한 것이 기뻤다.

"아! 너희들이 내 가슴을 찢어 놓았구나." 그가 자리에 앉으면서 다시 말했다. "얘들아, 나는 죽을 것만 같다. 불이 붙은 듯 머릿속이 타오르는 것 같다. 정답게 좀 지내고, 서로 사랑해라! 너희들이 나를 죽게 만들 작정이냐. 델핀, 나지, 너희들은 둘 다 옳은 점도 있고 그른 점도 있다. 자, 데델, 언니에게 1만 2천 프랑이 필요하다니 찾아보도록 하자." 그는 남작 부인 쪽으로 눈물이 가득 찬 두 눈을 돌리며 말했다. "서로들 그런 식으로 쳐다보지 마라." 그는 델핀 앞에 무릎을 꿇었다. "나를 기쁘게 하려면 언니에게 사과해라. 언니는 최악의 불행에 빠졌어. 안 그러니?" 그는 델핀의 귀에 대고 속삭였다.

"가엾은 나지, 내가 잘못했어, 나를 포옹해 줘……." 고통 때문에 생긴 기괴하고 광적인 아버지의 얼굴 표정에 질겁해서 델핀이 말했다.

"아! 너는 내 가슴에 향유를 뿌려 주었구나." 고리오 영감이 외쳤다. "하지만 어디에서 1만 2천 프랑을 찾지? 다른 사람 대신 군대에 가겠다고 할까?"

"아! 아버지! 안 돼요, 안 돼요." 두 딸이 그를 둘러싸며 말했다.

"그런 생각을 다 하시다니 하느님이 보답하실 거예요. 우리의 생명을 바쳐도 아버지 은혜에는 어림도 없어요! 안 그래, 나지?" 델핀이 다시 말했다.

"가엾으신 아버지, 아버지가 그러신다 해도 그건 물 한 방울에 지나지 않을 거예요." 백작 부인이 그렇게 지적했다.

"그렇다면 사람이 자기 생명을 바쳐서도 아무 것도 할 수 없단 말인가?" 노인이 절망에 빠져 소리쳤다. "나지야, 너를 구해 주는 사람이 있으면 나는 그에게 몸을 바치겠다. 그를 위해 나는 사람이라도 죽이겠다. 나는 보트랭처럼 하겠다, 나는 도형장으로 가겠다! 나는……" 그는 마치 벼락을 맞은 것처럼 말을 뚝 그치더니, "아무 것도 없구나!" 하고 머리칼을 쥐어뜯으며 말했다. "도둑질하러 갈 데라도 알면 좋으련만, 도둑질 거리를 찾기도 어렵구나. 은행을 털려 해도 사람들과 시간이 필요할 테니. 그러니 나는 죽어야만 해. 죽는 도리밖에는 없어. 그래, 나는 이제 아무짝에도 쓸모가 없구나, 나는 더 이상 아비가 아냐! 딸이 나에게 청하는데, 딸이 필요로 하는데! 그런데 나는 비참하게도 아무 것도 없구나. 아! 너는 너를 위해 종신 연금을 만들었어, 늙은 악당놈, 그런데 너에게는 딸들이 있구나! 너는 도대체 딸들을 사랑하지 않는단 말이냐? 뒈져 버려라, 개처럼 뒈져 버려! 그래, 나는 개만도 못한 놈이다, 개라도 이렇게 행동하지는 않을 거야! 오! 내 머리! 머리가 끓는구나!"

"아, 아버지, 좀 진정하세요." 두 젊은 여인은 노인이 벽에 머리를 찧는 것을 막기 위해 그를 둘러싸고서 외쳤다.

노인은 흐느끼고 있었다. 불안에 빠진 외젠은 보트랭에게 서명해 주었던 어음을 집어 들었다. 그 어음에는 좀 더 많은 액수가 적힌 인지가 붙어 있었다. 그는 숫자를 고쳐서, 고리오를 수취인으로 하는 1만 2천 프랑짜리 어음을 만들어서 들고 들어갔다.

"여기 당신의 돈이 있습니다, 부인." 그는 서류를 내놓으며 말했다. "저는 잠을 자고 있었는데, 대화를 나누시는 소리에 잠이 깨서, 제가 고리오 씨께 빚을 지고 있다는 사실을 깨달았습니다. 이 증서를 부인께서 교환하실 수 있을 것입니다. 저는 틀림없이 어음의 지불 이행을 하겠습니다."

백작 부인은 꼼짝 않고 어음을 손에 쥐고 있었다.

그녀는 얼굴이 파랗게 질려서 분노의 격정으로 몸을 부들부들 떨면서 말했다. "델핀, 나는 너의 모든 것을 용서했다. 하느님이 다 알고 계신다. 그렇지만 이 일만은! 저분이 여기 계셨다니, 너는 그 사실을 알고 있었지! 내 비밀들, 내 생활, 내 아이들의 일, 나의 수치와 나의 명예, 모든 것을 저분에게 털어놓게 해서 나에게 복수할 만큼 너는 비열했구나! 자 이제 너는 나와는 아무 상관없다. 나는 너를 증오한다, 나는 너에게 할 수 있는 한 해를 끼치겠다, 나는……" 그녀는 분노 때문에 말을 잇지 못했고, 목구멍이 말라붙었다.

"그렇지만, 저 사람은 내 아들이고, 우리의 자식이고, 너의 형제이며, 너의 구원자다." 고리오 영감이 소리쳤다. "그러니 저 사람을 포옹해라, 나지야! 자, 나는 그를 포옹하겠다." 그는 격정적으로 외젠을 끌어안으며 계속해서 말했다. "오! 내 아들! 나는 너에게 아버지 이상이 될 것이다. 나는 한 가족이 되고 싶다. 나는 하느님이 되어, 네 발 아래에 세계를 던져 주고 싶구나. 나지야, 어서 그에게 키스해라. 이 사람은 인간이 아니라 천사다. 진정한 천사야."

"내버려 두세요, 아버지. 언니는 지금 미쳤어요." 델핀이 말했다.

"미쳤다고! 미쳐! 그럼 너는 어떠냐?" 드 레스토 부인이 대꾸했다.

"애들아, 너희들이 계속 이러면 나는 죽는다." 노인은 총에 맞은 듯이 침대 위에 쓰러지며 소리쳤다. "쟤들이 나를 죽이는구나!" 하고 그는 중얼거렸다.

백작 부인은 이 격렬한 장면에 얼이 빠져 꼼짝 않고 있는 외젠을 쳐다보았다. "이보세요." 그녀는 몸짓과 목소리와 시선을 다 동원해 그에게 질문을 던지며 말했다. 그녀는 델핀이 황급히 조끼를 벗겨 준 자기 아버지에게는 주의를 기울이지 않았다.

"부인, 저는 돈을 지불할 것이고, 침묵을 지키겠습니다." 그가 백작 부인의 질문을 기다리지 않고 대답했다.

"네가 우리 아버지를 죽였어, 나지!" 델핀이 자기 언니에게 기절한 노인을 가리키며 말했다. 레스토 부인은 나가 버렸다.

"나는 그 애를 용서한다." 노인이 눈을 뜨며 말했다. "그 애의 처지가 하도 끔찍해서 머리가 돌 수밖에 없을 거야. 나지를 위로해 줘라, 언니에게 잘 대해 줘. 죽어 가는 불쌍한 아비에게 약속해라." 그는 델핀의 손을 꼭 쥐고서 부탁했다.

"아버지 왜 그러세요?" 그녀가 겁에 질려서 물었다.

"아무 것도 아냐, 아무 것도, 괜찮아질 거야. 무언가가 이마를 꽉 죄는 것 같구나, 두통이겠지. 불쌍한 나지, 앞날이 어찌 될지!" 아버지가 말했다.

이때 백작 부인이 다시 들어와서, 아버지의 무릎 아래 몸을 던졌다. "용서하세요!" 그녀가 외쳤다.

"아, 너는 지금 나를 더 괴롭게 만드는구나." 고리오 영감이 말했다.

"이보세요, 괴로움 때문에 제가 무례하게 굴었어요." 백작 부인은 눈물에 젖어 라스티냐크에게 말했다. "저에게 형제처럼 대해 주시겠어요?" 부인은 그에게 손을 내밀며 말했다.

"나지, 사랑하는 나지, 우리 다 잊도록 해." 델핀이 그녀를 껴안으며 말했다.

"아니, 나는 기억할 거다, 나는 말이야!" 그녀가 대꾸했다.

"천사들아!" 고리오 영감이 외쳤다. "내 눈을 가리고 있던 장막을 너희들이 걷어 주는구나. 너희들 목소리를 들으니 다시 힘이 난다. 너희들 다시 한 번 포옹해라. 그런데, 나지야, 그 어음이 너를 구할 수 있겠니?"

"그러기를 바라요. 그런데, 아빠, 어음에 서명을 해주시겠어요?"

"이런, 바보같이, 내가 그것을 잊어버리다니! 내가 아파서 그랬나 보다. 나지야, 원망하지 마라. 네가 괴로움에서 벗어나거든 알려 다오. 아니, 내가 가겠다. 아니지, 나는 가지 않을 거야. 네 남편을 더는 보기 싫으니까. 나는 그놈을 죽여 버리고 말 거야. 네 재산을 변조하려 들면, 내가 가겠다. 빨리 가 보거라, 애야, 그리

342

고 막심이 분별을 차리도록 해라."

외젠은 어안이 벙벙했다.

"저 가엾은 아나스타지는 늘 성질이 격했어요. 하지만 마음은 착해요." 드 뉘싱겐 부인이 말했다.

"언니는 어음의 배서(背書) 때문에 다시 왔군요." 외젠이 델핀의 귀에 대고 말했다.

"그렇게 생각하세요?"

"그렇게 생각하고 싶지는 않지만, 언니를 믿지는 마세요." 다 표현할 수 없는 생각을 하느님에게 말하려는 듯 그는 눈길을 하늘로 쳐들고 대답했다.

"그래요, 언니는 항상 좀 연극적인 데가 있었어요. 그리고 불쌍한 아버지는 언니의 아양에 넘어가시고."

"좀 어떠세요, 고리오 영감님?" 라스티냐크가 노인에게 물었다.

"잠을 자고 싶구려." 그가 대답했다.

외젠은 고리오를 도와 자리에 눕혔다. 그리고 노인이 델핀의 손을 잡고 잠이 들자, 그녀는 아버지 곁에서 물러섰다.

"오늘 저녁 이탈리아 극장에서 만나요. 그리고 아버지가 어떠신지 얘기해 주세요." 그녀가 외젠에게 말했다. "내일은 이사하셔야죠. 당신 방을 좀 봐요. 아이구! 끔찍해라! 당신은 우리 아버지보다도 더 형편없이 사셨군요." 외젠의 방으로 들어서며 그녀가 말했다. "외젠, 당신은 참 훌륭하게 행동했어요. 가능하다면 저는 당신을 더 사랑하고 싶어요. 그렇지만, 이봐요, 재산을 모으고 싶으면, 1만 2천 프랑이나 되는 돈을 그렇게 창문 밖으로 내던져서는 안 돼요. 드 트라유 백작은 도박꾼이에요. 언니는 그렇게 생각하고 싶어하지 않지만 말이에요. 그 사람은 돈을 산더미처럼 잃을 수도 딸 수도 있는 그런 곳에 가서 자기의 1만 2천 프랑을 구하려고 할 수도 있었을 텐데요."

신음 소리가 들려 그들은 고리오의 방으로 되돌아갔다. 겉으로 보기에 노인은 잠들어 있는 것 같았다. 그러나 두 연인이 다가가자, "그 애들이 행복하지 못하구나!" 하는 말이 노인의 입에서 새어 나왔다. 그가 잠들어 있건 깨어 있건 간에, 그 말의 어조가 너무도 강렬하게 딸의 가슴을 두드리는 것이어서, 딸은 아버지가 누워 있는 초라한 침대로 다가가 그의 이마에 키스를 했다. 노인은 눈을 뜨고 말했다. "델핀이구나!"

"그런데 좀 어떠세요?" 델핀이 물었다.

"괜찮다. 걱정하지 마라, 곧 일어날 거야. 가봐라, 가봐, 내 자식들아, 부디 행복해라." 노인이 말했다.

외젠은 델핀을 그녀의 집에까지 바래다주었다. 그러나 두고 온 고리오 영감의 상태가 걱정되어 그녀와 함께 저녁 식사하는 것을 거절하고 보케르 관으로 되돌아왔다. 그는 고리오 영감이 일어나서 식탁에 앉으려 하는 모습을 보았다. 비앙숑은 이 제면업자의 얼굴을 잘 살펴볼 수 있는 자리에 앉았다. 노인이 늘 하던 식으로 빵을 집어 들고 그 빵을 만든 밀가루의 질을 알아보려고 냄새 맡는 모습을 보고서, 의과 대학생은 그의 동작에 행동 의식이라고 할 만한 것이 전혀 없다는 사실을 관찰하고는 불길한 느낌이 드는 듯 고개를 저었다.

"코생 병원 인턴 선생, 내 곁으로 좀 오게." 외젠이 말했다.

비앙숑은 그 늙은 하숙인에게 더 가까이 다가갈 수 있는 자리였으므로 기꺼이 외젠 옆으로 자리를 옮겼다.

"노인의 상태가 어때?" 라스티냐크가 물었다.

"내가 잘못 본 것이 아니라면, 틀렸어! 저 노인에겐 뭔가 이상한 증세가 진행되고 있는 것이 틀림없어, 심각한 뇌졸중의 위험이 임박한 것 같아. 얼굴 아래쪽은 정상으로 보이지만, 얼굴 윗부분은 자꾸 이마 쪽을 향해 경련이 일고 있어, 저걸 보게! 그리고 그의 눈은 혈청이 두뇌에 침투한 것을 나타내는 특수한 증상을 보이고 있네. 가는 먼지가 눈에 가득 찬 것처럼 보이지 않나? 내일 아침에는 더 많은 증상을 알게 될 거야."

"무슨 치료 방법이 없을까?"

"없어. 만일 팔다리, 특히 다리 쪽의 반응을 알아내는 방법이 있다면, 죽음을 좀 지연시킬 수는 있을 거야. 그러나 내일 저녁에도 징후가 멈추지 않으면, 저 불쌍한 노인은 끝장이네. 어떤 사건 때문에 병이 발발했는지 자네 알고 있나? 저 노인은 아마 강한 충격을 받아 기력이 무너졌을 거야."

"맞아." 라스티냐크는 두 딸이 아버지의 마음에 끊임없이 타격을 가했던 것을 상기하며 말했다.

'적어도 델핀은 자기 아버지를 사랑하고 있다, 그녀만은!' 하고 외젠은 생각했다.

저녁에 이탈리아 극장에서, 드 뉘싱겐 부인을 만난 라스티냐크는 그녀에게 너무 불안감을 일으키지 않으려고 조심을 했다.

그러나 외젠이 말을 꺼내자마자 그녀는 대꾸했다. "걱정하지 마세요, 우리 아버지는 강해요. 다만 오늘 아침에 우리들이 아버지께 좀 충격을 드렸을 뿐이에요. 우리들의 재산이 위태로워졌어요. 그 불행의 크기가 어떤 것인지 상상하실 수 있어요? 당신의 애정 덕분에, 전 같으면 치명적인 괴로움으로 여겼을 일에 무감각하게 될 수 없었더라면, 나는 살아갈 수 없을 거예요. 지금 나에게 두려운 것은 오직 한 가지 불행뿐이에요. 그것은 나에게 삶의 즐거움을 느끼게 해준 사랑을 잃는 것이죠. 이 감정 이외에는 모든 것이 나와 상관없어요. 나는 세상의 어느 것도 더 이상 사랑하지 않아요. 당신이 나의 모든 것이에요. 내가 부자라는 행복감을 느낀다 해도, 그것은 당신을 더 기쁘게 해드리기 위해서일 뿐이에요. 부끄러운 얘기지만, 나는 아버지의 딸인 이상으로 당신의 연인이에요. 왜 그러냐고요? 나도 모르겠어요. 나의 생명 전체가 당신 안에 있어요. 아버지가 나에게 심장을 주셨지만, 그 심장을 뛰게 만든 것은 당신이에요. 억제할 수 없는 감정 때문에 저지르게 되는 죄를 당신이 (당신은 나를 원망할 권리가 없죠) 사면해 준다면, 온 세상이 나를 비난한다 해도 나는 상관없어요. 당신은 나를 불효자식으로 생각하시겠죠? 오, 아니에요, 우리 아버지처럼 좋은 아버지를 사랑하지 않는다는 것은 불가능해요. 아버지가 통탄스러운 우리 결혼의 자연스런 결과를 마침내 보시게 되는 것을 내가 어찌 막을 수 있었겠어요? 그분은 왜 우리의 결혼을 막지 않으셨을까? 우리를 위해 깊이 생각해 보는 것은 아버지의 책임이 아니었을까요? 오늘에 와서야 나는 알겠어요. 아버지도 우리와 마찬가지로 괴로워하고 계셔요. 하지만 우리가 어쩌겠어요? 아버지를 위로해 드린다! 그러나 우리는 어떻게 해도 그분을 위로할 수 없을 거예요. 우리의 비난이나 우리의 푸념이 아버지를 괴롭히는 것 이상으로 우리의 체념은 아버지를 더욱 고통스럽게 할 거예요. 인생에는 모든 것이 쓰디쓴 상황들이 있는 것이죠."

진정한 감정의 순진한 표현에 애정을 느낀 외젠은 잠자코 있었다. 파리의 여인들은 흔히 거짓되고, 허영에 들뜨고, 이기적이고, 교태를 부리고, 냉정하지만, 정말로 사랑할 때의 그녀들은 다른 여자들 이상으로 자기들의 정열을 위해 많은 감정을 희생하는 것이 사실이다. 그녀들은 모든 왜소함으로부터 벗어나 위대해지고 숭고해지는 것이다. 그리고 또 외젠은 여자가 특별한 애정 때문에 가장 자연스러운 육친의 감정과 분리되어 그것과 거리를 둘 때에, 그 자연스러운 육친의 감정을 판단하는 데서 보여 주는 깊이 있고 정확한 정신에 강한 인상을 받았다. 드 뉘싱겐 부인은 외젠이 침묵을 지키고 있는 것에 기분이 상했다.

"도대체 무슨 생각에 빠져 계세요?" 그녀가 외젠에게 물었다.

"나는 당신이 내게 한 말을 아직도 듣고 있어요. 지금까지 나는 당신이 나를 사랑하는 것 이상으로 내가 당신을 사랑한다고 믿어 왔어요."

그녀는 미소를 짓고, 예절의 한계를 벗어나지 않는 범위 내에서 대화를 이어가기 위해, 마음속으로 느낀 기쁨을 억눌렀다. 그녀는 지금껏 그처럼 젊고 진실한 사랑의 감동적 표현을 들어본 적이 없었던 것이다. 몇 마디만 더 했더라면, 그녀는 더 이상 자신을 억제하지 못했을 것이다.

그녀는 화제를 바꾸어 얘기했다. "외젠, 그러니까 당신은 무슨 일이 일어나고 있는지 모르시는군요? 내일 파리의 모든 사교계 인사들이 드 보세앙 부인 댁으로 모일 거예요. 로슈피드 가(家) 사람들과 다주다 후작은 발표를 하지 않기로 합의했어요. 그러나 내일은 왕이 결혼 계약에 서명하는데, 당신의 가엾은 사촌 누님은 아직 아무 것도 모르고 있어요. 부인은 손님들을 받아들이지 않을 수 없을 거예요. 그리고 후작은 그녀의 무도회에 나타나지 않을 거구요. 사람들은 그 사건 얘기만 하고 있어요."

"그런데 세상 사람들은 치욕스런 일을 비웃으며, 그 일에 가담하는 셈이군요! 그 일 때문에 드 보세앙 부인이 죽게 될지는 알지 못하세요?"

"천만에요." 델핀이 미소를 띠고 말했다. "당신은 그런 종류의 여자들을 알지 못해요. 그러나 파리의 모든 인사들이 그녀의 집에 갈 것이고, 나도 갈 거예요! 당신 덕분에 나는 그런 행복을 얻게 되었죠."

"그렇지만 파리에 수없이 떠돌아다니는 그런 터무니없는 소문의 하나가 아닐까요?" 라스티냐크가 말했다.

"우리는 내일 진상을 알게 되겠죠."

외젠은 보케르 관으로 돌아가지 않았다. 그는 새 아파트에서 지내는 즐거움을 물리칠 수 없었던 것이다. 지난밤에 그는 새벽 1시에 억지로 델핀과 헤어졌는데, 이번에는 델핀이 새벽 2시경에야 그의 곁을 떠나 자기 집으로 돌아갔다. 다음날 그는 아주 늦게까지 잠을 잤고, 정오경에 자기와 같이 점심을 먹으러 오기로 되어 있는 드 뉘싱겐 부인을 기다렸다. 젊은이들은 이런 재미있는 행복을 몹시 탐하는 법이어서, 그는 고리오 영감을 거의 잊고 있었다. 자신의 것이 된 그 우아한 것들 하나 하나에 익숙해지는 것이 그에게는 기나긴 축제처럼 여겨졌다. 드 뉘싱겐 부인이 거기에 있어서 모든 것에 새로운 가치를 부여해 주었다. 그래도 4시경에 이르자, 두 연인은 이 집에 와 살 것을 기대하며 행복을 꿈꿀 고리오 영감에 생각이 미쳤다. 외젠은 노인이 아프면 즉시 이곳으로 옮길 필요가 있다고 얘기하고, 델핀과 헤어져 보케르 관으로 달려갔다. 그런데 식탁에는 고리오 영감도 비앙숑도 앉아 있지 않았다.

"허! 고리오 영감은 반신불수가 됐소. 비앙숑이 위층 그의 곁에 있지. 노인은 그의 딸 중 하나인 드 레스토라마 백작 부인을 만난 후, 외출하려다가 병이 악화된 모양이오. 사회는 가장 멋진 장식품 하나를 잃게 될 것 같소." 화가가 라스티냐크에게 이렇게 말했다.

라스티냐크는 층계로 달려갔다.

"이보세요! 외젠 씨!"

"외젠 씨! 아주머니가 부르세요." 실비가 소리쳤다.

과부댁이 그에게 말했다. "이보세요, 고리오 씨와 당신은 2월 15일에 나갈 예정이었어요. 15일이 지난 지 사흘째로, 오늘이 18일이에요. 당신과 그 사람의 한 달 치를 지불해야 하는데, 만약 당신이 고리오 영감의 보증을 선다면, 당신의 구두 약속으로도 좋겠어요."

"왜 그러세요? 신용하지 못하시겠어요?"

"신용이라! 노인이 정신을 못 차리고 죽게 되면, 그의 딸들은 내게 동전 한 푼 안 줄 테고, 그의 넝마를 통틀어도 10프랑어치도 안 나갈 거요. 오늘 아침 영감은 그의 마지막 남은 식기들을 들고 나갔는데, 그 까닭을 모르겠어요. 그는 젊은 사람처럼 차려입고 나갑디다. 우스운 얘기지만, 나는 영감이 연지를 바르지 않았나 생각했다고요. 아주 젊어진 것처럼 보였다니까."

"내가 모두 보증하겠습니다." 외젠은 재난이 닥칠 것을 걱정하여 두려움에 몸을 떨며 말했다.

그는 고리오 영감의 방으로 올라갔다. 노인은 침대 위에 누워 있었고, 비앙송이 그의 곁에 있었다.

"안녕하세요, 영감님." 외젠이 그에게 말했다.

노인은 그에게 부드럽게 미소를 짓고, 흐릿한 눈을 그를 향해 돌리며 대답했다. "그 애는 어떻게 지내오?"

"잘 있습니다. 그런데 좀 어떠세요?"

"괜찮아."

"피곤하게 하지 말게." 비앙송이 외젠을 방구석으로 이끌며 말했다.

"그래, 상태가 어때?" 라스티냐크가 그에게 말했다.

"기적이 일어나기 전에는 가망이 없을 것 같네. 혈청성 울혈이 일어나서, 겨자 찜질 연고를 발랐어. 다행히 그는 연고 바른 것을 느끼고 있고, 약효도 있는 것 같네."

"그를 옮겨도 될까?"

"안 돼. 여기 그대로 둬야 하네. 일체 육체적 움직임과 감정의 동요를 피하고……."

"비앙숑, 우리 둘이서 노인을 돌보도록 하세." 외젠이 말했다.

"나는 벌써 우리 병원의 주임 의사를 오게 했네."

"그래서?"

"그는 내일 저녁에 진단을 내릴 거야. 병원 일과가 끝난 후에 오겠다고 나한테 약속했어. 불행히도 저 한심한 노인네가 오늘 아침에 경솔한 짓을 저질렀는데, 좀처럼 그것에 대해서는 얘기를 안 하려고 한단 말이야. 고집불통이네. 내가 얘기를 하면, 그는 못 들은 체하거나, 대답을 안 하려고 자는 체하는 거야. 그런가 하면, 눈을 뜨고 있을 때는, 신음 소리를 내지. 그는 아침나절에 외출했는데, 어딘지 모르지만, 파리 시내를 돌아다닌 모양이야. 자기가 가진 것 중 돈 될 만한 것은 모두 가지고 나갔다는데, 자기 힘에 부치는 무슨 빌어먹을 거래를 한 것 같아. 그의 딸 하나가 왔었지."

"백작 부인? 키가 크고 갈색 머리에, 눈이 예쁘고 생기 있으며, 예쁜 다리에 유연한 몸매이던가?" 외젠이 물었다.

"그래 맞았어."

"잠시 노인과 혼자 있게 해주게. 내가 고백을 시키지, 나한테는 다 말할 거야." 라스티냐크가 말했다.

"그동안 나는 저녁이나 먹겠네. 다만 노인을 너무 자극하지 않도록 하게. 아직은 약간 희망이 있으니까."

"걱정하지 말게."

"그 애들이 내일은 아주 즐겁겠지. 그 애들은 큰 무도회에 가겠지." 두 사람만 남게 되자, 고리오 영감이 외젠에게 말했다.

"오늘 저녁 침대에 누워 이처럼 고통을 겪으시게 도대체 아침에 무슨 일을 하신 겁니까, 영감님?"

"아무 것도 아냐."

"아나스타지가 왔었죠?" 라스티냐크가 물었다.

"그랬지." 고리오 영감이 대답했다.

"그럼, 숨기지 말고 말씀하세요. 또 무슨 요구를 하던가요?"

"아!" 하고 내뱉더니 노인은 힘을 모아 말을 이어갔다. "그 애는 아주 불행하다오. 나지는 다이아몬드 사건 이후로는 돈이 한 푼도 없어. 그 애는 이번 무도회를 위해서 금실로 수놓은 보석처럼 몸에 꼭 맞을 옷 한 벌을 주문했다오. 그런데 그 애의 고약한 재단사가 외상 거래를 않겠다고 해서, 그 애의 하녀가 대신 옷값 1천 프랑을 냈다는구면. 가엾은 나지, 이 지경에 이르다니! 내 가슴이 찢어지는 것 같았소. 그런데 하녀는 그 레스토란 놈이 나지에게서 모든 신임을 거두는 것을 알고는, 제 돈을 못 받을까 봐 겁이 나서, 재단사와 짜고 그 1천 프랑을 돌려 줘야만 옷을 넘겨주겠다고 했다는 거야. 무도회가 내일이고, 옷은 준비되어 있는데, 나지는 절망에 빠질 수밖에. 그 애는 내 식기들을 빌려 저당 잡히려 한 거요. 그 애 남편은 그 애가 무도회에 가서 그 애가 팔았다고 소문난 다이아몬드들을 모든 파리 사람에게 내보이기를 바라고 있소. 그러니 그 애가 그 몹쓸 놈에게 '1천 프랑 빚을 졌으니 갚아 주세요'라고 말할 수 있겠소? 안 되지. 나는 그걸 이해할 수 있소. 동생 델핀은 멋진 차림으로 무도회에 갈 텐데, 아나스타지가 동생보다 떨어져서는 안 되겠지. 그래서 그 애는 눈물범벅이 되었어, 불쌍한 녀석! 어제는 1만 2천 프랑이 없는 것이 너무나 수치스러워서, 그 잘못을 벌충하기 위해 나는 비참한 내 여생을 내던지고 싶었다 오. 알다시피 나는 무엇이건 견뎌 낼 힘이 있었는데, 이처럼 돈이 떨어져서 가슴이 터질 지경이오. 오! 오! 나는 조금도 망설이지 않았다오. 대강 돈을 꾸려 놓고 나니, 다시 기분이 좀 나아졌어. 나는 식기와 버클을 6백 프랑에 팔았고, 내 종신 연금 증서를 곱 세크 영감에게 1년 기한으로 잡히고 일시금으로 4백 프랑을 받았 소. 그까짓 것! 빵만 먹고 지내지! 젊었을 때에는 빵만으로 충분 했는데, 지금도 견딜 수 있을 거요. 나의 나지가 멋진 하루 저녁을 지낼 수만 있다면야. 그 애는 눈부실 거야. 여기 내 머리맡에 1천 프랑의 지폐가 있소. 가엾은 나지를 즐겁게 해줄 것을 여기 내 머 리맡에 가지고 있다는 생각에 기운이 나오. 그 애는 그 못된 빅투 아르를 내쫓을 수 있게 됐어. 주인을 못 믿는 하인들이 있다니 말 이 되나! 내일은 몸이 나아지겠지. 나지가 10시에 온다고 했소. 내가 앓고 있는 꼴을 보여서는 안 돼. 그 애들이 무도회에도 안 가 고, 나를 간호하겠다고 할 테니 말이야. 내일 나지는 나를 제 자식 처럼 껴안겠지. 그 애의 애무는 나를 낫게 할 거요. 그러니 어찌 내가 병이 낫겠다고 약국에다 1천 프랑을 허비하겠소? 내 만병통 치약인 나의 나지에게 그것을 주는 것이 낫지. 나는 적어도 곤경 에 처한 그 애를 위로해 줘야 하오. 그래야만 나를 위해 종신 연금 을 만든 잘못을 용서받을 수 있지. 그 애는 지금 구렁텅이에 빠져 있는데, 나는 그 애를 거기서 끌어낼 만한 힘이 없소. 오! 나는 다 시 장사를 시작해야 해. 나는 오데사에 가서 밀을 사야겠어. 그곳의 밀 값은 여기의 3분의 1밖에 안 한단 말이야. 곡물을 그대로 수입하는 것은 금지되어 있지만, 법을 만든 양반들이 밀을 원료로 해서 만든 제품을 금지할 생각은 못했단 말이야. 허, 허!…… 내가 오늘 아침 그 생각을 해냈지! 전분을 만들어 들여오면 큰 장사가 될 거야."

"저 양반 돌았군." 외젠은 노인을 쳐다보며 혼잣말을 하고는, 이어서 그에게 말했다. "자, 좀 쉬십시오, 그만 말씀하시고……."

비앙숑이 다시 올라오자 외젠은 저녁을 먹으러 내려갔다. 그러고 나서 두 사람은 밤새 번갈아 환자를 지키며, 한 사람은 의학 서적을 읽고, 또 한 사람은 자기 어머니와 누이들에게 편지를 썼다. 이튿날 환자에게 나타난 증상은 비앙숑의 의견에 따르면 좋은 조짐이었다. 그러나 그 증상은 두 학생만이 맡아 할 수 있는 계속적인 간호를 요하는 것이었는데, 간호하는 얘기를 위해 이 시대의 정숙한 관용어법을 위반할 수는 없는 노릇이다. 노인의 쇠약해진 몸에 거머리를 붙여 사혈(瀉血)을 한 외에, 찜질과 각탕(脚湯) 치료를 했는데, 이런 처치는 두 청년의 힘과 헌신을 필요로 한 의학적 조치들이었다. 드 레스토 부인은 오지 않았다. 그녀는 심부름꾼을 보내 돈을 찾아갔다.

"나는 그 애가 직접 오리라고 생각했었는데. 그러나 뭐 나쁠 건 없어. 와봤더라면 괜히 걱정이나 하지." 아버지는 이렇게 된 것이 오히려 잘됐다는 듯이 말했다.

저녁 7시, 테레즈가 델핀의 편지를 들고 왔다.

이보세요, 대체 뭘 하고 계세요? 사랑받자마자, 저는 벌써 잊혀졌나요? 마음과 마음을 서로 터놓고 얘기를 나누었을 때, 당신은 나에게 너무나 아름다운 영혼을 보여주어서, 감정에는 많은 뉘앙스가 있다는 것을 알면서도, 당신만은 영원히 충실할 수 있는 사람이라고 믿고 있어요. 「모세의 기도」*를 들으면서 당신은 "이건 어떤 사람들에게는 똑같은 음이지만, 다른 사람들에게는 무한한 음악이오!"라고 말했어요. 드 보세앙 부인의 무도회에 가기 위해 오늘 저녁 내가 당신을 기다리고 있다는 것을 생각하세요. 다주다 씨의 결혼 계약 서명이 오늘 아침 정말로 궁정에서 이루어졌어요. 그런데 가련한 자작 부인은 그 사실을 오후 2시에야 알았어요. 사형 집행이 있을 때 사람들이 그레브 광장으로 밀려가듯, 파리의 모든 사교계 인사들이 자작 부인 댁으로 갈 거예요. 그 부인이 자신의 고통을 감출지, 멋지게 죽을 수 있을지를 보러 간다는 것은 잔인한 일이 아닐까요? 내가 이미 그 부인 댁에 드나들었다면, 나는 분명히 가지 않을 거예요. 그러나 부인은 아마 앞으로는 사람들을 맞아들이지 않을 것이고, 그러면 내가 기울인 모든 노력이 무위가 되고 말 거예요. 내 입장은 다른 사람들과는 아주 다른 것이죠. 그런데다가 내가 그 댁에 가는 것은 당신을 위해서이기도 해요. 당신을 기다리고 있어요. 만약 두 시간 내에 당신이 내 곁으로 오지 않으면, 나는 당신의 그 배반을 용서할 수 있을는지 모르겠어요.

라스티냐크는 펜을 들어 다음과 같이 답장을 썼다.

나는 지금 당신의 아버지가 아직 회생 가능성이 있는지 알기 위하여 의사를 기다리고 있습니다. 그분은 빈사 상태입니다. 나는 의사의 진단을 당신에게 전하러 가겠는데, 그것이 죽음의 선언이나 아닐지 두렵습니다. 당신이 무도회에 갈 수 있을지는 두고 봅시다. 사랑하오.

의사는 8시 반에 왔는데, 그는 희망적인 의견을 말하지는 않았지만, 죽음이 임박하다고 생각하지도 않았다. 그는 병세가 번갈아 호전과 악화를 반복하겠다고 진단하면서, 노인의 생명과 의식도 거기에 달려 있다고 말했다.

"빨리 운명하는 편이 차라리 낫겠는걸." 이것이 의사가 남긴 마지막 말이었다.

외젠은 고리오 영감의 간호를 비앙숑에게 맡기고, 드 뉘싱겐 부인에게 슬픈 소식을 전하러 떠났다. 그 슬픈 소식 때문에, 아직은 가족적 의무감에 젖어 있는 그의 정신에 일체의 즐거움은 사라지고 없었다.

"걱정 말고 즐겁게 지내라고 그 애에게 전하오." 라스티냐크가 나가려고 하는 순간, 잠든 것으로 보였던 고리오 영감이 자리에서 일어서며 그에게 소리쳤다.

청년은 비통한 심정으로 델핀 앞에 나타났다. 그녀는 이미 머리 손질을 마치고, 구두를 신은 채, 무도복 입을 일만 남겨 놓고 있었다. 그러나 화가가 그림을 완성할 때의 마무리 붓질처럼, 마지막 채비가 화폭의 바탕 그림에 들인 시간보다 더 많은 시간을 요하는 것처럼 보였다.

"웬일이세요, 당신은 옷을 안 입었군요?" 그녀가 말했다.

"하지만, 부인, 당신의 아버지가……."

"또 우리 아버지 얘기로군요." 그녀가 그의 말을 가로막으며 소리쳤다. "아버지에 대한 의무를 나에게 가르쳐 줄 필요는 없어요. 나는 오래전부터 우리 아버지를 알고 있어요. 한 마디도 더 하지 마세요, 외젠. 당신이 옷차림을 바꾸지 않는 한 나는 당신 말을 듣지 않겠어요. 테레즈가 당신 방에 다 준비해 놨어요. 마차도 준비되어 있으니, 타고 가세요. 그리고 곧 돌아오세요. 아버지 얘기는 무도회에 가면서 하도록 해요. 일찍 출발해야 해요. 만약 마차들의 행렬에 빠져 버리면, 잘해야 11시에나 입장할 수 있을 거예요."

"부인!"

"가세요! 아무 말 말고." 그녀는 목걸이를 하러 규방으로 달려 가며 말했다.

"자, 어서 가세요, 외젠 씨, 부인이 화내시겠어요." 이 우아한 부모 살해에 질겁한 청년을 떠밀면서 테레즈가 말했다.

그는 더없이 비통하고 절망적인 생각을 하면서 옷을 갈아입으러 갔다. 그는 이 세상을 사람이 한 발만 담그면 목까지 빠져 버리는 진흙의 바다라고 생각했다. '이 세상에서는 비속한 범죄들만 저질러진다! 차라리 보트랭이 더 위대하다' 하고 그는 생각했다. 그는 사회의 3대 표현인 **순종**, **투쟁**, **반항**, 즉 **가족**과 **세상**과 **보트랭**을 보아 왔다. 그런데 그는 감히 어느 편에도 서지 못했다. **순종**은 권태롭고, **반항**은 불가능하며, **투쟁**은 불확실했던 것이다. 그의 생각은 그를 가족 가운데로 이끌어 갔다. 그는 그 평온한 삶의 순수한 감동을 기억했고, 자기를 사랑했던 사람들 사이에서의 지나간 시절을 회상했다. 가정의 자연스런 법칙에 순응하면서, 그 다정한 사람들은 거기에서 아무런 고뇌가 없는 충만하고 계속적인 행복을 발견하고 있었던 것이다. 이런 선량한 생각을 하고 있었음에도 불구하고, 그는 델핀에게 **사랑**의 이름으로 **덕성**을 명령하면서, 순수한 영혼의 신념을 고백할 용기가 자신에게 없다고 느꼈다. 그가 받기 시작한 교육은 벌써 열매를 맺고 있었던 것이다. 그는 이미 이기적으로 사랑하고 있었다. 그는 델핀의 마음의 본성을 인식할 수 있는 요령을 획득하고 있었다. 그는 델핀이 무도회에 가기 위해서는 자기 아버지의 시체라도 밟고 나갈 여자라는 것을 예감했으며, 설교자의 역할을 행할 힘도, 그녀의 비위를 거스를 용기도, 그녀의 곁을 떠날 덕성도 그는 지니고 있지 못했다. '이런 상황에서 내가 그녀의 뜻을 꺾는다면 그녀는 결코 나를 용서하지 않을 거야.' 그는 생각했다. 그리고 그는 의사의 얘기를 해석하면서, 고리오 영감은 자기가 생각하는 만큼 그렇게 병세가 위중한 것은 아니라고 간주해 버렸다. 요컨대 그는 델핀을 정당화하기 위해 여러 가지 살인적인 억설들을 쌓아 올렸다. 그녀는 자기 아버지가 빠져 있는 상태를 잘 알지 못한다거나, 만약 딸이 아버지를 보러 가더라도 노인은 딸을 무도회로 되돌려 보낼 것이라는 등의 생각이었다. 가족 사이에서는 성격의 차이라든지, 이해관계와 상황의 다양성 등 수많은 변형된 이유로 인하여 명백한 범죄도 용서받는 데 반하여, 형식상 요지부동인 사회적 법칙은 흔히 가차

없는 단죄를 내린다. 외젠은 자기 자신을 기만하고 싶어했다. 그는 연인에게 자신의 양심을 희생할 태세가 되어 있었다. 이틀 전부터, 그의 삶에는 모든 것이 변해 있었다. 여자가 그의 삶에 혼란을 투사했고, 가족 관념을 퇴색시켰으며, 그녀에게 유리하게 모든 것을 압류해 버렸던 것이다. 라스티냐크와 델핀은 서로 가장 강렬한 향락을 느끼기 위한 최적의 조건에서 만났다. 잘 준비된 그들의 정열은 보통은 정열을 소멸시키게 마련인 향락에 의해서 오히려 커 갔다. 그 여인을 소유하고 나자, 외젠은 그때까지는 자기가 그녀를 욕망의 대상으로만 생각해 왔었음을 알게 되었다. 그는 행복을 맛본 다음날에야 그녀를 사랑했다. 사랑이란 어쩌면 쾌락에 대한 사은에 불과한 것인지도 모른다. 그 여자가 치욕스럽건 숭고하건 간에, 그는 자기가 지참금처럼 그녀에게 가져다주었고, 또 그녀로부터 받은 관능적 쾌락 때문에 그녀를 열애했다. 마찬가지로 델핀도 탄탈로스*가 자기의 배고픔을 달래 주거나, 마른 목의 갈증을 식혀 주러 오는 천사를 사랑하는 것처럼 라스티냐크를 사랑했다.

"그래, 아버지는 어떠세요?" 그가 무도회 복장을 입고 돌아오자 드 뉘싱겐 부인이 그에게 물었다.

"극도로 나쁩니다. 당신이 나에게 당신 애정의 증거를 보여주고자 한다면, 빨리 달려가서 뵙도록 합시다." 그가 대답했다.

"물론, 그래요, 하지만 무도회가 끝난 다음에요. 나의 외젠, 좀 가만히 계세요. 나한테 설교를 하지 말고요, 자 가요." 그녀가 말했다.

그들은 출발했다. 길을 가는 동안 외젠은 잠시 침묵을 지켰다.

"대체 왜 그래요?" 그녀가 물었다.

"당신 아버지의 헐떡거리는 소리가 들리는 것 같습니다." 그는 화난 어조로 대답했다. 그리고 그는 젊은 나이의 열렬한 웅변으로 드 레스토 부인이 허영심 때문에 저지른 잔혹한 행위, 아버지의 마지막 헌신으로 야기된 치명적 병세, 그리고 아나스타지의 금박 옷이 치르게 한 대가를 얘기하기 시작했다. 델핀은 울고 있었다.

'눈물 때문에 얼굴이 미워 보일 텐데' 하고 그녀는 생각했다. 그러자 그녀의 눈물은 말랐다. "나는 아버지를 간호하러 가겠어요. 그리고 아버지 머리맡을 떠나지 않겠어요." 그녀가 말을 이었다.

"아! 바로 그것이 내가 듣고 싶던 말이오." 라스티냐크가 외쳤다.

5백 대에 이르는 마차의 등불들이 드 보세앙 저택 부근을 환하게 밝히고 있었다. 불이 밝혀진 대문 양편으로 헌병 한 명이 오락가락하고 있었다. 상류 사교계 인사들이 너무나 많이 쇄도했고, 모두들 몰락의 순간의 이 귀부인을 보려고 몹시 서둘렀기 때문에, 드 뉘싱겐 부인과 라스티냐크가 나타났을 때에는, 저택 1층에 있는 방들은 이미 만원을 이루고 있었다. 루이 14세의 번복으로 애인을 빼앗겼던 공주의 집에 궁정의 모든 사람들이 몰려들었던 때 이후로,* 드 보세앙 부인의 경우보다 더 현란한 비련의 사건은 없었던 것이다. 이런 상황에서도, 거의 왕가(王家)나 다름없는 부르고뉴 가문의 마지막 딸은 자신의 불행에 대해 초연한 태도를 보였고, 마지막 순간까지 사교계를 압도했다. 그녀가 사교계의 허영심을 용납한 것은 오직 자신의 정열을 이기는 데 이용하기 위해서였다. 파리의 가장 아름다운 여인들이 화려한 의상과 미소로 살롱들에 활기를 불어넣고 있었다. 궁정의 고위 인사들, 대사들, 장관들, 각계의 저명인사들이 형형색색의 훈장과 휘장으로 장식하고 자작 부인 주위로 몰려들었다. 오케스트라는 그곳의 여왕에게는 사막과도 같은 이 궁전의 황금빛 천장 아래서 계속 음악을 울려 대고 있었다. 드 보세앙 부인은 친구를 자처하는 사람들을 맞이하기 위해 첫 번째 살롱 앞에 서 있었다. 흰 옷을 입고, 단순하게 땋아 내린 머리에는 아무런 장식도 안 한 그녀는 평온해 보였고, 괴로움도, 오만도, 거짓 즐거움도 드러내지 않았다. 아무도 그녀의 마음속을 들여다볼 수 없었다. 그녀는 대리석으로 만든 니오베 상(像)과도 같아 보였다. 가까운 친구들에게 지어 보이는 그녀의 미소에는 때때로 비웃는 기색이 스며 있었다. 그러나 모든 사람들에게 그녀는 그녀다워 보였고, 행복이 그 밝은 빛으로 그녀를 치장해 주던 때와 조금도 변함없는 모습이었기 때문에, 가장 무감각한 사람들조차, 죽어 가면서도 미소를 짓는 검투사에게 갈채를 보내던 젊은 로마 여인들처럼, 그녀에게 감탄의 눈길을 보냈다. 사교계는 그 여왕들 중 한 사람에게 작별을 고하기 위하여 몸단장을 한 듯이 보였다.

"당신이 오지 않을까 봐 걱정했어요." 그녀가 라스티냐크에게 말했다.

"부인, 저는 마지막까지 남아 있으려고 왔습니다." 그는 그녀의 말을 질책으로 생각하며 떨리는 목소리로 대답했다.

"좋아요. 당신은 아마 여기에서 내가 믿을 수 있는 유일한 사람일 거예요. 이봐요, 당신이 영원히 사랑할 수 있는 그런 여자를 사랑하세요. 여자를 져버리지 마세요." 그녀는 그의 손을 잡으며 말했다.

그녀는 라스티냐크의 팔을 잡고 사람들이 카드놀이를 하고 있는 살롱의 소파로 데리고 갔다.

"후작 집에 가주세요. 내 하인인 자크가 당신을 그리로 안내할 테니, 가서 그 사람에게 편지를 전하세요. 내 서신들을 돌려 달라고 요청하는 거예요. 그는 내 편지 전부를 당신에게 줄 거예요. 그렇게 믿고 싶어요. 내 편지들을 받거든, 내 방에 올라가 계세요. 당신의 도착을 내게 알리도록 해두겠어요." 그녀가 말했다.

그녀는 자기의 가장 친한 친구인 드 랑제 공작 부인이 나타나자 친구를 맞이하려고 자리에서 일어섰다. 라스티냐크는 부인의 집을 떠나, 드 로슈피드 저택에 가서 다주다 후작의 면회를 청했다. 후작은 거기에서 저녁 시간을 보내기로 되어 있었던 듯, 라스티냐크는 그를 거기에서 만날 수 있었다. 후작은 학생을 자기 집으로 데리고 가서, 그에게 상자 하나를 내주며, "그 안에 다 들어 있습니다" 하고 말했다. 그는 외젠에게 무언가 더 말을 하고 싶은 듯이 보였다. 무도회의 상황과 자작 부인에 대해 외젠에게 물어보고 싶었거나, 또는 결국 나중에 그렇게 되었듯이, 자신의 결혼에 대해 어쩌면 벌써부터 실망하고 있다고 그에게 털어놓고 싶었는지도 모른다. 그러나 그의 눈에 자존심의 불길이 번쩍였고, 결국 그는 자신의 가장 고결한 감정에 대한 비밀을 지키는 비장한 용기를 발휘했다. "나에 대해서는 부인에게 아무 말도 하지 마십시오, 외젠 씨." 그는 말했다. 그는 다정하고도 슬픈 태도로 라스티냐크의 손을 꼭 잡더니, 가보라는 몸짓을 해보였다. 외젠은 드 보세앙 저택으로 돌아와, 자작 부인의 방으로 안내되었다. 그 방에서 그는 부인이 떠날 준비를 해놓은 것을 보았다. 그는 난롯가에 앉아 삼나무로 만든 그 작은 상자를 쳐다보며, 깊은 우수에 잠겼다. 그에게는, 드 보세앙 부인이 『일리아스』에 나오는 여신들과도 같은 위치의 여인이었던 것이다.

"아! 외젠." 자작 부인이 들어와 그의 어깨에 손을 얹으며 말했다.

그는 자기 사촌 누님이 울고 있는 것을 보았다. 그녀는 두 눈을 허공으로 쳐들고, 한 손은 떨고, 다른 한 손은 치켜들고 있었다. 그녀는 갑자기 상자를 집어 들더니, 그것을 불길 속으로 던지고 타는 것을 바라보았다.

"사람들은 춤추고 있어요! 그들은 모두 아주 정확하게 찾아왔어요. 죽음은 나중에야 올 텐데. 쉬! 외젠." 라스티냐크가 무슨 말을 하려 하자 그의 입에 손가락을 갖다 대며 그녀가 말했다. "나는 이제 파리도 사교계도 다시 보지 못할 거예요. 새벽 5시에 출발해서, 나는 노르망디 구석으로 파묻히러 가요. 오후 3시부터 증서에 서명을 하고, 여러 가지 일을 살피는 등, 준비를 하느라고, 나는 아무도 보낼 수가 없었어요. 그 집……" 그녀는 말을 멈추었다. "그 사람을 틀림없이 찾아낼 수 있었군요. 그 집에서……." 그녀는 또다시 괴로움에 짓눌려 말을 중단했다. 이런 순간에는 모든 것이 고통이어서, 어떤 말들은 입 밖에 내기가 불가능한 것이다.

"결국 나는 이 마지막 부탁을 오늘 저녁에 당신에게 할 수 있으리라고 생각했어요." 그녀가 말을 이었다. "당신에게 내 우정의 징표를 드리고 싶어요. 나는 자주 당신 생각을 할 거예요. 그런 자질이 희귀한 이 세상 가운데에서, 당신은 선량하고 고결하며, 젊고 순수해 보였어요. 당신도 때때로 나를 생각해 주기 바라요. 자 이거 받으세요." 그녀는 주위를 둘러보며 말했다. "이것은 내가 장갑을 넣어 두던 상자예요. 무도회나 극장에 가기 전에 내가 장갑을 꺼내 낄 때마다, 나는 내가 아름답다고 느끼곤 했어요. 그때는 내가 행복했으니까요. 이 상자를 만질 때마다 나는 이 속에 아름다운 생각만을 남겼어요. 이 상자 속에는 나의 많은 것이 들어 있어요, 이제는 더 이상 존재하지 않는 드 보세앙 부인 전체가 들어 있는 것이죠. 자 이걸 받으세요. 아르투아 가의 당신 집으로 갖다 드리도록 하겠어요. 드 뉘싱겐 부인이 오늘 밤 아주 예쁘더군요. 그 여자를 사랑해 주세요. 우리가 앞으로 보지 못하더라도, 나에게 잘 대해 주었던 당신을 위해 기도하겠어요. 내려갑시다. 내가 울고 있다고 사람들이 믿게 하고 싶지 않으니까요. 내 앞에는 영원과도 같은 시간이 놓여 있어요. 나는 그 속에서 혼자 있을 거예요. 아무도 나의 눈물에 대해 물어보지 못하겠지요. 이 방을 다시 한 번 보아 두어야겠군." 그녀는 말을 멈췄다. 그리고 그녀는 잠시 손으로 두 눈을 가리더니, 눈물을 닦고, 찬물로 씻어 냈다. 그녀는 학생의 팔을 잡고, "갑시다!" 하고 말했다.

이처럼 고결하게 억제된 고통을 접한 라스티냐크는 여태껏 경험해 본 적이 없는 강한 감동을 느꼈다. 무도장으로 들어간 외젠은 드 보세앙 부인과 함께 그곳을 한 바퀴 돌았다. 이것은 이 우아한 부인의 마지막 섬세한 배려였다.

그는 곧 드 레스토 부인과 드 뉘싱겐 부인 자매를 보았다. 백작부인은 그녀의 모든 다이아몬드들을 과시하며 화려해 보였지만, 그 다이아몬드들이 그녀에게는 속을 태우는 것이었으리라. 그녀는 그것을 마지막으로 달고 있었던 것이다. 그녀의 자존심과 사랑이 아무리 강하다 할지라도, 그녀는 자기 남편의 눈길을 잘 견뎌내지 못하고 있었다. 이런 광경이 라스티냐크의 생각을 덜 비통하게 해주지는 못했다. 그가 이탈리아인 대령의 모습에서 보트랭을 연상했다면,* 두 자매의 다이아몬드 아래에서는 고리오 영감이 누워 있는 초라한 침대를 연상했다. 이런 우울한 그의 태도를 잘못 생각한 자작 부인이 그의 팔을 놓으며 말했다.

"가보세요! 당신의 즐거움을 막고 싶지 않아요."

외젠은 곧 델핀에게 붙잡혔다. 그녀는 자기가 발휘한 성공적 효과에 행복감을 느끼고 있었으며, 자기가 받아들여지기를 희망해 왔던 이 사교계에서 거둬들인 찬사를 외젠의 발밑에 바치고 싶어 안달이었다.

"나지가 어떻게 보여요?" 그녀가 외젠에게 물었다.

"그 여자는 자기 아버지의 죽음까지도 할인해 썼소." 라스티냐크가 말했다.

새벽 4시경이 되자, 살롱의 군중이 흩어지기 시작했다. 곧 이어 음악 소리도 들리지 않았다. 드 랑제 공작 부인과 라스티냐크만이 큰 살롱에 남게 되었다. 자작 부인은 거기에 라스티냐크만이 있을 것이라고 생각하고서, 드 보세앙 씨에게 작별 인사를 한 다음, 살롱으로 왔다. 드 보세앙 씨는 "여보, 당신 나이에 은거하겠다니, 잘못 생각한 거요! 우리와 같이 남아 있읍시다" 하고 그녀에게 되풀이 말한 후 잠을 자러 갔다.

공작 부인을 보자, 드 보세앙 부인은 놀라움의 감탄사를 억제하지 못했다.

"클라라, 나는 당신 의중을 짐작했어요." 드 랑제 부인이 말했다. "당신은 떠나서 안 돌아올 거죠. 그렇지만 내 말을 듣고 우리가 서로 이해하기 전에는 못 떠나요." 그녀는 친구의 팔을 잡고 옆 살롱으로 이끌고 가서, 눈물을 글썽이며 바라보더니, 품에 껴안고 두 볼에 키스를 퍼부었다. "이봐요, 나는 당신과 쌀쌀하게 헤어지고 싶지는 않아요. 그러면 너무나 무거운 회한이 남을 거야. 오늘 밤 당신은 위대했어요. 나도 당신에게 어울릴 만한 친구라고 느꼈고, 당신에게 그것을 증명하고 싶어요. 나는 당신에게 잘못한 점이 많았어요. 당신을 항상 잘 대하지 못했어요. 용서해요, 여보. 당신의 마음을 상하게 했던 일들은 모두 잘못이었어요. 내가 한 실언들을 취소하고 싶어요. 똑같은 고통이 우리의 두 영혼을 결합시켜 주었어요. 우리 둘 중 누가 더 불행할지 모르겠군요. 드 몽리보 씨가 오늘 밤 여기 오지 않았어요. 뭘 뜻하는지 알죠? 클라라, 오늘의 무도회 시간 동안 당신을 보았던 사람은 누구나 당신을 결코 잊지 못할 거예요. 나는 최후의 노력을 시도해 보겠어요. 만약 실패한다면, 나는 수녀원으로 가겠어요! 당신은 어디로 가는 거죠?"

"노르망디의 쿠르셀로, 하느님이 나를 이 세상에서 데려가시는 날까지 사랑하고, 기도하러 가는 거예요."

"이리 오세요, 라스티냐크 씨." 자작 부인은 청년이 기다리고 있는 것을 생각하고, 감동된 목소리로 불렀다. 학생은 무릎을 꿇고, 누님의 손을 잡고 키스했다. "잘 있어요, 앙투아네트! 부디 행복하세요." 드 보세앙 부인은 이렇게 말하고, 이어서 라스티냐크를 향해 말했다. "당신으로 말하자면, 당신은 행복한 셈이죠. 당신은 젊고, 무언가를 믿을 수 있으니까요. 이 세상을 떠나면서, 나는 죽음을 맞은 운 좋은 사람들처럼 내 주위에서 경건하고 진실한 감동을 맛보게 되는군요!"

드 보세앙 부인이 여행용 사륜마차에 오르는 것을 보고, 눈물에 젖은 그녀의 마지막 작별 인사를 받은 다음, 라스티냐크는 새벽 5시경에 하숙집으로 돌아갔다. 민중에 아첨하는 몇몇 인사들이 민중에게 믿게 하려는 것과는 달리, 부인의 눈물은 가장 신분이 높은 사람들도 감정의 법칙에서 벗어나 슬픔 없이 살 수는 없다는 것을 보여주는 것이었다. 외젠은 춥고 습한 날씨 속에 보케르 관을 향해 걸어서 돌아갔다. 그의 교육은 끝나 가고 있었다.

"우리는 불쌍한 고리오 영감을 구할 수 없을 것 같네." 라스티냐크가 노인의 방에 들어서자 비앙숑이 그에게 말했다.

외젠은 잠든 노인을 바라본 다음 비앙숑에게 말했다. "이보게, 자네는 자네의 욕망을 절제한 겸허한 운명을 추구하게. 나는 지옥에 빠졌어. 그리고 이 지옥에 머물러 있어야겠네. 사교계에 대해 어떤 지독한 얘기를 듣더라도, 그것을 믿게! 황금과 보석으로 뒤덮인 그 세상의 끔찍함은 유베날리스라도 그려낼 수 없을 거야."

다음날 오후 2시경 라스티냐크는 비앙숑이 깨워서 일어났다. 외출해야만 했던 비앙숑은 오전 동안에 상태가 몹시 악화된 고리오 영감의 간호를 그에게 부탁했다.

"노인의 생명은 이틀, 어쩌면 여섯 시간도 남아 있지 않네." 의과 대학생이 말했다. "그렇지만 우리가 병과의 싸움을 중지할 수는 없지. 그에게 비싼 치료를 해줘야만 하겠는데. 우리가 간호원 노릇은 잘할 수 있겠지만, 나한테는 한 푼도 없어. 나는 그의 호주머니를 뒤집어 보았고, 장롱도 뒤져 봤지만, 아무 것도 없는 거야. 노인이 정신이 들었을 때 물어보니까, 동전 한 푼 없다고 하더군. 자네 좀 가진 거 있나?"

"20프랑 남아 있네. 하지만 그걸 도박에 걸어서 따야겠어." 라스티냐크가 대답했다.

"잃으면 어쩌려고?"

"그의 사위와 딸들에게 돈을 달라고 하지."

"그들이 돈을 안 주면?" 비앙숑이 말했다. "지금 이 순간에 가장 급한 것은 돈을 구하는 것이 아니라, 노인의 발에서부터 넓적다리 중간까지를 끓는 겨자 연고로 감싸는 일이야. 노인이 소리를 지르면, 희망이 있네. 자네 그 일 어떻게 하는지 알고 있지. 또 크리스토프가 도와줄 거야. 나는 약국에 들러 우리가 쓸 모든 약을 외상으로 구입할 수 있도록 부탁해 봐야겠네. 불쌍한 노인을 우리 병원으로 옮길 수 없었던 것이 불행이야. 병원에서라면 좀 더 나았을 텐데. 자, 가서 노인 곁에 있게. 그리고 내가 돌아올 때까지는 자리를 뜨지 말게."

두 젊은이는 노인이 누워 있는 방으로 들어갔다. 외젠은 창백하고, 몹시 허약하며, 경련이 일고 있는 노인의 얼굴 모습의 변화에 질겁했다.

　"좀 어떠세요, 영감님?" 그는 초라한 침대 위로 몸을 구부리고 물었다.

　고리오는 흐릿한 두 눈을 들어 그를 알아보지도 못한 채 주의 깊게 쳐다보았다. 학생은 이 광경을 견딜 수 없어, 눈물로 눈시울을 적셨다.

　"비앙숑, 창문에 커튼을 쳐야 하지 않을까?"

　"아냐. 대기의 상태가 노인에게는 더 이상 영향을 미치지 않아. 그가 추위나 더위를 느낀다면 아주 다행일 거야. 그렇지만 탕약을 만들거나 다른 여러 가지 일들을 준비하기 위해 우리에게는 불이 필요해. 우리가 장작을 구할 때까지 쓰도록 자네에게 큰 나뭇단을 보내겠네. 어제와 지난밤에 나는 자네의 장작과 노인의 토탄을 다 땠다네. 축축해서, 벽에서 물방울이 떨어지던걸. 겨우 이 방을 건조시킬 수 있었지. 크리스토프가 방에 비질을 했는데, 이건 꼭 외양간 꼴이야. 노간주나무를 태웠더니, 냄새가 지독하더군."

　"제기랄! 그의 딸들은 뭐하는 거야!" 라스티냐크가 말했다.

　"자, 노인이 마실 것을 요구하면, 이걸 주게." 인턴은 하얀 큰 단지 하나를 라스티냐크에게 가리키며 말했다. "노인의 신음 소리가 들리거나, 배가 뜨겁고 딱딱해지거든, 크리스토프의 도움을 받아 약을 복용시키게…… 자네 알지. 혹시 그가 크게 흥분하거나, 말을 많이 하거든, 요컨대 가벼운 착란 증세를 보이거든 그대로 내버려두게. 그건 나쁜 증세는 아닐 거야. 그러나 크리스토프를 코생 병원으로 보내게. 우리 병원 의사 아니면, 내 동료나 내가 와서 뜸요법을 시행할 테니까. 오늘 아침 자네가 자고 있는 동안, 갈 박사의 제자 한 사람과 시립 병원 주임 의사와 우리 병원 의사가 함께 큰 진찰을 했네. 그 의사들은 기이한 증상을 알아보았고, 의학적으로 아주 중요한 몇 가지 점을 밝히기 위해, 병세의 진전을 지켜보기로 했네. 그 의사들 중 한 사람은 혈청의 압력이 신체의 다른 기관보다 어느 한 기관에 더 강하게 작용하면, 특수한 현상을 일으킬 수 있다고 주장했네. 노인이 말을 하거든, 노인의 말을 잘 들어보고, 그의 얘기가 어떤 종류의 관념에 속하는지를 확인하도록 하게. 그것이 기억, 통찰, 판단력의 결과에 기인하는 것인지, 그가 물질, 또는 감정에 관심을 갖는 것인지, 그가 계산을 하는지, 과거로 되돌아가는지를 확인하라는 말일세. 요컨대 우리에게 정확한 보고를 할 수 있도록 해주게. 혈청의 침투가 전체적으로 일어날 수도 있네, 그러면 노인은 지금처럼 얼빠진 상태로 죽게 될 거야. 이런 종류의 병에서는 모든 것이 아주 괴상하단 말이야!" 이어서 비앙숑은 환자의 후두부를 가리키며 말했다. "만약 여기가 펑 터진다면, 특이한 현상의 예가 발생할 거야. 뇌는 몇몇 기능을 회복하게 되고, 죽음은 좀 더 더디게 일어날 거야. 혈청이 뇌에서 방향을 바꿀 수도 있는데, 그럴 경우에는 시체 해부를 해보지 않는 한 그 흐름의 경로를 알 수가 없다네. 폐질자 구제원에 얼빠진 노인 한 사람이 있는데, 그 사람 경우에는 혈청 유출이 척추를 따라 내려갔어. 그 사람은 끔찍한 고통을 겪지만, 살아 있기는 하지."

"그 애들이 즐겁게 지냈소?" 고리오 영감이 외젠을 알아보고서 물었다.

"오! 자기 딸들 생각만 한단 말이야." 비앙숑이 말했다. "지난밤에는 '그 애들이 춤을 추는구나! 그 애는 제 옷을 찾아 입었지' 하고 나에게 백 번 이상은 말하더군. 노인은 딸들의 이름을 불러 댔어. '델핀! 내 귀여운 델핀! 나지!' 하고 말이야. 제기랄! 그 어조에 눈물이 나더라고. 정말로, 눈물을 쏟게 만들어." 의과 대학생이 말했다.

"델핀, 그 애가 여기 있지, 안 그래? 나는 알고 있었어." 노인이 말했다. 그리고 그의 두 눈은 광적인 활기를 되찾고, 벽과 문을 쳐다보았다.

"나는 내려가서 실비에게 겨자 연고를 준비하라고 이르겠네. 지금이 좋은 계제야." 비앙숑이 소리쳤다.

라스티냐크는 침대 발치의 노인 곁에 혼자 남아, 보기에 끔찍스럽고 고통스러운 그의 얼굴을 응시했다.

"드 보세앙 부인은 달아나고, 이 양반은 죽어 가는구나. 아름다운 영혼들은 이 세상에 오래 머물 수가 없어. 실상, 고결한 감정들이 어찌 천박하고, 왜소하고, 피상적인 사회와 결합될 수 있을 것인가?" 그는 혼자 중얼거렸다.

그가 참석했던 축제의 영상이 그의 기억에 떠올라 이 임종의 침상 광경과 대조를 이루었다. 갑자기 비앙숑이 다시 나타났다.

"이보게, 외젠, 나는 방금 우리 주임 의사를 만나고, 내처 달려서 돌아왔네. 노인이 정신을 차릴 조짐을 보이거나, 말을 하거든,

긴 겨자 연고 위에 눕혀, 목덜미에서 허리 아래까지 겨자로 감싸도록 하고, 우리를 부르게."

"이보게 비앙숑." 외젠이 말했다.

"오! 의학적 연구 케이스란 말이야." 의과 대학생이 초심자다운 열정을 띠고 대꾸했다.

"이봐, 이 불쌍한 노인을 나 혼자서 정성으로 간호해야 되겠군."

"자네가 오늘 아침에 나를 보았더라면, 그런 말을 하지 못할 거야." 친구의 말에 기분이 상하지 않았으면서도 비앙숑이 이렇게 대꾸했다. "경험을 쌓은 의사들은 병만을 보지만, 나는 아직 환자를 본다네, 이 사람아."

그는 머지않아 일어날 발작을 걱정하면서, 노인 곁에 외젠만 남겨 놓고 가버렸다.

"아! 여보게, 바로 자네로군." 외젠을 알아보고 고리오 영감이 말했다.

"좀 나으세요?" 노인의 손을 잡으며 학생이 물었다.

"그래, 머리를 바이스로 꽉 죄는 것 같았는데, 좀 풀리는군. 내 딸들을 보았소? 그 애들이 곧 올 거야, 그 애들은 내가 아픈 것을 알자마자 달려올 거야. 라 쥐시엔 가에 살 때는 그 애들이 나를 정성으로 간호했었소! 이런! 그 애들을 맞으려면 방이 깨끗해야 할 텐데. 어떤 젊은이가 내 토탄을 다 때 버렸어."

"크리스토프가 오는 소리가 들리는군요. 그 젊은이가 보낸 장작을 크리스토프가 이리 올려 올 거예요." 외젠이 노인에게 말했다.

"좋아! 하지만 장작 값을 어떻게 치르지? 나한테는 한 푼도 없는

데. 나는 모두 주어 버렸어, 모두. 나는 거지꼴이 돼 버렸어. 그래 금박 옷이 아름다웠소? (아! 아프구나!) 고맙다, 크리스토프. 하느님이 너에게 보상해 주실 거다, 얘야. 나에게는 한 푼도 없구나."

"내가 잘 갚을게, 너와 실비에게." 외젠이 소년의 귀에 대고 말했다.

"크리스토프야, 내 딸들이 곧 오겠다고 너한테 얘기했지? 다시 한 번 가봐라, 너에게 1백 수를 주마. 내가 몸이 안 좋다고, 죽기 전에 다시 한 번 그 애들을 만나 키스하고 싶다고 전해라. 그 말을 전해, 그렇지만 그 애들을 너무 놀라게 하지는 말고."

크리스토프는 라스티냐크의 눈짓을 알아채고 떠났다.

노인이 계속 얘기했다. "그 애들이 올 거야. 나는 그 애들을 알아. 그 착한 델핀, 만약 내가 죽으면, 얼마나 큰 슬픔을 그 애에게 주게 될지! 나지도 마찬가지야. 나는 죽고 싶지 않아. 그 애들을 울게 해서는 안 되지. 이보게, 외젠, 죽는다는 것은 그 애들을 더는 못 보는 것이지. 저 세상에 가면, 나는 몹시 쓸쓸할 거야. 아비에게 지옥이란 자식들이 없는 것이지. 그 애들이 결혼했을 때부터 나는 이미 지옥의 경험을 시작했어. 나의 천국은 라 쥐시엔 가였소. 내가 천국에 간다면, 나는 혼령이 되어 그 애들 곁의 이 지상으로 돌아올 수 있겠지. 나는 그런 얘기를 들은 적이 있어. 그 얘기가 사실일까? 지금도 라 쥐시엔 가에 있을 때의 그 애들 모습이 보이는 것만 같소. 아침마다 그 애들은 밑으로 내려와서 아빠 안녕 하고 말했었지. 나는 무릎에 그 애들을 앉혀 놓고, 갖은 재롱과 장난을 치게 했지. 걔들은 귀엽게 나를 어루만졌어. 우리는 매일 아침 함께 밥을 먹었고, 저녁도 같이 먹었지. 요컨대 나는 아비였고, 내 자식들의 즐거움을 누렸어. 라 쥐시엔 가에 있었을 때는, 그 애들은 따질 줄도 몰랐고, 세상일을 아무 것도 몰랐지. 그 애들은 나를 몹시 사랑했어. 아 아! 걔들은 왜 언제나 어린 채로 머물 수 없단 말인가? (오! 아프구나, 머리가 깨지는 것 같구나.) 아! 아! 용서해라, 애들아! 끔찍이도 아프구나, 그런데 이건 진짜 고통임에 틀림없어, 너희들이 나를 아픔에 강하게 만들었으니까. 아! 내 손에 그 애들 손을 잡을 수만 있다면, 나는 아픔을 조금도 느끼지 않으련만. 그 애들이 오리라고 생각하오? 크리스토프는 멍청이야! 내가 직접 갔어야 했는데. 그 녀석이 걔들을 만나겠지, 그 녀석이 말이야. 그런데 당신은 어제 무도회에 갔었소. 그 애들이 어땠는지 말해 보오. 그 애들은 내 병에 대해서는 아무 것도 몰랐을 거야, 안 그렇소? 알았다면, 그 애들은 춤을 추지도 않았을 거야, 가엾은 것들! 오! 내가 아파서는 안 되는데. 그 애들은 아직도 내가 너무 필요하단 말이야. 걔들의 재산이 위험에 빠져 있어. 그 애들의 남편은 어떤 작자들이란 말인가! 나를 고쳐 줘요, 나를 고쳐 줘! (오! 아프구나! 아! 아! 아!) 알겠지, 나를 고쳐야만 해. 그 애들에게는 돈이 필요하고, 어디 가면 돈을 벌지 나는 아니까 말이야. 나는 오데사에 가서 전분 장사를 하겠어. 나는 약삭빠르단 말이야. 나는 수백만 프랑을 벌겠어. (오! 너무나 아프구나!)"

고리오는 고통을 참기 위해 힘을 모으려고 온갖 노력을 기울이는 듯 잠시 동안 침묵을 지켰다.

"그 애들이 여기 있다면, 나는 불평하지 않을 거요. 도대체 왜 내가 불평을 하겠소?" 그가 말했다.

뒤이어 가벼운 혼수상태가 일어나 오랫동안 계속되었다. 크리스토프가 돌아왔다. 라스티냐크는 고리오 영감이 잠든 것으로 알고, 소년이 큰 소리로 심부름의 결과를 보고하도록 내버려 두었다.

"나는 먼저 백작 부인 댁에 갔는데, 부인이 자기 남편과 중요한 일을 의논 중이어서, 부인에게는 아무 얘기도 할 수 없었어요. 내가 만나야겠다고 고집하자, 드 레스토 씨가 직접 나오더니, 나에게 이렇게 얘기하는 거였어요. '고리오 씨가 죽어 간다고, 그거 참 잘된 일이구나. 나는 중요한 일을 결말짓기 위해 드 레스토 부인이 필요하다. 모든 일이 끝나면 부인은 갈 것이다.' 그 양반은 화가 난 것처럼 보였어요. 내가 나오려고 하는데, 부인이 내 눈에 띄지 않던 문을 통해 응접실로 들어오더니 나에게 말했어요. '크리스토프야, 나는 지금 남편과 다투는 중이어서 떠날 수 없다고 아버지께 말씀 드려라. 내 아이들의 생사가 달린 문제야. 그렇지만 모든 일이 끝나는 대로 가겠다.' 남작 부인의 경우는 또 얘기가 달라요! 나는 부인을 보지도 못했고, 부인에게 말을 할 수도 없었어요. 하녀가 나에게 말하더군요. '아! 부인은 5시 15분에 무도회에서 돌아오셔서, 주무시고 계셔요. 정오 전에 부인을 깨우면, 나는 부인에게 야단맞을 거예요. 부인이 나를 부르실 때 아버지의 병세가 나빠졌다고 말씀 드리죠. 나쁜 소식에 대해서는, 언제나 전할 시기가 있는 법이죠.' 간청해 봐도 소용없었어요! 아 그렇지! 남작님께 얘기하겠다고 청했어요. 그런데 그분은 외출 중이더군요."

"딸들이 아무도 안 온다고. 내가 둘 모두에게 편지를 쓰겠다."

라스티냐크가 외쳤다.

"아무도 안 와." 노인이 일어나 앉으며 대꾸했다. "그 애들은 일이 있고, 잠을 자고, 오지 않을 거야. 나는 알고 있었다고. 자식이 어떤 것인지 알려면 죽어야만 해. 아! 이보오, 당신은 결혼하지 말고, 자식도 갖지 마오! 당신은 자식들에게 생명을 주지만, 자식들은 당신에게 죽음을 준단 말이오. 당신은 자식들을 사교계에 출입시키는데, 그들은 당신을 거기에서 쫓아내고. 아니, 그 애들은 오지 않을 거야! 나는 10년 전부터 그걸 알고 있어. 나는 때때로 그렇게 생각했지만, 차마 그렇게 믿을 수가 없었지."

눈물이 두 눈의 붉은 가장자리로 흘렀으나, 떨어져 내리지는 않았다.

"아! 내가 부자라면, 내가 내 재산을 간직하고 있었더라면, 내가 재산을 그 애들에게 주지 않았더라면, 그 애들은 여기 와서, 키스로 내 두 뺨을 핥을 텐데! 나는 저택에 살면서, 멋진 방들을 갖고, 하인들을 거느리고, 내 마음대로 불을 피울 텐데. 그 애들은 남편과 자식들을 데리고 와서 울 거야. 나는 그 모든 것을 누리련만, 그러나 아무 것도 없구나. 돈이 모든 것을, 심지어 딸까지도 준단 말이야. 오! 나의 돈, 그것이 어디 있느냐? 나에게 물려줄 보물이 있다면, 딸들은 나를 치료하고, 나를 간호할 것이다. 나는 딸들의 목소리를 듣고, 딸들을 볼 것이다. 아! 당신, 나의 사랑하는 자식, 나의 유일한 자식이여, 나는 버림받고 비참한 편이 더 좋다오! 적어도 한 불행한 인간이 사랑받을 때에는, 사람들이 그를 사랑하는 것이 확실해. 아냐, 나는 부자이고 싶어. 나는 딸들을 볼 거야. 그러나 누가 알았으랴? 그 애들은 둘 다 바위 같은 마음을 가진 것을. 내가 딸들을 지나치게 사랑해서, 그 애들은 나를 사랑할 수 없었어. 아비는 항상 부자여야 해. 아비는 엉큼한 말처럼 자식의 고삐를 틀어쥐고 있어야 한단 말이야. 그런데 나는 딸들 앞에 무릎을 꿇고 지냈으니. 몹쓸 것들! 그 애들은 10년 전부터 나에 대해 당당하게 군림해 왔지. 결혼 초기에는 딸들이 나에게 얼마나 정성스럽게 대했는지 당신이 알면 좋으련만! (오! 지독하게 아프구나!) 나는 딸들에게 각각 80만 프랑 가까이를 주었소. 그 애들이나 남편들이나 나에게 이렇게 심하게 대할 수는 없는 노릇이야. 그 애들은 나를 맞아, '아버지 이쪽으로 오세요. 사랑하는 아버지, 저쪽으로' 하고 말했지. 그 애들 집에는 항상 나의 식탁이 차려져 있었소. 나는 그 애들 남편들과도 저녁 식사를 했고, 그들은 나를 정중하게 대했소. 나에게는 아직도 재산이 좀 있는 것처럼 보였었소. 왜 그랬을까? 나는 내 사업에 대해선 아무 말도 안 했거든. 딸들에게 80만 프랑씩이나 줄 수 있는 사람은 잘 보살펴야 할 사람이었어. 그래서 나는 정성껏 시중을 받았지만, 그건 내 돈 때문이었지. 사교계란 아름다운 곳이 못 돼. 나는 그걸 보았소, 나는 말이야! 그들은 마차로 나를 극장에 데리고 갔고, 나는 원하는 대로 야회에 머물러 있기도 했소. 요컨대 그 애들은 내 딸임을 스스럼없이 얘기했고, 나를 아버지로 공공연히 인정했단 말이야. 나는 그때까지는 눈치가 남아 있어서, 어떤 것도 놓치지 않고 볼 수 있었소. 모든 것이 나에게는 어울리지 않아 마음을 아프게 했지. 나는 친절이 다 겉치레란 것을 알고 있었지만, 뭐 어쩔 도리가 없었지. 나는 그 애들 집에서 식사하는 것이 싸구려 식당에서 먹는 것만큼 편하지가 않았소. 나는 전혀 대화할 줄을 몰랐지. 그 사교계 인사들 중 어떤 사람들이 사위들의 귀에 대고 '저분이 누구입니까?' 하고 묻고, 그러면 '돈 많은 아버지랍니다, 부자이지요'라고 대답하는 거요. '아, 저런!' 하고 수군거리며, 사람들은 돈에 표하는 경의를 가지고 나를 쳐다보았지. 그러나 내가 때때로 그들을 좀 난처하게 만들면, 나는 나의 실수에 대해 비싼 대가를 치렀소! 도대체 완전한 사람이 누가 있다고? (내 머리가 터지는 것 같구나!) 사랑하는 외젠 씨, 나는 지금 죽음의 고통으로 괴로워하고 있지만, 내가 아나스타지를 창피스럽게 만든 바보 같은 소리를 하고 난 후 그 애가 처음 나에게 던지던 시선 때문에 겪은 고통에 비하면, 이건 아무 것도 아니라오. 그 애의 시선은 나의 모든 혈관을 찢어발기는 것 같았소. 나는 모든 것을 알고 싶었지만, 내가 잘 알게 된 것은, 내가 세상에서 쓸모없는 존재라는 사실이었소. 이튿날 나는 위안을 받기 위해 델핀의 집에 갔지만, 거기서도 어리석은 짓을 해서 그 애를 화나게 만들었소. 그 때문에 나는 미칠 지경이 되었지. 나는 1주일 동안을 어찌해야 할지 모르고 지냈다오. 나는 딸들의 비난이 겁나서, 그 애들을 감히 만나러 가지도 못했지. 이런 식으로 나는 내 딸들의 집에서 쫓겨난 거요. 오 하느님! 당신은 제가 겪은 비참과 고통을 알고 계시고, 늙어서 모습이 변하고, 기진맥진해서 백발이 되도록 오랜 세월 동안 제가 받은 비수의 공격이 얼마나 되는지 헤아리고 계시는데, 어찌하여 오늘 이렇게 괴로움을 겪게 만드십니까? 나는 딸들을 너무 사랑한 죄의 대가를 톡톡히 받았소. 그 애들은 나의 애정에 철저히 복수했고, 사형 집행인처럼 나를 고문했단 말이야. 그런데, 아비들이란 참 어리석기도 하지! 나는 딸들을 너무나 사랑해서, 도박꾼이 도박 장을 다시 찾듯 나는 항상 그리로 되돌아갔으니. 내 딸들은 나의 악덕이었소, 그 애들은 나의 정부(情婦), 요컨대 모든 것이었지! 딸들은 둘 모두 장신구라든지 뭔가를 필요로 했소. 하녀들이 나에 게 그런 얘기를 해주면, 나는 환영받기 위해 즉시 필요한 것을 주 었소! 어쨌든 그 애들은 사교계에서의 내 처세에 대해 얼마간 나 를 가르쳤지. 오! 그 애들은 앞날을 예기치 못했어. 그 애들은 나 를 부끄럽게 여기기 시작했지. 이것이 바로 자식을 잘 키운 결과 라오. 내 나이에 학교에 다니며 배울 수도 없는 노릇 아니겠소. (끔찍이도 아프구나, 제기랄! 의사여! 의사여! 내 머리를 열어젖 혀 주면 좀 덜 아프련만.) 딸들아, 딸들아, 아나스타지야, 델핀아! 걔들이 보고 싶다. 걔들을 데리러 헌병을 보내 주오, 강제로라도! 정의는 내 편이야, 모든 것이 내 편이야. 자연의 이치도, 민법도 내 편이란 말이야. 나는 항변한다. 아버지들이 짓밟히면 조국도 파멸이다. 그건 명백해. 사회도 세상도 부성애에 기초하는 것이 니, 자식이 아비를 사랑하지 않으면 모든 것이 무너진다. 오! 그 애들을 보았으면, 무슨 말을 하든 그 애들의 목소리를 들었으면, 그 애들 목소리를 듣기만 해도 내 고통이 가라앉을 텐데. 특히 델 핀이 보고 싶구나. 그런데 딸들이 여기에 오거든, 평소에 그러듯 이 냉랭하게 나를 쳐다보지 말라고 얘기해 주오. 아! 나의 좋은 친 구, 외젠 씨, 당신은 황금처럼 빛나던 눈길이 갑자기 회색의 납빛으로 바뀌는 것을 보는 것이 어떤 것인지 모를 거요. 딸들의 눈이 더 이상 나에게 찬란하게 빛나지 않게 된 날 이후부터, 나는 여기에서 항상 겨울처럼 지내 왔소. 나에게는 견뎌야 할 슬픔밖에는 남아 있지 않았고, 그 슬픔을 견뎌 왔소! 나는 모욕당하고, 경멸받기 위해 살아온 것이지. 나는 그 애들을 너무나 사랑해서, 그 애들이 창피스러운 작은 즐거움을 나에게 주는 대가로 나에게 퍼붓는 온갖 모욕을 삼켜 왔단 말이오. 아비가 자기 딸들을 보기 위해 몸을 숨겨야 하다니! 나는 딸들에게 내 생애를 바쳤는데, 걔들은 오늘 나에게 한 시간도 주지 않는단 말인가! 나는 목마르고, 배고프고, 가슴이 불타는데, 그 애들은 내 임종의 고통을 식혀 주러 오지 않는구나. 나는 죽어 가오, 나는 그것이 느껴져. 그런데 그것들은 제 아비의 시체를 밟고 걷는 것이 무엇인지도 도대체 모른단 말인가! 하늘에는 하느님이 계셔, 하느님은 우리가 바라지 않아도, 우리 아비들의 복수를 하실 거야. 오! 그 애들이 올 거야! 오너라, 사랑하는 애들아, 와서 나에게 키스해 다오, 마지막 키스를, 너희 아비의 성량(聖糧)이 될 키스를. 아비는 너희들을 위해 하느님께 기도할 것이고, 너희가 착한 딸들이었다고 하느님께 말씀드릴 것이며, 너희들을 위해 변호할 것이다! 결국 너희들은 죄가 없다. 이보게, 그 애들은 죄가 없소! 이 사실을 모든 사람에게 설명해 주오. 내 문제로 그 애들이 곤란에 처하지 않도록 말이오. 모든 것이 내 잘못이오. 나를 짓밟도록 내가 딸들의 버릇을 길렀단 말이오. 그리고 나는 그걸 좋아했지, 나는 말이야. 그건 아무와도 상관없어. 인간의 정의와도, 신의 정의와도 상관없단 말이오. 나 때문에 딸들을 벌하신다면 하느님도 옳지 않아. 나는 처신할 줄 몰랐고, 나의 권리를 포기하는 어리석음을 저질렀소. 딸들을 위해서라면 나는 타락도 불사했을 거요! 할 수 없지 않소! 더없이 아름다운 천성도 최상의 영혼도 이런 너그러운 부성애의 타락에는 굴복할 수밖에 없을 거요. 나는 하찮은 인간이오. 내가 벌을 받는 것은 당연하오. 내 딸들의 방종의 원인은 오로지 나에게 있소, 내가 걔들의 버릇을 망쳐 놨거든. 그 애들은 예전에 봉봉 과자를 원했듯이, 지금은 쾌락을 원하는 것이오. 나는 그 애들이 어렸을 때 언제나 욕망을 만족시켜 주었거든. 열다섯 살에, 그 애들은 벌써 마차를 가졌소! 그 애들 뜻에 거스르는 것은 아무 것도 없었지. 죄는 오로지 나에게 있는 것이오, 그러나 사랑 때문에 지은 죄지. 그 애들의 목소리가 내 가슴을 확 트이게 해주었지. 그 목소리가 들리는구나, 그 애들이 오는구나. 오! 그래, 그 애들이 올 거야. 법은 아비의 죽음을 보러 가도록 명하고 있어, 법은 내 편이야. 더구나 마차를 한 번 타면 되는 거리인데. 내가 마차 값을 내겠어. 나는 걔들에게 물려줄 수백만 금을 갖고 있다고 편지로 알리시오! 명예를 걸고 약속하지. 나는 이탈리아 국수를 만들러 오데사에 가겠소. 나는 방법을 알고 있소. 내 계획으로 수백만 프랑을 벌 수 있단 말이오. 아무도 그 생각을 못했지. 그것은 밀이나 밀가루처럼 수송 중에 변질되지 않거든. 허, 허, 전분이라고? 그걸로 수백만 프랑이 굴러 온단 말이야! 당신은 거짓말을 안 하지. 그 애들에게 수백만 프랑 얘기를 하시오. 그 애들이 탐욕 때문에 온다 할지라도, 나는 속는 편이 차라리 낫겠소. 나는 딸들을 볼 테니까. 나는 내 딸들을 원한다! 나는 그 애들을 만들었어! 그 애들은 내 것이야!" 그는 이렇게 말하며 자리에서 일어나, 흐트러진 백발의 머리를 외젠에게 내보였다. 그 머리는 위협을 뜻하는 모든 요소를 갖춘 무서운 모습이었다.

"자, 다시 자리에 누우십시오, 고리오 영감님, 제가 따님들에게 편지를 쓰겠습니다. 비앙숑이 돌아오는 대로 제가 가겠어요, 만약 따님들이 안 오면." 외젠이 그에게 말했다.

"만약 그 애들이 안 오면?" 노인이 흐느끼며 되풀이 말했다. "그러나 나는 죽어 있을 거야, 분통이 터져서 죽었을 거란 말이야! 정말 분이 치미는구나! 지금 이 순간, 내 생애 전부가 보이네. 나는 속았어! 그 애들은 나를 사랑하지 않아, 그 애들은 나를 사랑한 적이 결코 없어! 그건 분명해. 그 애들이 벌써 오지 않았다면, 앞으로도 오지 않을 거야. 오는 것이 늦어질수록, 그 애들은 나를 기쁘게 해줄 결심을 안 하게 될 거야. 나는 딸들을 알지. 그 애들은 내 슬픔, 내 고통, 내 필요를 조금도 헤아릴 줄 몰랐어. 그 애들은 내 죽음도 예상하지 못할 거야. 그 애들은 내 애정의 깊이도 전혀 몰라. 그래, 이제 알겠다, 내 오장육부를 항상 열어 보인 습관 때문에 내가 해준 모든 일의 가치를 그 애들은 모르는 거야. 그 애들이 내 눈알을 파내겠다고 요구하면, '그래 파내라!' 하고 나는 말했을 거야. 내가 너무 어리석지. 그 애들은 세상의 모든 아버지가 저희들의 아비 같은 줄만 알고 있어. 사람은 항상 자신을 돋보이게 할 줄 알아야만 해. 개들의 자식들이 나의 복수를 해줄 거야. 그러니 여기 오는 것이 그 애들의 이익에도 맞는 일이지. 그 애들은 지금 저희들의 임종을 위태롭게 하고 있는 것이라고 알려 주시오. 그 애들은 단 하나의 죄로 모든 죄를 범하는 셈이오. 그러니 어서 가서, 걔들에게 말하시오, 오지 않는 것은 부친 살해라고 말이오! 이 죄를 덧붙이지 않더라도 그 애들은 많은 죄를 범했소. 그러니 가서 나처럼 외치시오. '어이, 나지! 어이, 델핀! 당신 아버지한테 가시오. 그는 당신들에게 너무나 잘했고, 지금 괴로워하고 있소!' 하고 말이오. 아무 것도, 누구도 없구나. 도대체 나는 개처럼 죽어야 하는가? 버림받는 것이 나의 보상이구나. 그것들은 파렴치하고 간악한 것들이야. 나는 그것들을 증오하고 저주한다. 나는 그것들을 다시 저주하기 위해 밤중에 나의 관(棺)에서 일어나겠다. 나의 친구들이여, 나의 생각이 틀린 것인가? 그 애들은 아주 못되게 굴고 있어! 안 그렇소? 내가 무슨 말을 하고 있나? 당신은 델핀이 와 있다고 나에게 알리지 않았소? 그 애는 둘 중에 더 나은 애지. 외젠, 당신은 내 아들이오, 당신은 말이오! 그 애를 사랑해 주오, 그 애를 위해 아버지 노릇을 해주오. 그 애 언니는 몹시 불행해. 그리고 그 애들의 재산은! 아, 하느님! 숨이 넘어간다. 너무나 괴롭구나! 내 머리를 잘라 내 주오, 내 심장만 남겨 주고."

"크리스토프야, 가서 비앙숑을 찾아오너라. 그리고 마차 한 대 불러 줘." 노인의 한탄과 절규가 담고 있는 내용에 소름이 끼치는 것을 느끼며 외젠이 소리쳤다.

"저는 따님들을 찾으러 가겠습니다, 고리오 영감님, 제가 따님들을 데려오죠."

"강제로라도 데려와, 강제로라도! 경비대나 일선 부대나 어디에나 요청해! 정부에게, 검사에게 얘기해서, 그 애들을 내게로 데려와, 나는 그것을 원하니까!" 노인은 이성의 빛이 남아 있는 마지막 시선을 외젠에게 던지며 말했다.

"그렇지만 영감님은 따님들을 저주하셨는데요."

"누가 그런 말을 했소?" 노인은 깜짝 놀라서 대꾸했다. "내가 딸들을 사랑하는 것을 당신은 잘 알고 있소. 나는 그 애들을 열렬히 사랑한단 말이오! 딸들을 보면 내 병은 나을 거야⋯⋯. 어서 가봐, 착한 이웃이고 사랑하는 자식인 외젠, 어서 가요, 당신은 참 착해, 당신은. 나는 당신에게 감사를 표해야 할 텐데, 죽어 가는 사람의 축복 이외에는 당신에게 줄 것이 아무 것도 없군. 아! 적어도 델핀이라도 만나서 나 대신 당신에게 은혜를 갚으라고 말하고 싶은데. 아나스타지가 올 수 없다면, 동생만이라도 데려오구려. 그 애가 안 오겠다면, 당신이 그 애를 사랑하지 않겠다고 말하시오. 그 애는 당신을 몹시 사랑하니까 이리 올 거야. 마실 것을 줘, 내장이 타는 것 같아! 내 머리 위에 뭘 좀 올려놓아. 내 딸들의 손이 나를 구할 수 있으련만, 나는 그렇게 느낀단 말이야⋯⋯. 아아! 내가 죽어 버리면 누가 걔들의 재산을 회복시킨단 말인가? 나는 그 애들을 위해 오데사로 가겠다. 국수를 만들러 오데사로 가겠단 말이야."

"이것을 마시세요." 외젠은 죽어 가는 노인을 일으켜 왼손으로는 그의 몸을 부축하고 오른손으로 탕약이 든 잔을 들고서 말했다.

"당신은 부모님을 사랑해야 하오, 당신만은!" 노인은 힘없는 두 손에 외젠의 손을 꼭 쥐고서 말했다. "내가 내 딸들을 보지 못한 채 죽어 가는 것을 당신은 알겠지? 항상 목이 마른데 아무 것도 못 마시는 상태, 이것이 10년 전부터의 나의 삶이오. 내 두 사위 녀석들이 내 딸들을 죽였소. 그렇지, 그 애들이 시집간 이후부터 나에게 더 이상 딸이라곤 없었지. 아버지들이여, 결혼에 대한 새 법을 만들라고 의회에 청원하시오! 요컨대, 당신들이 딸을 사랑하거든, 딸을 결혼시키지 마시오. 사위란 딸의 모든 것을 망치고 더럽히는 악당이란 말이오. 결혼을 없애라! 결혼은 우리에게서 딸을 빼앗아 가는 것이야, 우리는 죽을 때도 딸을 볼 수 없게 돼. 아버지들의 죽음에 관한 법을 만들어라. 이건 끔찍한 일이다, 이건 말이야! 복수하겠다! 딸들이 오는 것을 막는 것은 내 사위 놈들이야. 그놈들을 죽여라! 레스토를 죽여라, 알자스 놈을 죽여라, 그놈들은 살인자들이다! 죽겠느냐 아니면 내 딸들을 내놓겠느냐! 아! 끝장이구나, 나는 딸들을 못 보고 죽는구나! 그 애들을! 나지야, 피핀아, 어서 오거라! 너희들의 아비가 떠난다……."

"고리오 영감님, 진정하세요, 자, 좀 편안히 계십시오. 흥분하지 마시고, 아무 생각도 하지 마세요."

"그 애들을 못 보다니, 이것이 바로 임종의 고통이구나!"

"곧 보시게 될 겁니다."

"정말!" 정신 나간 상태로 노인이 부르짖었다. "오! 걔들을 본다! 나는 걔들을 보고, 목소리를 듣게 되겠지. 나는 행복하게 죽게 됐구나. 그래, 나는 더 이상 살기를 바라지 않아. 사는 것에 미련이 없었어, 고통이 점점 커 가기만 했는데. 그러나 그 애들을 봐야지, 그 애들의 옷도 만져 보고, 아! 그 애들의 옷만이라도 만져 봤으면, 그건 아주 작은 소망인데. 그것만으로도 나는 딸들의 어떤 것을 느낄 수가 있어! 그 애들 머리카락을 만지게 해주오…… 머리카락……."

그는 몽둥이로 얻어맞은 듯 베개 위로 머리를 떨어뜨렸다. 그의 두 손은 마치 딸들의 머리카락을 잡으려는 듯이 이불 위에서 떨며 요동쳤다.

"그 애들에게 축복이 있기를, 축복이." 그는 애를 쓰며 말했다.

그리고 그는 갑자기 정신을 잃었다. 이때 비앙숑이 들어왔다.

"나는 크리스토프를 만났어. 그 애는 마차를 부르러 갔고." 비앙숑이 말했다. 이어서 그는 환자를 쳐다보더니, 그의 눈꺼풀을 억지로 밀어 올렸다. 두 학생은 온기나 광채가 없는 노인의 눈을 볼 수 있었다. "정신이 돌아올 것 같지 않군." 비앙숑은 이렇게 말하더니, 노인의 맥을 짚어 보고, 몸을 만져 본 후, 심장 위에 손을 갖다 댔다.

"심장은 여전히 작동하는군. 그러나 이 경우에는 불행한 일이야. 차라리 죽는 편이 나은데!"

"정말, 그래." 라스티냐크가 말했다.

"대체 자네 무슨 일인가? 죽은 사람처럼 얼굴이 창백하네."

"이보게, 나는 절규와 한탄을 듣고 난 길일세. 하느님이 계시지! 오! 그래! 하느님이 계셔, 하느님은 우리에게 좀 더 나은 세계를 만들어 주셨을 거야. 그렇지 않다면 우리의 세상은 무의미하지. 상황이 이처럼 비극적이지 않았더라면, 나는 눈물이라도 펑펑 쏟으련만, 심장과 위장이 다 심하게 비틀리는 것 같네."

"그런데 앞으로 많은 것이 필요하겠는데. 어디서 돈을 구하지?"

라스티냐크는 그의 시계를 꺼냈다.

"자, 이걸 속히 전당 잡히게. 나는 도중에 멈출 수가 없어. 1분이라도 허비할까 봐 겁이 나네. 나는 크리스토프를 기다리겠어. 돌아올 때 마부에게 돈을 주어야 할 텐데, 나에겐 한 푼도 안 남았어."

라스티냐크는 층계로 달려 내려가, 뒤 엘데르 가의 드 레스토 부인 집을 향해 떠났다. 길을 가는 동안, 그가 목격했던 끔찍한 광경에 충격을 받은 그의 상상력은 그의 분노를 가열시켰다. 그가 응접실에 도착하여 드 레스토 부인을 찾으니, 부인이 없다는 대답이었다.

"그렇지만, 나는 사경을 헤매는 부인의 아버지 때문에 왔는데." 그가 하인에게 말했다.

"선생님, 저희는 백작님의 엄격한 명령을 받아서······"

"드 레스토 씨가 계시면, 그분의 장인이 어떤 상황에 처해 있는지 얘기하고, 지금 당장 내가 할 말이 있다고 전하게."

외젠은 오랫동안 기다렸다.

'노인은 지금쯤 죽을지도 몰라.' 그는 생각했다.

하인이 외젠을 첫 번째 살롱으로 안내했는데, 드 레스토 씨는 불도 피우지 않은 벽난로 앞에서, 그에게 앉으라고 말하지도 않고, 선 채로 학생을 맞았다.

"백작님, 지금 장인께서 장작개비 살 돈 한 푼 없이, 초라한 방 안에서 운명하고 계십니다. 임종이 경각에 달렸는데, 따님을 보고 싶다고 하셔서······" 라스티냐크가 그에게 말했다.

"이보세요, 나에게 고리오 씨에 대한 애정이 없다는 것쯤은 알 만하실 텐데요." 드 레스토 백작은 그에게 쌀쌀맞게 대꾸했다. "그의 성격 때문에 드 레스토 부인을 망쳐 놓아서, 그는 내 인생을 불행하게 했습니다. 나는 그를 내 안식의 적으로 생각하오. 그가 죽든 살든 나와는 전적으로 무관한 일이오. 그에 대한 나의 감정은 바로 이렇소. 세상 사람들이 나를 비난할지 모르지만, 나는 여론을 무시합니다. 어리석은 자들이나 무관한 자들이 나를 어떻게 생각할까 하는 일에 신경 쓰기보다는 더 중요한 일들을 나는 지금 처결해야 합니다. 드 레스토 부인은 외출할 상태에 있지 않습니다. 그런데다가, 나는 아내가 집을 떠나는 것을 원하지 않아요. 나와 내 자식에 대한 의무를 수행하는 대로 그 사람이 자기 아버지를 보러 갈 것이라고 그에게 전하시오. 만약 그 사람이 자기 아버지를 사랑한다면, 그 사람은 잠시 후면 자유롭게 될 수 있소……."

"백작님, 나는 당신의 처사를 판단할 입장은 못 됩니다. 당신이 부인의 주인이니까요. 그렇지만 당신의 공정함을 신뢰해도 좋겠습니까? 그럼 그녀의 부친이 하루를 넘기기 어렵다는 사실과, 그는 머리맡에서 딸을 보지 못하자 이미 딸을 저주했다는 사실을 그녀에게 전하겠다는 것만은 나에게 약속하십시오."

"당신이 직접 얘기하시오." 외젠의 어조에 드러난 분노의 감정에 놀란 드 레스토 씨가 대답했다.

라스티냐크는 백작의 안내를 받아 백작 부인이 평소에 거처하는 살롱으로 들어갔다. 그는 눈물에 젖어, 죽음을 원하는 여자처럼 안락의자에 파묻혀 있는 그녀의 모습을 보았다. 그런 모습에 그는 동정심을 느꼈다. 라스티냐크를 쳐다보기 전에, 그녀는 겁에 질린 시선을 남편에게 던졌는데, 그 시선은 정신적 육체적 압박에 짓눌려 기력이 완전히 소진된 탈진 상태를 보여주는 것이었다. 백작은 고개를 저었고, 그녀는 말할 용기를 찾은 것 같았다.

"저는 모두 다 들었어요. 제가 처해 있는 상황을 아버지가 아신다면, 저를 용서하실 거라고 아버지께 말씀 드려 주세요. 나는 이런 고통은 예상치 못했어요, 이건 내 힘으론 감당 못할 일이에요. 그렇지만 나는 끝까지 저항하겠어요." 마지막 말은 자기 남편을 향한 말이었다. "나도 아이들의 어미입니다. 겉으로는 어떻든 간에, 아버지에 대한 나의 태도는 나무랄 데 없는 것이라고 아버지께 말씀 드리세요." 그녀는 절망적으로 학생에게 소리쳤다.

부인이 끔찍한 위기에 빠져 있음을 깨닫고, 외젠은 부부에게 인사하고, 얼떨떨해서 그 집을 물러났다. 드 레스토 씨의 어조는 그의 행동이 무용함을 깨우쳐 주었고, 또 그는 아나스타지가 더 이상 자유롭지 않다는 것을 알았다. 그는 드 뉘싱겐 부인 집으로 달려갔다. 그녀는 침대에 누워 있었다.

"가엾은 친구, 나는 몸이 아프단 말이에요." 그녀가 외젠에게 말했다. "무도회에서 돌아오다가 감기에 걸렸어요, 폐렴이 될까봐 겁이 나요, 지금 의사를 기다리는데……"

외젠이 그녀의 말을 가로막으며 말했다. "당신이 빈사 상태에 빠져 있다 할지라도, 당신을 당신 아버지 곁으로 끌고 가야겠소. 그분은 당신을 부르고 있소! 당신이 아버지의 가벼운 절규만이라도 들을 수 있다면, 당신은 조금도 아프다고 느끼지 못할 거요."

"외젠, 우리 아버지는 당신이 말하는 만큼 그렇게 아프시지는 않을지도 몰라요. 그렇지만 내가 당신 눈에 조금이라도 못되게 보인다면 나는 절망할 거예요. 그래서 나는 당신이 원하는 대로 행동하겠어요. 나는 알아요, 이 외출의 결과로 내 병이 심해진다면 아버지는 슬픔으로 돌아가실 거예요. 그럼 의사가 오는 대로 가죠. 아! 당신은 왜 시계를 안 차고 계세요?" 그녀는 시곗줄이 보이지 않자 이렇게 물었다. 외젠은 얼굴을 붉혔다. "외젠! 외젠, 당신이 벌써 시계를 팔았거나, 잃어버렸으면…… 오! 그건 너무 나빠요."

학생은 델핀의 침대 위로 몸을 숙이고, 그녀의 귀에 대고 말했다. "그걸 알고 싶소? 그럼 알아 두시오! 당신의 아버지는 오늘 저녁에 입게 될 수의를 살 돈이 없소. 당신이 준 시계는 전당잡혔소, 나에게도 돈 한 푼 없어서."

델핀은 갑자기 침대 밖으로 뛰어내려, 책상으로 달려가더니, 지갑을 꺼내 라스티냐크에게 내밀었다. 그녀는 초인종을 누르고 소리 질렀다. "나 가겠어요, 갈게요, 외젠. 옷을 입어야지. 나는 불효 자식이야! 먼저 가세요, 내가 당신보다 먼저 도착할지도 몰라요! 테레즈야." 그녀는 하녀에게 외쳤다. "드 뉘싱겐 씨에게 할 말이 있으니 즉시 올라오시라고 전해라."

외젠은 죽어 가는 노인에게 딸 중의 하나가 온다는 것을 알릴 수 있게 된 것이 다행스러워서, 거의 기쁜 마음으로 뇌브생트주느비에브 가에 도착했다. 그는 마부에게 즉시 돈을 줄 수 있도록 먼저 지갑을 뒤졌다. 그처럼 부유하고 우아한 젊은 여인의 지갑에는 70프랑이 들어 있었다. 계단의 꼭대기에 이르자, 그는 비앙숑이 부축하고 있는 고리오 영감을 보았는데, 주임 의사가 지켜보고 있는 가운데 병원의 외과 의사가 노인을 치료하고 있었다. 그의 등에 뜸을 뜨는 치료였는데, 그것은 무용한 치료일지도 모를 의학적인 최후의 수단이었다.

"뜸 뜨는 것이 느껴지십니까?" 주임 의사가 물었다.

학생의 모습을 얼핏 본 고리오 영감이 대답했다.

"그 애들이 오지, 그렇지?"

"위기를 벗어날 수도 있겠어요. 환자가 말을 합니다." 외과 의사가 말했다.

"예, 델핀이 제 뒤를 따라와요." 외젠이 대답했다.

"이런! 노인은 자기 딸 얘기를 해대더니, 다음에는 쇠꼬챙이에 꿰인 사람처럼 울부짖고, 그 다음에는 물을……" 비앙숑이 말했다.

"그만 하게. 이제 할 일이 없어. 그를 구하지 못할 걸세." 주임 의사가 외과 의사에게 말했다.

비앙숑과 외과 의사는 죽어 가는 노인을 악취 나는 초라한 침대 위에 다시 반듯하게 눕혔다.

"그래도 속옷은 갈아 입혀야 할 거야." 주임 의사가 말했다. "아무런 가망이 없다고 하더라도, 환자의 인간성은 존중해야 하니까. 나 다시 오겠네, 비앙숑." 그는 학생에게 말했다. "환자가 다시 신음 소리를 내거든, 횡격막에 아편 처치를 하게."

외과 의사와 주임 의사는 밖으로 나갔다.

"이보게, 외젠, 용기를 내게! 깨끗한 속옷을 갈아입히고 침대 시트를 바꾸어야 하네. 실비에게 시트를 가지고 올라와서 우리를 도와 달라고 말하게." 두 사람만 남게 되자 비앙숑이 라스티냐크에게 말했다.

밑으로 내려간 외젠은 보케르 부인이 실비와 함께 식탁 준비를 하고 있는 것을 보았다. 라스티냐크가 말을 꺼내자마자 과부댁은 그에게 다가오더니, 자기 돈을 손해 보지 않으면서 또 손님의 비위를 맞추려는 의심 많은 장사꾼 같은 날카로우면서도 상냥한 태도를 취하며 대답했다.

"외젠 씨, 고리오 영감은 한 푼도 없다는 것을 당신도 나만큼 잘 알고 계시죠. 눈이 꼬이며 죽어 가고 있는 사람에게 시트를 준다는 것은 잃어버리는 것이나 마찬가지죠. 더구나 한 장은 수의로 희생해야 할 테니 말이죠. 그리고 당신은 이미 나에게 1백 44프랑의 빚이 있는데, 시트 값 40프랑과, 실비가 당신에게 가져다 줄 양초 등 자질구레한 것들의 값을 합치면 모두 해서 적어도 2백 프랑은 될 텐데, 나처럼 가난한 과부가 잃어버릴 수는 없는 돈이죠. 참말로 정확해야 해요. 외젠 씨, 내 집에 액운이 낀 닷새 전부터 나는 많은 손해를 봤어요. 당신이 말했던 대로, 저 노인이 며칠 전에 떠날 수 있었더라면, 나는 10에퀴라도 내놨을 거예요. 이 일은 내 하숙인들에게 충격이란 말이오. 아무 보상이 없으면, 나는 저 영감을 병원으로 옮겨 가도록 할래요. 요컨대 내 입장이 돼 보세요. 나한테는 무엇보다도 내 하숙집이 생명이란 말이에요."

외젠은 급히 고리오 영감의 방으로 다시 올라갔다.

"비앙숑, 시계 잡힌 돈이 어디 있나?"

"저기 책상 위에 있네, 3백 60여 프랑 남아 있을 거야. 받은 돈에서 외상 졌던 것을 모두 갚았네. 전당표는 돈 밑에 놔뒀어."

라스티냐크는 끔찍한 느낌에 사로잡힌 채 구르듯이 계단을 내려가서 말했다. "자, 아주머니, 셈을 하시죠. 고리오 씨는 댁에 오래 머물지 않을 것이고, 그리고 나는……"

"그래요, 관에 담겨 나가겠지요, 불쌍한 노인네." 그녀는 2백 프랑을 세면서, 반쯤은 즐겁고 반쯤은 우울한 표정으로 말했다.

"이걸로 끝입니다." 라스티냐크가 말했다.

"실비야, 시트를 내 드리고, 위에 올라가서 도와드려라."

이어서 보케르 부인은 외젠의 귀에 대고 속삭였다. "실비의 수고를 잊지 마세요. 그 애는 이틀 밤이나 새웠어요."

외젠이 등을 돌리자마자, 이 노파는 식모에게로 달려가더니, "뒤집은 시트 7번을 꺼내라. 제기, 그것도 죽는 사람에겐 호강이지" 하고 식모의 귀에 대고 소곤거렸다.

이미 계단을 몇 개 올라가 있던 외젠은 늙은 여주인의 말을 듣지 못했다.

"자, 속옷을 입히세. 노인을 똑바로 들고 있게." 비앙숑이 외젠에게 말했다.

외젠은 침대 머리맡에 서서 죽어 가는 사람의 몸을 떠받쳤고, 비앙숑은 그의 속옷을 벗겼다. 노인은 자기 가슴 위의 무엇인가를 움켜쥐려는 듯한 몸짓을 하며 짐승들이 큰 고통을 나타낼 때처럼 발음이 분명치 않은 구슬픈 외침 소리를 냈다.

"오! 오! 우리가 조금 전에 뜸질을 하려고 그에게서 벗겨 냈던 머리카락으로 만든 작은 고리와 메달을 원하고 있군. 가엾은 사람! 그걸 돌려줘야겠네. 벽난로 위에 있어." 비앙숑이 말했다.

외젠은 아마도 고리오 부인의 머리칼일 것 같은 잿빛 블론드 머리칼로 엮은 고리를 가지러 갔다. 메달의 한쪽에는 아나스타지, 그리고 다른 쪽에는 델핀이라고 씌어 있는 것이 보였다. 항상 그의 가슴 위에 놓여 있던 이것은 그의 마음의 영상이었을 것이다. 메달 속에 담겨 있는 머리카락은 너무나 부드러운 것이어서 두 딸이 아주 어렸을 때 잘라 낸 것 같았다. 메달이 그의 가슴에 닿자, 노인은 보기에 소름이 끼치는 만족감을 나타내며 길게 "앗" 하고 소리를 질렀다. 이것이 그의 감각의 마지막 반향으로서, 이제 그의 감각은 우리 인간의 교감이 들어가고 나오는 알 수 없는 중심부로 후퇴하는 듯이 보였다. 경련하는 그의 얼굴은 병적인 기쁨의 표정을 띠었다. 사고(思考)의 뒤에까지 살아남은 감정의 힘의 이 무서운 광채에 깊은 인상을 받은 두 학생은 죽어 가는 노인의 몸에 뜨거운 눈물을 흘렸다. 노인은 날카로운 기쁨의 함성을 질렀다.

"나지! 피핀!" 그는 부르짖었다.

"아직 살아 있군." 비앙숑이 말했다.

"그게 무슨 소용이겠어요?" 실비가 말했다.

"고통이지." 라스티냐크가 대꾸했다.

친구에게 자기처럼 따라하라는 신호를 보낸 다음, 비앙숑이 무릎을 꿇고 앉아 환자의 오금 아래에 두 팔을 밀어 넣자, 라스티냐크는 침대의 반대편에서 같은 자세로 환자의 등 밑으로 두 손을 밀어 넣었다. 실비는 곁에 서서 환자의 몸이 들어 올려지면 침대 시트를 치우고 새로 가져온 시트로 갈아 끼울 준비를 하고 있었다. 아마도 학생들이 흘린 눈물을 잘못 생각한 듯, 고리오는 그의 마지막 힘을 내어 두 손을 뻗히더니, 손이 침대 양 편에서 학생들의 머리에 닿자, 그들의 머리털을 격렬하게 움켜쥐고, "아! 내 천사들아!" 하고 힘없는 소리로 외쳤다. 이 두 마디는 이 말과 더불어 날아가 버린 영혼이 발한 마지막 중얼거림이었다.

"불쌍한 노인이야." 더없이 끔찍스럽고 더없이 무의식적인 거짓이 마지막으로 격발시킨 지고의 감정이 배어 있는 이 절규에 감동한 실비가 말했다.

이 아버지의 마지막 탄식은 틀림없이 기쁨의 탄식이었을 것이다. 이 탄식은 그의 전 생애의 표현이었건만, 그는 아직도 속고 있었던 것이다. 고리오 영감은 그의 초라한 침대 위에 다시 경건하게 눕혀졌다. 이 순간부터, 그의 얼굴에는, 인간 존재의 기쁨과 고통의 감정이 유래하는 뇌의 의식이 더 이상 없는 기계적 육체 속에, 죽음과 삶 사이에 벌어졌던 싸움의 괴로운 흔적만이 남게 되었다. 이 육체의 파괴도 이제 시간의 문제일 뿐이었다.

"노인은 이렇게 몇 시간 있다가, 아무도 알아차리지 못하는 사이에 숨을 거둘 걸세. 헐떡거리는 소리조차 내지 않을 거야. 뇌는 이제 완전히 침투당했을 거야."

이때 층계에서 숨 가쁜 젊은 여자의 발걸음 소리가 들렸다.

"그 여자는 너무 늦게 도착하는군." 라스티냐크가 말했다.

그것은 델핀이 아니라, 그녀의 하녀인 테레즈였다.

"외젠 선생님, 주인님 내외간에 심한 싸움이 벌어졌어요. 가엾은 마님이 아버님 때문에 요구한 돈 문제로 말이에요. 마님이 기절하셔서, 의사가 왔는데, 피를 뽑아야만 했어요. 마님은 '아버지가 돌아가신다. 나는 아빠를 만나야 해!' 하고 소리치셨어요. 정말 가슴을 찢는 듯한 외침이었죠."

"그만 해, 테레즈. 그 여자가 지금 온다 해도 쓸데없어. 고리오 씨는 이제 의식이 없단 말이야."

"가엾으신 어른, 그렇게나 편찮으셨어요!" 테레즈가 말했다.

"이제 나는 필요 없겠죠. 저녁 준비하러 가야겠어요. 4시 반이나 됐네요." 실비가 이렇게 말하고 나갔는데, 그녀는 계단 위에서 하마터면 드 레스토 부인과 부딪힐 뻔했다.

백작 부인의 출현은 엄숙하고도 무서운 출현이었다. 그녀는 단한 자루의 양초가 흐릿하게 밝히고 있는 임종의 침대를 쳐다보며, 아직 생명의 마지막 고동이 꿈틀거리고 있는 자기 아버지의 얼굴 모습을 알아보고 눈물을 흘렸다. 비앙숑은 분별을 차려 자리에서 물러났다.

"저는 좀 더 일찍 빠져 나올 수가 없었어요." 백작 부인이 라스티냐크에게 말했다.

학생은 슬픔에 가득 차서 알겠다고 고개를 끄덕였다. 드 레스토 부인은 자기 아버지의 손을 잡고 입을 맞췄다.

"용서해 주세요, 아버지! 제 목소리는 무덤에서도 아버지를 깨어나게 할 것이라고 말씀하셨죠. 그러니 한순간만이라도 깨어나셔서 뉘우치는 딸을 축복해 주세요. 제 말 좀 들으세요. 이건 너무해요! 아버지의 축복은 앞으로 제가 이 세상에서 받을 수 있는 유일한 축복이에요. 모든 사람이 저를 미워해요. 저를 사랑하는 사람은 아버지뿐이에요. 제 자식들조차 저를 미워할 거예요. 저를 함께 데려가 주세요. 아버지를 사랑하고, 보살펴 드리겠어요. 아무 소리도 못 들으시는군요. 저는 미칠 것 같아요." 그녀는 노인의 무릎 위에 쓰러져서, 정신 나간 표정으로 이 잔해를 바라보았다. 그녀는 외젠을 쳐다보며 말했다. "나의 불행에는 무엇 하나 빠진 것이 없어요. 드 트라유 씨는 막대한 부채를 이곳에 남긴 채 떠나 버렸는데, 그 사람이 나를 속인 것을 알게 됐어요. 남편은 나를 결코 용서하지 않을 것이고, 나는 내 재산을 그의 처분에 맡겨 버렸어요. 나는 모든 꿈을 잃어버렸어요. 아 아! 나는 누구를 위해 나를 사랑한 유일한 마음을 (그녀는 자기 아버지를 가리켰다) 배반했던가! 나는 아버지를 모르는 체했고, 아버지를 쫓아냈고, 아버지께 갖은 못된 짓을 다했어요, 천하에 몹쓸 년이죠!"

"아버지께서도 알고 계셨습니다." 라스티냐크가 말했다.

이 순간 고리오 영감은 두 눈을 벌렸으나, 그것은 경련 때문에 나타난 결과일 뿐이었다. 혹시나 하는 희망을 드러낸 백작 부인의 태도는 죽어 가는 사람의 눈 못지않게 처참해 보였다.

"내 말을 들으실까?" 백작 부인이 부르짖었다. "아니겠지" 하고 중얼거리며 그녀는 침대 곁에 앉았다.

드 레스토 부인이 자기 아버지 곁을 지키겠다는 생각을 표했기 때문에, 외젠은 음식을 좀 먹어 두려고 아래로 내려갔다. 하숙인들이 이미 모여 있었다.

"그래, 위에서는 죽음의 파노라마가 전개될 모양이지?" 화가가 그에게 말했다.

"샤를, 농담은 좀 덜 비통한 문제를 가지고 하는 게 좋겠네." 외젠이 그에게 대꾸했다.

"우리는 도대체 여기서 웃을 수도 없단 말인가? 노인에겐 이제 의식도 없다고 비앙숑이 말하던데, 어쩌겠어?" 화가가 다시 말했다.

"정말로 영감은 살아온 것처럼 죽겠구먼." 박물관 직원의 대꾸였다.

"아버지가 돌아가셨어!" 백작 부인이 외쳤다.

이 무서운 외침 소리를 듣고서, 실비와 라스티냐크와 비앙숑이 위층으로 올라갔다. 그들은 드 레스토 부인이 기절해 있는 것을 발견했다. 그녀의 정신이 돌아오게 한 다음, 그들은 그녀를 대기하고 있던 삯마차로 옮겼다. 외젠은 드 뉘싱겐 부인 집으로 그녀를 데려가도록 지시하면서, 테레즈에게 그녀를 맡겼다.

"오! 정말로 숨을 거뒀군." 아래로 내려가면서 비앙숑이 말했다.

"자, 여러분, 식탁에 앉으세요. 수프가 식겠어요." 보케르 부인이 말했다.

두 학생은 나란히 자리 잡고 앉았다.

"이제 어떻게 해야 하지?" 외젠이 비앙숑에게 말했다.

"노인의 눈을 감겨 놓았고, 적절하게 눕혀 놓았네. 우리가 사망 신고를 하고 시청의 의사가 사망 확인을 한 다음, 수의를 입혀 매장하는 거지. 무슨 다른 일이 있겠나?"

"영감은 이제 이렇게 빵 냄새도 맡지 못하겠구나." 하숙인 하나가 노인의 찡그린 얼굴을 흉내 내며 말했다.

"제기랄, 여러분, 고리오 영감 얘기는 이제 집어치우고, 밥이나 좀 먹읍시다. 한 시간 전부터 온통 그 얘기뿐이잖소." 복습 교사가 말했다. "파리라는 멋진 도시에서 누릴 수 있는 특권의 하나는 아무의 관심도 받지 않은 채 태어나고, 살고, 죽을 수 있다는 것이오. 그러니 문명의 이런 혜택을 누립시다. 오늘만 해도 죽은 사람이 60명은 될 텐데, 이런 파리의 대 살육에 모두 애도를 표하겠다는 거요? 고리오 영감이 끝장났다면, 차라리 본인에겐 잘된 일이지! 영감을 사랑한다면, 가서 지키시고, 나머지 사람들은 조용히 식사하게 좀 놔두시오."

"오! 그래요, 영감이 죽은 것이 본인에겐 다행이에요. 그 불쌍한 사람은 평생 동안 불행했던 것 같으니까요." 과부댁이 말했다.

이것이 외젠에게 부성애의 상징으로 보였던 사람에 대한 유일한 추도사였다. 열다섯 명의 하숙인들은 평소처럼 잡담을 나누기 시작했다. 외젠과 비앙숑이 식사를 끝냈을 때, 포크와 숟가락 부딪히는 소리, 대화의 웃음소리, 게걸스럽고 무관심한 하숙인들 얼굴의 갖가지 표정, 그들의 태평함, 그 모든 것이 두 학생의 마음을 염오감으로 얼어붙게 만들었다. 그들은 시신 곁에서 경야하며 기도할 사제를 찾으러 밖으로 나갔다. 그들이 쓸 수 있는 얼마 안 되는 돈으로 노인에게 표할 마지막 의식을 꾸려 가야 했다. 밤 9시경에, 시신은 이 텅 빈 방 안의 두 개의 촛불 사이에 놓인 가죽 끈 받침대 위에 안치되었고, 사제 한 사람이 와서 시신 곁에 자리 잡았다. 잠자리에 들기 전에, 라스티냐크는 의식의 비용과 운구의 비용에 대해 성직자에게 물어본 다음, 드 뉘싱겐 남작과 드 레스토 백작에게 편지를 써서 매장 비용 일체를 조달할 수 있도록 그들의 집사들을 보내 주도록 요청했다. 그는 크리스토프를 그들에게 보낸 후, 자리에 쓰러져 피로에 짓눌려 곯아떨어졌다. 다음날 아침 비앙숑과 라스티냐크가 직접 사망 신고를 하러 가야만 했는데, 사망 확인은 정오경에 이루어졌다. 두 시간이 지나도 두 사위 중 아무도 돈을 보내오지 않았고, 그들 대신에 나타난 사람도 없어서, 라스티냐크는 벌써 사제에게 비용을 지불할 수밖에 없었다. 실비가 노인에게 수의를 꿰매 입히는 값으로 10프랑을 요구했기 때문에, 외젠과 비앙숑은 만약 고인의 친척들이 전혀 나서지 않는다면 자기들로서는 비용을 충당하기 어려우리라는 계산에 도달했다. 그래서 의과 대학생은 자기 병원에서 아주 싼 값으로 빈민용 관을 사가지고 와서 직접 입관시키는 일을 맡았다.

비앙숑이 외젠에게 말했다. "그 못된 녀석들에게 한바탕 해주게. 페르라셰즈 공동묘지에 5년 계약으로 묘지 한 자리를 사고, 교회와 장의사에는 3급 장례식을 주문하게. 만약 사위와 딸들이 자네의 돈을 갚지 않으려 하거든, '여기 두 학생의 돈으로 매장된, 드 레스토 백작 부인과 드 뉘싱겐 남작 부인의 부친 고리오 씨가 잠들어 있노라'라고 묘비에 새겨 넣게."

외젠은 드 뉘싱겐 부처의 집과 드 레스토 부처의 집에 보람 없이 다녀온 후에야 자기 친구의 충고를 따랐다. 그는 두 집의 문간을 넘어설 수 없었다. 문지기들이 각각 엄명을 받고 있었기 때문이다.

"주인님과 마님께서는 면회 사절이십니다. 그분들의 아버님께서 돌아가셔서, 깊은 슬픔에 잠겨 계십니다." 문지기들은 이렇게 말했다.

고집을 부려서는 안 된다는 것을 알 만큼 외젠은 파리 사교계에 대한 경험을 갖고 있었다. 델핀에게까지 다가갈 방법이 없다는 것을 깨달았을 때 그의 가슴은 야릇하게 죄어 왔다.

"패물을 팔아서, 당신 아버님을 마지막 거처로 정중히 모실 수 있도록 하시오." 그는 문지기의 방에서 델핀에게 이렇게 썼다.

그는 이 글을 봉해서 남작의 문지기에게 주면서 테레즈를 통해 부인에게 전하도록 부탁했다. 그러나 문지기는 그것을 드 뉘싱겐 남작에게 전했고, 그는 그것을 난롯불에 던져 버렸다. 모든 조치를 취한 다음, 외젠은 3시경에 하숙집으로 돌아왔는데, 인기척 없는 길의 중간문 가에 겨우 검은 천에 덮여 두 개의 의자 위에 놓인 관을 보았을 때 눈물이 나오는 것을 억제할 수 없었다. 성수가 가득 든 은도금한 구리 접시에는 아직 아무도 손대지 않은 초라한 성수채가 담겨 있었다. 문에는 검은 장막조차 쳐 있지 않았다. 그것은 치장도 없고 문상객도 없으며, 친구도 친척도 없는 가난한 사람의 죽음이었다. 자기 병원에 가지 않을 수 없었던 비앙숑은 교회와 교섭한 일을 알리기 위하여 라스티냐크에게 전언을 적어 두고 있었다. 미사는 비용이 많이 들기 때문에 값이 싼 만도(晩禱) 의식으로 만족할 수밖에 없다는 것과, 몇 자 적은 쪽지를 들려 크리스토프를 장의사에 보냈다는 것을 인턴은 그에게 통지하고 있었다. 외젠이 비앙숑의 갈겨 쓴 쪽지를 다 읽었을 때, 그는 두 딸의 머리칼이 들어 있는 금테 두른 메달이 보케르 부인의 손에 있는 것을 보았다.

"어떻게 감히 그것을 벗겨 냈어요?" 그가 보케르 부인에게 말했다.

"어때요! 그걸 같이 묻을 필요가 있어요? 금제품인데." 실비가 대답했다.

"물론 같이 묻어야지! 두 딸을 표시할 수 있는 그 유일한 물건만이라도 노인은 함께 가져가야 하오." 외젠은 분개해서 대꾸했다.

영구 마차가 왔을 때, 외젠은 관을 다시 방으로 올려 가서 관의 못을 빼고, 델핀과 아나스타지가 어리고 순결하고 청순했던 시절, 노인이 단말마의 외침 가운데서 말했듯이 **이치를 따지지 않던** 시절과 연관되는 그 영상을 노인의 가슴 위에 경건하게 올려놓았다. 라스티냐크와 크리스토프만이 두 명의 장의사 인부와 함께 뇌브생트주느비에브 가에서 과히 멀지 않은 교회인 생테티엔뒤몽으로 불쌍한 노인을 싣고 가는 마차를 따라갔다. 그곳에 도착하자, 시신은 낮고 어두운 작은 예배소에 안치되었는데, 학생은 그 주위에서 고리오 영감의 두 딸과 그녀들의 남편을 찾아보았지만 허사였다. 때때로 후한 팁을 얻게 해주었던 노인에게 마지막 의무를 다해야 한다고 생각한 크리스토프와 라스티냐크 단 두 사람만 있었다. 두 명의 사제와 성가대 소년과 교회지기를 기다리는 동안, 아무 말도 할 수 없던 라스티냐크는 크리스토프의 손을 꼭 쥐었다.

"정말이에요, 외젠 씨, 그분은 친절하고 점잖은 어른이셨죠. 다른 사람보다 큰 소리를 낸 적도 없고, 누구를 해치거나 나쁜 짓을 한 일이 한 번도 없었어요." 크리스토프가 말했다.

두 명의 사제와 성가대 소년과 교회지기가 와서, 무보수로 기도해 줄 만큼 종교가 부유하지 않은 시대에 70프랑으로 할 수 있는 모든 일을 해주었다. 성직자들은 시편의 *Libera* (구하소서)와 *De profundis* (깊은 구렁 속에서)를 노래했다. 의식은 20분간 진행되었다. 사제와 성가대 소년용으로 장의 마차가 한 대뿐이었는데, 그들은 외젠과 크리스토프가 함께 타는 데 동의했다.

"따라가는 사람이 아무도 없으니, 지체하지 않고 빨리 갈 수 있겠소. 벌써 5시 반이오." 사제가 말했다.

그렇지만, 시신이 영구 마차에 옮겨진 순간, 드 레스토 백작과 드 뉘싱겐 남작의 가문(家紋)을 장식한 두 대의 빈 마차가 나타나 페르라셰즈 묘지까지 장례 행렬을 따라갔다. 6시에 고리오 영감의 시체는 무덤구덩이에 내려졌고, 그 주위에 두 딸의 하인들이 서 있다가, 학생의 돈으로 노인에게 베풀어지는 짤막한 기도가 끝나자마자 사제와 함께 자취를 감췄다. 두 명의 무덤 파는 인부가 관을 덮으려고 몇 삽의 흙을 퍼서 관 위에 던진 다음에, 그들은 다시 몸을 일으켰고, 그들 중 하나가 라스티냐크에게 말을 걸면서 팁을 요구했다. 외젠은 주머니를 뒤져 보았으나 한 푼도 없어서, 크리스토프에게 20수를 빌릴 수밖에 없었다. 그 자체로서는 대수롭지 않은 이 일이 라스티냐크에게 끔찍스러운 슬픔의 발작을 일으켰다. 해는 넘어가고 있었고, 축축한 황혼이 신경을 자극했다. 그는 무덤을 쳐다보며 그의 청춘의 마지막 눈물을 거기에 묻었다. 순수한 영혼의 성스러운 감동에서 흘러나온 눈물, 떨어져 내린 땅으로부터 하늘에까지 튀어 오르는 그런 눈물이었다. 그는 팔짱을 끼고 물끄러미 구름을 쳐다보았고, 그의 이런 모습을 보고 크리스토프는 그의 곁을 떠났다.

홀로 남은 라스티냐크는 묘지의 꼭대기 쪽을 향해 몇 걸음 걸어가, 센 강 양안을 따라 구불구불 뻗어 있는, 불빛이 반짝이기 시작하는 파리 시내를 내려다보았다. 그의 두 눈은 방돔 광장의 기둥과 앵발리드의 둥근 지붕 사이, 그가 뚫고 들어가기를 원했던 아름다운 사교계가 거주하는 그곳에 거의 탐욕스럽게 고정되었다. 그는 이 윙윙거리는 벌집에 미리 그 꿀을 빨아먹는 듯한 시선을 던지고, 다음과 같은 웅장한 말을 내뱉었다. "이제 우리 둘의 대결이다!"

그리고 사회에 던지는 첫 번째 도전 행위로서, 라스티냐크는 드뉘싱겐 부인 집으로 저녁을 먹으러 갔다.

사셰에서, 1834년 9월.*

7 **조프루아 생틸레르** Étienne Geoffroy Saint-Hilaire (1772~1844). 프랑스의 자연 과학자.

10 **자가나타** 힌두교의 비슈누 신의 한 권화(權化)인 리슈나 신의 형상.

all is true 셰익스피어의 비극 『헨리 8세』의 원제였던 이 구절을 발자크는 자신의 작품 『고리오 영감』 초판에서 제사로 사용했었다.

12 **투아즈** 1.949미터 쯤 되는 옛 길이의 단위.

떨어진 곳 포부르 생자크에 있는 성병 치료 전문 병원이었던 카푸친회 수도사들의 병원을 암시하고 있음.

돌아온 볼테르 볼테르가 페르네에서 파리로 귀환한 것은 실제로는 1778년 2월이었다.

13 **출신임에도 불구하고** 앞에 '드'가 붙으면 귀족의 성을 나타낸다. 귀족 출신인데도, 읽는 것을 틀린다는 의미.

발음하는 것이었다 보리수를 뜻하는 단어 tilleul의 발음은 '티욀'이다.

14 **생탄 대리석** 플랑드르 지방에서 산출되는 흰색 반점이 있는 잿빛 대리석.

텔레마코스 *Télémaque*. 프랑스 작가 페늘롱(Fénelon)의 1695년 작 교훈 소설.

16 **외래 하숙인** 잠은 자지 않고 식사만 하는 하숙인을 뜻함.

18 **조르주** Georges Cadoudal (1771~1804). 나폴레옹에 반대하는 음
모를 꾸몄다가 처형당한 프랑스인.

피슈그뤼 Charles Pichegru (1761~1804). 프랑스의 장군으로서 조르
주 카두달과 함께 나폴레옹에 반대하는 음모를 꾸몄다가 처형당했음.

23 **자페** 노아의 아들로서, 성서에 의하면 인도 유럽족의 선조이다.

24 **파리의 라통** 라퐁텐의 우화 「원숭이와 고양이」에 나오는 교활한 원
숭이 베르트랑과 순진한 고양이 라통을 가리킴.

29 **유베날리스** Decimus Junius Juvenalis. 서기 1~2세기의 로마 풍자
시인.

31 **루이** 20프랑짜리 금화.

32 **드미올랑드 천** 네덜란드제 천을 모방해서 피카르디 지방에서 주로
제조되던 흰색의 고운 리넨 천.

오르무아르 찬장을 뜻하는 단어는 아르무아르(armoire)인데 고리오
영감은 오르무아르(ormoire)로 발음하고 있다.

마르크 금이나 은의 옛 중량 단위로서 약 244.5그램의 무게.

36 **흡사해 보였다** 이 식당에는 유행하는 드레스와 모자를 차려 입은 소
의 그림이 걸려 있었다고 한다.

45 **온** 약 1.188미터.

48 **레오뮈르** René-Antoine Ferchault de Réaumur (1683~1757). 프랑
스의 물리학자. 어느 점이 0도, 끓는 점이 80도인 열씨(列氏) 온도계
를 고안했음.

60 **꼭대새벽** 여주인이나 하녀 모두 '꼭두새벽' 이란 단어를 잘못 말하고
있다.

푸아로 실비가 푸아레를 '파' 를 뜻하는 Poireau로 발음하고 있음.

61 **리아르** 옛 동전으로서 1리아르는 4분의 1수에 해당함.

76 **상테라마** santérama. 건강을 뜻하는 '상테(santé)' 에 '라마' 를 붙인
농담.

77 **갈** Franz Joseph Gall (1758~1828). 골상학을 창시한 독일의 의사.

79 **코니스** 벽기둥 윗부분에 장식으로 두른 쇠시리 모양의 돌출부.

78 **가오리오트** 고리오를 다르게 발음한 말장난.

82 **탈레랑** Talleyrand (1754~1838). 프랑스의 외교관이며 정치가였던 인물.

87 **샤랑트** 프랑스 남서부에 위치해 있는 현의 이름.

94 **논두비타레** 이탈리아 음악가 치마로사의 『비밀 결혼(*Il Matrimonio segreto*)』에 나오는 구절.

100 **베르길리우스** Publius Vergilius Maro. 고대 로마의 시인.

109 **스물두 살** 여기서 라스티냐크는 자기 나이를 한 살 올려서 말하고 있다.

112 **라마르틴** Alphonse de Lamartine (1790~1869). 프랑스의 낭만주의 시인.

113 **공안위원회** 프랑스 대혁명기인 1793년에 비상시국에 대처하기 위해 만들어졌던 조직.

114 **93년** 공포정치가 이루어졌던 1793년을 뜻함.

부오나파르테 보나파르트를 경멸적으로 지칭할 때의 발음.

119 **아리아드네** 신화에 나오는 크레타섬의 왕녀. 아테네의 영웅 테세우스가 괴물 미노타우로스를 퇴치하기 위해 미궁에 들어갈 때 실을 주어 미궁에서 다시 나올 수 있도록 도왔다고 함 .

130 **돌리방** 슈다르-데포르주의 1790년 작 희극인 『귀머거리 또는 만원 여인숙』에 등장하는 우둔한 아버지 역의 등장인물.

133 **끝이 난다** 『고리오 영감』의 제2판(1835)까지는 여기서 제1장(章)이 끝난다. 발자크는 뒷날 장 구분과 장 제목을 모두 삭제했다. 이 번역본에서는 장 구분만 별도 페이지로 표시해 놓는다.

138 **해주어서** 발자크가 어떤 고사(故事)를 언급하고 있는지는 불확실하다.

145 **뮈라** Joachim Murat (1767~1815). 나폴레옹 휘하의 장군으로서 나폴리의 왕이 되었던 인물.

146 **스웨덴 왕** 나폴레옹 휘하의 장군이었다가 스웨덴 왕 카를 14세가 되어 현재의 스웨덴 왕조를 창설한 장바티스트 베르나도트(Jean-Baptiste Bernadotte, 1767~1844)를 말함.

150 **첼리니** Benvenuto Cellini (1500~1571). 강렬한 개성과 정열을 지녔던 이탈리아의 조각가이며 금은 세공사로서, 그의 유명한 『회고록』은 1822년에 프랑스어로 번역되었다.

151 **그물망** 센 강을 떠내려 오는 시체들을 붙잡기 위해서 생클루 근처에 설치한 그물을 말함.

154 **마뉘엘** Jacques Antoine Manuel (1775~1827). 프랑스의 정치가. 왕정복고 때 국회의원이었으나, 자유주의파에 가담하여 정부의 스페인 파병에 반대하였다가 의회에서 축출당했음.

   빌렐 Jean-Baptiste Guillaume Joseph Villèle (1773~1854). 프랑스의 정치가. 우파 정치인으로서 왕정복고 때 대신을 역임하였음.

164 **라 파예트** La Fayette (1757~1834). 미국의 독립전쟁을 도왔던 프랑스의 장군이며 정치가였던 인물.

   공작 프랑스의 정치가였던 탈레랑(Talleyrand, 1754~1838)을 뜻함.

184 **셰뤼뱅** 보마르셰의 『피가로의 결혼』에 등장하는 사랑에 눈떠 가는 젊은이.

187 **알세스트** 몰리에르의 희곡 『염세주의자』에 나오는 인물.

   아버지 월터 스콧의 소설 『에든버러의 감옥』의 주인공 모녀.

197 **생각나나** 이 이야기의 출전은 루소가 아니라 샤토브리앙으로 생각되고 있다.

222 **미라보** Honoré Gabriel Mirabeau (1749~1791). 프랑스 대혁명 때 뛰어난 웅변가로 활약했던 프랑스의 정치가.

223 **라 브뤼예르** La Bruyère (1645~1696). 프랑스의 작가로서 『성격론』의 저자.

230 **드 튀렌** Henri de Turenne (1611~1675). 프랑스의 장군.

232 **피에르와 자피에** 영국 작가 토머스 오트웨이의 비극 『구원받은 베네

치아』(1682)에 나오는 우정이 깊은 두 인물.

236 Il Bondo Cani 부아엘디외가 작곡한 오페라『바그다드의 칼리프』에서 회교 군주 칼리프의 권세를 나타내 주는 암호로 쓰이는 말.

238 뜻이죠 *de marque*(뛰어난)와 *marqué*(낙인 찍힌)를 이용한 말 장난.

248 돌리방 130페이지의 주 참조.

256 푸아르 poire. 프랑스어로 배[梨].

라피트 Jacques Laffitte (1767~1844). 프랑스의 은행가, 정치가.

260 황량한 산 아를랭쿠르 자작의 소설을 각색한 멜로드라마.

마르티 멜로드라마의 연기에 뛰어났던 배우.

엘로디 멜로드라마의 여주인공.

264 생피에르 Bernardin de Saint-Pierre (1737~1814). 프랑스의 작가.

287 퐁파두르 Pompadour (1721~1764). 후작 부인으로서 루이 15세의 애인이었던 여자.

288 장-자크 장-자크 루소를 말함.

305 크레수스 서기 전 6세기 경 부유하기로 유명했던 리디아의 왕.

308 마리우스 Caius Marius (157~86 B.C.). 로마의 장군이며 정치가였던 인물.

355 모세의 기도 1819년 로시니가 작곡한 악곡.

359 탄탈로스 리디아의 신화상의 왕. 그 자신 제우스 신의 아들이었으나, 올림포스의 비밀을 인간에게 누설하여 신들의 징벌을 받음.

360 때 이후로 1670년 12월 15일 루이 14세는 사촌 누이인 공주와 드 로 칭 공작의 결혼을 승인했다가 사흘 후에 번복한 일이 있었다.

365 보트랭을 연상했다면 발자크는 원래 라스티냐크와 프랑케시니 대령(타유페르의 살해자)의 만남 장면을 썼다가 이를 삭제했다. 그러나 이 만남을 언급하는 이 구절은 미처 삭제하지 못했다.

404 1834년 9월 이 날짜는 작품이 완성된 날이 아니라, 집필이 시작된 때를 의미한다.

발자크의 대표작 『고리오 영감』의 소설 세계

이동렬(서울대 명예교수)

    『인간극(*La Comédie humaine*)』이라는 거대한 소설의 파노라마를 전개한 발자크는 리얼리즘 문학의 대표적 작가라는 명성에 앞서 우선 그 방대한 작품의 양으로 독자를 압도해 오는 작가이다. 90여 편의 소설로 구성된 『인간극』 이외에도, 발자크는 『인간극』에는 포함시키지 않은 무명의 젊은 시절에 쓴 소설들, 9편의 연극 작품, 많은 수의 콩트들, 미완성 상태로 남겨 놓은 소설 초안들, 방대한 양의 신문 잡지 기고문들, 연인 한스카 부인에게 보낸 편지를 비롯한 역시 방대한 양의 서한문을 남긴 작가이다. 탐정소설이나 대중소설 분야에서는 혹시 모르겠지만, 문학사에서 비중 있게 다루어지는 본격 문학의 분야에서 이처럼 엄청난 양의 작품을 산출해 낸 작가는 아마도 역사상 유례를 찾아보기 힘들 것이다. 50년에 불과한 길지 않은 일생 동안 이처럼 많은 글을 썼다는 것은 실로 불가사의한 일이 아닐 수 없다. 그런 만큼 발자크의 창작을 둘러싸고는 신화 같은 많은 이야기가 전해지고 있다. 하루에 수십 잔씩 커피만 마시며 전혀 잠을 자지 않고 글을 썼다는 것과 같은 얘기들이다. 실제로 일주일 동안에 10시간밖에 잠을 자지 않았다든지, 『고리오 영감』을 쓰는 40일 동안 80시간밖에 잠을 자지 않았다는 등의 얘기가 발자크 자신의 편지에서 발견되는 것이 사실이다. 이처럼 글을 쓰는 데 바친 일생, 에밀 졸라의 표현에 의하면 소설 노동자의 일생은 우선적으로 작품 목록으로 나열될 수밖에 없는 일생일 것이다. 그러나 발자크에게도 문학 입문 이전의 어린 시절이 있었고, 작품 창작 이외의 생활이 있었다. 이 정력적인 작가는 그처럼 글쓰는 데 몰두하는 가운데서도 사교 생활의 여가를 찾아낼 수 있었고, 한스카 부인과의 유명한 연애를 비롯하여 몇몇 여인들과의 사랑의 이야기를 남기고 있으며, 정치적 관심과 사업의 욕심을 지니고 있었다. 『고리오 영감』의 소설 세계에 대한 해설에 앞서 작가 발자크의 생애를 간단히 요약해 보는 것이 독자들에 대한 안내의 순서일 것이다.

오노레 드 발자크(Honoré de Balzac)는 18세기의 마지막 해인 1799년 5월 20일 프랑스의 투르(Tours)에서 부친 베르나르-프랑수아 발자크(Bernard-François Balzac)와 모친 로르 살랑비에(Laure Sallambier) 사이에서 4남매 중 장남으로 태어났다. 그의 부친은 자수성가한 중산층 인사로서 오노레가 태어났을 때는 투르에 주둔하던 군(軍) 사단의 식량 보급을 책임진 관리였다. 부르주아 출신의 건실한 인물이었던 아버지는 아들에게 관념과 체계에 대한 강한 취향을 물려준 것으로 알려져 있다. 그는 뒤늦게 젊은 여자와 결혼해서, 장남 오노레가 태어났을 때는 나이가 이미

53세였고, 오노레의 모친은 21세에 불과했다. 양친의 이런 현격한 연령 차이는 발자크 가정에 불균형과 부조화를 초래했으며, 그것은 어린 발자크의 인격 형성과 심리에도 일정한 영향을 미쳤을 것임을 미루어 짐작할 수 있다. 발자크의 모친은 자녀에게는 무심한 편이어서, 낳자마자 아들을 유모에게 맡겨 집 밖에서 길렀으며, 이어서 1807년부터 1813년까지는 오라토리오회 수도사들이 운영하는 기숙학교에 아들을 넣고서 거의 찾아보지도 않았다고 한다. 가족과 격리되어 지낸 이 기숙학교 시절의 외로움과 슬픔은 특히 발자크의 소설 『골짜기의 백합(*Le Lys dans la vallée*)』 서두에 반영되어 있다.

1814년 가족이 파리로 이사함에 따라 발자크도 파리로 올라가 학업을 계속하게 된다. 그는 법학 공부를 하는 이외에 소송 대리인과 공증인 사무소에서 견습 서기로 일하면서 법률 실무를 익히는 생활을 했다. 이 시기에 얻은 경험과 법률 지식은 후일 그의 소설 창작에 도움을 주게 되어, 『인간극』에는 법률 문제에 얽힌 많은 사건이 출현하며 풍부한 법률 지식이 반영되어 있다. 『인간극』의 여러 소설에 등장하는 유명한 변호사 데르빌(Derville)은 발자크가 그의 사무소에서 일했던 소송 대리인 기요네 드 메르빌(Guillonnet de Merville)을 모델로 한 인물로 알려져 있다.

1819년에 발자크는 가족의 희망으로 자신에게 예정되어 있던 법조인의 길을 포기하고 갑자기 문학적 열정을 표명하게 된다. 그는 파리에 허름한 다락방을 얻어 칩거 생활을 하면서 문학 습작에 몰두하는 생활을 시작한다. 이때부터 그가 사업에 손을 대게 되는

1825년까지 발자크는 여러 편의 작품들을 쓰지만 성공을 거두지는 못한다. 그가 맨 처음 시도한 것은 운문 비극 『크롬웰(Cromwell)』이었고, 이 작품의 실패 후에는 『스테니(Sténie)』나 『팔튀른(Falthurne)』 같은 소설 창작의 시도였다. 이 소설들은 오늘날 발자크 전문 연구자들 사이에서는 연구의 대상이 되지만, 당시에는 전혀 주목을 받지 못하고 묻혀 버렸다. 그리고 생계를 위해서 발자크는 당시에 유행하던 모험 소설류의 작품들을 친구들과 공동 작업으로 써서 여러 편을 가명으로 출판하기도 하였다. 이 시기의 그의 글들은 그 자체로서보다는 후일 대작가를 태어나게 하는 훈련의 과정으로서 더 많은 의미가 있다고 할 수 있을 것이다.

이 시기에 발자크는 자신의 일생에 중요한 영향을 준 두 여인을 만나게 된다. 한 사람은 누이동생 로르(Laure)의 학교 친구로서 평생 동안 발자크의 충실한 친구요 조언자이며 후원자였던 현명하고 덕성스러운 여인 쥘마 카로(Zulma Carraud)였다. 발자크와 쥘마 카로의 관계는 시종일관 순수한 우정의 관계로 머물러 있었다. 그리고 또 한 여인은 발자크의 첫 애인 베르니 부인(Madame de Berny)이었다. 발자크보다 22세나 연상인 어머니 연배의 이 여인은 평생 동안 연하의 애인을 열렬히 사랑한 여인이었다. 그녀는 어머니의 사랑을 받지 못한 발자크를 따뜻한 모성으로 감싸 주었을 뿐만 아니라, 발자크의 정신적 문학적 형성에도 깊은 영향을 준 여인이었다. 발자크는 이 여인 덕택으로 앙시앵 레짐의 풍속과 취미에 입문하게 된 것으로 알려져 있으며, 베르니 부인의 도움과 충고를 빼놓고서는 대작가 발자크의 탄생은 생각하기 어려울 만큼 그녀의 영향력은 큰 것이었다. 자신을 헌신적으로 사랑했던 이 여인의 1836년의 죽음은 발자크를 깊은 슬픔에 잠기게 했다.

1825년에는 문학 활동으로 성공을 거두지 못한 발자크가 사업에 투신하여 성공하려는 시도를 하게 된다. 그러나 출판사, 인쇄소, 활자 제조소 운영으로 이어지는 발자크의 사업 경영은 1827년에 파탄으로 귀결되고 만다. 그의 사업 실패는 가족에게는 말할 것도 없고, 연인 베르니 부인의 가정에도 많은 피해를 주었다. 발자크는 당시의 금액으로 10만 프랑에 달하는 막대한 부채를 짊어지게 되었으며, 이 부채는 발자크의 거의 평생 동안 무거운 짐으로 남게 된다. 이후에 발자크가 다시 소설 쓰는 일로 돌아갔으니, 사업 실패가 발자크의 문학을 위해서는 다행한 계기가 되었다고 할 수도 있겠지만, 그는 늘 빚쟁이들에게 쫓기면서 돈을 벌기 위해 소설을 써야 하는 고달픈 삶을 살아야 했다. 이 사건으로 인하여 발자크의 가장 큰 관심사는 항상 돈 문제였으며, 그가 그처럼 엄청난 양의 소설을 써낸 것도 가장 직접적인 동기는 돈을 벌기 위해서였다고 할 수 있다.

후일 『인간극』에 포함될 발자크의 본격적인 소설 작품이 나오기 시작한 것은 1829년부터였다. 이 해에 『마지막 올빼미당원(*Le Dernier Chouan*)』이 출판되어 발자크는 비로소 명성을 얻기 시작했으며, 같은 해에 나온 『결혼 생리학(*La Physiologie du mariage*)』은 스캔들을 일으키며 성공을 거두었다. 이 이후로 1850년 서거할 때까지 20여 년 동안 발자크의 생애는 익히 알려져 있는 바와 같이 소설 쓰는 일에 몰두한 기간으로서 대체로 그의 긴 작품 목록과 겹쳐질 것이다.

소설 출판으로 명성을 얻기 시작한 발자크는 1830년부터 사교계에 등장하여 파리의 여러 살롱에 출입하게 된다. 소설 쓰는 작업은 주로 밤 시간에 하면서, 그는 부채에 시달리는 가운데서도 댄디가 되어, 집과 옷의 치장 및 말과 마차의 구입 등 사교 생활에 필요한 온갖 비용을 아낌없이 쓰면서 사치스런 생활을 영위했다고 한다. 1832년에는 발자크의 정치적 야심이 나타나, 그는 국회의원에 입후보하려고 시도하나 실패하게 된다. 발자크가 보수주의적 정치관을 표명하며 정통 왕당파에 공식적으로 가담하게 된 것도 이해였다. 그는 이해에 대귀족 사회의 유명 인사인 카스트리(Castries) 후작 부인에게 반하여 그녀와의 결혼까지 꿈꾸게 되지만, 일개 부르주아 출신 작가를 합당한 상대로 받아들이지 않으려는 카스트리 부인의 귀족적 편견에 희생당하고 만다. 청년 시절에는 오히려 진보적인 신념을 지녔던 발자크가 정통 왕당파로 변신한 배경에는 카스트리 부인의 환심을 사려는 목적이 있었던 것으로 알려져 있다. 『랑제 공작 부인(*La Duchesse de Langeais*)』에 나타난 귀족 사회에 대한 비판적 묘사에는 대귀족의 여인에게 실연당한 발자크의 원한과 복수심이 반영되어 있다고 연구자들은 평가하고 있다.

1832년은 무엇보다도 한스카(Hanska) 부인과의 서신 왕래가 시작된 것으로 특기할 만한 해이다. 우크라이나의 부유한 지주 한스키(Hanski) 백작의 부인이었던 이 여인은 발자크 작품의 애독자로서 처음에는 외국 여인(Etrangère)이라는 서명만으로 익명의 편지를 발자크에게 보내 왔다. 이렇게 시작된 두 사람의 서신 왕래는 점점 빈번해지며, 다음 해에는 스위스에서 두 사람이 만나 애인 사이가 되기에 이른다. 평생 동안 계속된 많은 양의 발자크와 한스카 부인의 서신 왕래는 두 사람의 애정 생활에 대한 기록을 넘어서 발자크 문학 연구의 소중한 자료가 되어 있다. 작품의 착상과 집필 과정, 작품에 대한 작가의 생각 등을 추적할 수 있는 『인간극』 연구의 귀중한 자료가 이 서신에 담겨 있는 것이다. 발자크와 한스카 부인은 장장 18년의 연애 끝에 1850년에는 마침내 결혼하기에 이르나 곧이어 발자크는 죽음을 맞는다.

　대부분의 발자크 연구자들은 1833~1834년대를 소설가로서의 발자크의 생애에서 결정적인 시기로 생각하고 있다. 이 시기에 발자크는 왕성한 창작 활동을 했을 뿐만 아니라 작가로서의 원숙한 경지에 다다른 것으로 평가받는다. 권위 있는 발자크 연구자의 한 사람인 피에르 바르베리스(Pierre Barbéris)는 1833년을 발자크가 형성과 낭만주의의 시기를 벗어나 고유한 의미로서의 발자크적인 소설가가 된 시기로 보고 있다. 또 다른 저명한 발자크 연구자인 모리스 바르데슈(Maurice Bardèche)는 다음과 같이 얘기하고 있다. "1835년에는 소설가로서의 형성이 끝났다. 『고리오 영감』은 발자크의 이전의 모든 노력의 결과이며, 그의 미래의 작품의 토대이다." 이 시기에 『고리오 영감』을 비롯하여 오늘날까지도 많이 읽히고 널리 알려져 있는 『외제니 그랑데(*Eugénie Grandet*)』, 『루이 랑베르(*Louis Lambert*)』, 『세라피타(*Séraphita*)』, 『랑제 공작 부인』

등 많은 소설 작품들이 창작되었다.

　앞선 작품에 등장했던 인물을 재등장시키는 발자크 특유의 기법을 『고리오 영감』에서 처음 시도한 이후, 그는 계속해서 이 기법을 사용하면서 자신이 이미 쓴 작품들과 앞으로 쓰려고 구상하는 작품들을 체계화해서 사회 전체의 모습과 대응되는 하나의 거대한 전체로 엮으려는 생각을 한다. 1837년에는 이 작품군 전체의 제목을 『사회 연구(Etudes sociales)』로 생각하지만, 1841년에 가서 그는 제목을 『인간극』으로 확정하게 된다. 1842년부터 배본이 시작된 『인간극』의 첫 권에 발자크는 서문(Avant-Propos)을 붙여 소설에 대한 자신의 개념과 자신의 작품들을 이끄는 원칙을 밝히게 된다. 1842년 이후로도 『농민들(Les Paysans)』, 『현대사의 이면(L'Envers de l'histoire contemporaine)』, 『사촌 퐁스(Le Cousin Pons)』 등 많은 작품이 계속적으로 추가되지만, 1850년 발자크의 죽음으로 『인간극』은 애초의 발자크의 의도만 한 규모에는 이르지 못한 채 끝나게 된다. 1백 30여 편이 예고되었던 『인간극』이 90여 편의 소설로 마감되는 것이다.

　1841년 말 한스카 부인이 미망인이 된 이후부터 발자크의 인생의 중요 목표는 한스카 부인과의 결혼이었다. 그는 몇 차례 우크라이나의 한스카 부인 집을 왕래하며 결혼할 것을 청했지만, 발자크를 사랑하면서도 그녀는 쉽게 결혼에는 응하지 않았던 것으로 알려져 있다. 러시아의 법률 상의 장애도 있었고, 유서 깊은 귀족 가문의 여인으로서 부르주아 출신의 작가와 결혼하는 데에는 망설여지는 점이 많았던 모양이다. 과도한 집필 활동으로 소진되어

1840년대에 들어 나빠지기 시작한 발자크의 건강은 점점 악화되어 갔다. 1850년 1월 우크라이나에 머물고 있던 발자크의 건강은 결정적으로 악화되었다. 발자크에게 더 이상 소생의 가망이 없을 정도로 건강이 나빠졌을 때, 한스카 부인은 마침내 결혼에 동의하였다. 그들은 1850년 3월 14일 결혼식을 올리고 부부가 되었다. 발자크 부부는 그해 5월 우크라이나를 떠나 파리로의 귀환 길에 올랐다. 발자크의 건강 때문에 힘들고 괴로운 여행이었다. 5월 21일 그들은 신혼 생활을 위해 꾸며 놓은 파리의 집에 도착하였으나, 발자크는 더 이상 병석에서 일어나지 못했다. 3개월의 투병 끝에 8월 18일 이 소설의 거장은 숨을 거두는 것이다.

51년에 걸친 발자크의 생애는 한 인간으로서는 별로 행복해 보이지 않는 일생일지도 모른다. 그는 어머니의 사랑이 결핍된 불행한 어린 시절을 보냈고, 정치적 야망도 아카데미 회원이 되려는 희망도 달성하지 못했다. 그리고 무엇보다도 빚에 시달리면서 끊임없이 고통받는 일생이었다. 18년에 걸친 사랑 끝에 마침내 한스카 부인과의 결혼에는 성공했으나, 결혼과 더불어 세상을 떠나야 하는 슬픈 운명이었다. 그러나 그 모든 것이 무슨 상관이랴. 발자크의 생애는 대부분의 작가와 마찬가지로, 아니 모든 작가 이상으로 작품 세계, 그의 거대한 『인간극』의 세계와의 관련 하에서만 의미를 가질 것이다. 그의 생애는 『인간극』의 창조를 위한 생애였고, 그의 정열, 그의 천재, 그의 기질, 그의 욕망, 요컨대 그의 모든 것이 『인간극』의 들끓어오르는 듯한 거대한 세계 속에 용해되어 있는 것이다. 자신이 창조한 허구의 세계, 현실을 가장 절실하게 재현했다는 그 허구의 세계에 너무나 몰입한 나머지, 발자크는 임종의 병상에서도 자신이 창조한 『인간극』 속의 유명한 의사 오라스 비앙숑(Horace Bianchon)의 이름을 불렀다고 한다. 이 거인의 일생을 몇 쪽의 글로 요약한다는 것은 애초에 불가능한 일일 수밖에 없다. 발자크의 생애에 관심이 많은 독자는 그의 전기들, 예를 들어 앙드레 모루아(André Maurois)가 쓴 『프로메테우스, 발자크의 생애(Prométhée ou la Vie de Balzac)』 같은 책을 읽어 볼 필요가 있을 것이다.

일반 독자는 물론 발자크 연구자들 사이에서도 『인간극』의 작품 전체를 읽은 사람은 아주 드물다고 한다. 그것을 다 읽는다는 것은 페르낭 로트(Fernand Lotte)가 만든 『인간극의 허구 인물 전기 사전(Dictionnaire biographique des personnages fictifs de la Comédie Humaine)』을 끊임없이 참조하면서 오랜 세월을 필요로 하는 길고 힘든 작업일 것이다. 우리는 보통 발자크의 소설을 『인간극』의 체계 속에서 읽지 않으며, 그의 작품 하나하나를 굳이 『인간극』 전체의 맥락과 연계 하에서 읽어야만 할 이유도 없을 것이다. 발자크의 각각의 소설 작품은 그 자체로서 하나의 독립적인 소설 세계를 이루면서 독특한 문학적 흥미를 지니고 있는 것이다. 그러나 최소한 『인간극』 내에서의 작품의 위치를 알기 위해서도 『인간극』의 구조를 알아 둘 필요는 있을 것이다. 발자크는 그의 작품군을 다음과 같은 체계로 정리해 놓고 있다.

『인간극(*La Comédie Humaine*)』

제I부: 풍속 연구(Etudes de Moeurs)

        사생활 정경(Scènes de la vie privée)

        지방 생활 정경(Scènes de la vie de province)

        파리 생활 정경(Scènes de la vie parisienne)

        정치 생활 정경(Scènes de la vie politique)

        군인 생활 정경(Scènes de la vie militaire)

        전원 생활 정경(Scènes de la vie de campagne)

제II부: 철학적 연구(Etudes philosophiques)

제III부: 분석적 연구(Etudes analytiques)

이상의 3부로 구성되어 있는 『인간극』의 구조 속에서 가장 큰 비중을 갖는 것은 다시 여섯 개의 소분류를 갖는 제1부 풍속 연구로서, 발자크 소설의 3분의 2 이상이 풍속 연구에 속해 있다. 풍속 연구 가운데에서도 작품 수에 있어서 가장 큰 비중을 차지하는 것은 사생활 정경이다. 『고리오 영감』은 제1부 풍속 연구의 〈사생활 정경〉 항목 속에 분류되어 있는 작품이다.

『인간극』에 등장하는 2천여 명의 인물을 인명 사전으로 만들어 놓은 로트의 조사에 의하면, 그 가운데 573명의 인물이 재등장하는 인물이라고 한다. 『고리오 영감』에 등장하는 인물로서 드 뉘싱겐(de Nucingen) 남작은 무려 31편의 소설에서 만날 수 있고, 비앙숑(Bianchon)은 29차례, 라스티냐크(Rastignac)는 25차례나 거듭 등장하는 인물이다. 『인간극』에 일종의 통일성을 부여하는 발자크 특유의 이 인물 재등장 기법이 처음으로 시도된 소설이 『고리오 영감』인 만큼, 이 작품의 논의에서 『인간극』과의 연관성이 결코 배제될 수는 없을 것이다. 그러나 『고리오 영감』이 발자크의 대표적 소설로서 오늘날까지 끊임없이 독서와 논의의 대상이 되는 주된 이유는 그것이 『인간극』 전체의 구조 속에서 차지하는 위치보다는 작품 자체의 매력과 흥미에 기인할 것이다.

발자크는 1834년 9월 초에 『고리오 영감』을 처음 구상한 것으로 알려져 있다. 그는 그해 9월 말경 건강상의 이유로 휴식을 취하기 위해 사세(Saché)에 있는 친구의 시골 성(城)으로 갔는데, 그곳에서의 체류 기간 동안 『고리오 영감』의 집필이 처음 시작되었다. 10월에 파리로 귀환한 이후 발자크는 『고리오 영감』의 집필을 계속하는데, 그 과정은 그의 서한문에 의해 추적할 수 있다. 처음에는 고리오의 부성애를 그리는 짤막한 소설로 구상되었던 이 작품은 창작 과정에서 오늘날 볼 수 있는 바와 같은 큰 규모의 소설로 확대되었다. 『고리오 영감』의 첫 부분은 그해 12월 『르뷔 드 파리(Revue de Paris)』지에 게재되었다. 한스카 부인에게 보낸 발자크의 편지에 의하면 이 작품의 창작이 완료된 것은 1835년 1월 26일이다. 집필이 시작되어 끝날 때까지 약 4개월의 시일이 소요된 셈인데, 이 기간 동안 발자크는 『세라피타(Séraphita)』를 비롯하여 다른 여러 작품의 창작도 동시에 진행하고 있었던 만큼 그의 엄청나게 빠른 글쓰기의 속도를 짐작할 수 있다. 『고리오 영감』은 『르뷔 드 파리』지에 연재된 후 1835년 3월에 단행본으로 출판되었다. 발자크 자신은 성공을 확신했음에도 불구하고, 당시의 비평계의 반응은 그렇게 호의적인 것이 아니었다. 어떤 비평가는 발자크의 과장을 꼬집었고, 또 어떤 사람은 귀족 사교계 묘사의 부적절성을 지적했으며, 작품의 부도덕성을 공격하는 비평이 많았다.

『고리오 영감』의 시대적 배경은 프랑스 왕정복고(La Restauration) 체제 하인 1819~1820년이다. 작품의 내적(內的) 연대표를 엄밀히 구성해 보면 이 작품은 1819년 11월 말에 시작되어 1820년 2월 21일 고리오 영감의 장례가 치러지는 날까지 약 3개월의 기간 동안 지속되는 이야기로 구성되어 있다. 그러나 이 작품은 왕정복고 체제와 직접적으로 연결되는 역사적 사건이 문제되는 소설이 아니기 때문에, 작품의 시대적 배경을 연대표에 따라 정확히 한정하는 것은 별로 의미가 없을 것이다. 사회학적인 의미에서의 『고리오 영감』의 시대적 배경은 좀 더 폭넓게 보아도 좋을 것이다. 그것은 프랑스 대혁명이 빚어 놓은 사회, 대혁명과 나폴레옹 제정을 겪으면서 급격히 변화한 프랑스의 사회구조를 광범위하게 반영하고 있는 소설인 것이다. 따라서 넓은 의미에서 『고리오 영감』의 시대적 배경은 이 작품이 씌어진 1834년과 그 이후까지도 포함하는 상당히 긴 기간으로서, 대혁명 이후 자본주의의 길로 들어서기 시작한 19세기 초반 전체의 사회적 구조라고 할 수 있을 것이다.

『고리오 영감』은 발자크의 서술 기법이 전형적으로 드러나는 긴 묘사로 시작되고 있다. 작품을 열면서 독자는 보케르 하숙집이 있는 구역, 거리, 그리고 뒤이어 하숙집 자체의 상세한 묘사와 마주치게 된다. 역사적 유적으로 가득 찬 아름답고 화려한 파리의 전통적 이미지와는 대조되는 음침한 거리, 지하 묘지를 탐사할 때의 비감을 자아내게 하는 황량하고 음울한 뇌브생트주느비에브가(街)의 환기는 그 거리의 모습과 상응하는 보케르 하숙집의 묘사로 자연스럽게 이어진다. 발자크는 대단히 방법론적으로 하숙집을 그려내고 있다. 하숙집의 외관에서 시작해서 내부로 들어가면서 차례로 하숙집의 모습을 해부해 보이는 것이다. 그리하여 '시정(詩情)이라곤 없는 비참, 인색하고, 농축되고, 꾀죄죄한 비참'이 도사리고 있는 보케르 하숙집의 전모를 드러내 보인다. 현대 소설에서는 물론 대부분의 19세기 전통 소설에서도 보기 힘든 서두의 이런 장황한 묘사는 발자크의 공연한 묘사 취미 때문에 출현하는 것이 아니다. 발자크는 사람과 그가 사는 거처 사이에는 밀접한 대응 관계가 있다고 생각하는 작가인 것이다. 고리대금업자 곱세크(Gobseck)를 묘사하는 소설에서 그는 이렇게 말하고 있다. "그의 집과 그는 닮아 있었다. 꼭 굴과 굴이 붙어사는 바위와도 같았다."

아직 탐사되지 않은 파리의 기괴한 괴물같이 제시되는 보케르관에는 거기에 상응하는 사람들이 살고 있다. 그곳은 '가슴을 뜨겁게 뒤흔들어 놓는 소름 끼치는 드라마'가 펼쳐지기에 안성맞춤의 장소인 것이다. 하숙집 여주인 보케르 부인에 이어 차례로 제시되는 일곱 명의 하숙인들의 모습에는 하숙집의 면모가 잘 반영되어 있다. 불행에 지친 그들은 '어떠한 불행에도 동정하지 않을 권리'를 지닌 듯한 사람들이다. 파리의 상류 사회에서는 좀처럼 찾아볼 수 없는 그들의 얼굴은 '유통 정지된 동전의 표면처럼 마모된' 냉랭하고 무뚝뚝한 모습이다. 사회의 주변부를 떠도는 이 영락한 하숙인들 가운데에서 맨 먼저 조명을 받는 인물은 고리오 영감이라는 수수께끼 같은 노인으로 되어 있다.

작품의 제목 자체가 『고리오 영감』으로 되어 있지만, 이 소설은 하나의 중심인물에게 모든 것이 집중되는 구조를 갖지는 않는다. 고리오 영감을 흔히 후면으로 밀어내면서 작품의 전면으로 떠오르는 라스티냐크의 얘기 역시 하나의 중심축을 이루며, 처음에는 정체를 알 수 없는 수상적은 인물로 제시되었다가 차츰 정체가 밝혀지는 보트랭의 얘기가 또 하나의 중심축을 이룬다고 할 수 있다. 고리오, 라스티냐크, 보트랭의 세 중심축 이외에 드 보세앙 부인 및 고리오의 두 딸이 각각 비중 있는 인물로 등장해서 파리 상류 사회의 이면과 실상을 보여주는 역할을 하고 있다. 이런 여러 이야기를 하나의 유기적인 구조로 빈틈없이 짜맞추어 풀어 간 점에서 발자크의 거장다운 솜씨가 유감없이 나타나며, 이 소설의 풍요성이 두드러지게 드러난다고 할 수 있다.

고리오 영감의 일생은 소설 줄거리 자체에 의해 분명히 드러나고 있어서 특별한 주석을 필요로 하지 않는 것으로 보인다. 이 인물은 하층민 출신으로서 혁명의 혼란기에 장사 수완을 발휘해서 막대한 재산을 축적한 일종의 벼락부자인 셈이다. 그는 자신의 두 딸을 극진히 사랑해서 많은 지참금을 주어 두 딸을 결혼시킨 후 자신은 얼마간의 노후 자금을 마련해 사업에서 은퇴한다. 그러나 그는 배은망덕한 딸과 사위들의 희생물이 되고 만다. 자신을 위해

예비해 두었던 약간의 돈마저 딸들의 이기심 때문에 다 착취당한 후 비참한 처지에 빠져 초라한 하숙방에서 개처럼 죽어 가는 것이 고리오 영감의 일생이다. 고리오 영감은 부성애의 화신으로서 딸들에 대한 사랑밖에는 모르며, 오직 딸들에 대한 사랑으로 살아가는 인물이다. 그의 부성애는 광적이고 병적인 것으로서, 그는 마치 철없는 어린애가 연인을 숭배하듯이 자기 딸들을 사랑한다. "내 딸들은 나의 악덕이었소. 그 애들은 나의 정부(情婦), 요컨대 모든 것이었지!"라고 그 자신 라스티냐크에게 고백하고 있다. 임종의 고통 속에서 오지 않는 딸들을 애타게 부르며 그는 자신의 사랑이 잘못된 것이었음을 의식한다. "내 오장육부를 항상 열어 보인 습관 때문에 내가 해준 모든 일의 가치를 그 애들은 모르는 거야. 그 애들이 내 눈알을 파내겠다고 요구하면, '그래 파내라!' 하고 나는 말했을 거야. 내가 너무 어리석지" 하고 그는 울부짖는다. 이런 면에서 고리오 영감의 얘기는 세상의 모든 아버지들과 딸들이 읽어 보아야 할 무분별한 자식 사랑에 대한 일종의 교훈담이 될 수도 있을 것이다. 그러나 고리오 영감의 비극은 무엇보다도 정열의 비극으로 보인다. 『인간극』의 여기저기에 등장하는 하나의 정열에 사로잡힌 편집광적인 인물들의 한 유형이 고리오라고 할 수 있다. 권력, 돈, 도박, 발명, 혹은 애욕이 그 편집광적 인물들의 정열의 대상이 되어, 그들을 사로잡고 그들의 생명을 파괴하는 모습을 우리는 『인간극』의 도처에서 목격할 수 있다. 고리오 영감은 딸들에 대한 사랑이라는 정열의 노예가 되어 처참하게 파멸하는 인간 유형이다.

도형수 출신으로서 보안 경찰 부장을 지냈고, 범죄 세계를 증언하는 유명한 회고록을 남긴 비도크(Vidocq)라는 실재 인물을 모델로 해서 발자크가 창조해 낸 인물이 보트랭이다. 불사신이란 별명을 지닌 탈옥한 도형수로서 본명이 자크 콜랭인 보트랭의 정체가 밝혀지는 과정이 『고리오 영감』의 한 흥미를 이루고 있으며, 그의 체포는 고리오의 죽음과 함께 이 소설의 두 개의 대단원 중 하나이다. 세상 물정에 정통하며, 튼튼한 몸과 쾌활한 기질을 지닌 보트랭은 하숙인들 사이에 군림하면서 우울한 하숙집의 분위기에 때때로 흥취를 불어넣는 역할을 한다. 그러면서도 그의 모호한 분위기와 수상쩍은 행동은 하숙인들에게 의아심과 두려움을 불러일으키기도 한다. 보트랭은 젊은 학생 라스티냐크에게 적나라한 출세주의를 설교하는 일종의 교사역을 행하는 동시에, 치밀한 범죄 계획을 짜서 라스티냐크를 유혹하려고 한다. 그의 가차없는 현실주의, 세상의 현상에 대한 그의 냉소적인 태도와 반항심은 주로 라스티냐크를 향한 그의 설교를 통해서 나타나고 있다. "원칙이란 없고, 사건들만 존재하는 것이오. 법이란 없고, 상황만이 존재하는 것이오. 뛰어난 인간은 사건과 상황에 결합해서 그것들을 이끄는 것이지." 보트랭은 이런 식으로 젊은 라스티냐크에게 반도덕적인 현실주의를 고취시킨다. 그러나 보트랭은 타유페르 양을 미끼로 한 그의 계획을 다 실현시키지 못한 채, 미쇼노의 밀고로 정체가 탄로되어 경찰에 체포되고 만다. 『고리오 영감』의 무대에서는 이렇게 사라지지만, 보트랭은 『인간극』의 다른 작품에 다시 출현할 것이다. 그는 카를로스 에레라(Carlos Herréra)라는 스페인 신부로 신분을 위장하여 『잃어버린 환상(*Illusions perdues*)』끝부분에 다시 출현하며, 『창녀의 영화와 비참(*Splendeurs et Misères des Courtisanes*)』에서는 천재적인 범죄성을 십분 발휘하는 주역으로 등장하여 작품에 추리소설적인 흥미를 부여해 준다. 보트랭은 『고리오 영감』에서뿐만 아니라 『인간극』전체에서 중요한 역할을 하는 인물이며, 발자크가 창조한 수많은 인물 가운데에서 성격이 가장 뚜렷하게 부각되는 인물 중의 하나이다. 발자크는 이 강한 개성의 인물을 통하여 인간과 세상에 대한 자신의 비전의 많은 부분을 표현하고 있다.

외젠 드 라스티냐크가 고리오나 보트랭의 역할을 능가하는 『고리오 영감』의 중심인물이라는 데 연구자들의 의견은 대체로 일치하고 있다. 그의 이야기가 소설의 주요 흥미를 이루는 이외에도, 이 인물은 소설의 다양한 줄거리를 이어 주는 연결의 끈 역할을 하고 있다. 소설 초두에서부터 작자는 라스티냐크의 그런 역할을 다음과 같이 분명히 밝히고 있다. "호기심 넘치는 그의 관찰과 파리 사교계의 살롱들 속에 뚫고 들어갈 수 있었던 그의 재주가 없었더라면, 이 이야기는 진정한 색조로 채색되지 못했을 것이다. 그의 명민한 정신 덕분에, 그리고 상황을 만들어 낸 사람들이나 그것을 감내하는 사람이나 마찬가지로 조심스럽게 은폐하는 무서운 상황의 비밀을 꿰뚫어 보려는 그의 욕구 덕분에, 이 이야기의 진정한 색조는 살아나는 것이다." 라스티냐크는 고리오 영감의 수수께끼를 풀어내는 탐정의 역할을 한다. 그는 보케르 하숙집과 상류 사회를 넘나들면서 파리라는 대양에 수심 측정기를 던짐으로써 이 소설이 파리 생활 전모의 벽화가 될 수 있도록 해주는 인물이다. 작자는 소설의 상당한 부분을 라스티냐크의 시점을 빌어 전개시키며, 고리오와 보트랭의 이야기도 대부분 라스티냐크와의 연계 하에서 풀어 가는 구조를 취하고 있다.

찬란한 운명을 전취하려고 파리로 몰려드는 시골 청년들의 이야기는 『인간극』의 낯익은 주제의 하나이다. 라스티냐크도 『인간극』의 그런 청년 군상들 가운데 한 사람이다. 그는 '부모들이 그들에게 거는 희망을 어린 시절부터 이해하는 청년들, 진작부터 그들의 학업의 가치를 계산하고, 사회를 쥐어쌀 제1인자가 되기 위해 사회의 미래의 움직임에 미리부터 그 학업을 적응시키면서 자신의 멋진 운명을 준비해 가는, 불행 때문에 공부에 단련된 그런 청년들' 가운데 한 사람인 것이다. 그러나 그 청년들에게 마련되어 있는 자리는 많지 않아서, 보트랭의 표현에 의하면 그들은 '항아리 속의 거미들처럼 서로서로를 잡아먹어야' 할 운명이다. 몰락한 시골 소귀족의 장자로서 다수 가족의 기대를 한 몸에 지고 궁핍한 가족의 희생 위에서 파리로 올라온 라스티냐크는 남불인(南佛人) 특유의 강인함을 가지고 '기묘한 진흙탕'에 비유되는 파리 사회에 도전한다. 이 야심만만한 젊은이는 더디고 전망이 불확실한 학업에 의한 성공 대신에 사교계에 등장해서 거기에서 유력한 여자를 정복함으로써 보다 신속하게 운명을 개척하기로 마음먹는다. 그리하여 고리오 영감의 딸인 뉘싱겐 부인과의 관계가 맺어지게 되는 것이다. 애초부터 타산이 매개된 남녀 관계인 만큼 이 소설의 연애소설적 흥미는 크지 않다. 『고리오 영감』은 아직 젊은이다운 순수성과 귀족 자제로서의 섬세한 고결성을 간직하고 있던 라스티냐크가 비루한 현실과 부딪혀 타락하고 경화돼 가는 교육과 수련의 이야기로서의 성격이 두드러지는 소설인 것이다.

라스티냐크의 사회적 감정적 교육이 일직선적으로 이루어지는 것은 아니다. 젊음의 매력과 신선한 감성이 시들기 위해서는 많은 우여곡절을 필요로 하는 것이다. 『고리오 영감』을 소위 교육 소설(Roman d'éducation)의 관점에서 읽을 경우에는 이 소설의 모든 구조가 중심인물 라스티냐크의 교육으로 수렴된다고 할 수 있다. 교사역을 행하는 보트랭과 드 보세앙 자작 부인의 냉엄한 현실주의를 수용하기까지 라스티냐크는 많은 망설임과 갈등을 겪는다. 그러나 그가 경험하는 현실은 너무나 잔인하고 비정한 것이어서 세상을 있는 그대로 받아들이라는 교사들의 현실주의를 부인할 길이 없게 만든다. 드 보세앙 부인의 슬픈 종말과 고리오 영감의 비참한 죽음이 라스티냐크에게 마지막 타격을 가해서 이 세상은 지옥과 같은 것이라는 그의 인식을 확정시킨다. 고리오 영감의 무덤 앞에서 젊은이로서의 마지막 눈물을 장사지내고 어둠이 내리는 파리를 향하여 '이제 우리 둘의 대결이다!'라고 외치면서 라스티냐크의 감정 교육도 막을 내리는 것이다.

『고리오 영감』에 그려지고 있는 교육은 부정적인 교육이다. 그것은 심원한 자아의 계발과 개화라는 진정한 의미에서의 교육이 아니라, 사회 현실과 다수의 여론에 인간의 개성을 복속시키는 부정적 교육인 것이다. 이러한 교육의 양상은 그 자체가 어두운 현실에 대한 진단이며, 사회에 대한 비관적 견해의 표현이라고 할 수 있다. 앞에서 언급한 대로 라스티냐크는 『인간극』의 여러 작품에 25차례나 거듭 등장한다. 출세주의자로 고착된 이 인물은 정부의 남편을 이용해 돈을 벌고, 정부의 딸과 결혼하며, 장관과 귀족원 의원이 되어 출세 가도를 달리는 것으로 되어 있다. 그러나 『고리오 영감』 이후의 라스티냐크는 소설 인물로서는 더 이상 흥미로운 존재가 되지 못하는 것으로 보인다. 한 발자크 연구자의 표현에 의하면 '댄디, 여자 등쳐 먹고 사는 놈, 치사한 젊은이, 추잡한 출세주의자'가 된 라스티냐크는 깊은 불신에 차 있고, 무감각하며, 고화(固化)된 완성품에 지나지 않는 것이다. 이처럼 고정된 성격의 인물은 소설의 주인공 역으로는 잘 맞지 않아서 『고리오 영감』 이후의 라스티냐크는 대체로 에피소드적 인물로서만 모습을 드러낸다. 무엇이 신선한 매력을 간직했던 젊은 주인공을 이렇게 변화시켰는가? 『고리오 영감』은 무엇보다도 라스티냐크의 변모를 통해서 물질적 가치가 팽배한 황금만능의 병리적 현대 사회를 고발하고 있는 작품이라고 할 수 있다.

판본 소개

『고리오 영감』은 단행본으로 출판되기 전에 『르뷔 드 파리(*Revue de Paris*)』지에 네 차례에 걸쳐 연재되었다(1834년 12월 14일자, 12월 28일자 및 1835년 1월 23일자, 2월 11일자).

『고리오 영감』 단행본 초판은 파리에서 출판업자 베르데(Werdet)에 의해 1835년 3월 1일자로 2권으로 출판되었다(1권 354페이지, 2권 376페이지). 초판 1천 2백 권이 즉시 판매되자, 베르데는 1835년 5월 25일자로 『고리오 영감』 2판을 2권으로 출간하였다(1권 384페이지, 2권 396페이지). 베르데는 『고리오 영감』 3판도 출간하였으나, 그의 파산으로 인하여 3판은 판매되지 못했다.

뒤이어 『고리오 영감』은 1839년에 샤르팡티에(Charpentier) 출판사 총서에 포함되어 출간되었다. 1권으로 출간된 샤르팡티에판은 초판본에 수정이 가해진 개정판이었다. 이전 판에 있던 서문과 장(章) 구분이 이때 삭제되었다.

『고리오 영감』은 1843년에『인간극』의 〈파리 생활 정경〉 속에 포함되어 퓌른(Furne) 출판사에서 출판되었다. 이 퓌른 판본 역시 앞선 판본에 교열과 수정이 가해진 개정판이었다.

발자크는 이 퓌른 판본『고리오 영감』의 여백에 작가의 최종적 수정을 가했고, 이 수정본이 차후의『고리오 영감』 출판의 주요 대본이 되고 있다. 1845년『인간극』의 목록은 앞서 〈파리 생활 정경〉에 속해 있던『고리오 영감』을 〈사생활 정경〉으로 재분류하였다.

『고리오 영감』의 번역 대본으로는 현재 가장 정평 있는 판으로 평가받는 갈리마르(Gallimard) 출판사의 플레이아드(Pléiade) 총서에 수록된 판본을 사용하였으며, 때때로 1981년에 나온 가르니에 프레르(Garnier Frères) 판을 참조하였다.

발자크의『인간극』은 플레이아드 총서에 12권으로 나와 있는데, 그중『고리오 영감』은 제3권에 수록되어 있다.『고리오 영감』 번역 대본을 서지 정리 방식으로 적으면 다음과 같다.

Honoré de Balzac : *Le Père Goriot*,

in *La Comédie humaine*, tome III, Bibliothèque de la Pléiade, Gallimard, Paris, 1979.

오노레 드 발자크 연보

1799 5월 20일 오노레 드 발자크(Honoré de Balzac)가 프랑스의 투르 (Tours)에서 출생. 부친 베르나르-프랑수아 발자크(Bernard-François Balzac, 53세), 모친 로르 살랑비에(Laure Sallambier, 21세). 1807년까지 유모의 집에 맡겨져 양육됨.

1807 가족과 헤어져 방돔(Vendôme)의 기숙학교에 들어가 생활함 (~1813).

1814 가족이 파리로 이사함. 르피트르(Lepître) 기숙학교에 다님.

1816 법학 공부. 소송 대리인과 공증인 사무소에서 법률 실무 견습. 소 르본 대학에서 문학 강의 청강(~1819).

1819 가족이 빌파리시스(Villeparisis)로 이사. 발자크는 공증인 사무소 에 들어가기를 거부하고 문학에 뜻을 두었음을 밝힘. 파리의 다락 방에서 생활하며 작품 창작을 시작함. 운문 비극 『크롬웰 (*Crommwell*)』과 철학적 소설 『스테니(*Sténie*)』와 『팔튀른 (*Falthurne*)』 집필(~1820).

1820 파리와 빌르파리시스를 오가며 생활함(~1824). 누이동생 로르 (Laure)의 학교 친구로서 후일 발자크의 충실한 조언자와 친구 역 할을 할 쥘마 카로(Zulma Carraud)를 알게 됨.

1822	첫사랑의 대상인 22세 연상의 여인 베르니 부인(Madame de Berny)을 만남. 르 푸아트뱅 드 레그르빌(Le Poitevin de l'Egreville), 에티엔 아라고(Etienne Arago)와 문학적 교유. 친구들과 공동으로 몇 편의 소설을 써서 가명으로 출판함. 『비라그의 상속녀(L'Héritière de Birague)』, 『장-루이(Jean-Louis)』, 『클로틸드 드 뤼지냥(Clotilde de Lusignan)』, 『백년제(Le Centenaire)』, 『아르덴의 보좌신부(Le Vicaire des Ardennes)』, 『마지막 요정(La Dernière Fée)』 등.
1824	『장자 상속권(Du Droit d'aînesse)』, 『예수회의 공정한 역사(Histoire impartiale des Jésuites)』 등의 팸플릿을 익명으로 출판.
1825	사업을 시도하여 출판사, 인쇄소, 활자 제조소를 운영함(~1827). 사업의 실패로 막대한 빚을 지게 됨. 다시 문학으로 돌아옴. 『정직한 사람들의 규범(Code des gens bonnêtes)』, 『반-클로르(Wann-Chlore)』 출판.
1826	『파리 간판의 비판적 일화적 소사전(Petit dictionnaire critique et anecdotique des enseignes de Paris)』 출판.
1829	부친 사망. 『인간극』에 포함될 최초의 소설이며 발자크의 실명으로 발표된 최초의 소설인 『마지막 올빼미당원(Le Dernier Chouan)』 출판. 『결혼 생리학(Physiologie des Mariage)』 출판.
1830	여러 살롱에 출입하며 사교 생활 시작. 『사생활 정경(Scénes de la vie privée)』 2권으로 출판. 발자크의 소설 분야 진출에 결정적인 해로서, 『방데타(La Vendetta)』, 『가정의 평화(La paix du ménage)』, 『여인의 연구(Etude de femme)』, 『곱세크(Gobseck)』 등 여러 편의 소설이 나옴.
1831	『상어 가죽(La Peau de Chagrin)』이 큰 성공을 거둠. 『사라진(Sarasine)』, 『알려지지 않은 걸작(Le chef-d'oeuvre inconnu)』, 『저주받은 아이(L'enfant maudit)』, 『추방당한 사람들(Les Proscrits)』 등 많은 작품 집필.

1832 카스트리(Castries) 후작 부인에게 반하게 됨. 정치적 야망을 갖고, 정통 왕당파에 가담하여 국회의원에 출마할 계획을 세움. 카스트리 후작 부인과 결별. 『우스꽝스러운 콩트(*Les Contes Drôlatiques*)』에 속하는 첫 10여 편의 콩트 출판. 『피르미아니 부인(*Madame Firmiani*)』, 『버림받은 여인(*La femme aban-donnée*)』, 『투르의 사제(*Le Curé de Tours*)』 등 출판. 발자크의 평생의 연인이며 말년에 결혼하게 될 한스카(Hanska) 부인의 첫 편지를 받음.

1833 『우스꽝스러운 콩트』에 속하는 두 번째 10여 편의 콩트 및 『루이 랑베르(*Louis Lambert*)』, 『외제니 그랑데(*Eugénie Grandet*)』, 『명사 고디사르(*L'Illustre Gaudissart*)』, 『페라귀스(*Ferragus*)』, 『시골 의사(*Le Médecin de Campagne*)』 등 집필. 스위스의 뇌샤텔에서 한스카 부인을 처음으로 만남.

1834 왕성한 창작 활동과 사교 생활 병행. 사셰(Saché)에 머물며 『세라피타(*Séraphita*)』와 『고리오 영감(*Le Père Goriot*)』 집필. 『랑제 공작부인(*La Duchesse de Langeais*)』과 『절대의 탐구(*La Recherche de l'Absolu*)』 출판.

1835 인물 재등장 기법이 처음으로 적용된 작품인 『고리오 영감』 출간. 『결혼 계약(*Le Contrat de Mariage*)』, 『골짜기의 백합(*Le Lys dans la Vallée*)』, 『세라피타』 등 출간. 빚쟁이들을 피하기 위하여 샤이오(Chaillot)에 가명으로 집을 얻어 거주함.

1836 『크로니크 드 파리(*La Chronique de Paris*)』지 창간. 이탈리아 여행. 베르니 부인 사망. 『무신론자의 미사(*La Messe de l'athée*)』, 『파시노 칸(*Facisno Cane*)』, 『카트린 드 메디치(*Sur Catherine de Médicis*)』 등 출판.

1837 이탈리아 여행. 부채 문제로 집달리들의 추적을 받음. 사셰에 체류함. 『우스꽝스러운 콩트』에 속하는 세 번째 10여 편의 콩트 및 『잃어버린 환상(*Illusions perdues*)』 초반부, 『노처녀(*La Vieille* *fille)』*, 『세자르 비로토(*César Birotteau*)』 등 출판. 자르디 (Jardies)의 영지 구입.

1838   **3월 20일부터 6월 6일까지** 은광 채굴을 위해 이탈리아의 사르데냐 여행. 은광 경영으로 부유해지기를 꿈꾸나 실패함. 『뉘싱겐 상사 (*La Maison Nucingen*)』, 『마을 사제(*Le Curé de Village*)』 출판.

1839   아카데미 프랑세즈 회원이 되려고 생각함. 『고미술품 진열실(*Le Cabinet des Antiques*)』, 『이브의 딸(*Une Fille d' Eve*)』, 『잃어버린 환상』 후속 편. 『창녀의 영화와 비참(*Splendeurs et misères des courtisanes*)』 초반부, 『베아트릭스(*Béatrix*)』 등 집필.

1840   『고리오 영감』에서 발자크가 각색한 연극 『보트랭(*Vautrin*)』을 상연하나 실패로 끝남. 발자크가 편집하는 잡지 『르뷔 파리지엔 (*Revue parisienne*)』 창간. 발자크는 이 잡지에 스탕달의 『파르마의 수도원(*La Chartreuse de Parme*)』을 찬양하는 글을 게재함. 이 잡지는 3호를 발간하고 끝남. 자르디의 영지를 매각하고 파시 (Passy)에 거주함. 『피에레트(*Pierrette*)』, 『보헤미아의 왕자(*Un Prince de la Bohême*)』 등 출판.

1841   과로로 건강이 악화됨. **10월 2일** 『인간극』 출판을 계약함. 『결혼한 두 젊은 여인의 회상록(*Mémoires de deux jeunes mariées*)』, 『위르쉴 미루에(*Ursule Mirouet*)』, 『무서운 사건(*Une ténébreuse affaire*)』 등 출판.

1842   전해 11월에 한스카 부인의 남편 한스키(Hanski) 백작이 갑자기 사망한 소식을 1월에 알게 됨. 이후부터 한스카 부인과의 결혼이 발자크의 큰 목표가 됨. 3월 발자크의 두 번째 연극 『키놀라의 밑천(*Les Ressources de Quinola*)』이 오데옹 극장에서 상연되나 실패함. 4월 『프랑스 도서목록(*La Bibliographie de la France*)』이 『인간극』의 첫 배본을 예고함. 『인생의 출발(*Un début dans la vie*)』, 『알베르 사바뤼스(*Albert Savarus*)』, 『여인의 또 다른 연구 (*Autre étude de femme*)』 등 출판.

438

1843	한스카 부인을 만나러 페테르부르크 여행. 『인간극』 출간 계속됨. 『오노린(*Honorine*)』, 『현의 뮤즈(*La Muse du département*)』, 『잃어버린 환상』 마지막 부분 출판.
1844	건강이 점점 악화되어 가나, 활발한 창작 활동은 계속됨. 『겸손한 미뇽(*Modeste Mignon*)』, 『농민들(*Les Paysans*)』 등 집필. 한스카 부인과의 결혼 계획이 러시아의 법률 문제 등으로 난관에 봉착함.
1845	5월 드레스덴에서 한스카 부인과 만남. 이탈리아 여행. 『사업가 (*Un homme d'affaires*)』, 『부부 생활의 작은 비참(*Petites misères de la vie conjugale*)』 끝부분 집필.
1846	파리의 포르튀네(Fortunée) 가에 개인 저택 구입. 『사촌누이 베트 (*La Cousine Bette*)』, 『현대사의 이면(*L'Envers de l'histoire con-temporaine*)』 등 집필.
1847	2~4월 한스카 부인 파리 체류. 건강과 금전상의 문제로 고통을 받음. 6월 28일 유언장을 작성함. 9월 우크라이나의 한스카 부인 집에 체류. 『사촌 퐁스(*Le Cousin Pons*)』, 『선거(*L'Election*)』 출판.
1848	2월 16일 파리로 귀환. 2월 혁명을 목격함. 제헌 의회 의원 출마에 실패함. 발자크의 연극 『계모(*La Marâtre*)』 상연 성공. 사셰에서 의 마지막 체류. 심장 비대증으로 고통을 받음. 9월 우크라이나로 떠남.
1849	1848~1849년의 겨울 동안 우크라이나에서 병고에 시달림. 아카데미 프랑세즈 회원 선출에 실패함.
1850	우크라이나에서 건강 상태 악화됨. 3월 14일 발자크와 한스카 백작 부인 결혼식을 올림. 5월 발자크 부부 파리를 향해 출발. 여행 중 병에 시달림. 5월 21일 저녁 파리의 포르튀네 가에 도착. 이후 발자크 병상에서 일어나지 못하고 투병 생활. 8월 18일 저녁 빅토르 위고가 병상의 발자크를 문병함. 위고의 문병 몇 시간 후 발자크 서거함. 21일 장례식 거행. 페르라셰즈(Père-Lachaise) 묘지에서 빅토르 위고의 추도 연설이 행해짐.

새롭게 을유세계문학전집을 펴내며

을유문화사는 이미 지난 1959년부터 국내 최초로 세계문학전집을 출간한 바 있습니다. 이번에 을유세계문학전집을 완전히 새롭게 마련하게 된 것은 우리가 직면한 문화적 상황에 적극적으로 대응하기 위해서입니다. 새로운 을유세계문학전집은 세계문학의 역할이 그 어느 때보다 중요해졌다는 인식에서 출발했습니다. 오늘날 세계에서 타자에 대한 이해는 우리의 안전과 행복에 직결되고 있습니다. 세계문학은 지구상의 다양한 문화들이 평등하게 소통하고, 이질적인 구성원들이 평화롭게 공존할 수 있는 문화적인 힘을 길러 줍니다.

을유세계문학전집은 세계문학을 통해 우리가 이런 힘을 길러 나가야 한다는 믿음으로 만들어졌습니다. 지난 5년간 이를 준비하기 위해 많은 노력을 기울였습니다. 세계 각국의 다양한 삶의 방식과 문화적 성취가 살아 있는 작품들, 새로운 번역이 필요한 고전들과 새롭게 소개해야 할 우리 시대의 작품들을 선정했습니다. 우리나라 최고의 역자들이 이들 작품 속 한 문장 한 문장의 숨결을 생생히 전하기 위해 심혈을 기울였습니다. 또한 역자들은 단순히 번역만 한 것이 아니라 다른 작품의 번역을 꼼꼼히 검토해 주었습니다. 을유세계문학전집은 번역된 작품 하나하나가 정본(定本)으로 인정받고 대우받을 수 있도록 최선을 다했습니다. 세계문학이 여러 경계를 넘어 우리 사회 안에서 주어진 소임을 하게 되기를 바라며 을유세계문학전집을 내놓습니다.

을유세계문학전집 편집위원단(가나다 순)
김월회(서울대 중문과 교수)
김헌(서울대 인문학연구원 교수)
박종소(서울대 노문과 교수)
손영주(서울대 영문과 교수)
신정환(한국외대 스페인어통·번역학과 교수)
정지용(성균관대 프랑스어문학과 교수)
최윤영(서울대 독문과 교수)

을유세계문학전집

을유세계문학전집은 계속 출간됩니다.

을유세계문학전집 연표